U0470056

数千个像我一样的女孩 上

Thousands of girls like me

简洁 著

上海文艺出版社
Shanghai Literature & Art Publishing House

写在前面

　　小说名字我是早就想好了，借用了波拉尼奥的一句诗。当然，不是不能用更成熟的字眼，但我觉得女孩这个词在这里无法取代。虽然我的意象并没有那样深沉，但有一点是我暗暗想要达到的：确认自己的存在方式之一是，与世界发生关系，与同类人相拥。我想强调的是，有这样的存在，一个（或是一群）生于1987年的女孩成长中，一些被忽视的，在别人看来也许不值一提、应该忍耐的，但并不理所应当的人生横截面。

目录

上册

| 楔子 | 小兽的本能　　001
| 第一章 | 幼兽的秩序　　007
| 第二章 | 自我实现的预言　　071
| 第三章 | 拥有姓名的男孩　　135
| 第四章 | 一直在告别　　265

下册

| 第五章 | 女生一号　　319
| 第六章 | 孤独的星　　371
| 第七章 | 半岛与河　　489
| 第八章 | 雨季末　　627

爱弥儿（代后记）　　673

上册

| 楔子 |

小兽的本能

母亲绝经那一年,张小莫不在她身边。

准确地说,从大学毕业后,张小莫就没有和母亲长时间地一起生活过。小时候常调侃的母亲的更年期,她完美地错过了。知道这个消息,还是双十一大促时囤货,打电话问母亲要不要给她也囤一些卫生巾。母亲说,不用了。"为什么不用了?"张小莫问出口之后陡然就明白过来,把话题岔开,心里某一处,却有一种既惆怅、又松了一口气的感觉。

"我这辈子,再也不会有兄弟姐妹了。"张小莫在心里说了一句病句,但在那瞬间,她就是这么想的。

母亲其实是想要一个男孩的。知道这件事时,张小莫八岁,对着从书柜深处翻出的母亲的日记本,不知所措。本子是暗红色的,有一条红绸细带,内页印着暗花,记叙着母亲产前怀孕的喜悦,从知晓怀孕的消息,告诉父亲,到进产房前,"我们共同期待着属于我们的儿子的降生"。日记到这里为止,没有后续。

母亲的字,和父亲的比起来是不太好看。平时张小莫需要签名的作业和试卷,都等到父亲回来才签。张小莫从来没看过母亲写那么多字,从字里行间中,她感到了自己存在的尴尬,那样兴高采烈的母亲,是怎样迎接自己的出生的呢?日记后的空白,没有给她答案,但有时,空白也是答案。

在那个八岁的午后,如同小兽生来就有的本能般,张小莫将日记悄悄放回原处，装作无事发生。

如果不是这个意外发现，张小莫的少年时代应该是对"重男轻女"这个词毫无概念的。

张小莫生于1987年，这个年份意味着，只要父母遵纪守法，她就是家里唯一的女孩。童年的她还有种不切实际的天真。奶奶生了三个男孩，父亲三兄弟，叔伯家生的都是儿子，张小莫是这一代唯一的女孩，他们叫她小公主。"我们家，男孩不金贵。"奶奶如是说。

这句话在不同场合，有不同的意味。在要显得那一家子娇宠她时，奶奶这样说；在二叔和三婶吵架时，奶奶也这样说。"你不要以为生了儿子在这个家就有什么了不起，在这个家，男孩不金贵。"长大之后，张小莫才能回味过来，老人家脸上，是生了三个儿子的骄矜之色。

张小莫的天真，还是延续了很长一段时间的。毕竟，没有什么证据能显示父母不爱她。

或者可以说，父母对她的宠爱在亲戚中有目共睹。有时，父母对待孩子的方式，决定了旁人如何对待孩子。张小莫察觉到这一点，是大学时有次和小姨逛街，想帮小姨拿东西，小姨不肯，而换成是表姐，小姨会心安理得地把东西都给表姐提。这种不肯，某种程度上来自一种顾忌：连你妈都不舍得你拿东西，我怎么敢。张小莫的成长环境，未必富有，但因为父母对她的方式，让她在成长中，有一种让亲戚顾忌的珍重。

因此，八岁那年发现的母亲的日记，藏在张小莫心里很深的角落，但警觉和危机感，却是从此就埋下了，那是与母亲之间从此存在秘密的分界线。那份警觉，是母亲在试探她时能对答如流——"如果你有个弟弟你会怎么样？""我会把他塞进床脚。"大人们哄笑，然后这一段就揭过。

母亲却把张小莫的这个回答记得紧，每隔三五年，就要拿出来取笑她。非常久的后来，张小莫才能体会出这取笑背后的残酷深意。

支离或片段的，张小莫知道在她出生后，母亲还怀过孩子，不止一个，只不过他们都没有存活下来。"最大"的那个，只比她小半岁。张小莫是在她半岁大时突然断的奶。儿时的照片里，她在一段时间内呈现出营养不良的样子，头发发黄细弱，和出生时就有的黑亮毛发相差甚远，她知道自己有一段被大人们取笑是"黄毛丫头"的幼年，却在很久之后才知因果由来。母亲的试探，应该是发生在某一段意外怀孕中，而张小莫年少时的回答，让母亲不再挣扎。

那些小生命的消逝，按理说是怪不到张小莫头上的。父母都是公职人员，在当时再生一个孩子要付出的代价太大。但母亲对于不便让张小莫知道的那几个小生命的消逝，总会有些伤痛和愤愤不平。每当张小莫让她失望的时候，便会流露出些端倪：如果你还有另一个兄弟姐妹就好了。母亲会幻想那个生命会更听话、更乖巧、更合她意，不至于将希望全放在张小莫这里，一旦张小莫伤了她的心，便无可指望。

一向敏感的张小莫，在察觉到这些端倪时，会表现出反常的迟钝。母亲有时拿不准，她到底听懂没有，所以对话总是戛然而止。但张小莫知道，母亲对于生育的意愿，一直很强烈，直到她上大学，母亲都表露出这样的愿望——但也仅仅是愿望而已。张小莫不至于对此严防死守，但内心隐隐有一份提心吊胆。知道母亲绝经消息的时候，那份提着的心，终于就此放下了。

开放二孩政策，是在母亲绝经之后，母亲明显有几分失魂落魄。像是禁忌被破解开，母亲在提到相关话题时，好几次忍不住和张小莫透露当年情景。但张小莫不想听，她不愿去想象那些可能成为她弟弟或妹妹的小生命，因为她的存在而没能来到这个世界上。平日里她总是嘲笑电视剧里出生的秘密的桥段，但有关出生的秘密，其实寻常人也有，只要关于出生和秘密，就注定沉重。

作为生于 1987 年的孩子,张小莫在成长中会有很多埋怨生不逢时的日子,但唯有自己是独生子女这一条,张小莫暗自庆幸。虽然这种庆幸显得有些残忍,但作为一个女孩,她确实就这样夹在时代中,拥有了几乎没有被差别对待的童年和少年。

是什么时候意识到,这份幸运也就到此为止了呢?成年后的张小莫,总会想起八岁时的那个午后,自己化身为小兽的瞬间,受伤的感受,求生的本能,以及就此对性别差异烙下的敏感和过激反应。此后一生中的某些结局,大概在那个午后就注定了吧。

又或者,不管有没有那个午后,作为一个女孩的张小莫,都逃不出某种命运。每当这种时候,张小莫总会觉得自己又变成了那只小兽,张着利爪,却脆弱不堪。

| 第一章 |

幼兽的秩序

1997年　夏

　　张小莫其实是很讨厌"回忆"这个动作的。回想某一天某个事件的某个细节，这个过程会让她有一种创伤后综合征般的恐惧感。

　　这种对回想事件的恐惧，来源于她小学四年级时，一次十几个女孩的"违反校规"事件。班主任因为法不责众而气急败坏，为了找到始作俑者，张小莫被迫在一周的时间内反反复复回忆同一天、同一个时间点的所有细节。"我相信不是你，但如果你想不起来，那只能算成是你。"班主任对张小莫如是说，因为其他十几个女孩子指认的都是张小莫。

　　说是违反校规，其实是班上的女孩子为了学校文艺演出排练舞蹈，在周六时打开教室门，挪了桌椅腾出空地进行排练。起初并不觉得有什么错，直到校长过问此事，才知道学生是不允许周末时擅自使用教室的。

　　张小莫觉得，这大概是她最初窥见成人世界残酷潜规则的一页。同龄人的背叛，班主任的态度，指鹿为马的委屈，堆积起来是层层叠叠的绝望。

　　这不是张小莫第一次遭遇女孩之间的排挤。她知道自己从来不是女生中受欢迎的那种类型，没有领导者的魅力。七八岁的女孩，不知为何很流行站队，每隔一段时间，她们会集体孤立一个女孩，只要和被选中的那个女孩说话，都会被划到对立方一起孤立。张小莫不喜欢这种站边，她身上存在一种小孩子的"义气"，当她的朋友被女孩们选中孤立时，她做不到翻脸无情。张小莫曾陪一个女孩度过被孤立的时光，而那个女孩在与大部队和解、转头孤立张小莫的时候，毫不犹豫，干脆利落。小女孩的世界，其实比成人想象的要复杂许多，张小莫对这个群体，其实早就有一种小心翼翼。

班主任相信最先提议周末来教室练舞的人不是张小莫，这是有理由的。周六下午是张小莫学英语的时间，如果当天学校有安排，张小莫常常会以需要上英语学习班为由向班主任请假。在那个年代，张小莫的同龄人通常是初中才开始学英语的，小学就开始花钱学英语的小孩并不多。那么早开始学英语完全是张小莫自己的主意，是她某天骑单车在母亲任教的中学里疯玩时，看到了一张贴在墙上的英语班招生海报。那时的张小莫，学过电子琴，学过书法，学过唱歌，学过画画，童年的周末在少年宫的各种兴趣班中度过，英语在她看来也只是兴趣的一种。当然还不乏一些孩童的小心机：如果学英语的话，那电子琴是不是就可以不学了。

后来张小莫无数次地后悔，关于那个骑着单车冲向那张白色手写海报的傍晚，以及回家对母亲说要学英语的时刻。对于任何技艺的学习来说，学习一种新技能，不过是用一种痛苦代替另一种。但在外人——比如她的班主任——看来，这是一个洋气又正经的请假理由，班主任根本不相信张小莫会提议周六到学校。

事实也的确如此。那个周六张小莫是被那群女孩拉着到学校的，因为下午有英语课，她和她们说好只待一会。张小莫家离学校很近，只有十分钟路程，那群女孩从半路接上她，一起走下阶梯，走了一段下坡路，那段路在高架桥下，走过时会有一大片阴凉，女孩们簇拥着她，让前段时间刚处于被孤立状态的张小莫有些受宠若惊。经过桥下时，有一个女孩说自己身上有教室钥匙，等下大家一起去教室。

说话的女孩是谁？这是带给张小莫回忆恐惧症的关键谜题。

这个片段在一周的时间里，在张小莫脑内不断重复播放。她有几次觉得自己找到了答案，但向对方确认时，被找到的女孩总是矢口否认。张小莫心里某一部分其实是知道的，应该是领头的那个女孩的主意，一个女孩出主意，一个女孩拿钥匙，一个女孩说我们去挪桌椅。如果说这是做坏事，那便是集体的罪。那些和张小莫对证的女孩，有的似笑非笑地否认——我也很想帮你，但真的不是我；有的情绪激动——你不敢指认谁谁谁，就来指认我。在这样的不断否认中，张小莫陷入对自己记忆的怀疑，对于一个十岁女孩来说，长达一周时间的这种反复回忆，无异于一种折磨。张小莫无数次地祈祷自己身有异能：无论是时光倒流还是录像回放，她幻想自己能看到那一刻，清清楚楚、明明白白，只要知道答案就好。

而回到现实，张小莫觉得自己很没用。记忆在无数次的重播之后变得模糊，到后来，开启回忆这个动作都让她感到剧烈的头疼。她想得起来的片段，都那样地没用。

张小莫能想起领头女孩带了自己的小表妹，一个五六岁的小女孩，一双漂亮的眼睛有着很长的睫毛，她带了一份剁椒炒的蛋炒饭便当在旁边吃。女孩们上去逗她，要和她抢吃的，前面去的女孩，她都乖乖地喂了一勺，张小莫去时，那个小小人儿就不肯给，漂亮的眼睛里透出一种鄙视的眼神。张小莫几乎在当时就感到毛骨悚然，比起没面子，张小莫觉得更惊悚的是：这样小的小女孩都能准确地分辨出她是个被孤立者，是一个在这个群体中可以不用讨好，甚至可以被肆意嫌恶的对象。张小莫知道自己是个好看的女孩，这从大人时常的赞叹中可以得知；她还知道通常小婴儿都喜欢她，眼神对视时，小婴儿看着她的眼睛会甜甜发笑。来自比她小的同类对她赤裸裸地嫌恶，这还是第一遭。

那天，领头女孩过去笑着劝了她的小表妹几句，小表妹才不情不愿地喂了张小莫一口，那口蛋炒饭真好吃——那天没吃午饭的张小莫这样想。在回忆中，连那天觉得蛋炒饭好吃的张小莫都那样没用。

最后，这件事以张小莫写了一篇检查而收尾。这是张小莫人生第一次写检查，她在上面一笔一画地认真写着："我要痛改前非。"母亲看到"痛改前非"这四个字笑出来："你这么小的人有什么前非可以痛改的呀。"张小莫抬起头，她根本不觉得自己有错。"为什么章老师明明知道不是我，还非要我写检查呢？"张小莫向母亲提出疑问。她虽然找不出是谁，但她可以有无数个理由证明不是她。比如，她最讨厌跳舞，在所有兴趣班中，她唯一拒绝的就是舞蹈班；比如，伴奏的她根本不需要挪桌子排练，她只去看了一眼，早早就走了；再比如，就算她提议了，也不会有人听她的。虽然想到这里，有点伤自尊心。

"因为校长知道了这件事，就算班主任知道不是你，也必须推一个人出去，给校长一个交待。"母亲的回答，向张小莫揭示了她所不能理解的成人世界。

张小莫的委屈，在那一刻变成了深深的失望。张小莫是很喜欢班主任的，班主任教数学，比起语文老师，身上有种理性的睿智，公正、严明、丝毫不情绪化。同样是女老师，班主任不像语文老师，总是毫无明目地惩罚学生，爱憎情绪极为分明。但这样的公正也只到这里为止了，十岁的张小莫叹了一口气，心里仿佛老了几岁。

1997 年　秋

话说回来，母亲似乎总是这样，从不忌讳和张小莫说成人世界的规则。

母亲似乎并没有害怕成人世界的阴暗会影响张小莫童真的想法。张小莫对班主任这种深深的失望，以前也有一次。那是张小莫在少年宫学合唱时的老师，把她单独留下来，在母亲来接她时，说张小莫很有天赋，想要给她开小灶。张小莫很兴奋，母亲却神色淡然，告诉她，那个老师只是想开小班收学生挣外快而已。母亲拒绝之后，张小莫在合唱团的日子不会好过，于是很快便退出了。

母亲这种直白是好还是不好，张小莫也不知道。但张小莫遇到事情一定要寻求一个答案的个性大概是从这时种下的——哪怕是知道之后会让自己痛苦。多年之后，张小莫看到村上春树在书里这样说："无论在什么情况下，知都胜于无知，不管带来多么剧烈的痛苦，都必须知道那个。人只有通过知道才能坚强起来。"这大概是某种人类宿命般的诉求。

过了小半学期，在张小莫提出要转校时，母亲爽快地答应了。对外说的转校理由是：想把张小莫送去更大的学校，接受更优秀的教育。

知道张小莫要转校时，班主任有些讪讪，有些后悔。张小莫是她班上成绩最好的学生，张小莫所在的学校非常小，是北方南迁支援三线建设的工厂职工自己建的子弟学校，一个年级只有一个班，这样的好学生在这样小的学校，转学总归是会引起一些关注和询问的。离别对于张小莫班上的同学而言，大概是稀罕的，之前所有孤立与对立都转变成了一种离别时的温情，女孩们聚到张小莫旁边，作出舍不得她的样子，末了还叮嘱，要常回来看她们。

张小莫在这种短暂出现的温情前没有动摇，某种程度上她知道，如果她留下来，情形不会有太大变化。有些让她疑惑的事，在决定要走的时候，突然有些清晰起来。

比如，总带头孤立别人的女孩，生得不美又瘦弱，半边脸上还有一大块骇人的胎记，但她的爷爷是这所子弟学校所属工厂的厂长，作为她的拥护者的女孩们，父母是那所工厂的职工。再比如，张小莫的母亲是因为这所学校离家近才把她送到这里的，不到十分钟的距离，对于需要一个人照料张小莫的母亲来说是非常必要的。而对于非职工的小孩，每个学期需要交300块的"代培费"。除了学费外，还会有很多区别对待。从一开始，张小莫就被划分成了"外人"。再来一次这样的事件，结果也不会有太大不同。

母亲同意张小莫转校，也不完全是意气之争，因为那时张小莫的父亲从外地调回本市工作，可以减轻一些照顾孩子的负担，而张小莫长大一些，母亲可以放心让她去远一些的学校——那是户口本上划分的正经该去的学校，名正言顺地享受义务教育。

在这些细节汇集起来的时候，张小莫感到松了一口气。领头女孩的小表妹那嫌恶的一眼，让她怀疑自己身上有某种容易被孤立的特质，在一段时间内让她感到自厌。而当自己经历的不公可以得到解脱时，某种程度上也是一种救赎。

人生第一次经历转校的张小莫，感到一种爽快和兴奋。那是一种抛弃过去、人生可以重新开始的感觉：那些伤害过我的人和事，都是被我抛弃的旧生活。因为这种抛弃，对于过去的伤害也可以看淡，张小莫欣然接受了离别时同学们的祝福。

办转校手续时，张小莫和母亲是一起去的。母亲在排队，张小莫蹲在一旁，手里拿的是一本《林海雪原》。张小莫从小看的书，都是从母亲学校的图书室里借的，因此总显得不符合她的年纪。旁边在排队的大叔，上前逗她："哟，喜欢杨子荣还是少剑波？"张小莫抬头看了那位大叔一眼，没有答话。她喜欢看小白鸽和少剑波的情节，但直觉上不愿意告诉别人。在那一刻，张小莫没来由地想起自己不喜欢跳舞的原因。每参加一个少年宫的兴趣班前，母亲都会带她去参观和试听，去舞蹈班时，张小莫看到他们正在排练，十个女孩子把一个男孩子围绕在中间。张小莫知道，自己如果加入，也会是那男孩周围的陪衬之一。不是因为他跳得好，而是因为他是这里面唯一的男孩子。

在导致张小莫转校的周末排舞事件中，也有一个面目模糊的男孩，根本没有被考虑进怀疑对象。女孩们的钩心斗角，老师的追责，通通都绕过了那个男孩。这种忽略非常自然，自然到不用再去找什么理由，在张小莫十岁以前的校园生活中，男孩子们仿佛都以这样模糊的面目存在，他们成绩没有女孩子好，也并不处于校园小团体权力的中心，总而言之不可能掺和进这些事里来。在这一刻，张小莫没来由地想：有时连这面目模糊，都有些让人羡慕。

转学手续办的过程异常简单，交了很少的手续费，拿到盖章的文件就可以了。张小莫有些不敢相信，自己提出的这样一个任性的要求竟然就这样简单地办完了，如果早知这么简单，早一点提出就好了，张小莫不由得这样想。但，抛弃过去的生活，无论主动还是被动，总会残留一些伤感的情绪，这是一种理智不能控制的伤怀。张小莫觉得自己像是要上山的杨子荣，将要面对一张完全未知的地图。

张小莫去新学校的第一天，有很多印象深刻的事物。

比如九月一日清晨，夏末秋初让人悸动的秋风；比如比原来那所学校大得多的操场，以及五六倍多的人群；再比如在升旗仪式时，她发现自己把裤子穿反了。那是一条白色的裤子，前后差别不大，只有裤子口袋标识被穿反的方向。张小莫把T恤使劲向下拉，盖住口袋以免被人发现，这件事分去了她大概九成的注意力，以至于她没有过多注意和她一起站在讲台上的男孩——被新班级的班主任介绍给班上同学的赵文，他是另一个转校生。

对于这个和她命运轨迹如此一致的男孩，张小莫从一开始就失去了同盟的契机。如果和他关系好一些，张小莫之后的处境大概会大为不同。一个女孩在班上的地位有时可能会由这个班上最受欢迎的男孩来决定——这是张小莫在初中时才了悟的事。不过，现在讲还太早了。回到这个和赵文一起站在讲台上的早晨，男孩和女孩，即将在这个陌生的班级迎来各自不同的生活。

新班级的第一天，班主任王老师将张小莫塞到了靠墙的第一排座位，然后将个子高的赵文放在了最后一排。张小莫的同桌，是一个像小耗子般的男孩，瘦瘦小小又脏兮兮的，只剩一双狡黠的眼有着生气，骨碌碌地转着。他的桌子，比后面同学的小一圈，旧旧的，看上去是长期没有同桌的样子。张小莫几乎立刻就明白了他的处境，但还是笑着说，你好。那个小耗子般的男孩，抬起眼看了下她，没有说话。

张小莫在同龄女孩中并不算高，准确地说偏矮，这让她总是在分座位时被分在前面几排。但不知是不是巧合，班上人缘好的男生女生，都是坐在中间偏后的。坐在前面的个子矮的男生，往往没什么魅力，在集体中是边缘人物。张小莫对自己的个子矮小感到自卑，很大原因是从座位分配开始，她无法靠近这个班的核心团体。

一个班的核心团体人物，是玄学又实质的存在。张小莫对此是非常敏感的。小团体的领头人、被人喜欢得最多的男孩和女孩、有些权力的班干部……他们身上有种吸引人的地方，他们的同桌、分到一组的同学或其他有关系的人，都在某种程度带有了权力特质。如果张小莫在第一天时能多给赵文一些关注的话，她大概能更快分辨出他身上的核心人物特质：自信、从容，没有面对新环境的羞涩和不安。

当然，如果是班上其他女孩，会觉得张小莫给出的这些特质是胡扯，哪有这么复杂，只一条就够了：赵文长得好看。长期踢足球带来的麦色皮肤和精壮肌肉，和一张酷似年轻刘德华的脸，足够让赵文在女孩们心中打下深深的烙印。

而张小莫知道，只有好看是不够的，是更玄学的那部分气场决定着一个人在集体中的地位。下课的时候，张小莫被几个女孩围上来，领头的那个女孩指指自己身侧两个女孩，再指指坐在座位上的两个女孩，说："这四个是这个班的四大美女，现在又多了你一个。"张小莫被这又恶俗又幼稚的开场白震住了，她在亮相的第一天暂时被归到了核心团体的成员里，围上来的女孩给她打上小团体的标签，表示愿意和她玩。

张小莫长得好看，成绩又好，但张小莫知道自己是边缘人——或者至少是小团体中的边缘人。但转学第一天，她感觉还不错。女孩们迅速和她分享了一些只有这个班自己人才知道的信息。比如，坐在倒数第二排的裴述同学，是数学老师的儿子；班长暨班花林晓音，也是转校生，比张小莫早转来一年；另一个班花余婷，也是转过来的，不过只是从隔壁班就近转过来的；而早读时领读的副班长方让，在女孩们的谈话中会引起哄笑。

"方让他……挺帅的呀。"看着女孩们的哄笑，张小莫知道自己说了句蠢话。方让是这个班的副班长，浓眉大眼、高个端方，是张小莫在之前那所小小的子弟学校从未见过的英俊男孩类型，因为带领早读，在张小莫眼里又多了些权威的印象，比起赵文，方让给她留下了更深刻的印象。她不明白这样的男孩有什么值得笑的。女孩们细细和张小莫解释：方让在这个班，做了三年的班长，四年级时，被前一年来的转校生徐浩淼接替当了班长，而五年级时，转校生林晓音又压在他头上当了班长，是个对自己处境愤愤不平的老好人。

张小莫依然没有觉出有什么可笑的地方，但她敏锐地问了一句："那你们说的那个徐浩淼呢？""他呀……"女孩们朝后面一努嘴，"上学期成绩不好，被撤下来了，现在只是一个小组长了。"

张小莫有些明白女孩们对她表现出的善意，在她之前的转校生，都是成绩好又厉害的人物。而她很有可能，成为班主任的又一"新宠"。女孩们觉得方让行为举止可笑，在张小莫说他帅时觉得新奇又可笑，最后要张小莫也认同他可笑。张小莫一边审视自己的审美，一边觉得这个班级比她想象的更复杂。

转学的第一天，在张小莫记忆中，是新鲜的、惊奇的、起伏的，还来不及对自己的处境有太多忧虑。

张小莫和那个小耗子一般的男生，只做了三天同桌。母亲在张小莫转学的第三天，就带着她去找了班主任，却并不是因为同桌的事，而是因为张小莫在放学路上，被同班的两个男孩推倒在地上，摔破了手肘。

同路的两个男孩，其中一个叫胡帆的是母亲同事的小孩，和张小莫家是邻居，因为这层关系，让张小莫头两天和他一起回家。张小莫的摔倒其实有点乌龙，两个男孩并非针对她，是他们一前一后打闹躲闪时推了她一下，张小莫皮肤细，一下磕得血肉模糊的，回家就把母亲给骇着了。张小莫并不觉得该生气，这在她的经历中算不得是欺凌，只是倒霉而已。但母亲异常生气，找了胡帆的家长，又去学校找了班主任。

母亲和班主任在走廊谈话时，张小莫站在教室门口，怯怯地往里打量。推倒她的男孩，副班长，和她一起来的转校生，从后排起有联系或没有联系的男孩，目光星星点点地落在她身上，审视、玩味、疏离。比起昨天摔倒时的痛楚，张小莫知道，此刻才是糟糕了。她虽没有做错什么，但她就是知道，糟糕了。

之前只是戒备着女生小团体的张小莫，觉得自己很快要面对新的课题。教室内有一种让人惧怕又窒息的感觉，让她不敢跨进去。迷迷茫茫间，铃声响了，一个男孩抱着一沓作业本停在她身边，和善地问了句："摔得疼吗？"张小莫转头一看，是数学老师的儿子裴述。她一时不知怎么回答，男孩也不介意，笑笑说："进去吧。"

男孩带着她，走进了她不敢跨进的教室。这是她还要相处两年的小世界。

张小莫的新座位是在中间第二组的第三排。这次她的同桌，是一个干瘪得像蔫黄瓜一样的男孩。他的脸又长又黄，眼睛细细的，整个人都像在太阳下晒蔫一般。他对张小莫没有什么好脸色，对她并不表示欢迎。张小莫刚坐下去，一道三八线就划下来了。对于这熟悉的操作，张小莫没有太多情绪。事实上，如果不是班主任这么快就将她换了位置，那个像小耗子一般的男孩也开始蠢蠢欲动，扯扯她的头发，撞撞她的手肘，在那种试探性的恶意流露更多之前，张小莫幸运地得以抽身，然后面对了更直接一点的恶意。

其实没什么差别。张小莫这样想。她转头看看裴述的位置，再看看方让和赵文，那些后排高个男孩的世界是什么样的呢？也有三八线和争吵吗？那是她从未深入的区域。上课时，笑声总是从后排响起的，那一区域的人有着自己的默契和秘密。台上老师恼羞成怒，问他们在笑什么，没有人会回答。坐前排的同学和老师一样，也不了解教室后面那个时而吵闹时而欢笑的部分。

在前排的张小莫有自己要观察的世界。首先是她面前的那个讲台。这个班对于犯错的惩罚措施之一是"蹲讲台"，讲台里面可以蹲下一个人，被点到的人拿着书在全班同学的注目中弯身蹲进讲台的空洞中，和扫把、簸箕这些打扫工具为伍，一堂课下来，只能看到老师的腿，或什么也看不到。

为什么会有这样的惩罚？大概是老师不想看见捣蛋的学生，又不能把他们赶出教室。

通常被叫去蹲讲台的，都是前排调皮的男孩。那个小耗子一般的男生，对此就非常熟练，钻进去时各种得意，仿佛讲台下是他的另一个居所。体形胖一些的男孩，钻进去就相当辛苦。再后排的一些高个子男孩，便是蜷缩着也很费劲。

这是张小莫少有的能仔细观察后排男孩的机会。他们和前排男孩钻讲台的熟稔不同，从后面走上来，走在同学的哄笑捧场声中，但仔细观察，脸上带着些羞愤和难堪。但老师也不会随便给后排男孩难堪，除非气急，或是有过蹲讲台的前科。蹲讲台这样的事，好像也分零次和无数次，没有蹲过的人，老师总是带着顾虑，被罚过一次之后，便觉得这个人这样对待也是可以的，没什么心理负担。在这样的对待面前，同学在老师眼中的三六九等，很快就能看清楚。

张小莫的新同桌，像豆芽菜一样的石凯，虽然坐在前排，却有着后排男孩一般的自尊心。如果被叫到蹲讲台，他黄蜡的脸上会迅速涨红，骂骂咧咧拖着脚步移上讲台。那种骂骂咧咧是他的常态，张小莫手肘过界时，他看张小莫不顺眼时，或是他自己有什么不顺心的事时，他便会龇着黄牙，骂出一连串含糊不清的话来。石凯不喜欢蹲讲台，所以他很小心让自己不要被抓住把柄，他对张小莫的攻击完全是精神上的,时不时撞一下她的手肘,对她露出嫌恶的眼神,他很喜欢挑衅张小莫,"有本事你去叫你妈来告老师啊",这是他喜欢的台词。他敏锐地试探到,张小莫不敢再去告老师,那样的事再发生一次,她在这班上就将成为被贴上标签的异类。在这个男孩身上只存在两种状态:蔫蔫的疲惫和近乎狂躁的愤怒,类似于愤青的感觉,只不过这种愤怒因为缺少实质内容而无从发泄。

　　硬性分配同桌的制度对这个年纪的女孩来说,非常重要且只能靠运气。而张小莫在这上面的运气,一直不太好。同桌像只有害的蚂蟥,时时蹲守在她旁边,带来一些不致命但让人恐惧的瘙痒与刺痛。还有一些潜移默化的影响——同桌对你的态度也会影响同学对你的态度,他向全班展示着,你是可以被这样对待,并且毫无能力还手的人。

　　同情这种情绪,在这个年纪是极少的,一旦让人可怜,更多的可能是招致厌弃。像是还未开化的幼兽群,还没进化出文明的秩序。

　　这个班级还有更多秩序需要消化。因为不合意的同桌,下课时间的张小莫会感觉比较快乐。最开始迎接她的那群女孩会来招呼张小莫玩。掷子、跳皮筋、折星星、叠千纸鹤,玩简易的星座算命游戏。但张小莫朦朦胧胧地,觉得她们并不是真心想和她玩。她只是这群女孩的挑选品。张小莫这些游戏都玩得不错,折纸也能折出几个花样,她手不算巧,但先一步学会,便在旁人眼中是聪明。真正手巧的,是像贺敏那样的女孩——不用像张小莫一样回忆折叠的步骤,花样也比她会得多,在张小莫教那群女孩折纸鹤时,贺敏飞快地拿纸折了一遍,对着她们说:"我来教你们折吧。"

　　忘了一个步骤的张小莫松了一口气,正要把纸鹤交出去,领头的女孩拦住张小莫,转过去对贺敏说:"不用,我们就要张小莫教。"张小莫几乎立刻就抓住了领头女孩语气中的含义:你怎么配教我们。张小莫望望贺敏,那是一个有些黑壮的女孩,因为黑,显得脸上有些脏;因为壮,坐在后排角落,并不是张小莫平日接触的对象。但张小莫很快就了解了，贺敏是全班唯一一个蹲过讲台的女孩——她偷窃过班上的财物。自此，老师们对待贺敏，就像是对待班上最调皮的男孩一般，用书敲她的头，抓她头发，犯错时让她蹲讲台——毕竟，就连最调皮的男孩都没有犯过偷窃罪，对于这样的女孩，不用考虑她的自尊心与廉耻心。

听完缘由，张小莫心里有些堵。是在和这样的女孩的比较中，领头女孩选择了她，又或者说把她推出去，接受这个有偷窃前科女孩的迁怒。

这群和她玩在一起的女孩，不能算是她的朋友。张小莫暗自得出这个结论。上课铃声一响，张小莫看着自己的座位，心情郁郁。没有人能帮她摆脱这个小而恼人的困境，母亲不可以，老师不可以，这些觉得她有资格和她们玩的女孩也不可以。坐在后排也许有着善意的男孩呢？过于遥远了。

张小莫望着座位，她的同桌石凯，挑衅地盯着她等她回座位。

好的，挑衅模式开始。

张小莫吐出一口浊气，像是要赴个什么比武之约般，踏步走上前去。

张小莫柔弱的外表下，其实有着一股倔劲，混着一点点匪气和侠气。这是从她的父亲及其战友的身上习得的。每年八一建军节，父亲和战友们带着妻儿聚餐时，张小莫能明显感受到自己和桌上其他女孩的不同。那些在军营长大的女孩们，果敢、胆大、爽利，有些甚至活脱脱就是男孩模样。张小莫本来也有可能成长为那样的女孩，说实话，那些女孩让她羡慕。她在私下里想象过在军营长大，而非被母亲一个人带大的童年。

在张小莫小时候，父亲在家的时间不多。通常是探亲假，带着礼物回来。短短的时间里，教张小莫打一整套军体拳。在生气时，父亲对张小莫的体罚，是蹲马步和站军姿。张小莫从小就倔，父亲让她出去站军姿，她便真的出门，站在家门外，不认错也不服软，把母亲看得从笑到哭，最后还得把她哄进门。如果不觉得自己有错，张小莫是不会认错的。母亲知道这一点，在父亲对她咆哮"你知不知道哪里错了"的时候，就会把她护到一边去，以免她宁死不屈的神情更加刺激到父亲。

也许连张小莫自己也不曾意识到，自己在坚守着什么信念。她善于进行对错的分辨，即使在无力抵抗的时候，也不会主动选择屈从。倒也不是"不愿"，更像是一种本能的"不能"。

同桌男孩的愤怒，大概有一些也源于她的这种不屈从。张小莫眼中更多的不是害怕，而是厌烦和不屑，被欺负的虽然是张小莫，被鄙视的反而是他。这种刺激引得他不断对张小莫出手。这次也不例外。当张小莫坐回座位，抱着书包拿出书时，石凯重重地撞了她手臂一下，书包掉在地上，书本四散。张小莫一时恶向胆边生，把书桌上两人的文具往地上一扫，干脆地往男孩蜡黄的脸上打了一记右勾拳。

"啪"地一声，清脆得仿佛是打了一记耳光而非一拳。但因为有上课的铃声伴着同学归位的嘈杂声遮掩，并没有多少人注意到这一拳。手上传来的疼痛激得张小莫眼角出了些泪光，男孩指着她，眼里满是不可置信。于是踏着最后一道铃声走进来的数学老师，看到的场景是泫然欲泣的张小莫，以及一脸凶相指着她的石凯。再看看张小莫散落一地的书本文具，数学老师觉得自己已经掌握了某种真相，一面把石凯送到班主任办公室，一面示意张小莫把东西收好上课。

课上了一半，张小莫才从自己真的打了人的事实中反应过来。她有些忐忑地等着下课，等着班主任将她叫过去。没有什么好害怕的，张小莫给自己打气。先有因后有果，如果被问起，正好可以说个分明。

下课时，石凯蔫蔫地回来了，动作熟练地收拾东西，准备好蹲进讲台里。张小莫犹疑地叫住他："王老师没叫我去吗？"石凯幽幽地说了一句："我没说。"

不想说自己被一个女孩打了，或者，说了也觉得老师不会信？后一种猜想，让张小莫觉得不自在。"要不，我去给老师说是我打的你？"张小莫小心翼翼地说，对自己的全身而退有点过意不去。蔫黄瓜一样的男孩突然有了点精神气，眯着细细的眼看着张小莫："你傻呀！"然后抱着书，悠悠然地去蹲到了讲台里。

对于打了同桌男孩一拳，两人关系反到缓和了些的这个事实，张小莫虽然有些摸不着头脑，但还是很理智。这种结果于她，并不是以暴制暴的胜利。要是遇上真正凶狠的男孩，大概会是另一番结果。比如，很快，张小莫就围观了贺梅和她同桌的打架：两人突然跃起，两手分别撑在前后桌子上，两腿腾空至椅子上方互相猛踢，男生被踹出了些凶性，猛地往贺梅肚子上一踢，贺梅吃痛，直接脚踩在椅子上三两步走过去，抓起男生的头发往桌上一磕，待男生痛得哭了出来，贺梅也蹲在一边抱着肚子。

不至于……吧。前排远远观战的张小莫和石凯对望了一下，默契地没有作声，这就算是停战了。

真正的和平，来得有些意外。是在吃早餐的时候，石凯不小心把自己那份的两个包子弄到了地上，不多不少滚了两圈。包子停下时，张小莫感受到了一两秒诡异的静默。

吃早餐，是这所小学独特的文化之一，每月60块的早餐费，在1997年时，并不是每个人家都能轻松负担的。但如果不在学校吃，便会被班主任不断地点名。班上有一个叫文竹的特困户女生，因为确实家境太贫困了，学校特地减免了她的学杂费，她自然给不起早餐费。每次班主任敲打没交早餐费的同学时，就会先把名字点一遍，然后说："你们如果是像文竹家一样困难，那不交早餐钱还说得过去，如果可以负担的，还是在学校吃，又干净又健康。"每当这时，张小莫就会看到那个瘦得真的如同竹竿一般的女孩，惨白的脸上慢慢现出一抹红。

不在学校吃早餐的同学会被示众，在学校吃早餐的同学也好过不到哪里去。吃早饭的时间不多，但浪费食物是绝对不被允许的。如果在规定的时间吃不完，是不可以倒掉的。运送早餐的桶或箱子，由值日生统一搬运到班上。如果赶不上时间，不仅要自己站在教室门外吃完，还要自己把碗送到食堂。这时和分早餐的值日生打好交道就很重要了，在他们从桶里舀出一碗米粉或饭食时，求他们少舀一些；又或者可以在看管不严的时候，偷偷往泔水桶里倒掉食物——当然，被抓到又免不了惩罚。

为什么光是吃一份早餐，就能演化出这样多的羞辱方式？张小莫想不明白，但这确实就是他们一天开始的方式。

包子掉到地上，会受到什么处罚？张小莫和石凯面面相觑。看着石凯脸上又纠结又惋惜的表情，张小莫把自己那份包子推过去："你吃吧，反正我也吃不下。"对张小莫来说，不吃早餐反而是件轻松的事，往往她还没饿，又要回家吃母亲准备好的午饭了。但青春期的男孩和女孩不同，同桌久了，张小莫能感受到旁边男孩的饥饿感。不吃早餐，对他来说是很难挨的一件事。在张小莫迅速盘算着怎么处理掉地上那两个包子而不被人发现时，石凯脸上出现了一种她从未见过的、混杂了难为情和羞涩的表情。石凯突然起身把地上那两个包子捡起来塞进嘴里，包子上的尘土在张小莫眼里显得特别刺眼。待把包子吞下去，石凯向张小莫露出了一个安抚的笑："没关系，吃了不会有事的。"

张小莫说不清心里是什么情绪，她见证了这个蔫蔫的男孩超强的自尊心，她迅速收起同情的眼神，两人再次做了一次共谋。守着两个秘密的两人，即使不是朋友，也不是敌人了。

"自尊心强"是好还是坏呢？张小莫曾指着《故事会》上写着自尊心强但却是反面人物的描述问母亲。母亲犹豫了一下回答，有自尊心是好的，但自尊心太强也有可能导致不好的后果，要看情况。张小莫想起自己曾经的疑问，模模糊糊有了答案。她对于前排男生若有若无的轻视,对于同桌男生隐晦的不满,男孩曾经又看出了几分呢?

这是太复杂的问题了,遇见一个人,了解一个人,消除一个人对自己的敌意,这样复杂又艰深的事,对于张小莫来说,已经是必考题了。

只是,在大多数时间中,只有考题,没有答案。

1997 年　冬

在同桌男孩的敌意消解之后,张小莫的生活,仿佛陡然变得容易起来。

她有些惊讶地发现,即使在这个比原来子弟小学大好几倍的学校,于她而言,在学习上排在前列也并非难事。所有课堂上的提问她都能答对,课程小考拿第一是常有的事,班主任作为语文老师,在最初的怀疑之后,炫耀地把她每篇作文都拿到年级上去传阅。

"这作文是你自己写的吗?"最初听到班主任问出这一句,张小莫知道某种熟悉的剧情要上演,质疑的另一面,意味着认可。她知道第二篇作文写出来时,就是对这个问题的回答。可是,为什么认可要以质疑的方式出现呢?有时她心底也会有些小小的郁闷。第二篇作文,第二次考试的高分,第无数次回答问题,才能把那审视和质疑变为欣赏和赞叹。即使是知道怎样应对这样的考查,张小莫依然觉得不适。

在这样一段观察期后,张小莫在年级中算是出了名。下课在走廊上,也会有被围观的时候。在老师们的口口相传中,张小莫多了很多她自己都不知道的事迹,比如她在联欢会上背了一篇课文,就被传扬为"很会朗诵",就连一向是她弱项的体育,在被拉入跳绳队之后,也变成了全面发展的典型。老师们用她在造一个榜样,虽然目的不同,但结果相似。新榜样的诞生,伴随着的是对旧榜样的拉踩。

林晓音和方让，就是这样的旧榜样。去年的林晓音，就是此时的张小莫。对于张小莫此时所受到的追捧，林晓音再熟悉不过。方让和徐浩淼，便是林晓音踏着上位的旧榜样，一个还在战斗，一个已经退出竞争。此时的境遇，被林晓音概括为"失宠"。

张小莫对林晓音的印象是很好的，这是她转学过来第一天就注意到的女孩。漂亮，身姿优美，臂上戴着三道杠的大队长标识。在传言中是班花的女孩，并不仅仅是长得漂亮就可以，她必须要有什么明显超越众人的特质，才能让一个集体的人都认可，说出这个名字可以代表这个班最美的女孩。

如果单论相貌，张小莫觉得另一个班花余婷要长得更精致一些，眼角眉梢更耐看，一颗美人痣点在嘴角，像是一幅精心勾勒的美人图。林晓音的美，则有些写意了，她的眼鼻唇都是圆圆的，脸也带着婴儿肥，皮肤是偏黑的，但一把及腰的长发编成一个独辫子高高地扎在脑后，有一种生动飞扬的美。林晓音的声音给她的美进行了加成，那副好嗓子给她带来了不少歌唱比赛的奖杯，平时讲话也带着好听的共鸣腔。说起班花时，林晓音被提起的顺序一直排在余婷前面，如果问为什么，同学们就会回忆起四年级时的夏令营，穿着黄色公主裙的林晓音在篝火前唱歌的情形。大家都知道那条黄色的公主裙，其实是余婷借给林晓音穿的，但他们认为林晓音穿着更美。火光照耀下的女孩和夏夜的星子，成为这个班的同学想起来就动容的回忆。

那个夏令营的篝火之夜，是张小莫未能参与的回忆。但她接受同学们的判断，因为林晓音是各种意义上的优秀，比如在成绩上，只有林晓音和方让才能和她争一争。而林晓音也是班主任口中，最常用来和张小莫比较的对象。

在和林晓音成为朋友之前，张小莫没有想过这个优秀的女孩子平日远远望着她时，清冷的外表下是怨念又委屈的情绪。张小莫之前很欣赏林晓音的这份清冷，下课十分钟，对于张小莫来说一个人是很难挨的。如果一个人待在座位上，便会有一种无人理睬的局促和尴尬。所以她喜欢加入女孩们的游戏，那种热闹可以冲淡这样的尴尬感。张小莫觉得这班上可以分为几种人：像恒星一样吸引别人去找他玩的人；像她一样不会吸引别人的人；还有像林晓音一样，一个人坐在座位上，别人也不会觉得她魅力不够的人。某种程度上，张小莫很羡慕林晓音，她觉得如果活成像林晓音这样，大概便不会有什么烦恼。

张小莫和林晓音的亲近，来得有些晚。出于一种优秀女孩之间的骄矜，小半个学期过去后，她们才在放学排队的时候，因为同路站在了一起。她们很快因为另一种巧合迅速熟悉起来：林晓音的母亲，和张小莫的奶奶是同一个单位的，张小莫奶奶在退休前，是林晓音母亲的上级。"我妈叫你奶奶刘科长。"林晓音告诉张小莫，明明是转述的话，却莫名听出了些恭敬。

林晓音家和张小莫奶奶家在一起，都是在护城河对岸，张小莫家则在河的另一边。林晓音放学如果是去她母亲单位，才会和张小莫同路。

林晓音母亲所在的单位是一座监狱，不过和张小莫奶奶一样，是财务部门的，并不和犯人直接打交道。而那座监狱，就在张小莫转来的这所小学旁，从监狱职工的家属住宅区穿过，可以在张小莫回家时抄一段近路。张小莫并不觉得可怕，那里更像是一个绿化做得不错的厂区，和她之前就读的工厂子弟小学背后的那所工厂家属住宅区没什么不同。但林晓音不和她抄近路，更多的时候她们走远一些的大道，会经过护城河上的一座桥，她们的小学也以这座桥的名称来命名。

就是在这座桥上，林晓音拉着张小莫的手，用带着共鸣的嗓音告诉她："你知道吗，我真的很羡慕你。王老师现在最喜欢你，她现在不喜欢我了。"张小莫一时不知如何承受这种羡慕：自己所羡慕的女孩，反而羡慕着自己的处境。张小莫把自己对林晓音羡慕之处一一和盘托出，两个女孩不知为何松了一口气，原来对方过得也没有自己想象的那么轻松。两个人像交换情报一般，细数着因为班主任的表扬和批评而心情起落的时刻，暗暗推测其后的原因；张小莫则有点迷信，她有自己判断运气好不好的方式，通常是一些奇怪的暗示，被表扬的时候她归之为运气好，反之也是因为运气的缘故。

两个在班级中在外人看来最受老师宠爱的女孩，在回家路上这样的点滴拼凑间，突然得出了一个惊人的事实：班主任王老师，是因为自己的喜好来控制和影响她们，并不完全是因为她们表现得好还是不好。

林晓音觉得自己的失宠，是因为上学期末班主任暗示要给她送礼时，林晓音的家长并没有表示。但因为林晓音代表市里得到的歌唱奖项，学校大队长的职务只能落在她身上，所以班主任便在日常中若有若无地刁难林晓音。

班主任王老师的所谓刁难，张小莫还未试过。但她能感受到，王老师是一个操纵人心的高手。在此之前，张小莫从未如此对老师每天的心情和评价如此上心，同样一句话，语句次序的变化便能让人察觉出不同来。"张小莫虽然是新来的，有些规矩还不懂，但进步很快"与"张小莫进步很快，虽然是新来的，有些规矩还不懂"，便是不同意味。十岁出头的少男少女们，无师自通地开始察言观色。就算是别人眼中的"好学生"，在这个班也过得战战兢兢，为班主任每天喜欢好的变化来揣度自己将要失宠的征兆。

如果她们能再大一些，大概能知晓班主任玩弄人心的手段，掌握着权力的大人，懂得如何让小孩生出自卑之心。

但在那时，没有人觉得这有什么不正常，比起揣摩自己喜欢的男孩的心思，女孩们更热衷于去猜班主任的心思。在张小莫和林晓音说破这一点之前，她们都没有想过这是大人对于小孩的权力的施展。毕竟，作为好学生是有一定的优越感的，比起动不动就被惩罚去蹲讲台的一小部分同学，以及班主任根本不屑一顾的大多数同学，她们所受到的关注和优待是有理由可循的。老师态度的变化，通常会被归于自己表现好或不好，再不济便归于运气的好坏。而当林晓音和张小莫将自己不能解释的疑惑共同摊开时，成人世界的一角再次显现。

副班长方让的存在便是掀开这一角的撬棍。

张小莫向林晓音袒露自己的少女心事和疑惑：她来的第一天，觉得在讲台上领早读的方让是这个班最帅的男孩，她觉得自己几乎在来新学校的第一天就有喜欢的人了。但这点喜欢的感觉，很快消失在众人对他理所当然的嘲弄中。哪怕是觉得他帅都要被嘲笑，更不要说喜欢他了吧。张小莫和林晓音说的时候，有点期期艾艾，但在林晓音眼里没有嘲笑，林晓音松了一口气，拉住张小莫的手说："我来的第一天，也是这样觉得的。"

张小莫觉得惊喜异常。那是一种大家眼里的皇帝的新装，突然被破解开的感觉。作为局外人的她们，在刚进入这个班时的感觉并没有错。而是这个班上发生过的什么，让方让这样的男孩让人觉得魅力全无，变成供大家开玩笑的对象。

这个她们共同短暂好感对象的心路历程，让张小莫和林晓音更加亲近起来。这种终于有人可以吐露秘密的激动，甚至盖过了喜欢这个事实本身。比起好感和喜欢，她们对方让身后的谜题更加感兴趣。三年级的那一年，究竟发生了什么，让同学们对原本作为班长的方让印象大为转变呢？

张小莫这时还不知道，这个让她有好感的男孩，将继续成为她的初中和高中同学，并且两人因为始终是竞争对手的身份，相看两生厌。

方让对张小莫的敌意，张小莫是很晚才感受到的。对于这个她差一点就要喜欢上的男孩，她的内心深处有一种婉转不可言说的好奇。她很少有接触他的机会，除了领读的时间，通常是吃早餐的时候，轮到方让值日，张小莫便会对方让说少打一点，而方让每次都如她所说，只给她打上半勺的分量，这样张小莫便能轻松地在第一节课前把早餐吃完。每次方让值日时,张小莫内心都很雀跃,排着队,走到方让前面,低着头的男孩少打的那半勺米粉或糯米饭,仿佛有一点徇私的温情。

方让身上有一种老成的感觉,在一群同学中,像个小大人。这种显得老气的感觉,也是他被嘲笑的理由之一,但张小莫觉得,这种老成是一种看透了某种真相之后的沉郁感。一个英俊的、有故事的男孩,即使没有喜欢上,也是不可能讨厌的。这一点张小莫和林晓音达成了共识。在同学们对方让的嘲笑中,她们始终沉默着,一开始带着不解,后来两人说破之后,每当方让被哄笑时,她们的眼神便会在班级中穿越人群寻找彼此,带着点众人皆醉我独醒的意味。

她们是知道皇帝没穿新衣的小孩,并且她们有彼此。这一点让张小莫很是兴奋。在此之前,她从未遇到这样和她共执秘密的投契的朋友,何况这个朋友,还是她非常羡慕的女孩子。

林晓音和方让之间的交集远比张小莫多。作为班长和副班长,他们要一起出现的场合很多,被同时提起的时候也非常多。班长和副班长,有时像一对共同出现的名词,张小莫很羡慕这样的共同出现。

方让对林晓音是没有什么敌意的。至少在张小莫看来没有。和对林晓音不同,方让讨厌张小莫。这个事实是张小莫在她这一学期的期末考试成绩出来之后知道的。

当班上同学感叹张小莫刚转过来就拿了期末考试的第一时,方让因为错失第一,崩溃到在走道上蛙跳了三个来回。是的,蛙跳,青春期男孩子总有让人看不明白的脑回路,在这三圈蛙跳中,张小莫对方让之前的滤镜裂得粉碎。在蛙跳结束之后,方让把张小莫拉到走廊尽头说:"你知不知道,我如果考不到第一,回去会被我爸拿锁链绑起来打,这么粗的锁链!"张小莫被方让比划得吓了一跳,无来由地涌上了点愧疚与同情。

真是这样吗?张小莫私下问了这个班的"原住民"同学,得到的答案是有些不以为然的嘲笑:"不至于吧,他爸妈是离婚了,但没听说有这么夸张。"

这夸张的描述是实情,还是为了让张小莫愧疚呢?张小莫不知道。她把这事告诉母亲时,母亲的回答是:"他考不到第一名并不是你的错,如果他下次再这样说,你可以告诉他,你考不到第一名你妈妈也会难过的。"

这世界上是存在这样的事的,并不是因为你做错了什么,但因为资源的稀缺,别人得不到的东西便会归因在你身上。比如老师的宠爱;比如第一名;比如"我喜欢的人为什么喜欢你"。

这个事实一度让张小莫有些沮丧,那个在她转学来第一天在晨曦中带领早读的英俊男孩形象在这里崩塌,连那点若有若无的好感都这样溃散掉了。

后来张小莫从郑渊洁的童话里习得一个词,叫"迁怒"。人们面对自己无可奈何的事时,往往会把这怒气发到不相干的人身上,更不要说和这件事多少还有关的人了。找到一个怪罪的对象,某些时候对自己的无能为力来说是一种解脱。不止孩童如此,即使是成年人,在生活中也常常使用这种解脱的手段。

父母的殴打,张小莫也不是那么陌生。

母亲曾经用一个四脚方凳砸她,砸断了一条凳子腿,只是因为她不肯吃饭。挑食,挑穿衣,或者是受了伤,都有可能成为她被打的原因。张小莫更小一点的时候,是个很容易受伤的小孩。受伤的缘由千奇百怪,比如在嘴里含着一颗话梅核时恰巧摔了一跤,把嘴唇磕破了去缝了三针;比如母亲在床上随手放了一个锅盖,张小莫在床上蹦跳的时候刚好踩在锅盖上,脚一滑大头朝下跌下床。前一件母亲看到一嘴血的张小莫后给了一巴掌;后一件听母亲自己说,把张小莫从地上捞起来就给她屁股上先来了几下。幼儿园的时候,张小莫的头曾被老师的牙磕出血,因为她坐在老师的下首,老师张开口弯腰大笑时,牙磕在了张小莫的小脑袋瓜上。这次诡异的受伤事件在母亲那里的反馈是,责怪张小莫当时为什么不躲着一点。

张小莫长大之后，看到在路上摔倒的小孩，家长不去安慰，反而责骂小孩为什么不看路时，都会有种感同身受的同情。在他们那个年代，去安慰跌倒小孩的温柔父母大概是很少的吧。这也许也是一种大人的迁怒。

六岁之后，母亲不再打张小莫了。因为六岁时，她受了人生中最严重的一次伤，母亲把刚烧开的水壶口朝外放在地上时，张小莫冲过来找母亲，一脚踢翻了开水壶。

即使在长大之后，张小莫仍然觉得自己清楚地记得踢翻水壶时那一瞬间的细节，当时她穿着紫红色的健美裤，开水和裤子紧紧地贴在她的腿上，母亲把她泡进冷水桶里，但脱下来时仍然揭掉了一层皮。

母亲关于这件事后悔的点很多：不应该把壶放在地上，不应该把张小莫泡进水桶里，不应该把裤子脱下来……最后都会愤愤地对张小莫说一句，你那时冲过来干什么呢？但就这件事，她没有再怪张小莫。

后果是严重的，揭掉一层皮的烫伤发炎、灌脓，最后在张小莫两只小腿上留下了柠檬片大小的永久性的伤疤。每周两次的清创和换药时，张小莫都哭喊得如杀猪般地凄惨。母亲说那时张小莫会哭着喊爸爸，喊大伯父，连奶奶家那边认的姑妈家的表姐都会喊到，就是不喊妈妈。因为母亲近在眼前不能解救自己，而对那些不在现场的人，年幼的张小莫还可以存有幻想。

大概是因为这次受伤把之后几年的伤痛都预支了，母亲从此之后就不再打张小莫了。张小莫并不为这件事怪母亲，她的烫伤恢复后和别人的烫伤形态不太一样，不是那种坑坑洼洼的红疙瘩，而是光滑的覆了一层皮，受伤的部分是比皮肤淡几个色号的苍白色，最后一次医生看她时，说长大后穿双丝袜应该就不明显了。巧的是，在母亲小腿上同样的位置，也有形状一样质地不同的两个疤痕，小的时候母亲说当时是给张小莫植了皮，但张小莫长大后母亲却否认了这个说法："是你自己长出来的，我的这个就这么巧。"

除了夏天不方便再露出的小腿外，这次烫伤还给张小莫多多少少留下了一些影响。在长大之后，疤痕性体质的张小莫去医院除掉身上其他部分的伤疤时，为她进行小手术的护士总会称赞她，对疼痛的忍耐力特别强。当注射除疤激素的针头从凸起的伤疤穿进去注射时，诊室总会传出阵阵哀嚎，而张小莫显得格外安静，泪水不停地从她眼里滑落，但她尽量不喊出来。她知道喊出来影响到护士对她来说没什么好处。"你真勇敢，那些前面出去人高马大的男的，比你怕痛多了。"护士这样说。

对于一些无可奈何但必须要承受的痛苦，张小莫可能从那时起，就比同龄人多了一些忍耐力。但有可能也多了些麻木也不一定。

1998 年　春

有些东西人们想要争，不是没有原因的。这个被方让认为是踩着他拿到的第一，让张小莫在五年级下学期的开始，一时风头无两。

在刚开学进行的班干部换届选举中，全班有一半的人投票选张小莫当班长，但提名张小莫的，却是方让。"我提名张小莫。"方让高高地举起手，讲出这句话，然后恶狠狠地看了张小莫一眼。张小莫还是不理解这个男孩奇怪的脑回路，明明做了件利好她的事，像是愿赌服输的架势，但那眼神又有点像诅咒。

唱票的时候，张小莫觉得那是她不长的有生之年里极少感到的高光时刻，作为一个独生女，她感到幸福的时刻也许有很多。但作为一个习惯了被孤立的小孩，这样一种被班上大多数同学认可和信任的感觉是她很少能得到的。她也许单凭自己就能感到幸福，但她无法左右别人如何对她的态度。在被孤立的经历中，她学会了自娱自乐，但当这种认可居然也会落在她身上时，张小莫感到了一种前所未有的开心。

唱票结束后，上讲台去收拾投票小纸条的张小莫，在辨认出一张纸条的字迹时，开心的程度达到了最高点。那是裴述的字迹，那个在上学期她刚进入这个班级时，将她从母亲告状的尴尬中解救出来的男孩。

小少女的好感，来和去都是琢磨不定的。张小莫和林晓音认真讨论过，同时对几个男孩有好感并不是特例。那时她们课间流行一种用手占卜的游戏，在一张纸上描下自己一只手的形状，然后把每个手指分为三节，分别写上自己期待结婚的三个年龄，想要有小孩的数量，还有三个男孩的名字，等等；最后通过点兵点将的方式，留下三选一的那个答案。那时女孩们会有将小孩的数量写成零的，也有说自己不结婚的，但三个男孩的名字没有人会写不齐。就算是为了掩人耳目，不让别人猜到其中真正喜欢的那一个，女孩们也会加把劲把三个候选答案填满。

张小莫的三个答案从来都填得很从容，女孩们喜欢玩这个游戏，可能只有三分是对未知的期冀，这个名为占卜的游戏，真实的乐趣在当下。还有什么比这种假意以占卜之名更适合掩护自己的方式呢？男孩们会守在围成一圈占卜的女孩们的外沿，小声传递写下的一个个名字，大家哄笑一番，有些人得意，有些人失落，但终究作不得真，除非本人承认，旁人无论如何也不会知道标准答案。但可以传递的信息是：写上去的这三个名字，至少是有那么一点好感的、不至于讨厌的。

张小莫的答案里从来没有过方让，谨慎如她不会让这个可能引起嘲笑的名字出现在这种场合。裴述的出现倒是很正常，就算是为了报恩，满足他一点虚荣心也没什么不对。另一个通行的答案是赵文，这个被称为全班女生的梦中情人放在这里也不会有人当真。最后一个空她会填上一个没什么人注意，但模样很符合她审美的男孩，男孩名字里有个"钧"字，很多年后张小莫仍然对这个字有着出奇的好感，但若问她这时喜欢这男孩哪里，她大概只能说出体育课时站在他后面时喜欢看他穿蓝白条纹的阿根廷国家队的球服和匀称健美而白皙的小腿。

更多的时候张小莫的注意力是在裴述那里的，他也喜欢穿阿根廷国家队的球服。有时张小莫不知道自己是先喜欢了蓝白竖条纹的球衣，还是因为自己有好感的男孩带来的相连记忆。但对于裴述，除了蓝白竖条纹的球衣之外，张小莫还能讲出很多其他的细节。

如果说方让是对手的话，裴述对于张小莫来说，是同类。

同样身为教师子女的裴述，时不时能让张小莫有感同身受的同情。同情在这些幼兽的世界并不是一件好事，很多时候同情是和看不起连在一起的。但因为这同情中带了些自怜，便有了些同类之间守望相助的意味。

曾经如同英雄一般解救张小莫于尴尬之中的裴述，在班级里却常有狼狈的时刻，作为数学老师的儿子，裴述和他母亲之间所有的小矛盾都悉数暴露在同学们眼前，数学老师从不收敛自己的脾气，生起气来的时候会直奔后排去抽自己的儿子，作业本、戒尺，甚至不知哪里找来的衣架都是作案工具，而裴述会在座位间跳来跳去躲闪，出现像猴子一般的姿态。张小莫喜欢的他身上那种和善温柔的气质，在这种时候被破坏无遗。

大人们仿佛丝毫不懂得这年纪的小孩也需要尊严一样，无论是让别的同学蹲讲台还是当众体罚都毫不在意。数学老师这种一视同仁，并不让人觉得公平，反而让人有点寒意。每每这时，张小莫就会有些兔死狐悲的感觉。裴述正在经历的难堪，也许是她也会经历的。

但与此同时，她对于如何解救他无能为力。作为对危险尤其敏感的幼兽，张小莫甚至不自觉地会在数学老师目光所及的地方离裴述远一些。她能做到的善意，仅仅是在裴述被数学老师花样殴打的时候，不像其他同学一样回头张望，不去让他狼狈的样子再多落入一个人的眼中罢了。在这样的难堪处境中，这个男孩都不忘给她释放一些善意，张小莫没有理由不感动。

在张小莫于孤立无援之境时，裴述拉了她一把；在张小莫票选排在第一时,他依然在支持她的阵营中。这一票对张小莫而言,意义大于形式。

无论如何,五年级下学期的班干部选举,让张小莫有限的人生走到了一个虚假繁荣的小波峰,有同班同学的认可,竞争对手的成全,老师的宠爱,朋友的亲近。这种她在转学之前不曾体会过的感觉,让张小莫有了一种人生进入新篇章的欣慰。这一次转学,是小小的张小莫做出的任性又重要的选择,她初尝到一些要为自己的选择负责的味道。不过半年时间,她努力地进行了适者生存的演化,不让自己为这个选择而后悔。

她原先的那所子弟小学,在她转来新小学之后,曾传出过有可能合并到这所小学的消息。知道张小莫是从哪里来的体育老师,曾取笑过张小莫转学行为的无意义。这个传闻最终不了了之,但即使最终成真,成年人大概也不会体会得到,在他们看来短短的半年时间,对于十岁的孩子,已经足够漫长,意义也足够重要了。

最终得了半数票以上的张小莫成了学习委员而非班长。因为班主任需要有市级奖项的林晓音去保留五条杠学校大队长的位置,只有每个班的班长才能去选学校的大队长。折中之下,班主任让张小莫做了学习委员。

虽然有一丝遗憾,但张小莫没有太多不满。这个微妙的安排,让她和林晓音之间的友谊不用经受进一步的考验。张小莫为此暗暗地松了口气。

此时张小莫的交际圈,已经在不知不觉间发生了一些变化。她从刚转学来拉她入伙的那群女生的小团体中渐渐隐退,和林晓音还有另一个班花余婷组成了一个新的稳固的三角形。张小莫和林晓音的友情浮出水面,不再只是在放学后一起回家时才走在一起。随着张小莫在这个班慢慢站稳脚跟,她有了自己选择朋友圈的权利,不用顾忌太多,也不让别人有所顾忌。班上两个成绩数一数二的女生公开了她们之间的友情,无形之间,她们之间的联盟关系打破了之前班上存在的权力分布的局势。

以前处于权力核心地位的女生小团体，以拉帮结派、划分等级、孤立别人的威慑力而施展自己的权力，在此之前，班上的前几名都是以新踩旧、单打独斗，从未有过如张小莫和林晓音这样的强强组合的友谊。即使有一些苗头，估计也会像前半年的她们那样，将关系停留在半保密的状态，不然就会招致原有权力中心小团体的破坏和瓦解。

余婷的加入帮张小莫和林晓音稳固了这一结构。三年级时从隔壁班转来的余婷，介于转校生和班上的"原住民"之间，既有和这个班原来同学一点微妙的生疏，又有对这个学校和这片环境的熟悉。余婷的父母是附近电厂的职工，电厂在这个片区，在当年算得上是效益很好的企业，这个厂的子弟，意味着家境良好衣食无忧。在这所小学，电厂子弟是很容易辨别的，厂里会时不时统一发高档书包和高档文具，比如像机关盒一样有好几层的那种铅笔盒，同系列不同色，在课桌上很是显眼，如果拿到不喜欢的颜色，他们之间还会互相交换。和张小莫之前所在的那所子弟小学一样，这些按片区划分进这所公立小学的电厂子弟，不自觉地自成一派，他们也许玩不到一起，但他们有着相同的背景、相同的标记，当一群人以一种特征被归类时，得罪他们中的一个，也许就要冒着得罪一群人的风险。

何况在这群人中，余婷的吃穿用度都是处于上流的，即使是对家境不那么敏感的孩子，也能意识到不能轻易招惹她。余婷为什么会选择加入张小莫和林晓音，除了同为转学生外，多少还有和林晓音旧时友情复燃的因素。

早在三年级的篝火晚会上，余婷和林晓音就是可以借裙子的关系，肯互借裙子，就已经是亲密关系的一种认可。但她们在此之后的时间中，一直保持着客气的距离。其实也很好理解，不管哪个女孩将自己心爱的裙子借给另一个女孩去表演后，收获的是后者比她本人穿着还要好看的评价，要毫无芥蒂是很难的。张小莫的存在，成为了一个粘合剂一般的变量,让她们再度走到一起。

从某种角度上来讲,余婷的这个选择很聪明。

在这个外来者的三角形中,她是最熟悉环境的一个人,另外两个女孩因此或多或少对她有所依赖。作为成绩只是中上的余婷,和这两个女孩玩在一起后,也会常被老师想起一些优点,比如字写得好,可以一同被叫去抄写成绩单和评语,搭上一些"人以群分"的便车。最重要的是,她获得了人际关系上的安宁与省心。张小莫和林晓音都是极为敏感但心机并不深沉的人,只求自保而无意伤人。余婷可以在原来女生小团体的复杂心思和权力漩涡中游刃有余,但这并不意味着她喜欢过这种钩心斗角的日子。张小莫和林晓音的联盟,为余婷提供了一种新的日常的可能性。

从张小莫的角度,余婷的长相本来就长在她的审美上,比起林晓音的气质美,她更能识别到余婷精致五官的美感。张小莫喜欢余婷展示的漂亮文具和漂亮衣服,甚至喜欢她透着些精明的小公主作派。比起动不动就拉帮结派、看别人眼色、时刻警惕着不要成为下一个被孤立的对象,这种女孩子的爱好和性子柔软而无害。张小莫久违地从对人际关系的紧张中松弛下来,对一些更符合她年纪的虚荣可爱的事物投射了关注。

在林晓音的清高和张小莫的谨慎前,余婷这点可爱的精明成为她们认识这个充满陷阱的小世界的有效注解。以前她们作为"外来者"摸不着头脑的一些事,如今轻易地就能得到解惑。虽然这些"知道"对她们来说,大多数也没什么要紧。但能有效地减少别人会心一笑,自己却莫名其妙的情况。更重要的是,这种"知道"能让人感到对环境的安全感。

或许,不用这么多冷静的分析,只是刚好她们因为厌倦一种生活,互相合了眼缘。又或许,只是旧时的友情复燃刚好找到了契机而已。

结果是,张小莫成为了打破了这个班级原有生态的一条鲶鱼。这种她没有想到的变化,给她带来了暂时的安宁与和平。现在的张小莫游离于原先的小团体之外,却并不是因为被孤立,相反,三个女孩在一起无意间形成了一种被瞩目的景象。

至此,张小莫延续了这个班转学生的神话,从徐浩淼到林晓音已经证明过的转学生的优秀、转学生的受宠、转学生的上位。但张小莫创造了一点点不同,她的上位没有导致林晓音黯然失色,这是因为林晓音本人的无可取代的特质,也是因为她们选择了站在一起,没有给别人把她们当成工具互踩的机会。

和张小莫一起转学过来的赵文,却创造了关于转校生的另一种新的神话。

比起张小莫磕磕碰碰的半年,赵文融入新班级的速度要快得多。男孩们的世界显然并行着另一套规则。

作为学校所在的区少年足球队的选手,赵文用自己的球技快速征服了班上的男孩。每次体育课时,男孩们穿着不同球队的球服,却只有一个精神领袖。这种时候,观察到男孩们对赵文臣服的张小莫,内心会升起一种莫名的钦佩,这在她看来是一种难得的才能。男孩间的慕强,好像更为直接一些,在一项热门运动中跑得更快,技巧更好,懂得更多的人,便能轻而易举地确立自己的领导地位。一个跳皮筋跳得最好的女孩会有这个待遇吗?张小莫有时不免会这样想,恐怕不见得。但区别在哪里,张小莫又说不上来。

男孩间的这套规则,显然是脱离了班主任的喜好控制的。即使成绩优秀如方让,在班主任的明示暗示下都能成为班上同学的笑柄;即使是张小莫和林晓音,也仍然会因为班主任的态度而心情起伏。但赵文不同,哪怕从入学开始每天都在被班主任批评的名单上,他在同学中间的魅力都没有减弱分毫。他在班上的地位,完完全全是靠着他身上独有的东西,即使是熟悉玩弄人心的成人也无法怠慢他。又或许,这个男孩早早地就掌握了一些成人的智慧。

日积月累下,班主任对赵文的批评其实近乎嗔怪,赵文巧妙地让班主任的情绪维持在无奈,而没有走向厌恶。张小莫听母亲说过,对于老师而言，在毕业后还记得的学生通常有两类，一类是成绩最好的，一类是最调皮的。张小莫和赵文，刚好就在这两端。但在张小莫挣扎着不要成为边缘人的时候，赵文早已游刃有余。对于这个同一天转来却有着不同境遇的男孩，张小莫有着不可言说的羡慕。

赵文征服的不只是男孩，女孩对他也非常友好，甚至不止于友好。光看课间占卜游戏中赵文的名字出现的次数，就知道他有多受欢迎。在这种公认的氛围中，没有人会因为写上他的名字而被嘲笑——除非表达得太出格太认真，比如罗橙。

罗橙这个人，偶尔才会出现在张小莫的观察范围里。偶尔这个词，和罗橙作为校长侄女的身份不太相配，但亲戚之间的亲疏也分很多种。在他们班，罗橙只是一个举止有些矫情、说话有点大舌头的小透明般的存在。她的脑回路有些怪异，时常会出些无伤大雅的洋相，班主任不会去批评她，却也并不特别喜欢她；同学之间有些许避着她，却也并不因她的身份而特别怕她。张小莫不太适应罗橙怪异的派头，但对张小莫而言，在成绩上罗橙不属于需要她关注的对象，在人际关系上不会给她带来威胁，总之引不起她的兴趣。

这样一个引不起张小莫兴趣的人，却成了顺风顺水的赵文最大的烦恼。

罗橙的座位在赵文前面，她对赵文的好感，以痴缠的形式来体现，无论上课下课，总是找机会转头找他说话，有时送点吃的，或是移动椅子撞下桌子想方设法地引起他注意。通常这些小动作都以赵文的无视而告终，也起不了什么波澜。直到有一天，下课围在赵文身边的人坐了罗橙的位子，上洗手间回来的罗橙让那人让一让，这是她的位置。那人忍不住嗤笑了一声："是你的位置又怎么样，你看人家理你吗？"一句话踩到了罗橙的自尊心，她喊了一声："赵文！"赵文依然和别人在说话没有理她。罗橙气急之下，顺手抓起桌上的涂改液朝赵文砸过去，没有盖盖子的尖角，正正好地划过了赵文的眼睛，赵文捂着眼叫了一声，一抬手满手血。

全班静默。静默之后是一阵兵荒马乱。混乱中张小莫记不清赵文是怎样被送去了医院，但罗橙脸上的表情给她的印象却格外清晰：震惊，慌乱，然后是装出来的满不在乎的倔强。

那份倔强的意味，张小莫在接下来的两周才能体会完全。在赵文治伤休养的两周时间里，全班发起了对罗橙的孤立。不是张小莫熟悉的那种女孩子间的孤立，而是男孩那边也加入的全班范围的孤立。放学打扫卫生的时候，会有人组织起来，商量要怎么"整"罗橙。看上去声势浩大，来势汹汹。

出乎张小莫的意料，这场声势浩大的孤立行为，对罗橙看起来并没有什么影响。班主任对此事在班上并没有说什么，当事人赵文还在休养，所以罗橙连道歉和检查都没做。而那些看似孤立的行为竟然都没什么用，不和她说话——平时本来就没什么人理她；下课不和她玩——平时本来就没什么人和她玩；上课时抢答她想答的问题——老师觉得气氛活跃非常高兴，把所有举手的人都叫着答了一遍。至于恶作剧，没有人敢对罗橙使用恶作剧或暴力，赵文仅仅是无视就能让她暴起伤人，敢发疯又发狠还有点背景，让想对罗橙做些什么的人统统变成了行动的矮子。

没有什么比被孤立者的满不在乎更让发起计划的人气馁的了。明明做错了事，却没有半点愧疚，也没有表现出被大家孤立的受伤。在张小莫看来天大的事，在罗橙身上就这样莫名其妙地化解了。原来还能这样啊。张小莫内心被震动了。人们不能对一个人不在乎的事加以伤害，哪怕这不在乎只是她表现出来的。

去看望赵文的时候，张小莫对这件事有了另一个角度的认知。

班主任点了张小莫和文娱委员一起去赵文家，带了水果补品和补偿金。为什么要带她们去看望？班主任说是因为班干里她们两个家离得比较近。后来张小莫想，未必没有点让对方家长息事宁人的意味，当着孩子不好说什么。赵文家是平房，进去之后很是逼仄。大人们在一边说话，张小莫和文娱委员站在床边做出探视的样子，赵文的眼角被缝了三针，伤口有些深，医生说大概会留疤，不过对男孩子来说没什么关系。

对于同学的探访，在家憋了好几天的赵文显得有些兴奋，又有些脸红。张小莫第一次看到这个男孩脸上生出一丝窘迫。"你讨厌她吗。"张小莫凑上前去悄悄问。对于平时没什么交集的两人，这算交浅言深了，赵文按下脸上的一丝惊讶，脸上露出成人式的平静，回答说："都过去了。"

确实是都过去了。在赵文返校后，老师让罗橙在课堂上对赵文道了歉。

"对不起。"此刻才能看到少女脸上软和下来的一点悔意。

"没关系。"少年从容大度，漫不经心。

要在小学毕业后十年的聚会上，张小莫才能听到赵文的真实想法。"那个贱人，差点把我眼睛弄瞎。"十年后的少年，带着眼角浅浅的一道疤，终于在大家的追忆往昔中笑骂出来。

而十年前的此刻，张小莫想的是：他一生都会带着这个女孩弄出的这道疤痕，再也无视她不得。

这世上，有超越规则的男孩规则，也有哪怕是男孩规则也解决不了的事。

1998年　秋

张小莫觉得自己最初认识到人生中有"轮回"，是从六年级开始的。她体察到的"轮回"的意思是，在一个人的人生经历中，会在一定周期里重复经历相同的事，在数次重复之后，就会当成是命运。比如：在进入一个新班级后的第二年，她会被孤立。

在迎来人生第二次被孤立的时候，张小莫从另一个角度认识到了人性。

班主任一直有让他们交周记的习惯。张小莫理解的周记，就是每周一次的作文，正是这一次次的练笔作文，让作为语文老师的班主任给了张小莫超出寻常的关注和偏爱。张小莫没想过，对于其他人来说，周记还有另外的用途：打小报告。这是一种隐秘的、不用去办公室招人眼目就能告状的方式。

当学习委员后，张小莫有很多去办公室的机会，光是收作业交作业，每天就能跑几次。当班里一些秘密不知为何而被班主任得知时，张小莫成了首要的怀疑对象。刚转学过来时，母亲跑来学校告状的初印象和这种揣测重叠，变得有理有据。

要证明自己没干什么事是很困难的，所幸这些怀疑也并不怎么影响张小莫，它们是私下的，并不明目张胆。比起没干过的事，当然还是做过的事让人心虚。

当张小莫被班主任叫到办公室问她是不是抄了别人作业时，张小莫不知怎么才能解释这个乌龙。事情的由来，是某天张小莫因为被叫去学校的活动没抄老师留的作业，于是小组长李薇借了作业给她回去抄题目。当时学生很流行一种放书的立架，张小莫的是一个粉色的猫头形状的，张小莫做作业都是把书放立架上，第二天来学校才发现，自己的作业带了，小组长的作业被留在家里的架子上了。

小组长李薇，是个学习平平，但对作业极为认真的人，听说张小莫没带作业，崩溃地喊了一句："我上学到现在，没有一次没有按时交过作业。"没带作业的人，即使是真的没做，下午之前能补上就行了。张小莫推迟了交作业的时间，没有记上小组长的名字，中午回家把作业拿了一起交上去，以为就此过关。没想到，过了一周，还有这样的后续。

张小莫和班主任解释了原因，因为被抄作业和抄作业的两人都会被罚，张小莫还把责任都揽在自己身上，说是自己非要拿小组长的，和小组长没关系。班主任淡淡把张小莫放过，说："我也不相信你会抄别人作业，你又不是不会。"出了办公室，张小莫还在想告状的会是谁，小组长那天喊的时候，挺多人听到了。张小莫跑去和小组长通气:"班主任刚找我了,我说是我非要借的,要是找你,你就这样说。"小组长别有深意地看了张小莫一眼,点点头。

张小莫再被班主任叫到办公室时,被指控的名目就更加莫名其妙了。班主任说:"张小莫,有同学举报你讲脏话和在学校后街买零食。"学校是不许学生在后街的零食摊买吃的,因为不卫生,怕学生吃了有问题,是学校早餐吃的还是在外面吃的说不清楚。但放学时饿的时候,也没人管那么多,别让老师看见就行。至于脏话,大概像"靠"之类的口头禅。在张小莫看来,这些都是欲加之罪的名头,但班主任这次并没有打算放过她。"我也很想相信你,但举报你的人太多了,你看交上来的周记,有一半的人都在告你的状。"

还在震惊于这个数据的张小莫,很快迎来了更大的打击。班主任并没有把这次警告停留在私下,在课堂上,她把这段话加工得更加痛心疾首了一些:"我没想到,在当初有一半以上的人投票选她当班长的同学,到今天有一半的同学在周记里对她提意见。我希望这位同学可以反思。"

这几乎是在向全班宣告张小莫的失宠,大家心领神会:墙倒众人推的时候到了。他们觉得这是张小莫自食其果——爱给老师打小报告的人,被别人打了小报告。

此时此刻,张小莫才知道自己以为稳固的人际关系在老师这样的明示前有多么脆弱,林晓音和余婷很快在明面上和她避嫌,林晓音似乎很熟悉这套操作,她们恢复了之前私下交往时的往来模式,但即使是这样,对张小莫也算是这境遇中不小的安慰。

张小莫享受到了之前罗橙的待遇:在放学打扫卫生时,人们聚集起来,商量要怎么"整"她。这是和张小莫同路的女生告诉她的。那个女生是全班成绩最差的几名,平时放学排队时,都没有人和她一起走。而现在,轮到张小莫了。连这个同路的女生,都只敢在出了学校走远之后,才和张小莫走在一起。林晓音和余婷家住在河的另一边,对于放学队时的排挤,她们爱莫能助。

小兽们的是非观，也许就是没有是非。对于和制造了见血事件的罗橙享有同样待遇的处境，张小莫觉得这来自众人的审判实在是有些荒谬。不过，张小莫的关注点有些偏，她知道同路的女生和裴述是在一个组打扫卫生的。

"他们在讨论时，裴述在吗？"张小莫问。

"在。"

"裴述说了什么吗？"张小莫又问。

"他什么也没有说。"

在放学后的夕阳下，张小莫抬起头，望着远处的残阳似火，真切地感受到了一种叫哀伤的情绪。也是在这时，对于始作俑者有了一点恨意。

始作俑者是谁？张小莫原以为是领头女孩，她甚至觉得方让也不是没有可能。她总觉得自己的对手，应该是更强大一点的人。林晓音却告诉她，在周记里打小报告说她抄作业的，是小组长李薇。"她图什么？"张小莫表示惊讶。如果李薇不说，老师根本不会知道那天她迟交了。"大概是恨你打破了她按时交作业的纪录吧。"林晓音试图分析。

那其他人呢？林晓音报上打听到的两个名字，都是张小莫完全没有想到的名字。那些都是她平时完全没有交集也不会关注的女孩，没有任何记忆点。但没有记忆点本身，或许正是张小莫自己没有察觉到的傲慢。

想起这些她丝毫没有察觉的恶意就这样在身后滋长，张小莫忍不住打了个寒战。

班主任为什么会因为这些人的指控而选择向她发难？长年和林晓音一起揣摩班主任心思的张小莫可以回答这个问题：她风光得够久了，是到了可以把她拉下神坛的时候了。就像方让、徐浩森和林晓音一样，这些曾经的第一名，没有人能够幸免。以为自己和他们不一样，也许也是张小莫的傲慢。

六年级时，这个班没有新来的转校生，但这个第一名摔下神坛的剧本，照常上演了。

因为被孤立而选择转学的张小莫，又面临了新一轮的孤立，此时的张小莫觉得，这大概就是逃无可逃的命运。

盛极必衰这个道理，张小莫虽然还不甚懂，但她能体会到热闹过去之后的一种冷清。

在这种冷清下，她确实感到，之前的自己有点飘飘然了。在集体商量对付罗橙的时候，她也在围成一圈的人群里；班上有什么大小事的时候，她总在被邀约参加讨论的人中；甚至在男生们商量打群架的时候，她也在一旁。在这所学校里，她学会的不仅是几句粗话，还沾染上了一些野性。

张小莫回家的路上，会有一段近路是从一所艺校中间穿越的。但是出口有一个小门，有时是开着的，有时是锁起来的。锁起来的时候，需要爬墙。张小莫看过同样抄近路的男生爬过，墙本身并不难爬，难点是有时会被看门大爷发现，追在后面一阵骂。遇到门被锁着的时候，以前的张小莫会感叹一声这一天运气不好，然后调头往回走。但在张小莫风光无限的一学期里，她学会了爬墙。每次成功躲过看门大爷时，总有一种刺激。虽然她还没有被抓到过，但这样看来，她留下的可大可小的破绽，又何止一处。

张小莫还记得男生约着打群架的那天，围在操场上，商量要去学校旁边约架。拉了班上女生来围观他们的誓师出行。那场架最终没有打起来，仔细回想一下连对手是谁都模糊。但记忆特别清晰的，是张小莫上楼拿书包时，遇到秦钧——就是那个喜欢穿阿根廷蓝白条纹球服的名字带"钧"字的男孩。张小莫看到他手里捏着一个黑色的长条，掩在长长的袖口里。在前情氛围的影响下，张小莫第一反应以为那是一把刀。要不要去告诉老师的念头在她脑子里出现了一秒。秦钧和她擦身而过时，撩了一下袖口，露出了那个黑色东西的全貌——是一个眼镜盒。

张小莫每每想起这段，都会觉得后怕，如果她去找了老师，那会是什么情形。同学们冤枉她是打小报告的告密者，但换作那天那时，如果真的是一把刀，她会去找老师吗？这样一想，张小莫又觉得，他们倒也不是完全错怪了她。

类似这样的反省还有很多，张小莫试图说服自己，目前自己的遭遇都有原因可寻。有原因，就不至于那么委屈；有原因，也意味着之后可以避免。这种时候，她很是羡慕罗橙的满不在乎。张小莫就做不到，下课别人避着她讲话，她会难过；旁人对她窃窃私语，她会难过；知道自己成为了众矢之的，她无法让自己不伤心。对于孤立者而言，张小莫这样的人，大概就是最好的猎物。

比起放学的路，张小莫其实更喜欢上学的路。和放学必须要排放学队不同，上学的路本来就是各自出发。张小莫上学从来都是一个人走，不去约同伴，也不存在担心没有人同路的问题。这座小城的早晨，无论什么季节，空气都是凉的，即使是夏天，晨雾里也是凉风。走在早晨的冷空气中，张小莫会有一种警惕，她会觉得路上的人都在看她，自己身上有没有不妥的地方。就像转学去的第一天，自己把裤子穿反了一样。但同时，早上的冷空气也让她兴奋，那种大自然的朝气，给人新生的一天的希望。

张小莫上学的路，会经过一个大斜坡，下了坡，往右是以前那所工厂子弟小学，往左走是她现在读的小学。在某一天的晨雾里，在坡顶上看着裹在粉色雾气里的朝阳，张小莫突然很想去以前的小学看一看。她转身往右边走，五分钟的路程，很快就走到了。在这个一个年级只有一个班的小学校，她很快遇到了以前的班主任章老师，在老师的惊讶和惊喜中，约好下午上课前半小时想回来看一下同学。

因为这约定，张小莫在上课时有点格外兴奋。之前那个伤害过她的集体，好像伤痛记忆都模糊了，成为一个她有点好奇的、可以用局外人眼光去审视的世界。

早上遇到的章老师，对她态度异常亲和，这让张小莫想起跳舞事件之前，她们师生之间一些柔软的交集。有一年工厂的联欢会，章老师带着几个同学去当观众，等待的时间非常无聊，张小莫那时的习惯是随手带本书。张小莫还记得，带的是一本叶辛的《家教》，一本对于她的年纪而言过分早熟的书。等待的时间里，她看了一百来页，章老师转头看她，平常地称赞道："你看得真快。"那是一种真心实意的赞赏。而不像其他人，比如张小莫的奶奶一家，在看到张小莫看书时，要么嘲笑她去哪都带一本书，要么惊讶地问："你看这么快，真的看进去了吗？你只是翻翻而已吧。"在看书的张小莫抬头，看见章老师雪白的手臂，顺口说："你手真白，你看我这个夏天都被晒黑了。"章老师把半袖掀起来，给张小莫看晒出来的斑，皮肤有松弛的迹象，她谈心似的对张小莫说："没事的，你和我这样的皮肤，一个冬天就捂白了。"

这个琐碎的细节，不知为何，在张小莫的记忆里很是深刻。这样随意轻松，但又平等亲近的对话，一点都没有大人敷衍小孩的感觉。所以，最后让张小莫写检讨的时候，章老师也没有把张小莫当成一般小孩看待吧。早上张小莫去找她时，她惊喜的样子，并不作假。

迎接张小莫回原校探视的阵仗比她想象得要大，知道她要来，许多人都提前到了。男生女生，关系好或不好的，都在等着她。没有陌生或尴尬的时间，人群簇拥上来，叽叽喳喳的："张小莫，听说你到了新学校还是第一，真厉害。""张小莫，新学校大不大？""张小莫，你怎么都不回来看我们？"久违的被簇拥的感觉，让张小莫想起了她决定转学的时候，最后一幕好像也是这般温情。离别和再见，都是场景化的情绪体验，经不起日常的考验，但此时此刻的张小莫，确实被这种温情疗愈了。预备铃响，同学们恋恋不舍要回教室，还不忘和张小莫说："你常回来玩啊。"

把同学们攥进教室上课，等人都走干净了，章老师问张小莫："说吧，你在新学校遇到什么烦恼了。"张小莫抿了抿唇，把抄作业事件说了。"我打算把那天的作业抄了贴在床头。"她没说要忏悔，脸上还带着假装风轻云淡的笑。

章老师看进张小莫的眼里，平等又认真地望着她说："没有必要。"

几乎立时，张小莫觉得自己的眼热了。这个曾让她交出"痛改前非"检查的老师，没有与她论是非，而只是告诉她，没有必要。也许人生中经历的很多事都是这样，是非对错其实并不是最重要的，重要的是明白那一点，没有必要。

那天下午张小莫迟到了，但不知为何，又留下了一个破绽的她，反而感到有勇气面对这个小世界了。

张小莫的困境，脱离得很是出其不意。

在她已经准备好要长久地面临被冷落的境遇时，数学老师——也就是裴述的母亲——有一天来到了她家，带着礼物。张小莫想起来，前几天时，数学老师曾把她拉出教室，悄悄问她，她鞋子是多少码的。

大人谈话时，张小莫装作去做作业了，但谈话的内容，她竖着耳朵在听。听了半天，终于明白，数学老师是来找张小莫在公安局的父亲，帮裴述转户口，以便去读重点中学。初中是按片区划分就读的，比如张小莫同一所学校的同学，通常就是去Z中和E中。数学老师想让裴述去读的是B中，全市升学率排名前三的初中。

父亲应该是答应了下来，大人们相谈甚欢。走的时候张小莫出来送客，数学老师慈爱地看着她，向父亲和母亲表扬张小莫，说她在学校的表现有多好。张小莫扯出笑容，嘴都僵了。父亲是怎么办成的这件事，张小莫不是很清楚，但她知道一定很勉强。如果说办就能办，那为什么不让张小莫去读更好的学校呢。

这件事的成功，一定程度上加强了之前同学间流传的虚假传闻：张小莫的父亲是个不小的官。数学老师也许和班主任通了气，班主任的态度一夕之间缓和下来，重新开始在课堂上频繁地表扬她：上课发言回答正确，作业字写得端正，作文写得好……诸如此类，不痛不痒。但班上的同学对这个转变意识到的不比张小莫本人晚，这是一个信号：空气再次变了。

张小莫对这个转变的确认，有些战战兢兢。班主任有时做事，实在是神来之笔。比如有一天作业留得特别多，张小莫写到凌晨两点才写完，第二天有好多人没有交作业，班主任在上课时突然点她的名："张小莫，你昨天写到几点？""两点。""写完了吗？"张小莫这时脑子里走马灯一般回忆，该不会是最后太困了偷懒做的几道题被发现了吧。正准备认错，班主任接着说："看到没，别人都能写完你们为什么写不完？"张小莫好险刚才没有自曝其短。每天这样心惊肉跳的小事有很多，当一个人进入了自省模式，什么都要先怀疑自己一番。关于"没有必要"的修炼，还需要很多练习和时间。

张小莫依然还是每天要去办公室交作业，有一天去交作业时，班主任不在，桌上翻开了两本周记，刚好是前几周举报张小莫的内容。张小莫站在办公桌前，迅速地把内容看完。举报的人和林晓音和她说的没有什么出入，但内容还是让张小莫吃惊。李薇的那份还好，另一个毫无交集的女孩对张小莫深沉的恨意，居然无来由地只是因为看她不顺眼。而那号称超过近一半人的举报，也许是跟风，也许是无中生有，也许根本就不存在吧。

班主任恰到好处地回来，若无其事地和张小莫交接了作业。张小莫无师自通了和老师的默契，之前这一页，就此掀过吧。

平静下来的张小莫的生活，好像和以前没什么不同，林晓音和余婷恢复了和她公开的友情，老师依然时不时地表扬或惊吓她，同学们解除了对她敬而远之的状态。但她自己知道是有什么不同了。她曾高高翘起的骄傲的小尾巴，被踩了一脚，从此收起来，小心翼翼做人。

在这小心翼翼中，有一份是对裴述的尴尬。张小莫不知道该以什么态度面对裴述，某种程度上，因为这个男孩的原因，又一次将她从这个班级中的糟糕境况中拯救出来。他知道数学老师去她家吗？知道自己要读的学校和未来被这样改变了吗？如果知道了，他对她是感激，还是同样的尴尬呢？

不知道的情况应该居多。因为裴述对张小莫的眼神日渐热切。上课时，张小莫有时一转头，目光会和裴述在半空相遇。如果是张小莫尾巴还翘起来的时候，这样一次目光的相接能让她开心半天。但此时此景，更多的会让张小莫担忧。她面对的，不是青春期时单纯的绮念。每每想到数学老师去她家的情形，男孩的目光就更让她坐立不安。

六年级时的同学，比起五年级时要胆大许多。不是每个人都像张小莫这样及时被踩过尾巴。男孩们喜欢哪个女孩，经过传言和传播，大家心里都有数。

比如赵文喜欢林晓音，便是个公开的秘密。听到这个传言，张小莫比林晓音还高兴，因为她是少数几个知道林晓音也喜欢赵文的人。比起林晓音患得患失的忐忑，张小莫的情绪就很平稳，你喜欢的人恰好也喜欢你，作为旁观者，觉得浪漫非常。何况还是赵文这个班上最受欢迎的男孩，不说其他，光是满足虚荣心也够了。之前，张小莫觉得林晓音的忐忑是一种矫情的甜蜜，但很快，张小莫就懂得了这忐忑的意味。

林晓音的患得患失结束在一天放学的打扫卫生后。这样一想，放学后的打扫卫生真是承担起了这个班很多的社交功能。在那段时间，这个社交功能的意义是表白。赵文把林晓音的名字和表白的话写在黑板上，同学们起哄，把他们关在教室里。二十分钟后放出这对面红耳赤的少男少女，大家坏笑着上前问结果。

林晓音没有答应，这是张小莫后来知道的结果。但他们在教室里被关着时说了什么，这是即使十年后张小莫也没有从林晓音口中问出的秘密。林晓音亲自给这段绯闻画了句号，一个人无意，另一个人当然也不会纠缠，毕竟对方，是那样骄傲的赵文。只有张小莫自己暗自可惜，但她理解林晓音，有一个连洗了头之后都不能允许披散头发的母亲，又怎么会容许其他的行为不端呢。林晓音对生活的警惕，也许并不在自己之下。

对于这段隐约的情愫，林晓音对张小莫一直无话不谈。但在这天之后，林晓音少有地沉默了。这沉默的意味，张小莫一开始并不懂。直到自己经历，才知道，这是只能用沉默来消解的难以言说的情绪，遗憾、后悔、不甘……都不能形容，如果一定要找到一个接近的词，那应该是难过——明知道不可以，但也无法越过的难过。

大人眼里的孩子，总觉得他们小，觉得他们什么都不懂，但其实他们早就懂得足够多。

至少张小莫在听到裴述喜欢她的流言时，她就知道，不能让事情走到像赵文和林晓音那样众人皆知的地步。传到数学老师那里和传去其他家长那里，不是一个层级的事。到这一步时，张小莫甚至对这种好感都产生了一种厌烦。在裴述看她时，她不再像之前那样慌乱躲开，而是定定地看住他，然后飞过去一个冷眼；而在他找张小莫说话时，张小莫总是冷淡以对。

裴述对张小莫的变化一开始应该是感到不解，又做了些多余的举动。在下课的时候，男孩间也会有些无聊的游戏，比如玩喜欢的东西和人名二选一，到最后剩下的名字是张小莫。几次三番，张小莫一开始的三分厌烦变成了九分，女生这边玩相同游戏时，张小莫这边故意留下的名字是秦钧。说起来，秦钧作为张小莫的理想型之一，最开始完全是因为他喜欢和裴述一样穿蓝白条纹的阿根廷球服，一样均匀修长的小腿，还有一样白皙的面容。

但故事的男主角显然不这样认为。在接收到张小莫的信息后，裴述很快做出了反应：在某天放学队伍走到河对岸的时候，他大声对着河喊了一声"林晓音我喜欢你"。

张小莫是第二天知道这件事的。比起伤心，她更多的是恼怒：任何人都好，为什么是林晓音。张小莫不是不能想象一个男生幼稚的报复心理，但也有可能，这就是事实。

偏偏是林晓音，知晓张小莫所有心事的林晓音。

张小莫和林晓音不为人知的少女谈话中，谈到过得知关于原本喜欢自己的人不喜欢自己的失落感。喜欢林晓音的人很多，优秀如赵文，平凡如一些张小莫记不得名字的男孩。其中有一个又黑又胖，让人不喜，但即使是这样的人，在他宣布放弃喜欢林晓音的那天，林晓音对张小莫说，还是会有种失落感，或许是一种失去战利品的感觉吧。张小莫在那时，表示了认同。

何况那是裴述，在恐惧带来的厌烦之前，他确实是张小莫心底极为柔软的那一块地方。在暗夜里无数次地回忆过，刚入学时他解救她的瞬间，在选举时投她的那一票，还有平时对她的一些温柔和善的举动。也正因为这样，在他沉默时，没有站在她这一边时，甚至对她反击时，张小莫受的伤也会格外深。

之前的倾诉，在这样的结果前让张小莫显得格外狼狈。虽然明知这和林晓音没有丝毫关系，但在听到传闻的那一刻，张小莫在想，这也许会是她和林晓音疏远的开始。

张小莫的伤心，不知道是因为男孩更多，还是因为觉得将会失去一个无话不谈的朋友更多。

但不管心绪如何复杂，在表面上张小莫仍然是淡定的。不然，赵文也不会到初中之后还向她打探：那时你到底有没有喜欢过裴述？而张小莫回敬了赵文一句："你和林晓音关在教室里那次说了什么？"然后两个人极有默契地选择了沉默。

要到那时张小莫才反应过来，如果她的心意和赵文他们被锁在教室里的场景都被视为年少时的未解之谜的话，那当时的她也许没有记忆中的那般狼狈。对于任何人，她其实都没有立场怨念或指摘。如果有机会再来一次，她也许会处理得更周全、更温柔一些吧。

但当时的张小莫没有这种智慧。她选择了让自己更狼狈的处理方式：她剪了短发。

人在难过的时候，是会做出一些不理智的行为的。张小莫在父亲一剪刀下来之后，就后悔了。接着去理发店善后时，她又让这后悔再加深了些。她对理发店的阿姨很帅气地说了一句：三七开。结果却是不那么帅气的，本来及肩的长发，变成了齐耳短发，再然后变成了男孩短发。

　　为什么要剪头发，张小莫对父母说的是因为半期考试来了。郑渊洁的童话里有一篇，剪头发能让人提高智商，因为头发吸收了原本要给大脑的营养。虽然知道是童话，但张小莫觉得有一种心理暗示上的仪式感。从这时起，每次考试之前她都会去剪头发。只不过再也不像这回，剪得这样狠。更真实的原因，是因为当时她在看的小说《花季雨季》里，女主角谢欣然学林青霞剪了一头失恋短发，张小莫在心底，未尝不是意气了一把。

　　张小莫因为男孩而难受的情绪，在剪了头发后，变成了对自己的懊恼。人的失去也是分层次、分轻重的，在自己颜值的损失前，其余人带来的情绪波动好像也可以往后放了。此后相当长一段时间的暗夜里，张小莫在镜子前无数次地默念，希望头发快些长出来。更急迫的念头是，希望时光倒流，回到那天，她绝不会这样对自己。这件事教会了张小莫什么是后悔的滋味，也是从这时候，她成为一个很难说出"不会后悔"的人。

　　剪了头发的第二天，戴着帽子去上学的张小莫成为同学们关注的对象。但有些狼狈越是遮掩越显眼，同学们纷纷围观，想看到底剪成了什么样。下课时，一群男生在楼梯口拦住张小莫，哄笑着让她摘下帽子来看。有人从后面一勾，就把帽子勾在地上。真的脱下帽子之后，好像也没有什么好看的，男生们一哄而散，只留下裴述一个人，和站在墙角的张小莫对视。这是表白事件后，两人第一次单独相处。

　　裴述走上前，捡起张小莫被丢在地上的帽子，递给她说："剪短了挺好看的。"

张小莫看着裴述的眼，男孩的眼里一片真诚，毫无讽刺。这一刻，张小莫想起刚转学来时，在教室门口带她进去的男孩，他身上有一种感人的温柔。这一刻的张小莫，轻而易举地原谅了这个男孩，因为分明知道，在一年后就会离别，彼此不会再相逢。

1998 年　冬

人的烦恼，是会逐年增加的。

有这个念头时，张小莫在看自己这一年冬天长出来的第一个冻疮。

张小莫的冻疮是转学之后才开始长的。在家乡的方言里，把冻疮叫"冻包"。张小莫第一次看见自己手上长出一个像蚊子包一样的小红包时，还很新奇，不知道冬天哪里来的蚊子。母亲一眼看过去就明白了，"哎，你也长冻包了"。直到这一年，张小莫才意识到母亲的手每年都会长冻疮。在自己没长冻疮之前，是意识不到母亲身上这个小小的顽症是有多让人烦恼的。

最开始是痒，再变大一些就是痛，冬天的晚上在被窝里又痒又痛的滋味挠心挠肺，痒起来了把手贴在电热毯上，用热度来缓解这种痒痛。这样的滋味，母亲忍了几十年。冻疮这东西，一旦开始长，就每年都会长。但几十年下来，母亲也没有摸索到什么有用的治疗方式，从冻疮膏到偏方都给张小莫试一遍。最离谱的偏方是辣椒泡酒，用泡好的辣椒去搓长成硬块的冻疮。但搓完之后的冻疮很容易破裂，然后出血、发炎、灌脓。这样严重的冻疮通常长在手指的指节上，张小莫在冬天要用红肿的手指勉强写着作业。写作业时用那种露出半指的手套，前半截是冰凉的，顶不上什么用，又碍事，索性脱掉，右手的冻疮就会更严重。

大人们看着张小莫的手都感叹心痛，除了做作业外完全不用做事的手，不知为什么冻疮会严重成这样。同学们看着张小莫的手觉得新奇，邻座的同学抖机灵，让张小莫伸出手，然后假装惊讶："看！

哆啦A梦!"张小莫的手,肿得像小馒头一样。第一年过去,她才知道这肿到夏天都消不下去的,严重的溃烂留下的伤,即使好了,指腹也还是肿的,疤痕也会留下。从这时起,张小莫最不喜欢的饰物就是戒指,她肿胀的手套上去之后有种幽默的喜感。

第二年冬天来的时候,张小莫小心翼翼地保暖。但没有用,写作业时间稍长一点,洗手的时候水冷一点,在外面冷了回来一烤火,手指关节那种熟悉的不能弯曲的阻塞感就告诉她:又要长冻疮了。《林海雪原》里讲治冻伤,不能一下子就烤火,要用人的体温捂热或是用雪慢慢搓热。得了冻疮之后的张小莫,对这一点很有经验,如果冰冷的手一回来就烤火,血液突然加速,马上就是个小红疙瘩。

上世纪90年代的小城,冬天取暖刚刚脱离烧煤的炉子,张小莫家用的是电炉子,放在客厅里,卧室里用的是石英炉,再就是电热毯和热水袋。电炉的启用需要时间,母亲舍不得用电,等待电炉热起来的那十分钟,是最难挨的,父亲总会说母亲省这几度电,搞得家里冷飕飕的。家里的热水器平时也是关着的,用的时候才把煤气打开,点燃后要放水一分钟才会热,放水的这一分钟,不是每次都有耐性去等,有时就直接冷水洗了。张小莫觉得,光是洗手和供暖这两项,她家就像是冻疮的培养皿。明知症结在哪里,但是直到她高中离开家前,她还是每年都在长冻疮,疤痕一年叠一年。直到她去了温暖的南方读书,她的手才渐渐现了原形。

张小莫沉浸在自己的痒痛中时,偶尔会想起母亲,做饭、洗碗、洗衣服、上课写粉笔字,母亲的冻疮比起她的来,更是避无可避。每年还是找着不同牌子的冻疮膏,泡着相同的白酒辣椒,看着伤口溃烂,然后再等着天气温暖起来愈合。但即使是在母亲手上冻疮最严重的时候,父亲也从来不会帮母亲分担家务,还是理所当然地让她洗碗洗衣服,甚至在外面澡堂洗澡时的内衣也不会在热烘烘的澡堂自己洗掉,而要带回家来,让母亲用溃烂的手在家里的冷水里洗。张小莫想,这大概就是人的自私,明明知道却故意忽略的事。就像她没有长冻疮的那十一年人生里，完全不知道母亲会长冻疮一样。在这世上，感同身受大概是一件极难的事，即使是至亲，在没有经历时，也不能做到。

因为长冻疮，张小莫在班上的绰号是"冻包熊猫"，冻疮是特征，熊猫表示稀有。课间的时候同学们会逗弄她，吵着要和她玩剪刀石头布。"你只能出石头吧？"然后笑作一团。张小莫假装生气，但她心里知道这种逗弄没有恶意，恰恰相反，是她渐渐融入集体的表现。张小莫现在有交集的人，变得多了些，同桌男孩换成了一个古灵精怪的卷毛小个子男生，前排女孩是一个短发敦厚的女生，前后邻桌都对她保持了一种好奇与善意，而张小莫也注意到了更多的人和事。

班上长冻疮的人，其实并不止张小莫一个。张小莫注意到的，还有佟碧。和张小莫白胖的手相比，佟碧的手是黑黑瘦瘦的，手上长出的冻疮是黑紫色。传言里，佟碧要做很多家务，她的家庭不太寻常，因为她有一个哥哥。一个家里有两个孩子，在张小莫的同学里是极为少见的情况。这座小城的计划生育实施得十分成功，一个家庭只有一个孩子是正常绝大多数，以至于年幼时的张小莫非常困惑于母亲和她的兄弟姐妹的关系。在张小莫的认知里，有兄弟姐妹的情况只有一种：那个人是双胞胎。

佟碧的哥哥，显然不是她的双胞胎，要比她大好几岁。但若是重男轻女，在有了哥哥的情况下也没必要追生她一个。佟碧在家不受宠，几乎是明眼可见的事情。这个黑黑瘦瘦的女孩，待人接物总有一种自卑感，伴随着不太恰当的热情。佟碧的父母是电厂的职工，和余婷一样是电厂子弟。班上的电厂子弟中，流传着关于佟碧怪异的家庭结构的真相：佟碧不是她父母亲生的孩子，她亲生父母因意外去世后，她的大伯，也就是她现在的父亲领养了她。这足可以解释为什么佟碧的妈妈对佟碧不好，而佟碧在家要承担同龄人不用做的家务。

"佟碧自己知道吗？"张小莫悄悄问余婷。余婷说："她自己不知道。"总之，没人在佟碧面前说破过。在同学们吵吵闹闹要让张小莫伸出手来要和她玩剪刀石头布的间隙里，张小莫隔着人群望着站在角落里的佟碧，捏着同样长了冻疮的手，想加入人群，又不敢加入的样子。

真相到底怎么样，只有佟碧的父母知道。在张小莫能感受到的认知是：不是独生子女的家庭，意味着异常和不幸。

对于非独生子女的家庭，张小莫最早的认知来自于她幼儿园时同班的一对双胞胎姐妹：刘小秋和刘小夏。这对双胞胎姐妹和张小莫非常要好，以至于张小莫可以分清两个人的不同，从来不会认错。对于这一点，张小莫很自得。怎么会认不出呢？两人的特征明明很明显。鼻尖的痣，脸庞轮廓的略微不同，还有五官分布的间距，都很好辨别。

别人显然不这样认为，分不清两人，对于刘小秋和刘小夏而言，某种程度上会造成一定的困扰。她们有时会和张小莫吐露烦恼，表示一种对于人的独立性的渴求。但除此之外，张小莫对她们之间的陪伴关系感到羡慕，玩游戏时，她们天然的是一方，在三人关系中，张小莫自觉地作为第三人。

幼儿园中班的时候，双胞胎和张小莫都被选上了去体操队学体操。学体操在大人看来，是真的苦。围着体育馆一圈圈地跑圈，在平衡木上一次次掉下来，在单杠上要吊到100下，掉下来的人要一次次重来。但其实张小莫自己觉得挺好玩，特别是平衡木，她一直是学得最好的那几个，别人要用下面垫着高高海绵垫的那几个平衡木，而她可以用轻松地在没有防护的平衡木上走。平日里一天都没带过张小莫的奶奶一家人，却很喜欢在这种事上发表意见，一次次地给母亲说，让孩子学这干嘛，真是苦，练体操的长不高。听得多了，看着张小莫在体育馆里一圈圈跑着的时候，母亲自顾自地替张小莫伤感，最后还是决定不学了。张小莫还记得，给老师说决定不学的那天，她们在上单杠，双胞胎两人互相在给手上抹着滑石粉。因为两人一起在学，互相支持互相打气，什么事都能一起做，也便不会轻易让家长觉得苦吧。

离开体育馆的时候，张小莫给母亲说："我想要一个双胞胎姐妹。"母亲听了童言童语失笑，告诉她说，来不及了。

在遇到佟碧之前，张小莫对非独生子女的概念，还是像刘小秋和刘小夏那样的羡慕。佟碧向张小莫展示了一个不是独生子女的女孩，在家里的地位会是什么样的。虽然有着身世的传言，但真相的一角，其实已经展露出一些端倪。

佟碧的事，勾起了张小莫的另一份记忆。

父亲的战友里，有一个做生意的人，也偷偷生了二胎。张小莫知道这事，是因为他们战友聚会的时候，是在那个做生意的人的家里。张小莫见到了刚生下来的小男孩，还在他母亲的怀里吃奶，他有一边的手是六指，但在小小的大拇指上，戴了一个精致的PLAYBOY小兔头金戒指。这个男孩的姐姐，在战友的小孩里和张小莫算是比较熟，因为同为女孩，在这种场合总是一起玩。在她的母亲逗弄刚生下来的小婴儿时，这个女孩在被父亲的战友们调侃。她有一个娃娃亲，是另一个战友的儿子，一个小胖子。女孩很不喜欢这个娃娃亲的设定，每次被调侃都着恼。大人们哈哈大笑，然后说："你有弟弟了，再不听话，你爸妈就不要你了。"

也许只有张小莫知道，这个表面酷酷的女孩，在顶撞了大人之后，躲到她家自建的二层房后哭了许久。小婴儿手上那个金灿灿的戒指和女孩的哭声，都浓缩成那个深夜的墨色，藏在张小莫属于不安的那份记忆里。

张小莫见到佟碧在操场上被围观的时候，是上学快迟到的时间。

操场上零零散散的，是一步两回头怕迟到又想看热闹的同学，看着四十多岁的染着黄色卷发的女体育老师拦住佟碧："你们昨天在巷子里是不是骂小虎白痴？！"小虎是体育老师的弟弟，智力有一些不正常，生活不能自理，被电厂的小孩遇到时常常会被他们欺负。以佟碧的性格，大概只是围观者中的一个，但其他孩子都跑了，只剩她被抓住，而且父母不会为她出头。小孩子的恶作剧，大人心里窝火又计较不得，找了最软的一个柿子来泄愤。被体育老师截住的佟碧，又黑又瘦，垂着头支吾的样子，可怜至极。这可怜相更加刺激了体育老师，骂的话又多又难听，骂完还不尽兴，补了一句："有爹妈生没爹妈教养的东西！"

正准备从旁边溜走的张小莫，刚好看到佟碧的神情——本来垂着头的佟碧，仰起头，给了体育老师一个怨毒的眼神。大概是那眼神太渗人，体育老师愣了一下，最后说："你走吧。"

但这样的怨毒，并没有阻止流言的扩散。当事人不知道的时候，所有人都讳莫如深。而当大家知道这层窗户纸已经被人捅破，便开始肆无忌惮起来，像是某种破窗效应。之前佟碧只是接受着大家背后的议论，而现在，她要面对直接的恶意了。

最先向佟碧展露这种恶意的，是领头女孩。领头女孩叫蒯蕾，有一个稀有的姓氏，张小莫总是避免直接叫她的名字。领头女孩和她的姓氏一样，对张小莫而言都是想绕过去的棘手问题。和张小莫的躲避不同，佟碧素来和领头女孩不对付，是因为佟碧看不起像领头女孩这样的带着混混气质的不良少女，在她面前有一种难得的优越感。领头女孩的父母离异，跟着父亲生活，而佟碧至少父母双全，成绩尚可。不能识别危险人物，这件事本身就是危险的。对于领头女孩，佟碧没有对余婷那样的讨好，这种轻慢的优越感会在很多小事上显露出来，比如在上洗手间不小心撞了对方一下时，觉得这并不是一件需要道歉的事。

被撞到的领头女孩，并没打算放过佟碧，拉住她道歉。佟碧还想争论是谁撞了谁，领头女孩把佟碧往墙上一推，斜睨着眼，把体育老师的原话再对佟碧说了一遍："有爹妈生没爹妈教养的东西！"

这一幕被传得绘声绘色，张小莫看着坐在角落的佟碧，黑瘦的脸上，呈现出一丝灰败之色。

在这个女孩身上，张小莫感受到了一种命运的悲剧感。那是一种超越她惯常人生体验的东西。不是考试没考好、被同学孤立、被父母责打、得不到想要的新衣服的那些体验，那些体验固然难挨，但和这种命运的宏大课题比起来，后者让张小莫初初有了一种无能为力的敬畏感。

也许是巧合，关于死亡的认知，张小莫是很集中地在这所学校里习得的。

天气很冷的一天，在一堂课上到一半的时候，有老师进来把领头女孩叫走了。同学们竖着耳朵听是什么事，看起来匆忙而气氛严肃。第二天领头女孩没有来上课，有传言说是她的父亲被火车撞死了。这个消息对于班上的同学来说还是太刺激，不太敢确定真假。到晚上时，便不用确认了，这起事故上了地方台的新闻。

被撞的一共是三个人，是在两截车厢中间穿过的时候被夹住的，不知道为什么前列火车后退了。领头女孩的父亲是开摩托车运营载客的，在三轮摩托车后做一个车厢，像黄包车一样，本地人把这种交通工具叫"摩的"，更接地气的叫法是"掰的"，"掰"在方言里是"跛"的意思，是腿脚不便的残疾人开来代步和谋生的工具，当然开的人也并不都是残疾人。这种代步工具比打出租车更要便宜和灵活，在这个小城里常见但非法。非法的原因是改装车有安全隐患。隐患究竟是什么，倒也没人细说，张小莫偶尔坐过一两次，是下雨的冬天，车厢里挡雨又挡风，但抖得实在让人不安。

这次事故里的三个人，有两个是乘客。张小莫没有看到新闻，这样详细的细节，是蒴蕾回来上学时告诉他们的。"一共三个人，就他一个死了，被挤在两节火车中间。"说起细节时，蒴蕾脸上没有人们想象中的悲戚，而像是个掌握了一手线报的人，在给旁听的人说他们想打探又不敢打探的消息。蒴蕾的这种态度，让想要安慰她的人松了一口气。即使是平时关系不好的同学，也知道在这时应该表现出同情。但同情总是让人尴尬，这样的一来一回，总算周全。

　　对于旁人来说,这场事故只是短期的新闻,而同情和伤感的情绪,也持续不了太久。不喜欢蒯蕾的人,仍然不喜欢她。之后,蒯蕾的行事越发嚣张。她和男生玩在一起,让几个男生给她当小弟,叫她大姐大。把她喜欢的男生逼在墙角,威胁他要在一起。之前看蒯蕾不顺眼的女生再也不敢惹她,因为知道,此时的蒯蕾要是整起人来,和之前女生之间的小打小闹不是一个级别的了。

　　而老师们也彻底不管蒯蕾了,因为找不到家长。蒯蕾父亲这边的亲戚照顾她,但其实是她一个人住。家里的财产都是她的,蒯蕾一下子变得阔气。用这些钱给男生买零食,男生们下课去追捧她,就能分到学校小卖部里买的辣条、洋芋片和牛板筋。

　　如果说佟碧的身世,让张小莫隐约触碰到缺失父母的隐痛的话,蒯蕾的遭遇让张小莫见识到,这种空缺会给一个成长中的女孩带来什么样的改变。她过得自由又潇洒,但又让人觉得可怜又害怕。但这种认知,仍然是间接的,对死亡本身并没有什么深刻感触。

　　真正死亡带来的悲哀感,要来得更晚一些。

　　教张小莫的老师里,最漂亮的是教音乐的朱老师。小孩子们对美丑是很敏感的,朱老师曼妙的身姿实在是鹤立鸡群。说是教音乐,但她其实是学舞蹈的,具体是哪个艺术院校毕业的并不清楚,学校里凡是和艺术沾边的课她都可以上。合唱队是朱老师负责,礼仪队也是她在培训,就连书法兴趣课也是她在代课。林晓音喜欢朱老师,因为她是合唱队的领唱;张小莫也挺喜欢朱老师,因为在书法课的时候,她写的字被老师表扬了。

　　女老师里最好看的朱老师,男朋友是男老师里最帅的熊老师。虽然是这样,但同学们也并不觉得般配。因为熊老师脸上坑坑洼洼的,带着一种老觉得自己帅的油腻,上课也吊儿郎当的。熊老师教的是自然课,一个毫无技术含量的副课。在他的课上张小莫百无聊赖,翻到朱鹮那页发呆。在那一年的教材上,全世界只剩七只朱鹮了。

张小莫想,她下一世想做朱鹮,因为稀少而被保护起来,不用为觅食担心,也不用考虑要不要交朋友。

朱老师配熊老师,那是可惜了。张小莫和林晓音都这样觉得。但要在这学校里找到更与朱老师相配的人,好像也没有候补。这样一想,也不是不能理解朱老师的选择。小学的世界就是这样狭小,有限的选择,有限的眼界,有限的感慨。

张小莫想不到,再次感慨两人不般配时,是在知道朱老师车祸死亡消息的时候。是去支教的路上出的车祸,整个巴士都翻了。熊老师也在车上,是去送她,但熊老师活了下来。"他扯了她,没扯动,他就一个人翻出去了。"这是同学的转述。他怎么能把朱老师一个人留下呢?张小莫问。"不然怎么办,他留下来两个人都会死。"张小莫哑口无言,觉得哪里不对,又不知道为什么。

年轻鲜活的生命的消失,给人的冲击感是很大的。有好几次经过音乐教室时,张小莫都缓不过来。那个在黑色钢琴后把她选入高音部的美丽老师,分声部的时候,让她唱一句,张小莫扭捏地问:"唱什么?""你去高音部。"老师听了张小莫回答的这一句就干脆利落地分了声部,没有为难她。

死亡是可以发生在任何年龄段的。哪怕是最美、最朝气的年纪,这样的消失也是可能的。小学时的张小莫明白了这个道理。她一方面受到冲击,但另一方面,对于只是听到传闻而没有亲眼见证的她来说,这种消失是一种概念性的伤感。生命中的许多人会消失,消失在她的生活中,和消失在这个世界上,某种程度上,并没有区别。

1999 年　春夏

张小莫六年级的最后一个学期,结束于 20 世纪的最后一年。对于这个传言是世界末日的一年,她过得平淡而轻松。期中考和期末考的结果,都不太重要了,重要的是中学的入学分班摸底考试。新的知识需要学习的并不多,在就要各奔东西的情况下,无论是老师还是同学,都有种得过且过的宽容。在这种氛围下,张小莫的生活甚至有些多姿多彩起来。

这一年张小莫学会了追星。1998年的《还珠格格》成了张小莫一集不落追完的第一部电视剧。在此之前,母亲不怎么允许她看电视。张小莫记得,《新白娘子传奇》她是在房间一边做作业一边听客厅的音响听完的,《射雕英雄传》和《鹿鼎记》她完全没看过。每次和同学们讲大热的电视剧,张小莫都会觉得自己的童年有所缺失。

而母亲对此很是得意,她把张小莫的眼睛一直都没有近视,归因为小时候不让张小莫看电视。这一次也并不是因为放松管制,而是管不住了。张小莫深深地为这部剧着迷。在播大结局的那天晚上,父母带她去奶奶家,因而只看了一半的结局。挠心抓肺的张小莫只好等第二天的重播,和父母说好不和他们出门。父母出门的时候,片头曲刚好开始,父亲和张小莫说他们出门了,张小莫眼神粘在电视上,手往门口的方向摆了摆,让他们快点走。结果这个动作刺激到了父亲,他冲回家里扇了张小莫一巴掌,骂道:"你那是什么赶狗的手势,大人出门都不好好再见,一点都不礼貌。"打了一下后,父亲骂骂咧咧地出了门。

张小莫被扇蒙了,在电视上策马奔腾红尘作伴的时候,她的脸上还留着火辣辣的感觉。从这件事起,张小莫认识到父亲病态的自尊心,那是一种突然暴起的恼羞成怒,之后她还会不止一次地见识。但张小莫并没有因为这件事而失去看最后一集的心情,相反,在茫茫草原和苍茫天空的背景下,一群人潇洒奔腾的样子,奇异地疗愈了她。从此张小莫知道,有这样一种逃避现实的方式,可以将自己从无力挣脱和无法理解的痛苦中暂时地解脱出来。

在剧播完后张小莫陷入了一种空虚的状态,这种空虚以收集相关的一切后续信息来填补,主要的渠道是买《当代歌坛》等娱乐杂志。张小莫把自己的零用钱省下来,经过报刊亭的时候,去翻当期杂志,盘算着买下图比较多、消息最有价值的那一本。

存下这点零花钱对张小莫而言并不容易，在此之前母亲停止了她自由支配自己零花钱的权利。张小莫自由支配的零花钱，是每年的压岁钱。为了表示仪式感，大人们会把给她的压岁钱换成五块十块一张的新票子，厚厚的一沓给她。这座小城的人均收入不高，但压岁钱水平很高，亲戚间一百起步，有钱的亲戚，比如大伯和舅舅，有时会给两三百，每年累积下来也是不小的数目。这些新票子被整整齐齐地放在一个丝绸盒子里，收在母亲卧室的衣柜中，母亲有时不在家时，张小莫可以拿这个钱应急。

张小莫回家的路上有一个文具店，上一年圣诞节前后，她迷上了买贺年卡。每天回家时，都会进去买几张，各种花色，新出的设计，像集邮一样收入囊中。张小莫的购物欲大概就是在那时初初探出头的。她最喜欢的一种，是立体折叠的圣诞树，上面撒着金粉，拉开之后里面是在溜冰场里立起来的一个个形态各异的小人。哪怕是长大之后，张小莫都没有再买到过这么精致复杂的贺年卡。这样每天抽一张钱去买，累积下来的数量也很多，母亲有一天在张小莫的抽屉里发现了六十多张空白的贺年卡。再一清点压岁钱，少了大概三百块。母亲很是生气，锁上了抽屉，停了张小莫抽用压岁钱的权利。

张小莫不敢说，她买贺年卡其实没用这么多钱。大头其实是她拿去捐款了，是班上发起的给贫困山区的小孩的捐款。这个行为并不是因为她特别同情那些小孩，而是她想在捐款数额上排名第一，这是她讨好班主任的一个方式，在捐款名单出来时，排在第一的她果然让班主任长了脸。这件事让张小莫知道，不该有自己不能承受的虚荣心。

这件事之前，母亲还会骗张小莫说压岁钱帮她保管。在此之后就撕开了温情的面纱，直接告诉张小莫，她的压岁钱并不是她的，因为她拿多少，母亲就要给其他小孩多少，是一种交换。后来这些压岁钱，都被母亲拿来买菜用掉了，五块十块一张的零钱，买菜刚刚好。后来张小莫很是羡慕比自己小十岁的表弟，因为小姨每年都给他过圣诞节，在很长时间里保护了他关于圣诞老人的幻想，并且坚持不让他过早地有金钱观念。

没有零花钱这件事，并没有给张小莫带来太大的困扰，直到她需要买娱乐杂志的时候。但她也有自己的解决方式，可以和同学间换杂志。那时在课间，被传阅最多的除了《当代歌坛》还有《星星物语》。能期期都买得起《星星物语》的人，算是阔绰的大户。张小莫从这时起知晓了星座和运势，但即使是和神秘星象相关的预测里，也没有关于世界末日的惶恐。女孩们关注的是自己未来过得好不好，未来的另一半帅不帅，这一周自己的运气好不好。这些知识，在张小莫能名正言顺订的杂志里找不到。张小莫的母亲给她订的杂志其实很多，一个月有十种，《少年文艺》《童话大王》《儿童文学》等，但娱乐杂志不在此列。张小莫偷偷地把印着明星封面的杂志拿回家藏起来，望着上面笑意嫣然的明星，人生中第一次产生了迫切地想拥有金钱的渴望。

也是这一年，张小莫拿到了自己的第一笔稿费，投稿的时候她用圆珠笔写了幼圆字体，还在稿纸的左上角画了一个插图，拿到复印店去复制了，寄出了原件。八百字的小散文，收到了十块钱的稿费单，要去邮局取。那张绿色的稿费单，给了她人生中第一次赚钱的体验。张小莫本来想留着这张单，最后还是没有免俗取了出来。

用这十块钱买了什么，张小莫没有记忆了，但至此，她意识到要凭自己获得金钱的不易。希望长大，希望自己支配金钱和人生，大多是出于一些很小的欲念。而张小莫很快就要迎来人生中第一次毕业，是往长大的方向上，迈上的一个大台阶。

初夏还未到，班上的同学就开始写同学录，把不远的离别酝酿得琐碎又漫长。

那时的同学录，可供选择的样式很有限，有不少同学是在笔记本上自己一页页地写了项目，姓名、年龄、星座、血型、爱好、喜欢的颜色、喜欢的明星……最后才是临别赠语。张小莫在填问卷调查一般的同学录时，仿佛集中审视了自己一遍，有些问题的答案，她从未像这样总结过。

张小莫在写同学录时，有一种荣幸感。离别将近，大家也便不再装模作样。不喜欢的人，便不会拿过去给那人写。每次有人走到张小莫桌边把同学录递给她时，张小莫几乎有种诚惶诚恐的感激：哦，原来这人不讨厌她啊。一边填着那细项，张小莫一边想，只有不讨厌一个人时，才会想要了解这些吧。找张小莫写的人不少，但也并不是全部。这时张小莫就会很羡慕那些课桌边挤满人的同学。

相比起来，赵文就要潇洒许多。很多人找他写，他都不写，他也不找别人写。这在张小莫看来不可理解。大概是羡慕和困惑的眼神都太明显，赵文费事和她解释了一句：我不想透露个人隐私。这个梦想是当球星的男孩，很是早熟，大概是见多了球星发小爆料过往的情况。张小莫和他比起来，阅历差得不是一点半点。在同学录上的留言，不过一时兴起，不是成为黑历史，就是中规中矩毫无灵魂，只有像张小莫这样过分脑补的人，才会在收到寄语的当下，把他们的关系定格为友善。

张小莫的同学录，后来当成电话本在使用。那时家里还是座机，同学之间打电话，都在父母的监控之下。通常是问作业，很少的时候才会煲电话粥。张小莫打电话打得最多的时候，是在这一年毕业后的暑假。一个人在家的时候，突然有点怀念旧识，电话打过去问候近况，接电话的人会有一些惊讶。别人对她的敷衍感，她是之后才体会到的。在那个拿着同学录一个个拨打电话的暑假，张小莫意识到，人在寂寞的时候，是这样的空虚，连不怎么美好的过往都可以美化。

被美化的记忆之一，是学期过半的时候，学校组织的一次一天一夜的外宿活动。这个时间节点，不知是该算春游还是夏令营。对张小莫而言，这是她第一次外宿。母亲本来像以前一样，这样的活动是不让她去的。张小莫搬出了"毕业前最后一次"的说辞，言之恳恳，终于让母亲同意她去。

活动选在了一个军营，在张小莫的回忆里，是一大片的绿色草地，白天他们放飞机模型，进行射击，晚上在室内玩飞镖和唱卡拉OK。不知为什么，张小莫对于同行的人全无印象，只记得自己三枪打出了27环，教官很是表扬了她一通；而到晚上玩飞镖时她却连靶都扎不上去，这个反差再次让教官吃惊了一把。唱卡拉OK时，张小莫记得放了《雨蝶》，然后是周华健的《朋友》。"朋友一生一起走"的合唱持续了很久，这群小学还没毕业的小不点唱着"风也过雨也走、一杯酒一生情"的画面也许十分好笑，但那时张小莫在迷离的夜色中，真切地感受到了一种人生沧桑的依依惜别感。

这段一个同学的脸都记不住的记忆，张小莫总把它当成是小学最后的总结。虽然在时间前后上，错置得十分明显。比如拍毕业照的时间就在这之后。毕业照的那个定格画面里，同学的脸倒是都很清楚，因为张小莫后来重温这张相片的次数很多。重温的原因倒不是怀念，而是反复确定自己的短发时到底长什么样。

小学毕业照上的张小莫，头发已经长成了蘑菇头。以长大后张小莫的眼光来看，其实并不难看，穿着白色T恤的张小莫，瘦瘦的，短发别在耳后，有着很好的笑容。对短发的阴影，在外表上看那时已经消解得差不多，但在短发时期，张小莫极少留下照片，这是她为数不多的短发照片。剪了短发之后，张小莫只穿黑白灰三种颜色的衣服，不穿裙子，并且拒绝照相。大人们把这些行为归结于别扭的青春期叛逆。张小莫觉得，比起叛逆，更多的是自卑，她原本不知多喜欢粉红色和连衣裙。至于不照相，是她一种自我保护的机制。

之前，在班上的同学解除对她的孤立后，张小莫和几个女孩为了联欢会的节目去排舞,排舞的地点是学校后面监狱家属区的大院,有一个女孩家住在里面。休息的时候,张小莫走进女孩房间,看到了压在玻璃板下她们之前春游时的合照,照片上,自己的位置被用涂改液涂掉了。张小莫默默地退出来,知晓了这世上表达不喜欢的又一种方式。

自此之后,张小莫对于合照就很警惕。班级活动时洗照片是这样的,先把当天活动照片洗一版,然后大家传阅,每个人自己选要洗哪几张,然后交钱再按这个订单去洗照片。活动的照片,除了大合照,都是随机拍的,有时关系要好的几人会约起来,请带相机的人拍小合照。张小莫在这个环节,从来不会主动出现在镜头里,后来连照片也不会要。因为她已经知道,到关系不好时,这合照便会被人处理,她不想再给别人留下把自己的脸涂上涂改液的机会,也不想有一天会遇到不知如何处理照片的时候。

如果说不写同学录是赵文的机警,那么不照相就是张小莫的警惕。小孩的早熟,也许并不是心智上的聪慧,而只是经历了别人还未经历的事而已。

最后的告别,是在班主任的办公室外面。最后一次班会结束,班主任点了十个人留下来,一个个叫进办公室。进去之后,张小莫才知道是班主任送礼物,张小莫得了一支钢笔,班主任说了一些鼓励的话语,营造出师生间的惜别。出来之后的同学没有走,在走廊上交流自己都得了什么礼物,每个人都不一样,有些贵些,有些便宜一些。被留下来的这些人是以什么标准来送礼物的呢?据说是六年级期末考的前十名,但有几个人明显不像。张小莫这样和林晓音讨论的时候,旁边的方让发出一声笑,觉得她们天真。告诉她们,只有他们三个是前三名,拿的都是最便宜的礼物。其他留下来的人,都是每年家长会给班主任送礼的同学,留他们三个下来,不过是为了掩饰这最后的回礼。

如此一想,合情合理。这三个曾经的第一名站在一起,互相看了看，了然地笑了出来。这是他们三个人最后一次这样站在一起，没有比较，没有敌意，只有领悟了黑色幽默的释然。站在学校最高的这层楼上，看着空阔的操场，以前每次放学时，他们也是这样看着先走的人群，只不过这次的放学，对很多人来说，也许就是永别。

| 第二章 |

自我实现的预言

1999年　秋冬

"再见"这个词是很有意思的，很多说了再见的人，从此没有再见。而真正再见到面的人，有时又会相看两生厌。

对于谁会是她的初中同学这件事，张小莫比一般的同学要提早知道许多。

张小莫的初中，离家不到五分钟，就是母亲教书的学校。张小莫的家，是学校分的房子。小区大门一出来就是这所中学的后门，她上学的路是从后门开始，沿着学校的围墙再走到学校的前门。前门是那个大坡的顶点。来上学的中学生们，气喘吁吁地爬上坡，到顶点时，就到学校了。而张小莫上学连这个大坡都不用再爬了。

这样的便利也有副产品，这所学校的大部分老师都和张小莫住在同一个小区，他们几乎都是看着她长大的。教师子女这个身份，在初中三年一直伴随着张小莫。这不仅意味着老师们对她有特别的关注，也意味着她处在母亲的人际关系网中。这种人际关系，往往会让她比其他学生了解到更多的内幕。

入学考试结束后，张小莫被未来的数学老师童老师叫去家里。张小莫要读哪个班是早就定好的，这是这所学校的教师子女享受的便利，虽然张小莫按成绩进也绰绰有余。张小莫要去的这个班，语文老师兼班主任的林老师战绩傲人，她带的班升学率可以和重点初中的重点班媲美，而童老师则是林老师历届的黄金搭档。凡是知晓林老师名气的家长，挤破头都要把孩子往这个班送。找的人太多，林老师放了话不收礼，最后除了看成绩，只能拼关系的亲疏远近。旁人这样难进的班，张小莫却阴差阳错地影响了一些名额的选择。

　　数学老师把张小莫叫去她家，明面上是给她看自己考得怎么样，去的时候，张小莫看到桌上考过重点班线的试卷排成一排，数学老师问她，这些人里哪些小学时的体育比较好，哪些本来成绩就比较好。读过两个小学的张小莫，做这个小顾问再合适不过。张小莫懵懵懂懂地把她知道的人指出来，看着数学老师拿笔把人一个个圈出来，张小莫才反应过来，是在挑和她一个班的同学。初中每年都会有运动会，在成绩相当的情况下，老师想选体育更好的人。而对于一次考试的成绩而言，显然历来成绩优秀的人是更好的苗子。

　　在明白过来的瞬间，张小莫有一丝后悔。

　　她可以不指的。张小莫这个无意的举动，决定了未来三年的同学里有不少都是她的小学同学。方让，赵文，隔壁班运动会在前几名的同学，还有工厂子弟学校的几个男孩女孩。把自己旧有的人际关系继承到初中，张小莫在直觉上感到这是个错误。如果自己没有参与，那未来不管发生什么还可以推给运气。而现在这样，仿佛是她自己亲手放弃了一个全新的开始。

　　除了这些人，还有另一些张小莫熟悉的人会和她在一个班——和她同龄的教师子女。包括老师们的子女和侄子侄女之类拐弯抹角的亲戚。这个范围囊括下来的人的数量也不小，比如转学第一天把她推倒在地的胡帆，语文教研组组长的儿子，某个资深英语老师的侄女，还有前教导主任的侄子。这些人看似享有某些特权，但同为一类人，大人在学校的地位，或多或少会影响到孩子之间的关系。至少在与这些人产生利益上的矛盾时，张小莫就总是被用来牺牲让步的那一个。

　　这样的开局，让张小莫在新学期开始前就感到不安。

　　原本不应该这样的。张小莫原本期待着初中的新开始。这所初中，在她成长过程中留下了很多痕迹。河沙跑道边的乒乓球台,是她和邻居小伙伴打球的地方。连球台后面的围墙上的壁画,张小莫都熟悉异常。球台旁边大片的空地,夏天的晚饭后父亲常带她来打羽毛球,一边打一边看着天边晚霞铺满整个操场,黑到看不见球才回家。200米的河沙跑道,中间是足球场,下雪的时候,母亲带着她在这里堆雪人,跑道的另一边有单杠双杠和高高的爬栏,张小莫在没有练体操之后还是很喜欢这些器械,玩累的时候,张小莫会爬到爬栏的最高处坐着,远眺天空和云朵,那种在高处的放空,会让心情处于一种奇异的宁静,足以忘却当下的烦恼。

还有她最喜欢的图书室所在的二层木质小红楼,红楼里原本有一个蜡染小作坊,张小莫还去染过手帕玩,母亲在这里给她买了一条紫粉色的蜡染裙子。从学前班开始,她就去二楼的图书室里借书看,书架上三分之二的书她都借过,像熟悉自己的房间一样对每个柜子上的书了如指掌。管图书室的老师先是惊奇,后来习惯为常。母亲上课拖堂或监考时,张小莫就会在图书室等母亲。冬天的时候,图书室用的是有烟囱的煤炉,她去的时候,图书室的老师就会把炉子烧得更旺一些,张小莫拿一本书,像是《四世同堂》《青春之歌》这样的大部头,守在炉子边,又暖又惬意。管图书室的老师,在以前是管食堂的,只要看见她,张小莫就知道自己有发糕和甜馒头吃。以至于在这位老师管图书室后,张小莫看见她就有种香甜的喜悦。两人在炉子边各干各的事,颇有点岁月静好的意味。

几年下来,在图书室看着张小莫长大的老师们把张小莫吹得神乎其神,"才女""神童"之类的调侃就没少过,对于张小莫的入学,学校老师们也都抱着玩味的期待,一致认为她会是下一个康琳——上一个在他们中间成为神话的教师子女,此时距康琳以中考状元的身份毕业已经有三年。

张小莫再见到康琳,要等到开学典礼上,高中毕业考上上海名牌大学的康琳受邀回母校给师弟师妹们演讲打鸡血。张小莫当时一边听，一边想起母亲说康琳的身世。康琳的父亲是学校的清洁工，也算教职工子弟。康琳断层式出类拔萃的优秀，改变了她个人的命运和别人对她家人的态度。

我能达到这样的高度吗？站在台下的张小莫，不太确信。在她羡慕康琳要去往更大的舞台之前，张小莫首先要面对的是一个让她不安的开局。她站在班级队里，被一群熟悉又陌生的人所包围。低头看着自己再熟悉不过的河沙操场，张小莫不知道，这个曾给自己童年带来这样多快乐的场所，会不会在未来给自己留下不愿想起的记忆。

开学第一堂课选班干，熟悉的剧情让张小莫有一点恍惚。提名的时候，方让站起来说："我提名张小莫当学习委员。"然后看了一眼张小莫，仍然是上次那样有点示威的眼神。

张小莫是真的不太懂，方让这样做的意义是什么。此刻，不管这个男孩的出发点是什么，她都有种缓解了尴尬的感激。林晓音和余婷都去了其他学校，和张小莫一个班的，都是些熟悉但说不上友善的旧同学。除了张小莫已知的几个同学外，还有很多旧同学，按片区划分学校的结果大抵如此。在认识新同学的新鲜中，都认识张小莫成了两个学校的同学的共同点，因此也成了社交时切入的话题。但张小莫并不是很想要这份熟稔，因为作为谈资，会有些意想不到的风险。

在子弟小学时，同学之间都说普通话；在转学之后的小学，同学之间都说方言。张小莫的方言是转学之后才开始讲的，子弟小学的同学从未听过她讲方言。一个男生听到张小莫讲话，像发现了什么新大陆："你讲方言的声音怎么这么嗲，你以前讲普通话时就这样吗？"男生咋咋呼呼地把自己的发现讲给其他同学听，然后让张小莫讲话，张小莫刚讲一句就被截断，他捂住心口装作受不了的样子，大喊着要速效救心丸。

这种恶作剧的跟风迅速弥散开来，和张小莫同学两年对她声音没有什么意见的男同学，此时也装作受不了的样子。从此速效救心丸就成了张小莫讲话时旁人的一个梗，每当课堂上她发言时，男生们就会故作姿态要吃药捂心口，一起起哄。本来很喜欢在课堂上发言的张小莫，从此不敢轻易举手发言。而有了共同调侃对象的男孩们，则借此迅速拉近了关系。

方让并不在这群起哄的男孩当中，张小莫模模糊糊意识到，这个曾明确表示对自己厌恶的男孩，有着一些傲气与底线。就像此时，如果不是方让的提名，大概不会有其他人提她。一个大家期待的优秀入学生，连个班干都没选上，这会有多尴尬。论迹不论心，张小莫投桃报李，提名方让当班长。方让又看了张小莫一眼，这时他脸上有了和张小莫一样的疑惑。

张小莫最后拿了19票，在这个58人的班级里，这个数字并不多，但没有人和她竞争学习委员这个职位。每次选举投票，张小莫都清楚记得自己的票数，还有这样一些人是不讨厌她的，她喜欢这样理解。张小莫的学习委员，一当就是三年。但张小莫始终记得这个脆弱的开始，一个对她并没有好感的男孩出于负气或其他理由提名了她。很后来，张小莫才咂摸到一点方让的心思：我的竞争对手，你在这个合适的位置上，和我竞争吧。

有时张小莫觉得，真的存在自我实现的预言，不论是让她不安的人际关系，还是对她理应优秀的期许。

第一次月考的时候，张小莫和第二名拉开了二十分的分差。即使是张小莫本人都感到有些吃惊。分差主要来自英语和语文。在1999年的这个小城，大多数同学是从初一才开始学英语的。张小莫从三年级就开始学的英语，在此时显出了功效。在此之前学英语的时候，张小莫并不觉得这是自己的强项。和她一起同班学英语的有两个女孩，都比她小，有一个比她小两岁，背课文极快，口语也特别好，每每对比出张小莫和另一个女孩学习的迟钝。因为学得太好，那个女孩很快就不和张小莫在同一个班了。剩下张小莫和另一个叫池露的女孩，同病相怜地继续和那老师学。

那时张小莫学英语是极为痛苦的，甚至研究出了各种作弊手段。听写的时候，老师家里的那张桌子是有抽屉的，张小莫和池露把单词表藏在抽屉里，听写的时候偷偷看。一共才两人，这个小动作很快被老师发现，告诉家长，又被一顿骂。背课文时，父母有时抽背诵，有时抽默写，张小莫会故意说自己想默写。默写之前，把课文重重地在稿子上抄一遍，在第二张空白纸上留下痕迹，默写的时候在上面描一遍就行了。这个方法巧妙一些，骗过了一次，第二次就在她使劲盯着空白纸找角度看的时候，被干公安的父亲发现，又是狠狠一顿惩治。父亲是很喜欢在教育她时上升道德品质问题的，被抓两次之后，张小莫彻底放弃要小聪明，承认自己资质平凡，但也不求上进，只求过关，就这样拖拉痛苦地学了三年。

张小莫三年级开始学初一的英语教材，每周一次课，到六年级学到初二的教材。初一的英语课，对她来说是把学过的东西再复习一遍，拿满分也不出奇。但英语老师对张小莫的盛赞，让她有种恍惚，在学英语上一直是中等生认知的她，突然有了自己英语是强项的错觉。这错觉在最开始，甚至让她有些名不符实的心虚。

因为这心虚，在英语课上张小莫听得格外认真，并不因自己学过一遍而有傲慢之意。英语老师对张小莫的这个学习态度极为满意，盯着张小莫和她做互动，下课时也乐滋滋地解答她超纲的问题，张小莫第一次感到学英语的良性循环，不复之前的拖拉痛苦，格外积极起来，甚至到了看着课表上有英语课都会高兴的程度。

张小莫的这种心虚感，一直到她参加全国中学生英语能力竞赛拿了一等奖才放下。到这时，她才确认，自己的英语水平不是伪装出来的。先伪造出一个假象，然后为了配得上这个假象而自我追逐，这个事实说出去大概没有多少人信，但对于张小莫而言，这就是实际的真相。

自我实现的预言这个理论是张小莫读大学时才学到的。人们先入为主的判断，不管正确与否，都将或多或少影响到人们的行为。因此，会在不经意间使自己的预言成真。这个道理在她初中的第一年，就被她实践过了。在实践中，张小莫有幸运的一面。但如果张小莫早一点懂得这个道理，她大概会更自信一点，不会有那么多害怕自己不受欢迎的心理暗示。因为在这一点上，她也没有逃脱自我实现的预言。

对于张小莫的第一名，方让比小学时要冷静。站在学校贴的月考大红榜单前，张小莫听到方让在给隔壁班的人说："第一名是我们班的，她以前也一直是第一名。"那感觉有点像在和别的班的人夸耀，并且显示互相之间的熟悉。张小莫迟来地感受到了一种同学之谊。

月考的红榜贴在教学楼的一层走廊上。用的是最朴素的那种大红纸，上面写着漂亮的黑色毛笔字。从第一名到第一百名，这张月考成绩会贴在这里一个月，直到下一次大考时用下一张红榜覆盖。张小莫是个俗人，这个红榜是她在这个学校里最喜欢的地点之一。初中三年，张小莫不在榜单第一的次数屈指可数，她的存在感在这里被放大、增强、固化，成为不可被忽略的存在。中考之前，张小莫的苦恼是，和第二名的分差不够大。已经考入省重点高中的表姐对这个凡尔赛的言论表示大为震惊，但张小莫是真心这样想的，如果这个稳定的分差变小了，那说明她在退步。

一直在第一名，其实是一个容错率很低的事件。这意味着张小莫的发条一直是上紧的。班主任林老师对张小莫这种断层式的成绩，解释是"笨鸟先飞"。这个说辞最常在全班训话时被使用。

林老师带的班，每天放学后都有一段训话的时间。这是林老师作为一个班主任成功的秘诀之一，她的教育理念是，不仅要教学生读书，还要教学生做人。在这个时间段里，林老师的训话包含各种人生道理，小到打扫卫生时使用抹布的正确方法，大到做人的原则，当然最多的还是总结最近一段大家的表现：班上这次考试的结果，名次的变动情况，以及对成绩起伏原因的总结。

这样长长的训话总是让讲台下的同学感到无聊和浪费时间，但训话的时候，班主任不允许学生做其他事，哪怕是做作业。被抓到在做其他事的同学会被点名，然后就他做的事的重要性和目前谈的问题的重要性展开新一轮议题的训话。所以在这段时间里，大家除了当听众之外无事可做。

作为典型案例的张小莫，在训话里成为论据来印证班主任观点时出现的次数很多。这个案例不是为了让其他人感到望尘莫及，而是给大家以希望：你看哪怕资质普通甚至可以说得上笨的张小莫，通过先飞的勤奋也可以达到这样的成绩。

张小莫不是不能领会班主任的用意，但听的次数多了，潜意识里还是会受影响，觉得自己是只笨鸟。"笨"并不是什么好的自我认知，好像自己除了勤奋之外别无长处，甚至还有点先天缺陷的感觉。而勤奋的人遇到天才时，自信心总是会被降维打击。

同样的事，费尽辛苦才能做到的那个人，总比轻松就能做到的人要被小瞧许多。但好在此时的张小莫飞得足够轻松，即使被削弱一下光环，影响似乎也不大。班主任"笨鸟先飞"的话术，也就肆无忌惮地在她身上一直用着，全然不顾一个女孩反反复复在上讲台领走最高分的试卷后再听到自己被盖上"笨"的印戳是什么心情。

只有一次，林老师在全班发了火，因为听到班上的同学在背后议论张小莫高分低能和学得"呆板"。呆板这个词，张小莫觉得和"笨"比起来也严重不到哪里去，但不知为何让班主任极为生气，在班上抖着张小莫的满分作文对众人说："呆板的人能写出这样的作文吗？你们不要觉得我平时老说人家笨鸟先飞你们就真的觉得人家笨了。"这大概是作为语文老师，对张小莫展现的惜才之意。

林老师作为语文老师，对于张小莫来说是很特别的一位。张小莫的历任语文老师都很喜欢张小莫，这是张小莫在应试教育阶段最为幸运的事情之一。她没有背过样文和金句，也没有特意地准备过素材，几乎每次考试都是临场发挥，而她遇上的所有语文老师都没有试图教她怎么写作，认可了她的写作方式。那些作家少年时因语文老师不认可而留下心理阴影的事在张小莫身上从来没有发生过。但这些语文老师在第一次看到张小莫的作文时，都会问她一句话："这是你自己写的吗？"而林老师是唯一一个没有问这个问题的人。这个例外，让张小莫对林老师有一种特殊的感情。

日后的初中同学会上，赵文才和大家讲他悟到的关于每天这长长的训话时间的另一层用意：放学后本来是像他这样的人去游戏厅打游戏的时间，林老师将他们放学后留下训话到饭点，直接杜绝了他们回家前去游戏厅的机会。"如果不是这样，我可能考不上高中。"成年后的赵文感慨道，觉得林老师真是用心良苦、深谋远虑。

张小莫很是羡慕赵文的这种通透和智慧，对当时明明厌烦的事，事后还能回味出当事人的好意，张小莫自己试图去做到这一点。如果没有林老师一直将她定义为"笨鸟"，她在初中三年是否就不会这样一刻也不敢松懈地往前飞，即使在分差这样大的情况下也始终被危机感包围呢？张小莫的初中并不是特别好的中学，张小莫往前赶成这样，才勉强在高中的时候不落后。但另一面，在她潜意识里觉得自己资质平庸的时候，她也划定了自己的能力圈，觉得自己有无法跨越的边界。

对于自己能力的边界，初一时的方让流露出了一种出乎意料的坦然。他再也不是小学时拽着张小莫问她为什么不把第一名让给自己的那个幼稚男孩，而是在张小莫成绩出来之后，和其他一起争名次的男孩说：张小莫的文科，我是真的服气，这是天赋，没办法。

张小莫没有想到，是在方让那里听到了这样的话。在武侠小说里，最了解你的是你的对手。从这个意义上，方让的话对她来说有着分量。从竞争对手到让人尊重的竞争对手，在长期的戒心中，他们达成了一种微妙的了解。

1999年的冬天，这个时间上的世纪末，离张小莫抱着复读机反复放周杰伦的《世界末日》还有两年。此时最接近世界末日的景象，大概是每天早晨走在上学路上时冷空气里将明未明的天空，还有让这天空变得更加灰蒙蒙的黑色河沙操场。张小莫的一天，就是从这里开始的。

中考要考体育，所以每天早晨，同学们先在操场跑十圈，跑完再上楼早读。集合的时间是七点二十分，张小莫通常是家里的挂钟走到十五的时候才狂奔出门，在路上有时会远远看到班主任有些宽厚的背影，只要比班主任先到就不算迟到。

早起和800米考试对张小莫来说都是非常痛苦的。进入初中之后，她变得渴睡起来，上学的路程变近了，险些迟到的次数却多了。张小莫知道这不太说得过去，班上住得最远的同学，坐公车要一个小时才能到学校，林老师说了这种情况迟到可以理解，但他们反而是到得最早的。远的不说，住在河对岸的方让，就每天到得都比她早，因为方让要组织集合、点名和跑步。

站在队伍里的张小莫，看着站在领头的方让，莫名有种小学时他带领全班早读时的感觉。

初中时大家统一穿了校服，周一到周三黑白运动服，周四到周五蓝色运动服。但不管是什么颜色的服装，等大家排着队奔跑起来，全部都掩在扬起的黑色尘土里。张小莫此前不知道，自己小时候这样喜欢的大操场，原来跑起来是这么难受。前几圈用鼻子呼吸，最后几圈忍不住用嘴呼吸，粉尘和冷空气直往嗓子眼里灌，咽下的口水都带铁锈味。远处电厂的大烟囱徐徐冒出的白色烟尘，加重了这种窒息感。拼了命地跑完十圈，觉得这一天的力气都用尽了，然而这一天却才开始。

方让的体育很好，而张小莫的体育是弱项。在中考分数里占30分的体育分，是张小莫整个初中考试中觉得最沉甸甸的一环。她在学习中努力地拉开分差，也有一种逃避的想象：哪怕这30分都不要，她也能比别人分数高的时候，才算是安全。

长大之后的张小莫才会懂得，不要随便给自己安上"弱项"的认知。要把自己的弱点精准化地克服，而不要概括放大，不然恐惧感就会日益增强。

跑步垫底的她，在仰卧起坐上可以拿满分，小学时跳绳是强项的她每年都代表班级参加运动会，初中时因为有仰卧起坐的项目，所以她还是代表班级参加运动会。开运动会的时候，其实是张小莫很喜欢的时段。秋季的运动会在十月，是梧桐变黄的时节。秋高气爽的日子，同学们自己从家里带着小板凳按班级方阵坐在操场上。张小莫的小凳子是一个便携的小竹凳，橘黄的材质，上面画了两三支水墨竹子。每次要用到这个小凳子的时候，张小莫都很兴奋，这意味着是不上课要搞活动的时候。

有项目参与的运动会，参与感和荣誉感都是很燃的。到高中不再有项目可以参加的张小莫，回想起初中的经历，才明白看客和参与者的不同。参赛的运动员一人至少要报两个项目，林老师让张小莫报仰卧起坐和跳远，跳远跳成怎样都没有关系，仰卧起坐能拿第一，就能稳拿5分，比两个项目都拿第三名得2分还要高。林老师这种田忌赛马的想法，让张小莫每年都能参赛。张小莫也确实每年都能完成任务。

在这种时候，张小莫才觉得自己和赵文这样的人有了些共同点。同学们会给她加油，她比完赛之后会给她写通讯稿，最荣耀地是广播里播名次的时候，响彻整个学校的大喇叭，会让自己班的方队欢呼起来。自己在班级排名中出了一份力，张小莫觉得，体育竞技带来的荣耀感和考试是截然不同的。运动会拿了第一，同学们会觉得是为班级争光。但考试考了第一，竞赛拿了奖，很少有同学会觉得与有荣焉。

数学老师对体育生的筛选，在这时起了作用，张小莫指的那些人，每个都是拿分点。但其他班也咬得很紧，多少还有张小莫认知的盲区。她的旧同学很多，但另一个方面来看，新同学也不少。至少在现在，和她关系比较好的女生，都不是她的旧识。相比起来，赵文和方让，这两个男孩和张小莫的联系好像还要紧密一些。和赵文一起贴着号码牌往运动员准备区走的时候，是张小莫和赵文有交集的时刻之一。赵文是拿分大户，包揽了所有的短跑项目，50米、100米、4×100米。如果不是参加的项目有上限，不知道他能拿多少个第一。

在赵文跑短跑时接受迅疾而热烈的欢呼时，方让还在苦哈哈地跑1000米和3000米。因为比赛时间相对长，比起来也便没那么刺激，是辛辛苦苦才能拿到的分数。方让的强项，和方让本人的特质也很搭配。同样是比赛，不同的赛道好像辛苦程度也有不同。赵文是体育天才，方让是体育还不错的老好人。这样一想，好像有点难言的意味。

张小莫看着参加长跑的男孩们，每天自己跑的时候，他们都可以轻轻松松地从自己旁边套圈，而跑得很快的人集中在一个跑道上，还是跑出了气喘吁吁表情狰狞的样子。作为看客看着他们，觉得跑第一的那个人才是赢家，但其实在场上的每一个，在1000米的测试里都可以拿满分，完全没有张小莫的烦恼。即使是跑在最后的人，也是让张小莫羡慕的人。但人们眼里通常只能看到第一名。换成在其他事情上，也是一样的吧。

冲线的方让，长手长脚的，把手抡起圈来。大家一阵笑，和张小莫继续了旧有关系圈对孤立的恐惧一样，方让也继续了旧有关系圈里搞笑角色的担当。张小莫忽然就有了种同病相怜的感觉。但转念一想，无论在运动场还是考场，没有短板这个事实本身就已经有绝对的优势了。

有时张小莫会想，如果每个人都只在自己是绝对主角的赛道上奔跑不好吗？如果是赵文，他会不会想生活在只有运动会的日子里呢？张小莫自己就很想活在体育考试可以只考仰卧起坐的规则里。全面发展是一种规则还是一种公正呢？有一天自己能不能成为规则的制定者呢？

每天早上在扬起黑尘的操场上要死不活地奔跑着的张小莫,在世纪末的这一年,思考着她的小世界运转的规则。

2000 年

2000 年的到来,比起 1999 年,给张小莫留下的印象要深刻得多。张小莫的记忆里,明显有了一种界线感,在记忆时会作关于上个世纪和这个世纪的区分。比如《第一次亲密接触》和"轻舞飞扬"是 2000 年之前的故事,榕树下是 2000 年前就有的网站。

1999 年的时候,张小莫有了自己的第一台电脑,是台水蓝色的联想 586。蓝白相间的配色十分美貌,在张小莫高考离家后仍然放在书桌上。张小莫的小学同学,比如林晓音,在小学的时候家里就有电脑了,张小莫去过她家几次,两人一起玩《仙剑一》和《雷神》。张小莫还记得,在李逍遥发现赵灵儿在池塘里的时候,两人反反复复地操作角色走开又走近,不敢相信真的是偷看洗澡的情节。

张小莫学电脑的时候其实是三年级,那时流行报电脑班去学 C 语言。张小莫的 C 语言没记得多少,背下来的五笔字根却跟了她一辈子。那时的小霸王学习机,别人最喜欢玩的也许是《魂斗罗》《冒险岛》《超级玛丽》,张小莫最喜欢玩的却是一个天降字母练手速的游戏。在 1999 年拥有电脑,不算最早,也不算太晚。有了电脑之后,五笔和盲打让张小莫打字速度飞快,在那时的聊天室里少有人能接得上她的聊天手速,于是她常常会开好几个聊天室。

除了身边的朋友,还有网络上的朋友可以聊天,这对张小莫不得不说是一种新奇的缓解孤独的体验。在此之前,张小莫的社交圈除了自己的同学之外,只有邻居小伙伴,能够倾听她烦恼的人就更少了。而聊天室里陌生或眼熟的人,像在天空交汇的云朵一般,能够倾听张小莫的一些烦恼,这种倾诉是阅后即焚式的,但也给张小莫带来很大的快乐。

但拨号上网的年代,上网时长和电话费直接挂钩,聊天是一项奢侈的娱乐。相比起来，看网络小说是更好的且不会被监控到上网时长的消遣。张小莫通常会在上网的时候集中存下小说的网页，然后在断网之后再看。用这种方式，张小莫看完了席娟、亦舒和古龙。还好开始看金庸时，网上太多错别字，所以张小莫看的是纸质书，是她从奶奶家里借来的大字版，不然张小莫的视力能否一直维持在5.0以上还是未知数。

这种娱乐化的阅读对张小莫来说是新鲜的，在此之前，她的阅读来源只有这所中学的图书室和市图书馆。市图书馆的阅读区有年龄限制，每次张小莫跟着父母进去都有一半的几率会被拦。12岁之后她才可以自由地在少儿区以外的阅读区通行。不太去管张小莫看什么书，是母亲的优点之一。但母亲的原则是，不会为"闲书"花钱，只有学习用书才值得买。上网解决了张小莫阅读的来源，可以让她看一些消遣式的小说。而在知道了这类"闲书"的存在后，张小莫一时有点无法自拔。就像她在2000年的时候，彻底陷入了金庸宇宙。

张小莫看书是很快的，这是别人观察的结果，虽然她自己在看的时候感觉不到速度，而是一种沉浸的感觉，以日后知晓的理论来解释，大概是一种心流的状态。母亲小时候向别人夸耀她时，有一条是"坐得住"，无论是学琴还是学书法，做作业或是背英语，张小莫可以一两个小时都不动。张小莫自己并不觉得这是什么可夸耀优点，但看书时的张小莫，确实能感受到这"不动"的感觉，看《四世同堂》的时候，她还记得自己抬眼看了一下时钟，第一眼是中午十二点，再抬眼，已经是下午三点一刻了。金庸宇宙的时间感，则要更夸张一些。四本一套的《射雕英雄传》看完只用了一天，五本一套的《天龙八部》用了两天。看完回到现实世界的时候，都有种晕眩的恍惚感。这种恍惚感，很大程度上来源于一种震撼，原来有人可以凭写作建立这样一种文学世界，前一套书的人物可以在另一套书里看到命运的延续，彼此之间有前因后果的观念，而这样庞大有实感的世界，独立于现实世界而存在。

张小莫的同桌加深了她对于金庸宇宙的震撼感。她初一时的同桌是一个叫孟月的短发少女，个子比张小莫略矮一些，机灵可爱而友善，可以说是张小莫有史以来最满意的同桌。孟月显然拥有一个极为自由的童年，她看过所有金庸小说改编的港产剧。张小莫看书还没有看到时，就会问她一些问题。一个看过书，一个看过剧，两人聊得热火朝天。金庸小说的所有主角里，张小莫最喜欢黄蓉。看完《射雕英雄传》那天，她急不可耐地问孟月，黄蓉后来怎么样了。孟月想一想，仔细回忆《神雕侠侣》剧中演黄蓉的角色，说，好像是个反派啊，是个挺让人讨厌的大妈，一直在和男主角作对。听到这个回答的张小莫如遭雷击，不敢相信自己的耳朵。那样生动鲜活古灵精怪的黄蓉，怎么就变成让人讨厌的大妈了呢？张小莫不甘心地问了一句："是黄蓉哎。"孟月说："是啊，《射雕英雄传》里的黄蓉挺好看的，可是在《神雕侠侣》里这个角色只是一个配角啊。"

那一刻张小莫突然明白了一种出现在别人当主角的故事里的悲哀，即使是在前后关联的文学宇宙。还不如故事就在前一本戛然而止，让这个人物成为传说。其实真正看书的时候，张小莫没有这样强烈的感受，因为在她的脑中，黄蓉的形象是延续的，只不过戏份让人有些失望而已。而只看电视剧的同桌，对这种分别的感知就更强一点，在看剧的人眼里，这并不是一个人。不是张小莫合上四本书的最后一本时，那种恋恋不舍，急切地要看到这个人物未来命运的感觉。

又或许，这种失望感不仅仅是因为主角和配角的区别，还是一个女性在人生不同阶段所呈现的感知呢？故事可以戛然而止，但一个人的人生呢，总还要继续下去，不管未来会不会让人失望。

无论如何，2000年对张小莫的意义，除了是新世纪之外，还意味着新世界。她与世界的联结变得宽广起来，这种联结让她意识到，除了她身边的世界外，还有更多姿多彩的一番天地。而即使在她身处的世界中，她也可以凭自己的力量，演化出一个小世界，在这方小世界中，去认知一些规则，或是抵抗一些规则。

而在张小莫的小世界里，不能犯错是一条很重要的规则。张小莫对于其他人的模范意义，除了成绩，某种程度上是一种不会行差踏错的行为准则。同学们会觉得她做的事是老师认为正确的。

记忆最深的一次，是班上的大门不知为何前一天没有锁，只圈了一条铁丝在上面。但前面到的同学，很有默契地都不敢取下这根铁丝，在走廊上背着书包聚在一起等。等到张小莫到了，大家才如释重负地问她怎么办。张小莫去问了班主任，然后把门开了让大家进去。这件事让张小莫回味了许久，不是班长，不是其他任何一个更有威信的同学，而是在等她。大家是觉得怕背锅的事，张小莫去做就不会有事，还是觉得即使是背锅，张小莫背了程度上会有不同呢？

事实上是不会有的。张小莫模范式的乖巧，很大程度上是环境所迫。别的同学可能是做了违纪的事才会被告家长，而张小莫会仅仅因为上课不主动举手发言这样的小事就被告家长，因为任课老师要找张小莫的母亲吐槽实在是太方便了。

张小莫上课不举手，是因为她只要上课发言就会被哄笑，除了被哄笑本身的难受之外，老师因为不知道他们在笑什么，有时生起气来，会给课堂纪律扣分。

最怕课堂纪律被扣分的人是张小莫，因为原本要设个纪律委员来管的打分表由她来兼管。每堂课后，张小莫会拿着学校发的课堂纪律表去请老师打分。这个打分表一周交一次，一个年级分最高的班级会获得流动红旗。流动红旗的归属是每个班主任都很紧张的荣誉。一堂课满分十分，每天放学前班主任会检查这一天的打分，有扣分的情况，就会问张小莫是什么原因导致的扣分。导致扣分的同学，会被罚抄这一学期语文课本里最长的课文。比如《国王的新衣》或鲁迅的《故乡》。被罚抄的同学，抄完的课文要交给张小莫检查。

这个环节的每一个节点，都是在给张小莫拉仇恨。班主任为什么要做这样的安排？张小莫不清楚，可能只是相信她，也可能并不觉得这样的安排对她来说有什么后果，也许落在其他人身上，还会觉得这是掌握权力的一种体现。但小学时被坑过一次的张小莫，知道这就是在踩地雷。

每天都在雷区行走的张小莫，开始摸索一种求生的智慧。课后老师准备扣分时，她会央求老师，给老师认错。有些时候老师会给她面子，有些时候太生气了，会用笔狠狠地在上面写个扣分，张小莫当场就会通报大家，这次没办法了，大家准备吧。至少这样，能把仇恨值降到最低。

甚至抄课文这件事，张小莫也和大家一起有难同当过，有一次体育课掷实心球，掷完手太脏，大家以为课上完了，就先去洗手了，结果体育老师下课集合时发现叫不到人，狠狠地把他们告了一状。张小莫也在提前洗手的人中，坦白一同领了罚。鲁迅的《故乡》有八十八个自然段，在班上号称"八十八段，手都抄断"。张小莫在刚开始抄的时候还有些新奇，抄到后半夜渐渐明白为什么这算是一种惩罚。大家抄的课文，第二天是交给她检查的。说实话有时睁一只眼闭一只眼，跳几段也不明显。但别人能敷衍，张小莫不行，她检查了别人的，谁检查她的呢？在橘黄色的灯光下抄到凌晨时，张小莫累到有点难过，她也想偷懒，她也想字迹变形，但最后还是一丝不苟地抄完了。

第二天收上来的罚抄，和以前大多数时候一样，班主任看都没看。张小莫在这一刻觉得自己有点蠢，但一方面又觉得自己无愧于心。这种无愧于心到底有没有必要呢？多年之后，张小莫会毫不犹豫地选择，当然还是那一晚上的睡眠比较重要。以后张小莫会知道，这个体育老师的人品根本不值得尊重，就事论事，这次的事也算不上违纪，是体育老师自己没说清楚还要再集合。张小莫勇敢一些，应该和班主任说明自己不该受罚；软弱一些，会消极抵抗混一个法不治众的结果。偏偏明明觉得这惩罚荒诞，又在接受惩罚时去追求自己的无愧于心，算是一种本末倒置。

当然，要让当时的张小莫想通老师的惩罚也可能是不对的，还是太困难了。

其实，如果不是张小莫被架到了这样一个不能出错的位置上，母亲早就向她传递了一种不以为然：老师也是人，是人就有弱点、有偏好、有不正确的时候。张小莫要隔一段时间，才能认识到，她最不怕的事就是请家长。

母亲不像父亲，从来不会把一些小事动不动就上升到品质问题。也不会先入为主地觉得别的老师告张小莫的状，就是张小莫不对。甚至有时候，还给张小莫打掩护。有一次张小莫在上副课时看小说，被那个老师把书收上去了。张小莫刚回家，状已经告到母亲这里来了。母亲问，为什么上课看小说。张小莫说，那个课太无聊了。母亲想想，也是。把书还给张小莫，让她下次小心些，而不是不要再课上看小说。

诸如此类鸡毛蒜皮的告状很多，母亲总是在外面高高拿起，回家轻轻放下。虽然张小莫自己下次会注意，但心理负担会小上很多。这也算是初中三年，张小莫难得有的透气口。老师的告状或评价，母亲都会如实告诉她，张小莫反过来可以观察老师们真实想法：他们为什么要这样说，是出于什么目的，抑或是出于什么偏见。小学时那种因为琢磨不透老师想法而牵动情绪的情况再也没有了，从这个角度，张小莫是明牌玩家。某种程度上，也算是学习了人生百态，

但这种不以为然，并不是对林老师的。母亲对林老师有着超于其他老师的尊重，并且相信她的公正。这种相信也感染了张小莫。要很多年后张小莫才能回味过来，即使是一个人品高尚的人自以为在公正行事，在这种公正下，仍会有权衡之下的相对牺牲者。

张小莫对于老师们的人情百态的学习，很多时候来自于同班教师子女的家长。

同时认识家长和他们的孩子，有时不免会有一些自然的感慨。比如语文组组长成老师，是一个头发花白的老爷子，而他的儿子成松柏，是一个走路有点瘸的小个子。成松柏是成老师的老年得子，

也是第二个孩子，据说是因为成松柏的母亲当时患病需要怀孕才能治疗，所以特殊情况批了才怀的他，而成松柏生下来因为小儿麻痹的后遗症，导致脚有些问题。成松柏的姐姐，是一个成绩很好的女孩。虽然没有神话成康琳那样，但也是品学兼优，和一天到晚生事惹祸需要操心的成松柏完全不同。学校的老师私下总是说，要是只生了成松柏的姐姐，那成老师现在就可以享福了。

作为语文组组长，成老师是对张小莫的卷子极为熟悉。每次月考时的卷子都是统改，而总是拿满分作文的卷子，少不了要在老师之间被传阅。对于他们这一届的教师子女来说，张小莫就是别人家的孩子般的存在。成松柏因为他父亲的关系，大概是在家被拿来对比最多的一个人。但成松柏对张小莫却没有什么明显的敌意，这不得不说是成老师的家教良好。成老师在张小莫印象里，是个有些迂的好人，他不吝啬对张小莫的赞美，但是也给林老师提意见：现在的学生答题，为什么连完整的句子都不写。张小莫听到时，很想问他有没有想过这是有限的时间里答题。高高在上的大人们，可能没有想过小孩们在考试时争分夺秒的境地吧。

在职级上，成老师比林老师高，但林老师也并没有因此对成松柏有什么特殊的对待，甚至还会有些反向操作。有一次成松柏迟到，站在门口说是因为自己发烧，父亲让自己多睡一会。林老师以为成松柏搬出父亲来对她施压，结果就更生气了。成松柏这时居然还笑了笑，想装作自己不在意。林老师问他："你笑什么？"成松柏回答："我是在苦笑。"班上的同学听到这一问一答笑得岔了气。大家笑得有多开心，成松柏被骂得就有多惨。成松柏连拿出假条的机会都没有，回到座位上，大家才知道那天是他的生日，也是真的发烧了。一个生日过成这样，张小莫都觉得他有些可怜。事后林老师知道，也有点不好意思，别扭地对成松柏表示了关心。

这次事让张小莫意识到，在林老师铁面无私的评判下，也会有些不近人情的时候。而当这种不近人情落在她身上的时候，给她带来了初中入学以来最大的危机。

初二的时候,这个班迎来第一次换座位。班主任想要给大家一次重新选择的机会,换座位的原则是不能再选以前的同桌。张小莫感到有些遗憾,因为孟月是少有的如此合她心意的同桌。除了一起讨论金庸宇宙之外,她们还一起分享漫画和杂志,还会互相评鉴对方画的漫画美少女。孟月也是电厂子弟,和张小莫小学时的好友余婷是一个厂区的邻居,孟月在班上的玩得好的小团体,也都是电厂子弟,这个小团体的领头女孩是一个叫胡小优的女生。

因为孟月的关系,张小莫和这个小团体很熟,她们是她初一时主要的玩伴。和小学时的女生核心团体一样,这个小团体里的女生都长得漂亮,和男生关系也好。同时,这个小团体因为完全没有张小莫的小学同学,让她少了一些警惕。但其实,仔细追究起来,这个小团体是有让她不舒服的时候的,她们从未真正地接纳张小莫。比如在孟月和张小莫一起画美少女漫画时,她们每次都会说孟月比张小莫画得好,长此以往,张小莫干脆就放弃了画画这个爱好。

张小莫很喜欢孟月,但一年下来,又对她背后的这个小团体有种难言的不舒服的感觉。仔细想想,她和孟月之间也有一些不愿再做同桌的理由。孟月的成绩排名比较靠后,每次她找张小莫上课讲小话的时候,老师不好批评张小莫,就会去批评孟月。这样次数一多,双方心里都有些介怀。再找同桌的话,张小莫想找一个成绩也排在前面的女生。

在教室外排队的时候,张小莫很快找到了自己的新同桌,和她个头差不多的涂豆,排名在全班前十的女生。张小莫和涂豆一拍即合,幻想着一起同桌后互相可以问题目的美好前景。坐下来之后,这一天的上课体验果然良好,在上课时不清楚的难点,两人讨论一两句就能明白,比张小莫一个人琢磨效率要高上很多。下课做作业时,速度也变快了。涂豆也不会做一些与上课无关的事吸引张小莫的注意力。张小莫对自己的新同桌不要太满意。

但这样美好的日子只过了一天，第二天上课的时候，张小莫这一桌就被班主任点名要换位置。说她们两个成绩都好，坐在一起是"自私"，要考虑其他同学的感受。同时也调了其他几个人位置，把两个女孩同桌的都动了一下。张小莫被这一顶大帽子盖得有点蒙，想着不能坐同桌，坐前后也好，结果却被直接调到了另一组，和前教导主任的侄子储亮做同桌，语文组组长的儿子成松柏坐在前排。

这个安排，和前一天相比，对张小莫来说简直是悲喜两重天。她往新位置上一坐，前后左右都是男生。后排两个男生成绩都还不错，一个全班前五，一个十名上下，但他们没有被拆开。

张小莫看着被硬塞给自己的同桌储亮，感觉他也不是很满意这个安排。储亮能享受教师子女的待遇，是沾了他姑妈的光。张小莫听母亲说过，储亮的母亲在他小时候跳河自杀，父亲也不太管他，他的学习生活是他姑妈在管。

张小莫不喜欢储亮，除了他成绩不好之外，更多的是不喜欢他这个人。他身上有一种随时要反击的戾气，让张小莫会回到小学时和这样的男孩做同桌的阴影里。而且大概是吃饭不规律，张嘴总有股口臭，张小莫和孟月做了一年同桌，香香软软干干净净的女孩让她几乎忘记了和男生做同桌有多少不适的细节。坐在前排的成松柏，平日里和张小莫普通交情，但和储亮是好朋友，如果有冲突发生，两人是天然的同盟。成松柏因为身体不大好，平时老是擤鼻涕，上课时很是影响张小莫。

这个位置，对张小莫来说完全是个噩梦，前后都找不到可说话的人，而周边的男孩们上课的噪音和小动作还会影响她。特别是储亮，毫不掩饰对张小莫的不欢迎态度。之前还觉得和孟月分开也未尝不是好事的张小莫，如坠冰窟，她甚至觉得这是她抛弃孟月的惩罚。但想要一个能在学习上互相帮助的同桌有错吗？其他人选了成绩好的同桌不也没有被调动吗？

自入学以来，张小莫从未仗着自己是教师子女的身份去要求母亲去找老师给自己一些特权。但这个安排实在是让她不能接受。她回家求母亲，能不能和班主任说给自己再换个同桌，不要求什么，只要是女孩子就行。母亲听了，无奈地对张小莫说，班主任已经找过她了。说是储亮的姑妈在调座位之前就找过班主任了，拉下老脸去求班主任，说自己只有这一个侄子，身世这样惨，学习也不好，希望让他能和年级第一的张小莫做同桌，让张小莫能帮助一下他。母亲听到成松柏坐在她前面，又说，估计语文组组长成老师也去找了班主任要求坐在张小莫附近。

听到母亲的话，张小莫又委屈又愤怒，自己成绩好就应该被拿来做这些大人之间的人情吗？成绩好的人就应该去帮助别人，而不管是否影响到她的学习吗？

张小莫其实是有些明白的，班主任这样做，不仅仅是因为前教导主任的面子大，还因为她卖惨，激发了班主任"劫富济贫"的同情心。前教导主任之所以是"前"，是因为在退休之后，因为还要负担储亮的生活费接受了返聘。为了自己的这个不省心的侄子，可以说煞费苦心。成绩好的人帮助成绩差的人，也很符合班主任内心的"公平"。

虽然不管张小莫自己选择和谁做同桌，都会被调位置，但选了前十名里唯一的另一个女生，在班主任看来，实在是太扎眼了，坐实了她只顾自己的想法。举一反三，班主任一点没有浪费对张小莫的安排，坐她后面的两个男生，成绩虽然不错，但也是调皮捣蛋的类型。把一个安静规矩的张小莫放在他们中间，班主任觉得可以"管"住他们。把两个女孩的同桌都调了，也是这个原因：两个守规矩的女孩坐在一起，太浪费了。

张小莫不甘心地再问母亲，真的不行吗？母亲告诉她，如果再去找班主任，还不知会给她再扣什么大帽子。

张小莫不知是否该庆幸，自己还能知道内情。不然，她还会真的去想自己是否太"自私"。大人们为了达成自己的利益，也是会丑态毕现的啊。不管这名目是出于溺爱，还是出于公平。

换座位之后，张小莫对上学产生了从未有过的抵触，不想上学的想法，比冬天早上起来跑 800 米还要更强烈。一个讨厌的同桌，真的会极大地影响上学的心情。再加上张小莫知道内情之后，有种发泄不出来的愤怒。

储亮显然不想领他姑妈的这个人情，除了经常假装听不见张小莫和他说话、对她冷暴力之外，还经常带着他的兄弟们嘲笑张小莫。除了嘲笑张小莫的声音这个男生之间的保留节目，他还会笑张小莫的母亲老是找她送饭。如果张小莫早饭来不及吃，课间的时候，母亲会给她带来一包温好的牛奶。家长出现在同学面前，是这个年纪的小孩社交上的大忌。同是教师子女的几个人，非常懂得利用这种难堪。

张小莫直接问过储亮，知不知道这座位是他姑妈求来的。储亮不理她，显然是知道的。张小莫郁闷到实在没办法，甚至好声好气地和他商量：要不你去找你姑妈说你不想和我坐吧，你本来就不想和我坐。储亮一副无赖样："我觉得这位置挺好的，我又不受影响，谁受影响谁去说。"

储亮的厚脸皮，张小莫在母亲那听说过。他的生活费靠他姑妈资助，但他常常将讨来的生活费用在其他地方，比如买 PS 游戏机。他姑妈有次看他没衣服穿，好心带他去买衣服，结果他一去商场就选了很贵的名牌，他姑妈自己经济状况也不好，劝他能不能选便宜一点的衣服，储亮在商场里坚持要买，说反正他也不是亲生儿子，不想买就干脆不要带他来买。最后他姑妈不得不给他买了，但气得把这件事在办公室讲了好几次，在老师间传得人人皆知。

和这样的人打交道，张小莫自然是没有胜算的。气到极致时，张小莫甚至有想过，干脆考砸一次算了，让大人们看看他们的自以为是。如果她没有被利用的价值了，那是不是就可以放过她了呢。母亲严厉地阻止了她的这个想法，这样做并不会让班主任给她换位置,而只会认为她在挑衅。而其他人看到她考得不好,只会看她的笑话。

但还没等张小莫想出新的对策,她的处境就愈发糟糕了。又一次的,张小莫遭遇了全班对她的孤立。

事情的起因,是班上的男孩们集体买了一个阿迪达斯的足球。说是集资,但其实是储亮出了几百块的大头,其他男孩一人凑了十几块。张小莫觉得储亮蠢,自己家是什么条件大家都知道,还要充大头,好像这样自尊心就能得到满足。这群踢足球的男生围在他们这桌旁凑钱时,张小莫冷眼旁观,觉得这并不关她的事。

所以,储亮怒气冲冲地向她发难时,张小莫是懵的。"你说,是不是你告的状!"张小莫看了他一眼,不懂他在说什么。"我们的新足球,才买来就被收了,除了你还有谁!"张小莫的否认,对储亮来说已经没有意义,不管张小莫说什么,他都认定是张小莫做的。刚到手的足球就飞了,此时男孩们的愤怒在最高点,而张小莫被储亮推出来承接了这份怒气。

就像张小莫在小学时就懂的,由男孩们发起的孤立,和由女孩发起的孤立并不是一个级别的。特别是,这群男孩是处于权力最中心的那一撮。大概是因为这所初中有一个还算大的足球场,踢足球的男孩比打篮球的男孩在同学中要更受欢迎。以赵文为首,长得帅受女生欢迎的男孩都在足球队里,而一些处在团体边缘的男生才会去打篮球。所以张小莫惹到的,不仅是这群男孩,还有想讨好他们的女孩。

之前孟月所在的电厂女孩的小团体,就是这群踢足球的男孩的簇拥者。领头女孩胡小优暗恋赵文,每天都费尽心思想做些什么来讨好他。被储亮指认为罪魁祸首的张小莫,给胡小优提供了一个绝佳的机会,觉得男孩不方便出手的事,她来做就好了。张小莫之前和胡小优维持了整整一年的塑料友情被她当成是了解张小莫的证据,指认张小莫有告老师的前科,之前几次事件都被归到了张小莫名下,每个事件都有受害者，以点带面地形成了整个班级对张小莫的孤立格局。

对于张小莫来说，这场突如其来的孤立风暴，在她脑海中形成的第一个反应是：又来了，这熟悉的轮回。

初二上学期，正是进入这个集体的第二年，在时间规律上和上次的经验一致。不管这孤立的开始得多么不可思议，张小莫有一种认命的感觉。但她还是回家找母亲确认了一下，这件事是不是从母亲那里说出去的。因为她不记得自己有没有说过了。

每天午饭的时候，张小莫都会和母亲聊天，一些需要保密的事，她会告诉母亲这个不能说，但有时到了下一句，就会自己吐露出来。母亲一边笑，一边自豪于自己养出来一个不会撒谎的小孩。不会撒谎，看上去是一个良好的品质，但对于一个人的生存来说并不是一件好事。这是张小莫长大以后才悟到的。但此时，她只想确认这个事实。

母亲比想象中更清晰地给了她答案："不是的，你根本没和我说这事。是储亮的姑妈自己去找的林老师说的。储亮买足球的钱，是从他姑妈的钱包里偷的，被她发现了。林老师听了很生气，才把他们的足球收了。"告状的时候，好多老师都在，只要去确认一下就知道了，并不难证明。

偷钱被发现，这么大的事，储亮自己会不知道吗？张小莫不由得回想，储亮的气急败坏里到底有几分真。即使当天不知道，过后这几天还会不知道吗？

或许那气急败坏也是真的。要是被男生们知道，他装阔气买足球的钱是偷的，那他会多没面子。而且，其他男孩要凑也不是真凑不出，大不了买个便宜一点的，或者将就用旧球。而此时班主任震怒之下，直接不让他们踢球了。追究起来，是他的虚荣心导致了整个班的男生不能踢球。这事，比单纯的球被收走要严重多了。

把张小莫推出去，不得不说是他的急智。同龄人有时候卑劣起来，会超出张小莫认知的边界。

而人的劣根性之一，就是很难承认自己的错误。张小莫相信，知道真相的人不止她一个。

比如成松柏，他的父亲和班主任就在同一个办公室，不可能没有听说。在那段时间，成松柏对张小莫明显有一种不自然的愧疚。但若要说出真相，在这个年纪的男孩看来，又是基于义气绝不可以做的。成松柏的脚有些跛，在场上是踢不了球的，因为和储亮玩在一起，男孩们便让他在场上当守门员。无论如何，在所谓义气和自己利益面前，对张小莫的同情心也就不算什么了。

一个成松柏是这样想的，其他十几个男孩大概也是这样想的。再往深里思考一层，或许储亮偷钱这件事，和其他男孩也并非毫无干系。

就算是有着丰富的被孤立经验的张小莫，对这一次的孤立，也感到有些难熬。同学们渐渐忘了最开始孤立她的原因，而习惯了对她避之不及。至于为什么要这么做，即使最开始的原因是假的，也显得不那么重要了。

平日在教室上课的时候还好，成松柏和储亮也许是出于愧疚，不再故意针对她。下课的时候，假装在做作业，也可以很快度过。最难熬的时段，是上体育课的时候。人群一散自由活动的时候，自己仿佛像只孤鸟，无法加入聚在一起的任何一个团体，而那一撮撮聚在一起的同学，仿佛都在小声地讲自己的坏话。对于青春期的女孩来说，这种感觉真的是太折磨了。

体育课上，大家排成一排在听老师训话的时候，张小莫通常会走神。她要构思要怎么挨过之后的时间。如果这节课提前解散自由活动，那是最好的，她会直接回教室做作业；如果排队练习或小测，那她就躲在一角，脑子里回忆她看的小说的情节，比如把《射雕英雄传》在脑内播放一遍，或是构思她要写的小说。最麻烦就是要找搭档一起练习，张小莫是找不到搭档的，只有最后等老师来指定。

张小莫此时在写一篇小说，这是她寻找到让这种度日如年的生活好过一点的方式。小说的背景在江南，在学校排挤的女主角在江南水乡旅行的时候，在一间茶室里偶遇到一个温柔的大姐姐，女主角向她倾诉自己被孤立的事，然后这个大姐姐以自己的经历开导女主角，最后让女主角豁然开朗，勇敢面对回去的生活。这篇小说，张小莫取名叫《潇潇雨歇》。无论白天上学时遇到多过分的事，张小莫都能拿写小说作借口来转移自己的注意力，她会想象分离出一个自己悬在半空中在观察这一切，想着：你们对我越过分，我就越有素材可以写了。这种想法让她在被欺负时，甚至能转换成一种拥有素材的兴奋。

任何经历对作家来说都是财富。张小莫拿书中看到的这句话来激励自己。

小说里的那个大姐姐，在张小莫的想象中是十年后的自己。十年后的自己还会觉得现在的烦恼是烦恼吗？每次张小莫这样想，都会觉得解脱。虽然在这时，让她想象十年后的自己是什么样，还是太困难了。但对于她来说，这个方式很有效。很多年后，张小莫想起这篇从未投出去的小说，还是会觉得惊讶和安慰。她没有设置一个救世主来拯救自己，而是想让长大的自己和当时的自己对话。张小莫觉得十三岁时的自己，也许比自己认为的要坚韧得多。

也就是这时候，张小莫第一次注意到白天里的月亮。某次站在操场上时，她斜斜地往天边一看，不阴不晴的天上，挂着一轮白月亮，浅得像是白帆布的质感，不留神就会丢了的样子，但确确实实是挂在天上的。往旁边一看，太阳也在天上，那浅白色的一轮，是月亮无疑了。

白天并不是没有月亮，月亮一直在空中，只是被太阳的光遮住了，人们注意不到而已。张小莫对这样的月亮，无端端地生出了些同理心。她觉得自己和天上那一轮白月亮一样，苍白、孤单、无助，悬在天边，只有她一个人看得到它。

很多年后张小莫看村上春树的《1Q84》里，说天吾和青豆通过能否看到天上有两个月亮,来判断是否进入了另一个世界时,她心里是吃了一惊的。看月亮的隐喻,某种意义上和她青春期的那轮白月亮重合起来。白天能看见月亮这个并不重要但对于她来说有些新奇自然事件,让张小莫有一种超脱普通世界的感观。

一个只有她看到的月亮,这样超常的体验,是否可以把她拉出被同学孤立这样太普通不过的烦恼带来的痛苦呢?当时的张小莫是暗暗这样希望着的吧。

发现白月亮这件事,让张小莫在上体育课时,多了几分慰藉。在上体育课发呆的时候,她会下意识地找天上的白月亮。并不是每次都能找到的,阳光烈一点看不到,天气坏一点也看不到,或许还要加上月亮和地球之间的公转自转的轨迹,只有特定时间特定位置特定天气时才能看到。如果看到它在天上,便会像看到秘密的朋友一样,张小莫心里会有一点说不出来的安慰。白天的月亮和晚上的月亮在她心里是不一样的,晚上的月亮光亮可人,是大家的月亮;而白天那个小可怜,是她的月亮。

有一次,她习惯性地站在操场边上发呆时,方让走过来和她说话。张小莫被吓一跳,通常这时人们都是避着她走的。方让无头无脑地问她:"听说你看了全套金庸?"张小莫点点头。"你最喜欢哪个角色?""黄蓉。"对话到这里,有些无法继续。张小莫鬼使神差地反问了一句:"你呢?"方让说:"张三丰。"

为什么是张三丰?张小莫有很多猜测,最可能的,应该是他武功修为天下第一,一代宗师,天下无敌。张小莫觉得,方让还是一个对第一有执念的人。要很久之后,张小莫才回味过来,武功天下无敌的角色在金庸宇宙里不止一个,但要成为毫无争议的泰山北斗、当世最高峰,在武功天下无敌后面还有一句:一生行侠仗义。

当时的张小莫没有追问,因为方让接着把她带到一个女孩面前,和那个女孩说:"凌鱼,这节体育课你能不能和张小莫做搭档?"张小莫看到女孩点头时,松了一口气。

凌鱼对于张小莫来说，不算很熟，也并不算陌生。

说起来，她们也是小学同学，不过不同班，并且凌鱼还和张小莫住在同一个小区。小学的时候，张小莫有时在上学路上会遇到凌鱼，但她们没有同行过。那时张小莫是二班的学习委员，凌鱼是三班的班长，两个班之间有些不太对付。凌鱼从外表上看，也是酷酷的，张小莫不太敢主动和她说话。她们两个在小学的交集只有一次，就是张小莫剪了男孩短发的第二天，戴着毛线帽子走在上学路上，凌鱼是张小莫遇到的第一个同学，她没忍住问张小莫："为什么这个天要戴帽子？"张小莫给她看了一下剪短的头发，问她："奇怪吗？"凌鱼说："戴上帽子更奇怪。"这样想来，从那时就可以看出，凌鱼是一个会提出正确建议的朋友。

凌鱼在班上的交友圈，是涂豆和马楠。涂豆就是之前张小莫想要一起坐的那个女孩。在被班主任盖上"自私"的大帽子分开之后，两人不自觉地有些避嫌。另一层原因，是涂豆和踢足球的那群男孩关系良好，和想讨好那群男孩的胡小优不同，涂豆是真的喜欢看足球，能和他们聊到一起去。在张小莫被孤立的前期，涂豆保持了一种明哲保身的态度。

但在凌鱼把张小莫带入她们这个小团体时，涂豆和马楠并没有表示拒绝。她们不是那种落井下石的女孩，张小莫没有求助时，她们可以事不关己，但既然张小莫已经先走出这一步，她们也做不出拒绝的事。张小莫的加入，改变了这个小团体的结构，三角形固然是最稳定的形状，但对于友谊而言，四个人的团体会比较稳固。涂豆和马楠是邻居，张小莫和凌鱼是邻居，自然地进行了组合。需要两人一组时，涂豆和马楠通常会在一起，张小莫适时地填补了这一角的空缺。

放学时，张小莫和凌鱼一起回家，她才知道两个人家住得那么近，就在隔壁栋，每天放学回家，会先经过张小莫卧室的窗子，再经过去凌鱼家那栋楼的楼梯。放学时，只要不打扫卫生，两人就会一起回家。放学的路其实只有五分钟，但两个人不知道哪里找出来这么多话讲，在分开的路口，再细细碎碎地讲上十几二十分钟，直到班主任也回到小区，看到她们还在聊天，会问她们有什么事不能白天讲，赶她们各自回家。

那时到底聊了什么呢？长大后的张小莫毫无印象，反而记得一些细枝末节。

凌鱼能写一手漂亮的钢笔字，她写的"的"字是草写的，很是特别，凭这个字可以轻松认得她的笔迹。张小莫因此也设计了一个"的"字的写法，一直延用到成年。凌鱼的语文也很好，有一次考试用"扑朔迷离"造句，全班只有凌鱼一个人写出来了。那句子林老师念了三遍，开头是"扑朔迷离的往事……"，倒是很符合张小莫记忆的状态。那次考试里，除了凌鱼，这道题拿分的人造句都造的是："我不知道怎么用扑朔迷离造句。"张小莫没有这样的急智，那道题她是空着的，所以印象格外深刻。

熟起来之后，张小莫常去凌鱼家。通常是下午约好一起上学，到点的时候凌鱼还没下来，张小莫就上楼去找她。凌鱼家住七楼，她家那栋的地势要先下三层台阶到河边，然后再爬上楼。那时还没有手机，沟通基本靠喊，但张小莫宁愿爬楼梯，也不愿在下面喊，因为这样半个小区的人都能听到。凌鱼家养了一只白色的长毛猫，是只漂亮的母猫，每次开门时，它都会带着一种特有的猫的气息先扑上来。也是因为这只猫，张小莫才知道原来猫也会来月经的。凌鱼会把它抱在身上，捂着它的肚子，像哄小孩一样和它说话。

有时如果去得早了，凌鱼中午会在家放音响。她家客厅有两个一米多高的组合音响，声音会开到张小莫心脏都跟着震动的强度。张小莫是在凌鱼家认得张宇的，这个唱歌声音颤抖的男人，举着一把伞唱着《雨一直下》的MV场景，在很长一段时间里成为张小莫对"成熟男人"的认知。

凌鱼的喜好和她是有所不同的，张小莫可以感知到这一点。但凌鱼对张小莫进入她的生活，有一种放开的姿态。有时张小莫去的时候，凌鱼还穿着睡衣，并不忌讳让张小莫看到她家，她的房间，她的猫，她喜欢听的音乐，她没有什么想掩藏的东西。

但反过来，凌鱼从来没有去过张小莫家。虽然这主要是因为张小莫的母亲的缘故，张小莫几乎从来不带小伙伴回家。但张小莫觉得，她和凌鱼的友情是这样一种关系，凌鱼不会拒绝张小莫靠近，但凌鱼对张小莫也没有好朋友之间的那种依赖感。像小学时林晓音总纠结自己是不是张小莫最好的朋友的情绪，在凌鱼身上是不会有的。张小莫有种预感，如果哪天自己不和凌鱼做朋友了，凌鱼也不会因此在情绪上有什么波动；如果哪天有别人靠近凌鱼，她同样也不会拒绝。张小莫觉得凌鱼身上，有一种古龙式的侠气。

这也许就是为什么张小莫和凌鱼认识这么久也没有做朋友，却又能在短时间内迅速成为最亲近的朋友原因。

除了张小莫极为敏感下才能探知到的这点不安全感，凌鱼和她在外人看起来，在此时就是最亲近的朋友。张小莫从这时起，不再害怕需要搭档的场合，只要是两人分组，凌鱼都会和她在一起。至于更粘乎乎的下课一起去洗手间这样的事，马楠和涂豆更愿意陪张小莫。说起来，在最初的戒备消除之后，马楠和涂豆对张小莫更有那种朋友间形影不离的粘乎感，她们不吝啬于表现出张小莫是自己人的意思，补足了张小莫在凌鱼那里找不到的安全感。

张小莫与她们两个的共同话题是很清晰的，小时候练过电子琴的张小莫，很尊重钢琴十级的马楠的才华，比起其他人泛泛而知地觉得马楠厉害，张小莫更清楚这背后需要付出怎样的努力。张小莫在初二的时候开始学扬琴，马楠也在此时另学了古筝，张小莫会向马楠讨教一些音乐上一通百通的要领。与涂豆之间的话题，就更自然了，张小莫和涂豆继续了之前她们商量好的事：学习上有问题她们可以一起讨论，只不过这范围，现在扩大到了她们这四人的小团体。

为什么在初一的时候，自己没有和她们做朋友呢？下课时和几个女孩坐在一起对答案讲题的时候,张小莫有时会反思自己之前在交朋友上的虚荣心。只不过,张小莫的这种沉思,常常会被马楠撒娇式地吵闹打断:与其这般反思,还不如多给她们讲两道题。

于是在熙熙攘攘的课间,张小莫座位边围着她的朋友,一起演算和改错。在草稿纸的另一面,有她默写的诗:古路无行客,寒山独见君。

不得不说,和凌鱼她们几个做朋友之后,张小莫是有些改变的。

在此之前,张小莫在同学们眼里其实是有点高冷的人。初一那样简单的课程,对张小莫来说既不需要别人帮助,也不会主动去帮助别人。初二开始学物理之前,张小莫最弱的一门课是数学,但张小莫的母亲就是教数学的。张小莫的数学差,是指在她的所有学科里差,横向对比,她每年都可以进华罗庚数学竞赛的复赛,不过也只能到复赛。这种水平可以让她在日常考试里在第一梯队里并不落后,但比起可以在竞赛中拿奖的方让,她知道自己并不是最好的。

文科和理科的不同,就是文科讲题很难像理科那样解释。自觉理科并不顶尖的张小莫,觉得轮不到自己来给别人讲题,而文科很多时候,像作文和语感这种分差,问了也没什么用。所以即使张小莫是年级第一,平时来问她题目的人也很少。但此时的张小莫,决心要努力回答朋友的所有问题,不管是不是她所擅长的。

自己会做题,和能给别人讲题,是两个层次完全不同的事。就像同样是照本宣科的老师,同学们在下课后去问题目时,可以试探出老师水平的高低。要能讲题,张小莫关注的问题就要更多一些。此前的张小莫,其实内心是有点狂的,母亲问她班上这次考试前几名是谁,张小莫只能记个大概,回答不准确,因为她从来不关注排在她后面的名次怎么排列。她唯一在乎的是分差,后面的人名字的变换,对她来说关系不大。作为一个善于自省的人,张小莫觉得自己的心态需要有一点改变。

对于自己上心的事,张小莫观察能力是很强的,她很快发现以前不在她观察范围里的一些同学的长处,比如坐在她身后的两个男孩,物理就很强。

那种强并不是分数意义上的,在应试中,张小莫的细心和做题感也许能拿到更高的分数,但那种理解力上的游刃有余她是做不到的。初二开始学物理后,张小莫始觉有些吃力。虽然任何一门课在入门的时候,大家的差距都不是很明显,但只要留心,就能分辨出"有天赋"和"跟得上"的区别。后排的两个男生,就属于前者。在老师讲出一个超越常识需要想象力去理解的概念时,张小莫知道他们的反应速度比她快,在张小莫还在云里雾里时,他们能更快地摸到一个玄之又玄的本质。

坐在后排的这两个男孩,之前和张小莫并不太熟。坐在她正后方的叫邵襄阳的男孩,很有后来美剧《天才大爆炸》里的 nerd 的气质,因为近视眼镜度数太深,眼睛有些凸,常常自言自语,或是在想到有意思的事时突然自己咯咯咯地笑出来。坐在张小莫斜后方的栗景,长得很像台湾组合可米小子里的一位,个子不高,肤色黑黑的,因为他特别擅长画电路图,张小莫总觉得他像一个躁动的电子。

张小莫最初坐过来的时候,对邵襄阳和栗景其实是有些抗拒的。因为这两个男孩以前都在平时会起哄她声音嗲的那一撮人里。但后来坐得近了,他们反而有些不好意思。平时传作业传卷子时,张小莫看到他们做对了自己做错的题,试着问一下,他们也会很详细地解答。特别是邵襄阳,平时看上去古怪的他,在讲物理题的时候会显得特别正常,很兴奋有人请他讲解,而且一定要讲到张小莫透透彻彻地懂为止,一道题的几种解法,每一个思路是怎么来的,为了确定张小莫是不是懂了,还会给她再出一道类似的题让她答。

张小莫一开始很震惊于这种讲题的方式,但后来她也渐渐习惯这样思考问题,并且以这种方式回答他们的问题。张小莫发现,一方面邵襄阳是真心喜欢物理,有种科学家式的负责,只要你问了,他就一定要达成让你懂这个成就。不止张小莫问他是这样,栗景问他也是这样。另一方面，在给别人讲题的时候，邵襄阳顺便也在整理自己的思路，比如张小莫听不懂的时候，他不会不耐烦，反而会很感兴趣地问她哪里不懂，哪一环他认为理所当然的推理，在张小莫这里不懂，原因是什么。

能发现邵襄阳可以这样帮助同学的人不多，因为大多数同学都被他平时的古怪表现吓退，张小莫就知道胡小优她们以前私底下说他神经有些问题。张小莫也是偶然发现了他能正常沟通的模式，反过来，因为有能正常沟通的时候，对于邵襄阳的古怪她也慢慢能理解，张小莫有时甚至能知道邵襄阳突然而至的笑点是什么，因为在讲题时他也会因为联想触发到他的笑点，不过通常这时他会解释为什么，从而帮助张小莫记忆。

栗景讲题的方式，则要天马行空一些，他的优点在于把突然而至的灵感用极为简单的思路讲出来，张小莫总觉得他讲题会显得这道题特别容易，容易到自己怎么没想到的。张小莫虽然还不懂深入浅出地提炼问题是一种多么可贵的才能，但她能直观感受到的是，只要是栗景讲过的题，再遇到时她就一定会做。

这两个男孩很好地补足了张小莫的短板，涂豆她们问她的题里，她不懂的就会求助他们。张小莫一开始时，其实是觉得他们可以直接代劳，但后来发现，不是每个人都能适应他们的讲解方式，也不是每个人的反应都像张小莫这么快。即使是张小莫觉得超容易懂的栗景的思维模式，凌鱼和马楠也觉得不如她转述时容易理解，更喜欢让张小莫再和她们讲一遍。张小莫讲的时候，就懂得了邵襄阳的乐趣，一是自己可以复习一遍，二是能从别人的恍然大悟中获得成就感。

反过来看，也许对邵襄阳和栗景来说，张小莫也是个很好的听众。或许张小莫自己没有察觉，当她愿意去关注一个人的时候，她很容易发现别人闪光点，她非常善于理解别人，或者说让别人觉得被理解。

被张小莫这样理解的人，大概还有方让。

说起来，方让在男孩里的定位很是暧昧。按成绩划分，他和邵襄阳、栗景这帮男孩关系良好，但他平时下课主要是和赵文这群男孩在一起玩。他是属于班上踢足球的那一群男孩，但他和打篮球的栗景是最好的朋友。他在男孩中看上去左右逢源，人缘很好，但这种人缘不是赵文那样具有领袖魅力的，而是那种不管谁拜托他都会帮忙的老好人形象。虽然他也踢足球，但并不是会让女生尖叫的类型。

对于方让为什么会在初中也继续了小学时搞笑担当的角色，张小莫其实很是疑惑。现在方让的绰号叫"方爷爷"，因为他在上初中之后开始长白头发，星星点点的白色发茬，一下让他很有沧桑感。再被这样一叫，好像和同学们都隔了辈。早上领早锻炼的时候，有迟到的同学，他会赶紧招呼过来，说快点跑两步，林老师还在后面，有想请假的同学去磨他，他也多半会答应，答应时"唉唉"地应着，真就像个小老头一样。即使那时还没有"好人卡"一说，但大家对于这种角色的轻慢也是一致的。

张小莫有时会觉得命运弄人，方让被嘲笑的白发，她被嘲笑的声音，都是小学时没有的元素，但却在不同时间不同地点，把他们的角色导入了和以前一般的境地。或许，导致这种局面的，并不是声音或白发，而是更为内核一些的因素，比如性格或命运。

对于方让的外貌，张小莫试图帮他做过辩白。她曾给胡小优那帮女生说过，方让在小学的时候是很帅的，仔细描摹小学记忆中初见的翩翩少年。但那群女孩看着如今的方让，发出了和小学那帮女生一样的哄笑。即使是涂豆和马楠这样心地温暖的女孩，听到张小莫这样说，也会露出"发生了什么他怎么会变成这样"的惊讶。但在这种惊讶中，方让也只是好脾气地笑笑，老气横秋又自嘲地叹叹气。

方让的急躁，好像是只对张小莫的。更准确地说，是对小学时的张小莫的。那种不服输和较劲，现在的方让也会有。在和张小莫对卷子时，发现自己失误的地方，会不甘心地拍桌子大喊几声，这时邵襄阳就会像看傻子一样看着他。

因为和栗景关系好，方让有时也会加入张小莫的讲题小团体，方让和涂豆是数学担当，马楠英语口语不错，凌鱼提供语文笔记，邵襄阳和栗景主攻物理，张小莫文科全能。还有被称为万年老三的苏巍，是邵襄阳和栗景的兄弟，有时也会来他们这里热闹热闹。张小莫下课一转身，直接就是小组对谈的模式。以前总是那些踢足球的男孩围在储亮和成松柏的座位旁，张小莫要给他们让位置；现在来找张小莫问题目的人聚在一起，变成储亮他们要挪一挪地盘。大家挤一挤，桌边再站一站，学习小组的氛围就出来了。

方让愿意给自己讲题，这是张小莫之前没想到的。两人做竞争对手的时间已经太长，那种戒备的感觉轻易消除不了。即使两人之间的名次有时会夹着其他人，但在张小莫心里，只有方让是她的竞争对手。这种定义已经与分数名次没有太大关系，而掺杂着一种历史遗留问题的宿命感。就像对谁都是老好人的方让会对张小莫急躁，对谁都像只温声鹌鹑的张小莫也会和方让斗嘴。

如果说张小莫请教邵襄阳的态度是正儿八经地虚心求教，和方让再次熟起来之后，张小莫对他则有种挑刺打趣的劲头。方讲题时露的破绽，张小莫会笑话他，反过来他精彩解出的题，张小莫会像一起参加竞赛的队友一样表扬他，海豹鼓掌说：不愧是方让啊。方让则恰恰相反，张小莫做对他做错的题，会长吁短叹抓耳挠腮，张小莫真的不懂的题，他反倒有耐心安慰张小莫，让她慢慢来不要着急。

张小莫觉得自己和方让的关系，可以算亦敌亦友，成不了纯粹的朋友的原因是，他们太习惯把对方放在对手的角度去思考问题。他们原本就比起其他人之间就更熟悉一些，在太多的前情提要下，两个人想得也要更多一些。

每个月的月考座位是按上次月考名次排列的，方让通常会坐在张小莫后面。考试之前，张小莫会和方让打打趣放松一下，比如问他：已知人在做自己最擅长的事的时候最帅，那你觉得你在什么时候最帅？方让说，不知道。张小莫会抖个机灵地告诉他，是考试的时候。

但方让抬头告诉她,自己眼镜忘了带,这次可能考不了太好。这种时候,张小莫就不知道该说什么,表现关心,又像虚情假意,表示安慰,自己又不戴眼镜。沉默的间隙,方让已经接了一句:没关系。张小莫又会心里打鼓不知他是不是觉得自己幸灾乐祸。

明明这样微妙的关系,就应该越发慎重,但有句话叫人菜瘾大,张小莫偏偏又喜欢损方让。有一种两人关系已经这样了还能坏到哪里去的肆无忌惮,又或者是心里知道方让不会真的记恨她,总在危险的边缘试探。结果有一次,抖机灵就翻了车。

是他们几个在走廊上透气,讲起前一天背课文,方让说他睡太晚。张小莫说,你还是注意休息,我昨天背古诗词时,有一句特别适合你。方让问:哪一句?张小莫说:白了少年头,空悲切。平时这种时候,方让可能作势生气然后无奈地笑笑就过去了,但这次,他忧伤地垂下了眼,半天不说话。

张小莫在那一刻,一下子就很后悔。长白头发这件事,对方让来说大概真的是有点介意吧。张小莫自己长出一根白头发,母亲要帮她拔的时候她还拦住不让拔,要作为她学习用功的证明。但真的半头白发的人,到底为此有多少烦恼或自卑呢?这是张小莫感受不到的。

又或者,在这半头白发之后,是多少熬夜的夜晚,是为了他对"第一名"的执着呢?张小莫这样一想,竟有些感同身受地难过起来。

张小莫的道歉很是迂回,事后想起来,才觉得迂回到有点像挑衅。

她和方让都想考的全省最好的重点高中市一中,不设重点班,只有平行班。分班时是男生女生分开按成绩排。一个年级所有班按字母先编号,然后把男生和女生分开按中考成绩排名。男生从第一名开始从 A 班到 Z 班排,女生从第一名开始从 Z 班向 A 班排,分好班后带班的老师先选好班级的数字,再抽字母编号,以此来保证"平行"和公平,在一个班里的学生性别和成绩都均匀分布。也就是说,男生第一和女生第一绝不会在一个班。如果两人考得都很好,分数越相近，在同一班的几率就越小。

张小莫细细把这规则解释给方让听，然后说："你一定要考得好一些，这样我们高中就可以不在一个班了。"到时到各自班里去做第一，计划通。

方让听了，不知是如何理解的，咬牙切齿地说了一句："那我也祝你一定要考好一点。"然后拽过错题本，接着给张小莫讲题。

既然没有不理她，看来这道歉有用，张小莫愈发觉得这思路好。将眼光放长远一点，眼前的竞争是暂时的，为了结束两人从小学到初中的竞争对手状态，这时更要互帮互助，两人要是再在一个班，张小莫替方让想一想都觉得心塞。未来的天地还很广阔，不必彼此相看两生厌地死磕。

打开思路之后，张小莫觉得格局都开阔了。方让应该也是这样想的，找张小莫问题目也越来越不客气了，不管他怎么想张小莫的出发点，但既然两人目标一致，利他就是利己。

能找到这样一个解决方法，张小莫觉得很庆幸。之前写一篇主题是"双赢"的议论文时，她用了在杂志上看到的一个故事当论据：一个房间里有两个人，一个觉得闷想开窗，另一个觉得冷想关窗，两个就这样一开一关吵起来。然后来了第三个人，听了他们的矛盾，就把隔壁那间房的窗子打开，这样既可以通风，也不会冷。看上去是零和博弈的两人，其实有方法实现双赢。

关键是，要知道旁边还有一个房间，知道不只这一扇窗。就像现在的他们，要知道这世界不只眼前这般大。

一直以来，张小莫在心里其实还是有点介意方让五年级时说的那句话：因为她夺走了他的第一，回家他会被他爸打。方让的家庭情况是怎么样她不清楚，但她知道，真的会有因为被家长拿来和她比较而差点被打的小孩。

比如她的大堂弟。

张小莫的大堂弟，只比张小莫小二十天。从小两人就是互相比较的对象。只不过在小时候，被打的是张小莫。小时候每个周末去奶奶家时，那一家人就会不时会说张小莫驼背、挑食、不好好吃饭，而大口吃饭、站得笔直的大堂弟就是拿来和她比较正面例子。只要张小莫被说了哪里不好，回家时张小莫就会被父亲打骂。不是那种正式的殴打，是进家之后看到张小莫低着头时从背后突然的一掌，说你怎么不像人家，然后愤愤地再骂上张小莫一顿。

每次这样被打骂，张小莫是有些心理阴影的。明明知道和大堂弟没有直接关系，但心里还是有点恨意。小孩子太弱小，不敢去恨施暴的大人，只能怨恨被拿来和自己比较、害自己被打的别人家的孩子。

上初中之后，这种引起张小莫被打的比较总算停止了。小学上私立学校的堂弟，到初中时终于和张小莫用了同样的教材，参加的是同样的期末考试，到此为止终于掩饰不住他和张小莫在学习上巨大的差距。在这样的差距前，再去拿他比张小莫吃饭吃得好来说事，那些大人脸上也知道挂不住了，总算消停了一段时间。

初一下的期末考试后，张小莫接到大伯的电话，问她期末考试考了多少分。张小莫一科一科地报，满分，满分，差两分满分。大伯说，你考得这么好啊。张小莫习惯性地谦虚：还好还好，这次题目简单。大伯听了没说什么，直接挂了电话，搞得张小莫一头雾水。

后来张小莫去奶奶家，才听到大伯给父亲说原委，原来是大堂弟期末考没及格，还拼命狡辩，说是题目太难。"我当时是真的想打他，咬咬牙忍住了，给小莫打了个电话。"即使是在盛怒的情况下，也没有下手，大伯一直自诩从不打孩子，不管在什么情况下都能遵守自己的原则。在这一点上，张小莫对大伯有一种超乎个人恩怨的尊重。

大堂弟大概也是恨她的吧。设身处地，张小莫表示理解，甚至有点愧疚。但即使是拿来作为比较对象的那个孩子，好像对被拿来比较这件事的感受也有不同。

大堂弟在小时候因为他而让张小莫被说的时候，从来不会影响他吃饭的胃口。张小莫还记得，有一次小叔叔出差带回来几个椰子，费力撬出来只有三杯椰汁，于是给三个小孩一人一杯。那椰汁又酸又涩，难喝极了，但有之前挑食回家被打的经历，张小莫像喝药一样闷头一口气喝掉了。抬头一看，两个堂弟喝了一口就没喝了。大人问他们为什么不喝，大堂弟说，这东西稀罕，这么远带来，要留给大人们也尝一尝。张小莫那时震惊了：还能这样？大堂弟转头看她，露出一个得意的表情。结果那天回家后，张小莫又被父亲打了，说她自私，自己一个人喝完了，连两个弟弟都知道留给大人尝一下。

之前每次被打，张小莫虽然觉得莫名其妙，但至少她是真的挑食和有点驼背，这一次知道原委的她简直觉得荒诞。明明是因为难喝，怎么忍着苦喝掉的她被指责，嫌难喝没喝掉的人还被表扬了呢？父亲每次这种突然发作的暴躁，其实并不是因为张小莫真的做错了什么，而是他觉得张小莫让他在奶奶家人面前丢了脸。这种病态的自卑情绪张小莫以前不懂，但经历的次数多了，再长大一点她就懂了。

"自私"这个词，父亲非常喜欢用来说她，小时候总是因为一点小事就说，长大之后张小莫看透了他之后更喜欢说。什么是自私呢？不合大人心意的举动就是自私。

大人的心意就是对的吗？大人依自己的心意，不知道出于私心会做出什么别人不敢相信的荒诞事。转念及此，方让的父亲会拿铁链打他这件事，小学时的张小莫觉得夸张，此时的她又担心确有其事。

再和方让聊起这件事，是月考之后的家长会时。

每次家长会时，家长们在教室里坐着听老师讲，同学们站在走廊上等着自己的家长。这种时候，站在外面等的人就会很忐忑。考得差的，怕家长出来批评；考得好的，也怕老师不知道会说什么。只有张小莫特别平静，不管关于她有什么要说的，该说的老师们早就和母亲说过了，不用等到现在。

但同学们对张小莫的这种平静，在理解上有些出入。他们会很羡慕地问张小莫："你成绩这样好，从小到大一定没有被打过吧？"

你爸妈肯定连骂你都舍不得。"张小莫摇摇头,说:"打过的。"围在旁边的同学发出一阵不相信的起哄:怎么可能。张小莫笑笑,不打算再解释,往旁边一看,方让探头过来,露出探究的神情。

张小莫挤出人群,站到方让旁边,示意他有话讲。方让低下头,张小莫悄悄问他:"你爸现在还会因为你没考第一打你吗?"方让摇头,露出一个安抚的笑:"不会了,我现在已经长大了。"

得到答案的张小莫,安下心来。她又回想起不久前,母亲又气又痛地对父亲说:"女儿这么大了,怎么能打呢!"

以后的同学要是问张小莫,她可以确定地告诉对方,初二之后,她再也没有被家长打过。原因是,初二时她挨了有生之年最狠的一顿打。

张小莫之前被父亲打,都是很短促的,情绪上头时的一掌,更多的恐惧来自暴躁吓人的责骂,不会在身体上留下什么太多的痕迹。父亲情绪正常的时候,对张小莫其实不坏,在外人看来,父母都对张小莫宠爱有加。父亲失控的时候,毕竟有限。但这一次,他是把张小莫往死里打。

事情的起因,是母亲和父亲因为奶奶家的事起了争执,父亲一边大吼一边砸凳子,又想打母亲。在张小莫的印象里,这段时间父亲对母亲家暴的次数很多,因为奶奶家那边频繁挑事,母亲忍无可忍只好理论,但奶奶家的事是父亲的死穴,只要讲一句他就会暴怒,甚至开始出手打人。家暴这事,有了第一次,就有无数次。张小莫关在房门里做作业的时候,听到外面的声响出去,才会稍稍停歇。也有劝不住的时候,母亲就会让张小莫回房,免得波及她。这种时候,张小莫就会觉得很无助,觉得自己无力保护母亲,但也不敢再出去。后来母亲私下给张小莫说过,被父亲打的时候,真想从旁边拿把刀反抗,后来一想捅了他,自己也要进去,这个家就毁了,而张小莫还这么小。

父亲打她们,绝大部分时候都是因为奶奶家的事。平日里,父亲单位的同事评价他,没见过他脾气这么好的人。奶奶一家,也都说父亲脾气好得不得了。听到这种话时,张小莫总是在心底冷笑,他们是没有见过他在家打人的样子。父亲这种扭曲的愚孝,让张小莫一度十分疑惑,奶奶那一家到底是对他实施了怎样的精神控制,才能让他做到这种程度。对那一家人的积怨,就是在这一次次被打骂中积累的。

说起来,母亲的被打,会比张小莫自己被打更让她感到怨恨。听过母亲剖白的张小莫,知道自己不能不管。所以再一次听到外面有争吵时,张小莫出了房门,却看到母亲不在,只有被砸的凳子横在地上。张小莫有些慌,问:"我妈呢?"没想到父亲暴怒:"看到凳子在地上都不管,只知道找你妈!把凳子捡起来!"张小莫冷眼看过去,再问:"我妈呢?"父亲说:"你捡不捡?"张小莫说:"我要找我妈。"父亲一下把张小莫推倒在地,不管不顾地对着她的后腰一下一下地猛踢,一边踢一边吼:"你捡不捡!你捡不捡!"

大概踢了十几脚,他有些累了。张小莫当时觉得自己是真的要被打死了,挣扎着扑到家里的红色电话机旁想报警。警察来得有这么快吗?张小莫一念之下,按下了大伯家的电话号码。大伯接了电话,张小莫按了免提,对着电话哭喊:"大伯伯,我爸为了你们家的事要打死我了!"

不得不说,同样作为警察的大伯,即使听到的是这样无头无脑的一句,反应也非常快:"你让你爸接电话,我和他说。"张小莫看到父亲走过来,赶快往后躲,听到电话那边大伯说:"不管发生什么事,你先不要打孩子。"

这时家里的大门传来钥匙的声响,母亲回来了。张小莫知道,自己安全了。

母亲进来时,父亲还在和大伯通话,嗫嚅地辩解:"不是的,我没有打她……"看到张小莫捂着腰窝在地上,母亲赶快过去问怎么了。张小莫说了,母亲简直不敢相信,"我和他吵架怕又被打,所以出去避一避，没想到他居然敢打你！早知道我就不出去了。"张小莫这时，实质性地感受到了母亲的爱，真被那样打的时候，才知道那感觉有多恐怖，但母亲第一反应是后悔自己出门避开了，如果重来一回，母亲宁愿被打的是自己，也不愿张小莫经历这一回。

父亲表现出一点愧疚，是在和母亲一起陪张小莫去医院的时候。被他猛踢了后腰十几下后，张小莫持续性地腰疼并有些尿血。在等照的片子的结果的时候，母亲反反复复地说他："女儿这么大了，怎么能打呢。"父亲露出心虚地表情，嘴里说："谁知道她这么倔，一直不服软。"坐在一旁的张小莫，心里冷冷的，到了这个时候，还要往她身上找原因。但已经不重要了，张小莫清清楚楚地知道，这件事不是她的错，甚至这之前所有的被打，原因都不在她。能不能打她，和她多大也没关系。

如果一定要说长大和不被打之间有什么关联的话，那长大的意义也许在于心智的成熟。

事情被捅到大伯那里，张小莫知道，父亲的面子算是丢尽了，但同时他的行为也会被约束。说起来可笑，父亲为了奶奶那家人而打她，但危机时刻，她的直觉告诉她，奶奶那家人来管他最有效。这是求救，也是控诉，之后她可以理直气壮地表现对他们的冷淡和厌恶，不用解释为什么。

每次都考第一的张小莫会被家长打到进医院，这个在同学们看来近乎荒诞的笑话，真实地发生过。

所以张小莫也相信了，关于方让那时所说的，别人也许觉得荒诞的事。

开完家长会，几家欢喜几家愁。张小莫最喜欢的一个环节是，让母亲不断重复老师在家长会上表扬她的内容——如果有的话。

因为学生们不在场，所以这种场合班主任会不吝惜于表达对张小莫的赞赏，不用怕她骄傲自满，讲的话要比在班上说的时候好听许多。至少，不会再带"笨鸟先飞"之类附加批注。张小莫在吃饭的时候，喜欢让母亲说一遍，然后再说一遍，像复读机一样，张小莫赖在餐桌上一直听不腻。母亲也会嫌烦，但总是会满足张小莫的要求，直到她听够了为止。这是张小莫少有的能充分满足自己虚荣心的时刻，不用假装谦虚要去想怎样得体地回应，幼稚开心甚至得意忘形都可以表现在脸上。

家里的餐桌，是一张木质方桌，为了保护桌面，上面铺了一张桌布，然后再压了一块透明的板子。这张桌子是餐桌，有学生来补课的时候，也会在这里。母亲那时还在补课贴补家用，张小莫家会有很多学生来补课，包括大堂弟。但大堂弟来补课是免费的，不知道是他们家不肯给还是父亲不让要，母亲有点心疼，周末最好的时间，明明可以接其他学生的。大堂弟来补课的时候，张小莫会和他一起做卷子，一样的题目两人一起做，做完马上批改马上讲，这种时候，学生的资质如何看得非常明显。张小莫以前学英语的时候就是这样，三个人的小班，只要有一个人比自己学得快，就会有自己是中等生的感觉。大堂弟这时的体验应该很不好，又增加了他对张小莫的讨厌程度，张小莫也不知道为什么他们家非要来占这个便宜。

评估学生的资质如何，是老师在补课前要做的判断之一。这种判断所有老师都会做，但不一定会说出来。成长的可能性，比当下成绩如何更重要。张小莫有时听到母亲讲来补课的学生，哪一个是头脑聪明但不用功，只要认真一点成绩马上就能上去；哪一个是已经很认真了，但方法不对。不同的学生因材施教都可以有提高的方法，但每个人能达到的上限并不一样。

张小莫这样喜欢让母亲重复老师的表扬，除了满足虚荣心外，也有一些，是想要从话语中找到老师对自己资质的真实想法。这样明确的判断，张小莫要到高中时给她补化学的老师那才听到母亲转述过。那位老师明确地给母亲说，不要说是在他补课的学生里，即使是在他教过的所有学生里，张小莫也是天分是最好的那几个。直到那时，张小莫才放下了自己在理科上不行的这个想法。

初二刚开始，老师们中间就很流行关于"女生理科不好""男生一旦开窍了，女生就跟不上了"的言论。物理老师特别喜欢说这种话。张小莫刚开始觉得学物理有些困难时，母亲遇到物理老师时闲聊过几句，物理老师的回应是："女生嘛，觉得物理难是正常的。"

即使张小莫一直在年级第一的位置上，也没能阻止老师们继续表达这个意思。因为从初二开始，年级前十名里，男生就占了绝对多数。但这一次半期考不一样，前十名里有四个女生，刚好是张小莫、涂豆、马楠和凌鱼，其中马楠和凌鱼是第一次进入前十名。

因此，这一次家长会，班主任对张小莫的表扬多了新的内容，林老师注意到了张小莫最近和这三个女生玩得好，也注意到了前十名里的男生最近下课都在一起玩。张小莫她们一起玩的四个女生都在前十名里，显然不是巧合。班主任对此非常满意，得出的结论是：物以类聚，人以群分。

很快，张小莫在班主任放学后的训话中听到了母亲转述的加强版本。之前对张小莫的孤立，班主任其实察觉到了，到这时，才当着全班明里暗里给出警告。一句人以群分，给之前带头孤立张小莫的几个人定了性；同时也是对凌鱼她们接纳了困境时的张小莫的赞许；或许，还有对张小莫不再一人独美的满意。

不管班主任的初衷如何，对张小莫她们四人的士气提振是很明显的。最开朗的马楠，下课时情绪高涨到飞起，拉着张小莫几个到楼梯角，说："给我们小团体取个名字吧。胡小优她们几个叫"四人帮"，我们叫"天才帮"怎么样？"涂豆拍手说好，凌鱼不置可否，张小莫有点犹豫。张小莫知道，马楠的开心，有一半是为了了结之前她的不平遭遇，帮她扬眉吐气。但这样是不是还是太自大了。马楠拍了张小莫一下："想什么呢！快和我一起想代号，想四个表示天才聪明的英文单词。"张小莫报了四个单词，几个人热热闹闹地分代号，马楠是Talent，涂豆是Clever，凌鱼是Bright，张小莫是Genius。

后来每每想到初中时四个女孩的""天才帮"",张小莫在魔幻之余又觉得感慨,除了那时,她再也没有和天才这个词有什么关联。她们在那时,并不是真的自负到觉得自己是天才,而是一种自我打气的手段,这里面有对老师对女生下定论的不服气,有行军击鼓般的打气,有彼此祝福的心意。这个看上去自大幼稚到不像是她们几个人做出的行为,把她们紧紧地联结在一起。

从此,每到长一点的课间,学习累了到走廊透气时,四个人就会暗搓搓地跑到没有人的楼梯拐角,把手叠在一起,然后一人一句喊出自己的代号,颇像是举行什么古怪仪式的神秘组织。但喊完之后,胸口的郁气好像真的会消减几分,有种神清气爽的畅快。然后再回到教室做题时,会有焕然一新的感觉。

张小莫给每个人都设计了英文签名,在本来的英文名下面,嵌上了"天才帮"里各自的代号。这个签名设计,张小莫一直延用到成年,一直到她承认自己只不过是一个普通人,还有躲在签名下的一点小设计,提醒她还有那样意气的少年时期。

午夜梦回时,她有时会想起"天才帮"的几个女孩,想起她们那时的友谊,不止于陪伴,还有更深层次的一些东西,即使到她们分开,都影响她至深。

当然班主任的那句人以群分,说的不仅是张小莫她们几个。

所谓的群,指的还有邵襄阳、栗景和万年老三的苏巍他们这个玩在一起的边缘小团体,作为对比组敲打的是赵文、储亮、成松柏等那帮踢球的男孩。方让在班主任做的这种对照组的"群分"里,就显得很是尴尬。以往的左右逢源,变成了左右不是人。如果和踢足球的男孩在一起玩,就会一起被班主任敲打,如果转而只和栗景他们玩,就会被说成是见风使舵的人。

有这样烦恼的不只方让一个。张小莫知道的,还有也是教师子女的胡帆。家长会时两家妈妈坐在一起,胡帆母亲对张小莫的母亲说:"唉,我家孩子怎么就不知道和成绩好的那群人玩,非要和这群人玩在一起。"

但不管大人觉得怎样对小孩才是好的,他们都不能控制小孩之间如何交朋友。

胡帆的情况和方让还不一样。方让和栗景本来就是最好的朋友,但方让喜欢踢足球,栗景和苏巍喜欢打篮球,顺带着邵襄阳也一起打篮球。最后变成了成绩好的男孩在打篮球,成绩差的男孩在踢足球,泾渭分明。张小莫有过怀疑,是不是因为踢足球的那群男孩占了足球场,其他男孩才不得已去打篮球,不然怎么会这么巧的就形成了这种局面。

但不管男孩们喜欢的是哪种运动,课间他们都只有一种运动形式:在走廊追逐疯跑。做完眼保健康课间操的大课间,成绩差的男孩在走廊互相追打,成绩好的男孩也在走廊互相追打,只不过追打的对象不同,以此来区分和谁玩在一起。所以踢足球的男孩们很不服气:大家都在走廊疯跑,为什么表扬他们,批评我们。原因当然很明显,邵襄阳他们在一起越跑成绩越好,储亮他们在一起越跑成绩越差。所以,难怪胡帆的母亲那样着急。

本来在小学时,胡帆的成绩是不差的。小学华罗庚数学竞赛全市选拔培训班时,胡帆还和张小莫一起去上过课。张小莫记得清楚,是因为她那时不认路,每次跑到其他学校去上课都要等胡帆一起回家。她和胡帆的交集,好像只有在家长让他们一起回家的情境下才会出现。小学转学第一天时也是那样,但因为张小莫意外被推摔倒受伤,之后放学就没再和胡帆一起走过。去上竞赛班也是,两人才一起回了一两次,胡帆就丢下张小莫自己去玩不回家。第一次没有一起走的时候,张小莫坐错了车,因为一起上课的罗橙看张小莫一个人,就说一起走,结果把张小莫骗上了陪她一起回家的公车,罗橙下车之后张小莫才发现不对,在陌生的地方转了好几次车,兜兜转转才回家。后来张小莫每次做梦梦到迷路,常常会梦见这段寻路的经历。

所以说，人和人的缘分，真的是奇妙。明明张小莫和胡帆，与方让一样是从小学同学一直做到初中同学，甚至张小莫和胡帆还多了一层同为教师子女的关系。但在张小莫的记忆里，和方让的联结要深得多。张小莫一开始，总觉得自己和方让这种亦敌亦友的羁绊是因为做了太久的同学的缘故，但一想到在自己记忆里几乎没有存在感的胡帆，又觉得可能也不止是因为这样。

男孩之间的友谊，可能多少也有这样的缘分存在吧。班主任大概也知道干涉他们交朋友这件事不管用。于是给他们抛出了新的胡萝卜：踢足球的男孩每人去签保证书，成绩进步到多少，就把那个新足球还给他们。

这一招不得不说十分有用。最直观的改变是，储亮开始向张小莫示好。

示好的举动是，在男孩们传阅2000年欧洲杯集锦册子时，储亮往张小莫面前推了一下。张小莫不知道是什么意思，姑且拿在手里翻看起来。就是在这本册子里，她遇到了之后喜欢了二十多年的人。册子里的那一页，绿色的球场草坪上，穿着白色球服的少年，把手放在耳边，倾听来自球场的欢呼声。他身上的球衣号码，还不是之后的10号。张小莫合上册子，他们叫他"追风少年"。

很难解释当时的那种一眼心动。再回顾多少次，张小莫也只能得出自己是个颜控的事实。但她又没有喜欢上当时公认最帅的球星，所以张小莫觉得自己的喜好还是很特别。但这规律其实也不难找，她每次喜欢上的，总是主角团里比较少人喜欢的那一个。比如《足球小将》里比起大空翼更喜欢褐色头发的大郎；《棒球英豪》里比起达也更喜欢和也；《灌篮高手》里比起流川枫更喜欢藤真。觉得自己喜欢的人事物是小众，也是标榜自己的优越感之一，这是张小莫后来才知道的。

但年少的好处是，为了自己的喜欢，就会全情投入，不管这喜欢最初的理由是什么。

涂豆作为足球迷，对张小莫的这一眼万年加了把火，顺带把马楠和凌鱼两人都拉下了水。几个女孩关系好的时候，不管干什么都像在团建。喜欢足球这件事，四个人也是一起做的。那一届欧洲杯被称为神仙打架，即使在今天看回去也是星光熠熠，每个人都找到了自己喜欢的球星。涂豆最喜欢齐达内，马楠喜欢巴蒂斯图塔，凌鱼喜欢托蒂，而张小莫把欧文这个名字抄在了笔记本的角上。

对足球的了解，张小莫也用上了学习的劲头。每天放学按时回家追中央五台六点的体育新闻，周末去图书馆期刊室借足球周刊补相关知识，还有每周一晚上的《天下足球》，那种悲情文艺的风格，深深地触动了张小莫的神经。她在这里认识的足球，和之前班上那群疯跑男孩给她的印象是不一样的。要更文艺，更深邃，她在一场一场的比赛中，在历史的回顾中，在谢幕的背影中，敏锐地感受到了一种命运的悲剧美，热烈而壮丽，唏嘘又感慨，像是人生的某种寓言。

不管储亮把那本册子推过来的初衷是什么，在张小莫的认知里，那是她与册子里那个追风少年美好的初遇。

不过张小莫追足球和班上男孩是没有什么关系的，她追她的，他们踢他们的。赵文邀请张小莫周末去看他们的球赛时，张小莫是很意外的。在班上同学眼里，她和同桌储亮还是老死不相往来的关系。但储亮有时瞄到张小莫在看足球杂志时，会顺势给她讲一讲足球杂志上她看不懂的名词。传递足球相关的册子时，也会往她面前再递上一递。张小莫不会拒绝，但也绝谈不上热络。

张小莫也会听涂豆讲一讲男孩们喜欢的球员，不知是不是有意为之，同学之间同时喜欢一个球员的情况很少，喜欢这个球员的同学，就是这个球星在班上的代言人。前一天的比赛里，这个球员如果进了球或是有什么好的表现，大家就会去祝贺这个代言人。因此，自己喜欢的球员表现得如何，一定程度上影响着在话题中的参与度，而选择哪一个球员作为本命球员，直接决定了自己在他人眼中的品位。

其他女孩也不是没有跟风的,但男孩们通常只会嘲讽地一笑:"你们女生就只会看脸。"然后非常有优越感地送给她们三个字:伪球迷。他们用挑剔狡黠的目光判断着,这些女孩有没有资格加入他们讨论的行列。他们唯一承认的女孩是涂豆,涂豆喜欢的是齐达内,他地中海的发型让这种喜爱超越外型,直逼内涵。

张小莫其实不太在意被不被男孩们承认,她有"天才帮"的女孩们就够了。此时的她,很享受追逐一个偶像的感觉。每周一次的英超提供了足够多的信息,利物浦有没有赢、她喜欢的少年有没有上场、上场表现怎么样,像是埋在平常日子里的金沙颗粒,等着她这个平凡的淘金者在日子的河流中等待和翻找。一个进球,一场比赛,每一个新的荣誉,都在带来激励的力量。

当时的张小莫,不知道她在经历什么。她觉得自己喜欢的少年距离足球史上那些传奇的人物还很远,所以消息还不够多。但她没有想过,每天半小时全世界所有运动比赛都有的体育新闻里,能每隔几天就让她守到相关的报道,这个少年已经站在足够高的地方了。她正在经历他的黄金时期,意气风发,时光正好。

张小莫自己都不知道她具体喜欢这个少年哪一点,但赵文煞有介事地和张小莫分析原因:英超联赛相较其他联赛周期短,前锋的位置容易出彩,大赛表现好。张小莫觉得,是因为她喜欢的少年表现太出彩,让他忍不住要找她这个"代言人"来讨论一番。而知道场上队形和能分清犯规和越位,也许让她在赵文眼里有了一些友好度。

说起来,张小莫是个恩怨分明的人。她最喜欢的一句话是,以德报怨,何以报德。赵文在之前张小莫被孤立事件里是作为一个什么角色而存在,张小莫其实心里有答案。毕竟,她在小学时全程旁观过罗橙是怎样被孤立的。虽然因他而起,但不是赵文出的手,以赵文的境界,这太低级。在张小莫的印象里,那时孤立罗橙的种种行为，就是在赵文休养好回去上学之后停止的。这一次，赵文有制止他的同伴吗？张小莫没有感受到，又或许制止了也收效甚微。

张小莫和赵文的关系，一直是有点将熟未熟的微妙状态。不像胡帆和她之间一直有交集但毫无存在感，也不像方让和她之间有竞争对手的羁绊。这个五年级时和她同一天转学过去的男孩，他们一起站在讲台上给同学们做自我介绍，有着相同的记忆的起点。那时赵文喜欢她最好的朋友，她最好的朋友也喜欢他，张小莫因此听了很多关于他的琐事，不可谓对他不熟悉，但细究起来，也熟悉不到哪里去。旁观过张小莫两次被孤立的赵文，并没有给她任何帮助。

所以，此时赵文邀张小莫去看他们踢球，又是出于什么原因呢？张小莫懒得去想，直接拒绝："我周末要做作业。"赵文说："你可以带过来，边看边做。"然后又补了一句："涂豆她们三个都来。"张小莫想了想："再说吧。"

"天才帮"的四个人，在周末还没有聚过。张小莫和涂豆她们几个合计了一下，最后还是决定去。是在旁边艺校的场地，对手是隔壁重点班一班的球队。张小莫到艺校的操场一看，胡小优她们几个在旁边尖叫加油。张小莫转头用眼神询问涂豆，涂豆说："原本没叫她们，是她们自己来的。"张小莫突然就起了警惕心，此时还在男孩们被班主任下禁令不能踢球——周末，校外，踢球，非要张小莫来不可——这群男孩，该不会是又想让她背锅吧。

只要张小莫在的活动，家长都会通融一些。"张小莫也去"这个条件，可以成为家长放行的理由，这一点张小莫是知道的。但更重要的，大概是他们误以为的，只要张小莫在的活动，便不会被老师批评。想到这里，张小莫站起来，转身就想走。

这时，方让跑过来，似乎看出张小莫在想什么，说："如果被发现了，我们会说你是去补课顺便经过的。"张小莫补英语和学扬琴的地方，确实都在艺校里。方让的信誉，张小莫暂且信了。

张小莫往旁边的石凳坐下，拿出准备好的英文完形填空来做，她实在是不想和旁边尖叫加油的胡小优她们几个人混为一谈。张小莫并不是很熟悉这种为男孩加油的场合，整个人有些坐立不安，选一个ABCD，抬起头往场上看一眼。涂豆她们掩护着她，倒也不是特别显眼。

即使这样心不在焉，看到张小莫来了，赵文还是很高兴。半场结束时，他跟到张小莫面前问："我刚进的那个球，像不像欧文在上一场进的那个单刀球？"张小莫没忍住露出了个白眼。余光看到胡小优伸着脖子往她这边看过来，张小莫心里有些不舒服，起身对赵文说了一句："怎么，这次不怕我去告老师啦。"

赵文笑了笑，用周围人都能听到的音量说："什么这次那次，哪一次都不是你。"

听到赵文这样说，人群突然安静下来。张小莫长长地呼了一口气，不知道该说什么。赵文捡起她起身时掉在地上的一张英语周报，还给她说："看我下半场能不能完成帽子戏法。"转身又往场上跑过去了。

张小莫捏着报纸，下意识地回头看了一眼，不远处的胡小优一下子变得局促起来。

下半场的时候，张小莫把完形填空收起来，认真看了会场上的情况，比她平时在电视上看的球赛要无聊多了，不成什么章法。赵文的水平，一个人带球攻到对方门前毫无难度，所以他说要进三个球完成帽子戏法也不是自吹。方让踢后卫，即使是在足场上，他也是担任这样任劳任怨的位置，张小莫不免有些唏嘘。胡帆和储亮踢中场，成松柏当摆设在守球门，两边进球都不少，引得围观的人一阵阵欢呼。大概是有一阵子没约比赛了，男孩们脸上表情都生动无比，碰得到球的，碰不到球的，都跑动大喊着，像是真的在踢一场精彩激烈的球赛。

和男孩们的投入相比，围观的女孩们到后来显然有点累了。和上半场相比，明显心神不宁的胡小优，纠结了小半场时间，绕到张小莫后面,说有事要和她说。张小莫抬头看她,胡小优示意旁边说话。凌鱼拍拍张小莫:"没事,我们都在。"

张小莫往旁走了两步,抬了抬下巴:"有什么事说吧。"

胡小优吞吞吐吐道:"那个……说你告老师的事,不是我先想做的。"

张小莫静静看着她,没接话。胡小优只好继续说:"是薛琪让我说的,她听一班的李薇说,你小学时就经常给老师打小报告,给我说只要这样说,大家就会信。"薛琪是班上的副班长,成绩一般,但年纪最大,看上去人很沉稳。班主任对她的成熟稳重觉得满意,班上的班干,除了自己不愿续任的,基本都沿任了上一年的配置。张小莫和薛琪不怎么能玩到一起,但同为班干,还是会凑在一起做一些事,比如每天最后一堂课下课后,学习委员张小莫和副班长薛琪会轮流或者一起去办公室请班主任,而班长方让会在班上维持秩序。作为生活委员的胡小优,和薛琪的交情也不过如此。如果胡小优不说,张小莫是绝对想不到这事和薛琪有什么关系。

"这样做对她有什么好处?你为什么要听她的?"张小莫问。胡小优说:"薛琪说,这样期末选优干的时候,你就不会和我们竞争了。"在班主任的公平思想的指导下,班上的优干都是同学们投票选的。张小莫勉强能理解,初三那年的市级优秀学生干部,中考是能加十分的。但现在才初二,拿到也没什么用,何必这个时候就来针对她。胡小优说:"薛琪本来就在谋划,结果刚好遇到男生们的足球被收这件事,她说机会难得,就要趁这时想赶快做。你这一年选不上,下一年选不上就更合情合理了。"

张小莫不置可否,问她:"你为什么要告诉我这件事?"毕竟,即使在班主任当着全班敲打时,胡小优也没有忏悔的意思。

胡小优踌躇了一下,期期艾艾地说:"我怕赵文会讨厌我。"

走回凌鱼旁边,张小莫的心里有点空洞洞的。她又想起小学的时候导致她被孤立的导火索,那个在周记里告她状的,也是她完全想象不到的人。无冤,无仇,无特别的交集,只是默默地在私下觉得看她不顺眼,然后找机会给她一击。

终场哨响,场上响起一阵欢呼,打断了张小莫的沉思。场上比分5∶3,他们班赢了,赵文进了三个球。他得意地跑过来,和他们班来加油的一排人击掌,到张小莫面前时,浮夸地炫耀:"看到没,帽子戏法。"张小莫抬起手来,像其他人一样和他击了一下掌,接受了他这份迟来的好意。

赵文一定要她来看这场球,不管张小莫怎么去想他的用意,他发出的信号是很明显的:作为这群足球少年的领头者,他对张小莫表示了友好,帮她澄清了之前的误解。至少,向别人表示这群男孩和张小莫之间的紧张关系已经解除。

当张小莫表面上和男孩们和解,躲在背后顺手丢石头的人开始慌了。本来就有一半是出于讨好赵文才去做这件事的胡小优,看到赵文和张小莫关系缓和起来,生怕张小莫把这件事全都归咎于她。又或许,是出于一种自己都被讨厌了,那也不能让同谋者薛琪好过的心理。

不管是哪一种,其实张小莫都不会对她们做什么。

在她屡次被孤立的经历中,发起孤立的人最后都不会表示愧疚,当然更不会道歉。

在工厂子弟小学那次,在张小莫决定转学时,孤立她的女孩们假装无事发生地和她依依惜别。其中一个当时冷眼笑她记忆出错、让她再好好想想的女孩,在张小莫上初中后在路上遇见过。那个女孩在看到张小莫时,一下对她十分热情,言语间对她百般奉承。聊了两句近况后,那个女孩说:"张小明是你堂弟吧,我现在和他一个学校,他好帅啊,在我们学校好多女生喜欢他。"张小莫陡然明白过来,那女孩对她突如其来的热情和讨好是出于什么。但是没有必要,她和堂弟的关系并不好,那女孩不用担心张小莫会说些什么。

在转学过去后的那次,即使当时的班主任王老师让她看到了是谁写的告状的周记，告状的那两个人也没有因此感到有什么不安，比起反思自己做了什么，不如说张小莫那样轻易地就摆脱了被孤立的局面，让她们觉得心有不甘，觉得她被整治得还不够。张小莫那时没有追究李薇在周记上打小报告，李薇反而到初中了还在重复关于张小莫的谣言，以至于再次给了薛琪嫁祸的思路。

要指望这些在背后扔石头的人忏悔，那实在是太天真了。张小莫明白，现实生活中，不会有像武侠小说里那样快意恩仇的结局。在经历了这样多次的被孤立的轮回后，如果说张小莫学会了什么，那就是不要去反思自己为什么被孤立，因为真实的理由很可能会让人哭笑不得。

但张小莫仍然觉得，真相是重要的，这些她根本想不到的事，她还是宁愿自己知晓。

就像她多年后深深认同的：无论在什么情况下，知都胜于无知。

周一下课后，薛琪例行过来找张小莫，和她去办公室请班主任来进行每天的训话。走在过道上时，张小莫说："胡小优说，之前在班里传我告老师的谣言，是你让她做的。"张小莫看到，这个沉稳的女孩停下脚步，脸上的慌乱一闪而过，然后迅速镇定下来："别听她胡说，我为什么要这样。她现在到处攀扯别人。"

张小莫继续往前走，说："哦，是吗？"薛琪追上张小莫，语速很快地解释："胡小优讨厌你很久了，还和你关系好的时候，就一直在背后说你的坏话。储亮说你害他们被收了足球的时候，她可高兴了，跑过来和我说，是不是班上其他几件事也是你告老师的。我当时听李薇说，你小学时也有类似的事，顺便和她说了一下。我真的不是故意的。"

刚好走到班主任办公室门口的张小莫停下来，转头看向薛琪："李薇说了你就信？去请林老师的时候，你不是大多数时候都在吗？"说到这里，张小莫顿住了，好像又想通了什么原来没想到的事。

看着眼前那张急切解释但毫无愧色的脸，张小莫心里想，这是怎么做到的呢？在张小莫所受的教育里，撒谎是不对的，告密是不对的，陷害别人是可耻的；做错了事要认错，认错了要承担后果。张小莫自己，不要说真的错了，就算没错每天都要三省吾身。薛琪能当面撒谎都这样理直气壮面不改色，张小莫气恼之余，更多的是困惑。

即使张小莫心里明白，这件事薛琪逃不开干系，但当薛琪这样面不改色地辩白时，张小莫还是不免会动摇，有一瞬间会去想是不是她说的才是真的。在长久以来不撒谎的教育下，人们在交往中大概很少会事先就警惕别人是否会撒谎，因此，以有心算无心，那个首先敢于传播谎言的人，会占据舆论的优势。即使被戳穿，只要死不承认，关于这件事的真相，在大家眼里就是罗生门。

因此，赵文以男孩领袖的身份来帮张小莫澄清，即使是迟到的善意，意义也非同寻常。而班主任呢，虽然敲打了孤立张小莫的那些人，但是关于张小莫的谣言，她并没有在班上说什么。张小莫指望班主任说什么呢？是说出储亮偷钱，引发了她姑妈告状的真相；还是告诉全班，那些不知为何被班主任知晓的事，告状的不是张小莫，而是另有其人？

张小莫明白班主任的选择。如果讲出储亮偷钱的事实，那他在全班同学面前就再也抬不起头来，初中三年都会被打上小偷的烙印，以后班上不管丢了什么东西，首先被怀疑的就是他。张小莫小学时，那个叫贺敏的女孩的经历就是这样的。第一次偷窃也许证据确凿，但之后所有弄丢的东西，她都逃不出被怀疑的对象，长此以往，便会自暴自弃起来。自诩要教书更要育人的班主任，当然不会干出这样的事。

而那个真正的告密者呢，班主任当然不会说出自己的线人。所以权衡之下，班主任得出了她的最优解。张小莫不是不能理解，但在想通的一瞬，她的心还是有点冷。

张小莫没等薛琪，自己先走进办公室，班主任问她："今天课堂纪律有被扣分吗？"张小莫说没有。班主任说："好，你回去和他们说，我五分钟后就来。"张小莫应了，但没有马上走，她对班主任说："以后我一个人来叫您就可以了吧，没必要两个人一起来。"班主任眯起眼看了看张小莫，再看看门口的薛琪，说了声"好"，没有问为什么。

张小莫经过薛琪旁边，走出几步后说："听见了吧，以后我一个人来就可以了。"

她不仅自己知道了，还要让他们知道，她知道了。从这个意义上讲，人是通过知道而坚强起来的，这句话并没有错。

走回班上的路程中，张小莫想起有一次母亲带她去学校门口的酒店吃饭，隔壁桌的父亲在训小孩："你妈问你洗手没有，你说洗了，为什么我问你的时候，你说说没洗？要是你在有生命危险时撒谎，甚至是做错了事怕被打撒谎，我都还可以理解，让我更生气的是，你为了不想洗手这点事就撒谎，你撒谎的底线也太低了。而且，你撒谎要是能坚持到底，不让我发现，我也还算佩服你，我一问你你就承认了，既没有底线，又没有原则，你连撒谎都撒得让人看不起。"

当时听完了那个父亲全程训话的张小莫，价值观一下子受到了极大的冲击。母亲拨了拨桌上的鱼香肉丝，把她叫回神："快吃。别听他说的歪理，撒谎就是不对。"张小莫喜欢吃的鱼香肉丝，只有这家酒店做的她觉得最"正宗"，不放她不吃的木耳和笋丝，只放一截截长长的葱白，堆满红红的糟辣椒。每当母亲不想做饭，又觉得张小莫可以被奖励的时候，就会带她来吃一次。撒谎这件事，无论如何不在被奖励的范围里。张小莫不会撒谎这件事，对母亲来说，是引以为傲的。

事实上，不是张小莫自觉地不撒谎，而是她在成长过程中，发现自己完全不具备撒谎的心理素质。那时隔壁桌的小孩，在这样的教育下会成为一个什么样的人呢？在下一次会怎样定义值得自己撒谎的底线呢？为了自保，为了利己，或者仅仅只要不被发现就可以呢？

又或许，像这样长大的小孩，也许早早就在练习成人世界的规则，而像张小莫这样长大的小孩，被置于了手无寸铁毫无防备的境地，所以才一次又一次地被狩猎呢。

叹了一口气，张小莫走进教室。坐在教室里的同学，有些抬头看她，有些在做自己的事，有些乱糟糟地在讲话。张小莫看着在讲台上费劲维持纪律的方让，在之前的事件里，最先向她走来的方让，他的底线又是什么呢？

张小莫的底线是，她不想违背自己的本心生活。不想做自己做不到的事，不想承认自己没做的事，不想成为自己讨厌的人。即使她知道了某些真相，她也打算这样生活。

就算，方让那天没有向她走出这一步，张小莫觉得，这一点也不会有任何改变。

但她仍然感谢他的这一步。

张小莫的眼神，和凌鱼、涂豆、马楠一一接触过，点点头示意已经解决了。她清清嗓子说："大家准备一下，林老师要来了。"然后走进教室，在储亮旁边坐下。

自始至终，她没有和同学们说出储亮的秘密。

班主任把新足球还给男孩们的时候，已经是秋冬时节。拿到足球的男孩在走廊上一阵欢呼与吵闹。快上课时，储亮抱着球跑回座位，把球塞给张小莫，再递给张小莫一支马克笔，说："我们每个人都在上面签了喜欢的球星的名字，给你留了一个格子。"张小莫愣了一下，赵文凑过来催她："快写快写。"

后续进来的足球队的男孩们，挤在赵文旁边，勾肩搭背地一起催她。张小莫在吵吵闹闹的声音中，郑重地写下了"Michael Owen"。这个名字，她在上课无聊的时候，在课本和笔记本的边角写过无数次，但写在崭新的足球的皮质上时，那种微妙的手感，让人突然有种仪式感。张小莫签完，把球还给储亮，他有点忐忑地看着张小莫，球回到手里时，他如释重负地笑了一下。

赵文说："我们用新足球的第一场球，到时你一定要来啊。"其他男孩附和："说好了啊，要来啊。"然后吵吵闹闹地又散去了。

赵文和张小莫之间，自那场球赛之后一直保持了一种相对友好的关系。只要欧文有进球，他都会凑过来和张小莫讨论几句。早上的冷空气里，张小莫要死不活练 800 米时，从旁边套圈的赵文会对她喊一句："加油。"在张小莫跑完大口大口喘气往教室走的时候，他会煞有介事地和她说："你长跑没问题的，你们成绩好的人，毅力都特别好。"然后再指点指点她摆臂和呼吸的节奏。

这句话对张小莫来说很有用，每当张小莫跑不动的时候，就会想起这句话，拼毅力的话，那也许真的是她擅长的事。别人说也许没信服力，但作为体育天才的赵文讲，好像就真是那么回事。

和赵文的关系缓和下，连带着足球队的男孩们都对张小莫都熟悉起来。方让肩负起了监督足球队男孩们学习的重任，来张小莫他们这边讲题的时候，有时会提一两句他们的情况，张小莫表示很佩服方让。方让说，其实也没什么，把道理和他们讲清楚，他们也不是听不进去。

看着写满签名的足球，张小莫没忍住又戳了一下，说："这球还挺好看的。"后排的栗景说："是嘛，我看看。"邵襄阳也向前探了探头。储亮心情大好地把球递给他们："怎么样，还不错吧。"栗景把球转了一圈，说："还是张小莫的字最好看。"张小莫一点不客气："那当然。你们字练好一点，卷面也能多得点分。"

张小莫和后排两个男孩，现在已经足够熟，可以开一些无伤大雅的玩笑。栗景和邵襄阳的字都不怎么样，张小莫常常在看他们的答案时说他们两句。储亮加入不了他们的对话，在旁边嘿嘿笑着。但不管怎样，这片座位区域之前的尴尬的空气终于松弛下来，难得的有了些融洽的意味。

在这种融洽的氛围中，张小莫迎来了每年一度的全国中学生英语能力竞赛，马楠和她一起备赛。上一年张小莫拿了二等奖，这一年她备考得要更认真一些。初赛选拔前，学校临时搞了一个听力比赛，临时通知，临时抽人，临时去考。张小莫考完出来心里打鼓，听力不是她长项，又是突击考试，没有复习范围。马楠听到她说担心，弹钢琴的手往她背上重重一拍："自信一点。过分谦虚就是骄傲！"

马楠这个人，从来都是很自信的，整个人由内而外散发出热情洋溢的感觉。弹钢琴时是这样，上台做英语口语练习时是这样，初二时从零开始学古筝时也是这样。张小莫初二时又想学一门乐器，一开始也是想学古筝，古筝老师看了她的手说手指不够长，于是建议她去学扬琴。扬琴老师了解了一下她的情况，很是满意，说她教的上一个成绩很好女孩，领悟起来很有优势，短短一年就过了八级。真学起来时，张小莫的进展并不是那么顺利，还课的时候背谱不确定的地方她会停下，或者即使背下来了，也会犹疑。和电子琴的琴键不同，起手扬起琴竹的时候，她总是提着一颗心的感觉。张小莫和马楠说起时，马楠说："在台上表演时，你哪怕是错了，也要自信到让台下的人觉得你没错，千万不能露怯。你只要一抬手，就一定要相信自己可以。不自信会直接影响你的发挥。"弹琴如此，考试也如此。

"你已经非常好了，你要相信你自己。"马楠很喜欢做拍张小莫的背这个动作，和父母嫌张小莫驼背而拍她不一样，马楠厚实的掌心拍到张小莫时，张小莫会有一种被注入力量的感觉。

全校听力比赛出来，张小莫果然是第一。马楠得意地说："看吧，我就说你可以的。"整个备赛过程中，只要张小莫习惯性的说不自信的话，马楠都会跳出来阻止她，让她差点形成条件反射。张小莫一路从初赛到决赛，前所未有的自我感觉良好。决赛成绩出来前，她心里莫名的就有种预感，这次有了。

和每一次考试时一样，张小莫会提前知道结果。英语老师在班上宣布之前，张小莫就被叫到办公室去告知她这次拿了一等奖。整个英语组的老师都喜气洋洋的，一边恭喜张小莫的英语老师柳老师，一边开玩笑说也想教张小莫这样的学生。在老师办公室，想问题想得就更多一点，马上有老师说："张小莫中考可以加分了吧。"

张小莫反应过来，是哦。

别人那般处心积虑想要的中考加分，张小莫凭自己的能力拿到了。不用拉拢旁人，不用钩心斗角，堂堂正正地拿到了。

张小莫难得有这样，踏踏实实发自内心高兴的时候。没有自我怀疑，没有忙于自谦，在一片夸奖声中，她大大方方地应下所有的赞美，按照英文的习惯回复：谢谢。后面并没有加上任何自谦的转折。

英语老师在班上给张小莫发奖状的时候，张小莫的开心，已经不仅仅是因为得了奖，还因为班上有真心实意为她高兴的人。"天才帮"几个女孩，张小莫刚一知道消息就和她们说了，马楠她们几个这时还是拍手拍得和演出谢幕时一样，带得全班也鼓起掌来。张小莫拿了奖状，转身下台，听到足球队有个男孩甚至还喊了一声"Goal"！张小莫心领神会地笑了一下。坐回座位，栗景说："恭喜啊。"邵襄阳扶了扶厚厚的眼镜："做得好。"储亮这时也小小声地说了声："恭喜。"

张小莫点点头，把奖状扣在桌上，身子往椅背上一靠，试着去感受这难得的松弛时刻。

| 第三章 |

拥有姓名的男孩

2001年

　　作为新世纪的第一年，2000年结束得虽然算不上轰轰烈烈，但张小莫的印象却格外深刻。张小莫已经习惯在写作文的时候使用21世纪的提法，并且把仅仅一年前的事，归到"上个世纪"。相比起来，2001年的到来，便少了许多仪式感。

　　一月的时候，比起新年，更让人有实感的是期末考。每到冬天的期末考，对张小莫来说最大的挑战不是试卷的难度，而是手上的冻疮。通常到一月时，她的手已经肿得像小馒头一样，弯曲起来都很费力，在这种情况下还要保持卷面好看，同时要保证答题的速度。

　　考场里是格外冷的，没有任何取暖设施。张小莫考试的位置，一直是在窗边第一排，思考的时候，她会看着窗外。外面纷纷扬扬地在落雪，贴着墙感觉更冷了。母亲给张小莫带了一个电热宝，是个大红色的小圆砣，放在棉衣里，捂在肚子上，手冷的时候就伸进去暖一下。

　　即使是擅长考试的张小莫，其实也不怎么愿意考试。每到考试前，她就会遐想，要是牛顿来帮我考物理，华罗庚来帮我考数学就好了。再一想，现在的文科题目让他们去应试可能还是不大行，只选一人去考所有科目的话，那还是自己最合适。这样心理建设完，然后才心甘情愿地去考试。

　　考试时方让坐在她后面，能听到她答题的速度。得心应手的科目和弱一点的科目很容易分辨。有人提前交卷的时候，最考验人。有人交完了卷，下面的人就开始心慌。张小莫几乎没有提前交卷的时候，总是坐到最后一刻。她其实很羡慕提前交卷的人，他们对自己的答题有着足够的信心，而她会一直怀疑自己，直到最后一秒。但通常，她的第一感觉都是对的，最后改来改去反而会出错。

老师们总说张小莫细心，但其实她自己知道，自己是个会犯 3+3=9 这样低级错误的人，常常会在一些很不起眼的地方犯错，每次她的错题，总是让人觉得不可思议。日常模式的她，和细心这两个字是不沾边的，所以要一遍一遍地扫雷，最后才能达成一个细心的结果。

细心这个名头压力是很大的，意味着别人身上很可能出现的一些疏忽，在自己身上就不行。张小莫常被老师叫去做一些誊抄分数之类需要细心特质的事，日常模式的她是不行的，每每这种时候，她就需要开启消耗极大的专注模式。张小莫不知道天生细心的人是不是能做得比较轻松，还是所有的"细心"和"擅长"一样，看上去是自带的被动技能，但其实是需要付出心力才能获得的特质呢。

但通常人们只看结果就够了，不会有人去细细分辨过程是如何达到的。过程重要还是结果重要呢？这好像是看球赛时的一个经典命题。对于此时的张小莫，答案非常坚定：结果重要。

这时的张小莫还体会不到，只要过程足够努力就能得到一个好结果，已经是十分幸运的一件事了。

考完最后一科的张小莫，在走廊上等在其他班监考的母亲一起回家。往操场上一看，一场考试下来，竟然已经铺了满满一层雪，把黑色的河沙操场盖成了白色。等母亲把试卷封装完送回办公室，同学们已经都走光了。看着白雪覆盖的空无一人的操场，张小莫突然特别想玩雪。

即使两人手上都是冻疮，母亲还是带她去了。母亲总是在一些意想不到的时候对她有些纵容。

张小莫走到河沙操场的中心，一大操场平平整整的雪都是她的，那种辽阔的满足感，一下子把心荡空之后，又塞得满满的。母亲和张小莫一起蹲下堆雪人，手的温度让白雪很快化开，把手套弄得湿湿的，张小莫干脆就摘下手套来堆。都说下雪不冷化雪冷，张小莫还是能感到手指上冻疮的疼痛，不过在精神的极大愉悦下，这点疼痛好像也可以忍受。张小莫赖在雪地上，甚至想打个滚。

雪人堆得很是简陋，不过是一大一小的两个雪球叠在一起，从雪下挖出一点黑色河沙作眼睛。但张小莫非常满意了。她觉得最好玩的，是从地上捧起雪时，那一瞬间蓬松的触感。融化后压实的雪，其实没那么让人心动。雪持续地飘下来，刚落在她手上时，甚至能看清楚冰晶的结构，然后瞬间就化掉了。短暂易逝的美感下，有一种奇异的忧伤与快乐混杂的感觉。

一直玩到整个人冷得发抖，张小莫才肯走。母亲没有回家做饭，而是直接带她去了学校围墙外的一家牛肉粉店。从玩雪的兴奋，到意识到身体被冻到疼得受不了，好像也只是一瞬间的事。然而还有大半个操场的雪路要走，母亲带着张小莫，攥着湿漉漉的手套，一步一挪地踩着雪走到店里。

那家店只是搭在学校围墙外的一个小木棚，但是进去之后人立刻就温暖起来。老板娘是一个很纤细的人，素颜也能看出是个美人。店里有一个大铁桶炖着牛肉汤，还有放着牛肉片和牛肉粒的罐子。因为店面简陋，这家卖的牛肉粉比别家低一两块，八九块就能吃到"全家福"。明明是有洁癖的张小莫，却觉得她家牛肉粉要比别家干净。

比起牛肉片，张小莫更爱吃牛肉粒，一立方厘米大小，炖得烂烂的，带着肉筋，很有嚼劲，不会像牛肉片那样干。老板娘调的味，她觉得是正好，不会像在其他店吃牛肉粉时再洒上一大层花椒粉，甚至连酱油都不用放。当热气腾腾的上面铺着薄薄一层香菜的牛肉粉端上来时，最先暖的是她被雪冻后的手，一勺汤送进胃里，然后整个人就暖了起来。

母亲这时，才想起来问张小莫，考得怎么样。以往母亲问她，张小莫总会降低一下母亲的期待，"考得不好"就是一般，"考得一般"就是还行。母亲也已经习惯了，反正成绩一出来她是最先知道的，只不过顺便问一问。但这一天，张小莫突然不想这样回答。"考得挺好的。"说完，她接着愉快地喝起了牛肉汤。

那个雪天的牛肉粉，是张小莫吃过最好吃的一碗，不管是上个世纪，还是这个世纪。

张小莫的寒假放得并不完整。等下学期一开学，他们就要去参加华罗庚数学竞赛。所以在寒假，选拔出来的同学要进行培训。

华罗庚数学竞赛对张小莫来说是噩梦主题之一。每次培训都在冬天，学校里选拔完，市里还会再组织集中培训。对于怕冷又不认路的张小莫实在不太友好。比起客观条件的恶劣，张小莫更讨厌集训时的感觉，那些超纲难解的题集中在一起时，会让她有一种自己智商跟不上的晕眩感。

那种感觉，很像张小莫小的时候报班学游泳，同班的小旱鸭子们一入水就神奇地会游了，一个个"嗖嗖"地往前蹿，就剩她一个人在岸上。因为报的是包教包会的班，教练给母亲说，丢进池子里自然就会了，然后提起她往深水区一丢，那是张小莫最接近溺水的一次体验。

张小莫的数学水平刚刚好卡在能进复试的地步，所以每次校内的选拔都能选上，然后每一年都要去参加全市精英都在的集训，全市初中最好的数学老师来给他们高强度地上课。在这样的一个班里，张小莫无论如何排不进前列，每当老师在黑板上讲题，她还没懂，而周围的人发出懂了的应和声时，她就会浮现出自己又被一个人留在岸上的感觉。

在这样的场合，张小莫会眼熟其他各个学校的前几名。从小学到初中，虽然大家的学校变换了，但在这个集训班里的熟面孔还是有些保持了一致。如果他们一直保持这样的水平，大概率会在高中相见，那时就不是按片区分学校，而是靠自己本事去考，坐在这个班里的人目标都是一个：全省最好的市一中。

到那时，上课时这样的吃力感会变成常态吗？光是这样想一想，张小莫都觉得窒息。赶快把这个念头甩到脑后。

初二的这个寒假，在市里集训前，除了选拔考试外，学校还安排了特训，是重点班的数学老师们来加班给他们补课。牺牲自己的假期来给他们上课，老师不会不情愿吗？张小莫以己度人，问出了口。母亲笑："你不懂，给这些学生上课比平时上课心情要好多了。"

特训的主力，是三班的数学杜老师，一个瘦小的男人。三班是次重点班，比起张小莫在的二班和隔壁重点班一班要弱一点。但单论解题水平，在数学组里杜老师的战力是最高的，可以接住这个年级思维最活跃的学生的超纲提问。和平时考察是否能把全班同学都带出很好的平均分不同，这是要拼数学能力上限的时候。

本来，张小莫对这位杜老师是没什么好感的。他住在张小莫家楼下，他的妻子没有工作，以在小区院子里占道卖烧烤为生，烟熏火燎的，晚上空气正好时，一栋楼的人都不敢开窗。有人投诉，她就在下面扯着嗓子对着一栋楼骂回去，用词非常脏，光是听着都让人觉得污秽。她不仅骂旁人，也骂杜老师和他们的儿子，嗓门大，细节多，让家务事暴露在邻里之间的杜老师毫无尊严可言。有一次她骂儿子时，正坐在一楼自家防盗窗下面洗鸡肠子，把洗鸡肠的辛苦和赚钱养育儿子的不易混在一起骂，讲如何把鸡屎从肠子里一点一点地捋出来，非常细节而生动。以至于直到很久以后，张小莫每次便秘时，还是会想起她的这个骂段，并且在每次看到他们儿子那个丁点小萝卜头时，也总会联想起鸡肠。

大概是在家压力太大了，杜老师每到月考的前一晚，就会在家唱K。因为他平时晚上要备第二天的课，而月考前一晚是他难得的休息时间，并且在半期考和期末考的前一晚他也照唱不误。但对张小莫而言，考试前一晚是她争分夺秒在背书复习的时候，楼下那超大声的音响十分影响她的复习。就算母亲去交涉，在答应之后他也会继续再唱两首，让张小莫觉得很是烦扰。母亲这时就会劝她：理解一下，这是杜老师唯一用来放松的时间。

平时看着窝囊的杜老师，在寒假特训班的讲台上有着完全不同的精神气。脱离了课本圈定的考试范围，每个人能力值的参差就更加明显了。对学生是这样，对老师也是这样。看着在讲台上笔走游龙的杜老师，张小莫会暂时忘记他在考前制造的噪音和被他妻子叫骂出的细节，取而代之是一种单纯的对他的数学头脑的敬意。

学校的特训班，体验是比市里的集训班要好一些的。老师的节奏会放得慢一点，等一等大家，大概是平时教大班的习惯。张小莫这时发现，很多时候她只是需要时间。杜老师讲题，不会跳过任何一个步骤，思维大开大合，讲题又粗中有细。不像市集训的班里，因为台下的学生反应太快，老师会跳掉一些推导过程，但那些跳掉的过程，往往就会导致张小莫反应不过来。

能听懂的张小莫，还是能体会到一些数学游戏的乐趣。市集训班里，她也曾遇到过一位讲得让她能听懂的老师，是个短发的中年女老师，又温柔又干练，讲的题清清楚楚的，张小莫也不知道为什么她讲的课比较容易听懂，但在上课时她少有的脱离了痛苦的感觉。下课之后她问了周围的同学，Z中的同学说是他们班的老师。Z中是林晓音所在的学校，张小莫问了那个Z中的同学，还真是和林晓音一个班的。张小莫当时对林晓音和这个老师的其他学生产生了一种浓郁的羡慕之情。如果是被这位老师教，她会更喜欢数学一些吗？张小莫忍不住这样想。和老师爱提别的班学生一样，学生也会有羡慕别人的老师的时候。

数学有什么用呢？每次竞赛前，张小莫都会思考这个问题。等她长大之后，还会用得到这些变幻莫测的方程式吗？她此时的痛苦能换取一些什么呢？张小莫小时候，有一次母亲带她坐火车旅行时，隔壁铺位是个数学专业的姐姐，听到张小莫的母亲是数学老师时，一下和她们亲近起来。"数学好的人,学什么都快,什么事都能干好。"那位姐姐这样告诉她。

所以,小时候的张小莫,也曾是梦想过要解哥德巴赫猜想的人。家里的书架上,有两类书,一类是父亲的文学读物,一类是母亲的数学书。如果问母亲数学有什么用,母亲大概会讲,当年因为她成绩好,所以把留在城里的机会给了二姨,自己选择了下乡,因为她有信心可以考回来,但二姨却一点都不懂得感恩的故事。对母亲来说,在那个年代,学好数学是让她改变命运的一件事。

但对张小莫而言,越长大,越没有这种实感。

在她的观察里,学校数学组的老师,离火车上那位姐姐的描述都很远。或者至少对她而言,并不是她向往的人。他们生活在她周遭,太近,太琐碎,透露了太多生活的细节,以至于很难有向往可言。那个唯一让她有向往之心的集训班的女老师,张小莫连她全名叫什么都不知道。

在教师子女中流传着一个规律,自家家长教的那一科,往往是小孩最弱的一科。是出于逆反心理还是因为距离太近了没有美感呢?不得而知。张小莫还记得,她在小时候听到"如果说数学是科学的皇后,哥德巴赫猜想就是皇冠上的明珠"这句话时,那种热血沸腾的感觉。但在每一个备赛的冬日,她的痛苦和不安,也是真真切切的。

每次数学竞赛之前,张小莫其实都会问母亲,自己能不能不去考了。母亲会说,随便你。但是又会再劝一句,都报名了,你就去走个过场,大不了就交白卷,和你不去是一样的。张小莫一想也对,于是每年都重复着相同的经历。

但说实话,要是真的放弃了,她是会有点难受的。张小莫很不喜欢放弃之后的感觉,虽然决定放弃的那一刻很轻松,但在之后会有一种绵长的挫败和自厌,这种感觉,在她每一次放弃在学的东西时都会出现。

张小莫小时候被母亲送去少年宫学过不少才艺,电子琴、书法、绘画、唱歌……除了舞蹈她拒绝过之外，其他都老老实实地去学了。那时鸡娃的家长还没那么多，家里亲戚的小孩都特别同情她，表姐就曾煞有介事地和她说："以后我要是有了小孩，一定不会让他过像你这样不快乐的童年。"这样的童年真的不快乐吗，张小莫自己觉得还好。她被选上最后被迫中断的体操生涯就让她深深遗憾，从小学开始一直在学的英语，也是她自己主动要求去学的。真正痛苦的是电子琴，因为持续的时间太长，母亲总是回忆送张小莫去上课时的情况，自己一个人，一手背着琴，一手抱着张小莫下车走去少年宫时那段路有多难走。后来张小莫大些，父亲转业回来了，他们两个就在夜色寒风里，在校门外逛着等着她上一两个小时的课。所以张小莫在放弃的时候，身上的辜负感也格外重。

这么多课，并不是同时在学的。每每放弃一个，就会用新的一个来取代。这是张小莫放弃的条件。电子琴最后是被她讲条件用英语取代的，所以张小莫学英语的时候，不管多不想学，母亲都不答应。张小莫从小学三年级开始的提前上的英语小课，一直持续到学完了高三英语课本的时候，算是落得一个有始有终。在那时，张小莫很庆幸自己至少有一样学的东西是坚持下来了。

放弃，这样一个在想象中解脱痛苦的动作，对张小莫来说后遗症却很大。那些放弃的时刻，不知为何在她记忆里都特别清晰。学画画时，她上色失败的那张水彩画，在素描阶段老师都还说她画得很好；学书法时，她浪费了几十张白宣纸才写好的"持之以恒"，到最后还是没有选到一张落款和内容都好的作品去展览；学电子琴时，最后换成了在楼下的音乐老师那上小课，有老师来家里教她的时候，也有她去老师家的时候，老师家在一楼，有院子，有一次撞进来一只蝙蝠，她和老师都惊恐地躲在一边，而她在心里暗自庆幸被打断不用还课。

比起放弃那一瞬的轻松，放弃的那种空虚感延续的时间是很久的，常常在不经意间撞击她，提醒她做过逃兵。特别是看到学有所成的小孩，比如书法能在市里展出的胡帆，钢琴十级的马楠，美术课时随手就能画人像素描的同学，张小莫就会有一种落寞的情绪，明明她曾经那样辛苦过，但最后没有一个成果可以拿得出手，在这种时候，放弃的懊丧感就会出现。她对这些坚持到最后，让人能看到成果的人，有一种混杂了自惭的羡慕。

张小莫看过一个寓言，在森林里，有一只什么技能都学但什么都学到半途而废的松鼠，在有老虎来的时候，其他只会一门求生技能的动物都逃走了，只有它爬不高跑不快躲不好，最后被抓来吃了。

半途而废。不知为何，这几个字能轻易地勾起她的自厌情绪。比起从一开始就放弃，半途而废好像指责感更重一些。这种感觉让张小莫每次想要放弃的时候，都会犹疑，自己放弃的这一刻，会不会成为将来记忆中后悔的节点。

所以，张小莫向母亲要的放弃的许可，大多数时间只是心理战术而已。想象了最坏的结果后，压力就会小很多。到了考场上的张小莫，当然不会交白卷，只要她答一题，就比没来要好。在这样的心理战术下，她每年都能进到复赛，然后也都知道自己在复赛时会没有结果。但没有结果的结果，也有意义，每年她被复赛题目虐完走出考场时，答不上题的挫败感中，会掺杂着完赛的圆满感，无论如何，她走完了全程。

这种对于放弃的自厌感，让张小莫成为一个好像特别能坚持的人，就像她选择要写成作品的那四个字一样，持之以恒，坚持不管在什么时候，好像都是一个优秀的品质。但事物都有两面性的原理，也无论什么时候都适用。

要在人生的历程再往后走一些，张小莫才能感知到，不能坦然面对放弃也是个问题。硬要说的话，她是一个有放弃困难症的人。在坚持就可以走下去时，看上去还不错。但问题是，人生总要面对不得不放弃的时候，这种时候，她的放弃困难症，就会让她受到双倍的伤害。如果没有童年时的那些放弃，她对放弃会不会更加坦然一些呢？张小莫有这样想过。

对于自己被塞满的童年，张小莫并不是不能体会母亲的良苦用心，不过那要到很多年以后。

比如大学选修书法课时，她轻易就能保持悬空的手，同班同学问她为什么能做到时，张小莫意识到这是所谓的童子功。再比如大学集体画海报，一个以小提琴特长入学的同学，拿着一管水彩颜料往装满水的一次性杯子里挤，在旁边的张小莫才意识到，在琴棋书画中的一个领域已经如此优秀的人，也有可能对另一个领域一无所知。什么都去学一点，某种程度上是母亲在能力范围内，想要给她的通识教育。在并不富有的家境下，在一个人将她带大的艰辛中，一定要让她学这学那的母亲，有着自己的教育观。

成人之后的张小莫，再去重学这些小时候的技能时，比童年学的时候都容易了很多。有必要一定要在那时这样辛苦吗？

张小莫没有答案。因为越长大，越会发现，这些"半途"即使有用，用处好像也不大。有一次，张小莫的同事突然问她，是不是小时候学过琴？张小莫一惊，问他怎么知道。同事说："我玩《节奏大师》时一直挑战不赢你。你这么小的手，这么灵活，肯定是练过。"张小莫恍然大悟后笑了一通，颇觉得人生有点黑色幽默的意味。

话说回来，哪有什么全程的圆满呢？

对于人生来说，只要不走完，也许每一个坚持，其实都还在半途。

本来就比暑假短的寒假，在这番消耗之后所剩无几。初二的这个忙碌又多雨雪的寒假里，张小莫最放松的时候，是在炉子边盖着一张小棉被子边烤火边看书。寒假作业里，有一项是练字，要写满一个大作文本，但内容随便他们抄什么。张小莫选的是《小妇人》，这是她少有的去书市时买的"闲书"。家里的文学书，大多是父亲年轻时省吃俭用买来的，张小莫自己拥有的文学书是很少的，母亲觉得学校图书馆和市图书馆已经可以满足张小莫，没必要在这上面再花钱。

对于第一本算是"自己的书",张小莫觉得很庆幸,因为它实在算是好看,在抄写寒假作业的时候,她不觉得枯燥。张小莫非常喜欢乔,这个人物的前半段让她有种看到自己的感觉,虽然她既不男孩子气,也没有冒险精神,更谈不上勇敢。但喜欢阅读和写作的乔,觉得自己特立独行的乔,让她有种精神上的契合。有了某种共情后,张小莫对乔的命运有一种超乎一般人物的关注。和她同样很喜欢的《傲慢与偏见》中的伊丽莎白不同,对于乔,那是一种陪伴她长大的感觉。张小莫觉得,比起身家一万英镑的达西先生,她对劳里要更加偏爱,这个和乔一起青梅竹马长大的英俊男孩,更符合张小莫这时的审美。

在炉子边暖烘烘地抄完一个大作文本的时候,乔和劳里已经陪张小莫度过了大半个寒假。这个读书速度对张小莫而言是前所未有的慢了,抄书与单纯看书不同,那种一笔一画的缓慢,营造出了一种深刻的交集。在抄到作文本的最后一个字时,张小莫抬起头,突然看到窗外的雪缓缓落下,而她在屋里暖洋洋地烤着火,她觉得这一瞬间的时间好像在记忆里被定格下来,有种莫名的幸福感。

当张小莫终于可以瘫在沙发上痛痛快快地看后半本小说时,她却宁愿没有读过后半本。先是贝丝的死亡,再是乔拒绝劳里的表白;然后劳里居然和张小莫最讨厌的艾米在一起了;最后乔嫁给了一个长相一点都不英俊的年纪比她大很多的老教授。很难形容这个结局给张小莫带来的冲击,因为怨念太过强烈,每当看到书的封面的时候,心口都会有种微微酸涩的感觉。

乔为什么要拒绝劳里?劳里为什么最后选择和艾米在一起?心有不甘的张小莫反反复复去看乔拒绝劳里的那段话,再看乔在知道艾米爱上劳里后的心理活动,不管如何理解,她读出的都是意难平。

是后来,听到作者决定是写一个乔不结婚的结局,但由于出版社的压力,才改为如今的结局,张小莫的心情才平复了一些。不知为何,她完全可以理解乔想要单身的想法。虽然她更喜欢简·奥斯丁笔下的圆满结局，但她花了很久的时间才想明白，为什么在小说的时代背景下，这些性格各异的女主角，除了计算自己和对方的财产之外好像就没有其他的出路，而她们展露的美好品质的终点都是被一个富有的男人发现，然后以和这样一个男人结婚而论人生的成败。好像非常圆满，足以满足她的少女心，但又好像有哪里不对。

看看简·奥斯丁笔下的异类《爱玛》就知道了，当一个女主角足够有钱又足够聪明，她根本不会把和谁结婚当成是人生成败的评判标准。所以，敢于说想要单身到老的乔，就算故事最后不和任何男人在一起，光是这样想想，张小莫也不会觉得这是个坏结局。

所以，张小莫最先和解的，是乔的拒绝。一个女孩，当然可以拒绝一个男孩，不管她是出于什么理由，不管是否在周围人眼中他们最般配，以及，不管她之后是否会后悔。

那这种难以抑制的意难平，是因为那个人是劳里，还是因为劳里和她最讨厌的艾米在一起了呢？如果拒绝劳里之后，两人都消失在对方生活里，对于张小莫来说，似乎也并不是那样不可接受。作者的这个结局，真是将人性拿捏到了极致。

对于自己有好感的男孩喜欢上自己讨厌的人，在这个年纪好像是一件无法释怀的事。

张小莫对这种感觉更加有实感，还是在下学期开学的时候。

她和往常一样，走出小区的大门，这是一个三岔路口。出门后有一条路通往河边，住在河对岸的同学，如果抄近路，沿着河岸走过来，就会从这条路出现。张小莫要和母亲一起时，才敢走这条小路，因为传说在河边小路上常有抢钱的人。所以大多数的同学，会从大路绕，去爬那个正对学校大门的大斜坡。会从这条小路出现的同学很少，但在这少数人中，有一个人，如果能和他偶遇上，会让张小莫的心情一早上都很好。

在初一入学前，自己在数学老师家点了那么多和自己同班的同学里，居然没有秦钧，张小莫是有点想不通的。唯一的解释是他没有出现在那沓数学老师让她看的试卷里。但他最后去了隔壁重点班一班，说明当时应该是上了重点班的分数线。在张小莫那样不想继承的旧有的人际关系中，如果说还有一点私心，那可能就是秦钧。偏偏，没有给她这个机会。

张小莫对秦钧的好感主要来自他那张脸。等张小莫再大一点，会发现她喜欢的男明星长相基本都是同一款的。最开始张小莫是觉得秦钧和裴述相似，在拿秦钧作挡箭牌填了无数次课间占卜游戏的答案之后，好像这个男孩和自己也有了些什么不一样的关联，虽然他们两个之间连话都没有说过几句。在小学那个男生约着打群架的下午，张小莫将秦钧的黑色眼镜盒误认为是把刀，在解除误会的瞬间，张小莫对他多了一份愧疚之情，这点愧疚让这个原先作为替身存在的男孩一下生动起来，成为一个独立的被关注的对象。再仔细看，其实秦钧和裴述也没那么像，秦钧要更高一些，身材要更匀称一些，作为理想型要更接近张小莫的审美一些。

事实上，和秦钧不在一个班，对张小莫的影响也不太大。这个男孩给她带来的，主要是审美上的愉悦，对她的生活介入得极其有限。每天早上，在刚出小区时看到秦钧从河边那条小路出现的身影，是张小莫紧张的初中生活里，非常隐秘又短暂的愉悦时刻。

初二下学期，开学的这一天早上，看到那个从河边小道出现的身影时，张小莫正在想，新学期的第一天，有一个好的开始。再近一些，她就注意到，男孩的身后有一个人，他们的手牵在了一起。在早春初升的日光中，张小莫等了几秒，辨别出后面那人的模样：是李薇。

张小莫下意识地转身就往回走，躲在小区大门后，等他们走过去了，才敢出来。

我这是在做什么呢？

张小莫觉得自己有点好笑。感觉日光有点刺眼，她站在逆光的阴影里，闭了闭眼。

在黑色河沙操场上参加开学典礼的时候，张小莫看着前面一班的队伍发了会儿呆。

她可以从一班的队伍里，准确地找出秦钧的位置。全校在操场上列队的时候，隔壁一班是在二班前面的。这是除了上学路上的偶遇之外，张小莫可以正大光明地看秦钧的时候。这样的时刻不是太多，每周升旗仪式的时候，张小莫是他们班的升旗手；而每天做广播体操的时候，张小莫会轮流去给各班打分。

不去打分的时候，张小莫最喜欢的一节广播操是转体运动，她会比节奏稍微慢一点转过去，这样就能看到前面男孩转过来的那张好看的脸。当目光就要接触的时候，她会马上转过头去，免得被发现。这种目光追逐有一点刺激感，让她会对这种时刻有种雀跃的期待。这是她从未和第二个人提起过的独属于自己的秘密，或许，连秘密都算不上，只是保留了一点属于自己的隐秘的愉悦。

张小莫的这种隐秘的愉悦藏得很深，即使是小学同学，也没几个能把他们两个再联系起来。

还记得初一运动会的时候，比完赛的选手回到班级方阵坐下等广播，赵文、方让、胡帆和张小莫凑巧坐在了一堆，小学同一个班出来的几个人都拿了名次，让大家莫名带有了一种旧有集体的烙印感，几个人聊起小学的事来，从以前运动会的回忆聊到旧时一些有趣的事，再到没升到一个学校的其他同学的近况。秋高气爽，日光正好，阳光透过宽大的梧桐树叶漏下来，照得人身上懒洋洋的，几个人之间在此时有了一种难得的亲近氛围。讲到裴述时，张小莫一下安静起来。赵文转头，盯着张小莫的眼睛，兴致盎然地问："你那时，到底有没有喜欢过裴述？"旁边的方让和胡帆一下就伸长了脖子过来听，张小莫的眼神躲闪了一下，然后换上她惯常的冷淡神情，反问："你和林晓音被关在教室里那次，到底说了什么？"一阵凉风吹过来，两人极有默契地一起沉默下来。

对于赵文的这次交浅言深，张小莫后来回想过数次，如果当时没有旁人，说不定她会愿意用自己的答案去换赵文的答案。没有升到同一个初中的裴述和林晓音，于他们两人而言，注定都是很遥远的人了。在那个没有手机的年代，和断联也没有什么区别。她想，也许除了赵文，还真的没有谁能感同身受地和她聊一聊这些往事，能在一个日光正好的日子里，把那些幽微的过往再翻出来晒一晒。然后相视一笑，所有这些都可以当作是俱往矣的笑谈。

事实上，对往事翻篇比想象的要容易。年少慕艾，也是要在眼前才有实感，哪怕是没有什么交集的眼前。

张小莫在初中，活得要比小学时要小心翼翼许多。那时和林晓音一起流连在放学路上互相倾诉少女心事的情况，再也没有了。即使是凌鱼她们几个，张小莫也没有吐露过分毫。除了置身于所有老师都认识自己的环境中所需要的小心之外，曾经的遭遇让她某种程度上又启动了一重自我保护的机制——只要没有旁人知道，她可能受到的伤害就会降到最小。

就像眼前此刻，没有人知道她在大清早受到了那样一番惊吓。她可以在光天化日之下，缓慢地去分辨自己的情绪。

为什么是李薇呢？张小莫这时的心情，比曾经知道裴述喊出他喜欢林晓音时要更加复杂。李薇作为张小莫遭遇的两次孤立发起的源头，张小莫对她是有心结的。但这个女孩实在太普通，既不漂亮，成绩也不好，更谈不上有什么人格魅力，也无甚小团体中的权力可言。张小莫连和她计较，都有点使不上力的感觉。李薇在张小莫心里的权重，甚至都不如薛琪和胡小优，因为李薇并没有号召同学发起孤立的能力，只能在背后使些小手段。张小莫对她的态度，就像家里飞进来一只讨厌的昆虫，把它赶出窗外，眼不见为净就可以了。

此时的张小莫，细细辨别着自己的情绪，比起嫉妒和伤心之类的情绪，更多的底色是失望，还有一点愤怒。一个人选择的喜欢对象，某种程度上很能暴露一个人的水平。张小莫对于自己有好感的这个男孩的品位感到非常失望。另一方面，对于那个长久以来一直躲在暗处盯着自己使手段的小人，竟然以这样的方式与自己建立了一种链条关系，长久以来被刻意放下的愤怒一下被激起来，让张小莫胃里一阵翻动。

但她的情绪波动，并没有持续太久。班主任走上来提醒张小莫，可以出列去主席台那边，候场做学生代表发言了。张小莫没有轮班升旗，就是因为她要做这个发言。走到候场区，张小莫从怀里拿出稿子，复习了一遍发言的内容，走上台去。

主席台上的视野，一下比站在队伍里要开阔许多，下面的同学，每个人的脸在视野里都模糊起来。张小莫感受了一下她每周一都会踩上来的这块砖石的质感，在这种熟悉中，找回了淡定的感觉。发言稿是她自己写的，即使是这样模式化的稿子，她写得也很用心，一听就是她的文风，用班主任的话来说，叫"娓娓道来"。台下讲小话的同学都停下来，听听这个传说中的作文满分选手，在这样的场合能写出什么样的东西来。

腹式吸气，感受腰膨胀得像水桶一样，共鸣发声，发言时的张小莫会拿出小时候学唱歌的技巧，和她平时软软的声音不一样。发言结束，整个操场都响起掌声，二班队伍的那一块要格外响一些。张小莫深吸一口早春的空气，觉得胸口那一块舒阔起来，有一种昂扬的意气占满心口。张小莫承认自己是个俗人，除了看到宣传栏上考试成绩的大红榜之外，这也是她非常喜欢的时刻，此时精神上的振奋，一下就抵消了之前的不愉快。

张小莫往台下一扫，一班熟悉的那个位置上，秦钧的面容和其他人一样模糊。张小莫脑子里突然闪过一个念头：她对这个男孩，除了外表之外，几乎一无所知。

开学应付完紧张的竞赛之后，张小莫后知后觉地发现，某种关于恋爱的冲动已经渐渐在同学中间蔓延开来。如果她之前过得不是那样紧张，其实早就能发现一些端倪。

中午不回家的一些人，一对一对地坐在教室里。中午总是回家的张小莫，偶尔早到的时候才突然发现，班上在交往的人已经有三四对了。能提供给他们的场所也不多，说是在交往，其实只是坐在教室里讲话，或者去操场上散步。但在操场上散步的风险比较大，很容易被老师发现。有本来是好朋友的男女同学，觉得和自己关系不大，中午一起穿过操场去食堂买饭，回来就被班主任叫去办公室，问他们两个是不是在谈朋友。每次听到班主任的怀疑名单，张小莫都觉得很好笑，一向睿智的班主任，列出的怀疑对象总是很离谱，常常把完全不是这种关系的两个人硬凑成一对。

但也不怪班主任乱牵线，知晓正确配对答案的张小莫，也被意想不到的配对震惊过。如果身边世界是小说或漫画的世界，而她是作者的话，大概会觉得身边同学的配对都不合情理。如果说谁喜欢谁的传言还可以理解的话，谁和谁在一起的事实总会让人震惊，前者与后者仿佛是在不同次元发生的事一般，结果让人总是大跌眼镜。

这种情况，如果用成人世界的法则来解释，则要好理解得多。自己喜欢的人和最终在一起的人，当然会有理想和现实的差距。在学校严禁早恋的氛围下，敢追女孩的男生，毕竟不那么多，在这有限的选择中最后被动接受的结果，当然就和想象的不一样。有些人想要的是喜欢的人，有些人则只是要恋爱的名头就够了。

更何况，在那个没有手机的年代，要确认别人的心思，其实是一件很难的事。

写情书这种事，张小莫在学生时代从未遇到过。不仅自己没有收到过，也没有看别人收到过。因此，除了真的宣之于口的表白外，别人的心思只能靠一些蛛丝马迹的猜测。张小莫对这些蛛丝马迹，有时非常敏感，有时又很迟钝。

仅就与她有关的情况来说，最明显的证据只有一次：张小莫发现在她的课桌抽屉里，有人用白色涂改液写了"我喜欢张小莫"几个字。要猜测是谁写的，是要做一些推理的。在班主任公平思想的指导下，他们班每周换位的规律有点复杂。首先是组与组之间的换位，一二三四大组顺时针挪动，保证每个人都有在教室中间直视黑板的机会。然后是前后排的挪动，每周同个小组内每排座位都向前挪一排，第一排的则挪到最后，这样能保证每个人都有在前排看黑板的机会。这样的换位下，除了同桌是固定不变的，连前后桌都有一周的时间会被分开。每次张小莫换到最后一排时，上课效率都会特别低，一是因为坐太后了看黑板有点吃力，二是因为本来在后桌的邵襄阳和栗景这时远在第一排，要问什么问题都特别不方便。

要复盘这几个字是谁写的，并不是找出上周这个位置是谁坐的就可以，而是要找出张小莫这次坐到这个位置之前，所有这一轮坐过这个位置的人。小组左右挪动再加上前后排的滚动，这个回溯轨迹会变得非常长，相当于做一个不等方程式只能得出几组结果而不能找到唯一答案。至于要去辨识笔迹的话，难度也很高，这个拿涂改液涂的歪歪扭扭的笔迹，和平时作业不一定一致。即使是常收作业的张小莫也不确定能认出来。

最后张小莫选择放弃，不管怎样，可以确认的是，那几个字非常丑，都说字如其人，张小莫觉得还是不知道是谁写的为好。她细细地拿涂改液把自己的名字盖掉，权当无事发生。

除了这种很明显的证据，剩下的只能靠眼神。那时对眼神的直觉，好像是一件无师自通的事。张小莫第一次抓包到有人在看她，是在体育课的时候。同学们列队等老师去拿体育器械的时候，她察觉左后方有一道眼神一直盯着她，转过头去，把正在看自己的那个男孩抓个正着。

男孩叫冉原，张小莫对他最大的印象是皮肤特别白，很像自己的小表弟。张小莫本来自己皮肤就白，但别人问她是不是她家里人都这么白的时候，她会热情地介绍比自己还要白的表妹和小表弟。特别是小表弟，如果说张小莫的皮肤是一种瓷白色，小表弟则是一种有透明感的白，搭配这种白色，他的头发是偏黄的颜色，这一点冉原也是一样的。

小表弟刚出生时，大大透支了张小莫对人类幼崽的喜爱之情，现实中张小莫没见过这么漂亮的小孩。因此，对于和小表弟有三分相似的冉原，张小莫并不反感。但他们平时几乎不需要打交道，这样一来，冉原盯着她看的目光就很异常了。

被抓个正着的冉原，脸一下红了，因为皮肤是那种透明的白色，红得就更加明显。张小莫微微抬眉，露出一个询问的眼神，冉原憋了半天说："你是打了一个耳洞吗？"张小莫觉得荒唐，这种学校明令禁止的事她怎么会做。冉原指指自己的左耳垂示意："在这里。"张小莫不信，让排在旁边的女孩帮忙看一下，那女孩说："咦，是这里有颗痣，真的像打了耳洞一样。"听到的同学纷纷围上来，在确认之后，此起彼伏地表示惊奇。这时去拿器械的体育老师回来，让大家归位。张小莫回头看了眼借此脱身的冉原，暂且不再追究。

回到家，张小莫特意照了镜子，找到了自己左耳垂上那颗痣，极小的一颗，嵌在靠近耳垂边缘的地方，她之前从未注意过。张小莫指给母亲看，母亲也表示惊讶，说可能是后来长出来的，她出生时还没有的。问她怎么发现的。张小莫说："是同学排队时发现的。"母亲说："你同学还真细心。"

回到房间，关上门的张小莫心口一跳一跳的。她发现，越是平时没有交集的两个人，其中一方的关注就暴露得越明显。如果是平时常聊天的人，就算被她发现在看自己，她可能也只会觉得对方有话要说。而且，越是对她没有意义的人，她的这种判断就越准确。

将心比心，在之前一年多的时间里，秦钧真的对她的眼神一无所知吗？那无数个在小区门口的偶遇的早上，明明是小学同班同学，张小莫眼神对上也故意不打招呼的异常；还有做广播体操时，十次里至少有一两次两人目光会撞上。对于被关注的那个人来说，偷看自己的眼神原来是这样明显，不用说什么，一个表情就都知道了。

一直以为自己没露什么破绽的张小莫，在经历了换位思考后，有点绝望地靠在书桌前的椅背上，看着窗前那棵梧桐树的枝芽，静静地发了一会儿呆。

在学校各个班都开始严查早恋的氛围下，张小莫会遇到一些很尴尬的情况。

比如她去办公室交作业的时候，刚好遇到别班的老师在训斥疑似早恋的学生，看到张小莫进去，那老师顺口接着说："看看人家张小莫，想谈恋爱还会没得谈吗？不把心思放在这上面才是真聪明。"吓得张小莫把作业一放，赶快退出办公室，生怕被记恨上。

张小莫觉得，自己倒不是那老师说的那样聪明，而是现实让她看到甜美表象下太多经不起推敲的不堪。

总是在看张小莫的冉原，后来又被她抓到过几次。张小莫并没有为难他，对他找出来的借口全盘接受，张小莫觉得，假装不知道，是对待无法回应的人最礼貌的方式了。但别人可能不这么想，在一段时间的无回应之后，有天中午张小莫留下来出黑板报的时候，就看到冉原和胡小优那个"四人帮"中的一个女孩坐在了一起。胡小优的"四人帮"，本来就都是长得不错的女孩，这个女孩又是其中最好看的一个，胡小优她们用小团体的互吹互捧，给她造出了班花的声势。张小莫在最后一排，接过同学递过来的粉笔，正打算站上凳子写字，就看到冉原突然回头看了她一眼，露出一股得意的神色。

张小莫几乎立时就懂了，那是一种"你看不上我又怎么样，班花和我在一起了"的意思。明白过来的那瞬间，张小莫突然有点恶心，又有点庆幸。无论如何，这次她没有和伤害过她的人形成一种链条关系。

冉原的这个操作，其实裴述曾经也做过。但至少裴述之前给过她许多帮助，张小莫对他有顾念旧事的滤镜。冉原之于她，除了她可能知道他的心思之外，再无其他，没有那些温情滤镜的遮挡，这番操作就显得特别露骨。被拒绝的男孩都是这样吗？

张小莫没有再多给他一个眼神，转身站上凳子，一笔一画地写起字来。

一边写，张小莫一边理清思绪。如果说在裴述那件事上，她还有做得不对的地方，这一次她自认没有什么不妥。在她注定无法给出回应的时候，她一定要接受这些男孩的报复性的炫耀吗？又或者，即使没有这种炫耀，这个年纪的男孩本来就不会对一个女孩执着太久。当他转移到下一个目标时，谁知道会是什么样的女孩呢。不管是好友还是宿敌，张小莫无论如何不想再和另一个女孩因为这样的男孩形成一种让人无语的链条关系。

这件事之后，原本就显得高冷的张小莫，在面对男孩们的时候，就变得更加生人勿近了。她基本上只在和让她感到"安全"的男孩相处时，会稍微放开一些。比如想远离她都来不及的方让，说过不在本班找对象的赵文，还有脑子里只有做题的那几个男孩。另外还有一类张小莫觉得"安全"的人，是像她一样活在家长眼皮底下的几个教师子女。

所以，在知道胡帆在和同班的一个女孩交往的时候，张小莫实在是佩服他的胆量。

那个叫白果的女孩，是张小莫在工厂子弟小学时的同学。在张小莫那次被孤立前，和她关系一度很好。她们两个买了一套同款不同色的运动衣，白果是浅粉色，张小莫是浅蓝色，底色上印满了小熊图案，相当于那个年代的姐妹装了。在张小莫被孤立的时候，白果对张小莫表示虽然她不忍心但也没办法，然后转身站进孤立张小莫的队伍，因为她不想也被孤立。白果对张小莫的情谊表现为：虽然她站在孤立张小莫的队伍里，但她不会向张小莫丢石头，这是她对张小莫最后的好意。

在初中张小莫被孤立的时候，同样的事情白果做了第二次。从白果身上，张小莫知晓了人类习性的一致性。这大概是为什么那些小学与她在一个班的女孩与张小莫之间的关系连陌生人都不如。离开了送别和回去探望这种特殊场景，张小莫知道她们之间的关系经不起日常的考验。宁愿彼此当对方是空气，这也是张小莫不想让她再为难的好意。

除开这一层,张小莫承认,白果是个相当不错的女孩。长得漂亮,成绩不错,再加上短跑很好,这也是她为什么会和张小莫在一个班的原因。白果和胡帆的组合,在张小莫已知的这么多组合里,算得上是她所认为的般配。再怎么说,胡帆也能算得上一个清俊男孩,在班上很受欢迎。除了觉得胡帆居然敢在他母亲眼皮底下玩火之外,张小莫对此还挺能理解。

然而,让张小莫觉得还算般配的这两个人,给张小莫的认知带来了另一个层次的冲击。

有一天回家时,张小莫看到胡帆和白果躲在通往河边的那条小道里吵架,张小莫慢慢走近小区的大门,把原由听清楚了,是因为白果生日时胡帆没有按时送礼物,等了几天,最后送的礼物又因为不是说好的那个,白果于是就发了脾气。听了这一耳朵,知晓另一些隐情的张小莫,对整件事的前因后果可能比白果知道的还清楚一些。

母亲和张小莫当笑话说过,胡帆的母亲是怎么管教他的。因为怕胡帆乱花钱,胡帆母亲给他零用钱,是一天一天地给他的,一天不过几块钱,说好当天是吃糯米饭还是油条包饼,总之刚好够每天早饭。"他妈妈也不嫌麻烦。"母亲这样评论这个支零花钱的方式。初中时的张小莫,获取零花钱的途径要松快许多,在家洗一次碗,给她十块钱。她如果有什么想要买的,洗一次碗就行了,而且还讲好条件不洗锅。张小莫也不贪心,钱赚够了,她就不洗了。她早餐几乎都从家里带,也没有什么要用钱的地方。所以对胡帆获取零用钱的方式,张小莫着实同情了一把。

因此,张小莫知道,胡帆送白果礼物的钱,只能靠每天不吃早餐省下来。这样省下的钱,花起来也是心疼的,所以礼物不如想象中贵重。青春期的男孩,正在长身体,忍饥挨饿省下来的礼物,最后送出去却大吵了一架——光是这样一想,都能想象他的心酸。

这一幕,在很长一段时间里震慑了张小莫。是什么让这个平时还算受欢迎的男孩被逼到那样难堪的场景,连目睹那一幕的她都觉得为难。这时的情愫,一旦付诸现实层面,便像是将成人的社交圈提前引入生活一般,难免要负担起各种人情往来。

而少年时,光是要负担自己的虚荣心就已经足够累了,更何况还要负担另一人的。原先没想到还有这一层的张小莫,把书包肩带往前紧了一下,快步逃离了这个吵架现场。

四月的时候,学校组织去农训。要在郊区的农训基地住一周。这是初中之后第一次外宿,距离远,时间长,每个班只有班主任跟去。这一次,比起兴奋,张小莫更多的是一种要在外面和其他人一起住这么久的不安。

上下铺很好分配,张小莫和凌鱼一组,涂豆和马楠一组。但住的是八人间,班主任把四人一组的报名一分,将"天才帮"和"四人帮"八个人分到了一间宿舍,张小莫还未出行,就已经开始愁苦了。对于张小莫第一次外宿这么多天,母亲给了张小莫足够的零花钱,分了几个地方藏着,弄丢了一处还有另一处。然后细细嘱咐她,饭不好吃就去小卖部买,千万不要饿着。此外,还特意换了一堆硬币,让她每天都给家里打电话,缺什么开车去给她送。在这番全方位的打点下,张小莫总算把担心压了下来。

到了农训基地,条件比想象的还要差一些,床是光板床,自己先铺上家里带来的被褥安顿下来。整个房间只有一张桌子,一整个宿舍共用。张小莫在下铺,铺好床之后,看到床边的墙上写满了各种留言。她不由得看了起来,注意到其中一首打油诗,"鬼即是空,空即是鬼,心中若无鬼,亦无鬼。"大概是想安慰后来的怕鬼的同学。张小莫环顾四周,宿舍潮湿阴暗,即使是白天,不开灯时都有种阴森森的感觉,可以想见入夜之后的情形。张小莫被这首小小的打油诗安慰到了,感受到隔空传递的豁达与友善,稍稍缓解了她初来乍到的不安感。

收拾好东西,张小莫便和凌鱼几个一起出门集合。宿舍楼的院墙外，有很多高大的树木，在四月的天气里，浓荫让人打了个冷战。男生宿舍的院子是分开的，集合要走到进校门那边的操场上，到了开阔地带，才能感受到日光的温度。

集合的时候，张小莫才感受到，班上同学之间传递的一股躁动，像是好不容易出来放风的难友，总算找到了透气的空当。

第一天没有安排什么活动，主要是带他们熟悉环境。农训基地比他们学校要大得多，他们站的这块操场旁，还有好几个篮球场，用铁丝网隔开。然后是后山的区域，他们要在那里做射击练习，虽然张小莫也不知道，为什么要在农训时安排军训的内容。此外还有一些种植区域，听说运气不好的会被分去挑肥。大概介绍完，讲了讲纪律，便安排他们去食堂吃晚饭了。

大多数人，只是随便吃吃，洗了饭盒就去小卖部加餐。去小卖部的路上，张小莫才意识到那股躁动具体的指向。

本来找不到地方相处的一对对，终于找到了压马路的时机，晚饭后天色暗下来，操场小道上看过去都是一个个黑乎乎的人影，再加上树木葱茏，隐蔽性极强。班主任再怎么样也只有一个人，不可能像在学校一样，站在教学楼上向下一望一目了然，这广阔的农训基地给他们提供了前所未有的便利。甚至还有人多上了一道保险，几对人前前后后的走着，看上去就像是一堆人打打闹闹，并不是两人之间有什么特殊关系。

张小莫不得不叹服，才刚来半天，他们就能因地制宜的行动力。此时张小莫必须要庆幸，"天才帮"的几个女孩都不在这群人当中，不管去哪儿她们四个都还是在一起，不用担心落单。在学校时还不觉得，此时看着这些热热闹闹的男男女女，心下竟然有些说不出的空落来。

不过最空落的，并不是她们这些结伴的人，而是混在这些一对对男女中落单的人。孟月就是其中一个，她自己是单身，但"四人帮"中的其他三个人都有男孩要去找，胡小优要去看赵文踢球，剩下两对便带着孟月打掩护。张小莫觉得这实在是有点难为人，但不跟着他们，孟月好像也没有其他可以去的地方，这就是小团体的弊端。

赵文不在这一对对同学中，张小莫是有些惊讶的。印象中，他和其他班女生有过绯闻。此时他迅速地和农校踢足球的学生混熟，带着方让去踢球了。另一边的篮球场上，栗景他们几个人也加入了农校打篮球的队里，如鱼得水的模样。没有安排的女生们，便在球场边找一个场围观起来。张小莫问了凌鱼几人的安排，都是先去小卖部买吃的，然后回宿舍去写这一天的作文。班主任生怕他们这几天没作业做，每天都安排了一篇小作文。只是张小莫要比她们多一件事，打电话回家报备。凌鱼和涂豆没有这么麻烦，马楠和张小莫一样家里人比较紧张，于是买完吃的，便分头行动起来。

时间看上去虽然松散，但要做的事还挺多。张小莫还想赶在其他人回宿舍前先洗漱，免得没有热水。却不想等她和马楠打完电话，回到宿舍时，"四人帮"几个人全都已经在了，一副焦躁的样子，像是出了什么事。

涂豆给刚进来的张小莫和马楠解释，他们一行人在散步的时候，遇到了农校的校霸，校霸看上了孟月，说想要和她交往。此时才在农训的第一天，还要在别人的地盘上待这么久，几个人一下慌了，早早回来商量对策。

张小莫随便脑补了一下，大概能想出事情的经过是什么样的，说是散步，肯定是往幽深小路走，到老师不可能出现的地方，也就没有掩护的必要，当电灯泡毕竟也不是什么特别愉悦的事，稍微拉开一点距离，孟月就落了单。农校算是职高，这里的学生比这些初中生要大两三岁，张小莫他们学校的"坏学生"和这些职高生中的校霸相比，就像已经被驯服的动物一样无害。撞上这种事，真的有些棘手。

"这事怎么办啊？校霸说，明晚八点在小树林那等我们回复。"胡小优烦躁地抱怨了一句，宿舍里的几个人，不约而同地看向了张小莫。

在几个女孩的注视下，张小莫有些愕然，没有想到她们会指望她来拿主意。这件事已经超过了她的经验范围，不是在那个离家只有五分钟的校园里，不管做什么别人都觉得她所选择的就是最"正确"的。张小莫想起了初一时，所有人都在走廊上等着她去推开没锁的教室门的那个早上。

但这毕竟是孟月，不是旁人，不管怎样她们有着一年的同桌之谊。张小莫看着孟月，问她："你想去找林老师吗？我可以和你一起去。"事情到了这地步，在大人的庇护下也许会比较安全，但无论如何要解释她为什么会引起这样的注意，张小莫在的话，可以帮她说说话。还没有等孟月回答，"四人帮"另两个女孩一下急了："不行！不能去找林老师！"时间、地点、人物三要素一报，她们和另外两个男孩就暴露了。

张小莫看向她们，问："那你们说怎么办？"说实话，她对"告老师"这件事本来就是有阴影的，如果不是孟月，她都不会愿意去走这一趟。那两个女孩支支吾吾，半天说不出一句话。倒是孟月强装淡定，安慰大家："没关系，要不明天就去见一面呗，说不定也不会怎么样。"听到这话，张小莫叹了口气，说："你们等等，我去找班长商量一下。"

凌鱼陪张小莫去了操场，看到踢球的人刚好散，方让和赵文一起在往回走，张小莫迎上去，示意有话说。等人群走完，张小莫讲了原委，赵文说："原来是这样，胡小优之前被叫走的时候也没说。"赵文让张小莫别管了，他们男生去解决。张小莫遥远的记忆一下翻涌上来，问："你们是要去打群架吗？"赵文笑了起来，说："怎么会。"张小莫转头去看方让，问："真的不告诉林老师吗？"方让点点头："放心，我去看着，保证不打。"

回宿舍的路上，树影被吹得如鬼魅，夜风里踩着斑驳的树影，张小莫一时有些后悔。她停下来，问凌鱼："这事我是不是不该管。"

事到如今，好像不管怎样都是错。

凌鱼转过头，看着张小莫："你说过你的座右铭是什么？"张小莫答："达则兼济天下，穷则独善其身。"凌鱼说："是了。不管怎么选，都没有错。不过以你的性子，要是不管，今晚可能要睡不着了。"张小莫苦笑了一下："可是现在，我也睡不着了。"

果然，夜里难眠。睡不着的时候，黑暗里的气氛就更加恐怖，窗外时不时传来风吹树叶的声音。还好家里带来的被子床褥，有熟悉的碧浪洗衣粉的香气。张小莫默念着墙上那句打油诗，也不知是什么时候睡着了。

早上集合时，张小莫的眼圈都是青的，有点摇摇欲坠的感觉。还好分配任务时，方让带着几个男生领了挑肥的任务，让剩下的人舒了一口气。张小莫和凌鱼几个，在另一边的田里锄草，站在下风方向，传来一阵阵农肥的气息。

张小莫不是没见过田间劳作，深秋的时候，父亲喜欢带她去郊区收稻子的地方秋游，在割完一半的稻田边，还是原始的手打稻谷的深槽，父亲会问正在工作的农民伯伯这一年的收成，然后让她试着拿一捆稻谷打打看。此时在锄草的张小莫，就知道深秋时那金灿灿的稻田里的"体验生活"是一种秋游式的美化。脚下的泥土是黑黑的，种的作物也没有什么美观可言，连劳作工具也不怎么拿得动。想起深秋时，风景画一般的田野里，以为抖了两下就算是打过谷了，张小莫不禁摇摇头。人们总是对自己并不了解的事物施以一种自以为是的浪漫。

好在也没有人真指望他们干好活，时间一到，便排队去吃午饭了。离晚上越近，张小莫越紧张，老是想去看方让，获得一点他们可能的行动的提示。赵文为什么要出头管这事，大概是因为引发这起事件的几个人里，其中两个男生是班上足球队的。在领袖气质的这一块，从小到大他都拿捏得好好的。真的有可以不用找老师就解决的方式吗？张小莫不知道自己要不要做预案。

到下午搬菌种的时候,张小莫才问到一点信息。

刚蒸完的菌袋还没完全放凉,热烘烘的,拿久了还是会烫手。一个班的人排了一条长长的队伍,从搬出菌种的屋子那开始排,一直排到最后要放置的地点,然后作流水线式的传递,只用完成接和传两个动作,一排队伍就可以完成搬运。每一袋在手上停留的时间都不会太久,因此也不会被烫到,刚一试到温度,就被下一个人接走了。

张小莫被点去排在最后要放置的地点的队头,她前面最后一个负责接的人是方让,因为唯一有技术难度的就是最后的码堆。传到最后,要小心轻放,免得菌袋破了。张小莫往旁边的队伍一扫,几个班的人同时在进行传递,有男生女生混排在一起,一个菌袋是个小圆柱体,因此时不时有碰到手的情况,因此,张小莫在传递的时候特别小心。待他们这队运转起来,进行了一会儿,张小莫放心下来,在接过去的时候,方让的手一次都没有碰到她的。

这种流水线劳动,虽然简单,但久了还是有点累,同时有一种被放大的无聊感。热烘烘的菌种有一股奇异的怪味,想到自己吃的蘑菇就是从这里发霉生长起来的,张小莫整个人其实不大好,整个过程比起好玩,更多的是忍耐。终于到了要结束的时候,递完最后一袋,精神一放松,脚下一软,趔趄了一下。方让回头看了她一眼,没有扶她,问:"昨晚没睡好?"

刚搬完菌种,每个人的手上都是碎碎的黑色颗粒,张小莫心里暗道一声:好险,幸好没有扶。不然洁癖如她要难受半天。等她站定,问出她担忧了一晚上的事:"你们到底打算怎么办?"

方让说:"六点半你让她们一起去操场吧,先看场球。"张小莫还想细问,方让说:"你放心吧,看看你的黑眼圈。"宿舍没有镜子,张小莫早上对着玻璃窗倒影梳的头。听了这句,她只想赶快回宿舍,洗手换衣服再确认一下自己到底看上去什么样。

回到宿舍,孟月几个人已经先回来在等她。大概是因为胡小优对赵文的信心，昨晚听说赵文要管这事之后，这几人看上去还没有张小莫焦虑。张小莫传了话，离六点半还有一段时间，大家便先各自去吃饭。

张小莫困得不行，不怎么想吃饭，又觉得身上脏，索性先洗了一把，换了衣服想在床上眯一会儿，让凌鱼到时间来喊她，涂豆和马楠两人先去操场盯着。

被叫醒的时候，张小莫迷迷糊糊的，窗外天色和早上刚起时差不多，还以为自己睡过了头。凌鱼拍拍她，等她完全清醒了，才挽着她一起往操场走。春分之后，白日渐长，六点半的操场，还能见光，张小莫到的时候，看到班上五个男孩和五个像是农院的学生在场地的同一边站着，周围已经围了不少人，张小莫和凌鱼找到涂豆和马楠站了过去。大概是看到张小莫她们来了，方让和赵文冲她微微颔首，男孩们散开，双方各留了一人在场上，对方那人在守门，赵文退到十米开外，把球放地上，用脚踩住。张小莫一看这架势，该不是要踢点球大战吧。

果然不错，但规则又不完全是那样。赵文一脚命中之后，其他四人排着队，一人一脚，竟然都进了。然后换人，方让去做了守门员，农校那边五个人，也是一人一脚，踢到第三个人时踢飞了。班上的男孩们鼓起掌来，对方一个看上去是领头的男孩跑去和赵文伸出右手握了一握，一副惺惺相惜愿赌服输的样子，然后带着农校的男孩们走了。

等对方的人走得差不多了，赵文和方让走到张小莫她们跟前，赵文说："解决了。"张小莫一头雾水，方让给她解释："看上孟月那人是农校高一的校霸。刚才那个是高二的校霸，我们昨晚刚好和他们一起踢球。晚上回去找他说了一下，他说比个点球大战，赢了他就去帮我们解决。今晚八点让他们自己人在小树林里见吧，不用去了。"

还能这样？张小莫不得不服气。她又想起小学时，让她感慨的男孩规则，转头看赵文，他一副和之前完成了帽子戏法那次一样的得意表情。"那要是输了怎么办？"张小莫问他。

"要是输了，就让他们两个自己去找林老师。"赵文指指旁边的两个男孩，他们两个刚也上场了，正是散步事件里的那两个男孩，其中一个是冉原，他的脸此时又红得像要破皮一样。

到这里，张小莫才忍不住在心里给赵文鼓掌，这样的安排，算得上是有前有后、计划周全。谁闯的祸，谁就要准备好去承担责任。

昨天晚上，自己为什么会想起去找方让呢？只是因为方让是班长吗？还是下意识地觉得，在自己已经想不出其他解法的时候，男孩这边可能会有不一样的答案呢？昨晚的失眠，是有多少出于揽了事的后悔，又有多少是出于转嫁了责任的不安呢？

不管怎样，他们确实给了这个超纲的附加题一个意想不到的解法，张小莫觉得，大概就是此时的最优解。

胡小优带着孟月几人上前来，给赵文道谢。赵文恢复冷漠脸，说："不用。"可能是小学时罗橙给他的阴影太大，对这种对他特别执着的女孩，他都有种警惕，之前放话说不会在本班找女朋友，大概也是一种委婉的拒绝。张小莫此时才在想，为什么胡小优昨晚自己不和赵文说这事。

孟月没有像胡小优那样留在赵文旁边，而是找到躲闪到一边的张小莫，郑重地说了声："谢谢你。"张小莫说："我也没做什么。"孟月摇摇头，非常认真地说："这次多亏了你。"张小莫有点不好意思，中途她不是没有后悔过，说到底她也确实没使上什么力，并不指望她们来谢她。像此时胡小优所有眼神都给赵文，她也没有什么不平衡，毕竟人家方让都没说什么。但孟月能记起她的好，她又确实心里有种熨帖。

到这时，张小莫才觉得自己饿了，想起自己晚饭没吃。凌鱼提醒她要早点去小卖部，免得吃的都卖光了。于是她们没有再流连，叫上马楠和涂豆，四个人一起往回走。夜风一起，张小莫觉得有点冷，把手揣在兜里,让凌鱼挽着她。女孩子相互挽着的时候,她们把插兜的那个叫"绅士",伸手进入臂弯环住的那个叫"小姐",做"绅士"的那个手会比较暖,也会轻松一点,所以大家都会争着做。马楠和涂豆也笑闹起来:"我要做绅士。""不,我来做。"于是四个人吵吵闹闹,也不知是谁挽了谁,笑作一团往小卖部走。一起往回走的路,依然树影斑驳,但张小莫的心境,与前一夜相比已经大大不同了。

闹完这一番,再给家里打电话报平安,几个人回到宿舍时,看到方让在宿舍的院门口,像是在等人。

张小莫有点诧异,迎上前去问他:"有事?"方让点点头,说:"嗯,八点过了,他们那边传话来说解决了。我顺路过来给你说一声。"张小莫说:"嗯,我在操场时就知道没事了。对了,还没好好谢谢你。"方让习惯性地挠了一下他的短寸头,因为有白发,他通常都把头发剃得很短,黑夜里因为看不清白发,这时的他更接近少年的模样。张小莫知道,他也是习惯了出力不讨好,得到这声谢有些不好意思。

待扭捏完,方让补了一句来意:"怕你一直惦记,又睡不好。现在可以放心了。"张小莫一愣,没想到他细心到这地步,大概都是心思重的人,有点事记挂都睡不好,所以才跑了这一遭。张小莫领了这份好意,颔首说了声:"晚安。"

"晚安。"讲完这句,男孩没有流连。像完成任务一样,转头走了。背影里挥了挥手,没有回头。

张小莫也转身走进院子,一阵困意突然上来,她有种预感,今晚会是一夜安眠。窗外摇晃的叶影,像是动物声响的风声、还有让人心悸的黑暗,都在这困意中,渐渐模糊了起来。

第二天日程安排是射击练习,张小莫有点兴奋,这是她喜欢的环节。在射击上,她大概是有点天分,小时候父亲带她去靶场,三点一线,准星瞄准,微微上提,然后扣动扳机,她的命中率常常让大人吃惊。张小莫很喜欢击中目标时的感觉,屏气凝神,一击得中,是她性子里很少能感受到的果断爽快。

要射中十环,不能瞄准十环,而要往上瞄一点,算上自由落体的偏差,才能更接近靶心。张小莫喜欢这种偏差的哲理感,有种微妙的无心插柳的意味;又有一种,要拿满分,光是盯着满分是不够的,要瞄准更高处的地方的警醒。而张小莫最喜欢的,还要算射击前那一刻精神高度集中的感觉,那一刻体验到的脑子里毫无杂念的纯净感,可以让人迅速抽离当下的情绪。无法静下心来的时候,张小莫会在脑子里模拟射击前一刻瞄准的场景。

所以,在去射击场的路程中,张小莫的心情一直都还不错。射击场取在两座山之间,稍矮一些的山坡下面,是射击点,而靶子设在对面高一点的山下面,子弹打过去,正好横穿山谷。张小莫站在射击点,山谷间的风吹来,她深深地吸了口新鲜空气,此时才感受到迟来的不在学校的放松意味。目光所及之处,景色怡人而开阔,站在两山之间,人显得格外渺小起来。张小莫眯着眼看了看日光,觉得就连这渺小也让人惬意。

每人三发子弹,卧式射击。俯身贴地时,不可避免地要和泥土相接,和之前在靶场干干净净的练习不太一样。张小莫把心一横俯下去,真的结结实实贴到土地上时,反而会有种反正都脏了的轻快感。因为有风,所以瞄准时还要感受一下风向,张小莫闭上一只眼,在微微的山风中调整三点一线,风从左边来,瞄准点是偏左上方,一发,两发,三发,感受着枪托上传来的比想象大的后坐力,一枪枪打出去。射程很远,看不清上靶的情况,只能等着发靶纸,但放完枪的张小莫,已经即时满足了。

打完子弹站起来,张小莫才发现一起卧倒的这一批里,只有少数几个打完了,其他人还在慢慢打,甚至有人姿势都没调整好。教官们有些着急,催着大家快一点,看来早上得延时了。张小莫挪到凌鱼旁边,先打完的人,已经有点百无聊赖了。等马楠和涂豆聚过来,看着这不知何时才能结束的漫长队伍,马楠把背包打开,露出里面一堆零食，几个人挤在一起心领神会地小声密谋起来。

还没等她们密谋出结果，老师去和教官商量，让大家分批去吃饭，打完的就可以走了。射击点本来就拥挤，完成的人在一边无所事事，怕无聊间搞出什么事情来。

听到分批解散的消息，正中她们的下怀。下午的集合时间晚，安排也轻松，不过是在大棚里听听讲解，没有什么体力活。真正的挑战在后一天，他们要背包进行十公里的拉练。几个人交换了一下眼神，表示按刚才的计划继续进行：不回去食堂吃午饭了。

几人正打算走，方让叫住张小莫，问她收作文的事。张小莫说让他把男生那边的收上来，下午日程结束后，她统一去给班主任。交待完，张小莫想了一下，和他说："我们四个不去食堂了，要是有事，帮忙应付一下。"方让点点头，算是答应了。但是又多问了句："你们要去哪儿？"张小莫指了指后面的山坡，没等方让做出表情，抢过话头，丢下一句："先走啦！"

待爬到山坡背阴处安顿下来，马楠才想起来问："你和他说做什么。"本来不说好像也没什么关系。张小莫想了想，大概是因为自己"中奖"几率太高，总是有小概率事件发生在自己身上，所以即使知道中午没有人查房，还是有点担心，顺手上了一道保险。几人听到张小莫的担心，点头称是，都觉得说一下会比较安心。

没有后顾之忧的几人，开始享受这山坡顶上的野餐，马楠东西带得齐全，几人吃饱喝足，把外套脱下来在身下垫着，顺势躺了下来。这地方是马楠昨晚说要来的，说是一起上钢琴课的姐姐来农训的时候发现的，宿舍阴湿，中午就跑到这里来晒太阳睡觉。要不是有孟月的事，她们前一天就想跑过来了。

山坡下的人声，已经静了。想来是人都走了。马楠坐起来，走到坡顶探头看了一下，回头喊几个人："过来呀！"张小莫懒懒地，问她干什么，马楠神秘一笑："你们有没有听过回声？"还没等几人反应过来，马楠就对着山谷喊了一句："我是天才！"吓得张小莫一激灵，起身上去拉住她。往下一看，确实人都走空了，一颗心才放下来。

一嗓子喊出去，回声是没有的。大概是对面的山还不够高。惊吓之余，又有点失望。马楠很快振奋起来，说："反正我们也没对着山喊过。"催着几人一起过来。张小莫试探着"啊"了一声，被马楠猛一拍背："大声点！"

在马楠的督促下喊完一嗓子，张小莫突然懂了"解压"的意义。望着早上自己还站着的山谷，再抬眼看了下远山，远山之上还有更辽阔的天空，在这小小的山坡上，竟然也有了些游目骋怀的感觉。

上初中后，父母带她郊游的次数少了，更不要说她初二之后，和父亲一直处在冷战的状态。偶尔几次跟出去，开几小时车，下车之后也没什么好玩的，意兴阑珊之余，还要被父亲说几句："小小年纪，一副死气沉沉的样子。"望着这眼前的山景，张小莫有种久违的新鲜。

她回头坐下，凌鱼问："还回宿舍换衣服吗？"张小莫躺了下来，拿手挡眼遮住日光，说："不想回去了。"凌鱼从她身边捉走一只蚂蚱，说："那你们睡，我帮你们挡虫子。"张小莫应了一声，迷迷糊糊地说："我外婆家的后山，能听到回声，到时我带你们去。"

张小莫在老舍的小说里看过，说每个人脑中都有一个做梦前的地方，小说主人公自己的，是一块三角形的花田，里面的花按颜色规律分布。每次先进入这里，就能顺利地进入睡眠。张小莫快睡着前想，眼前的这个山谷，和她现在躺着的这个山坡，大概会在之后很长一段时间里，成为她的做梦前的地方。

下午站在队伍里听讲解的时候，张小莫还能闻到自己身上有山坡上青草的味道。

这次小概率事件没有发生在张小莫身上，凌鱼按时把大家叫起来，互相拍打整理了一下，从山坡上小跑着冲下来，到集合地点时间还很宽裕。一下午轻轻松松地过了，解散的时候，方让来找张小莫，说作业放在宿舍了,等下取了拿去女生宿舍门口给她。张小莫答应了,方让指指自己的袖口,说:"你这里有东西。"张小莫抬手一看,是颗带勾刺的种子,起来时她已经扯了不少。看了一下自己身上,觉得有必要换一件衣服再去班主任那儿。

回宿舍取好作业,把自己打点好,张小莫走出宿舍院门,方让已经在门口等了。张小莫抱着一沓作业,让方让把他手里那沓放在上面就可以了。方让没动,说:"我和你一起去吧。"张小莫想想,也无不可,经历了昨天,方让好像已经成了有过共谋的人,甚至在看到她有破绽的时候,还会替补一下。

走在路上,两人有一搭没一搭地聊着天,张小莫想起来问:"那天找你时,你有没有觉得麻烦。"方让摇摇头,说:"都是同学嘛。我们又都是班干,不能不管。"听了这个标准答案一般的回答,张小莫突然对将来很可能要和方让不再做同学这样件事,第一次有了一点类似伤感的情绪。

那些曾经很熟悉的人,不再做同学之后的人生轨迹又是怎么样的呢?张小莫不由得想起他们曾经的同学。

方让家和林晓音家住得很近,也就是说和张小莫的奶奶家很近,都在护城河的另一边。小学时如果去奶奶家,张小莫有时会给林晓音打电话找她出来玩,有一次寒假的时候,她们约在路口集合,商量去哪儿玩,就看到方让从路口走来。他们对彼此的出现都很惊讶,各自交待了缘由,也便散了。这样的偶遇只有一次,即使是住得这样近的人,不刻意去约,其实见面的机会也并不多。

就像方让上初中之后,提到在回家路上见过林晓音的情况,也只有一次。

是在走廊透气时,方让顺口提起的。对于自己的旧友近况,张小莫表示了好奇,有点热切地问:"她现在怎么样?"方让憋了半天,说出两个字:"胖了。"张小莫愣了,再追问,他才说:"不知道怎么说,反正看着和以前不一样了。"

寒假去市里数学竞赛集训班时，张小莫才明白方让无话可说的含义。在问到 Z 中来的同学，和林晓音是一个班时，张小莫下意识地问了一句："林晓音怎么没来？"对方脸上全是疑惑，不知道她为什么这样问。张小莫补充道："是林晓音啊，以前是我们学校大队长，成绩好，人又漂亮，还会唱歌。"对方迟疑了许久，末了回了一句："哦想起来了，她歌确实唱得好。"听到这，张小莫突然就明白了，之前方让脸上不知从何说起的表情。

之前那般熟悉的朋友，在分开之后的时间里，发生了不在她预想轨迹里的变化。而在对彼此来说是空白的时间里的变化，在遇到时，不管心里有多讶异，诉诸言语，也只能是简单地概括，"胖了"，"瘦了"，"和以前不一样了"。在未来的某一天，她也会成为被这样概括的人吗？

张小莫想起在小学毕业前的最后一天，林晓音、方让和她一起站在六楼的走廊上看着离别的人群的场景，彼时她还不太明白分别的意义，在此之前，她只有想要逃离的人，没有想要留住的人。

对于人生某一段路的同行者，她从未认真感知过将要分离的遗憾。或者说，到了分离的那一天，她不确定这个分离还会不会是她的遗憾。

就像此刻，日头近黄昏时的这一段路，她和方让各自抱着一沓作业本一起相安无事地走着，是她在小学时无论如何不可能想见的场景。这个在转学第一天惊艳过她的男孩，在后来相当长一段时间里，他们彼此都是相看两生厌的关系。如今的这种相安无事，是出于长大后的成熟懂事，还是出于那个为分开而努力的约定呢。就算没有那个约定，那次讨论大概也让他们意识到，比起继续在同一个班而言，还是分离的概率会更大。数学比她好的方让，一定比她更快意识到了这一点。

所以，那后来放下的敌意，和随之而来的善意，是出于一种想通了的释然也不一定。

张小莫这样想着，一脚一脚地踩在了树影漏下的日光碎片上。一不留神，就沉默到了班主任的宿舍门口。方让敲了敲门，说："一起进去吧。"

进去的时候，看到薛琪也在。班主任对他们两个一起到来，并没有表示诧异，招呼着方让："正想找你。"然后讲了第二天拉练的事，十公里对于他们来说，毕竟不是太短的距离，如果遇到体力不支的同学，要方让带着男生照顾一下。张小莫躲到一边不吱声，班主任看到她的闪躲，觉得好笑，还是对着她补了一句："至于你这小身板，照顾好自己就可以了。"

等薛琪走了，班主任才和他们两个聊正事。重点不在拉练，而在拉练后在这里住的最后一夜。往届学生过来，都是这一夜出事最多。喝酒的，夜聊的，晚上不睡觉互相串门的，还有装神弄鬼吓人的，总之五花八门。班主任提前和他们打招呼，班上的人，这种想法有都不要有，她那一夜要去查房。

张小莫呼了一口气，想着第二天的十公里走完，可能回到宿舍能动的人也没几个了。班主任像是看出她的想法，说："你管好你们宿舍那几个不省心的就行。其他的我交待薛琪了。"张小莫点点头，此时才想通，怪不得一开始班主任要把"天才帮"四人和另外四人分到一起。

也不知道班主任听没听说孟月他们前一天的事？出了门，张小莫没忍住问出了口，虽然知道在揣测大人想法这件事上，方让也许还不如她。方让听了，说："有我们呢，就算老师知道了，我们也会把你摘出去。"张小莫觉得这话有点耳熟，一想，她第一次去看他们踢足球时，他也是这样说的。

两人走在回去的路上，黄昏与黑夜的界线已经不太明显了，张小莫一抬头，半明未黑的天边，亮起了第一颗星。有些事，大概也和这黄昏一样混沌，白昼与黑夜之间仅差了一线天光，辨不出非黑即白。但至少，钉在这天幕上的这一颗星，让她从黄昏特有的忧郁感中安定了下来。

"知道了。"张小莫点点头，眼神还留在天际。

第二天拉练的时候，张小莫才知道，即使是"照顾好自己"这个要求，要完成也是很困难的。

行程还未过半，其他班就有晕倒的人。有几辆车在队尾跟着，老师和教官坐在上面，有晕倒的学生，就开过来接上，直接送到前面的终点营地。张小莫体力虽弱，但她知道自己是晕不了的。小时候父亲罚她到门外站军姿，不管站多久，她是不会先倒的，总是母亲来解救她，她才会去下台阶。输给自己的意志力这件事，在她看来还是有点不可忍受。

但难受也是真的。作为一个有备无患的人，即使明白要轻装上阵，七七八八搜罗起来，东西也不少。此时的重量主要来自于父亲给她的军用水壶，从小时候开始，春游秋游母亲都给她带着，这次也不例外。老师们一边说轻装上阵，一边强调要带够水。张小莫纠结了半天，还是把整个壶都装满了，整个背包的重量越走越重，双肩背带已经要勒进皮肤里的感觉。但路程还剩一大半，她不敢多喝，也不敢倒掉，只能机械地挪动着脚步。

已经有几个男生，拿过了他们正在交往的女生的背包。不知是不是张小莫太敏感，竟然从那几个女生脸上，看出了些同情其他女生的优越感。本来在学校见不得光的关系，在这种场合下终于让她们成了既得利益方。如果不是在这样的场景下，张小莫是想象不到和男生建立这样一种关系会有这样值得炫耀的好处的。这种感觉让她相当不舒服。

如果在学校，即使是跑 800 米，也是必须要自己完成的事，每一门功课和考试，也是需要独立完成的事，而在她有限的学校生活中，还没有让她特别感到需要男生才能完成的事。眼前这几个女生的炫耀眼神，让她突然对这种不得不依赖他人的场景产生了警惕之心。自己前两天做的，也是相同性质的事吗？身体的疲惫和书包的沉重让她的胸口愈发难受起来。而那几个卸下了负重的女生，脚步轻快，跟在帮她们背包的男生旁边，甚至开始说笑起来。

在张小莫的难受快要爆发的时候，方让走过来，让她把包给他，身后还带着其他男生，大概是看女生们体力已经差不多了，又或者是看到已经有人先行动了，不得不把班主任的交待提前实施。即使知道有班主任交待的前情，张小莫在之前那番刺激下，还是犹疑了起来，如果把书包交出去，那她和那些女生有什么不同呢。虽然在这样的身体状况下，她也无法真正想清楚，这样有什么不对。

犹疑之间，身体比脑子先动了，她看着方让伸出来的手，摇了摇头。

方让愣了一下，在两个人僵持的几秒钟里，旁边伸出一只手把张小莫快垮下来的包抢了过来。张小莫回头一看，是赵文。"怎么，你想去坐车啊？"赵文抬起下巴，指向又过去的一辆去接晕倒的同学的车。张小莫的理智一下回来了，看着后面的男生一个个地接过了女生们的包，终究没有再说什么。

方让停了几秒，迅速到后面去组织男生去了。张小莫想要解释一下，又好像没有什么能说的，于是只好继续迈起步来。旁边的赵文，倒是话很多，从点球大战聊到最近的比赛，张小莫渐渐被他转移了注意力，和赵文聊天非常轻松的一点是，不用给他太多反应，他也能一个人聊下去，只要在适时的地方表示好奇或关切就好了。对于张小莫来说，这种省电模式在此时刚刚好。

某种程度上，她知道赵文为什么选择帮她拿包。和她一样，他们彼此觉得对方"安全"。在必须帮一个女生拿包的任务下，为了不节外生枝，张小莫无疑是最佳的对象——当然也不排除她当时样子太狼狈的原因——无论如何，他知道张小莫不会因为这个行为对他浮想联翩。

张小莫必须承认，尽管她和赵文从未走得太近，但他们对彼此的了解，也许比一般同学要深得多。如果一定要找一个理由的话，除了他们之间长久以来一直通过他人保持的一种平行关系之外，还有一点非常重要：他们两个都有一种超乎年纪的洞察力——无论是洞察世事，还是洞察人心。区别只是，赵文比起她，在洞察之后，还有运用自如的智慧。

对于这个在小学时传言"全班女生都喜欢他"的男孩，张小莫自问，对他的看法是怎样的呢？当时她对那个传言很有意见，因为至少她就是一个例外。赵文于她，就像动画片里那个人气最高的男主角，不符合她想要表现自己"小众"的审美。但一直以来，对于和他保持一种若即若离的平行关系，甚至因为同学时间太长而展示出一些对彼此的熟稔，张小莫其实并不抗拒。

她想起，在方让偶遇林晓音后，她出于好奇，给林晓音打了一通电话。彼此问候了近况之后，林晓音问了一下几个男生的情况，然后说出了一句当时张小莫不太能理解的话。林晓音说：真羡慕你啊，我们班上帅的男生都和你在一个班，不像我，连努力的动力都没有。

努力的动力与和帅的男生在一个班有什么关系呢？毕竟曾经是那样亲密的朋友，张小莫隐隐约约知道她要表达的是什么。但对张小莫而言，这个逻辑并不通。她努力的动力，从来不来自于男生的关注。

这些男孩在她周围，是一件值得羡慕的事吗？此时张小莫又回想起那时放下电话的疑惑。就像此时走在她旁边的是赵文，这个事实会让其他人羡慕吗？无论如何，有一点张小莫是知道的，在赵文在足球场对她表示友好之后，她在班上的地位是改善了的，这是班上其他人大概都不具备的能力。这种天生好人缘的领导者，张小莫在未来还会遇到，和小学时一样，她能很轻易地辨认出他们的这种特质，她把这种特质叫做"光"。

如果说有什么是值得羡慕的话，那她羡慕的是他们永远不会处于被孤立境地的特质，那是她自认身上不会有的光。这样的人在她周围，最大的意义大概是告诉她，在她时刻在担心进入孤立的轮回时，其实有人可以活成这个样子。

在张小莫印象中，从未见过赵文狼狈的样子，即使是在小学他受伤的那次，她也觉得他身上有一种一切都可以解决的优容。不像她，不说其他，一场800米，就可以让她变得形容狼狈起来。

他也会有无奈、绝望或狼狈的时候吗？看着到终点时依然轻松无比的赵文，张小莫觉得这个场景不可想象。

到终点，把包接回来，道了谢。张小莫饭都不想吃，满脑子就想回床上躺成一条咸鱼。回到宿舍，还是凌鱼让她吃喝了点东西才放她睡下去。等她再睁眼，已经八点，一看宿舍里所有人都在，一颗心放下来，告诉其他人班主任晚上要来查房，所有小动作都不要有。孟月让她安心，她们四人保证晚上规规矩矩的。

反而是张小莫，要挣扎着出去一趟，这一天该给家里打的电话还没打。马楠起来，陪她走这一趟。还好打电话的地方排队的人很少，大概是明天就要回去了，并没有多少需要打电话的人。排好队，简单地给家里报了平安，张小莫就走到一旁去等马楠。

她抬头望了望天空，一朵厚重的云挡住了月亮，缓缓移动之下，慢慢地一点点透出更多的月光。等月亮露出一半的时候，她突然察觉旁边有个人影，是本来就靠在拐角墙边的一个人，只不过刚才太暗了没看见。像是感觉到有人在看他，那人转过头，张小莫一看，是赵文。他的脸上有一种她未曾见过的焦虑模样，一抹忧伤在他眼里一晃而过。

看见张小莫，他走了过来，踟蹰了一下，开了口："你们女生那边……"才讲了半句，就被马楠喊张小莫的声音打断。马楠已经打完电话，过来叫张小莫回去。张小莫应了，然后抬眼看了一下赵文，想让他继续讲，一时没忍住，打了个呵欠。

看到张小莫疲惫至极的样子，赵文顿了顿，说："没事了，你们快点回去吧。"张小莫再看了他一眼，像是确实没什么事的样子，点点头，任由马楠拉着她回去了。

一夜无梦。第二天张小莫醒来时，宿舍的人整整齐齐的，晨光从窗子透进来，她躲在被子里，睁着眼赖了一会床。这么快就到回家的时候了，过去几天，好像每一天都过得极为漫长，但又好像一眨眼就过了。看着熟睡的每个人，在睡眠的时候，感觉都是那样的无害又宁静。

赖了一会，感觉到床的响动，凌鱼醒了，翻身起来喊大家起床。早上要收行李，是个大工程。一边收床，凌鱼一边问："你们昨天晚上有没有听到响动？"一向警醒的张小莫，昨天几乎是头一碰到枕头就睡着了，睡得黑甜，此时身上还有昨天拉练留下的疲惫感。其余几人，也好不到哪去，连班主任到底有没有来查床都不知道。

吃早餐的时候，张小莫问凌鱼，昨晚到底听到了什么。凌鱼说，她昨晚起夜，听到老师来查房，说四班的女生里有几个不在宿舍，然后一阵兵荒马乱地去找她们去哪儿了。

"找到了吗？"张小莫问。凌鱼凑近她耳边："听说是在他们班的男生宿舍里找到了。"

张小莫一惊，又问："知道是哪几个人吗？"凌鱼摇摇头："这就不知道了。"

四班啊……张小莫想了想，突然想起昨晚月光下，赵文脸上一闪而过的焦虑和忧伤，和没有说完的那半句话。

他当时想和她说什么呢？张小莫坐在回程的车上时，一直在想。她回身看了一眼坐在大巴最后一排的赵文，他的脸朝着窗外，看不清是什么表情。昨晚如果闹到了男生宿舍的话，方让会知道吗？看了看在前排努力维持秩序的方让，张小莫按下了自己的好奇心。

具体是谁的答案并没有让他们等太久，周一升旗仪式上就进行了通报批评。这周轮到张小莫升旗，升完退场，在主席台旁边站着的时候，听到了几个名字。

梁西。张小莫在心里重复了一遍这个名字，是之前和赵文传过绯闻的女孩。

张小莫对梁西,并不是特别陌生。这也是个短跑很好的女孩,运动会时常和白果争一二名。但她对梁西的母亲,可能要比对梁西更熟悉一些。梁西的母亲,在张小莫住的小区门口出来的另一条巷子里卖炸串。杜老师妻子的烧烤摊,晚上才支出来。梁西母亲的炸串摊,中午和下午放学的时候都在。在张小莫只有五分钟的上学路程中,这是为数不多的路边零食。

这种路边零食,对母亲几乎不让她外食的张小莫,有一种特别的吸引力。特别是炸洋芋,片成片的土豆串在竹签上,放进油锅里炸至金黄,然后出锅沾上满满的特制辣椒粉,是张小莫第二喜欢的路边零食。排在第一的,是洋芋粑。这样一串炸洋芋,才两毛钱,完全在张小莫的可支配收入范围内。在特别想放纵自己的时候,她会偷偷摸摸地买两串解馋。因为是同学的母亲,她可以说服自己做的东西是干净的,不像母亲说的路边的零食吃了都会拉肚子。通常都是在小摊边吃完了,再给钱。因为偷偷摸摸怕被发现,张小莫总有一种要逃离犯罪现场的紧张,有时忘了给钱,走出一半才想起转回去,这位阿姨就会笑眯眯地看着她,从来不会叫住她。"要是我真的忘了怎么办呀?"张小莫有次问她。"要是忘了我就下次再找你一起要回来,一样的。"她还是笑眯眯的。

因为炸洋芋的关系,张小莫对梁西有一种爱屋及乌的好感。梁西和赵文传绯闻,还是在初一的时候。虽然从来没有证实过,但同样作为短跑能力者,张小莫觉得般配。初二的时候,这绯闻就消失了,可张小莫觉得,他们两人之间,一定有着一些关联。

此时线索重叠在一起,她突然明白过来,那晚月光下的赵文,也许是已经听到了一些风声。当时想找她说的话,应该是想要打听情况,想看看她能不能去阻止。

但那个时候,她完全没有发现他的异常,又或许是,发现了也觉得自己多心。因为在她心里,这个男孩不可能出现搞不定的事;

如果有，那一定是她也帮不上忙。

回到那天晚上，他会后悔自己没有把话说完吗？如果他开了口，自己能帮上忙吗？站在主席台旁的张小莫，望着在风中飘扬的红旗，这样想着。

课间的时候，张小莫跑到楼上给英语老师送卷子。下楼梯的时候，看到赵文埋着头，坐在通向天台的楼梯的最上面几级。往天台去的门是锁上的，所以这半截楼梯相当于是死角，张小莫如果不是恰巧抬了头，是注意不到的。

张小莫想了想，还是走上了那半截楼梯，来到赵文面前。感觉到有人来，赵文抬起头，这张脸把张小莫吓了一跳，他的眼眶红红的，不是要哭的那种红，更接近于没睡好觉眼睛发炎的样子，这双发红的眼，里面是怅惘、哀伤，还有一点愤怒。

往后退了一级台阶，到刚好平视他的高度，张小莫说："那天对不起了，没听你把话说完。"

赵文摇摇头，说："其实关系不大。"顿了一下，他接着说："那天晚上，我其实已经见过她了，我告诉她不要去，没想到还是去了。"

张小莫组织了一下话语："听说她们就是一起熬夜打牌，没待多久，老师就把她们叫回去了。"事实听说确实是这样，并没有想象中更惊人的事。赵文听了，惨兮兮地笑了一下："你不知道男生宿舍，什么事都可能发生，如果老师没有去呢，我没想到她这么不自重。"

听了这话，张小莫心下一沉。这个时候的男孩女孩，已经并不是什么都不懂了。但是赵文这话，她觉得比升旗仪式时的通报批评，还要让人更难堪一些。说起来，学校这样严厉地禁早恋，但终究没有告诉他们禁的是什么，毕竟这些人大多数时候，不过是中午时坐在一起聊聊天，在操场上散散步。被通报批评的这几个女生，和去的那个男生宿舍的人，并没有恋爱关系，只是被哄着过去在最后一天一起热闹一下，没有人警示她们可能的危险，又或许在这么多人都在的情况下,不存在想象中最坏的可能性。但不管有没有发生什么,"半夜去男生宿舍"这几个字,就可以得出"不自重"这个结论了。

可是,是否自重这件事,她们又是靠什么来习得的呢?是靠早熟的个人领悟,姐妹之间的体己话,抑或是相熟男孩的警告,还是最终闯了祸后在全校的通报批评,才能明白这件事到底为什么不能做,为什么做了就是不自重呢。

没有人系统地、认真地、明确地教过她们这些东西。即使是看完了半个图书室的书的张小莫,也是靠着自己的猜测,才逐渐补齐了隐晦拼图的每一个角落。

她还记得,上一堂生理卫生课,还是在小学六年级的时候,初中是没有安排这种课程的。并不是在课表上每周固定的课,而是像禁毒宣传那样集中安排的几堂课,没有专门的老师,是班主任上的。男生女生的生理卫生知识都在一本书上,老师让男生不要去翻女生那几页。上课的内容是自习,然后提问,问题回答的是关于月经,被抽起来回答问题的女生,红着脸读完关于怎么计算月经周期的几行字,男生们在座位上偷笑着。除此以外就没有更多的回忆了。

所有被人正经教授的知识,大概就是那薄薄的一本小册子,可以让她们在初潮来的时候不要惊慌。然后就是抽象的生物学知识,抽象成染色体、精子、卵子这样的学术名词,没有人警示她们在这些名词后,她们可能遭遇的危险。

张小莫对这种危险的认知,来源于一本她已经记不住名字的小说,发黄的小小的一本,讲了一个女青年,本来有互相喜欢但没表白的男子,结果在表白前,被一个同事兼老乡骗去宿舍夜聊,时间晚了被说服睡在宿舍,结果晚上发生了她不能反抗的事,最后被迫和这个老乡结婚,与喜欢的人就此错过。因为是婚前发生了关系,所以婚检的结果传得全单位都知道,流言纷纷压下来,让她差点想自杀。她上了一列火车,旅行回来,发现之前天大的事,等她回来其实也不过如此。但还是过了好几年不幸福的婚姻生活,在这种生活中，她自学了德语，等到改革开放，又会德语又懂技术的她相当于省下了一名翻译，所以得到了出国交流的机会，回来之后成为技术骨干升职加薪，她的丈夫完全赶不上她的脚步，最后离婚也没有人敢说闲话，结尾遇见了年轻时喜欢的人，复盘整个人生，感慨遗憾，怅惘结局。

跟着做完复盘的张小莫，发现节点就在女主角留宿的那一晚，改变了她的整个人生。遗憾和痛心的感觉非常强烈，以此建立了对这件事的恐惧感。但真的是女主角不自重吗？只是出于侥幸，抹不开脸皮，和相信熟人不至如此，一步步地到了不可挽回的地步。也可以不结婚的吧，每一步可以及时止损的时候，女主角都没有做。这种止损，会比学德语更难，会比忍受这么多年的痛苦婚姻更难吗？张小莫不能理解。但再看看书的年代，又觉得当时也许只能如此。

更深刻的恐惧来自于和表姐一起在外婆家看《香港沦陷》的时候，那时还没有分级打码，也不知是哪里来的碟片，影片末尾给两个小孩的心理都造成了严重的冲击，被枪击中的断手和没被拉上车的女主角的遭遇简直是恐怖片一样的存在了。表姐和她一起睡在床上，给她讲解一些不懂的地方，在纸上画生理构造给她看。两人聊着聊着，张小莫一翻身压到了床上《谢谢你的爱1999》的磁带歌单，因为压到了歌手帅气的脸，表姐在她脸上同样的位置弹了一下。两人开始争论歌手帅不帅，议论19岁的他匪夷所思的恋情，明星八卦带来的热闹感，安抚了她内心的恐惧。然后在记忆里，分门别类地储藏了恐惧、疑惑和知识。

望着眼前的赵文，张小莫不由得想，他的这种认知体系又是靠什么完成的呢。如果每个人的这种知识体系都只能靠这样偶遇式的契机，又怎么能保持每个人得到的知识都是完整和正确的呢。没有人去讨论这个问题，而是跳过了这个过程，认为他们应该懂得价值观的对错。

被通报的那几个女孩，在这之后的初中生涯中，又会背负怎样的名声呢？眼前男孩发红的双眼，有多少是出于没有阻止成功的自责，又有多少是出于怒其不争呢。

张小莫没有见过这样的赵文。她看了看他的眼角，还留有小学时被涂改液划伤的那条疤。浅浅的，但只要知道的人，一看就能发现。

这一次的事，也会成为他的一道疤吗？沉默良久，上课铃终止了这场无法继续下去的谈话。

生活中的一些疮痍，好像总能在另一些织梦中得到修补。

初夏到来的时候，张小莫陷入了一场偶像剧的造梦。凌鱼租了《流星花园》的碟片借给她，涂豆和马楠也一起看了起来。和之前四个人一起追足球一样，四个人又一起追起了剧，当一件事演变成小团体的行为后，本来一个人情绪上很快可以消解的涟漪，又互相影响激荡着，让这沉迷以几倍的效应持续了下去。

在此之前，张小莫不是没有追过偶像剧。她第一部完整追完的韩剧是《星梦奇缘》，那个叫涟漪的短发女主角对她影响至深，甚至打破了她因过往经历而产生的对短发的偏见，很多年以后，她都觉得这时的涟漪，就是韩剧里最好看的女演员。她一直想着，以后如果写小说，也要有一个女主角叫涟漪。韩剧《蓝色生死恋》也是她在电视上追的，小女主奔跑着追车的样子让张小莫哭了半天，最后放弃了追剧，因为这种想起来就伤心的感觉，实在是太折磨人了。她不太能接受这种苦情的戏份，对于这样的悲剧有一种天然的抵触。相比大起大伏的情绪波动，她更喜欢《情定大饭店》这样的剧情。

但追《流星花园》和之前在电视上追的任何一部剧都不同，张小莫第一次感受到了二十集全集在手，一口气看完是什么感觉。很多年后，她想起那个人生中第一次彻夜未眠的看剧的晚上，脑子里依然会浮现出两个字：自由。那是她从未感受过的放纵的快乐，即使知道这"快乐"可能实际写作"颓废"，她依然对那个让她体验到这两个字的未眠之夜无比珍惜与怀念。

张小莫一个人在家过夜的机会，是非常稀少的。父亲每周都有一两晚要值班,但母亲如无特殊情况,绝不会留她一个人在家过夜。那天为什么会留她一个人在家,张小莫已经不太记得了,但是清楚地记得这是第一次一个人在家过夜。母亲细细地嘱咐了她一个人过夜要注意的安全事项,但她并没有用上。从父母出门,就把碟片插进了卧室书桌上水蓝色586电脑里,一直看到晨光熹微,她都没有觉得困。

一切感受都是新鲜的,无论是永远有下一集不用等待的即时满足,还是没有人催她去睡觉的放松,又或者仅仅是人生第一次熬了整个通宵的这个非常规的体验,都让张小莫觉得无比快乐。比起不想睡,她更接近于舍不得睡,因为她知道,这种自由的时光,对于她而言不知道什么时候才能有下一次。

夜里更深露重时,她抱着腿蜷在木质的大椅子上,给自己裹了两条小被子,稍稍休息了一下眼睛,看着窗外的梧桐树,想深深地记住这一刻内心的宁静和愉悦。快中午的时候,父母回来了,听到钥匙的声响,张小莫熟练地切了一下屏幕,与自己短暂又深刻的自由时刻暂别。

大概是叠加了这种新奇的自由感,张小莫第一次追剧追到欲罢不能。在一次性地看完之后,她还刻了光盘,刻到电脑的光驱都发烫了,吱吱呀呀的,像是不堪重负的呻吟。每晚做完作业之后,她还会再复习一下最喜欢的几集,一集45分钟,都够做半张卷子了。这时的张小莫,还不懂得感官刺激下消遣娱乐的沉迷作用,她只是一再地怀念那个通宵大脑快乐的感觉。

感官刺激下不用动脑子的走马灯播放,和看书时需要阅读和思考的状态是不一样的。即使是在看席娟、亦舒这些言情小说时,张小莫也未曾这样被这种织梦俘获得太久。就像在《傲慢与偏见》里,如果作者要写达西先生和彬先生都喜欢伊丽莎白,她可能就要思考一下故事的合理性。但花泽类和道明寺都喜欢上杉菜时,她甚至还有一种代入的欣喜感。

一个由漂亮女明星扮演的平凡女孩，在视觉上合理化了这种设定的合理性。在设定上，她几乎什么都不用有，不用有美貌，不用有学识，不用有财富，只要拥有坚韧的品质和一颗美好的心就能完成这场造梦。不管如何，这一次，张小莫没有逃脱这个为平凡女孩打造的织梦网。

被俘获的人不只她一个。"天才帮"的四个女孩，不管什么性格什么审美，悉数被 F4 安排得明明白白。

张小莫按一如既往的审美喜欢了花泽类；凌鱼喜欢道明寺；马楠喜欢美作，因为他最有艺术家气质；涂豆喜欢西门，因为他唱歌调最准。那时 F4 趁热出了一张专辑，她们一起跑去音响店买了 CD。除了主题曲之外，F4 的每个人都有单独唱一两首歌，花泽类的五音不全让其他三人总是学他唱歌来逗张小莫，"冷冷的冰雨在脸上胡乱地拍"，CD 里翻唱了这首歌，大概是和福建人一样，发不好"冷"这个字，其他三人总爱学这一句，张小莫又气又笑又没面子，但看着花泽类的那个帅脸，又觉得只是唱不好歌而已，没什么不可以原谅。

那时张小莫有一台彩色打印机，是买电脑的时候一起配的。有了这台打印机，可以方便她打印文章投稿，不用等到发到杂志上就能看到自己文章印成铅字是什么样子。但彩墨很贵，一般舍不得打彩印。但这一次，张小莫挑了一张花泽类蓝色白毛衣的照片打了一张，剪成一张小照片的尺寸，夹在自己的日记本里。那个蓝色的写满了"努力"的字眼的日记本里，第一次出现了一点玩物丧志的迹象。

张小莫不是没有觉察到这种快乐的危险，但好像连这种危险本身都有点迷人。何况四人一起的堕落，便更让人麻痹。事后想起来，好像一切都有预兆。凌鱼的审美居然是暴躁混混形象的坏男孩，张小莫总是会被男孩忧郁脆弱的气质所打动，学钢琴的马楠并没有选唱歌最好的那个人，反而是涂豆，不管什么时候，都是最理智地透过现象看本质的一个人。

多年以后，张小莫想起她们的这场集体的放纵，不由在想，是不是年少时的喜好，其实已经暗含着未来的选择。

不过在那时，这场放纵的后果显露得很快。

这一个月的月考，是张小莫进入初中之后，头一次没有拿第一。成绩出来，全班第三，年级第五。全班乃至全年级都震惊了，特别是那些之前对拿年级第一已经绝望的前几名，没有想到居然等到了张小莫不是第一的这一天。

但方让还是没拿到年级第一，只拿了年级第二。第一名是隔壁一班的学生，平时竞争时，二班的人从不把一班的人放在眼里，这一次的失利，不仅是张小莫一个人的失利，在班主任看来，是整个班的失利，因此性质被上升得特别严重。

红榜放出来时，张小莫其实心里还好，已经过了最初难过的时候。甚至还有心情和母亲开开玩笑，万年老三苏巍还是年级第三，如此稳定的发挥，已经超越了张小莫。至少这一次，张小莫不再是第一，而他还是第三。母亲一开始还觉得好笑，开完家长会之后，便笑不出来了。

对于张小莫的这次考试失利，母亲一开始没敢刺激她。因为要说难过，肯定是她自己是最难过的。考试刚出来，她就知道不好了，母亲只当她和以往一样，每次说考不好，成绩出来都还是第一，哪里想到，这次是真的不好。

最先知道的依然是数学成绩，在前几名都接近满分的情况下，张小莫错了最后一道大题，分差就显得特别明显。母亲去查卷子，中间有一个步骤，出现了熟悉的3+3=9这样的错误。母亲只觉得她是一时的粗心，但张小莫知道，这是她心神不宁的证据。

如果说数学成绩还可以用一时粗心来掩盖，物理卷子出来，张小莫已经无话可说。初二开始，数学和物理开始加附加题，通常是两题，一题加十分，一题加二十分，但是时间给的就是和以前做100分的卷子一样，只不过真正的满分从100分被提到了130分。因此，即使基础题卷面拿了满分，只要别人附加题能做对，分差就会拉得特别大。开学那两个月，张小莫还在数学竞赛的紧张氛围中，对于超纲的题还有种理所当然要会做的认知。竞赛结束后，这种超纲的附加题不经训练，突然出现的时候人确实是蒙的，除了题难之外，最重要的是时间不够，能做出来的人并不多，放在试卷里跟彩蛋似的。10分的附加题，张小莫努努力还是能做出来的，20分的那题基本她只能拿几个步骤分，所以通常就要先选好做哪一题。这次考物理，前面题她花的时间太多了，后面附加题就没做。谁能想到，这次附加题好几个人都做出来了。

张小莫对这一点，很是自责。一是觉得自己把期望放在别人也做不出题上，这种想法果然还是太侥幸了，也让她有些惭愧：应该想要自己更好，而不是指望别人不好。二是虽然对别人可以解释，时间不够也情有可原，但她骗不过自己。考试的时候，一道题做不做得出来，除了知识的掌握之外，还需要灵感。张小莫考试的感觉一直都很好，有些考场上她能做出来的题，她平时不一定能做出来。卷子发下来老师在讲的时候，她会挺佩服考试时的自己怎么能想到这个思路。

做选择题时，尤其需要第六感。她小时候看《故事会》，有一个讲翡翠的故事，说有一个人在买翡翠的时候，只要把原石放在自己的眉心，定睛去看，用心眼在石头和绿色之间辨别，去感觉石头里到底有没有翡翠。一开始他总是能感受对，所以一路飞黄腾达，但是有一天他失去了这个感觉，最后落魄结局。做选择题的时候，张小莫总想象自己是在从原石里分辨翡翠，在ABCD间去找那个对的感觉，有些题是清清楚楚的，石头是已经剖开的，但有些题，就需要用心眼。那种感觉非常微妙，但她的正确率能达到八九成，她越相信自己的时候，这种感觉也会更好。

这种感觉是如何形成的，张小莫想，应该还是靠日思夜想的做题，形成的一种连贯感。她考前复习时，即使没有复习完，也会把书放在枕头旁边去睡,她有种迷信,这样在睡觉的时候就也在看书。睡的时候在脑子里回顾知识,回顾到想不起来的时候,她会把书抽出来看一眼。但这些天晚上看剧的日子,她脑子里的回顾,应该是少女心的织梦。

因此,对这次考试的失利,无论是思想还是行为,别人能想到的和不能想到的,她都反省得彻底。但这原因,她不能说。

"天才帮"的四个人,这次考试成绩都退步了,想来和追剧脱不了干系。但张小莫的追剧是很隐蔽地进行的,关在房间里学习的时候,父母通常不会打扰她,因此,她有写小说、看小说和偷看剧的自由。如果这一点暴露了,她不敢想象,在母亲的全方位监控下,仅剩的这一点自由如果再失去的话,她的生活该有多么的窒息。

所以,在最初的难过后,张小莫对考试的结果,向外人表露的情绪,刻意地显得有些不在乎。她不知道这是不是也是她的某种自我保护机制,特别开心的时候会让自己马上冷却下来,特别难过的时候也会反向调节,总之对外的情绪一直维持在一个水平线。但这次,班主任觉得张小莫还不够重视自己的这次失利,在班主任看来,人的下滑和放弃,往往就在一瞬间,所以一定不能让张小莫的心气掉下来。开完家长会,又把张小莫的母亲叫去办公室,强调这次成绩下降到年级第五是多么严重的一件事。

本来对这事没怎么说张小莫的母亲,回到家之后觉得还是要批评她一下。班主任的话一转达,张小莫的逆反情绪上来了,反驳道:"怎么就这么严重了?别人考进年级前十都会被表扬,怎么到自己考了第五要被说成这样?"

这时父亲在一旁应和道:"是的是的,考前十就够了,没必要这么累。"

听到这话,母亲急了,说了一句话,张小莫觉得自己可能这辈子都难以忘怀:"要不是看你是第一,我怎么会对你这么好?"

很难描述张小莫听到这句话的感觉,比起伤心,好像更多的是震惊,但在这震惊之外,又有一种"果然如此"的了然。

母亲坦白了,对她的好,是有条件的。张小莫的心里,像是等到了另一只靴子落地。第一只靴子,是她八岁时发现的那本日记。第二只靴子明明确确地落下来时,她心里竟然有一种奇异的踏实的感觉。

母亲在奶奶家的地位,在三个媳妇中是最低的。这种地位并没有明说,是张小莫像班集体中分辨核心权力人物一样,逐渐分辨和感受到的。小时候的她,对母亲的苦楚,并不能感同身受,作为孙辈唯一的女孩,在表面上享受了那一家人把她当小公主的花团锦簇。就像小时候过年,小孩总是最开心的,完全感受不到成人过年的烦恼。是年纪大些了,母亲向她吐露,在那一家人中受到的委屈,张小莫的心眼,才渐渐清明起来。

在家族相处中,有些小孩,可能只顾全自己的感受就够了,虽然他们对母亲不好,但对自己是好的,所以对父族的长辈还能留存眷念和温存。但张小莫的早慧,让她无法自欺欺人。母亲的受委屈,某种程度上比她自己受委屈还要难受。

从那时起,她就觉得奶奶家像一个等级森严的封建体系,奶奶在最上层,自己的母亲在底端。最下层还有一个人,是奶奶家在解放前收养的姑姑,说是让张小莫几个孙辈喊姑姑,其实最开始是他们家的保姆,解放后爷爷做主收她作养女。最开始张小莫不知道这个姑姑和这一家并没有血缘关系,但她也对这个姑姑每次都包揽了家庭聚会里最脏最累的打下手的活计习以为常。按理三个媳妇要轮流洗碗时,张小莫的母亲总是被推得最多。但如果母亲被欺负狠了也撂挑子,这个姑姑就会圆场子说她来洗,虽然之前备菜打扫卫生端菜都是她做的。

为什么会这样?在某次母亲和张小莫讲述旧年的委屈时,张小莫一下爆发了,她哭着问母亲:"是因为我是女孩才这样吗?"母亲愣了一下,摸摸她的头,说:"不是的,和这个没关系。"

后来，张小莫独自摸索出了这"没关系"背后的意味。最初，她觉得，奶奶一家对母亲的态度，是因为母亲是她们中仅有的文化人，他们觉得她清高，再加上张小莫成绩好，两个堂弟成绩不好，于是自然地就拉出了阴阳怪气的统一战线。

再后来，她懂得更多了一些。大伯母虽然比母亲要小五岁，但是大伯父年轻时下乡，是靠大伯母家里的关系办回来的。后来一路平步青云，当了不小的官。所以奶奶在家喊大伯母都喊昵称，喊小叔叔家的前妻喊名字，喊母亲叫兰老师。小叔叔家的前婶婶，就是小堂弟的母亲，家里父母和爷爷奶奶是同事，并且是楼上楼下的邻居。小婶婶脾气特别厉害，别人轻易欺负不了她，而且如果有什么委屈的事，住楼上的父母下个楼就来给她撑腰，所以一家人也不敢对她不客气。而母亲呢，结婚的时候，外公不同意，母亲固执己见要嫁。后来对外婆家，为了争这一口气，从来就是只报喜，不报忧。所以奶奶一家都知道，母亲是没有娘家撑腰的人。

是小叔叔离婚，娶了新的小婶婶之后，张小莫才又想到了些其他。新的小婶婶家里是做什么的，张小莫全然不知。但既然是小三进门，在这家里的名声就已经是先坏了。但小叔叔护她护得紧，从来不让她去孝敬奶奶给自己作脸面，反而把爱护妻子当作是自己的脸面，谁不尊重小婶婶，他就给谁脸色看。所以，自己母亲在奶奶家的地位，有多少是与父亲的态度相关呢？

或许除了父亲的态度外，还与他自己的地位有关。在奶奶家这个等级森严的图谱中，如果说奶奶在顶端，爷爷在第一层，三个儿子在第二层，三个小孩在第三层，三个媳妇在第四层。而父亲的地位，则是在三个儿子中最低的。因此，如果按一个一个小家庭来排列，除开被收养的姑姑一家，张小莫家的地位是三家中最低的。

作为三个儿子中的老二，父亲从小就是最被忽略的那个。这种成长之殇，作为独生子女的张小莫，是体会不到的。但即使是她知晓的一些细节，也让她觉得非常夸张。奶奶甚至不知道父亲的生日是哪一天，父亲在身份证上的生日，是他自己编的，挑了个节日，因为奶奶只能大概记得是在哪个月份了。三个儿子中，父亲的身高是最矮的，大伯和小叔叔不管为人怎样，站出去连张小莫也要夸一句玉树临风。一开始是说因为父亲生的那一年，是三年自然灾害，所以营养不良。后来学了历史的张小莫一推算，再看看小叔叔和大伯生的年份，觉得与其扯什么三年自然灾害，不如想想父亲偶尔透露的一些事，比如小时候大伯和小叔叔一起抢分给他的那份东西吃，抢的时候，用铁锹砸他的头，到现在头上都还有那道疤。要不是三兄弟相似到不会认错的脸，还有到中年时齐齐一起秃的顶，张小莫都忍不住要想是不是父亲也不是亲生的。

张小莫不太懂，对于伤害过自己的人，还要拼命去获得他们的认可的这种心理。父亲把奶奶一家的话，当成圣旨一般的遵从。他们但凡有一点满意的，就赶着要往上送，但凡说有什么不好，就要急着修正。如果这不好，是来自于张小莫或母亲做得不好，回家就要接受他突然而至的暴怒。

张小莫绝不想做这样的人，也绝不是这样的人。她从来没有指望过要获取父亲的认可。甚至母亲的认可，事实上对她来说也并不是多么重要。她的优秀，不用父母说，她自己也知道。她对自己的认知，来自一张张的考卷，一篇篇的作文，一张张的红榜，还有得之不易的奖状。在这之外，才是别人的评价。当然，这认知也许来的也十分片面，但至少它们是某种客观存在，不以某个人的意志为转移。

也许是因为这样，张小莫在奶奶那家的等级制度里，保持了一种相对的超然。在幼年时期，她生得玉雪可爱，娇生惯养，他们把她当可爱的小宠物一口一个小公主哄着。长大一点之后，他们就开始露出打压她的獠牙，但在考试定终身的应试教育制度下，她很快完成了自我重建和反击。这不能不说是她的幸运。

作为女孩，她并没有比两个堂弟逊色，相反，相比起来出色太多的她，是母亲的骄傲所在。某种意义上，因为张小莫成绩上的优秀，会让奶奶一家人在行事上相对有所忌惮，因为他们不知道，一直是第一名的张小莫，未来的前途会走到哪里。

张小莫的第一名，是母亲在自己的苦楚中维系自尊和骄傲的东西，无论是在家族里，还是职场上。张小莫对此，有超出这个年纪的理解。

但还是，会有那么一点伤心。她的两个堂弟，是不是不用考第一，就已经获得了大人对他们的好呢。

在张小莫的价值观里，恩怨分明是一件很重要的事。虽然这时，她还不懂得摩根索的现实主义，但对于母亲的爱是有条件的这件事，不管是气话还是真心话，某种程度上，她可以理解。即使是有条件的，母亲对她的付出也都是真实的。

比起母亲一定要她考第一的话，张小莫更加警惕的，是父亲那句："考前十就好了，没必要那么累。"换作别的小孩，大概这时会感慨慈父严母，倒向看上去更宽容的父亲那一边。但张小莫没有这样想，她脑子里有一根弦是一直绷紧的。

且不说从来没有做过学霸父亲参与母亲与她之间要不要考第一的讨论根本没有参考性，有一件事，张小莫一直记得清楚。

是在奶奶家上一年春节聚会的时候，饭桌上，母亲说张小莫期末考试又拿了全校第一，一向不对张小莫发表什么评论的爷爷，那天大概是喝了一点酒，兴致一来，说了声："好！"然后忘乎所以地发了一通评论，结尾是："女孩子嘛，大学不用考太远，考X大就可以了。"

听了这句话的张小莫，那天晚上胸口被堵得都没吃下饭。X大是本地的一所大学，在教育资源本就贫瘠的本省，对本地人的录取分数线特别低。对于重点班的人来说，是高考失利没去处的人才去的，通常连高考第二志愿都不会往上填，要填到第三志愿去。如果读X大就可以，那她夜以继日地学习，一刻也不敢放松是为了什么？

仅仅是为了在一个离家近的地方读书吗？张小莫自上学以来，没有听到过像这般对她来说称得上是侮辱的话，这相当于是把她一直以来的努力放在地上踩。

如果说她的底线里，有什么是不能冒犯的，那这应该就是其中之一了。怎么能这样轻描淡写又洋洋得意地说出这样的话？那天回家之后的张小莫，一直都气鼓鼓的。

母亲开解她，不要和老人家计较，他根本不懂考大学的事。张小莫一想，也对，心绪正要平复的时候，父亲在旁边小心翼翼地试探了一句："爷爷说得也对，离家近挺好的。"

听到这话，张小莫怒极反笑。老人家不懂，父亲也不懂吗？这背后的心思，不知该说是愚蠢还是恶毒。

之前的饭桌上，还有另一桩事。听到期末成绩后，大人们恭喜张小莫，说她肯定上一中没问题。小叔叔看热闹不嫌事大，去问大堂弟，他高中想考哪个中学。以大堂弟的成绩，估计考六中都要交钱，更不要说是一中了。既然问出了口，张小莫等着看大堂弟怎么回答。只听大堂弟嗤笑了一声："一中算什么，我高中是要去新加坡读的。"大伯父把脸一板："谁说过要送你去新加坡。"气氛一僵，但也没有人再继续这个话题。

张小莫的梦想，相当于在这个饭局上被踩了两次。她忘不掉大堂弟说"一中算什么"时的神情，那感觉像是她在狭窄的海上独木桥上，一步都不敢行差就错地向前行进时，有人开着游艇从旁边轻轻松松驶过，嘲笑她，她那样想去的终点，对他来说什么也不是。

那个时候，怎么没人说离家近离家远的事了呢？这话张小莫埋在心里，知道已经没有必要再去计较。

爷爷是什么考虑，甚至奶奶是什么心思，张小莫再长大一点能看得更清楚。

在奶奶家，大伯父最有权势，小叔叔最受宠，奶奶对父亲的定位，是最好使唤、最容易被呼来喝去的那一个。不好喊大儿子，又舍不得喊小儿子的事,就会落在父亲头上。那时还没有 PUA 这个词,但奶奶显然是这个技术的纯熟掌握者,每次让父亲办事给他一点好脸色看时,父亲就骄傲得不行,觉得奶奶用他是给他面子。

有一次母亲做全麻手术,需要家属陪同,正要进手术室的时候,奶奶打电话给父亲,说自己感冒了要去医院。父亲二话不说丢下母亲就走,最后母亲自己一个人完成了手术。还有一次,母亲刚献完血,因为有点晕血,回家站都站不稳,倒在床上休息。结果奶奶一大家人说在外面玩,回来没有做饭,想来张小莫家吃,父亲强逼着母亲从床上起来做了一大家人的饭,最后因为劳累过度,母亲请了病假,在家躺了三天才能去上班。

像这样的事,不知发生过多少。如果张小莫考到外省的大学,很有可能就留在外地工作和生活,再往下想,把父母也接过去不是没有可能。到那时,怎么还能把张小莫的父亲随叫随到,哪里再去找一个这么好用的儿子?绑住了张小莫,就绑住了他们一家摆脱这种生活的可能性,就能让他们一家永远在对他们有利的家族等级体系里,被他们踩在脚下。

张小莫成绩好有什么用?母亲那样炫耀的时候,别人背后的小算盘已经打清楚了。张小莫一开始还觉得是老人家糊涂,后来才反应过来,这哪里是糊涂,相反,是精明到了极点,也自私到了极点。

但,不管奶奶一家的算盘打得有多么精,有一点他们大概没料到:父亲的话,在张小莫心里一文不值。想要通过父亲来影响张小莫,这算盘他们是打错了。又或许,让张小莫读本地大学这种说出去会让人笑话的天方夜谭,他们本来也没打算真的能成,只是说出来恶心恶心母亲和她,哪家孩子有这样的好成绩,父母会蠢成这样。但没有想到,父亲还真听得进去,听进去之后还真能对张小莫说出口。

在父亲说出那句话的一刻,张小莫在心里已经对他毫无期待,此后这个人的任何话,她都不会听,也不会对她有分毫影响了。

所以,在张小莫这次考试失利之后,父亲那句没必要那么累,听上去比母亲那句伤人的话还要让人毛骨悚然。这让张小莫迅速地从伤心中警醒过来，没有浪费一点时间在和母亲赌气上。她提醒自己：这条独木桥，她是一定要走的，任何一种意义上，她都是没退路的人。

不管人们如何下定决心，日子其实都在自顾自地往前走，不会为谁而停留。早上的800米要继续跑，课要继续上，连早读和课间操也不能省下，不会管你难不难过，伤不伤心，情绪对不对。

接下来的一周，早上在排队集合准备练800米的时候，同班的几个女生，总是看着张小莫欲言又止的样子。忍了几天，张小莫放弃挣扎，问她们什么事。有个女生带头，其他几人也靠近她，深吸了一口气，对张小莫说："你要加油啊，下次一定要把第一拿回来。"张小莫愣了一下，其他人补充道："是啊，给老师们看看，女生的理科是不是学不过男生。"

张小莫了然。在她失去第一的这段时间，关于女生理科不如男生的言论又再度被提起。

班主任、数学老师、物理老师，不知是出于鞭策女生还是激励男生的目的，把这段话在课堂上反反复复高亮加粗。特别是物理老师发试卷的时候，还特意总结了一下。班上发考卷，是从最高分向下排列，老师站在讲台上，念一个名字念一个分数，然后被点到名的人上去把卷子拿下来。张小莫以往，其实是挺喜欢这种发卷的仪式感的，等待老师喊名字上去的时候，有种类似颁奖的紧张感。她自己的成绩，很多时候是早早知道的，但母亲不会主动打听别的孩子的分数，像物理和数学这种她不是最高分的科目，就要等发卷的时候才知道自己是单科第几。

到这一次，张小莫才知道，自己喜欢这种仪式感，是因为自己之前并没有考得太差过，等待的时间从来不长。到这一次，才知道排在后面的人，这等待的过程，比起期待，更多的是煎熬。把做出附加题的一百分以上的卷子发完，物理老师停下来，俯瞰了一下全班，扫视过少数有卷子在手的人，和大多数还没领到卷子的人，以讲牛顿第一定律的语气说:"这次考试,做出附加题的女生,一个都没有。"

张小莫低下头,有点想逃避这个时刻。就听物理老师接着念:"张小莫,98分。"她不得已站起身,在刚才那句话遗留下的诡异气氛中走上台,领下了这张五味杂陈的卷子。她悄悄抬起眼角,看到了女生们心有不甘又无法反驳的样子。

这一刻,围着她给加油的女生们,出乎张小莫的意料,多是成绩排在靠后的女生。其中有一个叫曾晚的女生,还是"四人帮"里的,在农训和她一个宿舍时,后面几日她们之间有一种客气的友好。那时每天写的日记,被班主任批改过发下来,张小莫翻开自己的,上面被批了个大大的"优",曾晚蹲到她旁边,凑近看老师的评语,感叹道:"这篇你写的时候我就在旁边看着的呀,你好像都没怎么想,怎么就能写这么好。"那时张小莫对她笑了一下,接受了她的感叹。

此时的曾晚,脸上露出的是和那时一样的友善,张小莫看着她和旁边几个给她加油的并不相熟的女生,点了点头。

虽然张小莫从来没有把要争一口气的想法寄托在别人身上,但某种程度上,她理解这种感情。就像运动会时,不管平时关系怎样,她都会给跑得快的同学加油一样。自己做不到的事,因为别人和自己在同一个班集体,别人做到了,自己就会与有荣焉。如果自己能做到,那自己就上了,就像理科很好的涂豆,从来不会说要让张小莫证明女生也可以的这种话,只会告诉她自己把《流星花园》的海报、碟片和CD都收起来了,然后再和张小莫一起多做一道题。

但,总有一些自己做不到的事。就像张小莫50米无论如何跑不进8秒,但看到有跑进8秒的女生,她会觉得很帅气。看得到这种可能性,好像也是一件重要的事。

每天晚上,除了中央五套的体育新闻,她还会看中央四套的英语节目。除了两个正式的主持人外,还有一个跑外景的大学生兼职主持人,张小莫非常喜欢这个兼职主持人,总觉得她代表了自己的一种优秀的想象,那种憧憬甚至比其他两个正式的主持人给她带来的还要强烈，不仅仅是因为她口语听上去更正宗，或者是她长得更合眼缘，更重要的是，她给张小莫展示了一种学好英文的可能性：只要英语足够好，在学生时期就可以出现在中央电视台的节目里做主持。不管张小莫将来想不想做主持人，但她觉得这份憧憬对她而言，很有意义。

我可以成为别人的憧憬吗？张小莫自问。感觉除了自己不得不努力的理由之外，她背负的东西好像更多了一些。但这背负，带来的感觉不是沉重，而是心绪上的开阔，不知怎的，有让她跳脱出自我情绪的一种昂扬感。在她行走这独步桥时，有像堂弟那样对她的目标不屑一顾的人；有像奶奶家那样生怕她达成目标的人；也有像班上这群女生一样，与她没有什么交集，有些甚至与她的被孤立不无关系，但单纯地会为她做成一件事而给她加油的人。有这样一群人期盼你能做到一件事，知道这一点，莫名地给她带来了力量。

除了班上女生的反应，班上男生的反应也让张小莫有些意外。

对处在低气压时段的张小莫，坐在她周围的男孩们，不仅没有落井下石，甚至可以说是对她有些照顾。这段时间上课的时候，只要张小莫在认真听讲，储亮绝不和成松柏讲小话，偶尔成松柏习惯性地转头过来，储亮还会竖起食指嘘一声，示意他要认真听课。即使是对噪音敏感的张小莫，这段时间也没有因为他们两人而暴躁过。

后排的栗景和邵襄阳，除了讲题时更加细致之外，还会找一些物理题去问张小莫，讲着讲着三个人就一起讨论起来，张小莫讲着讲着觉得不对，仔细一看，全是历次小测时超纲题型，还有一些刚学的延展内容，前后一回顾，竟有些帮她巩固知识点的意思。怕她被打击了，不好意思问他们问题？还是觉得她平时少做这些题，有意地让她多一些训练呢？

不管是哪一种，张小莫都接受他们的好意。在老师将男生与女生作比较的结论前，他们并没有把彼此放在对立面。

张小莫知道，邵襄阳、栗景、苏巍、方让几个人之间，一直有斗题的习惯。

那时的各科都有课外辅导书，老师会在上面圈一些题布置，但他们这样学有余力的人，一个晚上就能做几章，比谁做得多、做得快，第二天拿来炫耀式地交换展览一番，让大家欣赏自己的战绩。对于这种斗题，张小莫以往是不参加的。一方面是觉得自己没有余力，另一方面确实没有动力。

对于理科的学习，她其实一直都是一种被动学习的心态：够用就好了。考试要用，就学到考试够用的；竞赛要用，就学到竞赛够用的。因为解数学题和物理题的过程给她带来的快感其实有限。换成是语文，没有人要求她读那么多课外书，她也会挤出时间去读。刷题的快感，她在学英语时是有的，她把这个阶段手上的卷子练习册能找到的都做了，因为对答案的时候会觉得快乐。此时她的英文已经学到高中的课本，比起补课的老师布置的高中英语的作业，刷初中的英语习题有一种回到 easy 模式的快乐，可以帮她重建一下信心。所以有时哪怕知道没有必要，她也会一套套题地刷着愉悦自己。

但这一次邵襄阳邀请她一起加入斗题时，张小莫犹豫了一下，最终答应了。物理辅导书里，有一本叫《点拨》，红白颜色封面，书名是两个大大的黑色手写毛笔字。挑了这一本，从现在讲的课开始，每天一章，第二天来对答案。对答案的意义，可能比做题本身还要大一些，因为很多题要么只有答案没有过程，要么是"答案略"，还有少数答案错误的情况。张小莫之前不爱刷这种老师不会讲的题，也有一些是害怕做了之后要么不知道错在哪里、要么不知道答案、要么被答案误导的感觉。如今有一个"一定能知道答案"的保证，她便能放下心去只管做就是了。

斗题的方式，除了比做题的多少，还可以比做题的时间，做题的思路，还有同一道题找到有几种方法。为了能让张小莫也加入，邵襄阳和栗景几人稍稍改变了一下斗题的规则。除了做完一章的时间外，他们还会在旁边记录做完每一题的时间。那时的辅导书，答题的位置不够，都是往上贴正方形的N次贴，有各种颜色的，想重做的时候，取下来就能重新做一次。

虽然叫斗题，张小莫觉得对自己来说，这更像是打卡。因为有了这个约定，所以无论如何要在一天中要完成这么多题量，强制她合理地分配多一点的时间在自己的薄弱环节上。斗题的这种形式，确实为做题时增加了竞技的娱乐性。这种有约定的集体行为，可以支撑她至少完成每天的挑战。

做题的成就感，是一点一滴获取的。张小莫的台灯，是一个带时钟的灯，做题的时候秒针的声音会提醒她有点紧迫感。灯泡还是普通的橘黄色，她没有换成白色节能灯，因为觉得橘黄色让人感到温暖，被灯罩一圈，橘黄的灯光柔和地映在习题集上，张小莫会把台灯放在偏左手的位置，这样右手拿笔写字时，不会有投下来的阴影映在写字的区域。晚上做题的时候，她不会关窗帘，人影倒映在深蓝色的铝合金玻璃上，一抬头就能和自己对视，倒影里的她经过蓝色玻璃的滤镜，比镜子里还要更好看一些，张小莫有时会沉迷自己的倒影。但在她做题做到凌晨一点的时候，她抬头看到的是自己的眼神，疲惫，但坚定。

这样数个凌晨一点过去，白日里，张小莫已经可以加入邵襄阳和栗景他们的论战了。除了日渐熟练的做题速度之外，张小莫有时神来一笔的灵感也会让他们惊叹，邵襄阳琢磨归纳一下，就是一个成熟的更简便的解法。栗景是这时的捧场王，他黑瘦的脸上，长了一双笑眼，弯着这双笑眼，对张小莫说："看，我就说你可以的吧。"因为黑，牙就显得更加白，张小莫每次看着栗景的笑，就会想起大人们说的"喜气"。

在这种斗题的训练中，还没等到下一次月考，张小莫就感受到了自己的进步。物理老师喜欢搞课堂小测，两节课，一张模拟卷。卷子刚一交上去，邵襄阳就把两道附加题的题目默了下来，把草稿纸推过来，让张小莫写答案。

张小莫埋头就写，因为是阶段模拟题，考的都是最近教的内容，相当于圈定了知识范围，不用进行分章知识点的综合。对于这种短时间内的学以致用，张小莫还是很拿手的。两道附加题她都做出来了，最后一道大题，中间有一个步骤，她推不出来，但她凭感觉猜了答案，代进去反推做了出来。邵襄阳看完张小莫的解题过程，把那个步骤圈了一下，又把方让叫过来，让他也看了一遍。两人琢磨了一下，说答案是对的。就是过程不全，不知道老师会扣几分。

课堂小测的结果，出来的是很快的。第二天物理课老师就发卷子。还是熟悉的发卷方式，张小莫抬着头，平静地等物理老师念名字。邵襄阳，130。方让，129。张小莫，128。张小莫愣了一下，上去拿卷子，物理老师抬眼看她，说："这次考得不错，要保持。"

倒没有什么打脸成功的感觉，哪个老师会不希望自己的学生考得好呢。光凭这一次，还不能算能对得起女生们的期待。回座位的过程中，迎上了下一个上来领卷子的栗景，他看着张小莫，眼睛还是笑得弯弯的："我就说你可以的。"张小莫和栗景同分，老师发卷的时候，不知是有意还是无意，让她排在了第三。

张小莫坐回座位看卷子，最后一道大题，只扣了2分。邵襄阳在后排伸手找她要卷子，顺手把自己的卷子换给她，张小莫明白，这是要互相看解法。课堂小测没有答题卡，答案和题都在一张纸上，邵襄阳的字虽然不怎么样，但卷面非常干净，不像张小莫做选择题时还会有排除错误答案的思考痕迹。

看着邵襄阳干干净净的卷面，张小莫想，他们这段时间教给她的，除了知识，还有学习方法，又或许还有学习方法之上的，更重要的一些东西。

因为张小莫的这次超常发挥，下课时以她座位为中心，周围辐射出一片轻快的氛围。连成松柏回头说话都大声了些，半真半假对张小莫抱怨："你晚上能不能早点睡，每天晚上我爸看你对面窗子没关灯，就不让我睡觉。"张小莫想了一下成松柏家的位置，确实是和她家那幢楼隔了一个院子遥遥相望，不由得笑了出来，对成松柏说："你下次和你爸说，我是在看小说。"

方让也一下课就跑过来，拿过张小莫的卷子，看最后那道大题，点点头："扣2分还行，再松一点的话可能都不会扣。"张小莫说："算是手下留情了，毕竟是我蒙出来的答案。"知道张小莫怎么猜出来的邵襄阳接过话："你那不叫蒙，叫合理推测。"想了想，又补了一句："下次过程还是要写全。"

张小莫应了。大家摆开《点拨》，准备对前一天做题的答案。看了一眼张小莫标注的解题时间，方让说："你这个速度，可以早点睡了吧。"

张小莫看了看方让的白头发，问："你每天几点睡？"方让挠了挠头："十二点半？"张小莫正准备白他一眼，栗景横插一句："我十二点前。"储亮也来劲了："我打游戏可以打到十二点。"成松柏惨叫一声："可我想十一点睡觉。"

这时邵襄阳推了推眼镜，说："我十点。"然后扫视了在场人一圈，摇了摇头："你们这速度，不行啊。"

听到这句，栗景扑上去就和邵襄阳闹起来，方让又笑又骂地也叠上去，场面一时欢闹起来。看着他们进入了疯跑模式，张小莫抱着书避到涂豆后面，一边躲一边想，是要早点睡了。

一切按计划进行的话，张小莫觉得，下次月考拿回第一问题不大。

但就在下次月考前，坚信一分耕耘一分收获的张小莫，被迫学习了天有不测风云的这一课。考试的前一周，爷爷住院了。

刚住院的时候，虽然医生说情况还算乐观，但以奶奶一家一贯的风格，一顿折腾是免不了的。手术还没进行，就给每个人安排了陪床的时间，不上班的人排在白天，上班的人排在晚上。这样一排，不可避免地影响到了张小莫的日常。

一开始，母亲只是觉得不公平，早早内退的大伯母和不好好上班的小叔叔两家占了白天，晚上就要排到他们家。和游手好闲的人不同,父亲和母亲白天是扎扎实实在上班,也不像位高权重的大伯父,说声家里有事就可以走,这番安排最后折腾的还是他们家。晚上去医院的时候,一方面母亲不放心张小莫一个人在家,一方面父亲要做面子,大堂弟放学都去医院绕一圈,反正离他们家近,父亲就按大堂弟的行为准则来套张小莫,晚上送饭时,要把她一起带过去。

张小莫家离医院远,并不是看一眼就可以回家,这一过去,只好把作业也一起带过去。只是就算带过去了,也不方便,旁边病床没人的时候,就凑在床边写。要不就只能找张椅子凑合。这样一来,不要说完成课外习题,连每天老师布置的作业都写不完。回到家后,还要继续熬。这样搞了两天,张小莫撑不住了,和母亲说无论如何去不了了,母亲就在家给她留了饭,不过晚上就没人照顾她了。

可就算这样,也不得安宁。

和奶奶家那边的人一交往起来,便是扯不完的纷争。这样安排下,母亲觉得既不公平,身体也撑不住,但拦不住父亲积极得很,一整夜都守着还不够,连着几天下班连家都不回直接去医院,不知在那边有什么盼头。母亲下班赶过去,刚好看到排白班的大伯母削好一个苹果喂给张小莫的父亲吃,一下便又闹了起来。父亲又羞又恼,回家之后又是砸东西又是发火,还好顾忌张小莫上次的事之后还没原谅他,没有敢上手。但找理由时,少不了要牵扯她,说张小莫都没去了,他还能不积极一些吗。

张小莫被牵扯得十分无语,她在那能干什么,她在的时候,爷爷也并没有因她到来有什么特别的情绪,倒是念叨了小堂弟好几次。大堂弟也只是头几天去绕了一圈,小堂弟根本就没露面。眼下正是她备考的要紧时刻,父亲也不是不知道,上次考试失利之后她有多努力,每天晚上起夜的时候看见她屋里的灯光,会叫她早点睡,张小莫听了连头都不会回一下。明明知道她争分夺秒成这样,爷爷这边如今也不是什么危险期,手术都还没做的保守治疗阶段,就把他们一家人弄得鸡飞狗跳的。就这样,家里的混乱吵闹的状况,一直延续到了张小莫月考的前一天。

后来才知道，轮到其他人时，这晚班原来是可以请护工解决的。母亲闹到要轮流换晚班的时候，小叔叔和大伯父家轮了一两次，就提出来要请护工，各家把钱一摊了事。其实在提出请护工之前，他们两家就偷偷请了护工顶班，只剩父亲还在自我感动。后来他们一合计，光是自己拿钱吃亏了，才告诉他们家可以不用守去请护工。回头看，父亲觉得自己被委以重任的自我感动，简直就是一个笑话。

只不过，张小莫是这个笑话的波及者。

月考的成绩出来，张小莫站在一楼走廊的红榜前，发了一会儿呆。是放学打扫完卫生，人都散得差不多了，她才敢站在这里，免得别人议论。红榜上，她的名字排在第二名，距离第一名苏巍，差一分。

感觉到旁边有人，张小莫侧头一看，是方让。他和她并排站在红榜前，张小莫再往下数一个名字，方让这次是第三。盯了一会儿红榜，方让说："在我心里，只认你这个第一。"

张小莫静默了几秒，对着红榜说："太可惜了，这可能是你最后一次可以拿第一的机会了。"

方让把头一偏："没什么，习惯了。"

两人目光相接，没忍住笑了出来。夕阳斜斜地照在红榜前的玻璃橱窗上，把一个个名字，映得既鲜亮，又晃眼。

这次月考，其实在所有人的分数出来前，张小莫就已经算过结果了。

数学这一科的分数，是最后出来的。但张小莫的数学分，总会比其他人先知道，所以她早早就算了自己的总分，再把方让、苏巍、邵襄阳等几人已知的分数一问，就算到了结果：除非苏巍数学能拿满分，不然她就还是第一。但，她有种预感，这个把期望放在别人身上的"除非"，不管这种可能性有多小，一定会发生——张小莫早就在自己身上习得了墨菲定律。

果不其然，之前一直是万年老三的苏巍，这次数学真的就拿了满分。对这个结果,母亲并没有太失落,反而开解张小莫:"我就知道,一直稳在第三的人,绝不是那么简单。"白日里,张小莫祝贺了苏巍,并把这话当笑话讲给苏巍听,这个一直以来并没有显得锋芒毕露的男孩,憨厚地笑了笑。

因为前几名都在二班,班主任这次没有说什么。这个一分之差,想要如何理解,都有说法。但张小莫知道,在旁人眼里,第一次是破天荒,第二次是偶然,第三次就是习惯了。她不能让人——特别是自己,习惯自己不是第一这件事。

习惯这件事,是很奇怪的。好的习惯,需要费尽艰苦才能养成,而打破只需要一瞬间;而坏的习惯,很轻易就能养成,要戒掉却千难万难。张小莫并不打算,让自己拥有不想要的习惯。

这次考完,张小莫座位四周的氛围并没有太紧张,大概是因为她自己情绪上并不低落,周围的人并没有像上次一样,感觉在小心翼翼地照顾她情绪。一切都照旧如常,斗题照样进行,下课男孩们照样打闹,成松柏照样抱怨她睡得不够早,有时还拉上胡帆加入抱怨的队伍,而"天才帮"的几个人,依然会抽空跑到楼梯间去透气。

如果说有什么不同,大概是苏巍和张小莫更熟了一些。

苏巍这个人,如果用一个字来概括的话,那就是"稳",稳定的发挥,稳定的性格,稳定的没有短板。没有短板的人,其实是很难得的。邵襄阳物理顶尖,方让数学顶尖,但他们两个英语和语文每次都拉分比较多。张小莫能一直保持这么久的第一,也是因为相对来讲,她没那么偏科,她自认的弱项在横向比较时谈不上是弱项。

但苏巍的没有短板,让人感觉更坚实一些,这种坚实近乎于一种无趣,没有哪一科他是最顶尖的那一个,但同样没有哪一科他会觉得自己差。就和他之前一直稳稳地占在年级第三一样,并不是一个会被忽略的名次,但在习惯之后,会觉得他就像红榜上的背景板一样,成为一个稳定的锚。

大概是因为太了解自己,张小莫觉得自己所谓的没有短板,其实破绽很大。比如体育中考很可能拿不满的那 30 分，再比如发挥有一半靠灵感的数学和物理。但苏巍的没有短板，则非常稳定，他的这次第一，张小莫在心里是认的，是一种她可以理解的厚积薄发，而不是像上次隔壁一班的那个第一，张小莫感觉只是混乱中的昙花一现。

一定要比喻的话，张小莫觉得苏巍是一支防守时不会留破绽的队伍，这也是她为什么在算分时，直觉苏巍不会给她留机会的原因。

对于防守这件事，张小莫之前是不太重视的。光看她喜欢的球员就知道，一水儿的都是前锋。她自己行事，也有点这个感觉，要争取、要努力、要向上，一门心思地往前走。

这一次，苏巍让她想了很多。她突然有点明白，自己最大的破绽，不在她先前以为的体育或是理科，而在于她太容易被影响到的情绪。

相比起来，苏巍是一个情绪极度稳定的人。不像张小莫，常常经历情绪的大起大落。大概是因为她特别敏感的原因，很多小事都能触动她情绪的起伏，更不要说一些确实的大事了。这种敏感，也并不是全无好处，比如在写作时，班主任常常赞叹她的细腻，在生活中，也会更容易洞察人事。虽然张小莫并不是一个情绪外露的人，但平息这种敏感带来的情绪起伏，确实会影响和消耗她。

在张小莫的印象中，从来没有感受到苏巍有情绪起伏的时候。

任何时候，他都很沉稳。这种沉稳和方让的老成还不同，方让的老成，是一种老好人式的心态上的包容，并不代表他情绪上的稳定。小学见识过方让因为抓狂一边喊一边蛙跳的张小莫，无论如何是不会把方让归到情绪稳定的这一栏的。这种沉稳，甚至与赵文那种圆融都是不同的，赵文的情绪是很外放的，只不过他大部分时间外放的是正面的情绪：进球时的激动，跑步冲线时的昂扬，还有一切尽在掌握的自信。

苏巍这种沉稳，和防守一样也许会让人觉得无趣，但也正因为这样，他决不会像张小莫一样，因为自己的原因露出破绽。

这或许才是母亲说的，苏巍不简单的地方。

想通这一点时，张小莫是在体育课上发呆。练实心球的一节课，有很长的排队时间。腰力、爆发力、判断力，缺一不可。仰卧起坐非常好的张小莫，按理说腰部力量足够，但在实心球项目总是发挥不好，体育中考时的三个项目，她最后一项只能选立定跳远了。

早早练完，张小莫吊在队尾神游，一直到体育老师让大家收器械。赵文过来，收走她们这排的球，张小莫有点不好意思，跟着他往体育室走。走着走着，赵文突然说："你知道我最佩服你哪一点吗？""啊？"张小莫抬头看他。

"是你的坚持。"赵文自顾自地说，"我们喜欢球员，通常只会关注他表现好的时候，表现不好就很快转移目标了。而你喜欢的球员，即使是伤病沉寂的时候，你也不会放弃对他的关注，一直等到他重回辉煌的这一天。"他停了一下，说："你的坚持，令人尊重。"

张小莫知道赵文说的是什么，她所喜欢的少年，沉寂了大半年后，最近带领队伍拿到了足总杯的冠军。她这时还不知道，2001年，将是他最辉煌的一年。回想起来，在总是等来他伤病和表现不佳消息的那段时间，她是以什么样的心情在坚守的呢？而他又是怎样度过那段时日，重新回到人们眼前的呢？她发现，自己明明白白地都可以回答。

她虽然可以解释这只是长情，但她明白赵文的意思。

看了一眼远处的苏巍，张小莫觉得，自己和他之间，在表面的无短板之下，也许确实存在一点相似之处：非常坚定的内心秩序。

如果说，苏巍的内心秩序的坚定表现为面对外力不起风浪的话，那她的内心秩序的坚定的表现是，被风浪拍打过也依然不变的内核。

只是，她抵挡风浪的堤坝要再建得牢固一些。如果有一天，她能控制风浪，就更好了。

如张小莫对方让所说的，她没有再给其他人拿第一的机会。

期末考，张小莫拿下的第一，有点势如破竹的意味。距第二名，再次恢复了二十分以上的分差。对她再次拿回第一,在短暂的惊叹后,班上的同学有一种本该如此的淡定。仿佛之前两次才是异常,现在只是回归到了正常情况而已。

比较兴奋的,还是她周围的同学。他们旁观了她从失意到回归的整个过程,有种和她一起努力的参与感。"天才帮"的女孩们,兴奋地拉着她去楼梯间喊了几嗓子,才推推搡搡粘粘乎乎地回到教室。期末考的卷子,要放假之后才讲,这时只知道成绩。但张小莫语文卷子作文满分的事,已经被班主任宣扬了出来,从老师到同学都知道了。

张小莫之前作文不是没拿过满分,通常都是在期末的时候,全年级的语文老师都一致同意,可以给她这个满分。这时不用担心她骄傲,给她应有的赞赏。班主任都满意的满分,对张小莫来说含金量还是很高的。让张小莫意外的是,班主任没有去讲什么重回第一的鼓励,不知为什么,班主任这种"就该这样"的态度,反而让她有种妥帖的感觉。

"作文满分啊,你让我们怎么办。"方让在一边笑着打趣,"那个成语叫什么?"一旁的栗景接上说:"望尘莫及。"一群平时在一起斗题的同学围在张小莫他们这几桌,笑闹了起来。比起作文满分,邵襄阳更关心张小莫的物理成绩,考出来他们就对过了答案,这时知道成绩和估分不差,满意地点点头:"不错。"颇有些导师的架势。

对于这些比她还高兴的同学,张小莫觉得,很久之后,她都不会忘记此时他们给她带来的这种感觉。没有得第一也并不失落的方让,说着喜气话的栗景,对她这学期死磕物理的结果表示满意的邵襄阳,还有上来憨笑着和她说恭喜的苏巍,甚至还有不知为什么但一起高兴的储亮和成松柏,更不要说"天才帮"的几个好友。也许,还有遥遥对她笑了一下的赵文。

她想起什么,回望了一下,眼神经过那几个早锻炼时给她说加油的女孩,她们果然也在看她,张小莫和她们眼神碰了碰,彼此点了点头。

张小莫和周围的人笑闹了几句，迅速调节了一下自得的情绪。期末考试是全市统考，没有附加题，因此物理和数学的分差不多，她英语和语文的优势一下就上来了。被理科附加题压着打了一个学期，面对突然降低难度的期末考试，说信手拈来也不足为过。但她还是有自知之明，不是自己突然变强了，而是题目变简单了。

比较乐观的一个消息是，初三的考试为了中考训练，月考题型会调整成和中考一样，没有附加题。也就是说，进入初三后，和这个学期一样的情形就不存在了。张小莫一边松了一口气，又一边感念这学期绝地反击的努力，以及在这个过程中周围的人所展现出来的善意。

期末考的重回第一，多多少少有题目设置的原因，不得不说是张小莫幸运。事不过三，她没有再让自己的意志力受到更多的考验。

家里的鸡毛蒜皮，在这段时间虽然好了一些，但没有完全停息。只是吸取了上一次月考的教训，张小莫学会了去隔离一些不必要的事带来的影响。

在她日后能读到阿德勒的时候，会发现这是她最初进行人生课题分离的尝试。将自己的人生课题和大人的人生课题分离开，取走自己要面对的那一部分。她从这时起，开始建立一道隔绝这种影响的堤坝。

爷爷的病，在这段时间急转直下。因为大伯父和小叔叔他们两家不知怎么商议的，先是转院，然后决定放弃保守治疗，去做胃部切除手术，听说切了一半的胃。手术进行之后，爷爷的状态一下差了起来。除了父母还是常去医院，为一些费用的分担计较之外，张小莫已经习惯了晚上一个人在家。

姑姑家的大姐姐，来陪她住过一个晚上。按亲戚关系，应该算堂姐，但不知为什么，她从小到大喊的都是表姐。这位表姐，比她大八岁，是她在奶奶家算是最没有敌意的一个人。很多时候在奶奶家遇到一些窘境时,都是她把张小莫拉开,去圆场,或是给她台阶下。

按理说,这位表姐在家里的地位也很尴尬,所有人都知道姑姑是认的而不是亲生的情况下,大人们好像并没有给她"孙女"的待遇。大人们对张小莫,总是一口一个"我们家唯一的小公主"这样喊,并没有顾及这位表姐的感受。但在和这家人的交往中,也并非毫无好处,她的学校,是母亲托关系去的,工作是大伯父托关系去找的。她父母的工作,也都是大伯父安排的。奶奶一家人总觉得,他们一家能过上现在的生活,应该知足。

张小莫不知道这位表姐在成长过程中,是如何修炼出了自己周到圆满的处事风格,但张小莫挺喜欢她,提起奶奶这家人时,如果提到这位表姐,她的心会稍微温软一下。毕竟,这是在她和那一家人的相处中,唯一一个没有给过她伤害的人。

表姐来陪张小莫住的那一晚,张小莫用暖瓶给自己倒洗脚水洗脚。洗完之后,张小莫问她,要洗吗?她点点头,端着盆把水倒掉了,然后又接了一盆。那一刻张小莫有点惊讶,惊讶之后很是羞愧。她每晚在家洗脚时,父母总是让她先洗,然后母亲洗,最后父亲再洗。她问出那一句,是习惯性地问:要给她留水吗?

在她把水倒掉的时候,张小莫才反应过来,这不是她的父母,她们是同辈,她在自己家里,也是被娇宠的独生女。张小莫为自己习惯性的这个问句,和这个问句之下暗藏的理所当然的思维感到了羞愧。自己多多少少也被奶奶一家等级制度影响了,这个她本来那样痛恨和不解的等级制度,在她能取得优越感的时候,对于处在制度下方的人,居然这样自然地做出了不礼貌的行为,并且在说出口的时候毫无知觉。换成是外婆家的表姐或表妹,她无法想象自己会这样。

那天,看着洗脚的表姐,张小莫羞愧之余,感到了一点惊悚。自己身上,到底留有多少那一家人带来的痕迹呢;这个分离的课题,要如何才能做到完美呢。

张小莫恍惚记得，这个表姐，也有过任性的事件。

是在她读职高的时候，让家里买了一组八千多块的音响来唱K，和凌鱼家的立式组合音响很相似。表姐的父母因为拗不过她，又想退掉音响，就拉了奶奶一家人去家里做客，然后奶奶、大伯和小叔一起讲她："你父母工资一个月才多少，买这个音响着实太奢侈了，你要懂事一点，还是去退掉吧。"表姐侧过脸去，一声不吭，脸上露出了一副和往常在奶奶家的周到圆融完全不同的倔强的神色。不知为何，她那时的表情，给张小莫留下了很深的印象。

表姐最终没有松口答应要退掉音响。一家大人们，在饭桌上长吁短叹，阴阳怪气。张小莫听了一耳朵，大概是他们帮她父母找工作是为了维持基本生活的，并不是拿来给她奢侈的。饭桌上，张小莫的白衬衫上被滴了一滴油，去厨房里弄洗洁精。张小莫特别喜欢穿白衬衫，被滴油的时候，就要马上滴上洗洁精，滴上就行，不用立刻洗，回家大概率是能洗干净的。但如果这时不弄，回家就洗不掉了。所有污渍都是这样吧，能消除的时间是有限的，对于她来说，这一家人给她带来的污渍，已经层层叠叠，再也洗不掉了。

滴完洗洁精后，张小莫走出厨房，看到两个堂弟在抢煮白菜吃，张小莫吃煮白菜只吃叶子，堂弟们也跟风说只吃叶子，家乡话讲起来，是只吃"叶叶"，大人们哄笑道："怎么能吃爷爷呢。"一桌人笑起来，没有人去管刚被冷嘲热讽的表姐。

这是张小莫印象中，这位表姐唯——次任性的时刻了。为什么对这套音响这么固执？也许是和楼下的杜老师一样，这是她唯一的发泄方式。其余的时候，在奶奶家，她总在自己父母干下一些蠢事的时候去帮他们找补，周到地对待每一个人，去圆每一个尴尬的场子，好像天生就是脾气好会说话的样子。不管对她父母什么印象，每个人对她的印象都是不错的。

初中的时候，有段时间奶奶一家人想套路张小莫洗碗，说孙辈的人，一人洗一次，大堂弟洗了一次，是张小莫在家的那种洗法，不擦台不洗锅，拿洗洁精把几个瓷碗洗了就行，剩下还是由别人来收尾。洗了之后，大家拍手叫好，营造出一种洗碗是光荣的氛围。轮到张小莫时，母亲不让张小莫洗，张小莫自己也意兴阑珊，不知道为什么媳妇们洗的时候就是互相推脱的事，到大堂弟洗就和表演特长一样。母亲后来在家说，培养张小莫，不是为了让她做家务的。他们套路张小莫洗了这一次，以后就有无数次。如果说推活给她还可以忍受，那想要使唤张小莫就触及了她的底线。果然，这次之后，他们再也没有提要孙辈轮流洗碗的事。

当时张小莫坐着不动，场面一时尴尬，是表姐接了过来，说她去洗，圆了这个场子。奶奶那一家人，也没有再说什么，并没有给主动要洗碗的表姐，和大堂弟一样的献艺式的喝彩声，仿佛这不过是她理应做的事罢了。姑姑原来是保姆身份，姑姑的女儿也可以当成保姆使唤，不管在这一家接了多少这样孙辈小孩都不会做的事，只是追求自己唯一的爱好，就会被说成是奢侈和不懂事，因为僭越了他们给她的定位。

那，他们给自己的定位又是什么呢？

张小莫没来得及细想，半夜的时候，电话响起，让表姐把张小莫带去医院，说是爷爷已经快不行了。

到医院的时候，浑身插满了管子的爷爷，进入了清醒的回光返照阶段。他做手术之后，张小莫又看过他几次，都是不太清醒的状况，一次比一次看着可怜。因为切了胃，只能吃流食，后来流食都吃不了，只能输液，所以一直就感觉饿，最后的时候，说是想吃一碗面条，但连这个心愿也没有达成。

站在病床前，张小莫还是有了一种哀戚之感。是一种对生命走到尽头时的本能的惋惜之情。看着病床上的老人，她搜寻了一下自己脑中相关的回忆。实在是不多。

爷爷的存在感，在奶奶家一直是很低的，是一个安静的背景板一样的存在，奶奶就强势很多，所以张小莫从小说的是"去奶奶家"，并不说"去爷爷家"。一开始张小莫连他是做什么的都不知道,后来才知道,爷爷原来是奶奶的上级,父亲一家,三兄弟都是公安系统的,一家子警察,就是从爷爷这里开始的。

奶奶常常自夸,生了大伯父之后,都还有人上门向她提亲,来强调自己配爷爷绰绰有余也是后来,张小莫知道奶奶是被转卖的无父无母的孤儿,连姓都是改的。而爷爷家是地主,在老家半条街都是他们家的,后来做过国民党高官的秘书,差点被带到台湾去,他留了下来,后来遭批斗,受了老大的罪。这种阶级和家庭强势地位的错置,是时代造成的,还是爷爷儒雅的性格造成的呢?不得而知。

但爷爷并没有要去和奶奶争这一家之主的意思,除了上次评论要张小莫考本地的大学就够了,在饭桌上他都不怎么说话,又或者是说了也被遗忘了。靠着爷爷的不争,和对几个儿子"孝敬"的操纵,奶奶站在了这一家等级制度的顶端,抑或说她亲手创造了这套等级制度。在这个制度里,她宣扬男孩在这家里不金贵,捧张小莫是小公主,但实际上,在这套制度里,除了她自己,并没有一个女性受益,只有相对的优越感,和相对的倾轧。

因此,张小莫对爷爷的感情,并不强烈,如果说对于其他人,她有明确的憎恶程度的话,那对于爷爷,接近于一种谈不上爱憎的模糊。

这时,有个记忆突然涌上来,有一次父母把她放在奶奶家,桌上有一笼刚买来的热腾腾的包子,张小莫不喜欢吃家里的饭,但对外食却很感兴趣,小小的肉包子吃一个,竟然十分美味,于是她又吃了一个,拿起第三个时,住在奶奶家的小叔走过来说:"你怎么吃这么多,太馋了吧。"奶奶也上来拦住张小莫,从她手里把包子拿回去,说:"不要吃太多了,到时吃撑了。"这时爷爷走上来,对奶奶说:"小孩子,多吃一个也没什么大不了。"这是她印象中,唯一一次爷爷反驳奶奶。

于是,张小莫吃到了第三个包子。那时饱腹的感觉,好像这时都还记得。而爷爷此时,是饿着的,端来一碗面条,他吃了两根,也咽不下去了。

思及此,张小莫的眼,有点迷蒙了。正好这时大人们推她上去,让爷爷给她说遗言,大堂弟已经说过了。床上的老人,看着她,目光并没有聚焦,搭着她的手说了一句:"你很好,我一直都不操心的。"

只这一句,就转头去找小堂弟,张小莫被挤开,看着老人拉着小堂弟的手絮絮叨叨,说也说不完的不放心。或许是停留的时间太短,眼里的泪,还没有来得及出来,就又回去了。

凌晨回到家时,张小莫家里的一盆马蹄莲,整个花朵突然掉了下来。这个黑暗中白色花朵掉下的场景,莫名震动了她,在很长一段时间里,想起死亡,张小莫的脑子里都是黑色天鹅绒一般的夜色背景下,这株突然掉落花朵的马蹄莲。

她并没有在医院看到老人最后的样子。交待完遗言后,老人陷入了昏迷,漫长的昏迷过程,让之前经过煽情之后的等待变得尴尬起来。于是让媳妇们带着小孩回家,留下儿子们守到最后。最终是拔了管,还是等到了最后,不得而知。张小莫睡起来,听到了走了的消息。

那种意象中的哀戚,并没有停留太久。

在办后事的时候,这一大家人和以往一样,并没有放弃挖坑和折腾的机会。想不做事时,就推给张小莫的母亲做,理由一家人里只有母亲办过后事,因为张小莫的外公早早地走了。想要由着他们性子来时,就说,母亲家的经验不对,他们要按他们家的来。从丧事流程到墓地的选择,不放过每个环节地折腾起来。

外公的坟在乡下小镇外的山上,从市区开车大概两小时。每年去的时候,还可以赶上市集"赶场"。走过热闹的集市,就到了山下,四月的时候,开满了金灿灿的油菜花,然后一路爬上山去,到石墓前大人们会铺上塑料布和报纸,拿出准备好的卤蛋、卤鸡翅、清明粑、鸡蛋糕等零食和各色水果，供完之后，孩子们就可以撒欢吃起来，和春游一样。在山的顶端，有一片小小的平地，可以在那里放风筝。

山上的坟茔，最早有清朝时代的，墓碑上有咸丰年间的字样。大概因为山上的墓比较老，工匠的手艺都很好，毛笔字刻得浑圆周正，石狮刻得不怒自威，在山间行走时，并不感到害怕，而是有参观各式各样的工艺的感觉。来得次数多了，路线也记得熟，烧纸钱的时候，会给左右邻居也烧一下。

烧纸钱这个流程，对张小莫来说是很喜欢的。山间的青草微风阳光下，摸上三张为一叠的纸，分清正反面，点燃火，然后看着黄色的草纸质地在火星的舔舐下由黄变焦，会有一种光明正大玩火的快感。比起烧火本身，张小莫更喜欢烧纸钱时，默念许愿的感觉。听说外公大概是在她三岁时去世的，她脑中没有外公的记忆，但有一张全家福的相片，她是被外公抱着的，对这个她靠相片来认识的亲人，她有种玄学的信赖感。

别人总说，外公家祖坟的风水好，因为这边的孩子，个个读书都好。子女里，除了二姨之外，都是学习改变命运的样本，舅舅还是暨南大学经济系毕业的。孙辈的三个女孩，表姐已经上了一中，张小莫全校第一的成绩，在别人看来上一中是必然的，表妹的成绩也是奔着一中去的。奶奶家的人以前常会酸酸地说，张小莫外婆一家有学习运。

大概是因为这样，张小莫在给外公烧纸时，有种亲近的虔诚：这是她的亲人，听了她的许愿会保佑她。所以她在这时，会细细地许下未来一年的考试要考第一的愿望，要上一中的愿望，还有面对孤立时，希望这孤立状态快点结束的愿望。而这些愿望，凡是时间点走到的，最后确实都实现了。于是每一年，她在许愿时的信念感，又会更强一些。在这山间的仪式中，她确实感受到了"保佑"的安心感。

在给爷爷办后事之前，张小莫是没有想过，她原本很喜欢的环节，会变得让人如此受折磨。

大概是为了显示财大气粗,奶奶一家人备了很多很多的纸钱,结果都是潮的,又是下雨天,烧起来的烟子特别呛人。和山间不同,在殡仪馆里,是直接往汽油桶里烧,没有蹲下来细细点火的环节,只求把手上这一沓都烧完了就好。烧到最后,每个人分派任务一样,一定要烧完多少,潮湿的纸烧起来,变成了苦差,于是又变成了躲懒和互盯的折磨。

母亲有说,没必要烧这么多纸,是个意思就好,最后被一句"那是你家"打发了。等张小莫烧完了,衣服和眼睛都被熏得不行。最后烧的纸灰,满满地压实了两大个汽油桶。烧到后来,堂弟小叔他们都是一沓一沓地整个烧,根本没有细细捻三张的过程了。张小莫认识里优雅的仪式感,被这样豪横粗暴地演绎后,她在想,也许她在这家经历的所有事都是这样,会因为做事的人,无论什么事都演变成让人倍感折磨的样子。

烧纸的过程中,发生了一个插曲。大伯父让小婶婶去扫地上的灰,小婶婶不愿意,就去告了小叔叔。小叔叔因此和大伯父吵了起来,护着小婶婶。这个行为把大伯父气坏了,觉得小叔叔为了一个小三居然敢顶撞他,因此要整治小叔叔。

整治的方法是,大伯父找到母亲,给了她两万块钱,说到时给爷爷选墓碑时,就说三家平分,让母亲就把这两万块拿出来就行了,这次要让小叔叔出血,知道得罪他是什么后果。

"这次"吗?张小莫一下警醒起来。

如果说这是大伯父整治人的方式,那以前那么多次让父母吵架的奶奶家的要钱,背后是都像这样另有隐情吗?

除了对待母亲的不公外,奶奶家最让张小莫在成长中感到不适的是,他们很喜欢以各种名目找张小莫家要钱,明面上都是说三家平分,所以拒绝不得。要钱的名目五花八门。比如张小莫都还没有电脑的时候,就说奶奶想要炒股,需要一台电脑,让三个儿子出,每个人出几千块;比如,从来没有去过的老家的祖坟要修,每个人要出六千块。总之,只要奶奶想添置什么,或者他们想出个什么新的名义,就会来要钱。

这种要钱的频率非常高,并不算富有的张小莫家,应付这种开支很是勉强,所以每一次被索要,母亲就要和父亲据理力争地吵架。在那个年代,几千块并不是一笔小数目。在那时,如果考不上一中,除了正式考上的之外,还有花钱的名额,一个上一中的名额,也不过才八千块。张小莫家,是很少有这样大的开支的。

这种大型开支,小时候父亲买相机时有过。换相机在记忆中有两次,每次换新相机,母亲就会告诉张小莫,要节衣缩食一段时间,不能买新衣服和新鞋子,也不能买贵的文具了。张小莫很喜欢照相,于是忍过了母亲口中节衣缩食的那段日子。要收获就要有付出,这点她还是懂的。但她没有想到,还有付出了什么都没有的情况。奶奶一家这样的索取,让张小莫度过了很多个没有看到一点收益,却要节衣缩食的时段。

如果说,那一次次的索取背后,都是这样的情况,那父母这些年无数的吵架和她成长中一次次的拮据感,又意味着什么呢?对于位高权重的大伯父来说,他根本不缺钱,所以可以完成这样对别人的"整治"。如果这之前的"整治"对象,都是他们家呢?如果小叔叔在之前,从来没有出过钱呢?这一家人构造的,从头到尾是一个怎样的局,又是把他们一家在如何玩弄呢?

张小莫还不知道,她此时的猜测已经很接近真相了。

因为大伯父和小叔叔的矛盾,大伯父和父亲短暂地形成了盟友。在这段时间,张小莫感到在奶奶家的时候轻松了许多。

小叔叔习惯性地对她家人阴阳怪气的时候,大伯父就会挡回去。在主要矛盾变成他们两家的对峙时,处在非战地带的张小莫,才知道之前他们两家联合起来的常态下,自己每次在这一家人身上感受到的不适,并非是因为自己太敏感。他们想要做到的时候,也可以让人待得很舒服。

难得的，张小莫在小叔叔脸上看到了为难之色，这是以前在他们家人脸上才能看到的。

大概是这一次要动真格出钱了，小叔脸色发绿，说墓碑没必要选这么贵的。母亲这时很淡定，看着他们交锋。以前这种要钱的时候，都是小叔冲在前面，指责他家："妈要的东西，当然是最好的。"又或者是："难得修一次祖坟，当然要最气派的。"也再也没有说"这钱我们两家也不是出不起，让你家给钱是给你家面子"时的豪横了。

这次，这面子给你，你要不要呢。

看着小叔的窘迫，张小莫一边感到痛快，一边有些心惊。自己家以前，在他们眼里也是这样的吗？他们商量好了之后，就是这样来欣赏他们被要钱时的窘态的吗？

但小叔毕竟不是父亲。

对于一个长期享受了家庭等级制度带来的利益的人，他太明白关键点在哪里了。他迅速地选择了"滑跪"，带着小婶婶去给大伯父道了歉，听说跪得十分彻底，以至于被整治之后的小婶婶，再也没有进门之后那种你奈我何的嚣张气焰，再见面时，竟看出了几分夹着尾巴做人的乖顺。

最终，大伯父答应选一块不那么贵的墓碑，每家都少出一点钱。然后告诉母亲，多的部分留下就可以了，像是作为这次他们配合的奖励，又或许是，作为之前那么多次对他们索取的一点点补偿。

大伯父对结果看上去是很满意，但张小莫觉得，整件事里，小叔叔才是最大的受益者。

最后，小叔叔连这少了之后的钱都没有出，是奶奶私下拿钱给他，明面上让他出的，而奶奶私下拿钱补贴小叔的情况，显然不止这一次。那一刻张小莫有点悟了，在这个家里，大伯父用钱去换取奶奶的尊重，小叔叔仗着奶奶宠爱就可以不用出钱也不用出力，就成为最大的受益者。

那父亲呢？在他们眼里，是闲来无事的消遣对象，是做他们都不愿做的事的冤大头，还是稍微过得好一点、娶妻生子比他们优秀一些，就要制造一些事端去把他拉回他们给他的定位的存在呢。在这个家庭等级制度里，在底端的人，就要一直在底端，如果有了不符合他们定位的人，会打破这个有利于他们的秩序的人，刚露出一点苗头，就要被踩下去。

这大概就是张小莫在这个家，长期感受到的不适感的所在吧。

细细回想起来，张小莫在这一家人身上，感受到的打压是多方面的。

最直观的，是聚会的时候大人们对她有意无意的阴阳怪气，她吃得多一点、少一点，什么东西该吃，什么东西不该吃，都有理由被挑剔。再到站得直不直，坐得端不端正，甚至对话得不得体，都会被指指点点。

张小莫长大一点之后，意识到只要开口和他们对话，就会落入他们设置好的坑里，于是能不交流的时候，就尽量沉默。但这沉默，也会被指责为没有礼貌。那时还没有手机，张小莫想了个办法，每次去奶奶家时，都会带一本书去看，用这种形式来回避和他们的交流。

在形式上无可指责之后，他们转而笑话她："哟，这么用功啊。怪不得学习这么好。这点时间都要学习，不要学成书呆子了吧。"

每次去奶奶家，张小莫几乎都像在进行大冒险一样，要注意避过那些埋好的坑。

但无论她怎么小心都没用，很少有舒舒服服全身而退的时候。

忍受过在奶奶家的时段还不够，还要忍受父亲把他们说的话放在心上之后的后续。像活火山一样，看上去平静，但会因为某一句话某一个动作而触发的，突然而至的暴发。

张小莫小时候，一直以为，所有人和父族一家的相处关系，都是这样的。这是虽然让她苦恼，但必须要忍受的事。直到她小学搬家之后，认识了新的邻居家的小孩，住在对门的小女孩，邀张小莫去她家里玩耍。

邻居小女孩的父母，也都是中学教师。按理说，两家的家境相当。分到的房子两家在对面，格局也完全一样。但张小莫进门后，看到的是一个和自己家不同、可以称得上是华丽的装修。在每一间房，都铺上了闪着金粉的墙纸，还有一看就很昂贵的家具和电器。在张小莫夸赞墙纸好看时，小女孩不经意地给张小莫介绍："墙纸是我奶奶家出的钱。"张小莫震惊了，问："你奶奶家会给钱？"小女孩点点头，然后再指了微波炉、电视机等电器，说："这几个也是我奶奶家送的。"小女孩脸上洋溢着的，是一种幸福的炫耀。

很难描述当时张小莫的震撼。比起邻居家华丽的装修，她更震惊的是，别人家奶奶居然是给予而非索取的这个事实。原来世界上还存在另外一种奶奶，这个看上去像废话但不知为何她从来没有想过、超越她认知的事实，深深地震撼了她。

带着这种震撼，张小莫回到家，复述了她的见闻。迎来的，是父亲的勃然大怒。

骂的是什么，不太记得清了。大概是因为父亲也不能用一个立得住的逻辑来解释，为什么别人家的奶奶是这样，只是复述了这个事实的张小莫有什么错。骂人的话里，只有几个"嫌贫爱富"这样的成语，来支撑起他骂人的气势。

对于父亲的这次暴怒，张小莫其实预感到了。但即使有这份预感，也不能阻止她说出自己的疑惑：为什么别人家的奶奶是这样的？

而不管父亲的回答是什么，无论是恼羞成怒的指责，还是顾左右而言他的语无伦次，这事实代表什么，她已经知道了。

这世上还有其他的相处模式，她之前所遭遇的，并不是每个人都要忍受的存在。

所以张小莫也并不打算，一辈子都卷入这种让她不适的家族模式中。

这种想法，具体是什么时候形成的，已经追溯不到特定的节点了。也可能，每一次让她觉醒的事件，都是节点。而想要在未来取得成就之后，要这些伤害过她的人对她刮目相看，乃至类似这样的想法，她从来都没有。她的诉求很简单，她只要远离这些人，要他们消失在她的人际关系里就可以了。

她不明白，有的人终其一生要在这个家族等级秩序里去争取到高一点的位置的意义。为什么要让这些人认可自己呢？为什么要向这些人来证明自己呢？对张小莫来说，这个动机是完全不存在的。

她甚至已经见识到了，他们的下一代，也在有意无意地继承和维持这种等级秩序。

即使大伯父短暂地向张小莫一家示好，大堂弟在爷爷葬礼的时候，就已经不理张小莫的父亲和母亲了，见面时，喊都不喊一声。这时，那些动不动教育张小莫礼仪的大人们，全都噤了声。母亲说，是从大伯母削苹果喂父亲吃这件事开始，他就不喊他们了。大堂弟对外宣称的理由是：爷爷去世，张小莫眼泪都没有流一滴。

张小莫并不想辩解，她其实是掉了泪的。是最后的最后，让家属看那最后一眼的时候。那时，眼前曾经相处过的人，将要从任何意义上都从这世界上消失的冲击感，让张小莫落下了泪。真正从头到尾一滴都没有流过的人，是爷爷从小一手带大，到最后都放不下的小堂弟。

不过，这些都不重要，大堂弟像一个小小的当家人一样，已经学会拿出一个冠冕堂皇的理由，来作为自己任性行事的借口，把自己放在道德制高点，顺便审判别人。

想要不理张小莫一家时，只要他能讲出一个理由，无论逻辑上多不合理也会被接受。但同样的行为在小堂弟身上，他们自会为小堂弟找理由，说他是伤痛过甚，以至于哭不出来。

在这种无厘头的指摘面前，张小莫回想起来，除了大人们给她的打压，同辈的这两个堂弟，和她之间也没有什么好的回忆。

在奶奶家的孙辈中，张小莫虽然是年纪最大的，但她很怕和两个堂弟单独相处。

大堂弟只比张小莫小二十天,他从来没有叫过张小莫姐姐。因为他长得太像大伯母,所以在相貌上并不太像奶奶这一家人。大伯母的相貌,在打扮之后才勉强算得上清秀,单从相貌上来看,是配不上大伯父的。孙辈的三个小孩之中,大堂弟的相貌,在颜值上是被拉低了的。但男孩子,有的是办法弥补帅气的氛围感,打扮干净,个子长高,好好搭配衣服,加上大伯父的言传身教气质加成,到五六年级时,看上去也已经是个小帅哥了。

因为两人只相差二十天,说起来连星座都是一样的。大人们不知是为了营造姐弟情还是为了给大堂弟不像这一家人的尴尬找补,很爱去找张小莫和大堂弟之间的相似之处。比如两人都很白的皮肤,一些相似的口味和习惯,甚至是两人皮肤上都会长的一些会随年纪消失的鸡皮,都会被他们拿来作为他们果然是姐弟的证据。

张小莫小时候,大人们还爱干的一件事,是在全家一起出去玩的时候,把张小莫和大堂弟放在一起。坐车的时候,一家一台车,大伯父的车最好,就会把张小莫叫到他家车上去,和大堂弟坐在一排。

有一次大堂弟坐着车睡着了,靠在张小莫肩上,大人们觉得画面友爱,张小莫动也不敢动,半个肩都是酸的。停车之后,大人们给张小莫看他们游玩时摄的像,张小莫手一滑,差点把摄像机滚落在地上,抢救起来之后,大伯父说没关系,然后大人们下车先去探路,留下小孩在车上。等大人们走后,大堂弟皱着眉,对张小莫说:"你知道这有多贵吗?你们家赔得起吗?"

小孩子的不屑与瞧不起,最是直白。刚才大人们才营造出的虚假温情,立时就被冲散了。

但大堂弟认为的张小莫家的"赔不起",并不阻碍他占她家的便宜。大堂弟来她家让母亲补课那段时间,对母亲和张小莫都很煎熬。除了不给补课费之外,奶奶一家人,还会借机过来在他们家吃晚饭,补完课的母亲还要做一大家人的饭,平白多了许多工作量。

做完卷子之后,大人们会让张小莫带两个堂弟出去玩。其实也没什么好玩的，除了楼下的院子，就是离家五分钟的学校。去学校的路上，看到路边摊，大堂弟就让张小莫请他们吃。张小莫犹豫了一下，还是请了，平时她都只舍得吃两串解馋，但两个堂弟每个人，都是八串十串地吃，而且是肉串。张小莫算了一下身上带的钱都不够了，让他们不要吃了，大堂弟看她一眼，说："你真是又馋又财呢，不如就叫你财馋吧。"

"财"在方言里，是吝啬小气的意思。指责张小莫吝啬的大堂弟，自认家境比张小莫家有钱的大堂弟，一边用着她的钱，一边给她安罪名。他当然不缺这一点零花钱，但他就是要占张小莫的便宜，让她出这个钱，顺便看她的窘迫。

这和大人们对她家的行为，在本质上何尝不是一样的呢？

小堂弟跟着大堂弟，一路"财馋、财馋"地对着张小莫叫回家，给大人们说无聊，要骑张小莫的白色自行车。张小莫听到这，心都紧了。她的白色自行车，是五百块买的一辆捷安特，在院子里的小伙伴中还算高级，对于她来说，是很奢侈的一个物件了。这辆漂亮的白色女士自行车，她一向保护得紧。宁可摔到自己，也不会摔到自行车，她那时膝盖上还留着为了保护车不被摔而留下的疤。

张小莫想阻拦的时候，父亲出来作大方，说给他们玩一下又不会怎样。张小莫提心吊胆地跟着下楼，大堂弟和小堂弟根本不骑，而是把她的白色自行车从楼梯上摔了下去，一人去摔，一人拦着她，然后摔了一遍又一遍。

这受刑一般撕心裂肺的时间，张小莫不知自己是如何度过的。她奋力去阻拦的时候，大堂弟还在嘲笑她："不就是辆破自行车吗，真的是财迷。"然后小堂弟在一边接着喊："财馋！财馋！……"

等他们摔累了，大人们喊吃饭，张小莫最后才一个人端着伤痕累累的自行车回家，通红着双眼告诉大人们。大伯父也许还想做做道歉的样子，父亲急着解围："哎没什么，他们想玩就玩，不就是一辆自行车吗？"

两个堂弟在大人面前，一副乖顺的样子，绝不承认刚才摔了自行车，也不承认那样喊过她，说不记得了。

　　但事实上，他们把这件得意事记得长久。一直到那一年过年的时候，大人们让小孩到楼下去放烟花，张小莫不肯去，父亲催张小莫去，"你也要和弟弟们玩一下。"大伯父和小叔叔也说，是啊过年一起玩一下嘛。几个小孩拿着烟花出了门，几乎就在门刚掩上的那一刻，大堂弟对她说："哟，财馋，你想和我们一起来玩啊。"听到这个熟悉的生造词，小堂弟顿时兴奋起来，一边奔跑一边喊起来。

　　在那年之后的所有除夕夜，张小莫再也没有出去放过烟花。

　　张小莫在这时意识到，如今，大堂弟对她不掉泪"审判"，也不过是一个高级一些的旧事重演罢了。什么小孩子不懂事的说辞都是假的，小孩子世界的复杂程度本来就超乎大人的想象。随着他的长大，他会更加擅长这些行为，更加会冠冕堂皇地给她一顶顶帽子，更加为这个家族的等级秩序添砖加瓦。

　　不过，那又如何呢？

　　张小莫已经下定决心，她的未来，一定会脱离这个家。

　　她期盼着人生快点走到可以将一些桎梏摆脱的时候。每个小孩，大概都有特别盼望自己长大的理由，对于张小莫来说，这就是其中的一个。

　　也许是最重要的那一个，没有之一。

　　暑假快结束这件事，张小莫是被孟月她们几个女孩提醒的。

　　因为下学期就是初三，所以提前安排了补课。暑假被压缩得非常短，被家里的事折腾之后，几乎不剩什么了。

　　老师干脆没有布置暑假作业，象征性地让他们做做《语文报》和《英语周报》上的题。《语文报》是假期中间的时候，统一去学校领的。孟月她们几个报名去了学校组织的夏令营，所以让张小莫代领，等她们回来拿。

　　夏令营回程的车集中在学校下，她们下车后，并没有给张小莫打电话，让她去学校送报纸，而是直接来她家了。她们一路走进她家的小区，一边走一边喊张小莫的名字。张小莫家刚好就在一进小区的那一幢，在院子里喊人她都能听得见。听见声音，推开窗子，张小莫吓了一跳，赶快告诉她们怎么走。

张小莫开门时，看到的是一个个龇牙咧嘴喊腿疼的同学。因为刚爬完海拔2572米的山，腿动一下都酸疼无比。张小莫把报纸拿给她们，母亲问她们要不要进来坐，外面一群人纷纷摇手，说她们的腿坐都坐不下去，趁还能走要赶快走。张小莫觉得好笑中又有些羡慕，像这种不是全班都去的夏令营，母亲是从来不让她去的。

张小莫问孟月，要不要扶她们下楼。孟月几人摇摇头，把报纸收起来，双手扶着楼梯扶手，一步一叫唤地下楼，还不忘回头给张小莫再见。看着她们哎哎呀呀地下楼，一直到看不见了，张小莫才关上门。

不知为何，这一幕后来常常被张小莫想起，作为初中时这个最短的暑假的落幕。

像是突然从梦中被叫醒一般，这几个不算亲近也不算疏远的同学，一下子把她从家里的氛围拉到了学校的场景。

张小莫家里，是很少招待同学的。因为母亲不喜欢同学来家里做客。或者说，不喜欢在家里招待客人。从小到大，请别人来家里的生日聚会，张小莫只搞过一次。是在她八岁生日的时候，请了许多人来家里，点蜡烛，送礼物，像开派对一样。

为什么在八岁那年会搞这次聚会，听说是因为当时教张小莫弹电子琴的老师，那个洋派的老爷子，母亲说漏嘴张小莫马上要过生日了，老爷子就问什么时候，他要来参加聚会，所以被赶上架办了这一场。只有这次，母亲说可以请同学来家里。

当时张小莫还在工厂子弟小学，她兴高采烈地去邀请同班的同学，领头女孩拒绝了她，其他几个女孩也表示为难。因为聚会，当时母亲去冷库批发了一点雪糕。在生日那天中午，为了有庆祝的意思，张小莫从家里带了几根她都舍不得吃的"火炬"去请那几个女孩吃,小心地用保温的冰袋装了去学校,领头女孩看了一眼,拿起来吃了,其他人也接着过来拿,混乱之中,算好的数目不够,最后张小莫自己没有吃到。而吃了雪糕的这些人,也没有和她说一句生日快乐。

为什么要这样讨好那些女孩呢?每每回想起这件事,张小莫都心疼记忆中的雪糕。

大概,在八岁的时候,讨好那些女孩在她生活中还是很重要的事吧。那件事给张小莫留下两个后遗症,一是在家里失去了雪糕自由,只能自己冰冻白糖水做成冰棍来吃;二是从此畏惧邀请别人来家里。即使不是因为母亲,别人拒绝她时的那种难堪也很难忘怀。

但那天的生日她过得还不错,去的人都给她送了礼物,电子琴老师给她送了一本十分精美的相册,在扉页上写了赠语,落款是"爷爷:卫其风"。这本相册因为质量和品位都上佳,张小莫只会把十分满意的照片放在里面。久而久之,就成为了她最喜欢翻看的一本相册。

这个钢琴老师,很快因为收费太贵而让母亲放弃了,转而去找了楼下的音乐老师继续给张小莫上课,说实话连他的面容张小莫到后来都记不清了,但这本相册她一直留着。每每翻到扉页时,她都会停留一下,这个署了"爷爷"字样的人,在这样正式的场合,给了她这份正式的礼物。这种陌生的感觉,总会让她有点感慨。这样的礼物,这样的用心,在这样一个亲近的称谓下,后面跟着的是一个和她毫无血缘关系的名字。

不管是因为聚会,还是礼物,还是那天以她为中心的热闹氛围,都让张小莫非常怀念八岁的那次生日。

说起来,孟月她们这次误打误撞地上门,可能是第一次家里有那么多她的同学来到她家。即使是同一个小区的小孩,无论是教师子女还是邻居小伙伴,他们都不会来她家,一方面是他们害怕她母亲,另一方面是张小莫也不敢邀请。这一次同学们毫无准备的到来,无端端地让她有些欣喜,像是无波的生活里突然有了点调剂。

在这个最短的暑假,张小莫突然很想要开学。

即使明白,开学意味着又要面对跑十圈的黑色河沙操场,有上不完的课和考试,她也想要开学。之前有同学和她说过,放假时会想要开学的心情,张小莫其实不太能理解,因为她是一个很能宅得住的人。别人想要开学,可能是因为在家太无聊,想念学校的玩伴,但对于张小莫来说,独处时的无聊是很容易化解的。

她想开学,可能是因为另一种迫切:相比起来,在学校的学习是她可以掌控的部分。

只有在学习的时候,她才有可以掌控自己命运的感觉。经历了一些事后,她突然清醒地认识到,只有通过学习,她才可以离开这个家,摆脱这些她不想要的关系。不管是让人窒息的母亲的管控,还是父亲和他身后的那一家人,在她痛苦到喘不上气的时候,还好有这样一条路,能让她看到一束光。

相比起这种窒息的感觉,每天早上让她跑到面白如纸的 800 米的痛苦也都不算什么了。如果这是能让她向着那束光更近一步所必需的话,那她可以忍受跑步时心脏快要爆裂的感觉。更不要提上课和考试了。

通过学习可以摆脱枷锁这件事,其他人是在什么时候领悟的呢?这时张小莫,不由又想起了小学时一定要考第一名的方让。

虽然在日程上算还在暑假期间,但开始补课之后,所有人都自动带入了初三的角色。无论是排的课程,还是教室里立起来的距中考还有多少天的牌子,都在提醒着他们,已经进入人生中第一个决定命运的紧张阶段。

张小莫对初三的认识,却不止如此。

母亲当班主任,一共带过三届学生。最后一届时,出于一些学校内部斗争,被换了班主任。从此以后,就失却了拼搏的事业心。和张小莫关系最好的,是第二届学生,从他们身上,张小莫见识过初三的样子。

张小莫还在读工厂子弟小学的时候，母亲常常会守放学后的自习，如果回家早没带钥匙，她就会去教室里找母亲，然后一起回家。那些哥哥姐姐们，看到张小莫来总是很高兴。他们会把张小莫叫下来一起坐，那时的椅子还是长椅，同桌两人坐一张，张小莫过去，就刚好可以坐在中间。他们教她一些打发时间的玩法，她就可以安静地和他们一起自习。等时间差不多了，他们就撺掇张小莫去说自己饿了，这样就可以早点回家。

张小莫最喜欢凑到旁边的，有两个哥哥，一个姐姐，刚好是班上的前三名。

那个姐姐教她，把挂历纸盖在书的印刷图案上，用铅笔在反面涂抹，就能把铅字印刷的图案拓在正面。张小莫小时候，总是玩得不亦乐乎。这个姐姐，和另一个哥哥，都是长得好看成绩又好的类型。另一个哥哥长得很帅，白净斯文，是张小莫喜欢的类型，但她有时能看出来，对于她这个小孩，他是有点不耐烦的。母亲也常提醒她，不要往他旁边凑，免得影响他学习。

相比起来，剩下的那个哥哥，对张小莫就很友善了。起初张小莫有些怕他，因为这个哥哥是兔唇。张小莫一开始不懂，只知道他的嘴唇长得和别人不一样，还傻乎乎地问他是受伤了吗？会好起来吗？这个哥哥也和和善善地给她解释，生下来就是这样的，并没有被触怒或避讳。回家母亲知道她问了这句，好好说了她一下，让她以后不要再提，也不要盯着这个哥哥的嘴看。"不能好起来呀……"张小莫在心里默念了一下，试图去理解这之后的意义。

张小莫后来，就不怎么怕这个哥哥了。小孩子对善意恶意，其实最敏感。

那个帅一些的哥哥对她的不耐烦其实很容易捕捉；那个漂亮姐姐当着她和善，却在她走了之后会松一口气；其他的学生，招呼她过去，只是为了利用她和母亲说早点回家罢了。张小莫转学之后，班主任也会把自己的小孩带到办公室，那是个有点调皮的小男孩，大家都有点怕他，当着面却又要去讨好他的心理。这种心理，张小莫设身处地一想，也就懂了。

但兔唇的这个哥哥，会细细地给她讲英文漫画里她不懂的单词。记得是史努比的漫画，里面的对话全是大写字母。张小莫指着书问他："HIM 是什么意思呀？"那个哥哥笑笑，也不直接告诉她，说："你换成小写看看？"张小莫把小写一换，脸就红了，别人要是拿这么简单的东西来问她，她也是要不耐烦的。对比之下，更显得这位哥哥和善。

排在前三的学生，都是母亲的骄傲。作为普通班能有三个这样的学生，已经很难得了。所以回家时总是和张小莫念叨，搞得张小莫也觉得他们和母亲很亲近。中考之后，三个人都上了一中，但有两个人再也没来看母亲。

母亲说，是因为中考加分。普通班只有一个加十分的优秀班干名额，一个加五分的优秀学生名额。母亲最后把加十分的名额给了兔唇哥哥，加五分的名额给了帅气哥哥。母亲承认，是出于同情，在兔唇哥哥成绩比帅气哥哥好的情况下，她觉得出于家境的考虑，要保前者中考无失。因为对于他来说，人生再也经不起考不上的波折了。而对于那个漂亮姐姐，当时的成绩是加了分也上不了一中的程度，所以就没有考虑给她。

最后中考结果出来，可以说是皆大欢喜。漂亮姐姐因为没拿到加分，憋着一口气超常发挥了。帅气哥哥加的那五分，刚好让他能上一中线。兔唇哥哥则超过录取线一大截，稳稳地进了一中。但虽然考上了，帅气哥哥和漂亮姐姐还是对母亲寒了心，之后再也没有联系走动过。

那几年，教师节的时候，同学们还是很流行约好一起回母校看老师。张小莫就准备过礼物回小学看老师，给小学数学老师的礼物还特意包装了，想着也许最后会到裴述手里。家里每年教师节的时候,也是很热闹的,这是母亲唯一不讨厌招待客人的时候,张小莫还挺喜欢这些哥哥姐姐来家里,讲一讲高中的故事。在这些热闹里,再也没有出现的两人,就显得格外扎眼起来。

张小莫年纪虽小,但从这三个哥哥姐姐身上,意识到了初三的残酷。为命运而争取时的筹码,足够让人反目。反过来看,一直强调公平的班主任,除了公平之外,也许还有智慧。

到了张小莫初中的时候,她反而对于初三的这种紧张残酷迟钝起来。

大概是因为"减负"的原因,放学后他们留下来不是补课,而是在听班主任训话,训话的时候也不能做作业。放学后她还来得及回家去看六点的体育新闻,回家时最多是日落的时候。从来没有小时候,母亲守到天色发黑,让学生们不做完作业不能走的情况。

又或者,是因为重点班的资源好。班主任林老师带的班,历年考上一中的,大概在20个左右。不要说张小莫、方让、苏巍这样的前几名,前二十名都有上一中的机会,所以互相之间的氛围,并没有到你死我活的地步。所以像薛琪那样早早就打算盘的恶意,才出乎张小莫的意料。

但也有可能,她还没有感受到残酷,是因为初三还没有真正来临。

开始上课后,最让张小莫不习惯的,是换了英语老师。

这件事对张小莫而言,打击是很大的。作为她最喜欢的一门课,除了她有优势之外,也有她喜欢英语老师柳老师的原因。

柳老师上课的时候最喜欢穿一身绿衣服,衬得瘦瘦的她很有气质。柳老师教英语,是有真水平,她的二姐是一中的特级教师,一家都是名师。柳老师为什么会在现在这所二流中学里,很大一部分是因为身体原因。因为身体不太好,所以没有再去向上争一争的心。对于在目前的学校能享受到柳老师这样的师资,张小莫之前很是庆幸。

没想到的是,柳老师不再教他们班,也是因为身体原因。本来柳老师和数学老师童老师，教的都是一班和二班。这也是两个重点班能称之为重点班的原因。唯一不同的就是班主任林老师只教二班的语文，一班的班主任苗老师只教一班的政治。当柳老师提出，因为身体不好只能教一个班时，两个班进行了争夺，协商的结果是，柳老师去教一班。

理由是，初三给二班换的物理老师单老师，也是因为身体不好只能上一个班的课。二班已经有了单老师，一班就要柳老师。

这个置换原因，是张小莫听母亲说的小道消息。对于全班同学而言，只知道柳老师在两个班的选择中选了一班。新上任的英语老师汪老师，虽然已经是新生代中不错的了，但和柳老师的教课水平相比之下落差感还是很大。以至于有一些同学下课去一班找柳老师，问她为什么不教他们了，柳老师说没办法，她也是听安排。

于是，所有不满的情绪都朝着新的英语老师而来。她上课的时候，下面几乎没有在听课的人。对于张小莫，新的英语老师其实很顾及她的感受，才来上课自我介绍，就说有些已经学过的同学可以做自己的事。

这种话，以前柳老师也说过，但张小莫很少会真的不听，哪怕是为了巩固知识，她也会好好听课。她一开始觉得这出于对英语的热爱，到汪老师来，她才意识到，这和上课的人有很大的关系。即使她想像之前一样耐着心思听，也会被上课的无趣和无聊击败。对于她而言，英语课真的变成了可以不用听的课。

乖巧如张小莫尚且如此，更不要提其他的同学了。虽然知道无法怪柳老师，但二班的同学，统一有了被抛弃和背叛的感觉。

以班主任林老师的强势，为什么会在这种争夺师资的情况下让步，张小莫最初十分不解。以柳老师和林老师的铁搭档关系，还有和二班同学的亲密程度，再自恋一些，还可以加上还有张小莫这个可以在竞赛中拿奖的得意门生，这所有的因素加在一起，都抵不过一班班主任苗老师的反对。

这件事让她意识到，以林老师举足轻重的地位，在这个学校也有她做不成的事。虽然大家都心知肚明，同为重点班，二班才是更好的那个班，但放在明面上，就还是要讲平衡。

从失去柳老师开始，张小莫开始感受到了初三的一点残酷。这种寸步不让和利益平衡，是她已经快要忘记的部分。

如果从纯粹的理性去思考这个"置换"，不管班主任林老师是怎么想的，对张小莫来说，其实是有利的。以她的英语程度，换任何一个老师对她的成绩影响都不大，但物理老师教得怎么样则对她影响很大。对于不在外面补课的同学，换英语老师这件事，除了情感上的打击之外，更重要的是学习上会直接受影响。

虽然想清楚这一点，也不能阻止张小莫内心有些难过。但至少，从结果上，她所受到的影响微乎其微。

除了英语老师的变化，初三的主课，还加了化学和政治。化学是初三才加上的学科，政治初一初二虽然在学，但并没有列入月考项目。而中考有政治这一科，主要考的是初三政治的内容，所以从这时提上主课议程。

隔壁一班的班主任以政治老师的身份担任了重点班的班主任，可想而知在这一科上优势有多明显。但对于张小莫来说，她很喜欢他们班的政治老师孔老师。

孔老师是在这个学校里难得让她觉得生活优渥的人。主要体现为，她在穿着上的讲究。即使这一天的课，她是早上第一节和第四节，中间一个课间操的时间，她也会回家换身衣服来。那感觉就像是家里衣服太多，不换就错过了一次展示的机会。孔老师身姿优美，不管多夸张的衣服穿着都别有风情，欣赏孔老师每天换的衣服成了同学们枯燥生活中的一个有趣的事。据不完全统计，在她来上课的时候，几乎没有穿重复衣服的时候。偶尔穿一次重复的衣服，就会变成一个大新闻：孔老师居然穿了上次穿过的衣服。

初一初二时，张小莫也是在政治课上看过金庸小说的。但到了初三，这门课的性质变得严肃起来。对于孔老师来说，三年一个紧张周期，压力既不会太大，又不会像其他副科老师一样被学生轻视，连这种节奏，张小莫都觉得是享受生活。

在这种好感下，张小莫的政治刚上初三，就学得不错。本来文科她就能拉开别人一大段分数，再加上政治，别人靠理科来超过她的可能性就更小了。多加的这一门学科，除了需要早晚不停地背诵，给记忆力加重了负担之外，张小莫上课时还算愉悦，因为她知道，这是增加她优势的部分。

算是意外之喜的是化学。虽然是理科，但被称为"理科中的文科"的化学，和张小莫的适配程度意外的高。如果说物理她要很吃力地才能保持在第一军团的话，那化学她轻轻松松可以进入前列。化学老师鲁老师，也是一班和二班共享的，全校顶尖水平。这个配置下来，重点班与次重点和普通班，光是在师资上就拉开了距离。

这样的开始，算是好的开始吗？张小莫不知道。但她知道，寸步不能让的初三，算是开始了。

开学之后，张小莫感受到，他们班和隔壁一班之间的氛围开始有了些不同。

本来这两个重点班之间，是一班盯着二班在比，二班基本不把一班放眼里的状况。谁是最好的班这件事，根本不用明说，只看学校的教师子女全都在二班就明白了，不仅学生这样认为，老师也这样认为。虽然同为重点班，但内在的差距是巨大的。张小莫考试后都不会想着去问一班前几名的成绩，因为没必要。通常只在二班内部，前几名就可以见分晓了。

但既然是重点班，两个班还是会有一些共有的特权。其中一项特权就是，在初一的时候，只有他们两个班入驻了新修的教学楼，其他班的学生还留在老楼里上课。

对于老楼，张小莫是很有感情的。老楼分三部分，在面对新教学楼的右边的三层教学楼，是她小时候常去找母亲守晚自习的地方。

面对新教学楼的左边的二层的木质小红楼,是她小时候常去的图书室所在的地方。在新教学楼对面的主席台的主楼,是以前的大会议室和老师办公室。尖顶三层建筑,尖顶上有一颗五角星。这个主楼的大会议室里,以前每年会举行联欢会,跳舞、唱歌、嗑瓜子、吃糖,是她小时候难得去凑的热闹。

新的教学楼,是一个 H 形状,先修好了 H 形状的左边,让他们这一届的两个重点班先搬进去。H 形状的中间,是老师办公室和广播室。然后用一个大铁门锁起来,继续修右边。到张小莫初二了,右边的部分才完工,让其他班搬了进来。所以很长时间,这幢楼里只有他们两个班,昭示着他们的特殊性。

大家习惯说是隔壁一班,但其实一班是在二班的楼上。即使长达一年的时间只有他们在同一幢楼,张小莫也没有和一班的人太相熟过。只是偶尔上楼打分或是找老师交作业时才会在门口短暂地晃一下。二班的同学,大致都和她一样,比起倨傲,更多的是一种没时间关注的漠然。

进入初三后,这漠然开始有了些改变。失去柳老师这件事,对二班来说真的很伤,对于一班有了些类似夺师之恨的情感。另一方面,是新加入的化学老师,不知是真心还是话术,总在上课时拿一班来和二班作比较。

本来其他班的学生,就和别人家的孩子一样,是一个很容易勾起情绪的话术。两班共享的老师又比较多,比如数学老师童老师,也不是没用过。但和班主任林老师做了七八届铁搭档的童老师,在讲话上就很注意分寸。每次二班惹她生气时,童老师最厉害的话不过是:"你们看看你们,还不如隔壁一班。"这个"还"字,用得就很灵性。

新加入的化学老师不懂这种微妙,对着这群在学校里优越感顶点的学生总是在说:"我讲这个知识点时,一班的反应就比你们快。"台下不管什么程度的学生,听到这样的话,只会悄悄地翻个白眼。

有一次，化学老师讲到镁在生活中的应用，张小莫那时位置轮换到最后几排，老师刚在上面讲了前半句，她就小声和周边的人讲："这不就是我们过年时燃的镁条烟花吗？"又干净又安静，是烟花里她最喜欢的一种，可以一个人点一支看它脆弱地将明既灭。

　　张小莫刚在最后一排小声讲完，化学老师就在讲台上讲："你看看你们班，一点举一反三的生活常识都没有。我在一班讲完，一班同学马上反应说过年时的烟花就是镁条。你们班一个反应过来的都没有。"

　　听到张小莫刚才说话的后几排的同学，只能用一阵嘘声来表达自己的无语。提出论点这种事，最怕就是论据不足。反反复复使用这个话术，不但没让二班的人学会虚心，反而多了些对一班的厌恶。

　　张小莫倒是知道，化学老师没什么恶意，听说在一班他也是说二班表现有多好。他这个话术无法成立的原因只是，和其他届的重点班不同，这两个重点班之间的差距实在太大了。

　　但无法忽视的是，这个差距在渐渐缩小。第一次月考后，因为加入了他们班主任教的政治，一班的平均分有很大的进步。贴在楼下的年级前一百名的红榜上，前二十名与以往相比没什么变化，但二十名之后的排列，就有了洗牌一般的变化。从班级平均分来看，林老师终于有了些紧迫感。

　　张小莫感觉还好，如她刚开学所判断的，化学和政治这两科加入进来，月考她和第二名的差距又拉大了。再加上英语老师的弱势，本来英语就不大好的方让和邵襄阳他们都吃力起来，下课她给其他人讲题的任务都重了不少。他们前几名的情况都尚且如此，排后面的同学更不要说。下滑的英语平均分将矛头指向了两个对象，一是新的英语老师汪老师，二是显得自鸣得意的隔壁一班。

　　或许是觉得与二班有了一争之力，一班的人下课时会故意组团跑到二班的门口晃一晃，以之前两年都没有出现的密集频次出现在二班外的走廊上。这样的举动有什么意义呢？张小莫不能理解。

在这时，她还愿意以青少年的中二病和老师造成的误会来理解两个班与之前不一样的氛围。很多事情的理解，在表象之下存在着偏差。就像，张口闭口"一班比你们强"的化学老师，在下课之后显示出了对学生前所未有的友好。

除了下课十分钟，他很欢迎同学们到办公室去找他问题目，作为年级教导主任，他一个人一间办公室，讲题也方便，下课时不仅欢迎像张小莫他们这样前几名的同学，排在后面的人去找他问题，他也十分耐心。因为办公室离二班教室特别近，课间操之类的大课间，他的办公室就像补课现场一样。有下午还没上课就去问题目的同学，回来之后和大家说笑，说本来鲁老师一个人光着膀子在办公室休息，听到有人敲门，他赶快套上他的白色老头衫。因为等的时间有些久，同学在外面从锁孔里看，看到了他仓促套衣服的过程。开门时，他强装淡定地讲题就更好笑了。

这个狼狈景象一转述，化学老师在同学中的形象顿时立体丰满起来。再加上毫无怨言地给他们课余之后讲题，同学们对他不高明的话术也便有了些容忍度。张小莫也不得不承认，对于这门刚接触的学科，化学老师的投入让她的知识沉淀了许多。

相比起来，处境不太妙的是新英语老师。即使她小心翼翼地对待这个班的同学，却并没有获得同学们的好感。同学们把考试不利的怨气发泄在课堂上，在她的课上，不听课都算是最礼貌的行为了。

在以实力定胜负的初三，连老师获取的尊重，也都要从自己教书的实力中获得。这不仅对他们而言是紧张的一年，对于老师们，同样也是。

初三的第一次月考后，英语课上的氛围差到了一个极点。

在英语课上，听课的人已经不多了。不管成绩好还是不好的，都听不进去。好一些的就安安静静地做作业，闹腾一些的就开始讲小话递纸条。一开始汪老师还顾忌这班同学的情绪，不敢轻易扣课堂纪律分，后来实在受不了了，上课时开始对学生吼叫，然后狠狠地在课堂纪律评分表上扣分。

到初三后，林老师对流动红旗的执着心好像淡了一些，放学后的训话时间也改成了补课，没有那样奢侈的几十分钟来训斥纪律。每次听到英语课被扣分，也只能长嘘一口气，在语文课上说说大家，但也没太大用。

张小莫在英语课上，是早就不听了。挪出时间来做当天布置的作业，一节课四十五分钟，两节课九十分钟，她回家吃完饭就算七点半开始做作业也不过两三个小时，突然多出来的这时间，减轻了不少她晚上的压力。

班上同学这样对新来的英语老师，张小莫心里是比较尴尬的。因为所有的任课老师，对她而言除了是她的老师之外，也是母亲的同事。搞得太僵了，实在是不好看。为了避免压力，她基本上课就开始埋头做题，不抬眼也不讲话，做出两耳不听窗外事的样子。

汪老师这人，其实性子极为要强。她来上二班的英语课，属于临危受命。为了备课方便，一个老师上两个班的课，通常都是同一个年级的，但她带的另一个班在初二，相当于要备两份课。肯接手二班，在最初时未必是没有争强好胜的心，可现实远没有想象中那般顺利。对于她的处境，张小莫也不知怎么改善。在初三，实力不行就是原罪。也许汪老师实力并没有他们想的那样差，但接上了柳老师带来的落差感，再加上逆反情绪，汪老师选择了和同学们暴躁生气的应对，无论如何算不上好。

张小莫很讨厌上课时的紧张气氛，如果只是正常上课，她还可以当成是背景白噪音。但如果开始斥责生气，音调提高，这种氛围下她还没有定力继续做题。这一天上课，她好不容易等汪老师骂完人继续开讲，准备再提笔，就看到汪老师倒退着讲题时，身后那两个人刚好在传纸条，她一退，有一个人的手就碰到了她的臀部。

这一下，汪老师的情绪突然就崩溃了，她大概是以为后面的人故意打她。刚还在大声吼人的她,把手上的卷子一摔,哭了出来。是那种无法控制的抽泣,肩膀一动一动的,鼻头发红,眉毛因为太浓,被泪水一连,脸上红一块黑一块,十分狼狈。

汪老师这一哭,班上顿时安静下来。同学们看着她,一时也有些无措。

把老师气哭这种事,在二班是第一次。其他上课的老师都是经验丰富的优秀教师,经验丰富意味着教学质量过关的同时,处理问题也身经百战,没有被气哭的条件。把老师气哭这种事,是普通班中才能听见的新闻。

看着抽泣到不能自已的汪老师,张小莫有种不知所措的同情。不知道怎么告诉她,刚才只是个误会,他们班的人还没有恶劣到这地步。但就算解释了这一次,其余时间他们对她的讨厌之情也不容做假。

母亲在带班时,也有被气哭过的时候。特别是被抢走班主任的那一年,在家哭了很多次。之前班上的学生,有一个因为家里没有人做饭,中午饭会到她们家吃,一开始是免费,后来被学生家长知道了,就给了一点伙食费,所以后来也一直每天中午来拿饭盒打饭。打饭的时候,母亲就会问,使手段摘了她桃子的那个新班主任的情况,一开始听到学生们不喜欢新班主任时,母亲还会比较安慰,到后来时间久了,学生们也渐渐习惯,也不再表达怀念她的意思了,听到这时,母亲就会很失落。

出于某种共情,张小莫无法对在眼前哭得稀里哗啦的汪老师感到置身事外,但同时,她也知道自己无法做什么。在那一刻,张小莫感受到了一种成年人的不易。在六十多个学生面前突然地崩溃,作为老师只能站着,而其他人坐着,这么多人静静地看着自己哭的样子,光是想象一下,张小莫都觉得压力要爆炸。

即使是这样,每个人的问题,最后大多数时候,是只能靠自己解决的。如果不能解决,那就只能消化。

就像现在，同学们坐在下面，不敢动也不敢说话。只能等汪老师哭得差不多了，抽泣渐渐停止，情绪慢慢恢复平静，这时才有人从旁边给她递了一包纸巾，她擦了眼泪，更多的是擦鼻涕，然后把纸巾团在手里，接过旁边同学帮她捡起的卷子，带着哭腔，继续讲下一题。

张小莫盯着自己全是对勾的卷子没动，听着这哭腔，她做不下其他作业。但卷子讲得，确实也听不进去。五分钟过后，她就听到后排男生动笔写草稿的声音，他们已经忍耐不了，开始继续做题了。

张小莫知道，自己给汪老师的共情，也只有剩下的这十几分钟了。到下一堂课时，她还是会继续做题，她不能浪费这个时间。

同情解决不了任何问题。在这一刻，张小莫重温了自己在幼兽时期就发现的真相。大概也是从这时起，她警告自己，绝不要当着这么多人哭泣。经此一番，可能到毕业很久之后，讲台下的这六十多个人，都会记得老师在课堂上突然崩溃的样子。不管当时他们的情绪是负疚，同情，还是无动于衷。

在产生这些念头时，张小莫心里突然划过一道闪电，在她几次被孤立的过程中，旁观者的感受，是不是正是如此呢。不出手的帮助的情况才是绝大多数，又或许认为不出手也就是最大的善意了。

张小莫没忍住，扫视了一圈这个班里她曾经的小学同学，心上漫上了一股悲切的凉意。

下课的时候，她等汪老师出门，再追出去签课堂纪律评分表，签的时候，张小莫说："老师，你不要伤心了，刚才他们不是故意的。"汪老师抬头看她，张小莫点点头，直视这双她以往总是回避的眼睛。汪老师愣了一下，说："我知道了。"

收回表格，张小莫看到，这一节课，没有被扣分。

梧桐叶渐黄的时候，一年一度的运动会又要到了。

初三的学生依然让报了名，大概是觉得还没到三天都空不出来的程度，要团结紧张，严肃活泼，有张有弛。只不过，这大概是他们最后的"弛"的阶段了。

张小莫依然报名了仰卧起坐和跳远,和往年一样,跳远是随便跳的,重点是拿到仰卧起坐的名次。这次再拿第一的话,她就是这个项目三年的第一,张小莫觉得这个结束的句号画得挺好。

但在这次运动会,张小莫想画的句号还有一个,她想放弃扬琴了。

经历了一两年的学习,张小莫终于承认自己并没有音乐方面的天赋,马楠和她一起学的古筝已经又考到了八级,而她的进度比扬琴老师当时乐观的估计要慢得多。初三一来,她更没有什么时间练琴,为了减轻放弃的负罪感,在放弃之前,她想进行一次演出。运动会开幕式的第一天,通常会有半天的文艺表演,她和班主任说了一下,班主任干脆攒了个民乐队。她弹扬琴,成松柏吹横笛,一个叫吕萝的女孩吹竖笛,还有一个叫桑黛的女孩是二胡八级。没有叫上马楠,是因为她要去弹钢琴,以她的程度也没必要和他们凑在一起。

这个临时组成的二班凑数民乐团,由张小莫的扬琴老师来进行突击指导。张小莫的母亲本来想单独给扬琴老师培训费,但扬琴老师拒绝了,说按一次课时算就好,这点让张小莫很是意外。

因为,之前母亲和扬琴老师有过一次不愉快。

张小莫学琴的费用,是一个月400块,四周交一次。这个费用不算贵,马楠拿到十级后的钢琴课,一节课就要800块。扬琴老师收钱,有一次没有记录,硬是说母亲没有交,母亲说肯定是交了,只是当时扬琴老师的儿子经过要钱,扬琴老师顺手就给他了,所以没有记录。两人各执一词,最后为了张小莫继续学下去,母亲还是重新交了一次钱。所以每次她说想不学的时候,母亲都会说:"你要不学你怎么不早说,我就不会给那次的钱了。"这让张小莫对扬琴的放弃,变得更加有负罪感。

扬琴老师集训,远不止一次课时。从运动会前两周开始,从选曲、背谱到合奏,就在张小莫家排练。几个人挤在张小莫的卧室,还好不都是占地方的乐器。选了《彩云追月》和《金蛇狂舞》,是难度相对简单的曲子，几人试着合奏了一下，弹二胡的桑黛明显比其他三人高出了一个段位。扬琴老师听到桑黛弹完，整个人都精神了，出现了在张小莫上课时从来没有的和蔼，好好地把桑黛夸了一番。张小莫这时才看到，扬琴老师对于有天赋的学生是什么样的。

后来几天每天都要排练，给他们的时间已经不多了。其他几个水平参差不齐，特别是成松柏常让老师叹气，但因为有桑黛在，扬琴老师表现出了张小莫认知范围外的积极性，这大概就是传说中的惜才。虽然不是她的领域，但一通百通，扬琴老师的儿子是学小号的，她兴致上来给张小莫说，小号笛子二胡都比扬琴要难，因为扬琴的音调好之后就是定的，不会出现击打之后音不准的情况，而其他几个乐器要自己去找音调，光是找准音就很难了。

望着兴致勃勃的扬琴老师，张小莫想，这就是其他成绩中后段的同学在课堂上的感受吗？被比较，被忽视，在表扬优秀生的时候，也不怎么在意其他人的想法。她在扬琴课上感受到的这一切，会不会在上学时，是其他人大部分时候的日常呢？

她想要放弃扬琴课，看来并没有错。人要学会放弃自己并非优势的东西，同时，她还要庆幸，这是可以放弃的内容。

最终表演的那天，张小莫坐在主席台正中央，其他人位置排在四周，扬琴老师说，扬琴在民乐团里，是起指挥作用的乐器，所以其他人是听她指挥。张小莫往台下一看，感受了一下此时的风和空气里的凉意，看了一眼晒在琴身上的日光，扬起琴竹敲了三下：一、二、三起，表演开始。

表演称不上完美，成松柏和吕萝的笛子出了几次差错，张小莫自己也有几个音糊弄过去了，好在桑黛的二胡声音大而稳定，而他们的架式又摆得花样十足，光是这架势就能唬人，让台下看得有趣。掌声响起，张小莫站起来鞠躬致谢，这一刻，她心里有一种莫名的完整感，像是一种节点，也像是一种纪念的完成。

张小莫下台，接受同学们祝贺，说他们厉害，全靠桑黛带的几个人不好意思地笑着，享受着这一刻的虚荣。要说专业，全场没人比得过马楠，此时马楠已考过音乐学院的考试，远不是他们几个菜鸡可比的。但马楠在钢琴上的厉害，大家已成习惯，张小莫他们几个没露过手的，反而让大家觉得新鲜。特别是张小莫，本来年级第一的名头就响，定格在大家记忆里，热热闹闹留下一个多才多艺的印象。

这是她想要画的句号吗？张小莫回头看了一眼林老师，在她最开始报名，林老师提出组团建议的时候，就预计到这样可以给他们几个都留下一个热闹光鲜的记忆吗。张小莫在这一刻，竟然体会到一点林老师为了满足她心愿的纵容。

原来，决定放弃也可以是这样心里满满的感觉啊。

张小莫坐回自己的小板凳，抬头看着秋日特有蓝天，体会着此时内心充盈的感觉。再看看从准备表演起就心虚不已的成松柏和吕萝，还有带飞他们的桑黛，几个之前并不熟的人，在排练的这两周，有种同呼吸共命运的感觉。

吵架有之，拉垮有之，但更多的是为了不要在台上丢脸的目标而努力。

刚下台时，他们就叽叽喳喳议论庆幸了一番，这时放松下来，几个人相视一笑。不管是半瓶水的三人，还是学到八级也不会去走专业路的桑黛，他们都在全校人的见证下，完成了他们想给自己的纪念。此后，想起初三这一年，在夜以继日的上课和考试中，还有这一段可供大家回忆。

他们一起，完成了共同的句号。

即使这句号之后意味着放弃，这个仪式感对他们而言，也弥足珍贵。

文艺表演结束后，运动会比赛项目开始。张小莫表演完后，重担一卸，竟有种可以享受比赛的错觉。

在班级方阵里坐到第二天，她才觉出和往年不同的氛围，还围守在方阵里的人稀稀松松的，有些人借口回了教室，还留下来的，有些人手上也拿了本书在做题。和初一初二的方阵一对比，这种感受就更加明显。并不是所有人都觉得要去享受这初三最后放松的日子，有人会觉得是在浪费时间。

确实，对于没有参加比赛的人，说到底和他们没有太大关系。荣誉不是自己的，激动是营造的，就算加油呐喊了，奔跑到终点的人也不一定记得你。但在初一初二的时候，好像大家都热热闹闹的，并没有把自己能在这激动中扮演什么角色分得太清楚。

对于这种自己并非必要角色的场合，不浪费时间好像是合情合理的事。好像也是在这一年教会他们的事。

张小莫去比赛的时候，并没有给她加油的人群。运动员多，加油的人少，剩下来不多的人都去跑步这样比较有观赏性的项目了。凌鱼自己有项目，涂豆去给参加跑步项目的男生加油了，当啦啦队跑来跑去的马楠，在混乱之中张小莫也没找到人。最后还是和她排练了两周的吕萝跟着她到了比赛场地，帮她拿脱下来的校服外套。

给初三组仰卧起坐压腿的，是初二的同学。刚好给张小莫压腿的，是她眼保健操打分时认识的学妹，两人寒暄了几句，便开赛了。一分钟时间到，张小莫做了 58 个。结果出来，她不是特别满意。初一和初二的运动会上，她的成绩分别是 60 和 62 个，是断层式的成绩。张小莫站在一旁，等所有人都确认了成绩，第二名是 54 个，她松了口气。接过吕萝递过来的校服外套，两人一起走回班级方阵。

就这样结束了吗？张小莫品味了一下此刻心情，居然有点完成之后的落寞。

她的朋友们都四散在操场上，一时辨不出人影。张小莫这时想起来，初三开学后，她和凌鱼的交集已经少了很多。特别是最近两周，因为她要和吕萝他们练琴，所以放学都没有一起走。张小莫其实稍稍察觉到一些异常端倪，凌鱼有什么事瞒着她，但因为太忙了，暂且无暇顾及。

同样的异常也在涂豆身上出现，对于她去给男生加油，张小莫并不意外。最近下课的时候，涂豆来和她一起讲题的时候明显变少了，更多的是窝在她自己的座位上，和足球队的男生们讲题，其中一个男孩，总是在旁边献殷勤，即使是"天才帮"聚在一起的时候，也会凑过来没话找话说。张小莫对这个男孩印象不大好，因为传言他之前喜欢过"四人帮"中的曾晚，现在又来凑到涂豆旁边，张小莫很是看不上。

对于朋友们的这些异常，张小莫一方面是没空顾及，另一方面隐约有种管了也没用的感觉。到了初三，已经是要为自己命运负责的年纪了。张小莫以前就不喜欢和他们聊谁和谁在一起的八卦，一是某种程度上对这时候要谈朋友的男孩有着恐惧和敌意，二是在多次被陷害后有点草木皆兵，怕自己哪天露了口风给母亲听到传到班主任那里，又是一桩麻烦事。

但，虽然理智是这样想的，在此时，她的心还是有些零落之感。旁边的吕萝给她递来她的水壶，张小莫从情绪中抽离出来，说了声谢谢。

吕萝是这一起准备表演的这几个人中，在这段时间和张小莫走得最近的一个女孩。事实上，无论是成松柏还是桑黛，他们几个对彼此的了解又更深了一步。在此之前，张小莫并不知道她的这些同学还有这些特长。这特长意味着，在这之后，大家都有着共同的练琴的童年，还有半途而废的失落。练习的过程中，桑黛完成度最好，每次练都是陪他们；成松柏还是玩心重，过程中数次摆烂，都是吕萝去劝回来的。无论是水平还是立场，张小莫和吕萝都最接近，在这过程中，有等着成松柏回心转意的时间，有等大家集合的时间，这些空余时间中，张小莫也听了不少吕萝的烦恼，两人因此亲近了些。

人和人的情谊，还是要相处才能增进。反过来，如果长时间不在一起，疏远好像也是无法避免的事。

张小莫喝了一口水，甩了甩头，心情在从梧桐叶罅隙漏下来的阳光中渐渐平复。她好像很少有这样能舒服地晒太阳的时间，早上跑步的时候的晨光，晚上放学时的夕阳，中午放学和上学路上的日头，在这些时段，都是有事在身的状态。此时此刻，她刚刚比完赛，脑子里空空的，暂时什么都不用想，不用去想晚上要背的政治和语文段落，也不用去想还有多少套卷子没做。安静闲逸地在带着恰到好处的凉风中，放空地晒晒太阳，好像心情也随着阳光在身上逐渐明显的暖意而明朗起来。

张小莫喜欢校运会，并不是没有理由的。在一二年级的加油助威声中，她回忆了一下三年来运动会的画面。

如果要说遗憾的话，有一件小事是她比较遗憾的：她没有做成主席台上的播报员。

在张小莫小时候，也是去参加过小主持人比赛的。虽然上初中后被男生嘲笑嗓音而变得有些不敢说话，但底子是还在的。国旗下的讲话和上课朗读课文并不掉链子。但班上选播报员时，首选并不是她。运动会时，她通常被班主任赋予写通讯稿的任务，写完自己送过去，因为她和管广播台老师比较相熟，所以会多念一些他们班的稿子。

上一年的时候，张小莫送稿子过去，广播台的老师叫住她，说女播报员临时有事，问她愿不愿意播报。张小莫很是激动，说回去给班主任说一声就来。没想到，班主任不同意她去。理由是："你走了谁来写班上通讯稿。"张小莫很不理解，一条一两百字的通讯稿，不过是时间地点人物再加一句加油语，除了她大把人可以写，而且送五条能播两条都算好的了，大部分是白写。如果她是播报员的话，不是更有利吗？

但不管她有多想不通，她就这样失去了唯一一次做播报员的机会。这个遗憾，在张小莫的人生中非常小，小到平时她都有些想不起来。此时她触景生情地想起来，突然有些后悔：如果当时，她直接留下来播报，不回来给班主任说，哪怕只播了两三条，也算是完成她小小的心愿了吧。

老师的话就一定要听吗？在老师的要求和个人利益出现冲突的时候，别人也会像她一样选择听从吗？

张小莫被自己脑中闪过的这个想法惊了一惊，抬头看了看宽大的梧桐树叶，风一吹过，有一片黄了一半的叶子，飘飘摇摇地掉了下来。

运动会后，张小莫终于还是忍不住关注了一下自己的朋友们的变化。

涂豆还好，张小莫和马楠一起追问她，对那个一天到晚凑在她们旁边的男孩到底是怎么想的。涂豆大大方方的，说就是关系好，没什么事，让张小莫和马楠对这个叫高也的男孩不要太有敌意。张小莫和马楠追问了这一次，涂豆自己估计也想深了些，还是又回归了她们这个小团体，只不过有时会带一带外挂。

比较棘手的是凌鱼。张小莫都不用问，就知道发生了什么事。在她留心起来的时候，对蛛丝马迹还是非常敏感。

让凌鱼异常的对象，是他们班叫伍乐的插班生，同时也是班主任的侄子。二班入学时只有58个人，张小莫的学号是54号，所以每次体育课时从后面学号开始小考，她就很紧张。但初三的时候，二班已经有62个人了，入学时这样难进的重点班，插班的难度更不要说。多是关系铁到不能再铁的，班主任才会接收。说是插班，其实是中考没考上学校复读。在这时，中考如果差几分，各个学校还有交钱的名额，要沦落到复读，那是真的很差了。

放学的时候，张小莫等了凌鱼，凌鱼犹豫了一下，又等了一个女孩，叫严施。

看到严施时，张小莫心中警铃大响，这是她在初一的时候短暂交好过，但因为察觉对方人品不佳而刻意疏远的女生。在疏远她的时候，张小莫做得有些生硬，两人的关系因此有些僵。

严施的姑姑，也是学校的老师。在一群教师子女中，作为侄子侄女出现的严施和储亮的地位最尴尬。因为上学的原因，严施寄住在姑姑家，和张小莫家是在同一个小区。寄住在别人家的人，比在父母身边成长是要多一些心眼，张小莫在最初和严施关系尚好时，就发现她很喜欢在背后讲别人坏话，但也很擅长察言观色，相处的时候，想让张小莫开心时，严施还是很有办法，熟了之后，张小莫察觉到，严施很喜欢把她当枪使，有些话明明她没说过，严施也很喜欢编造是她说的，以此来获得一些行事的便利。

还有，不知是不是为了确保在她们的关系中处在支配地位，严施很喜欢贬损张小莫。

初一的时候，她们做了一套夏季校服，是海军服的样子。当时大家都还有自己会长高的幻想，所以填的校服尺寸一般都会预计大一些，张小莫那时和白果也还交好，问白果怎么填，白果很坚决地填了实际身高，如果不是最小码有限制，恨不得再填小一码。张小莫还是填大了一码，结果衣服下来后，很不合身。张小莫这时，才佩服白果的智慧：将来会不会长高是将来的事，现在好看才是最重要的。

这套本该最好看的海军服，成为张小莫最不喜欢穿的校服，但每次有重大活动的时候都要穿。张小莫还记得，有次活动的时候，严施坐在她旁边，听到张小莫和白果在讨论会不会再长高的问题，严施凑过来，对她们说："看看你们的小腿长度。"严施把小腿露出来，和张小莫的放在一起，又去和白果比了比，然后说："像我这样小腿长的人，虽然现在矮，但以后是会长高的。像你们这样小腿短的人，以后也是长不高的。"

当时张小莫不知该说什么，还是白果冷冷静静地回了一句："我的身高我知道，不用你告诉我。"

对于朋友的概念，张小莫是有些洁癖的。和严施在一起的不适感，很快让张小莫起了警觉。而严施对别人编造她说的话，这一点更是犯了张小莫的大忌。张小莫很快结束了和严施短暂的交好，转而和孟月她们一起玩了。

严施很快意识到，张小莫和她疏远之后的损失，离开了张小莫，严施在班上的存在感陡然下降。失去了一个可掌控和利用的对象，让严施有些气急败坏，又想故伎重施来缠着张小莫。张小莫那时，在班上的处境还没那么艰难，严施在班上，也并不是她需要费心对待的对象。对于这种纠缠，张小莫有些不耐烦，直接了当地说了一句："以后你不要对别人编我没说过的话。"没有去管严施被戳穿之后的难堪。

和张小莫判断的一样，严施在后续并没有起什么风浪。严施在班上，并不是处在权力中心的人，成绩不好，相貌也不突出，但也没有差到会被老师关注的地步，更多的时候隐没在背景板里。和张小莫后来经历的风波相比，这段短暂的劣质友谊只是微不足道的一笔。

她没有想到，会在这里等来伏笔。

只同路了一段，张小莫就大致明白了形势。

严施掏出两张当红歌手的CD给凌鱼，张小莫看了一眼，封面的短发女歌手，亮闪的蓝色Bra外穿在T恤上。张小莫看MV时，就不太明白这样的穿搭，放在封面上就更是显眼。因为加入不了两人的对话，张小莫试着问了一句："你们不觉得这样穿有点奇怪吗？"严施抿起嘴角，嘲弄地看着张小莫："你懂什么，这叫时尚。"

这句话一出，张小莫就找到了一些熟悉的被贬损的感觉。同时，她也知道了，在这个三人关系中，她处于劣势。张小莫对奇装异服的不接受，和张小莫对违规的事不接受一样，对凌鱼来说都是减分项。张小莫知道，凌鱼的内心，并不像她和马楠一样乖巧。从凌鱼家里的震耳欲聋的立式音响，还有她超前的离子烫就知道，凌鱼内心有不羁的一面，只是一直以来没有显露，和"天才帮"几人安然相处。

而严施，在这方面太懂得投其所好了。当时张小莫疏远严施，还有一点是因为她心思不在学习上，老是和她聊一些歪门邪道。这些张小莫反感的东西，恰恰是凌鱼内心蠢蠢欲动的部分。再听几句她们俩聊的陌生话题，张小莫就明白了，严施知道凌鱼的秘密进行的感情。而少女对秘密心事的分享，像罂粟一样令人上瘾。

这种倾听，凌鱼认为张小莫无法支持和完成。

意识到这一点后，走在她们身边感到格格不入的张小莫，一时觉得胃有点抽搐。

张小莫明白，对于分享少女心事的人，会迅速建立一种依赖和知己感。这种体验，张小莫和林晓音曾经有过。那种倾吐秘密的快感，是平常的心事分享无法取代的。

倾吐秘密这件事，像挤青春痘一样，需要一个破口。破口一出，暗藏在之下的物质流出就变得很容易了。这个破口，可能是基于朋友之间信任，也有可能仅仅是因为时机。严施大概就是刚好抓住了这个时机，在凌鱼想要倾诉的时候，走上去轻轻地破了一道口子。毕竟，如果仔细观察的话，凌鱼和插班生伍乐的关系进展并不难发现。

这种吐露秘密的关系，是很难破解的。每一次的吐露都会叠加信任感，因而不会让人轻易地再转移吐露的对象。在这个基础上，建立起两人关系的独一无二性。张小莫在小学时，在林晓音与余婷之间，认为林晓音是更亲近的朋友，或多或少是因为这种倾诉关系的加成，因为这让两人之间，会有更牢固的纽带。

凌鱼没有选择涂豆或是马楠，而是选择了严施作为倾诉对象，在学校的时候也并没有显露出两人之间的关系，不知是出于一方的谨慎，还是出于另一方的心机。

女孩子之间的友谊，和争宠一样，是很微妙的。在三人关系中，总有一个人，会是另两个人的争夺对象。这一点张小莫在小学的时候感受过。但当自己成为要争夺的一方，感觉就不是那么好了。在"天才帮"中，四个人的平衡让她快要忘却了这种感受。

就像现在，严施只要挑张小莫参与不进的话题，就可以自然地把她排挤在外,三个人虽然看上去走在一起,但张小莫却觉得,从来没有离凌鱼这样远过。

张小莫在心里迅速地盘算着对策,是要告诉凌鱼,严施曾经做过的事,还是告诉凌鱼,自己也可以作为倾诉对象。后者可能有些昧着良心,和不喜欢凑在涂豆旁的高也一样,张小莫也不喜欢伍乐,退一万步,高也的成绩还比伍乐要好一些,长得也还帅一些呢。

在张小莫的盘算中,很快到了凌鱼家的分岔路,平时她们就是在这里分手的,严施也在这里和她们分开。张小莫表示,还有话要和凌鱼说,让严施先走。

严施没有反对,转身走了,这时的站姿,凌鱼背对着严施走的方向,张小莫正面看着她离开。走了几步,严施转过身来,对着张小莫无声地做了两个口型:

贱,人。

解读出来的那一刻,张小莫脑子里炸成了烟花,一方面是不相信对方敢这么嚣张,一方面是她还没有被这样当面骂过。张小莫气得话都说不利索了,拉着凌鱼看:"你看见了吗,她刚骂我贱人。"严施这时换上一副无辜的表情:"没有啊,我什么都没说。"

张小莫拉着凌鱼的手,气得发抖。凌鱼摆摆手,让严施先走,转头对张小莫说:"你听错了吧,不至于。"

那一刻,张小莫是有些绝望的。希望有一台摄像机来记录刚才那一刻发生了什么的强烈愿望,又触发了她小学时关于回忆这个动作的PTSD。她不知道该说什么,好像说什么都十分无力。

后来张小莫才知道,希望能向凌鱼证明这件事,本身就十分多余。凌鱼并不是因为没听到才不相信,严施骂张小莫的话,早就在凌鱼面前说过了。她们两个过往的交集,早就在严施取得凌鱼的信任后,把自己包装成受害者在凌鱼面前重新讲述了一遍,从而合理地解释了她和张小莫之间的旧怨,同时光明正大地能在凌鱼面前骂张小莫。

在这种三人关系中，即使是最好的朋友，也不会因为你与另一个人不和，就立刻和那个人绝交。除非，他们原本就没有什么交情。对于已经建立关系的两个人，不管对方做了多么恶劣的事，只要没有损害到她的利益，只会得来一句："她对我还好啊。"甚至还会觉得，这么恶劣的人对我这么好，那我对她一定很特别，从而对这一方有些偏袒。会两边端水，已经是很好的结局了。

这个道理，是张小莫到高中时才懂的。此刻，她还处在不敢相信的震惊中。严施人品恶劣的事实，对她来讲就像是一道太明显不过的证明题，而凌鱼选择对这个答案视而不见。

张小莫把自己的震惊告诉了马楠和涂豆。值得安慰的是，这两个朋友站在她这一边。马楠作为一个从来都被保护得很好的女孩，身上还有一种天真的义气，那种义气是张小莫身上也有的。而涂豆，某种程度上是一个鉴茶大师，在不多的交往中，已经对严施的本性略知一二。

对于凌鱼的选择，三个人都很无奈，但在学校里，完全看不出凌鱼和严施交好的迹象。此时逼凌鱼站队，似乎并不是一个好的选择。在这时，几个人中最成熟的涂豆，决定划好分界线，只要凌鱼在学校里还和她们在一起，她们就不说什么。

张小莫知道，既然在初二的时候，凌鱼没有拒绝她，这时凌鱼也不会拒绝严施。当时凌鱼接纳张小莫，没有先问马楠和涂豆的意见，这时也不会听她们的意见。

凌鱼在当时让张小莫觉得感激的性格，此时竟让她有些如鲠在喉。

一方面，对友情的洁癖让张小莫不能对那一天发生的事情释怀。另一方面，如果将凌鱼推远，恐怕会更加合了严施的心意。张小莫是早就知道的，如果她选择不和凌鱼做朋友，凌鱼不会对此做出任何挽留。同样的，如果她不放弃凌鱼，凌鱼也不会放弃她。在"天才帮"还存在的情况下，想要维持表面和以前一样，还是能做到的。

只不过,在张小莫和严施发生冲突的时候,凌鱼也不会站在她这边罢了。

想清楚这一点的张小莫,仿佛又感受到了那天比赛前找不到朋友时的心情,失望中有些零落,零落中又要说服自己,这一切情有可原。

还没等张小莫想好,有一件事就推动她做了决定。

是某天下午最后一节的体育课,大家把书包放在篮球场边的石凳上,方便放学直接跑路。张小莫动作有些慢,放完器械回来,人都走得差不多了,这时她发现,自己的书包不知是被谁恶作剧挂在了篮球场边的树上。

和足球队的男生们和解之后,张小莫和班上的男生们关系还算友好,一时没有心理准备。但这时首要任务是把书包拿下来。她自己跳了一下,以她的身高,要拿到实在是有点为难。四顾了一圈,能求助的就只有凌鱼和站在她旁边的伍乐了。

张小莫纠结了一下,不知怎么开口。僵持了五六秒,凌鱼没有让她为难太久,和伍乐说了一声,让他帮张小莫把书包拿下来。在男生中,伍乐算不上高,但比张小莫和凌鱼还是好多了,跳起来勉勉强强能够到,跳了两次,伍乐费劲地把书包拿下来,递给张小莫。

接过书包的那一刻,张小莫五味杂陈,自从发现凌鱼和伍乐的端倪后,张小莫就没对他有过好脸色,但此时,又不得不承了他的人情。刚才僵持的那几秒,时间虽然不长,但确实很是难堪,张小莫很久没有被这种恶作剧霸凌的感觉了,一时有点手足无措。此时的伍乐,不管出于什么理由,确确实实地解了她的窘境。张小莫真心诚意地道了声谢。

这一声谢,意味着她和凌鱼在这件事上的破冰。在凌鱼和伍乐的事上,她也再没有反对的立场。不知为何,她莫名有种卖友求荣的感觉。但凌鱼对此很高兴,她和张小莫尴尬的关系也因此缓和下来。

严施的事,两人没有再提。只是很有默契地约定了一周里,有两天她们一起回家，剩下三天，张小莫没有问她要做什么。

是谁把张小莫的书包挂在树上的，她其实有怀疑的对象。大差不差，应该是高也。张小莫虽然对他往涂豆旁边凑没说什么，但同样也没给他好脸色看。对于高也来说，张小莫应该也是讨厌的阻力。看这时机，应该是见机起意，如果人还多的时候，张小莫还是很容易找到人帮忙的。偏偏是在放学人都走光的时候，猝不及防地又让她重温了一些不好的感受。

这次警告，让张小莫有些心灰意冷。"天才帮"的友谊让她在这一年中几乎失去了对恶意的警惕心，忘记了自己曾经的处境有多艰难，光是自保，已经很不容易了。

张小莫决定，不再去管别人的私事了，要和青春期一往无前的冲动作对，并不是一件那么容易的事。细究起来，她也没有立场去管。这件事，她不打算和涂豆再对证。要去赌朋友会在她和另一人中相信谁的这种体验，张小莫不想再经历了。

运动会之前之后，她已经浪费了不少时间，收拾收拾心思，下周就要月考了。

张小莫没想到的是，还有麻烦在前面等着她。

第二天课间操后，体育老师邹老师来找张小莫，让她跟他去一下。张小莫问是什么事，体育老师说，跟他去了就知道了。因为邹老师也是团委书记，所以平时各班打分和国旗下讲话之类的事，张小莫也常常和他有事务往来，以为也是和往常一样要布置任务给她，就跟着他走了。

邹老师把张小莫带到体育器械室外，有一个绿色垫子已经铺好了，张小莫认识的那个初二的学妹在垫子旁边等着。张小莫不解地看了一下邹老师，邹老师说："有你同组比赛的人举报你，说比赛的时候是熟人帮你压的腿，多给你计了数，一分钟做58个仰卧起坐确实不太可能。我计下时，你重新做一次，做不到这么多的话，第一名就不能给你了。"

张小莫在那一刻，觉得不可思议。此时离运动会已经过去了好几天，为什么会到此时才提出来。而且只要去查一下校运会比赛记录就知道，她初一初二比赛的成绩都超过了60个，有什么不可能的。

此刻，没有让她有太多思考的时间，邹老师挪了下脚步，挡住了她离开的去路，初二的学妹也露出了祈求的眼神。张小莫把自己的情绪压下来，不管怎样，把学妹牵扯进来，让她很是过意不去。不过就是重新做一次，对她来说也不是什么难事。

张小莫躺了下去，学妹扎实地压住了她的脚，对她说："加油，我相信你。"张小莫点点头。旁边的邹老师开始计时。激烈的情绪大概刺激了肾上腺素，每做一个，学妹都大声地数出了声音，最后张小莫做了60个。

喊了一分钟到，秒表停下，两个女孩都望向邹老师。这个男人讪讪地说了句："你现在能做60个，那比赛时肯定能做那么多。"没有一句道歉，他示意她们可以走了。

从进来开始，张小莫就没有什么表情。一楼体育室这边的楼道，又暗又黑，像是在隧道中行走一样。等她们快要走出楼道时，看着就在眼前的光亮，张小莫停住了脚步。

等到这时，她才哭了出来。

委屈，气愤，害怕，种种情绪这时才涌上心头。张小莫无声地抽泣着，一时有些止不住，她摆摆手，示意学妹先走。学妹走过来，轻轻地抱住了她。面容被遮住后，眼泪变得有些肆无忌惮，大滴大滴地流出来，打湿了学妹的校服。

回到班上时，张小莫已经把痕迹都收拾好了。面无表情地上了两节课，除了不想说话之外，没有什么异常。这种沉默一直持续到回到家吃午饭时，快吃完了，她也没有说什么。

母亲问她："早上没什么事吗？"

张小莫迟疑了一下，摇了摇头。

她并没有想让母亲去替她出气的想法，每次母亲去学校找老师，结果对她都不怎么好。还有一层，论在学校的地位，母亲也不能拿兼了团委书记的体育老师怎么样，除了让母亲生气一场之外，最后还是会不了了之，何必说出来找这个麻烦。

张小莫走进房间，把门锁上。设好闹钟，她躺回床上睡午觉，把被子拉起来，盖住了自己的脸。想象脑中有一块橡皮擦，把早上的经历一点点地擦掉。

和以前所有不愉快的经历一样，只要她忘掉了，这一切就会像没发生过一样。

但是下午放学后，班主任林老师让张小莫跟她去办公室一趟。

进了办公室，林老师问："邹老师找你的事，你为什么不先和我说？"

张小莫愣了，听林老师再讲了几句，弄清了前因后果。早上最后两节是语文课，张小莫对自己还是高估了自己的伪装，毕竟是那样哭过一场，怎么会一点痕迹没有。

而且在语文课上，张小莫习惯和林老师做眼神交流。听课时她会微微抬眉，把眼睛睁得大大的，表示她在认真倾听。每次她露出这样的表情，老师们都会忍不住盯着她上课，因为她给的即时反馈实在太好，听不懂时皱眉，听懂时点头。这种和老师眼神交流的方式，对张小莫来说能提高她上课的效率，老师讲课的节奏不自觉地是跟着她走的，她听得用心，老师讲得有成就感。

当然也不是没有弊端，在她不做眼神交流时，老师就会知道她在走神。特别是林老师的火眼金睛，看一眼就知道她哭过了，再去找人问课间操时发生了什么事，马上就杀去邹老师那儿把事问了个一清二楚。

在自己眼皮底下，自己的学生被欺负成这样，很让林老师恼火。虽然去把场子找了回来，但张小莫一点都没有反抗，还是让她有些怒其不争。"你又没有错，你为什么要重做一遍？"林老师第一次对张小莫施展了训斥人的威压。

张小莫有点被训蒙了，她虽然认为邹老师让她重做一遍这事，是不对的。邹老师作为老师品行有缺，但张小莫并不觉得自己作为被欺负的对象有什么好被训的，在她心里，还觉得这是用自己的牺牲，免除了给别人带来的麻烦。如果被大人知道了，也会说她懂事吧。

但显然，林老师不这么想。

林老师今年五十多岁了，张小莫这一届，是她带的最后一届。这个身材宽厚的女老师，从入校开始，一直给张小莫一种威严感。作为林老师的得意门生，张小莫在心底其实并不是特别怕她，虽然林老师做事，并不完全和她的利益相符，但张小莫知道，这是出于在她心中的公正。张小莫对林老师，还有一些自己没有察觉的依赖和仰慕，这个有着男性名字的女老师，身上有一种她所向往的力量，是她自己在成长过程中所缺失的。

对于张小莫的妥协，林老师非常生气。

举报张小莫的，是排在第二名的隔壁一班的学生，这次运动会，二班的总分比一班高，三年都被二班这样压在头上，显然让一班有些不服气，再加上开学时两班对立的氛围，好不容易抓到一个弱点，当然不能放过。搞得好，说不定班级排名还能再翻转一下。于是无理也当有理，一班班主任苗老师出头，带着一班举报的人去邹老师面前去闹了一通。

邹老师当然也知道，私下去找张小莫这事做得很是下作，林老师去找他时，他心虚极了，三言两语就把一班班主任给交待了。之前，他无非是想着，比起苗老师这个刺头，对付张小莫还是要容易多了，甚至张小莫的母亲他也没有放在眼里。但现在，林老师找上门了，林老师在学校里的地位，和苗老师又不可同日而语。

邹老师这样做，赌的就是张小莫不敢告老师，但就算后来林老师知道了，他也算好了：即使林老师找上门，让张小莫重做后的结果，已经让邹老师可以应付苗老师，也可以周全他接到举报后已经进行了处理的这个面子。无论如何，张小莫这个亏是已经吃了。苗老师要折损二班面子的目的，也已经达到了。

这让林老师怎么能不气愤，在她的想法中，如果张小莫先去找她，这个亏是可以不吃的。平时张小莫哪怕课堂纪律被扣0.1分都会找她请示，怎么这次就一个人拿了主意？林老师实在是不能理解。

"你又没有错，你为什么要重做一遍？"林老师又问了一遍。

张小莫下意识地回答："邹老师让我做的。"

林老师更气了："他让你杀人放火你也做吗？！"

张小莫的眼泪，终于被训出来了，她拼命想忍住，一时表情又可怜又委屈。

却听林老师的声音从头顶上震过来："想哭就哭出来！"

听到这一句，张小莫终于哭出了声。林老师也不劝，把纸巾盒往张小莫面前一推，看着她痛痛快快地哭完。等张小莫哭得差不多了，林老师才又放缓语气，郑重地和她说："你记住了，以后不是你的错，你就不要认。谁说你有错，那是他要去证明的事，你没必要证明。"

张小莫睁大眼睛，点了点头。她终于感受到林老师成天说的，不仅要教学生读书，还要教学生做人。

看张小莫听进去了，林老师才露出欣慰的神情。继续和她说："下周就是月考了，你千万不要被影响了，不然就真的合了某些人的心意了。再有什么事，你让他们来找我。"

张小莫愣了一下，她还没有想到这一层。原先她就觉得为了区区一个校运动会的第一名就去举报有些不能理解，时间点也很奇怪，没想到在这里等着她。大概隔壁班是觉得不管举报能不能成，恶心她这一下血赚不亏。在别人眼中，张小莫看上去娇气又脆弱，学习是学不过了，搞心态说不定还快一些。

想通这一层，张小莫的斗志一下就起来了。之前那些哭泣和委屈一下就挥散开去，脑子里立时清明了。哪里还有时间去伤感，张小莫大声地回了一句："我不会被影响的。"转头利利索索地走出了办公室。

一出办公室，张小莫差点撞到一个人，张小莫停下来一看，是赵文。以他的姿势，怕是在这里听了半天的墙角了。淡定如赵文，此时都有点不好意思，和张小莫解释："林老师让我放学后来交订正。"

张小莫点点头，想面无表情往前走，赵文叫住她，说："你做得已经很好了。第一该是你的，就是你的。"

这时，张小莫才抬头，认真地看了看这个在校运会包揽了他参加的所有项目第一的男孩，挤出一个好看不到哪里的笑，说："我也是这样想的。"

回家的路上，天色已经半黑，是张小莫比较少有的晚归的体验。

踩在半灰不明的天色中，张小莫想，自己这种自以为牺牲是顾全大局，但其实是没有原则的想法，是从何处习得的呢？班主任的当头棒喝，敲醒了她的自我感动。在有能力去据理力争的人看来，并不需要她的这种自我感动，反而会嫌她的妥协坏事。

无论是出于正义还是公平，哪一个都比怕给别人添麻烦要重要吧。自己在当时的选择，算得上是轻重不分。

如果当时坚持不妥协，会怎么样呢？张小莫推演了一下，恐怕也不会怎么样。只是精神上的恐吓和打了一个时间差罢了，只要坚持到上课，体育老师还敢不放她回去上课吗？像张小莫这样的模范学生，上课时毫无理由地旷课，少不得要吓得老师赶快去找人，何况下一节还是班主任的课。

狭路相逢勇者胜，虽然看上去情势逼迫，但若她拿出对待父亲那种宁死不屈，体育老师还真拿她没有办法。这样让自己受委屈的结果，其实是自己先认输了吧。

回到家，母亲开口就说："林老师找我说了，你这孩子，怎么瞒得这样紧。我什么都不知道，还被林老师说了一通。"

张小莫说："我怕说了给你添麻烦。"

母亲听了，大为感动，说："我女儿真是懂事了。"让张小莫洗手洗脸来吃饭。

张小莫开了水龙头,把自己哭过的脸好好洗了一把,凉水的浸润下,她突然有点怀念林老师的指责——要是她从小就受的是这样的教育就好了。

还好,现在也不迟吧。

晚上做作业时,张小莫看着自己映在铝合金窗子上的倒影,眼睛都肿了。自己这一天遭遇的一切,只是因为别人临时起意的一个陷构,说起来就和玩笑一样。

为什么总是她呢?班上的其他人,日子也过得和她一样吗,总是这样轻易地成为目标,又这样轻易地让别人的恶意得逞吗?

张小莫甩甩头,把这些念头暂时抛在脑后。她无法控制别人的恶意,但她可以掌控自己。

月考成绩出来,张小莫距第二名的分差已经拉开了近三十分,苏巍第二,方让第三。前十名里,二班的人占了九个,差一点就包圆了前十。课间操时,大家挤着去看贴出来的红榜,是已经知道的成绩,但贴出来了,就还是有什么不一样。这次二班看榜的人,特别积极,不在榜上的也去凑热闹。

挤在张小莫旁边的赵文,在嘈杂声中对她大声说:"看到没,我说了,第一是你的就是你的。"旁边方让一头雾水:"这学期第一哪一次不是她的?"张小莫笑笑,这种幼稚,竟然让人心里有些痛快。

她瞟了一眼前十名里唯一的那个一班的名字,是个男生,去举报她的那个女生的名字,在红榜上接近末尾的地方。那个女生到底为什么会去举报她呢?就算影响了张小莫,她好像也不能得利。张小莫压下自己的疑惑,她要习惯,不去为别人伤害自己寻找原因。

除了月考成绩外,林老师还给张小莫带来另一个好消息。暑假里《语文报》上的比赛,张小莫随意写了一下寄回去,没想到拿了一等奖。一看比赛级别,算起来中考是可以加分的。虽然张小莫已经有了英语竞赛的加分，而且这个加分不能叠加，但她还是很高兴。她人生中很少有这样无心插柳的好事，比起努力，果然还是幸运的属性更让人开心。

虽然没什么关联，但张小莫觉得她下个月备考全国中学生英语能力竞赛的压力都减轻了些。比起上一年考试，她已经有了两个保底加分项，这次去，就是纯粹享受比赛了。

上一次汪老师在课上哭过之后，张小莫在下课后，会象征性地找她问一问题。

以往她会因为想念柳老师，有问题都会留着去找柳老师问。现在，如果汪老师解答不了，张小莫就会留着等周末上高中课程的时候，去问补课的老师。没有人要求她这样做，张小莫也知道柳老师不会拒绝她，她只是为了自己心里好受一些。

上一年，一起参加竞赛的人还不少，马楠也在陪张小莫备考。这一年参赛的人少了许多，大家的重心还在中考上，在这时，合理分配时间还是很重要的。

张小莫这次也没有花太多时间备赛，只是在英语课上，把做其他科作业换成了刷真题。也算是课尽其用。现在，夜晚的时间对她来说很是宝贵，白天能省一点时间是一点。再像初二那样刷题刷到凌晨一点，就有点吃不消。睡前的时间，她会拿来背诵和记忆，这样上床之后，入睡前的那一段时间还可以在脑海里复习一遍。

这样入睡前的回顾很有效果，同时也很累，这让张小莫的精神紧张到了一定的程度，即使睡觉也是带着任务睡的，如果在睡觉的时候想了其他的事，她就会觉得自己是在浪费时间。在回顾中，如果有她想不起来的地方，张小莫会开灯再爬起来看一眼，否则不能安心入睡。这让她的入睡变得困难。后来张小莫总是想，自己的入睡困难症，大概就是从这时开始的。

但在此时，张小莫并不觉得这样有什么辛苦。初三之前，她也会背书，没有课文要背的时候，她会背《唐宋词鉴赏辞典》，厚厚的砖头一样的一本，褐绿色封面，睡前挑一个她喜欢的词人，翻到一首看完，试着背下来，对她来说是种放松。

睡前放纵思绪这件事，对她来说，还是太奢侈了。不过，这个习惯也避免了她胡思乱想。不管白天经历什么，都能通过这种方式转移注意力，不让自己更多地在消极情绪上流连。这时的张小莫，连做梦好像都是极少的。

上一次伴着绮梦入睡的时候，除了她沉迷偶像剧的那次，再追溯，好像就要到小学的时候了。但不知为何，这种无梦的感觉，在这时反而让她踏实。关灯之后，确认每一个知识点都记住的无梦之梦，让她远离现实的今天，又让她无比靠近现实的明天。

初三过半，无论是学习进度还是人际关系，张小莫都进入了平衡自恰的状态。对于老师到底怎么样看待自己，自己在朋友心里到底是什么样的地位，她好像也没有那么强求了。对于自己在班上的处境，只要比被孤立的时候好，不影响她的生活和学习，也就可以了。

也许是因为这样的淡然，这小半年张小莫考试发挥一直很是稳定，连林老师在表扬她时，都会加一句：考试的心理素质好。小学时上健康课，有一节讲考前准备，当时的班主任王老师说，班上成绩好的同学，可能他们不知道这些方法，但如果去看课本上这些内容，其实他们就是这样做的，靠自己的经验形成了正确的习惯。

真的是这样吗，恐怕不见得。考场上，按月考的名次坐，张小莫坐在窗边第一个位置，后面的方让苏巍邵襄阳，没有一个像她这样在考前频繁地去洗手间。从小学到现在，张小莫还是不能克服考前的这种心理性的紧张，只要有考试，她连早餐都不怎么能吃得进去。

初中三年，张小莫的早餐都是两个小馒头，一包牛奶。早餐唯一的期待就是牛奶订了果味牛奶或酸奶，但在冬天果味牛奶和酸奶不能加热，所以还是会换成普通的牛奶。母亲给别人解释，是张小莫其他的都不吃，只吃这个。张小莫无法解释，是因为母亲做的其他的东西更难吃，馒头至少还没有味道。每次她不喜欢吃一样东西，这个东西就会从她的食谱里去除，然后只留下她能接受的，母亲不会去想要怎么把同一个食材做得更好吃一些，只会归因于张小莫不喜欢吃这个食物。然后找到一个她勉强能吃下的品种，就反反复复经年累月地给她吃。

考试的早上，张小莫会连馒头都吃不进去，牛奶也不敢喝。空腹考试，是大多数。和教科书上"营养而丰富"的早餐指导相去甚远。其他种种诸如早睡放松之类的指南，她也做不到。但考试铃声一响，她就能进入考试的状态了。前几名的习惯，张小莫观察了一下，各个不同。方让的紧张表现为找眼镜布擦眼镜，邵襄阳表现为转笔，苏巍表现为假装不紧张。

每个人都有自己要克服的东西吧，不是只有她有自己烦恼和困难。每个人的烦恼各不相同，但最终表现出来的，是最后的成绩排名。在相同的考卷前，不会因为你有不一样的困难而有什么改变。在别人的记忆中，张小莫的这半年，大概只有在红榜上一个又一个的第一名。不会知道她考试前痉挛的胃痛和晚上的失眠，但同样他们也不知道她在达成目标时的欢喜。

这很正常。张小莫自己也是这样。哪怕是自认为喜欢和关注的人，到最后，最让人振奋的还是他取得的成就。

十二月的时候，张小莫喜欢的少年拿下了这一年的金球奖，金球奖颁奖的日子，是在他生日的后三天。加上这座奖杯，在这一年，他拿到了六座奖杯，包括足总杯、联赛杯和联盟杯三冠王。同时，这一年的九月，他在世界杯预选赛中打入了三个进球，在此之后，和队伍一起以小组第一得到了世界杯决赛圈出线权。在很多年后回顾这一年，他们会说：这是他最辉煌的2001年。

日日关注着他的新闻的张小莫，到这一年尽头时，也在这些金光闪闪的成就前，模糊了他之前受的所有伤痛和低谷。最后被人记住的，也只有这些闪闪发光的部分吧。

后来回顾这一年时,张小莫喜欢的这个曾经的少年这样说:"对我而言,如果停下来去回忆取得的成就,就会成为一种弱点,如果想变得更出色,而且保持始终如一的出色,那么你就需要变得很贪婪,对成功保持痴迷的状态。不要过多的去享受自己赢得的成就,而是更多的感受你失去成就时的痛苦。"

　　在这一年,张小莫似乎做了同样的事。与其说不要过多地享受成就,她是没有时间去享受,考试成绩出来的喜悦不会停留太久。与足球上会定格在历史中的奖杯还不同,一张红榜后还有另一张红榜,一次考试后还有另一次考试,在这不断的刷新之下,前一次结果说到底都没有意义。到最后,只有一次结果有意义。

　　如果说有什么是重要的,那就是在这每一次刷新中,去不断地确认和寻找到自己的意义。

　　此时她还没有敢去想更深一层的疑问:如果有一天,失去成就的状态变成了一种常态,那感受痛苦这件事,也会变成常态吗?还好,至少在现在,这并不是她需要思考的问题。

　　再次拿到英语竞赛一等奖的时候,张小莫和同学们都有一种一回生二回熟的习惯。开心当然是开心的,但没有上一年那种举班庆贺的意兴。结果出来,最大的受益者,居然是汪老师。因为张小莫拿的这个奖,汪老师作为辅导老师也拿到了奖,可以作为她评职称时的重要条件,办公室的老师都说,汪老师下一次评职称时,一定可以评上一级教师了。

　　知道这个消息时,张小莫有些百感交集。在她心里,这个给辅导老师的奖应该是给柳老师的。在张小莫的英语学习上,汪老师起的作用,微乎其微。其他老师显然也这样想,笑着说汪老师运气好。

　　但张小莫心略微的不服气,很快被汪老师真挚的谢意所抚平。汪老师带这个班以来的种种不平,好像都被这个奖安慰了,上课时不再那么容易发火,对张小莫的态度也更加和善起来。学期已过大半,同学们都已经接受了柳老师不再教他们这个事实,反不反感都要学,态度也端正了许多。于是，让人头疼的英语课堂，竟然就此恢复了平静。

自己是这个改变的原因吗？如果汪老师因为自己得奖这件事，而不后悔来教他们班，这个事实，好像或多或少让人有一些成就感：自己有让身边世界变得更好的能力。

| 第四章 |

一直在告别

2002 年

  2002 年，对于他们这一届的学生，是一个标志性年份。

  毕业的这个年份，会用来命名他们，来区分和其他届毕业生的不同。对于这所中学，他们是 99 级的入学生，02 届的毕业生。从此，这个数字将烙刻进他们的履历里，成为一道分界线。

  一月到来，非常寒冷。和往年一样，张小莫带着满手的冻疮完成了期末考。这半年下来，她没有像上一个学期一样经历起落。期末考时，她刷满了整个学期的第一，为这学期稳定地画了个句号。但她的朋友们的情况，却各有参差。

  马楠要决定是去读音乐学院，还是继续文化课的学习；涂豆的成绩在开学的时候，有小幅度的退步，但后来调整了回来，期末考试结果还不错；凌鱼的状况则不太妙，她的成绩有了大幅度的退步。本来四个人的成绩，都能保持在第一梯队，但这时，其他三人敏锐地意识到，凌鱼和她们拉开了距离。这距离最直接的影响是，以现在的成绩，凌鱼很有可能和她们考不到同一所高中了。

  凌鱼和她们三个除了成绩上拉开了距离之外，现实中的距离好像也拉开了。凌鱼和伍乐的位置一前一后，本来就不多的相处时间，让凌鱼减少了下课时和"天才帮"的聚会时间。学生时期的慕艾，一定是会减少和朋友的相处时间的，这是不可避免的此消彼长的关系，再减少一些放学一起回家的时间，也就不剩什么了。

在"天才帮"几人都知晓了凌鱼和伍乐的关系之后，凌鱼在她们三个面前也就不再掩饰了，但也并不会和她们说自己这方面的心事，在这方面，凌鱼的树洞还是严施。最初的时候，张小莫有试图去争取一些和凌鱼相处的时间，比如放学一起回家的时间减少了，她就争取每天下午都去叫凌鱼一起上学。

但不知为什么，在经历了之前的事之后，上学时在楼下等待凌鱼的时间，会让张小莫觉得很难堪，凌鱼在约定好的时间不下来时，她有些抵触像以前一样爬到七楼去喊凌鱼。如果辛辛苦苦爬上去之后，发现凌鱼已经和严施一起走了，那本来就讨厌爬楼梯的张小莫会感受到双倍的挫败感。为了避免这种感受，到时间如果凌鱼还不下来，张小莫就会直接走掉。

细细回想起来，在和凌鱼的关系中，总是张小莫先主动，当这段关系的维系全依靠在一个人身上的时候，无事发生时还好，一旦有什么心里过不去的坎，要远离好像也是很轻易的事了。

渐渐的，张小莫上学的时候就不再喊凌鱼了。放学回家时，如果凌鱼不等她，她也不会主动再去找她一起回家，也不想再去和严施去争哪一天是属于她的配额。既然凌鱼有想要亲近严施的意愿，张小莫也不会阻止。但凌鱼每靠近严施一分，就是远离她一分。对此，凌鱼也没有任何想要修复关系的行为。

张小莫没想到，自己终究还是远离了初中时段最好的朋友。虽然表面上没有显露，但她的友情洁癖还是无法让她和以前一样对待这份友情。

又或许，她从来没有努力地留过任何人。从告诉她不能再和她一起玩的白果，到她被孤立时不敢和她公开交往的林晓音，再到凌鱼，张小莫生命中这些被她曾打上"最好的朋友"的标签的女孩，在她们远离的时候，张小莫都没有努力做过什么。她的经验告诉她，这种努力，会让自己更加难堪。

有一个场景，让张小莫十分难忘。初二上学期，在她还没有发现白月亮之前,在她还在体育课上经历难熬的分组阶段的时候,她试图去找过白果。

那时,在刚刚过去的初一,她们两人的关系看上去还不错,因为旧时的友情加上许久未见的滤镜,张小莫是想过不计前嫌的。上一次在子弟小学远离张小莫时,白果的理由是,自己被领头女孩威胁了,再和张小莫玩自己也会被孤立。而这一次,并不存在威胁白果的人,张小莫抱有一丝侥幸,想去试试旧友的情谊。张小莫走近白果,对她说:"你可以和我一组吗?"

张小莫永远也忘不了白果的反应:她转过了脸,当没听到张小莫的话,然后找旁边的人聊起了天,从头到尾,仿佛当张小莫不存在。

那时的尴尬和难堪让张小莫学到了一件事:对于远离过自己的人,不要抱有任何希望。

有一次严施和凌鱼一起先回家,站在分手的地方聊天,张小莫走过时,清清楚楚地听到严施在和凌鱼说她的坏话,和上次一样,凌鱼没有表现出任何的惊讶,就像这已经是她们对话中常常出现的内容了。凌鱼没有附和,但也同样没有阻止,她是中立的,不置可否的,也可以说,是不关己事的。

如果,一个朋友不因别人辱骂自己而生气,那自己好像也没有必要因为她的成绩下降而忧心。张小莫当时是这样想的。

比较让张小莫惊讶的是,涂豆和马楠在这件事上,也默契地选择了不予干涉。没有人去劝凌鱼一句,也没有人去问她到底为什么成绩会下降。对于凌鱼越来越少地参与她们的活动,涂豆和马楠是一种放任态度。在凌鱼和她们在一起玩时,大家就高高兴兴的,不和她们一起玩时,也尊重她的选择。即使班主任在课堂上批评凌鱼成绩下降,下课时几个人聚在一起,也绝口不提刚才的事。

这像是她们几个看着凌鱼和她们拉开的距离,没有去伸手拉她;又或许是,她们伸了手,但对方并不愿意拉住。

张小莫想起,她和马楠去问涂豆的那次,涂豆很明确地回复了她们。那时的她们，算是给涂豆提了醒吗，如今看着凌鱼，涂豆会想什么呢。在回想起来的时候，那算不算是她们伸出了手，而对方也拉住了呢？

张小莫觉得，朋友之间，好像不应该是这样的，可好像又无法控制地走到了这一步。

虽然表面上看，四个人的关系，在别人眼里和以前没有什么不同。期末考试成绩出来，等老师过来发卷的时候，"天才帮"几人像往常一样在走廊透气，讲到马楠是要去音乐学院还是要和她们一起中考，马楠说，不管怎么样选都会完成中考，争取和她们一起考过一中分数线。而这时，凌鱼在一旁沉默了。

才在 2002 年的开头，她们就嗅到了一丝分离的气息。又或许，这一年不管怎样，都注定要书写和一些人的分离。

初三的寒假，过得很是短暂。但还好，他们并没有缺失关于寒假的记忆。

年三十的时候，这座小城会在人民广场放烟花。人民广场在河对岸，放烟花的时候，只要沿着河边一直走到尽头的桥上，就能看见从楼宇后面跳上天空的烟花。这是这所小城不多的盛大的庆祝仪式，大人们每年都会讲烟花掉下来差点烧到人的事故，所以并不带她去广场上看，而是让她远远的这样看就可以了。烟花的品种，并没有太多，都是普通的圆形，变幻着不同的颜色。张小莫最喜欢金色细长条的那种，像是具象化的太阳的金丝，又像是她喜欢的镁条烟花的放大版。

站在桥上，夜晚冬天的风吹过脸颊，身上穿着过年的新衣，远处的烟花一朵一朵地蹦出、绽放、消散，美好中又有一丝哀伤，有一种看到极致美丽而短暂的事物时，油然而生的怅然。她喜欢的诗人这样写烟火："让我们并肩走过荒凉的河岸仰望夜空，生命的狂喜与刺痛，都在这顷刻，宛如烟火。"她好像在很小的时候，就能体会到这种狂喜与刺痛。

城市放的这种巨型烟花和小而安静的镁条烟花，都是张小莫喜欢的类型。她最不喜欢的，是一种叫冲天炮的烟花。长长的像金箍棒一样的一根，通常是蓝色印花，放的时候要找个地方斜插住，45度角朝天，然后就会一下、一下地有小小的烟花冲上天，是自己可以放的最接近大型烟花的缩小版。

张小莫不喜欢冲天炮，并不是因为它危险，而是因为在她非常小的时候，留下了关于这种烟花的心理阴影。

大概是她还在读幼儿园的时候，三四岁的样子，那一年的年三十，父母在带她从奶奶家回来的路上被抢劫了，父亲的后腰被捅了一刀，差点有生命危险，抢救过来之后，在医院足足住了一个月，后腰上被缝了28针。因为太小了，张小莫的记忆并不清晰，只是记得父亲用单车推着她，把好几根冲天炮放在后座上，后来大人们就说，因为劫匪看到冲天炮，觉得他们有钱，是他们目标太大了，所以才被抢劫的。

至于那几根冲天炮，据说是张小莫想要从奶奶家拿回家的，所以大人们把这件事的罪魁祸首，归到了张小莫身上。在她不多的记忆里，是那时常常在医院流连的恐惧。父亲和她一样，是疤痕性体质，缝的28针在拆线之后，变成了瘢痕疙瘩，像蜈蚣一样长长地横在腰上，提醒着她想起已经模糊的记忆，唤起她的愧疚感。所以，在过年的时候，她都不怎么喜欢放冲天炮。

再长大一些之后，张小莫才理清事情的真相。

他们一家，之所以在那年晚上会遇到抢劫，是因为从奶奶家离开的时间太晚了。那时每年的年三十，张小莫家会先去奶奶家过年，然后再出来去外婆家过年。一个晚上要跑两家，所以春节联欢晚会她从来没看全过。每次从奶奶家走，都是很艰难的，那一家人会阴阳怪气地说他们走得早，用各种正话反话来呛，父亲抹不开面子，就留晚了些，年三十的深夜，路上本就没有行人，他们一家人走在路上，当然显眼，和自行车后座有没有冲天炮根本没有太大关系。

从那一次后,再到年三十,张小莫家离开奶奶家的时间就变成了晚上八点,春晚刚好开始的时候,第一首歌唱完,母亲强硬一些,他们就可以走了。再后来父亲有车开了,不会落单走在路上,也还是八点多就走了。大人们明明就知道事情是怎么发生的,但不知为何,很有默契地把愧疚感推给一个小孩。

不让她溯源,大概是不想让她怪罪奶奶一家,又或许是要掩盖更不体面的一些事。

母亲说,在父亲危重住院的那几天,她求着奶奶一家出人来替她换班守守夜,都没有一个人答应帮忙。张小莫那样小,最后是母亲一个人顶了下来。等父亲脱离危险了,父亲的战友和同事来给他送慰问品,这时奶奶一家人出现了,白天过来,把别人送给父亲的营养品都拿走,美其名曰反正父亲还昏迷着也吃不了,他们拿走还不浪费,到晚上守夜时就一溜烟走人了。一直到父亲醒了,奶奶一家人还是白天来搜刮礼品,晚上走人的节奏,父亲还附和他们的说法,说自己也吃不了,让他们拿走。但其实,当时父亲很需要那些营养品,在恢复期的时候,做完手术家里钱已经不多了,并没有再置办营养品的钱。

这段记忆,在母亲那里是如何不堪回首的伤痛,张小莫不得而知,但长大后的她听到事情的真相,都有不敢置信的撕裂感。那一家人,到底是怎样的存在?自己是多晚,才迎来了自己的觉醒呢?向小孩掩盖这一切的目的,又是什么呢?不让她知道,让她有错误的记忆,就可以当这一切没有发生过,大家其乐融融的吗?

他们不知有没有想过,这种虚假的其乐融融,总有被戳穿的一天。不过,即使知道了真相,张小莫对冲天炮的厌恶,也抹不掉了。在玩烟花时习惯性的愧疚感,依然生理性地跟随着她。

同样生理性跟随着她的,大概是对医院的恐惧感。

后来母亲也住过一次院,是阑尾炎。看着穿着病号服的母亲躺在病床上,张小莫不知为何,有种过分的担心。看到床头的水果刀,她会担心母亲会做什么傻事,执意把那把刀收走。知道她在想什么的时候,母亲笑她傻,怎么会有这种念头。张小莫想,大概是在她心里,母亲过得太苦了,如果是她面对这样的日子,她可能都没有勇气继续下去吧。

母亲的阑尾,最后并没有割,保守治疗之后没有开刀,但一直存在着隐患。张小莫小时候肚子疼,就会分辨是在左边还在右边,不在右边,就不是阑尾炎。阑尾炎就会住院,而住院在她心里是很可怕的一件事。

张小莫自己住院的记忆,还是在幼儿园的时候得肺炎,因为手上血管太细了,从额头上的血管打吊针。张小莫幼儿园时的记忆,其实是断断续续的,但额头上打吊针的感觉,她却记得特别清晰,疼痛、冰凉,药从血管经过时,血管持续性地刺痛。

和这种生理性的刺痛相比,烟花易散时那种美好消散的刺痛感,实在是太诗意了。

还能流连在这种美好的诗意中的日子,都应该珍惜。站在年三十的夜风中,张小莫并不知道,看着盛放的烟火的此时,连同这最后的寒假,对她来说就是初三最后的轻松时刻了。

开学后,教室里的倒计时牌上,数字已经变成了单薄的两位数。倒计时牌旁,是林老师种的吊兰,有好几盆,葱茏茂盛,长长的枝叶拖曳下来,把那一小块窗边映得绿意盎然。

林老师是种吊兰的好手,听说吊兰这种植物,在室内本不易活,但眼前这几盆,让张小莫觉得吊兰好像是一种很好养活的植物。都说十年树木,百年树人,大概在别人看来,在林老师带的班,上重点高中的人那样多,也是一样的感觉。

每天早上,林老师在守他们早读的时候,就会在窗边浇花。他们班的教室得天独厚,在教室里就有水龙头和洗手池,于是可以一边接水浇花,一边听着他们早读。从初一到初三,他们班没有换过教室,不像其他班还根据年级换教室,所以这几盆吊兰,算是听着他们的读书声成长起来的。不知道是不是因为这样，显得特别文雅。

早读的时候，张小莫盯着那几盆吊兰发呆，在旁边倒计时牌的衬托下，突然对这教室里一草一木都有了些眷恋。

张小莫转头，看了眼后排的黑板报。每一次出黑板报，她都是主力，但最后一次出的黑板报，上面没有她的笔迹。

上一次出黑板报，还是为了去市里的比赛预演。张小莫排好了版，计划里是她和凌鱼写字，另一个叫洛泱的男孩画画。为了排版，张小莫还专门买了一本书学习了一下。某一年的假期里，她去上了一个教写艺术字的班，艺术字不是用写的，而是用尺子量出来的。画好方格，量好每一笔一画的尺寸，像做工程图一样拿尺子和笔一段一段地连起来，出来是标准的方方正正的艺术字体。

张小莫还记得，最后配色时，她用了最喜欢的粉红色配天蓝色，老师说她配得不好，配色要深浅搭配，她用了两种浅色，所以效果不好。张小莫当时听从了，但后来觉得老师说得不对。每天傍晚放学时，夕阳尚早的时候，天空就会出现这样两种颜色的搭配，浅浅的蓝色和温柔的粉色撞在一起，有时还会搅进几朵白云，让粉色显得更奶白一些。大自然浑然天成的配色，和张小莫最心爱的两种颜色不谋而合，让她每每在看到这样的天色时，都有种怦然心动的感觉。

因为有基础，张小莫在班上手抄报比赛时就很有优势。写报头的时候，她借助了尺子，但没有写方方正正的字体，定好位之后，用毛笔写了艺术字，有外物辅助的写字，和描红一样，与张小莫小时练字不是一个难度。这时她就在想，会不会人生中的其他事也像这样，明明很难的事，借助了一些外力和精密的准备，就会出来和自由发挥完全不同的效果。在写书法上，这大概算作弊，因为连手不悬空放在桌子上写出来的字，也算是在练字时偷懒作弊，更不要说是描红。但在手抄报上，她能搞出这样的字，别人就会大为惊叹。

张小莫不知道，她的这张手抄报，被林老师仔仔细细地收藏了起来，后来她退休后去另一所私立学校教书，还给班上的学生拿来当样例。她去看林老师时，下面的小孩举手问她，怎么能写出这么好看的字，张小莫一下子没想起来，不知道他们问的是什么，说自己写字不是最好，让他们去问专业写书法的胡帆。提问的小孩脸上有非常失落的表情，他坐下之后，张小莫突然想起了这张手抄报，想要再说些什么，已经错过了时机，每次想起小孩的表情，张小莫心里都有种遗憾。

不过这个遗憾要到很久之后才会发生了，眼下张小莫的遗憾，是她未完成的这个黑板报。

当时比赛前，他们已经练习了好几遍。每天中午留下来，把前一天练的擦掉，然后计时重新出一遍，练的是现场的速度。练了几天，母亲让张小莫去参加一个计算机比赛，和林老师说让张小莫退出黑板报比赛。林老师当时很生气，但在母亲看来，计算机是一个人上就能比，黑板报还要和别人配合，还是去比计算机比较好。母亲的观念一直是这样，比如学理科就比学文科好，因为理科只要做对了不管谁来判分都是一样的，文科受改卷老师的主观影响就比较大。尽量避免把自己的命运交到别人手里，是母亲一直都在灌输给她的价值观。

张小莫听从了母亲的安排，但每天中午看着还在备赛的小伙伴，她心里都不是滋味。替她上的同学，字写得没她好，之前她一直自卑，觉得自己的字没有凌鱼好看，但一看到不如自己的人也照样上了比赛，心里有一种原来自己也可以的感觉。最后，她计算机比赛拿了一个末等奖，团体的黑板报没有拿奖。知道结果后，张小莫小小地松了一口气。但后来，他们学习就忙起来了，不用再参加学校的黑板报评比，于是，那一次的黑板报，就长长久久地留在了班上。这种存在，随着时间变得长久，在张小莫心里，越发显得比那个可有可无的末等奖更有意义。

对于存在的这个命题，张小莫一直都十分敏感。而且，她自以为想得十分透彻。她想要成为作家，从根本上说，也是想要以这种存在延续生命。她睡前背的那些诗词，千百年后还能让人知晓写下这些句子的人的存在，更不要说近现代的作家。在世界上留存自己的痕迹，没有比写作更好的方式了。当然，绘画、音乐、书法，都是这样，但文字的留存也许更合她心意，她也更擅长。

这时的张小莫，未尝没有一点期待自己未来会成为一个知名作家，但比起这种愿望，她对留存这件事更在意，就连她每天写的日记，都暗暗含有一种期许：很久很久之后，自己已经不在这个世界上了，也许它会被某个和她有缘的小少女发现，知道她是怎样度过自己的少女时代的。

也许，会给别人带来一点力量吧。

这样想的张小莫，在写日记时，有一个习惯，不管心情有多低落，总要在结尾时昂扬一下，不至于十分消沉。某种程度上，即使在写日记时，张小莫也在隐藏和压抑自己的情绪。但这个习惯让作为悲观主义者的她，又有一种微妙的弹性，不至于沉溺在自己的情绪里一直下坠。

这样的调节，到此时对她都十分有用。只是很快，她将迎来更大的考验了。

三月的时候，学校安排去体检，为五月的体育中考做准备。

春天的到来，总是让人很惬意的。小区里的迎春花，黄灿灿地开了一轮，从路边的花坛上蔓延垂下，厚厚重重地压低了枝条。白日的时间也明显变长了。

对于这种昼长夜短的变化，张小莫一直都很敏感。小时候，是因为晚饭后会去学校的操场打羽毛球，天色黑得迟一些，她就能多玩一会儿。后来不打羽毛球了，对日夜的分界线的关注也保留了下来，特别是在春天刚来的时候，某一天，白日像是突然长出来一截，她就知道，春天到了。

这座小城的冬天，很是难挨。除了寒冷，还经常下雨、泥泞、阴湿、灰败，干干净净地下雪的时候是很少的。这就让春天的到来，更加有了种温暖的喜气。

去体检那日，难得的可以不穿校服，张小莫穿了件绛红色的上衣，配了条黑色百褶裙，欢欢喜喜地在偷来的不用上课的一天出了门。张小莫很喜欢这件绛红色的衣服，这件衣服是小姨送给她的，在领口和衣摆的地方，细细地绣了彩色丝线，版型非常好，很修饰腰身。每次穿的时候，都会让她想起小时练体操时的感觉，下意识地把腰板挺得更直一些。

体检的地方离家有些远，需要坐公车。公车站在涂豆和马楠的家门口，张小莫没有等凌鱼，在公车站约上了两人，她已经有很久都没有走出离家五分钟可到达的范围了，突然这一趟，有些像春游。到医院的时候，在门口上台阶，张小莫注意到，台阶旁也有一丛迎春花。

体检通常都是走走过场，比较让人兴奋的项目还要算量身高，初中的时候，张小莫还在期盼自己能长个子，客厅和她卧室旁的墙转角，是专门记录她身高的，每长高一段，都拿铅笔在墙上画一条横线。那条墙线，一厘米、两厘米地记录了她抽条的速度。有一段时间，张小莫长得特别快，如果按这个速度一直长下去的话，那她就会获得自己满意的身高。但很可惜，身高并不是匀速成长的，人生中很多事都是这样，并不是一直朝着好的方向前进，甚至不是政治书里说的螺旋曲折前进，而是会有停滞，甚至倒退的时候。

初三的时候，张小莫的个子就不怎么长了，和白果判断的一样，到初三的时候，她也没有长到初一时登记的那套海军服的码数。当时白果坚定地写下和身高匹配的码数，现在想起来，既是先见之明，也是一种敢于面对事实的清醒，不像张小莫，因为对自己长高的幻念，三年来每次穿这套海军服时都要面临不合身的尴尬。

至于量体重，此时还不是她特别介意的项目。张小莫这个时候很瘦，像每一个瘦子一样，想不到自己居然也有会胖的时候。细细的骨架，显得整个人愈发单薄，甚至在想什么时候自己能长胖一些。

所以，张小莫本来以为，整个体检，她最大的挑战就是量身高时要怎么样站得更直一些。最多再加一条，测视力之前要做一下眼保健操第四节，不然在5.0左右徘徊的右眼会达不到标准视力。

轻轻松松的做完前面的项目，张小莫没想到，她在女内科被留住了。检查的医生，是一个表情严肃的女医生，戴着口罩。张小莫小时候打针的时候，会哭着让护士把口罩取下来再给她打，因为感觉取下口罩的护士，会没那么让人害怕。长大之后，她知道这是在无理取闹，但这副装扮，还是让她隐隐有些害怕。冰冷的听诊器压在她胸前，并没有很快就拿起来，医生看着手表，足足听了一分钟，然后让她起来做二十个下蹲。做完之后，张小莫都能听到自己心脏在砰砰地跳动，这样清晰的心跳，医生又足足听了一分钟，一边听，一边看表。后来张小莫才知道，这是在计数。

这样漫长又反复的检查，让张小莫敏锐地意识到，有什么不对了。计完数的医生，面色从凝重，突然变得亲切起来，问她最近有没有发过烧，张小莫想起来，上个月有一次发烧，母亲不在家，父亲没带她去医院，给她吃了一颗退烧药，烧就下去了。医生听了，点点头，说这就是了。

这种突如其来的亲切，让她一时有些不知所措。看着医生在体检报告上写：心律不齐，早搏，一分钟19次，疑似心肌炎。医生又写了张纸撕给她，让她带回家给家长，嘱咐她最近不要剧烈运动。张小莫愣愣地问了一句："那还能跑800米吗？"医生摇摇头，说，你先让家长赶紧带你去医院看看，可能参加不了体育中考了。

张小莫攥着那张纸条，恍恍惚惚地走出门，一时间，还不能对这件事有什么实感。走出门口时，看到台阶旁的那丛迎春花，当时脑子里嗡的一下，觉得世界一下失去了颜色。无论是黄色的迎春花，还是她身上绛红色的衣服，还是阳光在地上的光斑，在她的感知里都变成了灰色。

她身上能感受到阳光照射的温度，是春日里特有的暖融融又带点潮湿的感觉，这温度虽然打在她身上，可心里只觉得冷。她游魂一样地上了公车，又下了公车，经过她第一个小学，经过她第一次搬家前要上的长长的台阶，再走到通向学校大门口的那座大坡，一点一点地爬上去，看到学校大门口和招牌，还有上课时间关上的移动铁门。

她在学校门口站了一下，又继续贴着学校围墙的墙根往家的方向走，围墙外有几处违章建筑，先是她喜欢的那家牛肉粉的棚子，再是一个小小的面包作坊，她在这家作坊里看过面包是如何制作的，长长的面皮被机器一拉，拉成长方形的扁平的面团，有种治愈强迫症的舒适，但她最喜欢吃的是菠萝包上的酥皮，不太会吃面团的部分，那样的一个面包，对她来说吸引人的只有顶上的那一部分，那是不是前面复杂的制作面团的步骤对她来说都是无用功呢。就像人生一样，很多时候前面铺垫了许许多多的努力，只有最后点睛的那一小块，才是有意义的部分。

倒过来想，不管前面做了多少努力，如果没有最后的结果，那就像是被挖掉了酥皮的菠萝包一样吧。

胡乱发散着思维，张小莫停下脚步，看到小区里的迎春花，她居然已经一个人走回家了。

张小莫站在一进小区的花坛旁，望着自己卧室的窗子，怔愣了一下。卧室和客厅都在同一个方向，一进小区隔着一个院子就能看到，客厅的灯是那种一颗一颗的玻璃水晶吊灯，透过蓝色的玻璃很是显眼，只要看到亮了，就知道母亲已经回家了。

此时客厅的灯已经亮了，张小莫进家前，整理了自己的衣摆，手里还攥着医生给她的那张小纸条。其实，除了不能参加体育中考这个结论对她有些冲击，对于体检结果的严重性，她并没有什么实感。她甚至还抱着一丝侥幸，体检医院与正规医院还是不同的，说不定去看了医生反而没事了呢。

这样一想，好像情绪又缓和下来。她是这样想的，进家之后，也是这样和母亲说的。说的时候,甚至还能带着笑,就是不知怎的,身上像是在打冷战。对于纸条上的专有名词,母亲显然也没有什么实感,心律不齐看上去并不是什么不得了的病,早搏也是个陌生的词汇,只有心肌炎这三个字让人有些害怕。

母亲盯着这三个字看了一会儿,突然想起什么,顺口就说了出来:"隔壁单元,娄老师的女儿,好像得的就是这个病,十九岁就死了。"

死这个字,把张小莫撞得晕晕乎乎的。说实话,在此之前,她对死亡其实并不那么害怕。文学上的死亡,是干净、凄美、利落的。之前她甚至想过,人的一生可以不用活那么长,三十五岁应该就差不多了,就她的生活而言,她想象不出活太久的意义。王勃落水时也不过才二十六岁,莫扎特三十五岁,梵高三十七岁,之前张小莫认知里,英年早逝反而为这些艺术家增添了一些悲情浪漫的色彩。

但这些例子,好像都没有隔壁单元楼的那个姐姐让张小莫感到冲击。她对那个姐姐并不熟悉,甚至可能没有碰过面,但母亲一说,她就记起来了,母亲当时说那个姐姐很可惜,那样漂亮、那样优秀,"死之前她还哭着给她妈妈说,她不想死"。

这句话一回忆起来,张小莫的胃就有些翻涌起来。她只记得那个姐姐的早逝,不记得病因,当知道病因和医生给她的纸条上的病因重合时,一种巨大的惊惧感包围住了她。

此时的母亲还算淡定,大概是因为心肌炎前面还有"疑似"两个字。母亲让张小莫先去休息,她去给林老师请假,第二天带她去看诊。这时,家里电话响了,张小莫接起来,是马楠,问她有没有到家。张小莫这才想起来,她居然忘了和马楠和涂豆说一声就自己走了。张小莫和马楠说,体检有些问题,所以先回家了。马楠关心地问什么事,张小莫想了想说,要去看了才知道。

第二天的看诊,去的是河对岸的医院。这是离张小莫家最近的医院,也是她从小到大看病的医院。除了被烫伤那次,她所有的大小病都是在这所医院看的,她的幼儿园在这所医院旁边,小学也离这所医院很近,从小到大她好像就没有离开过这医院的辐射范围。看烟花的桥就在这所医院的门口,沿着河边走到底,爬上桥,再过桥,就到了。

这座医院有它正式的名字,市第几人民医院,但住这附近的人都不会这样称呼它,而是叫它的旧称:工人医院——一个非常有时代性特征的名字,和张小莫初中的小红楼一样,都是能让人有时代感的东西。张小莫以前来看病,都是去看儿科,十四岁前后,母亲还是喜欢带她去儿科,医生问她几岁时,母亲都会抢答,但总会有一两岁的差错,这时张小莫才知道,母亲对于她几岁,并没有一个像对数学题一样精准的认识。反过来,她对于母亲的年纪,也是模模糊糊的。至亲之间,也是他人,对于他人的事,不像自己一样时时记得,也是正常的。每次看病时,张小莫都会有这样的认知。

这一次,她再也去不了儿科了。母亲以前喜欢带她去儿科,是因为儿科排队的人少。这次要正正经经地去看成人科的医生了。到了内科,还是一样的流程,医生用听诊器在她的胸前和背后都仔仔细细地听了一遍,母亲问怎么样,医生一脸凝重,说早搏的次数太多,状况不太好。张小莫最关心的问题,仍然还是她能不能考体育中考。然后就看那个男医生一脸不可置信的样子,说:"你还想考试,你这状况要马上住院,赶快回去收拾东西办休学吧。"

母亲这下是被吓懵了,张小莫却很清醒,听到这话,一时气性就上来了。休学住院,那不是连中考都考不了,这是张小莫不能让步的底线。什么检查都还没做,什么方案都不商量,就下了这样影响她人生的判断,张小莫觉得实在是太轻率了,轻率到她有些气恼。

"我是不会休学住院的。"张小莫很坚定地说了一句。

男医生听到,似乎被她顶撞得有些生气,说:"你不住院,那出什么事你自己是要负全责的。"

眼前男医生这气急败坏非要在气势上把她压倒的架势,让张小莫联想起父亲暴躁的样子。她拉着母亲，说我们走，母亲犹豫了一下没动。张小莫一股气上来，放了句狠话："我死也要死在外面。"再拉母亲，母亲终于动了，给医生说了句抱歉，带着张小莫回了家。

下午，张小莫正常去上学。冲刺备考的初三，哪怕少了半天课都是要紧的。找邵襄阳和栗景要了物理课的笔记，再找马楠要了语文课的笔记，张小莫一忙起来，两节课连课间就过去了。同学叫她去林老师办公室时，她还有点反应不过来。

去到办公室，张小莫看到母亲在林老师面前哭得稀里哗啦的，连父亲家暴时，张小莫都没见过母亲哭成这样。看到张小莫来了，林老师对母亲说："镇定点，有什么好哭的，你看孩子都没哭。"

张小莫此时，确实没有什么想哭的感觉。被林老师一提，她才想起来，好像从这事开始到现在，她真的并没有想哭过。

张小莫的泪点，一直都是很奇怪的。

平常时候，她很容易因为一些平凡琐事而落泪，但遇到别人都觉得她应该掉泪的场合，她反而没有要哭的意思。看《泰坦尼克号》时她没有哭，在爷爷的病床前她没有哭，这次得知自己的病情后也没有哭。

对于这件事，张小莫的概念大于感受。此时，她身体并没有觉得有什么不舒服的地方，她的生活在一天前，都还顺顺利利的。

初三开始后，学业虽然忙碌，但并没有遇到什么困难。老师们的进度紧赶慢赶，已经差不多要提前把教材上的课程上完了，剩下就是不断的复习和模拟考，按这个进度，一切都尽在掌握。张小莫手上已经拿了三个全国性的加分奖项，连评优都不用和别人争，从功利的角度，连同学们对她的看法，她都可以不在意了，只要正常发挥就好。林老师带的班，每届十几二十个考进一中的人，常年排第一的她，要担心的不是考不考得上，而是以什么成绩考上。

所以，当那个男医生轻飘飘地说出让她休学时，她才会那样愤怒。撂下的那句狠话，听起来像是负气，但她确实就是这样想的。

爷爷去世前，大伯他们做主让他手术，他到后期完全不能自理的样子令她印象极深，大人们私下说，如果保守治疗，至少不会这么痛苦，连最后想吃一碗面的愿望都无法满足。张小莫那时就想，如果是她，她会选择在外面尽情地把想做的事都做一遍，而不是在医院插满了管子来延续一段无质量的生存时间。

但那句话，显然让母亲受了刺激，一下有些六神无主起来。对比哭得不能自已的母亲，站在对面如磐石一般的林老师，让张小莫感受到了有主心骨一般的力量。张小莫一直以为，自己对林老师的尊敬来自于她的教学成绩，也许还有处事方法，但此时，她在精神上感觉到了一种泰山崩于前而色不变的支撑。

林老师让母亲止住哭，化学老师鲁老师也来到了办公室。鲁老师在上海的大医院有人脉，听了张小莫的情况，一步一步地出主意：先去本地最好的省医看专家门诊，做了检查之后，鲁老师把她的病历带给上海大医院的专家看看情况。这样张小莫就可以先不耽误上课，走一步看一步。

拿定主意后，母亲镇定了些，张小莫的心也安下来。但她还不知道，在医院她要面对什么。

去省医看病，对于张小莫来说是一个新鲜的体验。省医离她家很远，在另一个区，只有需要看大病的时候会跑到这里来。比起家附近的医院，省医显得很大，还有医学院的学生在这里实习，人来人往的，都是各地来这里看疑难重症的人。挂号的时候，张小莫看着贴在墙上的专家简介，一个一个地去找面相看上去和蔼又专业的医生。

为了不影响上课，张小莫只能周末来看病，在周末有限的专家号里挂在这一天看诊的医生。同样只能周末来的人，看上去有不少，专家诊室外面，坐满了要看诊的人。诊室的门是开着的，每个进去看诊的人和医生的对答，她都可以听到，张小莫听了几个，有先天性心脏病的，有开刀做过心脏支架的，有要等待心脏移植的，无论哪一个都比她严重。在比她更惨的病人面前,她的病痛好像不值一提。

医生显然也是这样想的,轮到张小莫时,他甚至对她辛辛苦苦来排他的专家号感到有些小题大做。但张小莫的年轻和初三考生的身份,让医生有些动容,仔仔细细地给她讲了方案和情况。

张小莫的心律情况,确实很糟糕。一分钟19到23次的早搏,如果是心肌炎的话,随时都有发作的危险。但要确诊是否为心肌炎,只能做心脏活检,就是开刀从心脏上取下一块组织来检查。但活检也有风险,如果检查没病,就等于白开了这刀;如果活检确认有病,也还是要按心肌炎的方案治。

所以,医生的建议是,先直接按心肌炎的方案吃药治疗,每周来复诊观察。医生开了药,然后说在家里可以备一个听诊器,自己随时观测早搏的情况。从诊室出去,母亲去开药,张小莫看了看在诊室外坐着的还在排队看病的人,大多是中老年人,被病痛折磨得形容枯槁。有些显然是从外地辗转来省会看病的,大包小包的行李,穿着上能看出奔波和穷苦。张小莫听的那几个病例里,还有没钱治病的人让医生开便宜一些的药的。和他们比起来,从诊室出来的还没开始治疗的张小莫,完完整整,新鲜娇嫩,还没有感知得病的苦痛,从他们的眼神里,张小莫竟能体会到一些对自己的羡慕来。

自己的境遇,并没有那么糟吧。张小莫安慰自己。母亲这时已经把药开了回来,大大小小七八瓶药,还有要泡水喝的黄芪,从此,她日常喝水就要喝这个水了。

这一次去医院,除了再度做心电图让她有些害羞之外,并没有太多不适。医生的专业和冷静,让她对事实有了一个清楚的认识。"知道"这件事,好像本来就能给人尘埃落定的安定感。比起模糊的恐吓,有条理的方案让人踏实。

在回程的路上,张小莫想起,自己问医生为什么会得病。医生说,劳累、熬夜、免疫力下降都有可能导致心脏早搏,但如果是病毒性的心肌炎,很可能是之前那次发烧后没去医院,自行吃了退烧药引起的。因为发烧本身，就是自身的保护机制，身体里的白细胞在和病毒做斗争，退烧药一吃，就相当于把白细胞的作战压下去了，病毒就在心脏上留下了损伤。

自己发烧那天，刚好母亲不在家，这有些像命运的玩笑。如果母亲在家，一定会带她去医院，而不是随便就给她一颗发烧药吃了。张小莫头轻轻靠在车窗上，有些怏怏的，命运的不可抗力，有时还真是让人无奈啊。

每天的生活，她从一成不变中慢慢体会出一些变化来。

最明显的改变是，每天的早锻炼，张小莫不用参加了。之前每天都在祈祷下雨可以不用跑步的张小莫，在这种得偿所愿面前，感受到了一丝黑色幽默的意味。

以前，为了不跑步，每天大家都在绞尽脑汁地找理由。

女生最常用的借口就是来例假了，初一开始，只要一请假，大家就知道谁的已经来了。还没有来的女生，会暗暗着急自己的发育情况。这时请假，相当于自曝隐私，男生们会在一旁起哄，先来的那几个女生，会承受一些议论。所以，只要不是忍不了，就不会轻易请假。

后来班上的女生基本都来了，这样的请假就变得司空见惯，也有没来假装请假的女生。请假是给方让请，遇到这种时候他总是不好意思地点点头，毕竟也不能核实。还没等这个风气蔓延开，薛琪就站出来使了雷霆手段，在操场上大声地训女生，说请假的人她都会带到厕所去检查。不得不说，作为副班长，薛琪是有手段的，这也是林老师当初愿意用她的原因。

有这样的前因在前，张小莫再讨厌跑步，除了特别疼的那天，都很少请假，不想跑步只能祈求下雨。所以她之前，比起晴天，更喜欢雨天，反正她上学的路程又近，坏天气基本影响不到她什么。

如今可以不用跑步了，轻松的同时，她却觉得有些失落起来。

不用跑步的话，张小莫可以晚二十分钟到学校，早上多赖这一会，实在是了不得的特权。她只要赶在七点四十的早读前到班上就行了，她坐在教室里，看着大家跑得气喘吁吁地进门，每个人脸上是健康的潮红色，不知怎的，有种无法抑制的羡慕。

她对于得病这件事，并没有公开给大家说过，只有比较亲近的几个人知道。但不参加早锻炼的异常，和每一个请假的人一样，很快地就暴露了她的状况。

对于她的病，班上的同学大多处于一种隐秘的震惊中。毕竟没有公开，他们只是私下议论着这个新闻。知晓这件事的人，也不方便对她表示出同情。坐在后排的邵襄阳和栗景，和之前初二时她跌落第一的那段时间一样，并没有对她有什么特别，只是在她没在的课上，做笔记时更详细了些。每周一次的复诊，有时要赶在那位医生周四上班的时候。半天的课程，说多不多，但万一哪个知识点就是中考时要考的，到时后悔莫及。帮忙做笔记，就是帮了她最大的忙。

得病之后，"天才帮"几人里，马楠给了最大的心理安慰。马楠家母亲和姥姥都是医生，相比同情，一些具有医学知识的建议能让她更自然地和他们讨论这件事。凌鱼对张小莫，表现出了一种前所未有的照顾，但如果是因着这病，也让人高兴不起来。整个班的同学，总体而言，对张小莫展现了一种和善，那种和善，大概是对于经历不幸的人的不忍。但张小莫是知道的，即使是再大的不幸，也只会在消息刚出的时候让人有这样的情绪，就和她小学的时候那些经历不幸的同学一样，时间久了，大家就会习以为常。

早上不用跑步的轻松，还有同学们短暂的同情，这些看上去的好处并不能抵消病痛的烦躁。

开始吃药之后，张小莫才对自己的病有了实感。每一顿要吃的药加起来有十几颗，要分几次才能吃下。有特别大颗的药，会很难吞咽，分成两半之后吃，有粉末的地方会特别苦。光是把药吞进去这件事本身，就已经让人很痛苦了。一顿十几颗，一天三次，吃完药之后人就没什么食欲。本来就挑食的张小莫，在胃的反应下，几乎就不能好好吃饭了。

对于吃饭这件事，张小莫是很挑的。母亲会向别人细数张小莫的一些讲究：吃白菜只吃叶子，最好是中间黄色的那几片；吃排骨要吃形状好看的，方方正正，肉不多不少围着骨头均匀分布，因为扒骨肉才好吃；吃外面买的千层饼，只吃第二层，因为第一层太油，第三层之后就没有味道。

这样挑剔，好像她十分难养，但事实上，张小莫也十分好打发。没有她喜欢吃的菜时，她可以吃白饭，泡上一碗菜汤，或者倒上一杯可乐在白饭里，她就能把一碗饭吃完。要么吃喜欢的，要么吃白饭，总之别想让她将就吃她不想吃的东西。在吃饭这件事上，张小莫很有点宁为玉碎不为瓦全的不将就。

因此，吃药这件事，给张小莫带来的痛苦是日常而绵延的，对于味觉十分敏感的她来说，每天三次的吞药时间无异于一种折磨。

但不管怎么说，吞药只是一闭眼一仰头的事。更让她无法忍受的，是黄芪水。为了保证喝进去的量，张小莫喝的白水全换成了黄芪泡的水，喝水一下变成了特别艰难的一件事。很难形容黄芪的那股味道，是中药的苦，没有中药那么重，可比吃中药艰难的是量大。张小莫本就不爱喝水，为了不去学校的厕所她能一早上都不喝水，此时定了每天要喝的量，一瓶一瓶的，带去的黄芪她要一早上都喝完。

开始的一周，还能忍。医生说乐观的话，早搏的情况两三周就能改善。于是张小莫捏鼻子，每天就这样灌着药。

人对困难的感知，是很奇怪的。

得了病可能会死的这个事实，看上去吓人，但并没有让她崩溃。真正的崩溃，是在每天喝到第八杯黄芪水的时候，那种实在喝不下，又硬要灌下的瞬间；抑或是药太大颗了，吞下去卡到喉痛干呕的瞬间。决心，坚强，努力，在面对概念性的事实时总是容易的，就像要下一个考第一的决心是容易的，但到提笔做题时，才会感受到真实的藏在细节里的困难。

在林老师办公室里没有哭出来的张小莫，对着还剩半杯怎么都喝不下的黄芪水，躲在房间里终于哭出来的时候，对自己得病这件事，终于有了些实感。

张小莫以前，是很喜欢夜晚的。这是她难得感到自由的时刻。

书桌上一盏暖黄的灯打开，蜷在大大的木质扶手椅上，把房门锁起来，她能做一些私密的事。比如在榕树下网站上看一两篇小说，写一写日记，又或者单纯地盯着自己映在玻璃窗上的倒影发呆。张小莫的日记本是蓝色的，她给这本日记起的昵称是 CuSO4，因为很像硫酸铜溶液那种澄澈的天蓝色。每次写日记时，她也觉得自己的蓝色圆珠笔下，倾泻出的也是澄澈的忧郁感。

以前的张小莫，很喜欢忧郁美。白天和黑夜更喜欢黑夜，晴天和雨天更喜欢雨天，婉约派和豪放派更喜欢婉约派。她窗前有一棵梧桐树，她知道，梧桐又称鬼拍手，种在院子里不怎么吉利。但张小莫并不这么觉得，她很喜欢窗前的这棵梧桐，很有"梧桐更兼细雨，到黄昏点点滴滴"的意境。

只是，最近的深夜，外面的梧桐枝叶的黑影在影影绰绰地摇摆的时候，她突然感觉到之前从未有过的害怕。

现在的夜晚和以前的夜晚相比，最明显的变化是，夜深人静的时候，心跳声就会特别明显。随时感受自己的心跳，已经成了张小莫的日常。她可以准确地在左右手摸到自己的脉搏，然后感受两下心跳之间多出来的那一下，就是早搏。一分钟内早搏的次数，可以判定她到底是好一些了，还是坏一些了。

更清晰的判断，是通过听诊器。家里果然给她备了一个听诊器，让她能清楚地听到自己心脏的状况。但那种清晰，有时带有一种无法逃避的残酷感。脉搏感受到的早搏是温和的，可以骗自己的，次数太多时，会觉得自己感知上有所偏差。但听诊器听到的心跳，是准确无误的。那种准确，是精确到细节的，甚至能听到那种不健康的声响，夹杂在两个有力的心跳间，和健康的心跳有着明显的区别。

那多出来的杂音,毫无规律地突然蹦出来,一下、两下、三下……数到二十多下时,张小莫就会变得非常暴躁,把听诊器重重地摔在床上。

这种暴躁,伴随着胸闷、恶心、头晕、想要呕吐。吃药之后,药物的副作用开始显现,但这些副作用和心肌炎可能的症状交织在一起,分不清哪些是身体上真正的病,哪些是药引起的副作用。这让张小莫更加抗拒吃药,时间过了快一个月,自己没有任何好转,反而更严重了。这种挫败感让人既愤怒,又无力。

摔听诊器时,张小莫觉得,自己的身体里,也许有着和父亲一样的暴躁因子。这种破坏的发泄感,有种不管不顾、世界在这一刻毁灭也没关系的感觉。但很快,她会被一种自责所湮没,觉得自己不该这样,再从床上把听诊器好好地收起来,等到第二天再用。

说到底,她并不敢真正地破坏什么。在这时,她找到了可以让自己破坏起来毫无负担感的方式:撕草稿纸。把写得满满的草稿纸拦腰一撕时,那声响让她有一种奇妙的快感。渐渐的,在学校的时候,她也忍不住要撕草稿纸,自己的草稿纸不够撕,就向后排的邵襄阳和栗景要。次数多了,他们便会主动把写完的草稿纸给她撕,后来连方让都跑过来给她送草稿纸。接过这些写满算式的草稿纸时,她莫名的有种和内心暴躁不相符的温馨。

她的病,这时在班上已不是什么秘密。一次家长会后,所有家长都知道了她得病的消息。马楠的母亲,特意去安慰了她的母亲。一直是第一的人最后得了心脏病,这个事实让家长们一时心有戚戚,散了会后,都不想指责自家小孩,和健康比起来,成绩也是可以往后放一放的。那次家长会后,家长和自家小孩相见的场景,可能是三年来最和谐的一次。

散会的时候,班上的同学没有像以前一样在走廊上等着,而是在学校后花园里背政治。初三的时间,分秒必争,再没有他们站在门口闲聊的场景。家长们到后花园后,等自家小孩背完书,最后一堂课的铃还没打，班主任跟下来守到点，等待的时候，家长们站在一旁，准确地认出刚刚震撼他们的主角张小莫，毫不掩饰他们的唏嘘，那些小声的议论飘进她的耳朵里："这孩子太可惜了，长得这么好看，成绩还这么好，但是怎么会就这样了呢……"

这台词似曾相识，好像在母亲说隔壁单元的那个姐姐时也听过。在表达遗憾时，人们的思路好像都是一样的。初中以来，张小莫在外貌上得到的评价是很少的。相貌这件事，在她的种种标签中，显得并不重要。班花校花的名头，从来落不到她身上。此时为了突出可惜之情的家长们，毫不吝啬地把他们能想到的优点都往她身上堆，只为了之后的那个"但是"，显得更加跌宕起伏一些。

听到这一切的张小莫，在人前保持着一如既往的冷漠，把注意力移到政治课本上，趁还有时间再多背两段。白日里，她的状态是比较好的，除了过于苍白的脸色之外，几乎看不出来有什么异常。可能是因为她以往就习惯了带病考试的状态，不是空腹就是拉肚子，她并不是需要精神饱满才能好好发挥的类型，比较令人欣慰的是，她的成绩并没有受到影响，还是断层的第一。

对于她这次的第一，她敏锐地感受到，周围的人在态度上微妙的变化，没有羡慕，没有妒忌，而是一种近似怜爱的感情，或许还有一小撮人的幸灾乐祸。对于一个也许没有未来的人，这个第一的意味，也发生了变化。

但这对于别人来说的没有意义，对张小莫自己，却很有意义。如果说，她为什么还没有崩溃的话，大概就是这一点还在支撑着她，从这个角度上来看，她还是完好的，并没有受到病痛侵蚀的。和她支离破碎的心跳相比，她的卷面、她的成绩、她在红榜上的位置，都像是还没有被海浪推倒的城堡，值得小心翼翼地去维持，所以，她的人生还没有到崩溃放弃的时候。

在黑夜里，那些梧桐树影在她窗前摇摆的时候，在那些放大的害怕中，她会短暂地崩溃，但在崩溃之后，也会很快平复，这崩溃和平复的过程,某种程度上也成为了她熟悉的轮回之一。在黑夜里,她允许自己脆弱,自怜,甚至发脾气,但在收拾好睡觉的时候,她又会期待白日的到来。

从某种意义上来讲,她曾经喜欢的黑夜,依然包容了她。

清明的时候,各家约着去扫墓。

先去的,是爷爷的新墓。和外公在山坡上的墓不同,是正正经经的公墓,选了最高最好的位置,光是要爬上那高高的楼梯,都是件要命的事。楼梯旁以十二生肖来标示所处的高度位置,每走过两个生肖,张小莫就要停一下,在她喘气的时候,大人们就会假装关心实则嫌弃她体弱。

对于张小莫得病这件事,奶奶一家人对她的关心,可能还不及她的同学。比起冷漠,更准确地说,是对母亲教育成果失败的乐见其成。他们作出一副先知的样子,说早就说过,让她学习不要这么辛苦,身体受不了,现在好了吧,身体不好,学习再好有什么用。

一方面,他们可能觉得正中下怀,另一方面,他们大概并不真的觉得这病有什么大不了。在才经历过死亡的一家人面前,张小莫还活蹦乱跳的,她所遭遇的,只不过是命运代替他们的"早知道"给她的一点惩戒罢了。

不知是不是巧合,每次给爷爷上坟时,天气都不好。阴湿的雨,浇得石阶湿滑。春节的时候,其实已经来过一次,说是新墓的头三年,要在正月里来上。也不用去计较是哪里的规矩,他们家的说法,就是规矩。比起上一次来,母亲多了一个举动,对着墓园门口的观音像,好好地拜了一拜,把张小莫也拉过来,说观音是保平安的,让她也拜一拜。

门口的观音像,高大洁白,面容慈祥,手里拿着一个净瓶,插着一支柳,立在水池的中央。威严又慈爱的神情,让张小莫心甘情愿地拜了三拜。到墓园山顶时,跪在爷爷的墓碑前,张小莫反而有些恍惚,在生前都与自己不大熟悉的老人,到这时反而能保佑自己了吗。墓前的青石板地，又硬又冷，她迅速地拜完，没有像以往一样要细细地想想要求的愿望。

这一家人上坟，是没有什么风仪的，供了些水果在墓前，叫小孩们分来吃，说吃了供果能保佑身体健康，特地拿了一个橙子给张小莫，算是她得病以来对她表示的特别的关照。

张小莫觉得无趣，又怕等下行动缓慢被说，于是自己慢慢地先下山，一排一排的墓碑，慢慢地看过去。每一块墓碑上的生卒年月和寿数，光是数字就能看出些故事来。看到岁数比较小的，张小莫会停留一下，看看碑上的字。就这样一个一个地走过去时，张小莫被一块碑上的照片吸引了，照片上的女孩，看上去非常年轻，再一看年岁，只有十九岁。十九这个数字刺痛了张小莫，照片上笑意盈盈的女孩，就停留在这个数字，在这块墓碑下了。这个墓园很新，这里的墓都是这几年的新墓，离现在并没有太久。这种感同身受的冲击感，一下子让死亡具象化了。

看着女孩的照片，张小莫想起隔壁单元楼的那个姐姐，据说在死前留下最后一句话：妈妈，我不想死。

之前一直对死亡并没有太大畏惧感的张小莫，在这一刻，对"不想死"这三个字，有了一些感觉。

比起死亡，张小莫一直更害怕的是病痛。作为医院的常客，她已经观察到了足够多的样本，让她对病痛可能引起的种种窘迫有了清楚的认知。从人们眼神里，可以读出对她的可惜：十五岁实在是太小了。张小莫不觉得这可惜有什么特别让人难过的地方，她也许没有可能去到的未来，其实没有什么特别让她憧憬的东西。比起对未来的可惜，此时的痛苦是真切的，除了吃药之外，更多是一种精神上的折磨，每次去开药出来，母亲都会和她细数花了多少钱，药多贵，小孩没有医保不能报销。这种时候，她对于自己的病不能快点好起来，就会更加烦躁。

母亲一向是很喜欢和她算账的，从她三年级的时候学英语，母亲就会给她算，她学英语以来一共在她身上花了多少钱，她不好好学的时候，不想学的时候，就会以此来增加她的负罪感。母亲对她的数落里，算账一向是最终的落脚点，那些一笔笔清清楚楚的账目，总让张小莫感到将来要还的惊心动魄。

此时吃药也是一样的。强烈的药物反应，让医生不得不给她换药。这时母亲就会数落她，之前开的药花了多少钱，她不吃是浪费。张小莫烦躁起来，吃的药越来越少，医生后来就说，反应太大就不吃了，然后开的药就越来越少。不知是不是她的错觉，对于少开药可以少花一点钱，母亲有松了一口气的感觉。

于是，对于吃药这件事，张小莫开始偷工减料。

先是从鲁老师从上海带回来的药开始，鲁老师去上海时，顺便把她的病历带了过去，再回来时，带了两大瓶药名里有"牛磺"两个字的药。那个药就属于特别难吞咽的类型，张小莫很不喜欢吃。看病的时候，本地医生说可吃可不吃，张小莫就把这药先停了。

再后来，是黄芪水。她每天喝的黄芪水是有数的，拿洗好的饮料玻璃瓶装着，每天要把灌好的瓶数喝完。之前喝不下的时候，她也会灌。现在喝不下，她就坚决不喝了。反正喝了也不见好转，人生不知还有多久，还是每天舒适最重要。对于她不肯的事，母亲好像也没什么办法，只是一直以来她都十分听话，并不知道自己不愿的事，是真的就可以不做的。

她偷工减料少吃药的这段时间，身体没有变得明显更糟，但也没有好转。磨磨蹭蹭不上不下的，但只要不要让她太难受，她的暴躁就会少一些，特别是母亲不要再在她耳边一次次算账，她的负罪感就会减轻很多。不是不知道要怎么报答的负罪感，而是不想听这些，干脆不想欠账。

本着舒服一天算一天的想法，张小莫的求生欲，最后象征性地寄托在了玄学的祈祷上。

跪在外公坟前许愿时，外婆在旁边细细地念着让外公保佑她的词，详尽周全，起承转合，洋洋洒洒地像是一篇作文。以前张小莫总觉得这样的念词太陈旧，外婆念的保佑里，有些她并不觉得对她很重要。但这一年，外婆念着保佑她健康时，张小莫细细地听着，竟然有些感动。

等外婆去其他亲戚的坟前烧纸了，张小莫安安静静地又拜了三次，在希望她考上一中的愿望后，郑郑重重地加了一句，希望自己的病快点好起来。

晚上做作业的时候，张小莫通常都会听歌。这段时间的夜里，她最常听的是周杰伦的《世界末日》。一首歌下来，可以完整地让心绪起伏走一个轮回。

通常是在开头有些想哭的感觉，然后反反复复地听副歌，"天灰灰，会不会，让我忘了你是谁"。这时候，她已经开始在想，自己有一天会不会被遗忘。她给这个世界留下了什么能让她不被忘记呢，大概只有两本不想被家长发现的日记，还有一些不成熟的小说。

这些东西能让她不会被忘却吗，可能很难，她留下的东西还是太少了，值得被记得的东西也没有那么多。有一天会被忘记这个事实给她带来的悲伤感，让她在听这首歌时，总是会忍不住鼻酸。

张小莫这段时间，断断续续地在写一篇小说，是一个寻找四叶草的故事。这座小城的公园里，有很多三叶草。她不知哪里听到的说法，如果能找到四片叶子的四叶草，就能实现心愿。她写了一群少年的冒险奇遇记，为了各自的梦想向寻找四叶草前进，不管在路上遇到怎样的困难，结局她是早就想好的，在她的故事里，她一定会给他们一个奇迹。

作为作者，她从不吝啬于给自己的人物一个柔软的结局，就是不知道这样的结局，命运会不会给她。

不知去过医院多少次，天气已经近初夏了。春末夏初的时候，小城的天气总是很奇妙的，冷空气里混着一丝夏季的蓬勃，像是从冰箱里刚拿出的可乐，刚倒进杯子里那一下，苏打的气味散出在空气里的感觉。每到这个时节,张小莫就有一种对将要来临的夏天的雀跃。

医院的绿化做得很好,住院部那边,草坪上有很多树,花开得小朵小朵的,不是特别能辨别出是什么花,但渲染了气氛。去医院的流程,张小莫已经很熟悉了。父亲去找车位,母亲带她去挂号看病。专家号的门诊在大厅一楼,门口有一排蓝色的靠椅,坐在上面时,冷冰冰的,抬眼一望四周,入目的都是白色。白色的墙,白色的布单,白色的大褂,连消毒水的味道闻起来都是白色的。急诊室离这一块很近,常常能看见一堆人急匆匆地推着床往一个方向跑,和被推着的人相比,能安安静静坐在椅子上看诊的人,好像又幸运了那么一点。

在医院等待的时候,张小莫总是会冒出一些对人生的感悟,悲欢离合,生死离别,就这样日常地在眼前上演,总让她觉得自己活得太不用力。某种程度上,在医院的时间重塑了她一部分人格。

比如,做心电图的时候,她已经能毫不扭捏地躺下去把衣服撩起来,不管帮她做心电图的医生是什么性别,都能面色如常。再比如,可以对医生的问题对答如流,不让母亲再在旁边代替她回答病情感受。对医生的陈述,要在脑子里过一遍,像做预习一样,自己有哪里不舒服,有哪些变化,自己对这些变化又有哪些疑问。不要夸张,不要自怜,不要提供会影响决策的内容,同时不要漏掉异常的细节。

当张小莫已经成为一个越来越成熟的病人时,她的主治医生对她毫无进展的病情终于提出了建议,让她去找自己的老师再看一看,是平常挂不到的特级专家,她的主治医生去帮她走了后门。春末夏秋的这个周末,张小莫走进了这个诊室,外面是挂不到号的人羡慕的眼神。

眼前的特级专家,满头银发,一脸慈祥,上来就和她聊了几句天。把她厚厚一沓病例看了一遍,没有让她像以前一样去做心电图,而是让她去做了一个昂贵的心脏彩超。做彩超时,张小莫志忑中有些激动,因为专家说,做了这个彩超,不用手术去活检,就能知道她到底有没有心肌炎。如果不是心肌炎，她就不用吃药了。

张小莫感受着胶质的液体涂在她的胸口，做彩超的医生拿着仪器慢慢推动，在一旁的显示器上形成图像，张小莫的余光看到了自己心脏被绘制出来的模样，一下一下地收缩、跳动，有一种在抽血时，医生让她拿着玻璃试管，突然感受到流入的血液温度时的那种晕眩。

做彩超的医生，也知道自己出的结果有什么意义，仔仔细细地推了好几遍，最后定格了一个图像，在报告上打了结论，打印出来给她，让她回去找专家看报告。给她时，还特意温温和和地告诉她，别担心。张小莫小心翼翼地问："是没事吗？"医生笑笑，说："要回去找专家看了才知道。"

这张有彩色心脏的纸交到银发专家手里时，张小莫觉得，自己是在等候审判。这个银发的老爷爷看了报告，轻松而又果断地说："你心脏没事，以后这些药都不用吃了。"

张小莫不敢置信地问了一句："所有的药都不用吃了吗？"老爷爷说："不用了。"

"黄芪水呢？"张小莫又问了一句。老爷爷笑起来："也不用了。"

"那我之前为什么会早搏？"作为一个一定要知道原因的人，张小莫没有放弃追问。老爷爷说："你心脏上看上去没有病毒留下的痕迹，有一种早搏，是青春期早搏，随着你长大，这个症状就会消失的。"

青春期早搏。

张小莫回味了一下这个词。这一刻，她突然觉得青春期这个限定词特别美好，哪怕是病症，加上这个词，就有了会不治而愈的可能。

走出医院时，把一整座建筑的白色气息留在身后，张小莫有一种回暖的感觉，入目而至的周遭景物，像被上了一遍颜色。她心底的疑问，其实还有很多。比如：之前的医生，算是误诊了吗？她问出这句时，老爷爷笑笑，没有回答。母亲赶快给医生道谢，拉着她起身走了。

那我之前两个多月药,算是白吃了吗?出门时,张小莫问母亲。

母亲说,算了,现在没事就行了。张小莫想了想,放下了要追究这个问题的心。

这一刻,她真实地觉得,虚惊一场这个词,也已经足够美好。

她的脑海里,伴奏着一句熟悉的歌词:但愿绝望和无奈远走高飞。

高远的天空中,仿佛传来最后四个字的回音。既像重复,又像肯定。

回到家后,张小莫把那张彩超报告,仔仔细细地对折好,夹在自己的日记本里。她的症状仍然是在的,如果拿听诊器听,还是可以听到和两个月前一样的心跳。再经历体检,医生还是有可能做出相同的判断,这份证明她没有病的证据,可以提供说明。

抬头看着窗外明媚的大太阳,她突然很想去一个地方走走。

张小莫的表姐,这一年在一中读高二,之前邀过张小莫去一中,但一直没有成行。对于自己如此向往的地方,却一次没有去过,不得不说,她的行动范围还是太狭窄了。

她给母亲说了自己的愿望,母亲给外婆家打了电话,和表姐约时间。表姐父母离异,住在外婆家,这一时期的张小莫,还是很喜欢去外婆家,因为至少去了之后有玩伴。表姐接了电话,约张小莫周一去一中接她放学,然后一起回外婆家。张小莫看了下课表,周一下午的课是英语和体育,可以请体育课的假,提前过去。

约好之后,张小莫倒在床上,有种劫后余生的感觉。她看着枕头边的《唐宋词鉴赏辞典》,翻开辛弃疾的那一页,她不知道如今的自己,算不算识尽愁滋味,但对比起来,之前的自己,身上多多少少为赋新词强说愁的部分。那个喜欢雨天多过晴天的自己,经此一役,有了些改变。她现在喜欢晴天,多过雨天了。更准确地说,她希望自己的生活中,短时间内不要再遇到雨天了。

周一的时候,张小莫去请假,体育课她已经很久没上过了,多这一次，也不太起眼。她小心机地隐瞒了周末看病的结果，想晚一点再说，至少等她今天逃完课。

这种体验很是新奇，知道自己没事时，再观察那些同学，能体会出一些不一样的色彩。那些对她的同情，不再刺眼，而别人对她的好意，也看得更加清楚了一些。张小莫体会着这难得的心境，以及这场虚惊给她和旁人的关系带来了怎样的改变。

当栗景在后排戳戳她，问她要不要草稿纸的时候，张小莫回头，抿出一个笑，弯着眼说："今天不用啦。"栗景反应很敏锐，问她："是有什么好事吗？这么开心。"张小莫小小声说："我今天下午要逃课去玩。"栗景愣了一下："不是去看病吗？"张小莫举起食指，做了个"嘘"声的动作。旁边老神在在的邵襄阳，一下精神了起来，扶了扶眼镜，对她比了个赞。

张小莫被逗笑了，这是他们这块很久没有的轻松氛围，自己要做一点坏事的新鲜感和拉人共谋的乐趣混在一起，让她的心情格外好起来。

第一次站在一中的大门前时，张小莫切切实实地有一种朝圣的感觉。

这所高中，是在一所半岛上，被一条穿城而过的河流环抱，这条河，和小学的时候，她和林晓音常站在桥上聊天时面对的，是同一条。这条河经过她的小学，经过她的家，经过看烟花的桥，然后流到了这里。去到半岛上，也要先经过一座桥，但和小学时那座以地名命名的桥不同，桥身上刻着的是学校名：一中桥。这所中学在这座城的地位，由此可见一斑。

一中的校名，不是牌匾，而是石刻，一刀一刀地凿在校门的门楣上，再细细地描了金色。张小莫在这校名下站了站，吸了一口气，去门卫那里报备，自己要去哪个年级哪个班，找哪个学生。门卫放了她和母亲进去，一进校门，先是两排香樟树，一条道路笔直地延伸到主席台前的石榴雕塑，在石榴雕塑前，有一棵参天的银杏，高耸地立着，和前方数级石阶上的旗杆平行。

香樟道的两旁，右边是篮球场，左边是足球场和跑道。张小莫被红色的塑胶跑道吸引了注意。她走到围栏外，看着在足球场上奔跑的男孩们，还有在跑道上练习跑步的学生，塑胶跑道干干净净的，和她初中的黑色河沙跑道不同，跑在上面时，扬不起一点尘。张小莫从入口走进去，试探着踩了两下，有种回弹的脚感。

操场上奔跑着的少年们，让这块球场和跑道有了热气蒸腾的感觉，潮红的脸和带汗的黑发，在红色跑道和绿色草坪的映衬下，显得生动又活泼。张小莫看了一阵，母亲拽了拽她，让她先去找表姐。

表姐的教室在二楼，要先上主席台，再进入教学楼。教室在教学楼的西翼，此刻正是下午，西晒的日光把西翼这个角上的教室都填满了金晖，表姐他们班的教室，窗子的面积特别大，开着窗，风从外面柔柔地吹进来，在门口看过去，有种明亮闪耀的感觉。

张小莫在门口，让经过的同学帮她叫表姐，表姐跑过来，同时在门口引了一堆人来围观。上学的日常中，出现一个生面孔，引起了一阵不大不小的骚动。这群只比她大两岁的学生，把张小莫当成小孩看，摸摸她的头，捏捏她的脸，对表姐说："你妹妹长得真可爱。"表姐笑着隔开那些手，和她的同学说："我这个妹妹成绩可好了，今年一定可以考进一中的，到时你们都是她学长学姐，还不赶快留个好印象啊。"

听了这句，围着她的同学态度从对小孩的轻佻换成了一种即将成为校友的亲近，纷纷对她说，等她考进来了，他们罩她。被簇拥着的张小莫，在混乱中有些忐忑，又有些开心，表姐描绘的她会与他们成为校友的那个未来，连她都有些期待起来。

但如果没有呢？张小莫把这个念头挤出脑海。这时老师来了，大家挤回座位，表姐让张小莫和母亲在后花园里逛一逛，等老师交待完就一起回外婆家。

张小莫在阴凉的后花园里，坐在花坛边，凉了凉自己被捏过的脸。她抬头看着后花园的树种，广玉兰，桂花，铁树，美人蕉，还有叶形宽像是芭蕉一样的树。从美人蕉的下面，钻出一只彩色的鸟，是平时不常见的类型，这鸟不怎么怕人，蹦蹦跳跳地往张小莫面前冲，待张小莫抬起手，它反而站住了，滋溜一下窜进了树丛里。

看着那只鸟的残影，张小莫好脾气地对它摆摆手，心里默念：到时我们再见呀。

一阵风吹来，宽厚或细密的叶子一起沙沙地响了起来，张小莫闭上眼，感受着这阴凉中片刻的安宁。似乎灵魂终于在这里休憩了一下，但又马上要继续下一段路程。

在绿叶风响中，她轻轻地许愿，一定会再见吧，一定要再见呀。

再次站在黑色河沙操场上的时候，张小莫百感交集。感受着脚下粗糙的黑色颗粒，又陌生又熟悉。这是她两个月以来，第一次恢复奔跑。

张小莫并无大碍的消息，很快就传开了。首先要决定的，是她要不要参加体育中考。

因为症状还在，拿着张小莫的病例，还是可以办免考。而且，张小莫的彩超结果，并不能直接说明她没有病。百分百说明不是心肌症的金标准，只有活检，专家对她病情的判断，多少有通过经验推导和敢于负责的决断。这时参加体育中考，她需要签一份免责说明书，如果出什么问题，她自己要负全责。

体育满分30分，办免考拿及格分18分。张小莫中考有10分加分，两相抵消，只损失2分。体育老师说，办免考大家都安心，但同时也告诉她另一个方案的可能：去考试的话，三项里，仰卧起坐35个就能拿10分，张小莫轻轻松松就能完成；立定跳远她能拿8分，对身体要求也不高。比完这两项，就已经18分了，800米哪怕跑一半用走的，拿个一两分，也比免考分高。

一方面，不用跑800米对张小莫着实有诱惑；但另一方面，那分差在她眼里，不是2分，而是12分。这分差也许不会影响她考进一中，但却会影响她是否能拿状元。张小莫知道，老师们其实都是希望她去考体育的，因为这很有可能决定他们学校状元的最终分数。

更何况，这样的大考，怕的就是个万一，先放弃这12分，张小莫还是有些忐忑，要是到时出了什么意想不到的状况，她觉得自己一定会后悔。

思虑再三，张小莫还是重新站在了跑道上。这时，她只有不到一个月的练习时间了。

张小莫最后不要免考的这个决定，在班上成为了一个大新闻。不管在成绩上多么彪悍，她的体弱是全班公认的事实。两个月的治疗，虽然是虚惊一场，但吃药的副作用对她气色的影响还是很明显，是肉眼可见的苍白和虚弱。就算是健康的人，停下来两个月再跑800米都够呛，何况是现在依然带着心律不齐的她。如果说，张小莫在病后保持的月考第一还能让人觉得是她基础好，这时决定要和同学们一起考体育，无论如何能称得上一句勇敢。

张小莫的这一面，之前可能很少被人发现。

赵文可能算其中之一，他之前对张小莫说过，像她这样成绩好的人，毅力都特别好。方让也许也知道，在他长期和张小莫争第一的过程中，在他的位置，才知道常年保持这个第一需要怎样的意志力。但他们同样是见识过她跑步和拉练时的狼狈的，意志上的强大和身体上的强大，说到底是两码事。

对于"天才帮"的女孩们，张小莫展现的更多是依赖和脆弱，她的朋友们都知道，平时的张小莫，是去厕所时都不能没有人陪的状态。而班上的大部分同学，也许还停留在觉得她娇气的印象上，一直被他们嘲笑"嗲"的声音，增强了对她的刻板印象。总之，不管之前熟悉还是不熟悉她的人，都对她的这个决定有些震惊。而老师们，则在欣慰中有些激赏。

但不管别人怎么想，张小莫知道，这个决定只是为了让自己不后悔。

开跑之前,体育老师跑过来反复叮嘱她,要是有什么不舒服,就马上停下来,身旁的同学们也聚过来给她打气。200米的跑道,800米要跑4圈。马楠、涂豆和凌鱼,说好一人陪她跑一圈,有人在旁边带跑,跑得会轻松一些。还剩的一圈,孟月主动说她来陪。

平时练跑步时,大家都是8圈起练,张小莫刚恢复练习,跑完4圈就停了下来,但已经气喘得够呛。体育老师跑过来照看她,让她有节奏地深呼吸,到了其他人跑完8圈时,张小莫还没有恢复平静。身体上的感知,让她有些沮丧。

做不要免考的决定时,自己好像还很帅气。此时要炸裂的心跳,有铁锈味的嗓子,发软的双腿,还有始终不能平静下来的呼吸,齐齐在提醒她,这一切有多困难。

而她,不是没有退路。到时考试说不定有个什么闪失,连18分都拿不到也不一定呢。

刚跑完的这瞬间,畏难情绪包裹住了她。

这时,孟月跑过来,拉住张小莫的手,对她说:"你不要怕,到时考试的时候,我也会陪你跑的。我反正要考幼师,体育分对我不重要。"张小莫愣愣地看着孟月,一时没有理解。孟月的体育成绩算好的,800米轻轻松松能拿满分,如果要陪她,肯定是要降低速度,张小莫的800米,即使是之前正常练习的时候,也很少能跑进满分的3分20秒。

看出张小莫的犹豫,孟月说:"农训那次你帮我,我就想有机会要报答你。这对我来说真的没关系,但对你却十分重要,你就答应吧。"张小莫问:"你真的没有关系吗?"孟月说:"我真的没关系,之后每天的练习,一直到考试,我都陪你跑。"

很难描述张小莫此时的感动,她之前对同学的帮助,通常只是举手之劳。无论是那次农训时去帮孟月,还是平时给别人讲题,都是在不影响自己的情况下去做的。如果会影响到自己,她无论如何都会犹豫,何况还是这么重要的中考。孟月的这个提议,不仅在事实上对她有用，在精神上也震撼了她。这样的牺牲，连最好的朋友也不一定能做到，而她和孟月，从初二开始，已经疏远很久了。

重新审视自己这个曾经的同桌，眼前的女孩，依然个子娇小、笑容甜美，她们不做同桌以来，这个女孩好像并没有什么变化。

她所在的小团体，在初二时给张小莫带来过深深的伤害。在那场对张小莫发起的孤立中，她扮演着什么样的角色呢？至少，在她的小团体和张小莫两者之间，她选择了前者。顾念旧情，张小莫可以不怨她，但无法和她再同以前那般亲近。而同样是因为顾念旧情，在农训时张小莫管了她的事，这或多或少，还有出于班干职责和同学道义的因素。

张小莫并没有想到，那时的一个无心之举，到今日会得到这样重的感谢。

望着眼前女孩真诚的眼，张小莫握了握她拉住自己的手，点了点头。

体育中考那天，是张小莫最喜欢的五月初夏。

父母把她送到考试场地，是在市体育馆，进去之前，她紧张地上了好几次洗手间，甚至错觉自己是不是来例假了。进了门，家长就不能陪同了，在考场外，张小莫有点不敢进去。

考试前一天，她给表姐打了电话，想要从这位已经进入一中的经验者身上得到一点安慰。"要是失败了怎么办？"到了这时，她依然还是有担忧。表姐的安慰，很是硬核："你能接受失败的后果吗？"张小莫回答："不能。"表姐说："那不就得了。"

抱着没有退路的想法，她走到了这里。却又忍不住，在考前用去洗手间来拖延时间。这时，孟月过来了，拉着她的手说："我们进去吧。"张小莫一下踏实起来，就和过去一个月每天的练习一样，孟月一直在她身边。

母亲对孟月说了感谢，孟月乖巧地说不用客气，拉着张小莫赶快进去了。

考场是正规的 400 米红色塑胶跑道，和一中的跑道一样，干干净净的，脚踩上去有着回弹。大家先把 800 米以外的两项考了，和预计的一样，张小莫仰卧起坐拿了 10 分，立定跳远 8 分，18 分到手。剩下的，就是 800 米了。大概是因为跑道特别好的缘故，每一组的成绩都比平时在河沙跑道练习时提高了。

到张小莫和孟月这一组时，已经是最后一组了。发令枪一响，孟月就开始在旁边给张小莫喊节奏，左脚右脚的迈步，还有呼吸的节奏。比一个人跑要累得多。孟月一边跑，还一边和张小莫讲话，第二圈时，张小莫已经张开了嘴呼吸，整个人到了要跨越极限的时候，孟月在旁边一边带节奏，一边给她鼓励。有一个念头，张小莫是很强烈的，她不想拖累孟月。咬着牙坚持了半圈，整个人有点要升腾的感觉，过了临界点后，整个人好像轻松起来，最后的一小段，孟月带着她冲刺到了终点。

3 分 18 秒。比满分要求的时间，还富余了一点。听到这个结果，张小莫瘫软着想坐下来，孟月拉着她不让她坐，带着她在跑道上缓缓地走了半圈。"谢谢你。"张小莫带着没喘匀的气说了感谢，孟月笑着说："我们是满分呀，你没有欠我什么。"

"天才帮"的三个女孩都在场边等着张小莫的结果，马楠帮她拿着外套，看她跑完帮她披上。800 米的这个满分，对于张小莫来说，比作文满分还要珍贵。这是她在身体上战胜自己的证明。

虽然，她这辈子，800 米跑进 3 分 20 秒，可能这就是最后一次了。

30 分体育分拿了 28 分，在他们这个班已经是倒数了，不是满分的人就没有几个。但对于张小莫来说，比免考已经多了 10 分。还欠的这 2 分，又激起了张小莫的斗志。

这种挑战自己身体极限成功带来的信心，是这样坚固而美妙。对于她来说，体育中考的难度是比文化课要大的，过了这一个大关，接下来不用跑步只要学习的日子，相对来说就很轻松了。

走到体育场外，先考完的人很多都散了，除了留下来陪她的这几个人，没有人共享她的喜悦。别人能轻轻松松拿到满分，也许很难和她共情此刻的意义。张小莫被母亲接到，上了车，凌鱼说还有事，孟月和她家不在同一个方向，于是顺路带了马楠和涂豆。三人坐上车，望着在后视镜里越来越小的孟月和凌鱼，这一刻，张小莫突然提前有了即将四散离别之感。

这一晚，张小莫睡得格外沉，身体的疲惫和精神的放松叠加在一起，让她睡了初三以来最甜的一觉。"明天又是新的一天。"沉沉睡去时，她脑中冒出了这句台词。

不用跑800米的第一天，他们依然没有多睡一会。

早锻炼的时间改成了背政治，对于这一科，最后的突击是很必要的。为了让他们大声地背出来，班主任圈了后花园一块假山的地给他们背书，从七点二十背到八点钟再上去上第一堂课。

张小莫一向很喜欢学校后花园，有种曲径通幽的意向，花园不大，绕着教学楼左右两个半周，分为左花园和右花园，二班占了进门的左花园，一班占了进门的右花园，各自为政，互不干涉。背书的同学们，一小撮一小撮的，班主任没有硬性分组。张小莫自然是和"天才帮"在一起的。过了几日，张小莫发现这个背书的小团体日渐形成了一个奇怪的组合：她们的"天才帮"加上足球队男孩。

起因是世界杯的开赛，每天早上的背书时间，前几分钟他们会聊前一天的比赛，拿着书装作在背的样子小声地讨论，一直到班主任来才开始正式背书。张小莫追足球，是2000年欧洲杯结束后，算起来，这是她追的第一届世界杯。大赛的魅力，果然非比寻常，平时他们单个关注的球星，此时聚集到了同一个赛场上，让每一个人都能加入聊天。而且，这一年中国队也进入了世界杯决赛，对于他们这群本来就在关注足球的少年来说，有前所未有的参与感。

张小莫的参与感是很强的，英格兰作为小组第一进入十六强的队伍，她喜欢的少年又是队伍的核心成员，从抽签到赛程，再到可能相遇的对手，让她对每天的比赛内容都有了关注的理由，不能每一场球都看的她，第二天早晨的聊天对她来说很有吸引力。一向喜欢迟到的她，这时竟然不用闹钟三番两次吵闹，就有了起床的动力，早一点到，就可以在班主任来之前多聊一会儿。

聚在一起聊天的成员渐渐固定，赵文、方让、伍乐、高也，加上"天才帮"四人，刚好满足班主任一对一抽背的搭配。因为怕被抓到聊天，所以也没有吸纳更多人进来的打算。阴差阳错的，借着这段聊天，又把"天才帮"四人凝聚在了一起，让凌鱼回归了团队。

初夏时节，晨风正暖，草叶和藤蔓在晨风中滴着露水，不用跑步之后的这段晨聊时间，成了张小莫在初三快走到最后时，一抹难得的舒缓亮色。

张小莫很喜欢初夏的早晨刚醒来时的感觉。

因为进入夏天，旁边的椅子上的衣服变得轻薄起来。从被窝里出来，也不再艰难。打开窗子，晨曦里的暖风里带着凉意，这夹杂着的一丝凉意，让人有种莫名的悸动感。此时天气，将热未热，让人有对夏天的期待，又还没有为夏天的炎热所苦恼。

说起来，这座小城的夏天，真正炙热的天数十分少，温度上摄氏三十度都是少有的。但也正因为如此，家里连风扇都没有。晚上热起来时，张小莫的床是靠墙的，她会不自觉得把脚伸到墙上去贪凉，凉透的脚心再移开，就会有种窜心的热，因此，日子进入盛夏后，会有一些不太自在。

但初夏不一样，有一种有什么将要发生，但又还没发生的期待感。这种期待感好像比真正要到来的事件本身，还要美妙。

如今每天早上的晨读，对她来说也是一样的感觉。

每天早上先去教室里放好书包，然后再拿着政治书去后花园假山那边集合。他们背书的组合没有要求固定过，但很有默契的就一直这样保持下来。每次到假山那里，看到已经等在那里的赵文和方让，张小莫就会有种位已占好的安心感。

方让早到，是因为他一贯如此。早锻炼时他负责集合，晨读时他也负责给二班占位。虽说这个位置是已经潜规则一样占好的，但偶尔还是会有意外。有一次就被三班的人先占了这块地，后来的二班的人，一时很是无措，但确实这块地又没有写他们班名字。场面一时尴尬，后来还是各自的班主任出了面，把学生们安顿好。自那之后，方让就和以前领早锻炼一样，会早早就到。

赵文先到，则是因为他想聊的东西太多。前一天的赛程情况，看的是哪一场比赛，怎么看各方的表现，然后是当日赛程的预告，各人的预测是什么，还有前一天谁的预测最准。作为绝对的话题主导者，他很享受这种主持的感觉。

张小莫的关注点，其实很简单：英格兰有没有赢，以及赢了这一场能走到哪里。但因为这样每日的晨聊，她对其他人关注的球队也上了心，即使对一些以前不关注的冷门国家，也能说出几分道道来。

当然，娱乐的时间总是短暂的，晨读更多的是要背书。每天背的内容，要抽背之后才能上去。此时情势就会转换，变成方让主导，盯着他们背完再上楼。不得不说，方让很适合做班长，他很有些循循善诱奉献自己的精神，张小莫觉得自己就缺乏这样的耐心，还好他们也从不为难她。

有时他们这组抽完了，方让还要去支援其他组。看着旁边凑成一堆的胡帆和成松柏，张小莫也会觉得奇怪，明明是住在一个小区，三年来她上学路上就很少有遇到过他们的时候。足球他们当然也是聊的，但他们聊起来，好像就没有她所在的这一边，有那种晨聊的魅力。这种时候，张小莫就会有一些怀疑，她所喜欢的，究竟是聊世界杯本身，还是喜欢和这几个人一起聊天。这个话题，彻底排除了一些她不喜欢的人加入他们的可能性。这个时刻，她的身边有回到她身边的凌鱼，有最初让这群足球男孩认可她们的涂豆，有跟着傻乎乎开心的马楠，还有因为做了太久的同学，因而了解她不为人知的另一面的两个男孩。这一切于她，都是这个初夏季节限定一般的存在。

张小莫这时对足球的关注，好像限定在了早晨的这一块时间。上课时有比赛的时候，有其他男孩会带收音机在桌下偷偷听，然后下课给大家转播赛况。对于这种行为，张小莫隐隐会有些抵触。这时，不想任何事来影响自己的那丝神经就会紧绷起来。

张小莫没想到，她这丝紧张的神经，被学校的一个决策安抚了。中国队打哥斯达黎加队的那天下午，学校给他们放了假，让他们好好在家里看球赛。听到这个通知时，她觉得非常魔幻。班上的男孩兴奋得要上天，就连打篮球的男孩都激动不已，正大光明在上课时间放假看球，这件事听上去酷炫极了。放的这半天假，只需要他们交一篇观后感就好了。一旁的储亮甚至表示他可以代张小莫来写。

这次特殊的放假，真正的把世界杯变成了一场举班欢庆的运动。看着欢呼的男孩们，还有不管感不感兴趣都为放假开心的同学，张小莫感到了一种很少有的集体主义。

她本来以为，自己喜欢足球，是一件与他人无关的事，但回想起她对足球最热爱的这段时间，始终有这个班男孩们的身影，也有"天才帮"几个女孩的影子，一方面足球的话题是他们的粘合剂，另一方面，这群少男少女又增加了彼此对这个话题的热情。

如果不是足球，张小莫可能不会和这群踢足球的男孩走得这样近。先是不打不相识，再是一笑泯恩仇。他们之间在这件事上，达成了一种尊重和理解。我热爱着他们所热爱的，承认这件事，要到很久以后，这时的张小莫，还并不想承认这一点。但在此时，张小莫有一种他们正在共同经历标志性历史事件的纵横感，正处在这个时间节点的每一个人，我与你，共此时。此后，在他们的回忆中，2002年的这一年，会有美好的晨读时分，会有为放假欢呼的这一刻，也会有记忆中的彼此。

不管之后，是否要各奔东西。

从这个意义上来讲，比赛的输赢其实并没有那么重要了。对于结果，张小莫并没有特别多的记忆，甚至没有什么情绪上的记忆。

比赛结果，对于他们来说，只是增加了一些热聊的谈资罢了。这个空前、或许也是绝后的历史，最后只成为一篇第二天要上交的800字的作文，如果有什么特别的，那大概是这是像赵文和储亮这样的人在三年来写得最顺畅的一篇。

待这个放假的狂欢散尽，黑板旁已经变成两位数的倒计时牌，才真正让人有了些紧迫的感觉。

中考前的最后一个月，是在世界杯和模拟考中度过的。

几轮模拟考都是全市统考，可以大致估一估自己横向在什么位置。文化课满分600分，体育分满分30分，总分630分。一中的录取分，大概在570分左右，给他们的失误的空间，其实并不多。

模拟考的结果，无惊无险，不管以历年任何一次的分数线来看，张小莫都超了一截。到最后一个月，已经没有什么要学的了，只剩下不停地背书和刷题。有记忆点的只有一件事，第一次模拟考的时候，他们班的冉原被抓到在政治考试中作弊，这场考试计零分。

对于冉原被抓到作弊这件事，张小莫有些无法理解，因为冉原平时成绩并不差，再说了政治考试有什么好作弊的？又不知道考试会考到哪一题，夹带进去也没有用啊。出于好奇，她去问了一下，果然他作小抄的那段考试没考。"你是怎么想的呢？"张小莫认真地问。冉原表情迷蒙地摇摇头，说："我也不知道我怎么想的。"

看着冉原的表情，张小莫意识到，人在重压之下时会有一些自己也不能理解的离奇的表现。

在她身上，其实也有一些别人看来离奇的表现。天气已经渐渐热了起来，在晚上逐渐睡得不是那么安稳。身上的被子已经换成了薄薄的毛巾被，睡下去时还是热，那种脚心发烫的感觉，让她在床上翻来覆去，一会贴墙，一会又觉得太凉。折腾几个来回，把磁带里的歌放上，半小时一面，又半小时一面，然后才不知不觉地睡着。这样一来，人就愈发疲惫，状态不好的时候，会隐入悲观的情绪里。

模拟考的成绩并不差，但她和第二名的分差减少了，和表姐打电话，说自己这次没考好，因为超第二名的分差没有 20 分，表姐听了都不想和她说话。这时的张小莫，那种想要别人对她放低期待的习惯又有点抬头，时不时地吓唬父母一下，要不就报六中算了。这次父亲倒是很实际，告诉她六中在这座城的另一边，和她家跨区了，她读一中上学坐车路程只要 20 分钟，读六中早上至少要在路上花 40 分钟，让她想好愿不愿意早起。张小莫听了，再也不吓唬他们了。

这样平平淡淡又一惊一乍的，终于到了填报志愿的时候。中考是考前报志愿，大家各自要去哪儿其实都已经想好了，只不过填了志愿之后，便落子无悔。

"天才帮"四人里，除了凌鱼，都报了一中。到了此时，张小莫还是涌起了些不舍，试探着问了她，要不要报一中试试，毕竟她报的那所学校，二志愿也是可以上的。凌鱼摇了摇头，和以前任何一次都一样，她是对自己决定非常坚持的人。但这一次，凌鱼回应了张小莫的温情，哄着张小莫说，她们大学可以考去同一个城市。

大学这个遥远的概念一出来，张小莫有些被凌鱼哄住了。在考试面前，她脑子里一向是只有今天没有明日的，一下跨了三年的约定，让张小莫朦胧地对未来竟有些别样的期待起来。

填志愿前，班上投票选了市优干和市三好。出乎张小莫的意料，她以只差两票全票的结果，拿到了他们班的优干名额。说实话，这名额给她是浪费，她最后加的 10 分选了竞赛加分。但班主任并没有想要这加分最大化利用而想要张小莫让出名额，别的班不是没有这样做的，可这样的想法，林老师连提都没提一句。至于理由，张小莫想，大概是因为，比起加分，这更是荣誉。在初三的最后，全班投票产生的荣誉，一定程度上消解了张小莫被孤立的阴影。不管之前他们为何孤立她，现在又为何支持她，以这样一个结果，她与这个班的同学在最后达成了和解。

这个结果，让张小莫想起自己的六年级下学期，也是这样，在毕业前的全班投票中拿到了优干。她认定的那个孤立的轮回，好像又补齐了一些元素：就算被孤立是逃脱不掉的命运，但她每次也能从孤立中解脱，在最后又和这个班的人和解。为什么会这样呢？她自己也没有答案。但不管从哪种意义上，这个结局都算得上圆满。

正是在这之后，张小莫恢复了一往无前的心，填志愿落笔的时候，她知道，自己从来只有一个选择。

志愿表刚交上去，方让就凑过来，和张小莫确认最后的结果，顺便把这一圈的邵襄阳、栗景、苏巍的结果都问了个遍。如无意外，他们到了高中，还能继续做同学。放下了一层重担，张小莫有了打趣的心情，笑着和方让继续他们之间的旧话："不想和我在一个班的话，你可一定要考好一点。"

栗景听到，不明所以地问："怎么讲？"张小莫细细又把一中的男女按成绩如何分班的规则说了一遍。栗景听了，很快接上："哦那我可不能考太好。"张小莫愣了一下，没有接话。方让笑着，打了栗景几下。

于是，大家闹哄哄地接上自己想考出个什么成绩，一时间一片玩笑声，直到林老师进来，给他们考前最后一次训话。一班的同学，都坐直了，没有人再有什么小动作，这一刻，他们曾经那样嫌弃啰嗦的训话，显得这样短。想要林老师多说一些，给他们保驾护航。

这一次，再也没有什么做人的大道理了，从 2B 铅笔等文具的准备，到考场上不能用涂改液、名字不能写出密封线外之类的规定，再到考前好好休息的嘱咐，张小莫一点一点地把这些已经知道的事项耐着心记了一遍。最后，是林老师催促他们赶快回家。

出教室门的时候，张小莫回头看了一眼，林老师没有收东西，转头走到了窗前那几盆吊兰前，接了水，细致地一盆一盆地浇着花。他们，也会像这几盆精心栽培的吊兰一样，开出令人满意的花吧。

最后望了一眼吊兰拖曳的枝条，张小莫转身，离开了她待了三年的教室。

中考的考场，是全市中学打散排的。张小莫的考场，被分到 J 中，是大堂弟就读的初中，离大堂弟家很近。对于张小莫而言，是一个名字上熟悉，而实际上陌生的中学。

去看考场的时候，她有一种前所未有的忐忑：在路上花的时间太多了。因为从小读书都在家附近的学校，除了竞赛之外，她很少考虑交通对考试的影响，而竞赛的早上，通常是不堵车的。这座小城的市区，只有两个区，在她狭窄的运动轨迹里，另一个区在概念里已经很遥远了。

张小莫的另一重忐忑是，和她分在一个考场的并没有太熟悉的同学。到这时，她才意识到"打散"之后的概率，不要说在一个考场的人了，连和她在同一所中学去考的熟人都没几个。到了陌生的学校，分辨在哪一幢教学楼，最后到考场去找到在右上角贴了自己考号的桌子，紧张感一下就起来了，这所学校的播音不知道怎么样，前后排会是怎样的同学。第一次，在考熟悉的科目时，后排不是方让，不是她熟悉的任何一个在红榜上的同学。

但不管她有多少担心，和表姐说的一样，这都是一场没有退路的战役。

考第一场的早上，居然下了雨。这座城市只要是下雨，就会马上降温，就算是炎夏，也立马就凉快起来，穿着短袖竟然还有些凉。穿越半个城的路，拥堵异常，马路上有种湿乎乎脏兮兮的阴郁，交警在路上，时不时看到有护送考生拿准考证之类的紧急状况。出门前，张小莫把文具袋检查了至少五遍，对于她这种强迫症来说，哪怕检查过了，只要把文具袋再放进书包里，就又会怀疑自己。看考场的时候，她特意查看了洗手间的位置，考试前她至少要去三次洗手间，路上堵成这样，让她越发焦躁起来。

即使紧张成这样，张小莫还是有点底，像忘带准考证这样重大的失误，她在考试时从来没有出现过。她考试时是允许自己出现一些不良状态的，紧张、失眠、头晕，甚至腹泻对她来说都是习以为常的状态，不太会影响最终的成绩。在自己遭遇的所有的幸运和不幸运之中，她从未怀疑过自己的考试运。

在拥挤的车流中，张小莫终于到了考场，回头给父母简单地扬了扬手，快步奔向了人生第一次真正意义上的大考。

六科，三天，考得昏天黑地没有记忆。但这没有记忆，某种程度上也说明顺利，连最后走出考场的记忆都非常模糊。只记得最后在校门口时，看到几个不太熟的同校同学，平时连招呼都不打的几个人聚了一下，开开心心地互相道了别。

可能是第一次，张小莫在考试后没有找人对答案。对于考前报志愿，这时对不对答案都已经没有什么太大的意义。回家大概昏睡了几天，因为考后最清楚的记忆，是英格兰和巴西的1/4决赛。

比赛是下午两点半开始的，对于张小莫来说非常友好的时间。不用熬夜，父母也不在家，她拖了一张木头的大椅子蹲在电视机前，享受着她大考之后理所应该的娱乐。这场球的感受，在很久以后都烙印在她的记忆里，她从来没有在看球时感受过这样的激动，孤独以及绝望。欧文又进球了，英格兰又输了。她像个老球迷一样在脑中念出了宿命一般的这句话。终场哨响的时候，她抱着腿蜷在木头大椅子上，感受着脚心接触到的木头的凉意，眼泪平静地流了下来。

她的这届世界杯，就到此结束了。

这一场球赛已经没有人再和她讨论，也不能再作为谈资和晨读小组的几人分享，别人也不会再跑过来给"利益相关"的她安慰，看看她的状态，再补上几句评论和遗憾。此刻独享着自己情绪的张小莫，在这时感受到了一种时间意义上的沧桑和具象化的离别。

四年一次的世界杯，这间隔比高中三年还要长。下一次的世界杯，她已经上大学了。而她喜欢的少年，到那时也不能再称为少年。

此时，此刻，也许就是他最接近世界杯的时候了。

冒出这个念头时，张小莫吓了一跳。此时，距他连捧六杯的2001年，也不过才过去了半年而已。一个球员的黄金时间是这样经不起消耗，那对于一个普通人呢，一个人的人生，又能经得起几次在大的考验时的失利呢?

还是说,一个人一生中的高光时刻,其实也就不过是一两年之间的事呢。

钥匙声响,张小莫赶紧抹一抹脸上的泪。她不太想和父母分享她的这种情绪,这是与她的作文和日记一样,需要和家长保持边界感的东西。看到电视机上的球赛界面,父亲觉得有点意思,上来看了一下回放,有些兴致地和她讲起了马拉多纳,这老黄历陈旧得让她有些接不上话。之前她有一个叫潘帕斯之风的网友,是阿根廷队的球迷,阿根廷没进1/8决赛的时候,那个网友难过得都不想说话,知道张小莫是英格兰队的球迷,就更不想和她说话了。张小莫也不过比他多开心了一场比赛,此时,张小莫才终于能理解当时那位网友的感受。所谓的感同身受,其实是不存在的。只有两人同病相怜的时候,才知道那同质地的感觉是什么。

父亲的老黄历,起到的唯一的作用是,在张小莫等中考结果的这几天一起和她看球。反正结果对她来说已经不重要了,这时看球,有了种公平公正的看戏感。张小莫看球是很安静的,看没有利益相关的球队就更安静,对比起来父亲一惊一乍地很是聒噪。但不管怎样,这是他们两个少有的团建活动了。母亲加入不进来,晚上就早早睡了,在张小莫的记忆里,这一段时间,大概是她和父亲难得的不太尴尬的相处时光了。

即使是没有参与感的后半程比赛,张小莫也有种感激,这些比赛让她在等待出分的日子里没有那么难熬,用别人的情绪来掩盖了自己的情绪,不然,如果放大自己的情绪,还不知道要忐忑几个来回。她没有和朋友出去逛街,也没有给别人打电话,享受着这段结果还没出之前的独处时光。

这段做什么都没用,做什么都没有人管的日子,回想起来也是一种难得的自由。

足不出户的十天后,终于到了查分的日子。

刚好卡到了世界杯的结束的后一天，时间卡得这样好，让张小莫觉得，她在 2002 年的记忆，被完整地分割出了界线。

查分是用电话查的，张小莫跟随着电话那端的女声一步一步操作，听到了她三年努力的最终答卷：政治、语文、数学 92 分，物理和化学 98 分，英语 95 分。加上体育分 28 分，还有 10 分加分，张小莫的中考成绩是 605 分。满分 630 分，她上了 600 分这个分水岭，不用等分数线出来，张小莫就知道稳了。

对于物理和化学两科考得最高，张小莫其实有些意外。如果画面定格在这里，大概能推翻她理科是弱项的结论吧，这样一看，反而是文科的发挥没有想象中好。但到这个地步，她也没有什么遗憾了。

等她查完分，家里的电话此起彼伏地响起来，从老师到相熟的同学，都是来问她成绩的。一波电话接完，特别是接完方让的电话，张小莫大概知道，如无意外，自己应该是本校中考第一了。

返校领成绩单时，站在学校大门口前时，张小莫想，如果要算自己的高光时刻，这一刻应该就是了。

这一次的红榜，贴在了校门口，她的名字在第一个。此外，还给上了 600 分的她单做了一条横幅拉在大门上，这所可以说是看着她长大的学校，在门口挂上她的名字的这一刻，好像和她的羁绊上升到了一个新的高度。这算是为她的毕业画了一个完满的句号吧。张小莫看着红榜发了一会儿呆，被后面来的同学打招呼和恭喜的声音打断，三三两两的，一起进了校门。

这次二班考上一中的有 18 个人，加上择校生，能到 24 个。即使在林老师所带的历届班级中，也算是大丰收。林老师的心情很好，给同学们一张一张地发成绩单。张小莫问了相熟几人的成绩，没有意外，报一中的几人，全过了分数线。只剩凌鱼，报了另一所学校，成绩出来还差几分，需要择校。以赵文为首的足球队的男孩们，也都上了他们报的学校的分数线，一副喜气洋洋的模样。恭喜了张小莫之后，不忘调侃了几句英格兰队和最后的决赛，张小莫和他们笑闹了几句，感受着这延迟的讨论，在个人巨大的欢乐下，前几天那样的伤心，居然也被冲淡了。

孟月家是住在河对岸的，张小莫跑过去问她考得怎么样时，孟月开心地说考上了，本来幼师的分数线就不高。同时给张小莫说了一个信息：张小莫的小学，也给她在校门口拉了一条横幅。"他们是怎么知道的？"问出口，她又觉得有些好笑。

张小莫找到方让，问他路过时看到没，方让确认了这个消息，并且仔细给她描述了横幅上写了什么。和这所建在坡顶的初中不同，张小莫的小学建在闹市，经过的人都可以看到她的名字。她的小学老师和在河另一边读中学的小学同学，应该都知道了。张小莫一下想到了林晓音，她没有接到林晓音的电话。这种情况下，自己先打过去，好像也并不适合。

她莫名想起小学毕业时，她与方让和林晓音三个人最后站在走廊上的情形。如今，方让已经确定要再和她读一所高中了，从此之后他们介绍彼此的身份就是小学、初中、高中同学。

再算上一起升入一中的二十几个同学，比起忐忑，张小莫更多的是期待。这次和她一起升入一中的，无论是一起斗题的伙伴，还是"天才帮"的朋友，都是和她较为友好的同学。而那些曾经孤立过她的人，不管是巧合还是其他，都将被升学划到她的世界之外。

将要一起去一中的同学，已经开始畅想去一中之后的生活。涂豆和马楠已经开始和张小莫计划怎么走上学的路程。公交车站在涂豆和马楠的家门口，张小莫需要走十分钟到公交站，约定时间一起上车就可以了。凌鱼的学校和他们是同一路车，所以张小莫也可以先叫上凌鱼再一起走到公交站，营造了一种四个人还不会分开的假象。

到了这时，张小莫必须要承认，自己是个恋旧的人。每到离别来临之际，不管这个集体给她带来过什么，她都会在记忆里因为离愁而把情谊美化。很多年后，她才会意识到，她所留恋的，也许并不是集体，而是集体记忆。那些红榜贴上又撕下，那些考卷很多年后也不会留存，关于她在初中时代的辉煌，最终是以集体记忆的形式被保留。只要这群人聚在一起，她就在这记忆中有鲜明的一席之地。

这些一起同过窗的记忆，没有经历过的人是不能感受的。哪怕是结果放在这里，多年后呈现给别人的，也只是一张没有什么实感的成绩单，不会像她的这些同学一样，与她一起经历这一场场的考试，旁观过她的低谷与高光，知道她走到这一天有多么不容易，同时又多么的理所应当。

以及，在他们同窗三年的限定记忆里，提起第一名，想起的只会是她的名字。

在未知世界的版图里，她还会是第一名吗？张小莫不确定。她与市状元的分差是9分，这9分在未来，不知会演化成怎样的差距。她又想起数学竞赛时市里集训的情形，那一班的各校尖子生，他们也一定会在高中相遇。

走出校门时，张小莫回头望了望，这时她还没有自己的手机，不然她可能会拍一张照片。教她的老师们，还和她住在一个小区；她班上的同学，有小一半要和她去同一所学校；她度过初中三年的学校，只要她想，每晚都还能进来散步。按道理，她不应该有太多的离愁。

但是，校门口挂着红榜的此刻，是再也不会重现了。

数千个像我一样的女孩 下

Thousands of girls like me

简洁 著

上海文艺出版社
Shanghai Literature & Art Publishing House

下册

| 第五章 |

女生一号

说起来，张小莫小学门口的那条横幅，她最后还是没有见到。

走路过去二十分钟的路程，不知道为什么，总是拖延了又拖延。最后还是去奶奶家时才顺便经过了，可到那时，那条横幅已经撤下了。真可惜。她心里这样想，但好像也没有什么可追悔的机会。

很久之后张小莫才知觉，不仅是小学门口，初中门口她也没有留下一张照片。那样喜欢照相的父亲，并没有拿上相机到离家五分钟的校门口，给她照上一张照。从她自己，到母亲，再到父亲，好像没有一个人想起来，这是值得花费一张底片的场景。

张小莫的初三毕业时的样子，只能在毕业照里找到了。他们一共拍了两次毕业照，第一次是校服，第二次是常服。张小莫更喜欢黑白色校服的那一张，整齐划一，她在拍照时还特意微微低了头，所以拍出来的角度刚刚好。穿了三年校服，到了终于获得不穿校服的自由时，张小莫还是不得不承认统一服装的好处。

再多这一时期的照片，就要到去北京旅游时拍的照片里找了。

在张小莫小时候，父母还是很喜欢带她全国各地去玩的。后来一到暑假，就觉得热得慌，觉得全国哪里都没有家乡小城凉快。勉强去一次，在路上总是会产生很多矛盾。大概是人长大了，懂的事也多了，不像小时候能拥有纯粹的开心。

这次去北京，是张小莫第二次去北京，小姨带了小表弟，母亲带了她，四人一起故地重游。第一次去北京时，是张小莫四年级，小姨还在这里工作。住的地方叫公主坟,不管去哪里,最后都要回这一站,后来有戏说《还珠格格》拍的就是这个公主,张小莫还激动了一下,觉得自己和这个地名有了概念上的亲切。

第一次去北京时,张小莫觉得好玩极了。那样宽阔的马路,是真正大城市的样子,在这里她第一次坐了过山车。她喜欢吃鱼香肉丝也是从这次旅行开始的,在路边的一家饭店,吃到了不放木耳的鱼香肉丝,回去之后她一直坚持认为首都的做法才是最正宗的做法。还有清炒猪肚和担担面,都是在北京吃了才喜欢上的。

对于她喜欢北京的吃食,小姨很不理解,觉得北京吃的并不合胃口。而母亲对张小莫愉悦的回忆有些不以为然,在母亲的回忆里,鲜明的是北京八月的酷暑,还有本地人对他们的歧视。坐公交车时,因为说的是方言,被本地人喊起来让位子,嘲笑他们外地人有什么资格坐座位。

这种对同一段经历的不同记忆,大概就和小时候过年一样,小孩子记忆里是热闹、欢喜和收红包,母亲记忆里是家务、劳累和委屈。张小莫长大之后不喜欢和父母一起旅游,大概就是越来越能体会到成人的那一面。从住宿到吃食,都有不融洽的地方。

这一次去北京,则不存在这些问题,因为食宿都是小姨买单。此时小姨已经创业发家,跟着小姨玩是很轻松的,住着豪华酒店,出行不管去哪都是打的,不管什么心愿都很容易达成。小姨满足了张小莫的两个心愿,一个是去T大参观,一个是去圆明园。

去T大参观,母亲没有意见,她自己也有去高校参观的兴趣。为什么是T大不是P大,是因为在张小莫对未来的规划里,自己将是个理科生,"学习不好的人才去读文科"的想法还深入人心。一进学校大门,张小莫就买了张地图,上面写着"自强不息,厚德载物",这句话在之后很长一段时间都是张小莫的座右铭。这所大学非常大,大到需要坐电瓶车在里面穿梭,小姨当然是不会带着五岁的小表弟走这么远的路,坐了电瓶车像兜风一样把学校绕了一圈,就算逛完了。

这是张小莫第一次有了完完整整的关于大学校园的概念，以至于之后在她的认知里，大学就应该是这个样子。

去圆明园的行程，如果不是跟着小姨，母亲是不会带她去的。拿母亲的话说：一堆残垣断壁有什么好看的。跟着小姨，也就不过是打车再走一程的事，门票小姨也付了，母亲才没有多说什么。为什么想去圆明园，是因为她很想从被破坏之后的遗迹来对应一下传说中圆明园的原貌，对应复原图和现场的过程，她想象过，但现场还是震撼了她。即使是遗迹，也能想见当年的盛景。巨大的心痛和遗憾冲击着她，那种无以言喻的历史沧桑感，超越了个人情怀。她有限的十几年的生命在这里，感受着百年前的景致，在历史坐标中的渺小感、身处同一地点上百年时间交叠的奇妙感，让她心潮澎湃。

最震撼的场景在大水法的石头遗址，此时夕阳正好，流光溢彩地铺在残留的石柱和拱门上，坐在一旁休息的张小莫只觉得这一幕可以用得上金碧辉煌来形容。此刻尚且如此，那百年前呢？她闭上眼，感受了一下此时拂面的风，觉得不虚此行。

这一次旅行唯一不愉快的记忆，发生在和小表弟在回酒店后。五岁的小表弟穿着鞋在床上跳，张小莫去阻止他，结果被他在白裙子上印了一个脚印。

这条白裙子是张小莫很喜欢的一条，是小姨送的。她的衣服里最漂亮的那些，都是小姨送的，小姨喜欢买衣服，买了之后很多连标签都不拆就转送给张小莫，因此每次小姨回家乡，张小莫都很开心。看着她珍惜的白裙子上的脚印，张小莫有点生气，和他说了一番没有把他当成小孩的话：你现在可以这样，是因为家里人都宠你，不和你计较，到外面去你这样是会吃亏的。听到这句话，小表弟安静下来，张小莫知道他听懂了。

他们家这一代的小孩都早慧。小姨总说，小表弟的记忆力惊人，连一两岁的事都能原样复述出来。刚说完，张小莫就后悔了。

她有什么立场去说小表弟呢，身上的裙子本就是小姨送的，小表弟就算毁了它，她也应该无话可说，何况他还不是故意的。小姨对她这样好，带她出来感受了和父母出游完全不同的体验，满足了她的心愿和虚荣心。她有钱的亲戚不只小姨一个，但小姨在经济上的富足，是真正照拂了她的。

回程的路上，张小莫有些沉默。这段旅行，让她意识到，不同的家境下可能导致不同的生活。即使只是旅行的这几天，也足够让她知道，这趟格外轻松满意的旅行背后，是她和别人在成长中的差异。而这种差异，她很快要在高中生活中领悟得更加深刻。

彻彻底底地玩了一个暑假之后，终于到了去高中报道的这一天。

因为玩得太欢了，张小莫的内心其实有些忐忑。没有暑假作业，没有补课，没有做任何与学习相关的事，放空了两个月的脑子，提到开学，会有种还没有玩够的遗憾。人生中最轻松的一个暑假，如果能在这里多停留一阵就好了——她有这样想过。

但真的到了报到的时候，兴奋感还是很足。这一次，她是作为在校生去一中的，这里已经是她的学校了。

报道的那天，张小莫穿了件冰蓝色的外套，蓝色是她的幸运色。这一天，她就要知道自己的分班结果了。约了涂豆和马楠，结果在报道的流程中就走散了。分班的名单是贴在体育馆墙上的，25个班，整整贴了一圈。涂豆和马楠都是在前面几张纸就找到自己的名字了，而张小莫从第一张纸找到最后一张纸，才看到了自己的名字。

很显眼，在第一排，她名字在男生第一名的右边，是这个班的女生第一名。男生的学号是1号，她的学号是30号，每个班的学号都是这样排列的，男生1号到29号，女生30号到58号，只要报出学号，就能知道中考成绩的排名。

在看到自己的名字后，张小莫不甘心地又挤进去看了一次，终于确认，这个班的同学里，没有一个是自己认识的人。

这个概率打得张小莫有些晕，他们班上一中的二十几个人里，居然没有一个和她分到同一个班，这是她万万没想到的。这时在这张纸上找到自己名字的另一个女孩,和张小莫打招呼,问她名字,张小莫说了,那个女孩做出恍然大悟的表情,说:"你就是张小莫啊。"张小莫睁大眼睛问:"你认识我?"那女孩指指那张纸:"你的名字在第一排。"

于是,张小莫也问了她名字,女孩叫殷其南,长相甜美可爱,感觉有些像孟月,张小莫一下觉得她亲切起来。这时广播喊着让同学们按分班结果去各班就座,张小莫和刚认识的殷其南一起去找班号,Y班对应的班号是十班,在教室门口,有个女孩叫住了殷其南,是殷其南的初中同班好友祝宛鸠,殷其南介绍张小莫和宛鸠认识。

宛鸠的学号是31号,因为Y班是25个班排列的末端拐点,所以她的中考分数和张小莫是同分,但学号在张小莫之后,她认认真真地和张小莫分析,好让张小莫知道,两人学号的前后,只是因为姓氏排列的原因,而不是因为她比张小莫差。

三人在门口聊着,有一个很开朗的女孩上来和她们自我介绍,说自己叫明织,是哪个中学毕业的,等下她们四个可以坐在一起。

缘分有时是很奇妙的,教室门还没进,张小莫的高中生涯就有了小团体雏形。而这个认识的顺序,也在她们后来的相处中影响颇深。毕业很久之后,殷其南才说,她一直很感谢张小莫,因为张小莫是高中这个班第一个和她说话的人。而只差了几分钟加入她们的明织,后来问过她,如果当时不是她主动和她们打招呼,她们会成为朋友吗?

明织不知道,在那一刻,张小莫是很感谢她的加入的。明织的加入,让这个小团体成了一个均衡的四边形,至少马上就要面临的,就是刚好两个人一排座位,不会单出一个人。

进教室前,张小莫看到隔壁九班门口有一个熟悉的身影,是林晓音,但她并没有和张小莫打招呼。张小莫刚才在看分班时,其实就已经看到了林晓音的名字,学号很靠后,名字旁边的分数显示着,林晓音是择校生。

张小莫没有时间体会林晓音的匆匆而过，和新认识的四人小团队一起走进了教室，选定座位坐下来。和其他人相比，她们四人已经是一个活动的整体了，这是张小莫之前从未有过的新奇体验。再来认识她们的人，都下意识地觉得她们是熟人，因此有一种别人没有的自如和熟络。这样的开局，在后来回想起来时，张小莫一直觉得是自己的幸运。

台上的班主任看上去非常年轻，二十多岁的模样，像是刚毕业几年的大学生，短发，无框眼镜，穿着十分舒适考究。先自我介绍，叫俞夕，教他们英语，也是他们的班主任。她转过头去，在黑板上写了个"夔"字，问大家这字读什么，大家纷纷报了答案，俞老师点点头，确认了一个答案："是的，读 kuí，我们班有个同学，叫夔舟，你们不要因为不认识这个字就乱读，或者给别人起绰号。"

张小莫对这个开场表示满意。在这个开场后，名字再有趣或奇怪的同学，也没有人发笑了。这个老师，是个不错的老师吧。她这样想。

点名是按学号顺序点的，看过那张分班表，大家也都知道学号代表了什么意思。1号的男生叫向风，他的这个男生第一，比张小莫的女生第一含金量要高。25个班，按成绩女生从 A 向 Y 排，男生从 Y 向 A 排，Y 班的男生一号，也是全校男生第一，张小莫这个女生第一名，实际是全校女生第二十五名。

但无论如何，在这个班里，他们两个要做为男女生的一号，分享一些共同的命运。比如点名时，老师都喜欢从他们两个开始。张小莫不知道是不是这一点，她也要感激自己的幸运，不管是不是阴差阳错，她在高中仍然能保留一个第一的名号。

俞老师特意在之前介绍的夔舟，是男生二号。25个班轮下来，比张小莫差了2分，可见中考的1分之间，会往后排多少个名次。这个点名顺序，在高中三年都保留了下来，以至于毕业很久之后，同学们还是能准确地说出前几名的学号。因为学号在高中，代表了太多的意义。

点名和自我介绍后，俞老师给他们交待了开学之后的事。首先他们要经历为期一周的军训，然后他们班在上学期要去分校住校。

这时张小莫才知道，他们所在的这间教室，是临时借给他们集合的，并不是他们班的教室，怪不得班号是写在门上贴的一张白纸上的。因为生源太多，本校放不下这么多学生，所以高一的班会分成两批轮流在分校住半年。

知道这个消息，张小莫立刻就紧张起来了。按班号来分的话，涂豆和马楠都在下学期去分校的班里。不过才半天时间，她们设想的高中还能一起上学的设想就被打破了。在一个完全陌生的集体，与旧时朋友分离，然后毫无准备马上就要去住校，这些事实给张小莫带来的担心，很快压过了开学的兴奋。

让她压力更大的是年级组长的讲话。讲话是在教室里电视上播的，同样是短发的干练女老师，给他们讲了开学的注意事项和进入高中的准备。电视上的年级组长，也是他们高一的物理老师徐老师。林林总总的注意事项中，最让张小莫忧心的是徐老师说的，预习和复习的必要，在一中的学习中，不做预习和复习的人是跟不上讲课的。"能考上一中，说明你们在初中都是出类拔萃的人，但我也要告诉你们，高中的学习和初中的是完全不同的，躺在自己过去成绩上的人很快就会掉队，你们要忘记过去的光环，这里是里程碑的新起点，你们要从零开始。"

用玩了一个暑假的脑子听这段话，张小莫的焦虑立刻就升腾起来了。

一中要预习这件事，她早就从表姐那听说了。但除了英语之外，文化课她并没有补课的习惯。教材都没到手，从哪里开始预习呢？问了涂豆和马楠大家都打算玩一个暑假，她便也咸鱼躺了。此时，张小莫赶快前后左右问了一圈，听到大家都还没有预习，她才稍稍安心下来。

把这层担心压下来，去分校住校一学期可能是对她影响最大的。

除了初二为期五天的农训,她没有住过校,可以说,她的生活自理能力还没有经过考验。一边是老师暗示的比初中艰难百倍的学习任务,一边是住校生活的不便,雪上加霜的压力,让张小莫回家时蔫蔫的。

回家时,没有碰到涂豆和马楠。到了家,张小莫给她们两个打电话。对于不在同一个学期去分校的事,张小莫还是很难过的,上半学年她去分校,下半学年她们两个去分校,相当于整整一年都见不到面,和分开也没什么两样了。涂豆和马楠倒不是特别在意,一是她们两个还是在一起,二是反正下学期离他们还远。即使是好朋友之间,也会有亲疏之分,这是张小莫早就知道的,如今客观条件,又让这亲疏分得更开了一些。

打完电话,张小莫想了想新认识的同学,殷其南和宛鸠在他们初具雏形的关系里,也是同样的情况吧。同一个初中的同班好友,最后到高中又在一个班,是天然的联盟。她们两人的初中,是裘述当年转户口去上的学校,考上一中的人比张小莫他们学校要多得多,在学校里一路走下来,都在左右逢源地打招呼。和张小莫这样半天找不到一个熟人的状况完全不同。真到了高中,才知道一个班考上的二十几人,投进这一届一千多人的新生里,也可以做到和失联没什么区别。

一个全然陌生的开始。

张小莫在脑子里默念了一遍,这难道不是她刚上初中时最期待的状况吗。

此时和那时相比,又有什么不同呢,只不过是现在的她自以为有朋友可以依靠罢了。那时想要和陌生人做同学的她,是因为对已有的同学并没有期待。而一旦有了这样的期待,便会像在水中浮沉时,抓水草一般紧紧抓住。

而现在,分班结果告诉她,想要抓住的水草,她是没有了。

短暂的惊慌之后,她冷静下来,这一切不过就是还没上初中时,她所期待的归零罢了。而归零之后再看，这开头，和她所经历过的开学比起来，其实并不差。

抛开分校和预习，放在她眼前最大的考验，是军训。

对军训的艰苦条件，张小莫没有什么心理准备。她本来以为，大概和农训时的住宿条件差不多。哪里会想到，农训时至少每人还有张床，军训直接是一个房间五十人的大通铺。农训时至少还能让他们穿私服，带齐了换洗衣物就行，这次军训只发了一件白色短袖T恤和一条白色长裤，统一着装，所以每晚都要洗衣服。对于洁癖、体弱又在意形象的张小莫，实在是难以忘怀的受罪体验。

住宿场地小，训练场地小，于是只好在训练内容上想花样折腾。

每天早上起来，先是做晨操。晨操的内容让张小莫非常困惑，配乐是徐怀钰的《向前冲》，穿着迷彩服的教官在前排带队跳女团操的样子，实在不能说不好笑，但是训斥大家不让笑也是军训的内容。跳完《向前冲》然后才是打军体拳，相比起来要好接受得多。教官教了之后，还让他们外面打架时不能用，不然会容易把人打伤，张小莫听到，默默地学得更上心了。

新鲜的内容是，半夜起床拉练，凌晨哨声一响，大家要把被子用绳子打成包袱，背好在院子里集合。大家打的包袱，有些还散着，张小莫生怕让他们直接就这样去跑三公里。还好并没有，只不过是让他们回去睡了，把被子解开，然后又吹哨，又打包袱下楼集合。

这样搞了两三次，回去他们干脆就不解包袱了。干脆也睡不着，抱着包袱聊天。通铺聊天很容易被抓，最后就结伴上厕所，上厕所的时候尽情地吐一会槽。

张小莫上厕所的伴是明织，厕所的条件很差，又脏又阴森，离睡觉的大通铺还有不远的距离。张小莫一紧张就容易起夜，反反复复跑好几次，明织也一直陪着。上完出来，雪亮的月光照下来，月光下看到明织在门口等她，张小莫突然就有一种安心感。

有人愿意陪她上厕所这件事，突然让她觉得，高中的开始也并不那么可怕。

时间一晃,晃到了军训的末尾,要举行联欢会表演节目。

他们班出了两个节目,一个是拉丁舞,一个是三个男生唱《忠孝东路走九遍》,有两个男生在两个节目中重复出现了。

跳拉丁舞的女生,找了另一个节目的两个男生伴舞,说是伴舞,其实是当背景板;唱歌的主力,其实是第三个男生,拉了另外两个,也是当背景板。如果说这两个背景板有什么共同点的话,那大概就是公认的帅。叫施稷的男生,是他们班3号;另一个叫叶归的,学号在十名开外。再加上主唱康翩翩,一曲下来,他们三个有了"三小帅"的称号。

跳拉丁舞的女生,是在全国拿过奖的,水平自然不俗。整场节目下来,只有他们班出了两个节目。清晰地记得这个细节,是因为后来这个女生不守纪律被班主任俞老师批评时,她恨恨地抱怨:用完我就知道批评我了,也不想想是因为我,军训时才只有我们班出了两个节目,全校独一份,多给她脸上长光,真是过河拆桥。

听到这句抱怨时,张小莫有些发愣,从小学到初中,她做了这么久的班干,为班上做事时,从来没有从这个角度去理解过问题。

张小莫以前一向是很喜欢参与这些活动的,黑板报,手抄报,联欢会布置教室,就连给班上刷墙她都愿意去,初二时那次表演,也是她给林老师争取来的。如果说她觉得林老师对她有所纵容的话,那整个初中阶段大概有两次,一次就是让她组民乐队C位表演,还有一次是让她去了国旗班做升旗手。

张小莫想做升旗手的愿望,是小学就有的,她想在升旗仪式时站在主旗台上,所有人目光随着升旗手的拉绳的节奏而移动。有些升旗手,掌握不好节奏,最后就会紧赶慢赶地突然到顶,而张小莫追求的是匀速拉动旗帜,配合音乐踩点到顶的准确。因为小时候练体操,走正步时她有模有样,但是否优秀到可以进国旗班呢,首先在她的身高上就要打个问号。因此,张小莫一直觉得她能进国旗班是林老师对她极少有的纵容。

如果往人心幽微里探究的话,她喜欢的除了升旗本身,也许更多的是那个受人瞩目的位置。在初中,不管是否被孤立,她都是班上乃至全校不可忽视的焦点。因为她足够优秀,哪怕是人际关系的边缘化也无法影响她在班上的焦点位置。但现在,情况也许不同了。

看着台上正在表演的同学时,张小莫突然有种失焦感:她不是这个班级的焦点,至少此刻还不是。

进入全然陌生的班级后,张小莫久违的那种小兽的警惕又出现了。她在寻找和感受这个班的权威人物和权力中心。在这个班集体,一开始就用中考成绩排名给了大家一个下马威,将大家各安各位,但再相处得多一些时,她就很快发现,并不是这样。

她早就知道的,班级的权威人物是玄而又玄的存在。但与小学和初中时,那种无法解释但一目了然的情况相比,现在的权力分布,则有些人为的感觉。这个班,没有像赵文那样处于绝对的权力中心的人物,没有天然的归顺和聚集。但一些人,有意或无意地,在争取把别人纳入自己想要的规则中。如果说,以前她所处的班级,是无争议的单极世界,现在的班级,则有些多极世界的意味了。

台上跳拉丁舞的女孩,用表演建立起了和这个班两个帅哥的关系,而这两个男生也在两场表演中刷足了存在感,这都是他们成为焦点的方式。而哪怕不能成为焦点,也要和焦点产生一定的联系,就像此刻殷其南和宛鸠,一副与有荣焉的样子,让张小莫看台上的女主持人果然是她们的初中同学。

联欢会的主持人男女各一,当时报名主持人的时候,殷其南就很笃定地告诉张小莫,只要她们的初中同学报名,就一定会当上主持人。台上的女主持,是殷其南和宛鸠的初中好友,再加上一个乒乓球特长的女生,是她们初中时的四人小团体。不得不说,四人小团体的模式,果然是最稳定的,台上女主持人作为班花的配置,让张小莫想起初中时孟月所在的"四人帮"。

那时起，张小莫就意识到，班花校草这类的名声，是要靠造势的。没有造势，光长得好看也没用。就像初中时，他们班长得好看的女孩那样多，但得了班花名头的，只有"四人帮"里的那个女孩。有会造势的伙伴是很重要的，造势的这个人，不吝啬于赞美伙伴，并且有强烈的想要周围的人认同自己的意愿。

殷其南就是这样喜欢造势的伙伴。和孟月一样，可爱、甜美、讲义气，喜欢把话说得满满的。几天时间的相处，就让张小莫熟悉了他们初中时的规则：台上的女主持是最漂亮的女生，宛鸠是成绩最好的女生，打乒乓球的那位是最帅气的女生。在殷其南看来，这套规则不仅在以前存在，也将在现在继续。台上的女主持，就是这证明之一。

殷其南她们的初中，和张小莫的初中相比，算得上是名校。张小莫在刚见面时，面对宛鸠的咄咄逼人最后相安无事，甚至还做了朋友。张小莫很难解释他们身上的那种傲气和底蕴，每一个人好像都有真正的特长在身，不是像她一样只是成绩好。

很久之后，张小莫才反应过来，和这些人的特长相比，已经考上音乐学院的马楠和上过电视的林晓音还不是一样吗，在她的生命中，早就出现了这样和她不同质的优秀的朋友，她们之间的相处，也并没有让她产生过类似这样的不适感。

但在当时，殷其南和她旧有圈子的气势一下子唬住了张小莫。此时，她不知不觉地踏进了殷其南的朋友圈，也踏进了她们的规则圈，望着台上和他们同样穿着白T恤和白裤子的女主持，她也不由得觉得，台上那个眉眼清淡的女生，真好看啊。

台上载歌载舞的少年，配合依依惜别的情绪，最终会成为他们这一群人美好的共同回忆吧。每一次军训好像都是这样，或者说每一次集体生活的结束都是这样，不管过程有多艰苦，最后的气氛一定是不舍与怀念。但作为高中生活的开端，当时的情绪，好像又有些特别的意义。

张小莫不知道一旁的明织是怎么想的。因为很快，去分校的住校生活，又要将班上的人际关系进行新一轮的重组。

军训最大的好处可能是，经过了这几天的考验，让张小莫对于接下来分校的住宿条件一下感到了释然：只要让她有衣服换，只要有床睡，她觉得就可以了。很多时候好像都是这样，在更惨的境遇对比之下，人就比较容易接受现实。

哪怕，现实并没有实质性的好转。

一中的分校，建在郊区，离市区大概一小时路程。分校完全没有本部高大上的条件，跑道都是水泥地，连河沙也没有铺。低矮的三层楼，是他们高一前十二个班的教室，隔着操场遥相对望的是宿舍楼，建在高处远一些的，是男生宿舍；建在低处近一些的，是女生宿舍。

宿舍是八人间，公共厕所，没有洗澡间。大家自带了暖水瓶，洗头洗脚只能靠一瓶一瓶地抢热水。学校发了统一的床单，学生自己带了被褥，宿舍中间有一张公用的桌子，靠窗有一排矮柜分了一人一个抽屉，就没有其他放物品的地方了。

张小莫分到了上铺，她的下铺是她的新同桌。其他的每一个上下铺都是这样分配的，并不是自愿，也没有什么规律，是俞老师根据自己对他们的理解搭配的。还没来分校前，张小莫就问过俞老师，自己的同桌会是谁，俞老师不肯答，说："到时候你就知道了。"这个"到时候"，让张小莫有些不好的预感。

俞老师对班上的同学，是很有自己的想法的。从刚开学那段开场白，就显示了她的不一样。这样一个有想法的老师，在将想法付诸实际时，并没有太多地考虑个人的意愿。从寝室分配到同桌的分配，都一手操办了。殷其南和宛鸠，与张小莫分到了同一个宿舍；明织则被分去了隔壁宿舍。在以宿舍为单位的活动中，明织便不会和她们在一起了。

张小莫说不清自己是什么心情，她不太喜欢处于三角关系的友情中，特别是其他两人明显有着更牢固的友情基础的时候。对于自己的舍友，她不能说不满意，但确实有种无名的空落。

这种空落，也许是友情的浮萍聚散带来的，也许是她第一次离家住校带来的。

分校离家很远，但离奶奶的新家很近。爷爷去世后，大伯给奶奶买了新房，在郊区城外，比以前的房子大，有电梯。买房的事并没有告诉他们，只是在某次去奶奶家，临别的时候，奶奶对她说了一句："下一次你来，就不是来这个家了。"张小莫问为什么，才被告知他们要搬家的消息，借势找他们家要了钱。这就是张小莫在奶奶家特别怕说话的原因，不管说什么，好像都会掉进陷阱里。总感觉是她回的这句话，又让他们家出了钱，又在家里上演了同样的剧本。因此，即使分校离奶奶的新家只有十分钟路程，张小莫住校的半年，一次也没有去过。

住校的心理冲击，对张小莫来说是有些大的。

她的小学和初中，离家都很近，特别是她的初中，基本处在从小生活的圈子里，这对她来说，既是束缚，也有便利。在初中的时候，她并不用去猜老师是怎么样的，不管她在学校里遇到什么事，不用去揣测人心，母亲就能给她一个答案。三年间，她像是"狼人杀"里的睁眼玩家一样，能够知晓许多普通的同学不知道或要迟一些知道的事。而现在，她不再拥有这样的特权。

她的同桌是怎么分配的，她的宿舍是怎么分配的，会有哪些旧友和她一起来分校，都是在最后一刻她才知道和面对的事。

想要一个全新的开始的愿望，大概是被延迟实现了，而且实现得十分彻底。初中的旧友里，不要说同班同学，就连和她同一批来分校的同学都没有。她仔仔细细观察了一周，终于确认，在这整个分校里，她的旧识只有两个，一个是林晓音，一个是她第一个小学的同学南易。

林晓音在隔壁班的事，是报到那天张小莫就知道了的。虽然有重重顾虑，但对于这个事实，她还是觉得是好事。即使中间经过了三年的空白，以两人之前的关系，张小莫觉得再续前缘并不是什么难事。

她万万没有想到的是，林晓音不认她。

这个结论，是她偶遇了林晓音三次才得出的。第一次，她以为是林晓音没看见她；第二次，她以为是人太多了，林晓音没听见她打招呼；第三次，她正正地在宿舍的楼梯转角撞见林晓音，避无可避的场合，她喊了林晓音的名字，林晓音像是受惊一样看了她一眼，小声地说了声你好，就带着他们班的两个女生急忙与她擦肩而过了。

没有惊喜，也没有叙旧，反而像避之不急的样子。

到这时，张小莫才确定，林晓音不愿意认她，不愿意向周围的人承认，隔壁班的女生一号，曾经是她小学时最好的朋友。

在小学毕业的离别时分，张小莫未曾感到太多的惋惜；初中三年的疏于联络，张小莫也坦然接受，对于这份友情，她并没有用力挽留过，但在林晓音装作和她不熟的这一刻，张小莫还是伤了心。

虽然这理由，她并不是不能明白。

相对于林晓音的冷漠，南易和张小莫的相认，可以说是热情。

南易在张小莫的记忆里，是很边角的一个人。张小莫最后一次见他，还是小学四年级转校之前。六年级那次回去看望章老师，印象中聚集了很多人，但有没有他，张小莫已经不记得了。

后来是白果和张小莫在初中重逢，聊起班上几个帅哥的近况，把有印象的都聊了一圈，白果说：有一个人我希望你不要记起来。张小莫问是谁，白果说了南易的名字。张小莫当时还很吃惊，因为在她印象里，南易还是个满脸鼻涕的小男孩，糊得脸上脏脏的，怎么会在聊帅哥时想起他。白果说，他现在倒是变得挺帅的，但就是性格，还那样。张小莫想起他把鼻涕擦得满脸都是，又吵闹又调皮的样子，和白果会心一笑，并没有再细聊。

看到眼前的南易，张小莫才知道白果那句"变得挺帅"是什么意思。

遇到南易，是在教学楼的走廊上。张小莫觉得前面的男生眉眼有些熟悉，但因为长高了许多，不太敢认。正犹豫的时候，南易走上来，直接喊她："张小莫，你还记得我吗？我是南易啊。"

张小莫这才确认，眼前高挑挺拔的少年，就是小学四年级时那个满脸鼻涕的小男孩。身量拔高，脸洗干净，竟然也在人群中显眼的英俊了。张小莫按捺住自己的惊讶，笑着和他打招呼："真是好久不见啊，我刚想认没敢认，你怎么一下就能认出我？"

南易很是热情："怎么会认不出，你一点没变啊。你是你们班女生第一吧，我分班时就看见了。"张小莫点点头，然后问他："你在几班啊？我们班还有人在分校吗？"南易报了班号，然后告诉张小莫："应该没有了，我知道的几个都是下学期才来。"张小莫又问了他初中读的哪里，聊了些日常，然后结束了这次还算愉快的对话。

望着南易帅气的背影，张小莫突然懂了，只有变得更好的人，才不怕和旧识相认。

比起小学时，此时的南易无疑算得上是逆袭。对于曾经的班有哪些成绩好的人，张小莫勉强还有印象，数上十个人也数不到南易。若说当时年纪小不懂事，也不尽然，她转校过去时认识方让和赵文时，男孩的样子也差不多就定了型，遵循了他们预计的生长轨迹。如今能有这番面貌呈现在她眼前，南易应该也知道，自己是有了大变化。

人的心理是很奇怪的，不怕见过自己不好的旧识看到自己如今的好，却怕见过自己光鲜模样的旧识看到自己如今的不如意。现在的权重，高于过去；而未来的权重，又高于现在。

未来的她，又将是什么样呢？是与旧同学相逢不识，还是会高高兴兴地迎上去打招呼？又或许等不到太久之后的未来，现在的她就要开始经受新一轮的考验了。

学校没有给他们留太久的喘息时间，刚适应分校的环境安顿下来，就给他们安排了周考。周考考的是数学和物理，此时上课还没几天，老师说是摸底考，正常去想，摸的底应该是他们初中的底。结果考完试，张小莫脑子里只剩四个大字：溃不成军。自她上学起，还没有经历过这样惨烈的考试。硬要形容的话，这难度堪比竞赛的复赛题，有一个算一个，全是超纲题。

张小莫举目四顾，周围的同学眼里大多是像她一样的茫然，只剩坐在她旁边的向风一副感觉还好的样子。

周考的座位，是按学号排列的，女生一号和男生一号坐，女生二号和男生二号坐，以此类推，从最后一排向前坐，从此以后，只要是考试，就都换这个座位。因此，张小莫和向风，理论上在整个高中时期都是考试的同桌，比可能每学期轮换的同桌还要稳定。

这个安排，显然是防止他们抄袭，即使是要抄，周围都是水平差不多的，你进我退，都是竞争对手。这场考试下来，张小莫对于自己和向风水平差不多的这个结论打了个问号。试卷交上去了，她还不敢确定是她的问题还是试卷的问题，只好和向风确认："你觉得卷子难吗？"向风点点头："有点难。"

等试卷发下来，张小莫才知道向风的"有点难"和自己的"难"之间的区别。数学卷子发下来时，张小莫正和室友在操场上的双杠那里散步。这里的双杠很像初中时的布置，她正想怎么上杠的时候，有同班同学跑过来喊她，说发卷子了，他们班只有两个人及格，最低分听说只有 8 分。

张小莫心里空了一下，思考了这句话意味着什么——她很有可能迎来人生中第一个不及格。一念至此，赶快跟着同学跑回教室。拿到卷子，她 62 分，旁边一群哀嚎的同学还在开玩笑说她多 2 分浪费。张小莫先是松了一口气，然后想起来问：另一个及格的人多少分？同学们指指向风说，他 92 分。

听到回答，张小莫消化了一下信息：她是第二名，第一名超了她 30 分，单科。

这就是高中的世界吗？张小莫怔愣了一下。觉得开学时物理老师警告他们高中是从零开始的说法，并不是在吓唬人。

物理出来的结果，和数学差不多，张小莫68分，向风97分，全班3个人及格。在张小莫不知道如何认知这种状况的时候，还好有了个后续来挽尊。周考的成绩，被用来选拔年级里上竞赛班的人，一个班3个人，在这番筛选下，张小莫成了年级上为数不多的数学、物理、化学、英语都进了竞赛班的人。

在物理和数学竞赛班看到其他班的第一时，张小莫是有些心虚的。就像不忘在竞赛班课堂上敲打他们的物理老师所说的："台下的同学，你们虽然都坐在这个班里，但你们要知道，你们之间的差距是极与极，这个班的同学，最高分接近满分，最低分不及格。不要以为你们坐到这里，就足够好了。"

不用老师说，张小莫也知道，虽然坐在同一个教室里，但她与其他人之间，也许隔着几十分的鸿沟。目前的这个状况，她在一听说是选竞赛班时，她就懂了。多么熟悉的味道，不就是初中时数学竞赛的剧本：每一次她都能卡进复试线，但和能拿奖的同学相比差距甚大。

理解到这一层，张小莫反而宽了心。

周末回家时，她打电话问了方让，果然，方让和邵襄阳都在90分以上，邵襄阳物理甚至拿到了98分，比向风还高。张小莫听到之后，觉得释然了，这就是之前的普通考试限制了他们的，现在终于显露出来的冰山之上的部分。她现在遇到的向风，和之前的方让与邵襄阳一样，是她可以理解的人物。她理解这样的人物，为什么会到达这样的水平，她曾经在理科上奋力追赶过他们，他们也帮助过她，这是熟悉的差距，而不是让人一筹莫展的局面。

只是，之后每一考试的难度都是这样的话，那真的是一场无休无止的硬仗。

在这种时候，张小莫不禁有些怀念初中时一起斗题的小伙伴。

如果他们还在同一个班里，会不会面前的困难就不会显得那样大呢。

但这如果假设，只能在想象中带来安慰。在这个像孤岛一般的分校，注定只能让她自己来面对问题。何况，从始至终，本就没有谁能依靠谁的约定。产生这样的想法，已经是她自己的懦弱了。

在分校的学习，对张小莫来说是格外困难的。住校的生活和作息都在和她的习惯对抗。

每周考两科，周二和周四放学之后开始考，考完一轮计算这一次的总分，而不像初中每月集中考两三天，现在这样一点都不占用上课的时间。第一轮周考走完，张小莫排全班第三。向风和夔舟在她前面。向风和夔舟与她的成绩断层，她的成绩又和后面的断层，这时才知道，中考的几分分差，并不能界定能力的上限。而她在年级上的排名，大概在二三十名，是她从未感受过的名次。

这种感受和以前考得不好的挫败感还不完全相同，之前要是考得不好，大概能知道是为什么，而她现在处在一种使不上劲的迷茫中。

缺觉是她最大的困难。本来就入睡困难的她，到分校之后失眠更加严重了。

刚开始的住校生活，让大家都十分兴奋。每晚的夜聊是少不了的。八个人，一人一句至少能聊到一两点，睡着一个就少一个人加入群聊，然后才渐渐安静下来。张小莫的问题是，她不像其他人一样可以聊着聊着睡觉，即使她不说话，也要等大家完全安静下来，再过上一段时间她才能睡着。

每天晚上一个一个地听到别人睡去，到最后只剩她一人清醒的时候，张小莫总会觉得特别寂寞。这寂寞中又有种焦急，现在还睡不着，第二天上课又要打瞌睡了。上课睡觉不听讲，晚自习一边做作业一边补白天的课，刚进入学习状态，就要被赶着回寝室打热水洗漱。十点下晚自习，十点半熄灯，这个她在家的黄金学习时间就被打断了。

真正的夜晚，从熄灯才开始。聊天的话题总是无穷无尽的，除了当天的新鲜事之外，关于男生的话题是最多的。聊天的提纲就是学号，从1号开始，讲大家听到的八卦和观察，通常聊到7号的时候，就已经困了。每天这样周而复始，所以对学号在前面几号的男生，张小莫虽然还没讲过几句话，但在这日日夜聊中已经对他们的信息掌握得很是充分了，从身高外貌到兴趣爱好，从历史背景到人际关系，每个人都建起了一个小档案。

男生宿舍那边也会这样聊女生吗？张小莫不知道，虽然每天早上起来都又困又累，但她确实从夜聊中有了前所未有的新鲜体验。于是每天都在早上起来的痛苦和夜聊的刺激中循环反复。

起床后，还不是在家那样全弄好再出门，而是一睁眼就要先下去跳晨操。跳的还是军训时学的《向前冲》。起不来的人，通常就是穿着睡衣睡裤，外面套着校服外套就下去了，跳完晨操后，再回宿舍洗脸刷牙，所以晨操的时候，同学什么样的邋遢模样都见过，到上课时才有个人样。

因为要做晨操，所以连早上多睡一会迟到的机会也是没有的。再睡着的时候，便到了上课的时候。这一时期张小莫，练就了一边记笔记一边睡觉的功夫，虽然那笔记上写的是什么最后是天书一般的让人疑惑，至少从讲台上看下来，她就是在埋头做笔记。

张小莫有想认真规划过，找一些不太重要的课睡觉，但往往不如人意，她最容易睡着的课是物理课，定滑轮、动滑轮，小方块在斜坡上开始移动的时候，她就不知不觉睡过去了。物理老师教得那样好，她也不知道自己为什么这么容易睡，最后想办法泡了一杯浓茶带去教室。刚泡的茶，还烫着，于是就抱在怀里暖手，时间已经入秋，天气已经开始凉了，结果因为抱着杯子太暖和了，一不留神又睡过去了。几番挣扎之后，张小莫拿自己上课睡觉一点办法也没有。

晚自习的时候，班上同学会先看电视再做作业，那时能收到的台在播《宠物小精灵》，所以除了新闻和篮球赛之外，他们班的人一起在追这部动画片。等看完大家开始做作业的时候，又开始前后左右地聊天，没有老师守自习的时候，做什么的都有。有拿着笔像敲木鱼一样一边敲文具盒一边念念有词的同学；有往绿色雪碧瓶子上立硬币找平衡的同学；也有正经作业不做，在抄闲书段落练字的同学。

在这一堆人中，张小莫的行为还算正常，她的娱乐是去玩文曲星里的消防小游戏。两个人拿着担架去接抛出来的人，接不到人就会掉地上，有种地狱笑话式的负罪感，一个接一个，能玩到上百个，要玩了几轮才反应过来，自己拿文曲星原来是要查单词还是要用计算器。

总之，离开家之后，张小莫才发现自己在没人管的时候，自控能力基本为零。突然发现自己得到了比在家多得多的自由这件事，让她有小小的窃喜，无论是在玩还是熬夜，只要躲过了老师，想干什么都可以。

放纵的除了作息还有口腹之欲。分校的伙食还不错，最贵的盖浇饭也才十几二十块钱一份，比普通打饭要好吃许多。正餐吃不饱，还有夜宵，夜宵档口有卤煮、烤肠、面包、方便面，都是张小莫在家不能轻易吃到的零食。张小莫她们宿舍，除了夜聊还有吃夜宵的习惯。分配好每天哪两个人去买夜宵，晚自习时就登记好自己要吃什么，其他人先回去帮忙打水。

等买夜宵的人回来，就在桌子上按人头一碗一碗放好。因为夜宵的钱是当天去买的人出，通常都是卤煮、土豆、苕粉、腐竹、油豆腐……这些高热量的碳水食物就这样吃下去。因为是轮流排班去，去的人请全宿舍，所以也不好哪一天说不吃，只好每天都加入。吃下去之后，暂时又睡不着，又是恶性循环的一部分。

于是，除了睡不着，还有影响更深远而她还没有察觉的，一直都是瘦子的张小莫，在这个学期结束后，发现自己一下长胖了十斤。总之，整个分校生活，对张小莫已经形成的习惯来说，是一次重大的摧毁。

第一次周考时的那种冲击感，好像随着这样的生活，渐渐地消散了。只有在周五晚上回到家时，对着自己的书桌，才会突然惊醒一下，自己原来上一周过了这样的日子吗。但在家呆到周日下午，早早吃完晚饭，又要开始新一周的住校生活了。

这样的恶性循环什么时候才能到头呢，一周的时间格外漫长，又格外短暂，人在其中的挣扎也是一样。

因为分校是封闭式管理，进了校就不能随便出去。要获取物资只有两种方式，一种是家长来送，在门卫处正式登记，把人叫出去；另一种就是大铁门那里隔着门递送。

刚开始的时候，母亲来给张小莫送过几次东西，到后来，该备的都备齐了，也不怎么来了。另一种递送，通常是别的学校的同学来看望在分校的同学，一群人黑压压地守在门口，从铁门那里递过来大包大包的零食。关系好到这样来看望的同学，张小莫并没有，一边觉得那场景好笑，一边又有些羡慕。晚饭后经过大铁门时，总忍不住往那边看一看。

有一天傍晚经过时，张小莫突然看到大铁门外的一个人很眼熟，她走近了些，没有认错，是余婷。还是和小学一样漂亮，打扮更精致富贵了些，嘴角的那颗痣让张小莫一下就确定了是同一个人。在分校这样的完全隔离的场合见到久违的旧友，让张小莫有些激动，她没有多想，跑过去喊了余婷的名字。

当时的场景，张小莫回想多少次都有些尴尬。听到声音，余婷愣了一下，马上认出了张小莫，但脸上却有一丝不自然的神色。短暂地犹豫之后，余婷恢复了客套的热情，把手上的两大袋零食拿了一袋出来，隔着门推到张小莫面前，说："这个给你。"

张小莫也愣住了，她迅速地反应过来刚才余婷脸上的不自然是因为什么。张小莫马上把零食袋子推回去，余婷和她推拉了两次，张小莫坚决不要，余婷才收了回去，但明显松了一大口气。随便应酬了几句之后，张小莫几乎是仓皇而逃。

回到教室，张小莫的脸上都还是热热的，这和她想象的久别重逢有很大的不同。认出她的瞬间，余婷脸上不是欣喜，而是以为她是来要零食的尴尬。何至于生分至此呢？她不过是想叙叙旧而已。张小莫吐出一口浊气，从林晓音到余婷，她小学时代玩得最好的朋友，全军覆没。

她之前没想过，与旧识相认，原来是件这么有风险的事。像开盲盒一样，你永远料想不到，别人看到你是什么反应。相比起来，与南易的相认，算是难得的有了一个不错的发展。

在楼道里遇到时，南易都会热情地和她打招呼，打完招呼后，张小莫的心情总是很好。和张小莫走在一起的同学，在经过之后会问她，这个帅哥是谁。有时她也会听到和南易旁边的同学，在身后问他们是怎么认识的。这样轻轻浅浅的一个招呼，却在一定程度上满足了张小莫的虚荣心，并且安抚了她在其他旧友相逢时的不愉快。

也许，是因为从一开始张小莫对南易，就没有什么期望值。不期待一场久别之后的叙旧，不期待别人见她也会有如她一般的欣喜，也不期待有什么发展，所以才能在南易的态度上，轻易地感到满足。

同学之间的关系，好像也是一样的。

如果把她对朋友的定义，调整成关系还好的同学，张小莫在班上其实有了好些关系还行的同学。这个班的同学，整体上比她遇到过的所有班级都要友善，同学之间很容易亲近起来。亲近的理由有很多，有时只要找到一个共同点，就能迅速建立一种关系。

同宿舍的人不用说，连明织宿舍里的人，她也有几个关系还不错的。

有个和她一样自然卷的女孩叫郁巧，但是郁巧的自然卷比她卷得厉害些，像《荆棘鸟》里的梅吉一样，可以梳成漂亮的卷发，因为都有对自然卷的烦恼，张小莫和这个像洋娃娃一样漂亮的女孩亲近起来，像 S.H.E. 一样互喊老婆。还有一个听说有心脏病史的女孩叫钟鸣，因为之前的误诊经历，张小莫对她有一种特别的怜惜。还有一个叫花朝的女孩，听说在私下总说起张小莫的好，说自己如何喜欢她，夸她又好看成绩又好，性格还那么好。听到转述的张小莫都有些不好意思，但她知道，这明明确确地是在表达友善。

总之，只要不要求像初中时"天才帮"那样的稳定关系，张小莫可以找到很多短暂的同伴。这一个没有时间，换一个就可以了。除了宿舍集体行动的时候，或者必须要一对一选择的时候，调低期待值之后的人际关系，其实也并不那么让人感到寂寞。

在有了更多的选择后，张小莫突然发现，自己可以不那么执着于一些关系，比如，和宛鸠的友情。

张小莫想要逃离宛鸠的原因非常现实：宛鸠找她借钱总是忘记还。在分校的时候，还没有电子饭卡，大家都是用现金交易。为了方便打饭，母亲总是会给张小莫换好五块十块的零钱，所以宛鸠就老是用自己没有零钱的借口，让张小莫付钱，然后在张小莫付了之后总是忘记还。

借钱的时候，往往是在一起打饭，或轮到宛鸠请客吃夜宵的时候。张小莫付了钱，上去之后大家感谢宛鸠请客。听着大家的谢，知道自己这钱一时半会要不回来，张小莫总觉得有种怪异的不是滋味。

催还钱这件事，带给张小莫的心理压力很大。宛鸠的家境，肯定是比张小莫家好的，也许正是因为家境好，令她对于这点小钱不上心。反过来，张小莫又怕催了，别人笑她对这点小钱都计较。张小莫的零用钱，虽然不算紧，但每一笔都要被过问，买自己想要又不敢说的东西，要计划上半天，真正的私房钱攒起来是很难的，如今无端端被借走这么多笔，每一笔不多，加起来却也不少了。

一开始张小莫脸皮薄，不好意思催，后来催了，宛鸠还要惊讶，有这么多吗？然后张小莫要一笔一笔地和她回忆。催完这一次，说了还，然后又会忘，再催又要再经历一次这个过程。这种无休止的心理负担，让张小莫非常为难。

即使是这样，宛鸠再借钱，张小莫也不好意思不借。后来她才体悟到，越是没钱的人，越怕别人觉得他没钱，在别人要钱时放不下面子，而有钱人，不会因为钱而觉得没面子。就像宛鸠，借钱时不会有任何不好意思，因为没有零钱是一个高大上的借口：我不是没钱，是钱多换不开，而只有你们钱少的人有零钱。同时因为借的钱是"零钱"，所以这点小钱，我不记得还。

这一点，在奶奶一家人找他们要钱时，大概也是一样的。父亲那样急迫地给钱，不管要多少都满足，甚至要上赶着给，也许也是这样的心路历程。

张小莫处在自己的人际关系中时，才知道拒绝的困难。

宛鸠借的钱，一开始，张小莫有想过算了。然后尽量不和宛鸠一起去买夜宵，一起吃饭的时候也不点一个档口的吃的。但就算这样，宛鸠还是能找到机会开口找她借。在宛鸠借了不还的钱累积到一两百块的时候，张小莫终于忍不住了，列了个清单给宛鸠，写上了时间和明细，被这样的形式挑破借钱不还的宛鸠，终于脸红了，对张小莫说："我回去就还给你。"张小莫补了一句："回去什么时候？"宛鸠被问到有些噎住了，停了一下才说："晚自习一回去我就给你。"

这一次，钱终于要到了。之后宛鸠借钱就再也不找张小莫了，转而找别人借零钱。看着别人干干脆脆地把钱借给宛鸠，张小莫在那一瞬间有想过，是不是自己太计较了。但又觉得，如果要以忍让的方式来维护这友谊，那这友谊终究会变质。

大概是处理家庭关系给她的经验，处在一种固定的相处模式中时，要去改变别人对待你的方式是很难的，要摆脱这种相处模式给自己的困扰，远离是最快也是最有效的方法。

在处理友情时，张小莫好像一直都有着"你既无心我便休"的心态。除了凌鱼那次稍微挣扎了一下，小莫对于友情的疏远都是放任的态度。但主动地疏远核心小团体，这还是第一次。

不知是不是巧合，开学时因为殷其南的走近而形成的四人小团体，四个人的学号都在女生前列，一个手掌数过来，她们四个就是这个班无法被忽视的一个"极"。再加上殷其南人缘极好,晚饭后会带着他们一起和施稷、康翩翩这些男生进行打羽毛球之类的活动,让张小莫在融入一个新集体时,从来没有这样顺畅过。张小莫一度以为,这个小团体会和初中的"天才帮"一样,一起稳定地走到毕业。

明织分到另一个宿舍后,和他们一起活动的时间便少了。没有了明织,张小莫被规则同化的感受就更加强烈了,有时会有一种陪衬感带来的不适。

晚饭后的打羽毛球活动,很快延展出了一些八卦,八卦女主角都是殷其南,男主角则在施稷和康翩翩之间变换。军训表演时唱《忠孝东路走九遍》的三个男生里,此时有两个进入了这个八卦中,话题性和关注度一下就上来了。

分校的娱乐本来就少,殷其南的八卦很快变成了每晚夜聊的主题。殷其南的同桌傅笛是一线八卦爱好者,每晚在宿舍直播八卦细节,在打羽毛球时他们说了什么,在教室里上课时谁盯着殷其南看,然后脑补出一些争风吃醋的情节,最后去问殷其南最后会选谁。

听了每晚的夜聊,张小莫才反应过来,为什么殷其南热衷于带她们去打羽毛球。殷其南打球是学过的,打得比其他女生都要好,所以在打球时男生们总是更愿意和殷其南打。且不说这些八卦的真假,但在这个场合,她是绝对的主角。

张小莫其实隐隐感受到了,和进校时物理老师说的一样,能考上这所学校的人,都自以为是天之骄子,哪怕是择校生,家境也都很好。每个人的主角意识都很强,每个人也都在尽力创造自己的主场。如果说军训的舞台,是跳拉丁舞的女孩的主场;那打羽毛球的场合,就是殷其南的主场。但说到底,谁会喜欢自己做陪衬的场合呢?

感受到打球场合的尴尬后,张小莫很快退出了打羽毛球的活动。这时宿舍的八卦,已经有了更多的内容。

傅笛在传播殷其南的八卦后,总会给夹带些私货,鼓动宿舍的女生,都讲一些自己的心事。而傅笛自己的心事,是祁嘉栩。祁嘉栩的学号是 29 号,意味着他是男生的最后一名,按照学号的聊天提纲平时是聊不到他的。因为傅笛的缘故,祁嘉栩得以列上夜聊的日程。

祁嘉栩坐在傅笛和殷其南的右前方,傅笛每天晚上会在宿舍播报这一天祁嘉栩回头看了她几次,然后让宿舍的人帮忙分析祁嘉栩对她到底有没有意思。聊得多了,大家都很有参与感,在白天上课的时候,也会帮忙起起哄。

在这种事上,多少也有投桃报李的心,所以傅笛很愿意去问别的女生的意向,两肋插刀地帮她们也起哄一番。这些意向的确定,都是捕风捉影地盖章认定,总之只要是有了配对的对象,就都能成为话题的一部分。就算别人否认,傅笛也会热心地帮上一把。

比如她们宿舍的于书棋,就在这样的夜聊中和男生二号夔舟被配对了,女生宿舍和男生宿舍面对面,女生宿舍的水房对着男生寝室,于书棋在水房洗头的时候,傅笛就对着男生宿舍那边大喊夔舟的名字,男生宿舍就把夔舟推出来起哄。于书棋又羞又恼,出于报复,也对着男生宿舍那喊祁嘉栩,这一番闹腾之后,这两组 CP 算是在班上人尽皆知。

在整个宿舍都以为傅笛的目的已经达成时,一个神转折出现了:祁嘉栩向殷其南表白了。

这一晚的夜聊,大家死寂一般沉默。还是傅笛先自嘲,说之前以为祁嘉栩是在看她,没想倒是在看她的同桌。殷其南连连向傅笛说对不起,但这好像也怪不到她头上。想想之前傅笛每晚的播报,设身处地想了一想,张小莫都尴尬到手脚蜷缩起来。

出了这档子乌龙之后,宿舍的夜晚彻底清净了。为这份清净松了口气的人,大概有不少。最开心的大概是被强拉配对差点被弄哭的于书棋,终于不用再解释她和夔舟之间什么都没有。就连张小莫自己,也暗暗松了一口气,不用在每晚被逼问各自心事时再假装睡着了。

傅笛表现出来的大度,还是迎来了沉重的一击。

大家发现，每天早上大家都还没起时，殷其南就已经出宿舍了，而每天打饭的时候，她也不和大家一起吃了。过了几天，大家才发现她早中晚饭都是和祁嘉栩在一起吃。被发现之后，殷其南的行动就彻底不和宿舍的人一起了，每天早早出去，晚上很晚才回来。因为缺少了一个人，轮流请夜宵的制度也渐渐进行不下去了，每晚的夜聊，大家的话也少了。

而没有了殷其南这个连接张小莫和宛鸠的中间人，明织离开之后的她们这个三人小组，也就这样解散了。

这是张小莫第一次在没有离别的情况下，和平地经历小团队的解散。没有孤立，没有吵架，没有矛盾，只是很有默契地不在一起行动了。

在感到艰难的时候，张小莫会将时间拆成很多个细分的单位。

这样，在一天中无数个细分的时间里，总能找到她喜欢的时间，反过来，不喜欢的时间在拆分过后，因为短暂也容易忍耐。时间在拆分之后，困难就变成了具象化的可以应对的细节。

这样的方法，她在考试时常用。把一场考试，拆分成几个时间段，在做选择题的时候她会想，做选择题的时候最好了，因为就算做不出来也可以蒙答案；在做填空题时会想，反正只要猜一个答案，不用写证明过程；在做大题的时候会想，就算做不出答案，过程对也能拿分。这样在拆分之后，每一个部分都有容易应对的方式，比"我明天要考一科很难的考试"带来的心理压力要小得多。

平常的一天，在经过她这样拆分之后，她最喜欢的时间段是晚自习的时候。因为她发现，晚自习的时候，老师管得不严，所以可以换座位。

张小莫在分校的烦恼，有一部分是她的同桌带来的。倒也不是像初中那样有什么不可调和的矛盾，就是单纯地合不来。张小莫的同桌是个很聒噪的女孩，无论上课下课，总是大声说话大声笑，而她的笑点和张小莫完全不一致。对于喜欢安静的张小莫，这种聒噪让她感到折磨。每天早上，同桌会喝一盒纯牛奶，一盒牛奶能喝一早上，然后一张嘴说话满口都是喝过牛奶的腥气。对气味异常敏感的张小莫，看着旁边一张一合仿佛永远不会闭上的嘴，常常会在早上的困乏中感到不可抑制的绝望。

对于同桌的不喜欢，张小莫还不能表达出来。因为同桌看上去不大聪明的幽默，在班上很有市场。在全班因为同桌的行为鼓掌大笑觉得被愉悦的时候，只有她在一旁忍受着气味攻击。

张小莫发现，"忍受"这个状态，好像经常在她的日常生活中出现。忍受别人借钱不还，忍受不喜欢的同桌，忍受她不喜欢的活动和场合，忍受生活的不如人意。

如果不忍了会怎么样呢？好像也不会怎么样。

只要人决定不再忍受，就可以找到改变的空隙。有其他对座位不满的同学，早就在晚自习的时候蠢蠢欲动。军训时跳拉丁舞的女孩，因为要训练，所以晚自习时经常不在。观察了两天，张小莫果断地坐了过去。晚自习的新同桌，是云央。

在白天时，张小莫就征求了云央和跳拉丁舞的女孩的同意。跳拉丁舞的女孩欣然答应，表示就算是白天上课，也可以和张小莫换。这个允诺让张小莫大为感激，自己的苦恼就这样被轻易解决了。暂时的同桌云央，是女生三号，学号在宛鸠后一个。张小莫原先的小团体，学号刚好隔了一个云央就连上了。和殷其南与宛鸠相比，云央并不那么引人注目，安静、内敛，讲话温温柔柔的，是张小莫理想的同桌了。

在换座位这件事上，一直循规蹈矩的张小莫感受到了不守纪律的快乐。

她发现，只要胆子够大，除了班主任的课，其他所有课其实都可以换位置。在她敢换位置之后，连白天上课都变得格外愉快起来。甲之砒霜，乙之蜜糖。她合不来的同桌，在和别人做同桌时好像就挺好的。在隔开距离之后，张小莫也能为同桌的无厘头的笑话感到好笑了。

为什么一定要让两个合不来的人坐在一起呢？张小莫后来大概观察出了班主任给他们指定座位的规律：成绩和性格的互补。基本规律是，成绩从前往后搭配，第一搭倒数第一，第二搭倒数第二，以此类推；补充规律是性格内向的搭配性格外向的。所以张小莫没有搭配到性格内向的倒数第一的女生，而是跳了几名，搭配到了现在的同桌。这样一观察，明织的同桌是洋娃娃一样的郁巧，云央的同桌是跳拉丁舞的女孩，都符合这个规律。

想通这个规律时，张小莫有些哭笑不得。人的性格何等多面复杂，被班主任这样一划，好像就能让他们互补学习了，不知道这算不算教育者的自大。

在这种"互补"的安排下，对座位不满意的大有人在。不知道和张小莫换位有没有关系，换位的人越来越多，人一多就有些不受控制，很快他们就东窗事发了。班主任课的前一堂课，老师拖堂了，于是到班主任进来时，他们没来得及换回座位。班主任一看这么多人换了座位，很是发了通火，让他们马上归位。带着自己的书坐回去的张小莫，一时有些狼狈，但真的坐下来了，却觉得也还好。她并不觉得自己做错了。

张小莫的这次小叛逆，不知在老师那里留下了什么印象，但在下学期的时候班主任确实给她换了座位。

她遇上的班主任，行事都很有自己的一套内生原则。如果说初中的林老师标榜的是公平的话，那现在俞老师标榜的应该是人性化。但无论是哪一种，安静的学生就该忍受吵闹的同桌，成绩好的就该帮助成绩差的，在他们看来是合情合理的事。因为在老师看来更听话，就要被归为稳定班上秩序的资源。但听话的人，也会有不满的情绪。

因为自己的这个小小的抗争，张小莫取得了内心秩序的一点平衡。人的畏难情绪，有时会被提振，仅仅只是因为困难展现了它有被克服的可能。

从第二轮周考开始，考题的难度突然变得合理起来，也许就像是老师说的，第一轮周考是为了选拔竞赛班的人，顺带给他们一个下马威。合理的考试难度，让张小莫肩膀上陡然一松。当问题有了解决的可能时，她的迷失感消除了许多。

张小莫一向比较擅长指定知识点的运用，特别是对于理科，学什么考什么对她来说比纵横联想综合运用要容易许多。当考试从变态难度降回普通难度，她渐渐能体会到预习和复习的针对性了。拆分每一节课的知识点，拆分每一天的时间，拆分每一个要遇见的困难，在这拆解中，日子好像变得容易起来。

与人的相处，好像也是可以拆解的。在分校几乎同吃同睡同学习的节奏中，张小莫在这些拆分出的时间里，重新习得了一种游离的独处状态。

这种状态张小莫是很熟悉的。

在初中被孤立的时段，她用这种方式抵御在人群中的痛苦。站在操场上看白月亮的时候，她在这种游离状态中度过了被迫独处的时刻。后来，虽然孤立结束了，但她抬头看白月亮的习惯却保留了下来。

这是她没有对任何人说的习惯，算不上秘密，却私心觉得这是独属于自己的时刻。

在这小小的分校中，张小莫能看见白月亮的时候，是很少的。但抬头的这一片小小的天空，却有另一番她喜欢的景象。在黑夜完全降临后，在操场上一抬头，可以清晰地看见 W 型的仙后座和北斗七星。大概是分校在郊区的缘故，这一小方天空比城市的天空黑得更有质感，星星也更闪亮一些，像在黑色天鹅绒上缀了钻。小巧精致，刚好框了这两个星座在里面。那样清晰好认，不需要太多天文知识，也不需要太多的联想，一抬头就有发现星座的快乐。

小学第一个班主任章老师告诉过她，在晚上如果能看到北斗七星的最暗的第四颗星，那视力就是 5.2，此时的北斗七星特别亮，亮到她可以轻易地看到第四颗星，定睛看到那颗微弱的星时，她的精神就会突然舒缓下来。

看星星的时候，通常是晚自习休息的课间，她会自己溜下楼去发一会呆。这种时候，她不害怕没有人陪，或者说，是不想要人陪。如果说，白月亮是她被动的游离时间的话，那此时的天幕于她，是主动的独处时间。站在夜色里，一旁亮着灯的教学楼让她感到安全，秋冬的夜风吹过，头脑有种被冻透彻的清醒，之前做题做到像糨糊一样的脑子，就像是重置了一般。再回到教室里，她又可以融入周围人热热闹闹的景象了。

说起来也奇怪，晚自习做的那么多题，最后留在她记忆里最深刻的，是做《数学精编》时的场景。大概是因为这本辅导书里的题又难又刁钻，做题时的困难，强化了同样难熬的分校生活的记忆。

同样在记忆里和《数学精编》连在一起的，还有两个人，一个是周际，一个是夔舟。

某种程度上，周际是一个改变了张小莫认知的女孩。她的存在颠覆了张小莫之前被老师各种明示暗示后觉得女生理科不好的认知。周际的数学，强到让人无法理解的地步。无法理解，是指她思维的不一般，她的解法在老师讲解和标准答案里都找不到，如果标准答案写了两种解法，那她做题的过程一定是第三种。高一的数学老师，因为长得像外星人的缘故，绰号叫"E.T."，但张小莫觉得，无关长相，周际给她的感觉更像是外星人。

因为这种刁钻的解法，周际不太能给别人讲题，她的解法扭曲又跳跃，但最后总能得到正确答案。后来的数学老师，把周际做数学题的过程形象地称为在做"思维体操"。

除了数学上扭转认知的强悍之外，周际本身也是张小莫没有见过的女孩类型。

她就像是"一丝不苟"这个词成了精，一言一行都是标准模式。做广播操时，每一个动作都做得超级用力；做题的时候，别人一定不可以打断她；上课和吃饭都是独来独往，十点半熄灯的时候准时睡着。没有任何人、任何事能打乱她的生活作息。

像张小莫这样总是习惯了有人陪着去做事的人，周际的存在刷新了她的认知。没有朋友在张小莫看来是一件让她非常害怕的事，即使是小学时孤立对她毫不起作用的罗橙，那种独来独往也是一种被迫的姿态。但周际的独来独往，让人相信，这就是她想要的状态，而不是被迫形成的。没有朋友，某种意义上意味着没有负累，所以能精准地掌控自己的时间，一点都不会浪费在人际关系中，绝不会因为你等我、我等你而浪费时间。

张小莫未必想和周际做朋友，但周际这样的存在，莫名地让她心底有一角安心：像这样没有朋友也可以活得很好。

和周际的交集，说来很是有趣。在张小莫觉得自己不能再沉溺于玩文曲星里的游戏时，她去找周际给游戏界面设了个密码，然后约定不管自己怎么求她都不要告诉自己密码是什么。因为张小莫觉得，如果是周际的话，一定能帮她戒掉玩游戏的习惯。

结果，果然如张小莫所料，周际非常可靠，可靠到让她后悔的地步。

想玩游戏的瘾发作起来时，那真是抓心挠肝的难受。她忍不住去求周际，周际像磐石一样，一点都不会动摇，任张小莫怎么说都不告诉她。为了解出密码，张小莫从来没有这样关心过一个人，想方设法地把周际的生日、学号、宿舍号、床号各种组合都试了个遍。考虑到周际的数学头脑，张小莫甚至已经开始去算平方、开方，等差、等比数列。折腾了一圈之后，张小莫最终只好放弃，可怜兮兮地去和周际讲条件，最后周际同意，等张小莫做完一本《数学精编》就给她解开。

原本《数学精编》也不是必做的辅导书，老师只是勾几道题选着做而已，现在张小莫不得不和这本书死磕。还好，死磕的过程中，还是有取巧的方式：和周际一样喜欢做这本书的夔舟，就是一本行走的精编答案。

张小莫和夔舟的交情，是在互相交换手抄本的过程中建立的。分校能带的闲书有限，不能玩游戏之后，张小莫只能和其他同学一样，抄书练字来消磨时间娱乐，带的闲书只有一本，但抄书的本子上有很多书，所以大家就交换本子来看书。

遇到做不出的题时，张小莫就把题给夔舟，夔舟做题的时候，她就翻手抄本。夔舟的字写得特别清秀，连草稿纸都是整整齐齐的，像考试卷面一样，所以往往张小莫看草稿纸就能看懂，实在看不懂的，才用再问，如此一来，十分省时间。夔舟喜欢做题，但并不像初中时邵襄阳他们喜欢去比刷书的速度，通常是张小莫问到哪题，他就去做哪题。某种意义上张小莫就像是个做题的过滤器，她都能做出来的题，夔舟肯定能做出来，她做不出来的题，就是有点难度值得研究一下的题。

不管各自的目的是什么，总之在这样的配合下，张小莫刷完了一本精编。拿去找周际输密码的时候，张小莫的心在狂跳，与其说她马上就可以玩游戏了，不如说她马上就要知道折磨了她这么久的密码答案到底是什么了。

让周际输密码的时候，张小莫找了个良辰吉日，这一天的作业都做完了，只等解开密码之后她就要开始玩。把做了满满一本的辅导书交给周际，心里有种奇异的成就感。看着张小莫贴满了N字帖的精编，周际点了点头，伸手找她拿过文曲星。

周际输入六位密码的时候，张小莫目不转睛地盯着。才输到一半，她就悟了，因为这串数字实在是太熟悉了，就是周际的生日。但8位数字的生日，谁会想到省略的是一头一尾两个数字来做密码呢？想着自己辛苦做的那些排列组合，张小莫实在是无语凝噎。但如果是和别人一样的脑回路，大概也就不是做思维体操的周际了。

一向不苟言笑的周际，看到张小莫郁闷的表情，竟然弯了弯嘴角，一副心情很好的样子。然后留下一脸呆滞的张小莫，自己又埋头做题去了。

再去打游戏，张小莫好像也没有之前那样迫不及待的心情了。这个密码张小莫后来一直没有改，不知是想纪念自己做完的满满一本精编，还是想提醒自己之前完成了这样困难的戒断。总之，她玩游戏的瘾，是真的就这样戒掉了。

和夔舟交换的手抄本里，张小莫抄了一段《悟空传》里的话："我要这天，再遮不住我眼，要这地，再埋不了我心，要这众生，都明白我意，要那诸佛，都烟消云散！"再交换手抄本时，张小莫发现夔舟的本子上，也有了这段话。她知道，她被别人旁观到了一点和平日里不一样的部分。在表面的温顺无害下，藏着一颗要和命运抗衡的心。在面对家庭问题时是这样，在被误以为有心脏病时是这样，在别人告诉她现在今时不同往日，她已不是第一名时，也是这样。

半期考结束，张小莫的名次恢复到第一名。因为半期考考了九科，除了周考的语数英物化生，加上了政史地。张小莫的不偏科，在此时又发挥了作用，九科加起来，没有短板。像政史地这样周考不考的科目，平时上课几乎都没人听，因为对大部分要选理科的人来说，这几科基本没什么意义。此时算进总分，她隐隐有些胜之不武的感觉。

但既然是考试，她就不想放弃。倒不是她上课时听得比别人更认真，而是考试前，她在熄灯后躲在被子里打着电筒背了几天政史地。分校的查寝老师，和"哈利波特"里的费尔奇差不多一个属性，在熄灯之后就在宿舍的楼道上游荡，看到或者听到哪个寝室还有灯光和说话声，就会把脸凑到门上的窗口上，被抓住的人要是被记了名字，就要写检查。

以前夜聊，是因为玩乐要躲查寝老师，张小莫觉得还说得过去。此时是为了学习要躲查寝老师，在被子里闷得一头汗，查寝老师走掉时，赶紧出来透口气，过来时再躲到被子里，背书背得这样艰辛，以至于她后来回想起政治考卷时，都是蚊帐里电筒的昏黄色。等到查寝老师再也不会出现时，已经是夜极深时，她又是宿舍最后一个睡觉的，但却不完全是因为失眠。

明明没有必要努力至此的事，她还是努力了百分百，把历史和政治都"刷"出了近满分。

她一直比想象中的，还要不服输。

其实，在这所学校里的少年，都是年少轻狂的时候，对未来的野心，像春草一般茂盛，只不过有些人张扬如春风，有些人沉静如春夜。就像表面温吞得像颗水煮蛋一样的夔舟，也一样抄走了这段话。在别人看不见的林深草密之处，也许每个人，都有自己想要挣脱的天与地。

她有她想要挣脱的，别人亦然。

虽然，能旁观到这一点的人是极少的。就像看到了夔舟抄了这段话的张小莫，默默地合上了本子，并没有去探究得更深。

人与人的相处，仿佛一层层在剥洋葱，张小莫因为特别的敏感，有时会不小心多揭开一层，但很多时候，她会若无其事地把剥开的这层还原回去。旁人在窥探她的时候，不知道是不是也会这样。又或许大多数人看到的都是她温顺无害的表层。

学期过半，张小莫在班上的标签是"温柔"。意识到这一点，是利用午休出板报的时候，一群人没有回宿舍午睡，聚在一起闲聊，玩闹时多，干活时少，聊到兴头上的康翩翩说："我以后找女朋友，要有殷其南的可爱，郁巧的漂亮，明织的活泼，还要有张小莫的温柔。"站在椅子上正在往板报上写字的张小莫，背对着在讨论的人群，深深地翻了个白眼。

她翻白眼的动作，被坐她侧边的康翩翩称为"死鱼眼"，所以她平时不大常做。康翩翩说的"死鱼眼"，还有张小莫上课睁着眼睛睡觉的时候，那种呆滞的眼神，终究还是露了些破绽。所以每当她一发呆，就会被康翩翩抓住问她是不是在睡觉。张小莫觉得，无论是发呆还是睡觉，抑或表情不受控制，都算是自己的游离时刻，要提防着被别人发现。

同学们形容她的"温柔"，并不是表面上看来这样美好的一个词。这个词在这里更多的含义是：她脾气特别好，是个看起来不会生气的人。

　　果然，在同学们对康翩翩这番话起哄时，提到的这几个女生只有张小莫在现场，于是他们又抓住张小莫说："我就没有见过张小莫生气的样子，一直都是温温柔柔的，哎张小莫，你有过生气的时候吗？"张小莫跳下椅子，准备休息一下，在场的女孩子围上来捏捏她的脸，佯装拍打了她一下，说："哎你生气给我们看看。"

　　张小莫笑笑，坐回座位，打了个哈欠，把校服外套脱下来盖住头，趁还没上课时赶快再补补觉。身后传来一阵笑声："哎看吧，我真的没有见过她生气。"

　　但张小莫在出板报的时候，其实正在生气。

　　出板报这事，原是应该由宣传委员叶归负责的。作为团支书的张小莫和文娱委员康翩翩被班主任指派来配合工作。结果到了出板报的时候，叶归自己回宿舍睡午觉了，留下张小莫和康翩翩，加上留在教室里不睡午觉的热心群众一起倒腾。

　　对于叶归的不负责任，张小莫并不是完全不能理解。高一上学期的班干，都是班主任俞老师指定的，担任的职务都不是自己选的，叶归明确表示不想当班干，推却了几次却没有推掉，最后就变成了消极抵抗。

　　原本叶归和施稷作为唯二两个在军训时表演了两个节目的人，张小莫还以为他也是一个积极分子，但观察下来之后，她发现叶归只是一个喜欢光鲜划水的人。两个节目里，他都是背景板，跳拉丁舞时只用站着给女伴搭个手，三个男孩时唱歌时他的话筒还是坏的，如此并不需要付出多少的划水还能收获一波关注，大概才是他愿意表演的理由，而不是像施稷一样真正的对这些事上心。

　　俞老师指定叶归当宣传委员的理由十分充分，在她充分调查大家的档案之后，发现叶归的画拿过奖，擅长画画的人来当宣传委员、

357　｜女生一号

出板报当然算得上是物尽其用。但对于梦想是做画家的叶归来说，把自己的画用来出板报实在是不能接受的，于是直接撂了挑子。这种精神洁癖张小莫可以理解两三分，就像初中时因为她写作好让她去写运动会的通讯稿一样，属于她也能做但真的没有必要。

说起来，如果说叶归当宣传委员还算有个由头的话，其他被指定的班干就很出其不意了。

向风和张小莫这两个男女生的一号，并没有像其他班一样被指定为正副班长，向风做了学习委员，张小莫做了团支书，原本张小莫对自己初中做了三年的学习委员还很有感情，但看这入学分数要和向风来比学习，她也无话可说。宛鸠则更离谱地做了体育委员，施稷做了班长，另一个学号很靠后的女生做了副班长，总之这安排在张小莫看来找不到规律，或许俞老师的带班原则并不是她原先理解的人性化，而是与众不同和标新立异。

团支书这个职务，是很微妙的。除了优秀团员和团干的选举之外，并没有她一定要做的工作，但若是要安排，什么都可以算得上是她的工作。对于班级事务的参与度，可进可退，全看老师要怎么用她。在初中时的重要性比班长还大的张小莫，习惯了对班级事务的大包大揽，顶着这个虚名在这带头工作，此时被大家一调侃，加上午觉没睡的暴躁，竟觉得叶归那样的撂挑子十分有智慧。

敢于公然地反抗老师的安排，而且还是当班干这种旁人眼中的"好事"，这在张小莫看来是很新鲜的。当他们还在第一层想要从老师的认可中寻求满足时，叶归也许已经站到了脱离规则的大气层。

功利一些说，高考不同于中考，中考时的市优干、市三好还能加分，高考加分可没有这么简单。换句话说，对班级事务积极除了自我感觉良好，对高考一点用都没有。这参与感有多重要呢？最近频频在游离状态的张小莫，在这个中午感觉到了心累。

调侃她脾气好不会生气这件事，让她有些不快。不会生气的意味是，他们可以对她做一些过分的事也无所谓，定下了这个基调之后，也许就意味着她好欺负。她不知道这种印象是如何形成的，或许是她不自觉地隐藏了自己的情绪，但其实她的本质也没有那么难发现。

首先发现她不好惹的人，是宛鸠。别人总说，最了解你的人是你的对手，这话并没有错。

在几乎全班都把张小莫定义为不会生气的人时，被张小莫气哭的宛鸠很难和别人讲自己有多委屈。

借钱事件之后，张小莫和宛鸠再起冲突，是趣味运动会的时候。分校场地小，连跑步都很难比，只能举办多人跳绳这样的活动。跳绳是张小莫的强项，小学时她是学校跳绳队的，专门练过多人花样跳绳，什么时候进，什么时候出，节奏怎么把控，练之后有点像本能。但说到底，比起跳的人，更重要的是摇绳的人摇得怎么样。

练过几轮之后，换了摇绳的人，这时作为体育委员的宛鸠过来，说人数算错了，多了一个人，现在要减掉一个跳得不好的。结果这一轮从张小莫开始，摇绳的人还不熟练，就把她套住了。宛鸠二话不说，要把张小莫换掉。

张小莫当时就气笑了，看过前几轮的都知道她的技术算是里面比较好的，宛鸠前面没看训练，上来就要换掉她，很难说不是主观臆断。张小莫上去问宛鸠凭什么，宛鸠梗着脖子说："当然是因为你跳得不好。"张小莫质问她："你前面看了多久，你是专业的吗？凭什么你说换就要换，谁给你的权力。"宛鸠说："反正这一轮我只看到你没跳过。"

到了冬天之后，分校白天的天色都是阴阴的，校服已经不够穿了，身上要再加件羽绒外套。一下停下来，冷风一吹有种透心的凉。和宛鸠吵了几句，冷风一吹张小莫打了个哆嗦，一时觉得十分无趣。旁边的人看着他们吵架，刚才一起跳的人没有人帮她讲一句话。张小莫并不是喜欢和别人争执的类型，此时作为争执的焦点，一时觉得灰蒙蒙的操场连同这些活动都十分没劲。她长出了一口气，对宛鸠说："你听好，现在我不跳了，是我自己退出的，你没有这个权力。"

说完，张小莫转身就走。宛鸠在身后"哇"地一声哭了出来，凑上前本来要劝架的殷其南一脸懵圈地改成了安慰宛鸠，而张小莫没有给其他人安慰她的机会。

此时转身就走的张小莫，看到蹲在操场一角百无聊赖的叶归，突然感受到了和叶归一样摆烂的快乐。那个叶归没有参与的板报，在张小莫心底也没有那么刺眼了。都是同学，谁规定了谁有义务，谁有权力呢。比起有了丁点权力就作威作福，还是主动放弃这权力的人要好一些吧。

张小莫其实不知道宛鸠有什么好哭的，明明被欺负的是她才对。但说来也奇怪，被气哭的是宛鸠，旁人提起来，依然保持了"温柔"名声的，还是张小莫。旁人如何理解的，张小莫不清楚，但保持了这个名声的张小莫，心里已经有什么东西发生了质变。

十二月的时候，同学们迎来了一次放风的机会。

是周中在上课的时候，有一些同学被抽到回本部参加活动。抽得很是随机，完全找不到规律，没抽到的人只好唉声叹气地拜托回去的同学买东西。本部所在的半岛闹中取静，离市中心繁华的商业区很近，一进高中就被发配到分校的张小莫，这半年里算是第一次逛街。

回本部是大家自行坐公车回去的，三三两两地就走散了。张小莫和同宿舍的于书棋一起走，于书棋是他们班年纪最小的同学，和她比起来，连张小莫都显得相当有自理能力了。如果说张小莫是路痴，那于书棋就是路痴的平方。

下了公车之后，她们两个在立交桥下一片茫然，左右找不到去一中的路，只好去问经过的路人。路人一脸看傻子似的表情，给她们指了个方向。才走了几步，就看到刚才视线被遮挡的一中桥，看着于书棋和自己身上的校服，张小莫才反应过来，刚在路人眼里，就是两个穿着一中校服的人在校门口问别人自家学校怎么走。

反应过来后，两人笑到喘不上气，歇了一口气才跑上一中桥，望着没来几次的本部，张小莫竟然有些陌生感。

此时，她有种感觉，自己好像还不完完全全地算是一中的学生。上学时没有经过香樟道，没有跑上红色的塑胶跑道，没有在银杏树下参加升旗仪式。这一学期的空落和遗憾，突然就这样翻涌上来。中考前那次一中之行，表姐那一班说要"罩"她的师兄师姐，她进校之后也没有机会再见过。等她搬回本部，他们也快要毕业了。

这半年的分校，于他们的意义到底是什么呢？

本来就只在学校和家两点一线活动的张小莫，这半年的活动轨迹变成了宿舍和教学楼之间的两点一线。是集体生活的服从性测试，是自理能力的锻炼，还是校舍不够不得已的安排呢？站在操场上和其他高一年级的学生混在一起，张小莫不禁有种被偷走了半年的遗憾。

活动站桩结束，和大家商量好参加完活动的路线，张小莫把别人拜托的东西买齐，想了想还是拉着于书棋去了书店。逛书店的时候，发现自己初中时在榕树下网站追的一部叫《流云尼玛》的小说居然已经出版了。

张小莫追的时候，还是连载，一段一段地把小说复制粘贴到 Word 里，一页一页地用家里的打印机打出来，拿到班上和要好的同学一起看。因为故事情节有些吓人，下课之后便和他们在楼道上分享阅读时的感受，惊惶、不安、好奇，想知道结局却又怕知道结局的感觉，十分让她怀念。她拿出零花钱买了一本，重温这个她已经看过数次的故事。

这本她原本以为冷门的小说，带回分校后却成了被同学借阅的热门小说。

大概是因为晚自习实在是太无聊了，许多人都跑过来找她借。先是借给了明织，再是借给了郁巧，然后是她们寝室的钟鸣，最后传了一圈，连宛鸠都忍不住来借，然后传到男生那边，夔舟和康翩翻几个也都看了。小说里有一串红色珠子，叫作贡觉玛之歌，贡觉玛之歌里面，封有流云尼玛最后的鲜血，只有她的转世可以戴上，而其他人戴上之后便会发疯。因为这个故事，张小莫对红色珠子有一种特别的迷恋。在康翩翩挨个问大家生日礼物想要什么时，张小莫说："红色珠子。"然后一圈人都作出一副"懂了"的样子笑起来。

这种时候，张小莫会觉得把初中时的某些东西带到了高中。比起小说本身，更像是说起某样东西，大家都明了的那种共感和氛围。一拨人离开了，一拨人又继续，所谓青春，好像就是在不断制造共同记忆的过程，不分时间、地点、场合。

他们在分校的半年，也是在制造共同记忆的过程吧。就像他们正在经历的一切，也是在本部时不会发生的记忆。

在本部不可能经历的，还有停电。是晚自习的时候，突然跳闸，整个教学楼一下就黑了。老师们在楼道里去取应急照明灯，同学们留在桌位上窃窃私语，错愕之中又带着兴奋。老师们紧张地开始组织疏散，生怕黑暗中发生踩踏，于是一班一班地轮流走。在楼道上时，一排排的黑影侧身走着，有种在黑夜城堡的奇异感，又紧张，又害怕，又新奇。

隔壁班队伍经过的时候，张小莫看到了南易。因为个头高，即使在只有应急灯的光线下，也能轻易辨认出来。不知是不是错觉，张小莫看到南易在队伍里特地寻找了一下，最后眼神落在她身上，对她点了点头，单一的光线下，竟有点安抚人心的意味。

张小莫也点了点头，示意她看见了。南易露出一个笑，转过头，跟着队伍继续行走。两排队伍就这样并排在楼道上移动，时而错前错后一些，但认出目标之后，就始终在视界范围了。

很多年后，张小莫看日剧，东京大地震时地铁交通全部停运，回家的人群只好在公路上走，走着走着，互不相识的两个人都这样交谈起来，因为突然而至的意外，给陌生人制造了交集。看到这段，张小莫蓦地想起分校停电时的场景，也是这样摩肩接踵地走着，在黑压压的人群中，刚好的这一抬眼，一回眸。

回到宿舍，大家摸黑洗漱。还好为了平时熄灯之后的好搞小动作，每个人都备了电筒。摸黑灌了热水袋，张小莫缩进被子里，感受着十二月的冷空气中脚下的一团暖意，塞上随手听的耳机，里面是S.H.E的歌，从《恋人未满》播到《冰箱》，就这样沉沉睡去了。

留给分校的时间，不管是忍耐还是欢喜，在这里将要发生的故事，都已经不多了。

这一年冬天的雪，是平安夜那一晚下的。

纷纷扬扬地下了一晚上，到了圣诞节早上，小小的操场积了厚厚的一层雪。不仅早操不用跳了，到了上课时间，老师们也都还没来齐。来分校上课的任课老师，都是早上坐班车来的。大雪阻了路，来分校的交通路段阻塞了，于是大家在没有老师的教室里骚动起来。

因为是圣诞节，大家商量好了在英语课上给班主任俞老师送礼物。眼看第一节课上不成了，大家开始布置，在黑板上写写画画，祝俞老师圣诞节快乐，然后在桌上放了一个苹果，再放了一张集体签名的贺卡。

一时间，布置的人，聊天的人，在窗边看雪嚷着想下去玩的人混杂在一起，好不容易赶到教室的俞老师，进门就看到的是一副乱糟糟的景象。对比起隔壁班，班干带着同学齐齐在读课文，一时脸上有些挂不住，站在教室门口就开始生气，大喝了一声安静，然后讲对他们有多失望。点了几个离开座位的人的名字，让他们回座位，气鼓鼓地一边骂一边走上讲台。

大家归位之后，安静下来。听着俞老师在讲台上一句一句地骂完，台下的安静里，掺杂着一些被浇了一盆凉水的尴尬。俞老师骂完了，准备上课，才转身想在黑板上写字，看见黑板上没写完的祝福，整个人呆掉了。一时间，台上也安静，台下也安静。

对峙了一分钟，俞老师的脸越来越红，终于开口给他们道歉。道歉讲到一半，有缺心眼的拿着彩带喷筒的同学，对着讲台上喷了起来，于是大家接着这个本来想进门就喷的流程，又热热闹闹地齐齐喊："Merry Christmas！"这一番操作搞下来，俞老师站在讲台上说不出话，也不知是愧疚还是被感动到了。

张小莫坐在前排，跑上去把压在苹果下的贺卡递给她，不管尴不尴尬，反正按之前商量的流程，这算是搞齐全了。俞老师要哭不哭的时候，这时广播里传来年级组长物理老师的声音，通知大家，大部分的老师们赶不过来了，今天给他们放假。台下一阵欢呼，有人大声喊出来："我们能下去玩雪吗？"俞老师点点头，说："下去玩吧。"然后大家把书本一收，一齐往教室外跑。

到冬天已经满手冻疮的张小莫，心情很好地混在人群里。对于南方小孩来说，下雪总是让人激动的。早上出门时，有胆子大的同学已经开始玩了起来。像她这样胆子小的怕迟到，还是按时到了教室，看着外面的雪早就心痒痒的了。

这种好心情，一直保持到经过南易他们班的教室。

每次经过南易他们班的时候，张小莫总习惯往里面看一眼。这次不用她往里看了，南易就站在门口，有个女生正给他送礼物，是一双手套，南易笑盈盈地接过来，看到经过的张小莫，还不忘和她打了个招呼。

张小莫的心情，一下就变得很差。

她意识到，对于南易来说，她是一个在他收女生礼物时都不用避开的人。而她在潜意识里，觉得自己对南易来说会有那么一点不同。

在分校一开始的孤独隔离感中，南易作为唯一一个对她热情的旧识，很大程度上安慰了其他旧友带给她的失望。每次走在楼道上，南易大声地喊她名字和她打招呼，这种热情总是很容易地让她愉悦起来。比起有帅哥和她打招呼而满足的虚荣心，仔细探究之下，还有自己是一个别人看到会觉得愉悦的人这个事实，会让她感到踏实。

她的不安全感，从进校到现在还是很重。即使是这样边角的温暖，都还是让她这样留恋。看到刚才那一幕自己产生的情绪，让她意识到，这留恋已经有点超出了她本来的所以为的程度。

思虑至此,她已没有什么玩雪的心情。想快点穿过操场,回宿舍去睡个回笼觉,来沉淀一下自己沮丧的心情。

积满雪的操场,此时已混战一片,大家一团一团地围在一起打雪仗,多是一个班的人圈在一起玩,张小莫找到混战中间的空隙,想从中间穿过去。才走了几步,身上就被雪球砸中,她回头一看,是向风宿舍的六七个男生,属于成绩中不溜湫、平日也不大显眼的一撮人。张小莫摇摇手,表示她不参战,正准备再往前走,许多个雪球纷纷砸在她身上,一个接一个。

痛,密集的疼痛,是她当时最直观的反应。她没有想到,捏成块的雪球会这么硬。硬而密集的雪球袭来,让她一点反抗的余地都没有,前几个时她还能勉强笑着说不要打了。后来就只能蹲下,抱着头,等待着砸在身上的疼痛的停止。

冰冷的雪地里,被雪球砸到有点无法思考的张小莫,脑子里闪过一个念头:又来了。她在班上被孤立的那个轮回,即使到高中,也依然没有停止。

只是,从时间上来看,这还没有到进入新集体的第二年。那是轮回加速了,还是提前了呢。想到这里,她停下了所有挣扎的动作,认命地接受自己的遭遇。

雪球是什么时候停下来的,她没有概念。在她的感受中,过程非常漫长,但在别人看来,可能只是很短的时间。也许是不挣扎的猎物大概看上去十分无趣,也许是张小莫默默流下的泪吓到了围攻她的这群男生。总之,一切停止之后,张小莫一句话也没有说,静静地走出了包围圈。

深一脚浅一脚地踩在雪地里,入校之后的那种不安全感,此时铺天盖地般地放大袭来。像是在等的一只靴子落了地,但又觉得不应该落在这个时候。

快走到宿舍大门口的时候,身后有人喊她的名字。张小莫不想回头，径直向前走。听到身后的人快速地踩着雪追上来，拍了拍她的肩，她这才停下来，看到追上来的南易，塞给她一个不知哪里借来的苹果，说："圣诞快乐。"

圣诞节的后半日，张小莫都是躲在被子里度过的。

南易找补的那个圣诞祝福，并没有在多大程度上缓和她关于轮回又至的哀惧感。宿舍的人来来往往，问她要不要带饭，她告诉别人自己想睡一会，就这样睡到了晚饭时间，大家才觉察出来她的不对。一个问一个，都不知发生了什么。直到明织过来找她，问她是不是被欺负了。

张小莫这才下床，披着衣服和明织到走廊拐角讲话。

下意识的，她不愿意以一个被欺凌者的身份出现在别人的认知中。这是她太熟悉的轮回了。那些欺凌者最后都不会受到任何惩罚，她也没有得到过任何道歉。但作为被欺凌的对象，别人或许会去揣测，为什么偏偏是她。

那一小撮男生，平日里和她没有任何交集。对于他们来说，是觉得平日里她太傲慢，太目中无人，太招摇，还是太软弱可欺，无论哪一个，都不是什么好答案。

她不想说，但明织直接问了："是不是在操场上，向风他们宿舍的人用雪球砸你。"对于这样明确的细节，张小莫有点惊讶。当时场面那样混乱，她不认为有旁人会特别注意到这一幕。

"向风当时不在。"斟酌之下，张小莫先说了这句。他们提起宿舍，记不清宿舍号的时候，通常会以这个宿舍的代表人物来指代，因此作为室长的向风，成为辨认他们宿舍的标志。张小莫怕误会，先提了这一句。

明织点点头，说："我知道。花朝看到了。"

花朝是明织宿舍对张小莫很有好感的那个女孩，张小莫松了口气，简单地和明织回顾了过程，然后说："我也不知道是为什么，可能只是我刚好经过，也不是故意针对我的。"

明织没接话，和张小莫说了另一件事："他们在宿舍里，欺负自己的室友，趁他不在的时候，穿着鞋去踩那人的床单。"张小莫愣了一下，明织说的被欺负的这个人，也在用雪球砸她的人里，除了向风不在，他们宿舍的人一个不漏都在这番围攻中。

　　明织的话，让张小莫稍稍好过了些。知道在大家眼里，是这一撮男生品性恶劣，惯有前科，而不是全班性地针对她的孤立，这个认知让她的精神放松下来。这一放松，就觉得饿了，于是和明织去吃了夜宵，填补饿了一天的胃。食堂夜宵的鸡腿才三块钱，在不用上晚自习的雪夜，放空地啃着鸡腿的时候，张小莫才有了点这一天是圣诞节的实感。

　　结束了这兵荒马乱的一天，回到床上打着电筒找随身听时，看到了她放在枕头边的，南易给她的那个苹果。

　　她突然有些好奇，在南易的记忆里，会记得她在小学时被孤立的事吗。

　　可能很难会记得。因为她在和方让与赵文熟起来之后，提起小学的事，他们好像也很难记得她被孤立过的事，只会津津有味地去问她和裴述的八卦。在她看来特别难熬的时间，还原回去，大概也就只是一两个月的时间，在事不关己的人眼中，也许只是很浅的一段记忆，都不值得在海马体中留下痕迹。

　　她后来听到过一个说法，忘记一个人，只需要和他相处的三倍的时间就够了。认识一天的人，三天就可以忘记，认识一年的人，三年就可以忘记。那如果是这个人身上发生的事呢，也许记忆会更加短暂。

　　她甚至相信，她现在去问方让，记不记得她初中时被孤立的事，方让大概率只会拖着老好人的腔调说："大小姐，谁敢欺负你啊，只有你欺负我的份。"

　　那在操场上遭遇到的也许不到十分钟的雪球攻击，到明天大家就该忘记了吧。

黑暗中，张小莫睁着眼。她想，她不应该怕的。即使是真正的轮回到来，她也知道是如何开始，如何经历，如何结束。

第二天早上，恢复上课，相安无事地度过了一早上，张小莫收好书，准备去吃午饭。走到讲台边时，向风走上来，堵住了她的路。

张小莫抬了抬眉，问他什么事。向风说："昨天的事，我代表我们宿舍给你道歉。"

此时教室里还留有一大半同学，都停住了脚步，往他们这边看。张小莫说："没必要，你又不在。"

向风坚持说："应该的，我是室长。你回去之后没事吧。"

张小莫迅速想了一下他坚持道歉的理由，回复说："你放心，我不会去告诉老师的。"

看到对方似乎是松了口气，张小莫拉着室友赶快走了。

回到宿舍，张小莫找到明织，说了向风道歉的事。"他是不是怕我去告老师啊。"张小莫试图分析。明织笑了笑，说："不是的，花朝找到他，把他大骂了一顿，说他们这样是不对的，让他一定要和你道歉。"

张小莫想起来，向风道歉的时候，花朝确实就在他身后，他松的那口气，应该是觉得完成了任务吧。

她不知道，如何形容这一刻的心情。花朝于她，属于友善但不太熟的同学。花朝说她好看，说她成绩好，说她性格温柔，因为对她的好感表达得太外露，她不知如何回应，反而会有些避着。然而这样不太熟的一个同学，竟然会为了她去讨公道，这是张小莫完全没想到的。这是第一次有人为了她，做了这样的事。

张小莫必须承认，在得到道歉的那一刻，她内心确确实实地被安抚了。不光是因为讨了公道，而是这个道歉让她真真切切地感受到，她没有任何错，她不需要在自己身上找任何理由。就算她自己再通透，想得再明白，也没有那一刻的感受如此直接。

在她的概念里，这件事和之前经历过的三次孤立一样，是她避无可避的命运，倒霉也好，不公也好，都只有认下。但花朝让她知道，不是这样的。对就是对，错就是错，没有什么一定要接受的伤害，没有什么不能反抗的规则。

这一刻，张小莫仿佛听到，自己认定的孤立轮回，开始破裂的声音。

张小莫找到花朝，好好地表达了自己的感谢。此时的花朝和之前被赞美的她一样，露出了不知如何回应的表情。张小莫知道，这大概就是她们为什么无法熟悉起来的原因，花朝对她的好感，和她对花朝的谢意，都太过浓重，这种戏剧化的浓重，无法稀释在平日的相处里。张小莫知道，花朝也许和她始终成不了很熟悉的朋友，但一定会是她高中阶段，很重要的一个人。

她有种很强的预感，她的孤立轮回，就此结束了。

或者说，她不会让它再开始。

| 第六章 |

孤独的星

2003 年

　　元旦的时候，班上举行了联欢会。这是张小莫第一次坦然地以旁观者的身份自持，没有投入到班级活动中。

　　不知是因为天气太冷了，还是最近的事太多了，总之在面对联欢会的准备时，她起了一点倦怠之心，向她的划水榜样叶归又靠近了一步。学生们以宿舍为单位出一个节目，张小莫她们宿舍合唱《半个月亮爬上来》，明织她们宿舍合唱《勇气》，男生宿舍出了两个小品，向风被他们宿舍推出来一个人唱了首歌。

　　节目不能说十分丰富，但也很有氛围，挪了桌椅，拉花彩带气球都布置了一番，还有同学带了相机来照相。张小莫混在宿舍八个人里，合唱时凑了凑嘴型，反正她也不是要唱高音的人，划水划得十分轻松。混过表演之后，就在一旁坐下，一边看节目，一边躲相机。

　　尽量不出现在合照中，是张小莫自小学就养成的习惯。赵文教会她不要留下黑历史的警觉，她自己又不想让自己的照片落到别人手里，以防哪一天关系破裂碍了别人眼。除了在教学楼下俞老师和每个宿舍都照了一张的合照，张小莫成功地没有出现在任何一张联欢会的照片中。

　　这一组照片，后来成了这一个班毕业后常常刷屏的回忆，每次忆青春，就有人把这组相片发在班级群里。那时再回看，相片上的每个人，脸上的青春都让人唏嘘不已。最喜欢发这些旧照的，是在拍照时很活跃的一个女生，因为和拍照的人关系好，所以拍照时总是抢占C位，选出来的照片也都是自己好看的，并不管别人好不好看。但不管怎样，拿着相机的人，冲洗照片的人，掌握着他们忆青春的话语权。在大家热热闹闹地回忆当时怎样怎样时，张小莫知道这些照片里是找不到自己的，这种时候，会有点空落，也有点轻松。

每一时期对当下的感受，都是不尽相同的。就像看着明织宿舍集体唱《勇气》还觉得很励志的台下众人，万万想不到原版MV里描述的勇气，和歌里所唱的并不是同一种。就像他们此时过的青春，和后来青春电影里描述的他们的青春，也万万不是同一个。

很多时候，就算是唱过无数次的歌，歌词也都不会仔细去想的。仔细想起来，才会发现有些不对。就像是张小莫一直以为《我不难过》是首洒脱的歌，很多年后忽然有一天认真去看歌词，才被前面几句惊得大跌眼镜。

看着台上的唱歌的明织，张小莫脑中突然重现了一个场景，是军训的月色下，明织穿过操场去找人，回来之后神秘兮兮地问她，有没有谈过恋爱，张小莫摇摇头，明织以一副智者的模样说了一句："没有谈过恋爱的青春是不完整的。"

当时张小莫听了这句话的感觉，是一种青春将尽而自己还有任务没有完成的焦虑。那种有些微不舒服的焦虑，让她刻意地不去想起这段对话。

此时想起来，却有一种奇异地坦然，同样的句式，她可以再造上许多句：没有友情的青春是不完整的；没有上台表演过的青春是不完整的；没有做完过一本《精编》的青春是不完整的；甚至，没有得过第一的青春是不完整的。

照这样推论下来，拥有完整青春的人可能就没有几个。又或许，所谓的完整的青春，本来就是一个伪命题呢。

不然，所谓缺憾和完整的标准，到底是由谁来书写的呢。

至少以张小莫的标准来看，她的高一上学期，结束得还可以。

在冻疮和寒冷的夹攻中，她拿下了全班第一，年级排在第十二。相比她入校的排名，进步了十几名。她的名次，也定位了他们班在二十五个班中的位置。中游，即使是佼佼者中的中游，也是一个不太显眼的位置。但至少，可以让她找到定位和目标。

年级第一，在没来分校的那一半班级里，是个叫林晓默的女孩，也是入校时的全校第一。分校这半边班级的最高名次是年级第五，在南易他们班，是常和南易走在一起的一个男生。

不得不说，张小莫是有些慕强心理的。在期末排名没出来之前，她根本没想过要去记这个男生的名字，跟着大家一起喊他"周杰伦"。高一的时候，周杰伦火到不行，哪怕只是感觉上有丁点相像，大家便像发现了身边的明星一样觉得有趣，一传十，十传百，于是提起这个男生，大家就会明了地说："哦，那个周杰伦。"只可惜，对这位男生来说，像周杰伦并不是什么赞美。为了避开大家讨论他的长相，他进出教室都戴上了棒球帽，只是这样一来，大家就觉得他更像了。

张小莫看到排名的时候，才把名单的名字和南易旁边那个老戴棒球帽的男生联系在一起，不叫周杰伦，叫卢粲。一个人需要用一个更鲜明的特质，才能把别人强加在他身上不想要的印象所掩盖。至少，现在张小莫提起他，不会叫他周杰伦了。

发成绩单时，张小莫在楼道刚好遇见南易和他旁边的卢粲，后者难得的没有戴帽子。借着打招呼的机会，张小莫细细打量了他一下，卢粲比南易要矮一点，长相与其说像周杰伦，不如说更像《情定大饭店》里追宋慧乔的那个富二代小帅哥，怪不得听别人这样叫他要不高兴。

偷偷打量人的技巧，张小莫是没怎么掌握好，一下就被对方抓住了在看他。张小莫被迫挤出个笑，说："我看到排名了，你在年级第五。"卢粲点点头说："嗯，没考好。"听到这句，南易打了卢粲一拳，说："你天天上课睡觉还能考年级第五，你这叫没考好，让我们怎么活。"

张小莫保持着礼貌的微笑,一方面她懂卢粲是真的觉得自己没考好,另一方面她也觉得这个回答是真的很讨打。她突然有点懂,之前自己超第二名没够二十分,说自己没考好时别人的感受了。

几乎也在上课时睡了半个学期的张小莫,原本在她的心里还有些余裕,这时突然发现,自己的退路和借口都被堵死了。

这就是高中的世界啊,对话翻转,情景倒置。对于下学期回归本部生活,张小莫在期待中,混杂了一丝忐忑。

高一下学期,是二月二十四日开始上课的。

记得这样清楚,是因为这学期俞老师让他们开始写班级日记。值日的人要负责这一天的擦黑板,还有记录这一天的班级日志。按例,是从学号一号开始的。

从这一点来看,张小莫比起向风还是要幸运很多。在不分男女的场合,向风总是第一个吃螃蟹的人。第一个写班级日志,第一个在语文课上开始每天一首诗的介绍,第一个在音乐课被点到唱歌,但也是因为这样,不管他本人什么性格什么特质,在这个班都是绝对不会被遗忘的存在。

因为这本班级日志的存在,这一学期的时间线,变得格外清晰,也因此,通过每个人记录的文字重新认识了一遍同学。前面的几个学号,写得特别真挚。除了日常记录之外,向风分享了他喜欢的诗,夔舟抄了他爱的文章,施稷详细地写了他每天上学和放学时的心路历程。让人不免感叹,这些日日见面的同学还有这样不为人知的柔软一面。

班级日志传到张小莫手上时,高一下学期已经过去了三十天。在前面都是青春疼痛文学风的班级日志上,写了一篇洋溢着搞笑风的小短文,多年后她把这篇对比强烈的班级日志拿给朋友笑,朋友说:"你这哪是搞笑风,明明是鲁迅风。"顿时把境界提升了一大截。

不管怎样,这篇班级日志记录了张小莫此时的状态,开学一个月,她已经从忧郁少女进化成了搞笑博主。记录别人多,暴露自己少,完美地回避了多年后会面对年少时的记录时手脚蜷缩的尴尬。

她这时像是个搞笑版鲁迅的状态,主要是因为换了新同桌。

如果说作为男生一号的向风很难被人遗忘,同样不会被遗忘的,还有男生二十九号祁嘉栩。有些别出心裁的老师,会从学号末位点起,因此男女生的一头一尾,都是被点名的重灾区。对于张小莫来说,二十九号还有一个意义,是和她的学号相连。无论是排队还是点名,作为男女生的交界,张小莫对祁嘉栩并不算陌生。

所以,当知道俞老师给她安排的新同桌是祁嘉栩时,张小莫并没有什么抗拒。

俞老师在新学期安排同桌的风格,和之前如出一辙,成绩好的配成绩差的,吵闹的配安静的。凡是表达了对同桌不满的人,都被换了同桌,但被换的往往半斤八两,甚至会更差。很难说俞老师有没有故意在这一点上,想要教大家做人。既然张小莫对上学期的同桌不满意,直接塞一个最末位的男生给她当同桌。

但在张小莫看来,比起原来的同桌,祁嘉栩是个挺好的同桌。这时的张小莫,还不知道怎么描述这种"好",只觉得换了新座位之后,每天的日子明显愉快起来。同桌的好坏,基本直接决定了一天中百分之八十的心情。张小莫也不知道为什么,反正每天在座位上,好像都有数不清的乐子。

乐子的来源,说起来有些不道德,大部分是关于祁嘉栩相貌的梗。

换了座位后,张小莫的同桌是祁嘉栩,前排是花朝。而花朝的好友,是之前误会祁嘉栩上课看她搞出乌龙的傅笛。此时祁嘉栩虽然已经不再和殷其南在一起,但并不代表他给傅笛带来的尴尬就两清了。义字当头的花朝,三天两头文采斐然地嘲笑祁嘉栩长得丑,变着花儿地说他像猴子。

大风吹过窗外的芭蕉树时,花朝会问祁嘉栩饿了没,祁嘉栩点点头,花朝就指着外面结了一排的青色芭蕉说,看到没,可以吃了。

早上刚来学校坐下时,花朝会问祁嘉栩早上照过镜子没,祁嘉栩问是不是头发没整理好,花朝回答:不是的,我怕你照镜子时被自己吓到。

祁嘉栩不服气,找来另一个男生和自己比谁更帅,花朝说:讲话不能太伤人,但我又不能昧良心。如果要说你帅,我不仅要左手按着《圣经》,右手还要拿一根避雷针。

凡此种种,张小莫一边觉得缺德,一边笑到肚子痛,然后忠实地在班级日志上记录下这些缺德笑话。她真诚地对祁嘉栩说,虽然你有这样那样的缺点,但是和我之前的同桌相比,你就像一个天使。这时祁嘉栩已经能自动反馈:是脸朝地的对吗?然后大家又笑作一团。久而久之,他们这片座位像脱口秀舞台一样,谁都愿意过来热闹热闹。

后来张小莫才能理解祁嘉栩的难得。可以说,祁嘉栩是一个在心理上非常健康的人。这种健康让他可以用自嘲让别人取乐,并且在这个过程中丝毫没有自卑感,恰到好处地表现出一点让人有成就感的懊恼,然后从容地加入对话。从始至终,总是好脾气地纵容着他们的毒舌,甚至主动提供足够多的素材让张小莫走上搞笑博主的道路。

张小莫非常羡慕祁嘉栩的这种心理健康。在大家吐槽时一点都不生气,是因为他并不觉得真的受到了攻击。作为学校篮球队长、国家二级运动员的祁嘉栩,大概很难从外貌吐槽中受伤。但换作是张小莫,别人说她胖一点瘦一点,背驼一点头发乱一点,也很难保持这样的心理素质。祁嘉栩的这种稳重,像是从出生到成长,从来没有被父母嫌弃过,一路堆满了满满的爱和自信的样子。

除了吐槽和被吐槽之外,祁嘉栩还喜欢和张小莫分享篮球裁判的知识,他的国家二级运动员,是考篮球裁判拿到的。因为被母亲严控看电视的时间,张小莫直到这时才开始看电视台在播第二轮的《灌篮高手》,不知是动漫的力量还是一中篮球场比较多的原因,高中时代打篮球的男生远比踢足球的要受欢迎，以前初中打篮球的男生，终于在高中迎来了地位的调转。

而此时在追动漫的张小莫，也老老实实听着祁嘉栩教她，走步、打手、推人，一个一个地耐心学。这种时候，她能感受到每个人在做擅长和专业的事时，都能自带让人尊重的光环。

总而言之，对于新学期和新座位，张小莫没有半点不满意，前后左右的同学既友好又有趣，在每天笑到嘴角疼的"哈哈哈"的生活中，潜移默化地对她进行了一点改变。

回本部之后，张小莫他们班也并没有搬回主教学楼，而是搬去了体育馆后面的一排小平房。往好听了说，是这座1906年就创办的学校最开始的发源地，往不好听说，这排小平房以前是堆煤的地方。与主教学楼分离的这四个班，在这里自成一国，总有种回了本部，但又没有完全回的感觉。

也许正因如此，在小平房的日子里，班级里同学的关系显得格外和谐。不管是熟悉的还是不熟悉的，挤在这个小教室中，都比上学期多了些熟稔。

尽管小平房的各种硬件设施都比不上主教学楼，但有一个优点对张小莫来说很重要。对每天早上都是踩点到学校的她来说，幸好教室是在一层小平房，如果要再上主席台相当于二层楼的台阶进到主教学楼，那她妥妥地会迟到。每天踩着预备铃声进学校，踩着上课铃声坐下，有时看着一起进学校的校友在急着爬楼梯时扑倒在主席台边，张小莫就会有种苟过去了的庆幸。

这一天张小莫刚进教室，祁嘉栩就告诉她，俞老师刚来找她，但她当时还没到。忐忑了一节课，以为俞老师抓到她踩点迟到，好不容易熬到下课，跑去办公室，假装淡定地问俞老师找她什么事，俞老师一脸懵圈说并没有找她。

转身出办公室时，张小莫就反应过来了，这一天是四月一日愚人节。回到教室时，祁嘉栩在最后一排张着大嘴傻笑着等她回来，庆祝自己恶作剧成功。张小莫一脸正色地走到最后一排，很自然地对祁嘉栩旁边的施稷说："俞老师找你。"一旁看戏的施稷一愣，想了想张小莫平时的信誉，还是起身出去了。

连祁嘉栩都呆了一下，问张小莫是不是真的。张小莫淡定地点点头。等施稷一脸无奈地回来，又去找了下一个受害者，最后小半个班都被忽悠去了一趟老师办公室。一起加入整蛊成功行列的最后几排同学，笑得前仰后合，说张小莫的顺水推舟的即时反应实在是太绝了。张小莫一边笑一边想，这学期她的改变，是真的很大。要在上学期告诉自己现在是这个画风，她自己可能都不敢相信。

因为祁嘉栩的关系，张小莫与篮球队的人都熟了起来。班队的施稷和叶归，校队的南易和卢桼，全在祁嘉栩纸上的调兵遣将中。不管张小莫听不听得懂，比赛前祁嘉栩会在纸上一边思考一边和她讲战术。听了战术的代价是，祁嘉栩会磨她去看比赛。

一周五天，有两天放学后张小莫要去参加竞赛班，两天周考，还剩一天可以按时回家，这个要求对她来说实在是有点为难。其实班上的篮球赛根本不缺观众，本着多薅一个是一个的原则，祁嘉栩在熟悉了张小莫的日程后，每次她能去的时间，都会像唐僧一样念一天来道德绑架她。

对于篮球，张小莫的热情始终要比初中时追足球稍微低那么一点，或许是没有了"天才帮"的陪伴，或者是祁嘉栩的人格魅力比赵文还是要差一口气，总之她一直没有达到足够的燃点。直到乔丹退役，那种她可以理解的英雄式的命运感再一次打动了她。张小莫洋洋洒洒地写了一篇纪念一个时代完结的文章作为周记，被语文老师秋老师打了高分在课堂上念出来，祁嘉栩感动得一塌糊涂，觉得自己对张小莫的培训没有白费，从此之后对张小莫的知识输送就更加用心。

秋老师作为张小莫经历的第三位语文老师，没有免俗地在张小莫交上第一篇作文后问了一句："这是你自己写的吗？"这让秋老师和初中班主任林老师在格局上拉开了差距。但在所有语文老师中，秋老师是最不吝啬表达对张小莫喜爱的老师。不管张小莫写什么，她都能欣赏，她在班上念过张小莫写的欧文，念过张小莫写的乔丹，甚至觉得张小莫朗诵课文都是极好的。秋老师点名张小莫读史铁生的《我与地坛》，读完之后好几个同学说张小莫把他们读哭了。这在一定程度上，让张小莫摆脱了初中时对自己嗓音的自卑，再也不用担心男同学们在她一开口就呼喊着要速效救心丸。

因为秋老师对张小莫的喜爱，高频率地在班上念她的作文和让她表达自己，某种程度上让大家透过这种方式了解了她更多的部分，在张小莫看来写作是一种当时的情绪表达，但在别人看来也许会理解成对她的深入认识，觉得她和表面看上去的不一样。对于打篮球的同学来说，他们在学习之外的爱好，这样光明正大地在课堂上被当成例文来朗读，是件打通了次元壁的事。

事实上，这样的理解多少会有些偏差。不要说后来才了解的篮球，就连她对足球的感情，都发生了不小的变化。

在张小莫回本部之后顺风顺水的生活中，所受到的最大的打击莫过于，在她时隔半年终于能恢复看电视时，发现在她住校的半年时间里，在遥远的利物浦，她喜欢的追风少年居然和他女朋友把孩子都生了。这感觉像是人在前线后方突然被偷了家。虽然她知道自己能和偶像有交集的几率无限趋近于零，但理智是理智，情感是情感，张小莫花了好一阵功夫才缓过劲来。现在已经没有人要用审视的目光来看女孩们喜欢球星到底是不是看脸，到底是不是伪球迷。此时的张小莫如果遇到赵文可能会承认他说得对，她会被和赛场状态毫无关系的部分影响情绪。

何必拼命去证明自己不是只会看脸的伪球迷呢？了解有了解的快乐，肤浅有肤浅的乐趣。

在被祁嘉栩磨着去看了几场比赛之后，张小莫在篮球场上找到了自己肤浅的乐趣，同样是投篮，有几个男生投篮的姿势会显得特别优美。再肤浅一点，在他们穿着篮球服腾空而起的时候，倒三角形的身材会显得腰特别细。

在张小莫的审美里，排在前两位的是卢粲和叶归。或许是平时乖巧惯了，她明目张胆地问祁嘉栩觉不觉得这两人投篮时身材好的时候，祁嘉栩也并不见怪，还热情地给张小莫进行技术分析，为什么张小莫会觉得他们投篮姿势好看。

解释完之后，祁嘉栩才有些后知后觉，问张小莫："你该不会是有情况了吧。"

张小莫不觉得自己有什么情况，但祁嘉栩开始孜孜不倦地诈她。

一开始，是冷不丁地说，知道了她初中时的绯闻对象是谁。张小莫好奇："是谁？说来听听。"祁嘉栩严肃地说："你自己想想，大家都在传。"张小莫掰着指头想了半天，勉强只能凑出一个候选人，问："该不会是方让吧，没有的事啊。"祁嘉栩故作镇定："可别人不是这样说的。"

张小莫一抬眉："他自己说的？"祁嘉栩点点头，说："我有我的消息渠道。"张小莫一本书砸过去，这时她要还不知道祁嘉栩是在诈她，那这段时间的同桌是白做了。她半真半假地生了气，威逼祁嘉栩为什么要这样做。祁嘉栩搪塞了一阵，最后说："有人让我替他问的。"

看着祁嘉栩推三阻四的样子，张小莫没有追问是谁，准备憋死他算了。

从这以后，祁嘉栩就三番两次来试探张小莫，在让她去看球赛时，总是详细地给她介绍球员的情况，看着她的反应来分辨卢粲和叶归到底谁更像是她的那杯茶。

说实话，张小莫没有在挑的。

回到本部之后，她在物质和精神上都丰富起来，一些因为寂寥而产生的小情绪已经平复，即使现在看到南易，心绪也已经翻不起什么波澜。在每天生活都很充实的情况下，她所谓的审美就真的只是在审美。

各班的篮球服都是无袖背心,有人会在里面穿件短袖 T 恤,也有不拿观众当外人的,直接套了无袖背心穿。卢粲和叶归,都属于对观众比较大方的类型。即使有祁嘉栩给张小莫做过赛前指导,但真的比起赛来,容易看懂的还是进球。张小莫喜欢看三分球的投篮和罚球,因为在这时,起跳动作最完整,她最喜欢的部分,是球刚出手时的那一瞬,手腕灵巧又有力的那下投掷,整个人身体绷直,衣摆扬起,虽然联想有点不太合适,但她觉得这一刻有舞蹈的美感。

能够实现这种美感,主要还是因为此时的少年身材纤薄,还没有夸张的肌肉。与其说张小莫喜欢看篮球,不如说喜欢看这种少年感。卢粲和叶归投篮时的这种舒展姿态,在平时是见不到的。这时还不流行那种腰板挺直的气宇轩昂风,有点潮流意识的走在路上都是吊儿郎当的颓废风。对于张小莫来说,这也算是场景限定的审美福利了。

非要论对本人的兴趣,张小莫对卢粲的兴趣还是要大一些。这主要是因为有强者滤镜。

后来张小莫愿意去看比赛,除了祁嘉栩的道德绑架之外,还因为她意识到一点课外活动的必要。回到本部之后,课余生活比在分校时丰富多了。中午有广播台的广播,那是顶端社团分子们活动的场所。下午放学后,二层体育馆里有篮球训练或篮球赛,操场篮球场上也有训练,乒乓球台和足球场也没闲着,整个操场上除了常年不清洗的游泳池,就没有不热闹的地方。连张小莫这样只会学习的人,也被竞赛班安排得明明白白。放学就回家的人,在这种氛围下往往意味着没有特长的无趣,因为生活的贫乏而有种被边缘化的感觉。

比起其他学校,一中人的骄傲是:他们既会读书又会玩。常常拿这一点来和周围县市那些苦学三年堆了全校的资源才能有个别人来和他们抢一个状元的学校作对比,说已有的历史证明,这样学出来就算侥幸分高,到了大学之后发展也都不如一中出来的学生。那时还没有"小镇做题家"这个概念,但一中的学生已经明确地有了这种认知。

每每听到这种言论,张小莫总是很心虚。虽然她身在一中,但要论"会玩",她是挨不上边的。而在传言里,卢粲就非常会玩。

除了是校篮球队的成员外,传言里卢粲上课就睡觉,下课就去泡吧,就这样每次考试还是他们班第一年级前五。也许这个成绩没有年级第一闪耀,但加上了会玩这个要素,卢粲整个人的传奇感就更重了一些。后来有人辟谣,说他下课不是去泡酒吧,而是去网吧。虽然传奇性有些减弱,但也不改关于他到底什么时候学习的疑惑。有人开玩笑说,该不会他白天假装睡觉,放学一钻进网吧就拿出书来学习吧。光是想想这个画面,都让人笑得喘不上气。

玩笑归玩笑,卢粲在球场上的风姿,已经坐实了文体兼优的实力。在年级前几名的选手这学期和他们分校相隔的情况下,卢粲就是张小莫能接触到学习强者的顶流了。这种时候,张小莫还是很愿意去观察这种人物在学校的状态的,以此来思量自己和前几名的差距在哪里。

当然,这种思考,并不在祁嘉栩的考量中。

班级间的篮球赛进行到后半段,祁嘉栩明显紧张起来,渐渐少了些逗张小莫的心情。观战这么久,张小莫也大概知道自己班篮球队的实力排在什么位置。就算祁嘉栩是校队队长,但他们班也只有一个校队成员,比起有三个校队成员的卢粲和南易他们班,实力是有壁的。还好小组赛结束后,两个班被分到了上下两个半区,顺利的话,到决赛才会相见。

在决赛之前,他们班还有一场硬仗要打。在半决赛,他们会碰上另一个有两个校队成员的班级。以祁嘉栩的专业,可以通过战术的调配一直打到半决赛,但从半决赛开始,就是意志力和运气的比拼了。

不知是不是巧合,除了和卢粲那班的小组赛,凡是张小莫去观战的比赛,他们班都赢了。前期祁嘉栩还对这个巧合说说笑笑,到了半决赛，则有点各路神仙都要拜一拜的急迫感，只差道德绑架张小莫说要是她不去，输了的锅就有她的一半。

半决赛那天，刚好有竞赛班的课。虽然张小莫知道自己只是陪跑，但是逃课这种事她还是做不出来。好在之前有校队高年级的同学要训练，要等他们训练完才开始。知道这场比赛对自己班的重要程度，竞赛班一结束，她就奔出教室，跑在路上时，她隐隐有些预感，她会见证奇迹。

张小莫赶到球场的时候，比赛已经开始了五分钟。

球场边上，除了自己班的同学外，卢粲和南易还有他们班的队员都在。这场比赛的胜者，会是他们决赛的对手——虽然他们的半决赛还没打，但此时的观战，表露了这样的信息。

也许是因为觉得和祁嘉栩关系更好一些的缘故，卢粲和南易站在他们班啦啦队的这边，只不过和他们班的人隔出了一点距离。张小莫来得晚，场边都站满了，只好凑近那个空出来的缺口。因为站得近，能听到他们时不时的观赛评论。

对方基本是压着自己班在打的。即使是张小莫，也能很快得出这个结论。分差一直在两到四分之间，追两分，超两分，她这时才能直观地感受到祁嘉栩说的实力有壁是什么意思。之前她还天真地问过，觉得施稷和叶归打得都不差，说不定也能和校队的人争上一争，祁嘉栩摇摇头说，不一样的。自己班的球队，除了祁嘉栩、施稷和叶归这三个第一档的，剩下基本上是凑数，有一个算一个全拉来了，上场的就是全部战力，还穿着球服坐在下面的替补，上场的作用只是为了帮主力三人缓解一下体力消耗。靠这样的阵容，能打到半决赛，已经是祁嘉栩将排兵布将运用到极致了。

第一节打完，祁嘉栩已经顾不上一旁的啦啦队都有谁了。之所以知道，是因为赛后祁嘉栩指责张小莫比赛都打了一半才来，不管她怎么说他都不信。但或许是旁边卢粲和南易的讨论，让张小莫知道场上局势并不算太糟糕，比分咬得这样紧，说明还有还手之力。

唯一要担心的是后续主力体力跟不上时怎么办。

向风和夔舟都套着球服坐在了场边，虽然是替补，但还是逃了本来要和张小莫一起上的竞赛课，本班同学沿着球场四周密密地站了半边，才打到第二节，就喊得嗓子都哑了。齐心聚力可见一斑。如果说初中时看男生们踢球，觉得不如电视上有趣，这场比赛让张小莫感觉到了人在现场的惊心动魄，变慢的动作，透支的体力，频繁的换人，不得不上的战术犯规，就这样比分一直咬到第四节结束，是平局。

哨声一响，施稷大吼了一声，惊得旁边的人笑着让他注意形象。张小莫有种感觉，到这里他们的气势，其实已经压倒了对方，像踩不息的火苗一样，风一吹，到了翻腾而上的时刻。

加时赛，阵容重新换回最佳阵容，不管累不累的这时都顶上了。还是两分超越两分追赶，每进一球，同学们都热烈地鼓掌，终于到了最后，追平的时候，对方该超的那两分没进，施稷拿着球，向对方场子里跑，已经跳不动了，靠着身高，动作有些变形地把球塞了进去。

加时赛结束的哨声响起，他们班赢了。旁边的卢粲和南易风轻云淡地鼓掌，对比起来，张小莫他们班的人已经疯了，欢呼声响彻了二楼体育馆，可以说，这是一场意志力的奇迹。场上的球员直接躺在了地板上，坐在候补席的球员干脆扑上去庆祝起来。

张小莫小小的加油声，可能无法完全表达她内心的激动。在她不怎么看足球赛以后，这是她少有的重新感到热血沸腾的时刻。虽然这沸腾的主角不是她，但比起千里之外的国外球队，眼前这帮人，实实在在的是和她一起同窗的同学，此时此刻，无法抑制的是一种参与感和荣誉感。

狂欢的快乐很深邃，但时间上并没有多长。张小莫没有参加他们后续的庆功，篮球赛结束后，时间已经很晚了。她找到和她同路的云央一起回家，顺路一起的还有夔舟。

云央和张小莫同路其实只同了一半，校门口有回家的公车，但通常很挤。于是能一起放学的时候，张小莫就和云央多走一截，走过天桥，到她家门口的公交站再坐车。夔舟和云央家在一个小区，但课后活动不同，比较少有约着一起走的时候。这次趁着集体主义精神的意气风发，三三两两地聚在一起，所以走了同路。

沉浸在胜利中，一时有些得意忘形，连决赛好像都能肖想一下。一边走，张小莫和云央问起夔舟关于决赛的看法，高兴归高兴，夔舟还是很理智，说这场比赛体力透支得厉害，连他都累成这样，主力几个人可想而知。而决赛就在三天后，正常去打的赢面都很小，不要说现在这个状态了。唯一的利好是，卢粲他们班明天才打半决赛，比他们少休息一天。

聊到这时，他们刚好走在天桥上，远处的落日和滚滚的车流在天迹处交接，有一种黄昏时特有的尘世沧桑感，不要说打了比赛的人，连她这个看比赛的人，都觉得这一天实在是疲惫。书包里还塞着"全解"和"优化"，脑子里还有竞赛班上没听懂的题，但胜利的欢欣发散在这车水马龙的傍晚，与自己百分百关联的，还是自己人生的课题。而就连这欢欣，也并没有可延展的空间，因为理智上分析，将要面对的胜率像是一道清晰的概率题。

这一刻，张小莫内心有一种不合时宜的荒芜。

尽管这样，第二天张小莫还是主动去看了卢粲他们班的半决赛。祁嘉栩的判断，和夔舟一致，比赛能走到这里，已经是奇迹了。祁嘉栩累得厉害，第二天都还是缓不过来的样子，张小莫上课时随便一拍他，就叫唤着全身都疼。但赢了上一场比赛的祁嘉栩，心情还不错，知道责备张小莫来晚了，又说果然她来的比赛都赢了。可说到决赛，也只能笑笑，说那可不是她来就能解决的问题。

卢粲他们班比赛结束，连想要他们多耗一点体力的期待都没有达成。一边是行云流水，一边是落花流水。即使被打成这样的队和她没有什么关系，看到这阵势，张小莫连看卢粲投篮的兴致都没有了。

祁嘉栩心态还是很专业，还在和张小莫解释实力的差距和输掉的队哪里没有打好。心理建设到这一步，倒是可以平和地去看下一场比赛了。

张小莫没想到的是，即使是已经做好心理准备的比赛，还能带给她如此大的触动。

比赛开始，抗衡了五分钟，就是一副摧枯拉朽之势。当然，被摧的一方是自己班。如果说半决赛的不屈是坚韧，决赛的不屈则让人看起来有些不忍心。队员们上一场体力的透支，完完全全地表露在状态里，第一节结束，还没有得分。而对方的得分，渐渐到了两位数，然后拉到了更大的两位数。

但队员们还没有放弃。即使是犯规，也想缓一缓分差的拉大。后来开始填人海战术，替补队员上去，犯规满了被罚下，然后再换人。队员都这么拼，加油的啦啦队没有放弃的道理，不管场上情况如何，扯着嗓门一直喊。

有了半决赛的奇迹的前例，这种时候，还是希望时间能长一点，再长一点，说不定就追上了呢。张小莫从来没有感到像这样，一秒钟想掰成两半来过的紧迫。场面虽然不好看，但对于他们来说，是青春里的全力以赴。

就在这时，旁边站了几个高年级的校队的队员，不耐烦地说："打得这么难看，还不如赶快结束，不要影响我们训练的时间。"

清楚地听到了他们讨论的张小莫，那一刻感觉像是整个人被浸进了冰水里。他们如此拼搏的一场比赛，这样珍惜的一分一秒，在这些人看来，还不如他们的日常训练重要。很难形容在那一刻感受到的人生的参差，在这些能力者眼里，普通人拼搏的姿态原来是如此的难看、可笑，以及没有必要。

张小莫看了一眼在场上轻轻松松不断拿分的卢粲，在这个传言中上课睡觉下课泡吧的年级前几名眼里，看排在后面拼命学习也考得没有他高的人时，也是这样想的吗。一念至此，张小莫突然觉得特别没意思。

比赛结束，张小莫觉得自己可能很久都不会再去看篮球赛了。倒不是因为这场比赛输了，而是觉得心头的某些东西，被别人用脚碾了一下。场上的球员们，倒是很有风度，一个个地拥抱，击掌，交换队服。从输的情绪中脱离出来，他们也是联赛的第二名，可以站上颁奖台了。对于所有参加的队员来说，这是在比赛开始时，完全没有想到的一个名次。

至少在祁嘉栩看来，这是一个满意的结果。

除了球队的良好表现之外，这个历程，说明了他当教练的能力。他有些疑惑张小莫的闷闷不乐，听了原因之后，无所谓地笑笑说，没有什么好郁闷的，实力确实是比不过，比赛确实是打得难看，那几个高年级的学生也没有说错。

张小莫真希望自己也能这样冷静，心绪坦然的就事论事。她的低落情绪，或许来自把自己代入了弱势的一方，又不肯承认，与强者的差距是这样难以弥补，在面对竞争时，是如此的没有悬念。

或许拿学习来类比，并不是那么合适。因为至少在学业这件事上，从老师到同学，不会有人会对别人说：你学得这么吃力，还不如不要学了。不管努力的姿态是轻松还是笨重，在取得的分数面前，每一分的分量都是一样的。

这大概是为什么老师不停地说，你们要感谢高考，这可能是你们人生中最后一次公平的竞争。

虽然对于高一的他们来说，对于学习的权重，还没有赋予得特别高，对于只会读书的人，还没有那么尊重。

张小莫会因为一场篮球赛而闷闷不乐，这也说明，在这时，他们的烦恼是丰富的：衣服不够多，长得不够美，在班上不够受欢迎，没有特长、不如别人会玩，家境不如别人富足。又或许，还有不在张小莫概念里的一些烦恼，比如，有些人在苦恼的，是方言的口音不够标准，在大家都回本部走读时却一两个月才能回一次家，甚至还有计算自己的生活费够不够吃饭。

后来张小莫才意识到，和祁嘉栩做同桌之后的愉悦感，是因为或多或少的，她摆脱了在班上的边缘感。祁嘉栩建立了她和这个学校最受关注的一群人之间的联系，在大家对篮球如此狂热的时间段里，不管主动或被动，她掌握了一手讯息，有了一种深度的参与感。祁嘉栩的自嘲和幽默，也缓解了她长久以来，在下课十分钟这样需要抱团的时刻，不知如何自处的尴尬。

在她不断远离边缘感的时候，并不太会注意到边缘地带的人，不会想到，她的烦恼和伤心其实已经相当主流，在这班上，还有人有着在她认知之外的一些烦恼。

在张小莫看来，他们班因为篮球赛而处于一种出奇团结的氛围中，俞老师却在这时被他们气哭了。

这是他们班第一次把老师气哭，在高一下学期才经历了这第一次，其实说明他们班已经足够乖巧。纪录保持者十四班已经在上学期把他们班九个老师气哭过一轮了，战绩之生猛，隔着分校都传了过来。对于老师来说，可能避之不及，但在同学眼里，这并不是什么不好的名声。因为在高一期末考中，班级平均分十四班是第一名。这个结果，暗合了一中人的自夸：又会学习又会玩。在这种价值观下，调皮难训但成绩第一，比平和乖巧而成绩中庸要有魅力多了。甚至在不完全统计中，每个班把老师气哭的次数和他们的成绩优秀程度成正比。

虽然有着这样的价值观打底，俞老师在讲台上气哭的时候，台下一班人还是非常的不知所措。因为他们根本不知道，她有什么好哭的。

俞老师哭的原因，是因为来班上时听到班上的同学，在学一个县份上来的同学带口音的讲话。作为省会的这座小城，小城的方言才是这座省里的"正宗"的方言，类似于一省普通话一样的存在。所以只有在这座小城里成长起来的小孩，才会拥有一口正宗的方言，周边县市来的学生，讲出来语调不一样的方言，一下就能听出来，显得特别"土"。

学小城方言，比学普通话要难多了。出于媚外的心态，小城的人不会对讲普通话的人有什么歧视，但对讲不正宗的方言的人就不那么友好了。即使是同学之间本来没有欺凌的心，学他们讲话是免不了的。

这所学校的生源，本地的考生上分数线就能录取，周边县市的考生则要考到当地第一二名才有机会录取。每个班有两名这样的学生，一男一女，在本部有一幢宿舍供他们住校。分到他们班的女同学，入学之后就一直坚持讲普通话，而那名男同学的普通话也讲不好，就一直讲方言。和他玩得好的一群人，学他讲话是下课玩闹之一，这个玩闹也不是一两天了，只不过俞老师这时才是第一次撞上。

俞老师的生气程度，可能比被学舌的那位同学自己还要严重。在她气到满脸通红的时候，台下的同学内心独白可能是：没必要，不至于，过了吧。

大概是看出来大家心里想的是什么，俞老师声音尖利地讲了一句话："不要以为只有你们嘲笑别人的份，今天是你们在嘲笑县份来的同学，到了去省外读大学，被嘲笑的就是你们自己。到那时你们就会知道，今天自己的举动有多过分。"

这句话一出来，台下彻底静默了。

对于他们来说，要考去好大学，就意味着要去省外读书。台下坐着的同学，没有一个是会想留在本地上大学的。他们也非常清楚，俞老师说的这话是真的。他们此时的优越感，建立在他们是省会城市的小孩，而一中又是全省最好的高中。在这里聚集的，不是尖子中的尖子，就是权贵中的权贵。但去到外省，他们在别人看来，就是贫穷落后的省份来的学生。

即使是他们省份出的知名女演员，在上综艺时，也要面对主持人"穷山恶水出美人"的调侃，何况是他们这些普通人呢。

张小莫不知道其他人怎么想，但在初中因为嗓音而被嘲笑的经历，让她迅速地理解了被学舌的那位同学可能有的感受。她的惊讶，并不在俞老师说出的这句话，而在于这句话是俞老师说出来的。

作为英语老师，俞老师的口语非常好，那种轻松自然的程度，通常情况下不是努力能达到的，而是从小到大就有环境和条件练习。从小就开始学英语经历了几任补课老师的张小莫，非常清楚这一点。俞老师的穿衣打扮，也非常考究，不同于她初中政治老师的那种华丽，是低调而有品位，看上去很舒服平常，但每一件都是大牌。无论从谈吐还是穿搭，俞老师都不像是能和边缘人群有这样共鸣的人。而台上那气红了脸的哭泣，无论怎么看都是感同身受。

这是俞老师给张小莫带来的第二次吃惊。第一次吃惊是当她得知，口语和业务能力都这样好的俞老师，居然是从本地的Z大毕业的。同学们私下聊，可能是第一志愿报太高，落到了第二志愿的原因，属于本来很优秀的遗珠。如今联想起来，就更心惊，在本地读大学的俞老师，讲着一口流利标准的英语和正宗的方言，为什么会对口音这件事有这样强烈的共感？

不能深想。

其实张小莫完全懂俞老师在说什么。不用去到大学，即使是此时在一中，她也能感受到因为贫富和阶级差异带来的不适。

回到本部后，大家的穿衣开始正常，不像在分校多是胡乱套着校服就打发了。除了周一早上的升旗仪式，一中是不要求学生穿校服的，这体现了一种自由和特权。这种感受在坐公车时特别明显：其他的高中都是要求穿校服的，因此不穿校服的就是一中的学生。这种特权展现得随意又高级，为了充分利用这种自由，在本部每天都穿校服的人是极少的。

大多数同学，只在周一升旗仪式的时候穿齐校服和校裤，下了升旗仪式就会把校裤换成牛仔裤或名牌运动裤。校服会穿满一早上，来展示他们难得光明正大穿校服的时间。穿校服对他们来讲，有另一种意义，一中的学生，在这座小城里，走在路上都是会被优待的。张小莫还没有上一中的时候，坐在父亲车上，看到穿一中校服的学生过马路，父亲都会特地开慢些。但同时，优待的反面是，穿着校服他们就不能做坏事了。穿着校服在路上，想要逃课、乱穿马路、骂脏话、不让座，都是不自由的。天天穿校服的人，会被嘲笑，生怕别人不知道自己是一中人。

在这样的氛围和认知下，天天穿校服的只有一种人：实在没有多余的衣服可穿的人。因此，天天穿校服也有着另一重的识别含义：这人多半是个贫困生。

在弄懂了这套规则后，张小莫突然怀念起初中时强制要穿校服的日子。

倒不是因为她没有多余衣服可穿，而是在有衣服可换的情况下，还有另一层的规则。在初中时，张小莫穿衣规则非常简单，两套运动服，一黑一蓝，周一到周三穿黑色，周四到周五穿蓝色。班主任林老师对穿校服这件事管控得非常严，不要说不穿校服，或者是只穿上衣不穿裤子，连在别人穿黑色校服时穿蓝色校服都要被罚。张小莫当时不理解是为什么，现在她理解了，除了整齐划一和遵守纪律之外，防的是学生们产生攀比之心。

整个初中就没为穿衣费过心的她，在进入高中之后产生的非常强烈的不适感之一是，她发现自己对名牌的知识几乎为零，而她的同学，认识各种衣服牌子相当于一种常识。没有常识这件事，给张小莫带来了一种羞耻感。

张小莫不认识名牌，主要是因为她的父母对牌子没有什么概念。母亲给张小莫买衣服，都是带她去这座小城最大的批发市场，而不是去商场。靠着审美，倒是也把童年的张小莫打扮得漂漂亮亮的。张小莫的小姨每年会给她一堆没有剪标的昂贵衣服，但也不给她普及牌子的知识。

意识到这件事，是因为高一时她背的书包，是一个山寨的耐克。

母亲在批发市场给她买书包时，只让她挑颜色，不认识牌子的她还不知道那个硕大的勾子假得是多么可笑。因为张小莫看着像是富养大的，同学们也不敢直接认她背的书包是山寨，还以为是什么新款。等把店里所有款式都确认了一遍，才有同学婉转地告诉她，她背的书包是个假货。

这件事对她带来的冲击和羞耻都是巨大的，知道之后，她马上要求母亲给她买个新书包，在看到一个真正的耐克书包昂贵的标价之后，她要了一个李宁的书包，即使是便宜的牌子，但至少是真货。但在母亲看来，李宁的这个书包也比山寨的那个要贵多了，在母亲的概念里，原先的书包好好的，没有坏，又好看，张小莫要求重买一个书包的要求很是不合理。

张小莫无法和母亲解释，她背着山寨书包去上学的羞耻感，即使试图解释，母亲也觉得无所谓。对于出生经历三年自然灾害，读书时经历上山下乡，上班后因为所有钱都要交给外婆自己没钱吃饭饿到营养不良的母亲来说，衣服能穿，包能背，看上去好看，没有坏，就是所有的价值判断了。

当这种痛苦从背的书包，蔓延到穿的运动鞋，再到每天的吃穿用度，在这所学校里，这种对名牌的理应有的常识，与在他们认知中应该本来就会的"正宗"的方言，在性质上又有多大的差异呢。张小莫知道，她在这所学校里，也是某个层面上的边缘人。

而相比张小莫对于名牌的知识盲区，她的一些同学则走在极端的另一边。

耐克和阿迪等牌子的每一季新品出来，在校园里就能看到一批换上新品的人，像是这个学期里另一种意义的校服。张小莫还记得，有一件女式T恤有一细条横在胸前透明镂空设计，正常穿内衣会露出两条肩带，于是买了这件的女同学们纷纷交流如何隐藏内衣带子，有用透明肩带的，更高级一些的使用Ubras，不仅拥有这件衣服是一个合群的行为，连讨论怎样穿都能找到合群的话题。

在这种时候，张小莫就会感到十分无力。光是认得这些牌子，她都要重新学习，要像别人一样对每季的新品如数家珍，对她而言是不可能完成的功课。

在这种学习的过程中，她回忆起来，初中的时候，班上的男孩比女孩更早的拥有了名牌意义。他们的足球是阿迪达斯的，球鞋一定是名牌，有段时间赵文他们那群男孩间风靡一条大红色的运动裤，为此不惜被班主任罚站。每一个拥有了那条红色运动裤的男孩，都喜滋滋地穿上，然后加入罚站的行列。当时张小莫不太懂那条丑裤子有什么好跟风的，在她认名牌的过程中，才知道这是当时的一个经典款。

但这些知识，对她来说实在是太难了。学习的途径通常是周边同学的穿着，而她周末很少有逛商场的机会。即使逛了商场，看到打折的衣服，知道买了穿出去，会被同学们说这是过季的衣服。

她所能做到的，就是在买运动裤的时候坚持至少去买一件李宁的。但这种要求牌子的行为，被父母认为是过于虚荣，父亲为此还和她进行了一次谈话。谈话的开头是：我们给你提供的条件已经很好了，并没有委屈你，以你的穿着，在班上至少能排进前五吧。

听到这样自信的判断，张小莫细细给他解释，一中是个怎样的地方，集中的是全市最有权有势家庭的小孩——当然，前提是他们至少要上择校的分数线，像大堂弟这样连择校分数线都上不了的权贵只能花钱去六中。光是把班上家境显赫的同学一数，两只手都数不完。

听了张小莫的科普，父亲沉默了两秒，说："那至少能排在前一半吧。"张小莫听了这个速度后退的排名，心想，什么时候父母对自己的成绩也能有这样的宽容就好了。

这所学校的学生的富贵程度，远远超越了父母可想象的空间。早上上学的时候，一中门口会停满送小孩来上学的车。在这些车里，会有学生自己开车来上学，虽然不知道十八岁前他们是怎么拿到的驾照。其中有个自己开车上学的学姐，留着长长的羊毛卷卷发，用镂空的红色星星发夹别住，她会去接男朋友上学，下车的时候，那种美貌、豪车、男友兼具的景象，每次在遇到时都会让张小莫有些感触。

张小莫几乎不认识衣服牌子，但她会认车的牌子，这得益于父亲喜欢在路上教她认车标。那些昂贵的进口车排在门口，让张小莫迅速地见识了一些之前在汽车杂志上的车。汽车杂志是她在大堂弟家看的，那时她就想，自己要是可以选择，那她想要一台古董甲壳虫。这个愿望之所以能成立，是因为杂志上没有标价钱。不像她去看商场里的衣服时，看到价格就会马上死心。而只比她大一两岁的同龄人，现在就已经有车了。

在父母的角度，去批发市场买很多件衣服，就已经是穿衣自由了。但真正的差距其实并不是穿衣本身，没有牌子的衣服当然也可以穿，但无法融入一些同学们在谈论"我也买了这件衣服"的社交的场合。与其说比的是穿衣本身，不如说比的是掌握名牌动态的眼界。

这种穿衣上所体现的差距感，很容易被定义成虚荣。但这在父母看来需要敲打的虚荣，连让她免遭嘲笑都做不到。她磨着母亲买的一条李宁的运动裤，因为别班的男班主任有一条一样的，而被那一班的学生觉得好笑。因为那位男班主任以土气而著称，在他们班，嘲笑他们班主任的穿搭是例行话题，在发现居然有个人和他们班主任有一样的审美时，很快被列入了这个话题。

这种差异，真的是像父母敲打的那样，不在乎穿着就能忽略的吗？其实在他们学校号称"会玩"的标准之后，就已经暗含了这种家境上的差距了。那些所谓"会玩"的特长，除了天赋异禀之外，还需要花钱。就像校篮球队一样，这不是一个慢慢培养球员的兴趣班，而是一个进来就能用的特长班，没有动画片里那种训练和成长的机会。

在张小莫苦哈哈地卷竞赛班的时候，殷其南他们初中的同学，就已经知道像网球这样人才稀少而国家重视的体育特长，会更容易地拿到名牌大学的自主招生。就连平时看上去没有特长的宛鸠，也会在聊天时不经意地说，她的国际象棋曾下到过全省第二的成绩，后来不想玩，只是因为没兴趣了。

从小就被母亲塞去少年宫学习各种才艺的张小莫，练过体操，学过电子琴、书法、画画、唱歌、扬琴，没有一样学出了师，但也觉得自己在这方面没有什么欠缺，直到在高中时遇到这些像是降维打击的特长时，才初初地懂得了什么是阶级。就像后来别人概括的，是"贵族"爱好和"平民"爱好的差距。二十年后的小朋友们，在卷的就是芭蕾舞、马术、射箭、围棋、花样滑冰这样的特长了。讲究的家长，要拜国手为师，而不是像母亲一样，会因为价钱便宜来选择老师。

有一个更清晰的对标，来告诉她这种家境上的差异。在有同学知道大堂弟和她是姐弟的时候，因为独生子女的兄弟姐妹叫得亲，误以为他们是同父同母的姐弟。同学们的眼光是毒辣的，跑来向她确认时，听到她解释只是堂姐弟，会做出一副怪不得的表情，说："我就说嘛，你平时穿得这么朴素低调，完全不像是他们说你弟全身名牌的作风。"

这种时候，张小莫就更加清楚，她和她的另一些同学，经历了怎样不同的成长过程。

当然，不管怎么强调"会玩"，只要有高考横在眼前，学习仍然是他们最重要的一部分。这些情绪细数起来细密，但还不会有喧宾夺主的力量。只是在暗夜里的某些焦躁中，会让她意识到，坐在一个班里的同学，有一些和她是不同的。

这种不同，不仅是向上的，也是向下的。只是她平时很少向后看。

家长在要求小孩的成绩时，如果他们往后看比自己考得差的，家长就会说：好的不比，要和差的比。而在他们意识到与别人家境的差距时，又会说，比起差的，他们的条件已经很好了。要求别人，又不想让别人要求自己。这种双标，是大人的特权。就像有人说的，为什么大人从来就不会挑食？因为他们只做自己喜欢吃的东西。

但无论如何，被要求的小孩还有改变和努力的空间，而大人们已经默认不用再努力和改变了。

大伯父有时会讲起，自己发家之初的艰辛，私下和别人一起投了几百万去倒卖皮草，货被堵在路上几天几夜运不出来时，一晚上一晚上大把掉头发。高风险高收益，换来大堂弟如今的优渥生活。处在某一个阶级之后，就算穿假货，别人也不会当作是假货。洋洋得意地说，他们穿着山寨的耐克，去专卖店里试新品，他们脱下来的衣服，店员以为是店里的衣服差点收起来。"连店员都看不出是假的，有什么必要去当冤大头呢。"

这是张小莫这种人，无法拥有的境界。因为哪怕是被戳穿了，他们也能说，我们又不是买不起。他们没有买不起的那些人可能会拥有的心虚感。

张小莫没有对自己的这种虚荣心做出批判，也并不反感在她面前讲名牌或是展现她从未了解的领域的同学。虽然无法加入话题，她把这当作补足她成长中缺失的一部分，即使这补足有可能带来焦虑，但也有可能带来其他的一些东西。

篮球比赛结束后，空下来的放学后的时间，班上同学安排了新的日程：集体看动漫。

这个日程，其实在分校的时候就有过，只不过那时是在学校要求看新闻联播之前的时间段，在有限能收到的台里，进行有限的选择。现在，康翾翾拿了自己的CD机带到班上，只要能找到碟，想放什么就放什么。

张小莫对这个活动很是积极。她在家看电视，除了时长受限之外，看什么都是要父母批准的。就算得到允许在看了，不管是看动漫还是看韩剧，父亲还会在一旁评价：这有什么好看的。

班上首先放的，是2002年才出的《圣斗士星矢：冥王哈迪斯十二宫篇》,一集 25 分钟,一共 13 集,每天这样看下来,也不太耽误回家的时间。处女座沙迦坐化的那一幕,一班十五六岁的高中生坐在位置上一边震撼一边流泪。

说实话,《圣斗士星矢》原本讲的是什么故事,张小莫已经记不太清了,或许也没被允许看全过,但此时的黄金圣斗士们重塑了她的童年记忆,她在和同学们一起看的过程中,感觉到自己童年被补全的圆满。对其他人而言,在小平房里一起看动漫的这段时间,应该也是难以忘怀的集体记忆。

就在他们准备挑选下一部要看的影片时,康翩翩的 CD 机被偷了。

得知这一消息的张小莫,心中一沉。因为她的手机,前两天也不见了。她的手机,是高一时拥有的,是父亲淘汰的摩托罗拉,虽然比不上新手机贵重,但对她来说也是一项很重要的资产了。父亲问了张小莫发现手机不见的前后场景,判断是在教室里被他们班的同学偷的。张小莫很生气,还和父亲顶了几句,说怎么能怀疑她的同学。到康翩翩的 CD 机不见了,她才反应过来,班上是真的有小偷,信誓旦旦地给同学做保的她,一时五味杂陈。

康翩翩的反应非常快,有了怀疑对象后,那天中午一群人在教室里把那人围起来,告诉他已经看过监控,确认是他偷的了,如果不还的话,就报警。这样一诈,那人马上就承认了,连偷了张小莫的手机这桩案子也一并交代了。

张小莫的手机,那人已经卖了,去买了一个一模一样的二手机赔给她,一千多块的手机,二手价两百块。之所以知道二手价,是因为她嫌这手机晦气,让父亲去卖掉了。两百块,说多不多,还不够买一件名牌 T 恤,但那人选择了把她作为偷窃的对象。

确认小偷是谁后,张小莫的情绪很低落。如果说偷康翩翩的 CD 机还是因为值钱的话,那将她作为偷窃的对象则有点看人下菜了。班上比她手机好的大有人在,张小莫记得她手机丢的那天,她是藏在包里的,而坐在附近的殷其南手机就放在桌上,小偷同学却选择了偷她的。理由是，他暗恋殷其南，也不想得罪其他惹不起的人。

连一个小偷在挑拣时，都觉得她是无所谓可以得罪的人，这个认知比起手机被偷更加让张小莫恼怒。确认小偷是谁后，父亲开着警车来接她放学，把车停在一中桥头，等那个小偷同学经过，父亲放下车窗，狠狠地瞪了他一眼。张小莫和父亲长得很像，那个小偷同学一下就反应过来了，非常迅速地买了台二手手机还给她，还在班上和他的玩伴说，张小莫的父亲开着警车来接她。

和小学时父亲的职业让张小莫免受了被当时的班主任折磨一样，这一次也威慑了班上其他觉得她好欺负的同学。这是母亲再找老师告多少次状都无法达成的效果。

知道这件事的俞老师，在那个小偷同学把偷窃物都归还原主后，让他当着全班给康翩翩和张小莫道歉。然后，俞老师在讲台上自顾自地和他们约定，这事到此为止，从此之后大家都不要再提那个人是小偷这件事。

坐在台下的张小莫，这一次，却对俞老师这种对"弱势"群体的共情感到有些不适了。这个小偷同学把手机还给张小莫时，不仅没有道歉，还说了一句："我把手机还给你了，可以了吧，你别让你爸找我麻烦。"知道他们其实没有去查监控时，对于诈他承认偷窃的康翩翩，他更是恨之入骨，威胁要报复。

对于这样的人，没有任何惩罚，连社会意义上的指责都要被封口，这是教育者的自我感动，自以为是的正义，还是专属于大人的特权呢。她又有什么资格代替失主原谅这个小偷，并且要求他们为了这个小偷篡改集体记忆呢。

第二天上学时，那个小偷同学若无其事地和张小莫打招呼，俞老师说让大家当作没有发生过，他就真的当没有发生过了。在小平房教室的温馨氛围，在经历了这件事后，突然有点变味了。

张小莫像是突然从这学期因为换同桌而觉得周边改变的视角里苏醒过来，在这拥挤低矮的教室里，其实人和人的相处，并没有本质的改变。只要她稍作回忆就能知道，那个小偷同学也在分校圣诞节那天拿雪球砸她的人里。有些人的恶劣，并不会因为班级的氛围而改变，而以为自己处境改变了的张小莫，一定程度上以同学之名，失去了一点戒心。

其实，同学这个词，并不说明任何问题。只是被随机分配到一个班的人罢了。这些人组合在一起，也许会有一些化学反应，形成一种班级的特质，但说到底，集体的特质与个人并没有太大的关系。他们班总体乖顺团结，并不意味着就没有性质恶劣的人，也不意味着恶劣的事不会发生在单个人身上。

雷厉风行地处理了偷窃事件的康翩翩，显然比她更懂得这个道理。在她还在因为同学情谊不想怀疑同学时，康翩翩就精准地锁定了嫌疑人，因为处理的时间快，所以康翩翩的 CD 机还没有来得及被卖出去，最后原样归还了。虽然经过了一些波折，但总算是把影响减小到了最低。被还了一个二手手机的张小莫，则要面临买新手机的麻烦。

俞老师那样作秀一般的道歉和原谅大会，其实是整件事上最没有意义的一环。道歉有什么用呢，道歉了就一定要被原谅吗。

在不原谅这件事上，张小莫有着格外的坚持。

她从来都不认为，原谅是对自己的和解。甚至可以说，原谅是对自己的背叛。她并不一定非要做些什么，但这个不原谅是一条线，提醒着她，什么是对的，什么是错的。她非常反感对受害者关于原谅和放下的说教，在她看来，不要说别人没有资格代替她做出原谅的选择，就连现在的她，也不能代替过去的她进行原谅。

对于这种"放下"，最开心的是加害者，所谓原谅只是让他们没有心理负担而已。而受害者本人，其实并不需要这种放下。只要不放下，哪怕力量再微弱，都是对加害者的警戒。

事实上，俞老师对小偷同学日后在班上的处境的担心，纯属多余。在旁观者中，多的是像她一样会把这件事当作没有发生过的人。

下课的时候，殷其南面色如常的和那个小偷同学说说笑笑，小偷同学的挑拣工作显然有了回报，至少在殷其南这里，他并没有因为这事受到冷遇。大概也是因为这样不分好坏的一视同仁，殷其南才成了班上男生心目中人气最高的女生。

如今殷其南的地位，和林晓音在小学时是一样的。"几乎所有男生都喜欢过的女生"的这个人设，在每个阶段其实都有人担当。只不过，小学时的林晓音是女神一样高高在上，以自己的优秀和美貌被仰慕。此时的殷其南，是靠自己的亲切和对每个人一视同仁的关心。试想，在做了这样值得鄙视的事后，还能收获到甜美的微笑和一如既往的关心，怎么会不成为他心里的一道光。

唯一可能有问题的地方在于，觉得殷其南是自己心中的那道光的人不止一个。

此时殷其南的风评，在女生当中已经有些不大好。这种无差别的"中央空调"属性，在男生和女生眼里可能有不同的解读。

张小莫其实能理解殷其南的好，即使是现在她们的关系已经不如以前，但偶尔接收到的殷其南的关心也会让她心头一暖。殷其南有痛经的毛病，痛起来要请假回家躺着的那种程度。有次她发作，张小莫上去问她情况，在她如此难受的时候，还能关心张小莫今天迟到了有没有吃早饭，顺手塞给她一瓶牛奶。

但想要讨好所有人是不可能的。就像最近班上同学热议的，以殷其南为中心的男生一号和男生二号事件。

说是事件，可能有些夸张，讲现象可能更准确一些。这段时间每天放学后，殷其南都会让男生一号向风教她做题，然后让男生二号夔舟陪她回家。在向风教她做题的时候，夔舟就站在窗边看风景傻傻地等着。别人问为什么不走，夔舟说殷其南让他等她一起回家。

事实上，殷其南家和夔舟家根本不在一个方向，只是让夔舟陪她走到校门口的公车站而已。这点路程，完全看不出要等着一起走的必要。退一步说，即使要和夔舟一起回家，那找夔舟问题目然后再一起走不就行了吗，向风能解答的问题，夔舟自然也可以。这种一下把男生一号和二号都占了的作派，让同学们不免议论纷纷。

当然，如果问为什么会形成这样古怪的局面，问就是两个男生都愿意，别人管得着吗。

对于这种现象，张小莫只是觉得有些资源浪费。夔舟在那等着的时间，别人如果去问题也不算浪费。只是这个现象形成后，那段时间反而少有去问问题的同学，像是这两人已经被打了标签一样，这种局面就一直延续了下来，反正只要当事人不尴尬，尴尬的就是别人。

回本部后，张小莫反而很少找同学去问问题。本部不像分校，老师们每天都要赶班车来，赶班车走，没课的时候不太好找人。回到本部，老师的办公室足够近，有什么问题直接去找老师就可以解决。高中老师比起初中，最大的不同是，不管上课的能力怎么样，解题的能力都是过关的。不存在初中时有些老师，离了课本就解决不了问题的局面。

除了任课老师外，张小莫还能去问竞赛班的老师，几轮竞赛班上下来，怎样都和老师混了个脸熟，去到办公室，一个不在还可以问另一个，老师们的答案，自然比同学的成熟，讲完还可以给她划个重点这个到底会不会考，很少考到的可以不用太在意。

到这种时候，张小莫才真正地感受到了上一中的便利，你不能选择你的同学，不能选择你的父母，不能选择你的班主任，但你可以选择帮你解答问题的老师。换个角度看，在高中众多会玩会学的指标中，一方面意味着很难在所有指标中都很优秀，另一方面意味着，无论你想在哪一方面有所成就，都有获取资源的可能。

这也许是半瓶水的另一面。不圆满，但乐观。

即使是他们任课老师里最弱的化学老师，在下课时张小莫去问问题时，也能帮她解决问题。

教化学的小黎老师，是在他们课堂上被气哭的第二个老师。比起俞老师莫名其妙的哭泣,小黎老师被他们气哭这个锅,他们班同学是认的。后来毕业很久,提起小黎老师,定语都是"那个被我们气哭的化学老师"。

小黎老师是北师大毕业的高材生,科班出身,长相可人,按理说应该很受学生欢迎。但张小莫他们班,是小黎老师大学毕业后带的第一个班,教学经验的不足,很快让同学们怨声载道。一中同学的尊师重道完全是基于实力的,哪怕背景再好,教不好书,对于学生来说就是原罪。

除了教学经验不足,小黎老师的情商和判断力也不太够。每个学科的科代表都是各科老师自己任命的,全凭各科老师喜欢,有时会有毛遂自荐的同学,但老师通常也会考虑成绩。小黎老师的课代表则非常离谱,是那位小偷同学,成绩差不说,连作业都常常交不上。能做上课代表,是因为高一的第一节化学课,小偷同学见色起意,在台下就猥琐地说要把这老师拿下,自告奋勇地举手要当科代表。

小偷同学的学号是倒数几位,其实很容易鉴别,但面对这个明显不靠谱的人选,小黎老师觉得热情可贵,居然就这样定下了。这样一个不靠谱的课代表,其实也损伤了她在同学中的公信力。小偷同学每次去帮老师拿东西或有近距离接触时,回来都会喜滋滋地分享,以猥琐的语气评价她的穿着、打扮、身材,加深了同学对她的轻慢。

在张小莫发现小黎老师教书是真的不行时,有和母亲吐槽过。母亲当时刚好帮小区里的一个化学老师的侄子进了她的初中的重点班,而这个化学老师水平还不错,于是在回到本部后,张小莫在周末开始了她除了英语之外第一门主课的补课。

补课的这个化学老师,为人憨厚纯朴,一开始还不想收她钱,是母亲按自己补课的价钱给了课时费。胡帆和成松柏的家长打听到张小莫在补课,便让一起捎上他们。张小莫没想到,和这两个初中同学居然是以这种方式每周相见。

胡帆和成松柏都进了一中,与张小莫分了两批去分校。三人开始补课，差距马上就看出来了，张小莫做题要快上很多，于是讲题就是分开讲的。不厚道地说，这种对比确实给她树立了信心。

张小莫平时考试时是和向风坐，向风做题速度是很快的，对于做不出来的题他也并不挣扎，提前交卷是常有的事。后来熟了，张小莫对他提前交卷小小地抱怨了一下，他做完之后就趴在桌上睡觉，等张小莫做完再交。甚至有时，他还会在考试开始时先睡一会，睡之前给张小莫说，做完选择题叫他。可能是为了照顾张小莫面子，他会说你先做，到时来不及我就抄你的。但其实他一次都没有用过张小莫的答案。想也知道，到了他们这个层面，分数就是自尊心，或者说，比起分数，更重要的是自尊心。

因此，化学补课的另一重意义，是帮张小莫锚定了她的实际水平。补课的老师所在的高中，在全市排第三，作为重点班的老师，讲课水平可以吊打小黎老师。在其他两人做题速度有差距的情况下，补课效果其实近乎于一对一，把她的问题讲完，其他两人再一起讲。后来母亲去问这位老师张小莫的情况，他喜滋滋地和母亲说，张小莫的天分好，不仅是在补课的学生里，在他教过的学生中也是数一数二的。后来表妹进一中时，母亲也介绍到这位老师这里补课，老师反馈说很优秀，又忍不住说了一句，但和张小莫还是没法比。

是天分，而不是勤奋刻苦或其他，这个评价对张小莫而言弥足珍贵。它在一定意义上抵消了初中时老师说她"笨鸟先飞"的心结。后来她的化学一直是堪比她文科的强项，不知和这个认知有没有关系。有时老师的一句话，就能对一个学生影响至深，不管是正向的还是反向的，都是如此。

开始在外面补化学之后，张小莫对小黎老师的视角进行了一些改变。她把补课当正课，把小黎老师的课当复习，这样一听，就知道为什么小黎老师讲的大家听不懂，有哪些关键点没有讲清楚。小黎老师的问题是，她自己是懂的，但不知道怎么讲给学生听。

虽然大家听不懂，但对张小莫来说复习足够了，作业上不懂的题周一到周五在小黎老师这里问一遍，再不会的周末补课时去问，这样既省下了补课在新课程的讲解上的时间，又充分利用了上课的时间查缺补漏。

不以像物理老师那样的成熟度来要求小黎老师，而把她看成是一个成功经历了高考并且考上了不错的大学的师姐，小黎老师的水平还是比他们在座所有的人都要强的。在这样的视角下，张小莫对小黎老师没有其他人的怨气，在同学们动不动就怀疑小黎老师讲错了、没水平时，她会和同学说，没有讲错，只是漏了哪里没有讲透，然后给他们补齐这个知识点。

几次下来，同学们就习惯性地下课找她问不懂的地方，从成绩中等的到成绩好的，都来找她。能在理科上成为这样的角色，张小莫还是有些没想到。输出也是复习的一种，对于化学，她在同学们都在说老师不好的情况下，实现了自己的良性循环。

长大后她想起小黎老师，在教他们时也不过是大学刚毕业的二十三四岁，还是非常的年轻，名校毕业，意气风发，刚刚进入社会，就面对了他们班同学的冷漠与差评。这样一想，有种迟来的不忍心。但回到那时，无法要求十五六岁的少年们，在那时就去体谅她的为难，做其他工作时，她也许是个可以犯错被照顾的新人，还有慢慢打磨的时间，但面对比她还小的这一班少年，她就要更快地进入成年和成熟的状态。

因为，对于他们的高中三年，没有试错的实习期。

这是青春的残忍，也是青春的无奈。

张小莫最喜欢的季节是夏天。因为这座城市的夏天，实在是太短暂了。

五月末才刚有点初夏的味道，然后在早晚的温差和温度的反复中等来可以穿裙子的日子。最后终于感到了夏天的热，吃冰，游泳，贪凉，仿佛都没做几次，在八月立秋的那一天，吹过来的风里就有秋天的凉意了。

因为喜欢夏天，就连在夏天里的考试，在她眼里，都是比在冬天好过的。

夏天的考试里，她不用考虑手上的冻疮，也不用和冬天的寒冷作战。这座城夏天的暑气，基本上是不足为惧的，比起分校时的各种不便，高一下学期的期末考，算得上是诸事顺利。不太意外地拿下了全班第一，然后得到了一个入校以来最高的排名，年级第七。

进入年级前十，是一个分水岭。在二十五个班的第一里，算是有了姓名，因为期末考试前十名的照片可以进入主席台侧边的透明橱窗展示墙。张小莫觉得，在走廊上见到南易时，一旁的卢粲都会和她打招呼了。

当然，也许她在卢粲那里开始有了些存在感，还因为她被选上了校学生团委副书记。而卢粲是校团委三个学生干部中的一个。在即将到来的高二，他们算是校团委的同事。

得知选举结果时，张小莫很惊讶。说是选举，不过是把二十五个班的团支书作为候选人，照片和简历在每班的小电视上放了一遍，就让大家往选票箱里投票，并没有让他们真人站在同学们面前搞演说。

这样的投票，随机性很强，或者是她序号占优，或者是她合了大多数人的眼缘，总之最后的投票她是第一，这是连选学生会主席都没有搞过的全校投票。

这个职位要做什么具体工作，这时还不是很清楚，不过她的照片已经被放进了透明橱窗的另一边，左边是年级前十，右边是校学生干部，经过这面墙时，张小莫后知后觉地感到，这好像是她进入高中以来最风光无两的时刻。

高一刚进校时显得遥不可及的向风和夔舟，此时她已经能稳定地拿到超过他们的分数，夔舟总结原因，是因为她语文拉的分差太大。除了这个原因，她觉得可能还有他们两个心思并没有完全放在学习上。对于这一点，她有些许的失望，因为同场比赛的人，决定了这一组整体的速度。她无法近距离地知道，在更前面的人到底是什么状态。

这一刻，她难得的有些怀念起老同学，在方让之后，再也没有让她觉得是命定的对手那样的人物。但这样说，并不是她周围没有可以比较的对象，而是缺乏了某种催她上进的宿命感。

上一次方让的名字被提起，还是祁嘉栩诈她。

后来祁嘉栩承认，是他认识了他们初中的人，顺势打听了初中时有没有和她关系比较好的男生，别人告诉了他方让的名字。

方让于她，算得上是关系好吗？张小莫觉得，他连称之为朋友感觉都很怪异，最适合他的定位，还是竞争对手。如果说有什么特别，那应该是在方让之后，她再也不想把这个称号赋予其他人。方让的存在，已经把这个词对她的意义具象化了。此时那些或挑衅、或佛系、或对她有敌意的人，她都不想把他们归在这个词下。

没有了这样的存在，对张小莫最直接的影响是，她向上争的心思变淡了。她觉得，如果她还和方让在一班，她的学习状态可能不止如此，那种带着点负气的争先的状态，她再也寻不回来。

不过，这也只是她私下这样假设的罢了。老同学的消息，她探究得极少。每周末与胡帆和成松柏补化学时，偶尔问起他们的分校生活，都在唉声叹气。

就算不问，张小莫也知道，大差不差。如果是前几名的话，她会在玻璃橱窗里见到。如果是有了很大的落差的话，她会从同学口里听到。没有消息，就是保持原貌的意思。方让、邵襄阳、栗景他们这些之前和她斗题的人，在高中时也会有她这样的遗憾，觉得如果和他们在一个班，会比现在好吗？

张小莫的历史老师喜欢在她问问题时说，历史无法假设。对这个问题，回答应该也是一样的。

此时左右橱窗里都有着她的照片，已经是她在独自巡游中觉得可以自得的事了。

暑假里的新鲜事，是祁嘉栩给她打电话，约她去看他们打球。虽然有了手机，但没有几个人会和她联系，何况还是在假期。假期里张小莫是很少联系同学的，除了到假期最后几天，找人问问作业写得怎么样了。在交假期作业上，她一向是个拖延症选手，等到最后几天赶作业是常有的事。

祁嘉栩联系她，正是快开学的时候，赶作业的黄金期。她想要推辞，又被软磨硬泡，最后祭出他以为的杀手锏，说卢粲也要去。张小莫想了想，最后还是答应了。

对于卢粲，张小莫保有着一份好奇。这是与她相熟的人物里，名次最靠前的一个。那种好奇，可能隐含着一些不服气，她也不是不相信别人能轻轻松松上课睡觉就能考高分，降一个维度她在别人眼里可能也是同样的情形。这种不服气，倒是和小学时与方让比试时有一两分类似，只不过那时她很快地实现了对方让的超越，而她对卢粲的超越，目前还看不到任何可能。

再熟一些，是不是就能看到这可能的裂缝呢。也不知是不是抱着这样的心态，张小莫去到了体育馆，他们打的不是篮球，而是乒乓球，正经地训练场地，和学校给他们玩的球台相比，立马显现出了高级。祁嘉栩的二级运动员考的虽然是篮球裁判，但他真正拿过省级奖项的，是乒乓球。不过是因为学校没有乒乓球队，平时无法展现。

本来张小莫还以为，乒乓球的话自己还可以上手打两局。看到祁嘉栩和卢粲一开球，她就知道自己上不了桌。他们是在正式打比赛。那把自己叫来干什么呢，看着旁边零星站着的几个同学，张小莫秒懂，叫自己来是当氛围组。

看着在和祁嘉栩打比赛的卢粲，张小莫突然有种感觉，在有卢粲的场合，她好像老是在当氛围组。出考试排名时是这样，看篮球联赛时是这样，此时还是这样。

说到底，她并不是一个很喜欢做陪衬的人，尽管进入高中后，她已经意识到这是与初中并不相同的世界，感慨了又感慨，谦卑了又谦卑，但她骨子里还是留存着不愿当配角的傲气。这样一个在她眼里一直站在主角位的人，突然抽起了一丝逆反。

这一丝逆反，也许就是她不服气的来源。

一念至此，张小莫不由笑了笑自己，什么时候也开始有了这样的心态，这是初中时她常年第一时从未有过的心态，只有后面的人望着前面的人才会有。而前面的人，是不会在意后面的人是怎么想的。她自己在前面的时候，就从来不会回头望。

将思绪转回现实，她一个人站在场边十分突兀，她搜索了一下现场认得的人，想要挑选一个位置站过去。

在一边站着的几个同学里，有康翩翩和叶归，看到他们两个勾肩搭背地站在一起，张小莫才知他们两人私下原来关系这么好。积极分子和划水榜样，这个朋友组合有些在意料之外，但互补地十分和谐。

张小莫和康翩翩的关系还算可以，和祁嘉栩打了招呼，便过去和康翩翩站作一堆。心里还惦记着没赶完的暑假作业，凑过去之后第一句就问："你的暑假作业写完了吗？"听到这句，康翩翩立马一脸颓丧，指指叶归："我的写完了，但还要帮他写。"旁边的叶归，一副无辜的样子，摊了摊手："我这不是还要赶给专栏的画稿吗，没有你我真的不知道该怎么办。"

康翩翩转头向张小莫诉苦："你不知道，我帮他写作业的时候，他就在一旁坐着，一边喝冰可乐一边催我赶快写。"张小莫笑道："那你为什么还帮他做？"康翩翩把手一摊："文科都好说，数理化他是真的不会，他连配平都算不清楚，我不帮他，他怎么办。"

张小莫转头向叶归投去敬佩的眼神，在划水这个领域，他可以称大师了。

一边和康翩翩交流暑假作业要怎么补，一边看着比赛，康翩翩一科一科地给张小莫估算工作量，大致听了一下，张小莫开始心慌，觉得自己可能来不及。不是平时刷题时就能赶出来的程度，像语文要写满一个本子的成语摘抄，还要补几篇作文，她本来觉得不难，听了一下康翩翩做完的时间，觉得自己可能要糟糕。

这一心慌，就有些想走。好不容易等他们打完一轮，张小莫去找祁嘉栩，人也来了，脸也露了，面子也给了，差不多可以走了。没想到祁嘉栩不答应，拦住她说，还没打完，你不能走。张小莫挑了挑眉，问为什么。

这一问，祁嘉栩有些语塞，张小莫作势要走，祁嘉栩一急，脱口而出："是卢絷让我约你来的。"

听了这句，张小莫心念神转，问他："你用方让诈我那一次呢？"

祁嘉栩承认："也是他让我问的。"

想起之前篮球赛祁嘉栩次次用卢絷钓她，张小莫不由得有些气恼。

她是什么时候开始对卢絷有印象的呢？回忆起来，还是在分校的时候，卢絷和南易两个人连体婴似的。在走廊上遇到南易时，旁边十有八九有卢絷，分校十二个班的男女生第一，大致都知道彼此，何况他在分校还那么出名。但真正愿意去记得他名字，还是期末考试排名出来后。再后来，就是篮球赛了。

突然想到祁嘉栩大概率把自己评价卢絷身材的事讲给了他听，张小莫就更待不住了。一想起每次比赛她在看投篮时扬起的自以为没人懂的迷之微笑，只有后来的社会性死亡一词可以描述她此时的心情。

执意和祁嘉栩告别，张小莫走出体育馆，连头都没敢回。夏风拍在她发烫的脸上，并没能缓解她脸上的燥热。一边向车站走，她一边迅速思考，在卢絷的视角，自己是什么形象。像她一样，把他列为第一档排名选手的关注？不太可能。虽然外表正经但不知为什么要对自己犯花痴的粉丝？很有可能。毕竟第一次搭话，就是从她偷看他被发现开始的。

每次比赛都把自己叫过来，是给她的粉丝福利，还是想享受一下隔壁班第一名是自己粉丝的快感呢。思路转到这里，张小莫觉得自己都要有些心理扭曲了。

想到祁嘉栩的口无遮拦，她不由得更警惕了一些。其他篮球队的人知道吗？如果知道，是以什么样的视角来看她的呢。比如刚才她凑过去后，站在一旁的叶归，知道自己对他的调侃吗。张小莫真心希望不要，不在一个班还好说，在一个班抬头不见低头见的，张小莫在心里给自己打了个标识地雷的小红旗。

张小莫这个人，想要掩藏自己的时候会很隐秘，但不刻意遮掩的时候痕迹又很明显。就像她的路痴属性一样。后来的她无论如何不承认自己是路痴，因为当她调动考试时的注意力去记路的时候，她会比方向感好的人更像会认路的人。但如果顺着她本性随意发挥，那她会离谱到让人惊叹的程度。

她偷看人会被发现这件事，也是一样的。女同学之间，有时会在操场上悄悄发现路人帅哥，然后假装路过走过去看。她每次看的时候，都是大喇喇的，有一次那个帅哥刚好是表姐他们班的，认出了是她，反馈给表姐："你表妹偷看人也太大胆了吧。"虽然那时她已经记不清是哪一位了，但这反馈让她知道自己在这事上是有几分离谱的。或许在潜意识里，这本来就没什么遮掩的必要。

当然，也有可能是另一种情况。比如初中时的秦钧，张小莫努力从脑海中刨出这个名字，连同刨出了当时的羞恼和警惕。

在卢絷这里，是哪种情况呢。张小莫脑子发麻，现在，她要解决的暑假作业，除了之前欠的那一堆债，现在又多了一个。

暑假结束得比张小莫预想的还要早。

团委老师在开学前就把她叫到学校，让她准备开学典礼上的发言。开学典礼上的发言和国旗下的讲话，张小莫并不陌生，在初中时她做过不少次。但，这可是一中的主席台，她没想过那么快就能站上去。

发言的缘由，是因为她是新当选的校学生团委副书记，选举出来后，总要有点仪式感。发言稿她写了两遍，第一次交的时候，团委老师皱了皱眉，说不是她的水平。她马上闻弦歌知雅意地说回去重写。

说是这样说，这简直是在给她本不富裕的赶暑假作业的时间雪上加霜。而且她其实并不知道要怎么重写，她写文章从来就是一开始就尽全力，再而衰，三而竭。

从小到大写作文，那么多的写作技巧里，她就只用过一条：冷处理法。如果觉得文章写得不够好，就先放两天，再回去看。但通常这样的结果是，当时写得不满意的，过了两天回去看，她会在心里给自己鼓掌：怎么写得这么好。

写文章这种事，她的傲气是很足的。也是她幸运，从小到大遇到的语文老师都是她的赏识者，到了高中她的语文老师更是不遗余力地吹捧她，作文重写这种事，她几乎没有遇到过。可以否定重来的人，只有她自己。但她现在，有点找不着重新再来的线。

团委老师宁老师，是张小莫他们班的地理老师，不知是不是巧合，团委办公室是在离后花园最近的一间，走出办公室的露台，就能将后花园尽收眼底。张小莫接了被退回来的发言稿，在露台上发了一阵呆。

这个后花园，还是她第一次来一中参观时呆得最久的地方。这里的广玉兰、桂花、铁树、美人蕉还是和她最初相见时一样浓郁，真的入了学，才知道后花园是平时极少会去的地方，并不像初中时的后花园还兼了他们晨读的功能。往后花园里钻的，只有要讲悄悄话的人。但又因为讲悄悄话的属性太明显，真的要有什么隐秘事，往这里走反而此地无银三百两。

因此，后花园最多的用途是经过这里可以到达一个小后门，小后门是锁起来的，但是个栅栏铁门，有空隙可以递东西。学校上课时间是封闭管理，进来了不到放学时间出不去，没吃早饭的人要买

413　｜孤独的星｜

早餐,就从这个门递。稳定的外卖来源是一墙之隔的龅牙素粉,老板自称龅牙哥,这家滋润了无数一中学子饥饿的胃的素粉,成为一中著名美食之一。

此时还没开学,小后门外也没有递素粉的盛况,整个园子幽静异常。张小莫站在露台上,把后花园的路线看了个遍,还是没想出怎么改发言稿,准备再回去找团委老师,又怕他觉得她能力不行。正在踌躇间,背后伸来一只手抽走她的发言稿,张小莫吓了一跳,回头一看,是卢粲。

卢粲会出现在团委办公室,是意料之外,情理之中。上学期结束时,张小莫就知道他是三个干部中的一个,另一个是南易。一个组织委员,一个宣传委员,加上她刚好凑齐干部名额。另外两个名额为什么能给到同一个班的南易和卢粲,张小莫也不是很清楚,他们两个甚至都不是本班的团支书,总之这个结构,就更显得她这个职位潦草。

但她也必须承认,虽然潦草,但该给她的荣光和虚荣心,并没有少。尤其是这个开学典礼的发言,她其实很想做好。

卢粲看了一遍,和她说:"写得四平八稳,太制式了,你可以写得更有个人特色一些。宁老师之前就说你文章写得好,写成这样他肯定觉得你还没发挥。"张小莫把发言稿接过来,这样一看,以一篇文章而言,确实是不好看。之前她左思右想,觉得这个场合还是不能乱来,以不出错的心态,写了八股文章。

"宁老师是这个意思?"她确认了一遍。卢粲说:"我刚从办公室出来,你放开了写,准没错。"

说起来,这是卢粲和她第一次讲这么多话,虽然被指点的感觉有点怪异,但张小莫好像想通了要怎么写。

改她是不会改的,要写就是重写。说实话她这个风格,很不适合应试,不知为何能让她一直顺顺当当走到今天。她处理人际关系好像也有点这个意味,让她失望的人,从来不会再观察、修正、磨合，发现确实不可以继续时，那就推倒重来。弃稿她是不会再用的，放弃的人也是。等什么时候她有耐心学会废稿再利用，那可能是她人生修炼到下一个境界了。

只留了个主旨，张小莫回去尽情发挥了，一句套话都没用。这一次，宁老师满意了。张小莫看了看不知为何这次也准时出现在团委办公室的卢粲，觉得他还是有点养眼之外的用处。

过了张小莫的发言稿，宁老师也精神一松。兴致盎然地指着外面要教他们认植物，隔着窗还不尽兴，拉着他们走到露台，又下了台阶，一路走到后花园。

不知为何突然上起了地理课的张小莫，虽然有点懵，到也不怎么抗拒。她和卢粲跟在宁老师后面，光明正大地走进了后花园，一路走，一路认。此时是八月底，是桂花和美人蕉的花期。桂花米粒大，隐约的香气盈人。张小莫认得的花不多，花园里，她最喜欢的花是玉兰，不是广玉兰，而是白玉兰。广玉兰开花时有叶子，白玉兰开花时树上一片叶子都没有。枝丫上满树的白花，又纯净又热烈。

同样开花时没有叶子的树，她还知道一种，是木棉，只不过花是红色的，花期也是三四月。她是从小说里知道的这种花，背景在南方小城，小说是她从市图书馆借的，小说没具体说是在哪座城，但有具体描述女主角所在的学校，因为它完整地描述了大学四年和保研后到找工作的这段经历，成为张小莫最早的关于大学生活的概念。

她对木棉花的印象，非常深，一树红花没有叶子的绝烈，落花的时候，花从高高的枝干上掉下来而不会折损，因此木棉花又叫作英雄花。

有了这样的概念，之前三月回本部时看见同样开花时没有叶的白玉兰，她是很震撼的。她没有见过木棉，如此符合特征的白玉兰，她觉得是白色的木棉。

想到这里，她问宁老师，为什么白玉兰和木棉开花时都没有叶子，这两种树有什么关系。

对于第一个问题,宁老师很快答了。白玉兰和木棉都是先叶开花植物,花芽是先于叶芽萌动的,所以开花的时候叶子还没有长出来。花芽的养分,是在上一年秋年就储存的,等花开完,叶子才出来,刚好再为结果孕育养分。

至于这两种树有什么关系,宁老师也不知道怎么回答,在张小莫看来相同点这样明显,但在他看来处处不同,一时也不能尽答。对于本地没有木棉,抽象讲解困难,为了跳过这个问题,宁老师开始转移话题,问他们知不知道学校门前那两株白玉兰有什么传说。

学校门口白玉兰的传说,张小莫是早就知道的。三月时那两株玉兰的开花时间,受到了全校人的关注,每天进校出校,都在盯着看。传说中,两株玉兰要是同时开放,那高考文理科状元就会都在他们学校;如果左边那棵先开,那就是文科状元;如果右边那棵先开,那就是理科状元。据说这个规律已经被验证了许多年,屡试不爽。这一年也不例外。

三月的时候,左边那棵树的花一夜之间就开了,右边那棵迟迟还没有动静,高三理科班的人有些焦躁起来,想着迟一两天也还算同时开,结果这一迟,就迟了一两周。中间下了一场暴雨,左边那棵的花都打掉了,零落的只剩光秃秃的枝丫,右边这棵才不紧不慢地开了花,躲过了那场暴雨,花期延绵了许久才落。

说是有些失望,但事实上这状元之名也只和极少数人有关。大多数人还是照常备考。八月录取通知书已然出完,张小莫的表姐考上了南方一线城市的大学,她们的舅舅也是同一座城市的大学毕业的,再后来她们的小姨也去了那个城市。说起来,那座城市与她外婆一家有缘,在概念上,并不是完全陌生的外地。

表姐的开心中,又有些落寞。他们的高考,是先填志愿再出分,表姐为了稳妥,填了那所城市排名第二的大学,结果分出来之后,可以上排名第一的大学,虽然都是985,但在一个城市之内,没有上到心仪的大学总是有些遗憾。

大人们半认真半开玩笑，说这遗憾可以让张小莫来填补，听到这句表姐和张小莫的脸都绿了，对表姐来说这是伤口撒盐，对张小莫来说她的目标是排名更前的大学，一句话得罪了两个人，大人们倒也不觉有什么，继续说有亲戚在那边，总有照应。

此时张小莫还没有设想过会去那个城市，如果那座城有什么是让她有些在意的，是她觉得小说里那座开满了木棉花的理工科大学，很有可能就是表姐去的那所大学。她查过木棉花开的城市，叠加几个条件，大差不大，要么在华东，要么在华南，二选一的几率。

有了眼前的玉兰花，她觉得已经足以满足她的想象。见不见到木棉，也没有那样大的关系。

此时宁老师讲玉兰花开的传说，在张小莫眼里，比起预言，更像是祝福。毕竟，不管哪边先开，花总是要开的。

但宁老师可不这样想，跟在身后这两个学生，一个年级第五，一个年级第七，高二这还没开始，在他眼里都是有向上的可能的。退一步讲，一中考上 T 大和 P 大的名额理科加起来每年都有十余名，再怎么样，这两人目前都是在这个排名范围里的。于是宁老师笑吟吟地问他们，觉得明年的玉兰花，哪边会先开。

张小莫正想敷衍过去，一旁的卢粲连敷衍都不想配合，转而打听这一年的状元的情况。

这一年落在他们学校的，果然是文科状元。一中重理轻文，在文科有姓名的人比在理科少许多。因为大家默认，学不动理科的才会去学文科，因此每一年文科的前几名，总有点惊人的故事，理科成绩不差却去学了文的，最后结果都是奔着状元去的。

这一年的文科状元，是高三读了一半才转的文科，过去之后复习了半年，拿了文科状元。这一方面显得个人的传奇色彩浓厚，另一方面又让人觉得文科是不是真的那么简单。再转念一想，这个想法对那些辛辛苦苦学满了一年的文科生来说，好像又不是那么尊重。

话题一转，宁老师果然兴趣浓厚，给他们两个开始讲文科状元的轶事。讲这位状元，原本在理科也是第一名，纠结了半年，如何与自己的梦想斗争，最后决定去了文科。因为和宁老师相熟，所以还深度参与了这位状元的抉择的过程。一边和他们两个讲追梦的重要，一边作为老师又有些可惜，一个理科状元，比文科状元的分量还是要重的。

就这样一路穿过后花园，绕了石板路小径走上凉亭，又从凉亭绕到小后门，宁老师驻足看了一下，说，以前没有这个小后门的时候，送外卖都是搭梯子递的，现在倒是方便多了。转头问他们，有没有从这里买过素粉。张小莫觉得，这就有点钓鱼执法了，有没有都不方便说。想装个傻又觉得太刻意，这时卢粲从容地接过话头："怎么，老师想请我们吃饭吗？"

看着宁老师认真思考可能性的样子，张小莫连忙说："我还要回去再背背发言稿。"宁老师想想也是，抬抬手，放他们走了。

两人绕出后花园，经过主席台前的银杏树，再穿过两排香樟，到了门口两棵玉兰树那里，卢粲才打破沉默，问她："你觉得明年哪棵会先开？"张小莫忍住白他一眼的冲动，说："你刚不是不想回答吗。"

卢粲摊摊手："我是不在意啊，但我觉得你好像很在意。"

张小莫反问："你是从哪里看出来的？"

卢粲说："三月的时候，我看你每天经过，都要在左边那棵下面停留好一阵子。你那时发呆是在想什么呢？"

张小莫回想了一下，三月的时候的情景，那时在花树下，她想的是，先开的这一棵，开得那样早，落得这样快，旁边那棵开的时候，衬得它真是落寞。迟开的那棵，没开的时候其实并不着急的，因为知道总是会开的，先落的那一棵，这一年的花，是切切实实的开尽了。

如果可以选，她想做迟开的那一棵。

三月的事，毕竟有些久远了，只剩下左边那棵花树零落时，与旁边那株开得正盛的对比场景，在脑海中挥之不去。

简单总结成一句话："我觉得先开的那棵，有点吃亏。"

卢粲笑了出来，问："你是不是觉得它可怜。"好吧，这样说也不是不行。张小莫点点头。

卢粲说："你换个角度想，再过几年，没有人会记得右边那棵树在这一年开了多长的花期，也没有人会记得它躲过了一场暴雨，只会记得左边这棵是先开的，因为它的先开，我们有了一个文科状元。"张小莫想了想，之前她没见过的那些年的花树，好像确实是这样。这是历史的简略，只有经历的人才能知晓细节。

对后来没有影响的事，就容易被简略。不过话又说回来，半年前的事，他居然还记得。张小莫顺口就问了："你怎么知道我在看着树发呆？"

几乎没有停顿，卢粲很自然地说："预备铃都打了，大家都往校门里面冲，就剩你一个还在校门口发呆，你说有多明显。"

张小莫想想，可能还真是，并没有再问下去。只是开学后，他们高二的教室要搬到主教学楼，再也没有预备铃响了还能比别人教室近的余裕了。

先返校，后开学。返校的时候，教室已经搬完了。是在第二层楼，每天避不了要爬上主席台才能走进教学楼。张小莫往窗外一望，恰好是面对白玉兰的那一面，与团委办公室平行，这一点很方便她。这一年，她又获得了可以不用做课间操的权力，课间操时间，都要被叫去团委干活。离教室这样近，刚好方便她跑动。

开学典礼前，宁老师又帮她过了遍稿子，鼓励她说，很好，大点声，没问题。

初中毕业一年多，再上主席台，张小莫是有点露怯的。升旗仪式如果在下雨的时候，就会在室内进行，每个班打开小电视转播，国旗下的讲话也在广播室进行，不用有面对全校人的压力。开学前一天，张小莫有暗暗想过，要不还是下雨好了，这样自己压力就没那么大。

当然，这个想法没有实现。九月初的开学日，秋高气爽，天气不要太好。她捏着稿纸，在一旁等着升旗，等着校长和教导主任讲话，然后到学生代表讲话。学校的主席台，地势比初中时高多了，一级一级的石阶要爬到二层楼的高度，向下一望，连人脸都分辨不清，勉强能找到自己班的方队。

年级之间的界限，倒是分明。各个年级的校服是不同的，虽然都是红白黄番茄炒蛋的配色，但每一年蛋黄蛋白的比例在设计上会略微不同。这一届新入校的高一，就特别倒霉，纯纯的红黄配色，是一碗纯粹的番茄炒蛋，听说是教导主任的审美。后来连美术老师在给他们上课时都忍不住吐槽，实在是不忍直视。不知是不是因为对比产生美，在看到高一校服这样惨之后，高二年级的人反而稍微爱穿校服一些了。

不过这些都是后话，此时站在台上，并没有那么多时间给她发呆。操场上高二的人是齐整的，这一年级的同学，终于结束了总有一半在分校的状况，在高二合流。

张小莫入校时那样期待的与马楠和涂豆一起上学，好像终于有了实现的可能。但返校时约了一次，就知道这想法的不切实际。早上时间那样紧，等别人五分钟可能就迟到了，早高峰公交车一次不一定能挤上去，张小莫不是那种积极挤车的人，有人挤，她就让了，就算在车站碰见，也可能上不了一班车。

一年的时间，足够改变的事很多了。此时张小莫站在主席台上，不知道台下她的初中同学们会怎样想，是会觉得她陌生，还是会觉得与她初中时站在主席台上时的样子一样，是理所当然的应该站在那里的人。

她要上台的最后一瞬，脑海中突然浮出了一个更久远的画面，是五年级她刚转校的那天，也是九月初的开学典礼，林晓音在主席台上领唱国歌。那时张小莫站在台下的队伍里，带着刚转学的忐忑，拼命遮掩自己穿反了的白色长裤,看着台上的林晓音,有一种遥不可及的艳羡。

记忆和现实的场景错置中,她试图扫了眼台下,去找寻旧友的身影,理智马上告诉她,这是不可能的任务。

听到主持人报出了她的名字,张小莫把多余的念头甩在脑后,仰起头走上台前。

念稿子的时候,她没有抬头,但她知道,从空中俯视下来,她站在这个半岛的中心点。如果将主教学楼的最高点,和升旗台的旗杆,还有三角池前那棵参天的银杏连成一条线,她就在这条线段的中心。

比起她站在这个位置的事实,其实她讲的什么,讲得怎么样,都已经不太重要了。

她在别人升旗仪式发言时,也不会去听讲了什么,通常会微微仰起头朝天空发呆,升旗仪式的时候,一中的上空总会有鸟群飞过,运气不好的时候,还会被从天而降的抛弃物所砸中,大部分时间里,她都在警惕着鸟群,小部分时间里,在和旁边的人讲小话。对于台下的人来说,最好的发言不是文采飞扬的发言,而是用时短的发言。

张小莫的发言稿很短,她的语速也很快,至少在时间安排上,她是合格了。

课间操时在团委办公室收到卢粲和南易的反馈,也证明了这一点。说他们班同学说发言很好,因为很短,还留给他们吃早饭的时间。"还有,他们说你的声音……"卢粲顿了一下。听到前半句,张小莫的眼神都有些凌厉了:"我的声音怎么了?"

卢粲这才说:"他们说你声音很好听。"张小莫看他一眼没说话,像是怕她生气,南易在一旁,调解了几句。宁老师看着他们几个闹够了,才提醒他们做事。对于张小莫履新后的第一次亮相,宁老师前前后后上足了心。

团委三个人的组合,南易和张小莫是小学同学,卢粲和南易是同班好友,张小莫和卢粲都是年级前十。两两之间都有共同点,交织起来，几下就熟稔了。宁老师对这个组合很满意，看着自己攒齐的小团队，准备开始"搞事情"。

除了竞赛班，张小莫在高中没有参加社团，在团委的感觉，有点像把社团的缺失补齐了。占的是课间操的时间，也不耽误她学习和放学之后的安排。

因为宁老师的宽和，他们这个小组织的关系很是融洽，张小莫迅速地与卢桼和南易都更熟了些，变成彼此可以开玩笑，不再需要小心翼翼应对的关系。她与南易之间，不再需要靠回忆一些旧同学才维系话题，与卢桼的相处，也过了当初仰望他的阶段。

宁老师纵容他们在办公室里一边做事一边玩笑，大多数时间，他们都在插科打诨，有时热闹起来，张小莫会有种错觉，这个小组织就是为了弥补她的遗憾才存在于她繁忙的高中生活里的。她与班上同学之间的交际完全没有受到影响，只是每天偷来了这二十五分钟，看看花草树木，接些活，斗下嘴，以后说出去，她高中也是混过社团的人了。

当然在插科打诨中间，他们还是会做一些正事，小到统计各种表格的打分、各种问卷的投票，大到组织和辅助一些全校范围的活动，比如最近的一个任务：给校刊组织投稿。

张小莫的职位，听上去风光，实际也就是给各班团支书传话的，将宁老师布置的任务传达下去，再收集上来。鉴于每个班基本上全员都是团员，所以只要是需要纳入他们工作的学生活动，都可以灵活地纳入团委的工作。

校报和校广播台同属媒体，但存在感完全不在一个层级。在校广播台的，不是班花就是校花，将来都是要考去生产演员明星的大学的，最不济也是个主持人。中午广播时间，基本是点歌节目，对于要上自习的人来说有些扰民，要在自习室睡觉，也得等他们停了广播再睡，不过不管怎样，广播台是他们每日生活里一个不可忽略的日常。

校报就不一样了，进校一年多，张小莫自己都没有见过校报。可见给校报拉投稿是多么艰难的工作。到最后，还是得自己上。还好这事只是辅助，校报有自己的成员，张小莫找几个作文写得好的人，拉几篇稿就行了。

除了文章，还需要配图的人，张小莫回班上找了找叶归，意料之中地被拒绝了。碰了一鼻子灰回来，才看到卢絷和南易都在画。画的水平，居然还都不差，搞得张小莫恍惚了一下，以为人均会画画和人均穿名牌一样，是自己又不知道的什么风尚。

张小莫从古早的记忆里搜寻了一下，南易会画画，她依稀是有印象的。小学的时候他们一起上美术班，南易就优秀得比较明显。作为母亲投送她去少年宫学的技能之一，张小莫小时候画画是不错的。但画画这种技能，和写字不一样，此时张小莫还能悬空写一手毛笔字，但要让她画一幅像样的画，这个技能于她已经退化了。

南易不好意思地挠挠头，说他母亲一直在送他去上绘画课，因为艺术生高考可以降分录取。卢絷那边，就属于他普普通通掌握的技能之一了，和他普通地会打篮球和乒乓球一样，出手就是校队以上的水准。

自愧不如之后，张小莫乐得躲闲。看不惯她闲着，卢絷问她，给校报的文章写的是什么。张小莫说，写的是梵高。

此时的梵高还不是文艺青年的标配，至少在同学中还算小众。卢絷一听，有点兴趣，问她："你喜欢梵高？"

张小莫马上撇清："不是你想的那样。我不太懂画的，我喜欢的是他的文字。"她从图书馆借了一本梵高书信集，她虽然还不大懂印象派，但那些文字打动了她。这个画着橙黄色向日葵的画家，在信里写自己的孤独，给提奥说，自己在天边看到了一颗星，一颗大的、孤独的星。张小莫深深地被这种孤独的叙述所打动了，她的小学、她的初中，她数次经历的被孤立的轮回，隔着遥远的时间，与这段文字产生了共鸣。

写出来时,她是不觉得羞赧的,但真要诉之于口,又觉得不是能公开讨论的情绪。只能苍白地说明,她的喜欢和别人想象的不一样。

卢粲应了,也不知听进去没有,手上的画没有停,说:"我去找来看看。"

校报出来的时候,张小莫看着文章的配图,不知是出自卢粲还是南易的手笔。叶归的反馈,却比卢粲先到。

课间操铃声一响,张小莫拎着刚发到各班的校报准备往团委办公室走,叶归追上叫住她,手里也捏着那张报纸。张小莫回头,看他有什么事,叶归扭捏了一下,说:"你喜欢梵高吗,我有本《梵高自传》,你要想看我可以借给你。"

张小莫正想把打发卢粲的说辞再讲一遍,叶归又说:"约画稿的事,我不是针对你,学校凡是找我画画的事,我都是不做的。"张小莫点点头,心想她又不是不知道,何必多此一举地解释。看着张小莫点头,叶归如释重负一般,自顾自地说:"书我到时带来给你。"

张小莫无可无不可,没想好怎么回应,刚好身后卢粲和南易走上来叫她,一起走去办公室。

校报这事,团委三人算是救了急,事情办得漂亮,宁老师也高兴。派发报纸这种跑腿的活儿,就没有再摊给他们。这一天没什么事,像是给他们放假庆功。宁老师又在讲张小莫稿子写得好,搞得张小莫怀疑让她进团委是不是就是为了有个笔杆子好做事。卢粲和南易,一个搞组织,一个搞宣传,说不定也是宁老师背景调查过的,不然怎么就这么巧能用上。

不过不管她怎么怀疑,这也算不上阴谋论,最多是大大方方的阳谋。比起零零碎碎让她干的活,她更喜欢这种一起干活的氛围。

卢粲拿起报纸给张小莫表功,问她画得怎么样。单色印刷,说实话也看不出什么。卢粲指着插图中一个 W 型的线段,说:"这是仙后座。"张小莫抬眼看他:"你费心了。"文章里有写,她在分校晚自习时夜里看星的体验。那个冬天停留在北半球的仙后座，是他们这一批人的独属记忆。

见张小莫领了他的情，卢粲轻轻笑道："那时晚自习休息时，你老是一个人站在教学楼旁抬头看天，冷不丁地还有些吓人，没想到写出来还挺浪漫。"

张小莫想了想，没有搜寻到关于他的记忆。摇摇头，问他怎么看到的。

卢粲略微有些赧然："我那时成天戴帽子，你可能没注意。"

张小莫没忍住笑了出来：哦，周杰伦时期。

回本部之后，卢粲就很少再戴棒球帽了，露出眉眼之后，也很少有人再喊他周杰伦。再回想起分校时期，那时大家无聊起兴，大概确实是给他造成了不小的困扰，如今提起来，像是不好意思的黑历史。

像他这样的人，原来都有过困扰的时期。那时的棒球帽的模糊面目，与如今风头正劲的卢粲重叠在一起，让张小莫不由得感慨，这一年的时间，于她，于她周围的人，处境都发生了不小的改变。

这时的张小莫，将初中时的一些陈年阴影已经甩脱得差不多。虽然这一年也刚好落在进入新集体的第二年，但她并不害怕孤立轮回会再度降临。对她声音的嘲笑，此时也几乎消匿，甚至变成她的优点之一。

高二的时候他们换了化学老师，姓萧，和物理老师一样，是个经验丰富的特级教师。作为女老师，萧老师从来不会提女生理科不如男生的说法，对张小莫有种除了成绩好之外的偏爱。张小莫第一次课间上去找她问题目，解答完之后，她突然对张小莫感叹："呀，你的声音真好听。"旁边的同学起哄，说萧老师怎么不说我们的声音好听。后来每次问题目，萧老师都会笑眯眯地看着她，说我最喜欢听你的声音了。几次之后，在同学间关于张小莫的声音的印象就固定了，都知道老师说她的声音好听。

这种改观，让张小莫初步感知到，对于声音的判断，主观意识的作用有多强。在她的初中男同学审判是撒娇、做作、装嫩的声音，在一位能干的职业女性那里，却能够抛弃这些隐喻着讨好男性的价值的判断，笑眯眯地赞一句小少女的声音好听。

或者说，这种主观意识的判定，对于任何一种个人特质都是一样的。不管是张小莫的声音，还是卢粲的长相。

回想起在分校那段完全封闭的时光，竟然有种恍若隔世的久远感。刚刚进入高中时的迷茫，几乎没有旧识的孤寂，与一些人从亲近到疏远，与另一些人又从疏远到亲近。还有触及到她内心恐惧的圣诞节那一场雪仗，说起来，连缀在那段记忆上的，还有雪仗后，南易追上来送她的那一只苹果。

才想到这，南易顺着卢粲的话头，对张小莫说："他注意到你的时候可多了。分校圣诞节那次，我和你打招呼，你没理我，他非要说我都收到礼物了，你没收到不开心，我就说你不会那么小气，他硬塞一个苹果让我给你送去。结果你果然没什么反应。"

南易脸上，还是一副嫌弃卢粲多此一举的表情，并不觉得有什么不对。一旁的张小莫却愣住了，她望向卢粲，对方低头垂下了眼，扬起一只手，像是想拉拉帽檐，触到头发，才想起来自己没有戴帽子。

这个角度，卢粲是有些像《范特西》那张专辑封面带着红色兜帽、脸被阴影遮住了一半的周杰伦的。张小莫想，别人觉得他像，可能是跟风，而用《世界末日》陪伴了自己初三最艰难的一段时间的她，那时肯用自己喜欢的歌手来称呼他，其实已经是好感的表达了吧。

隔着大半年前的那场雪，张小莫感受到了一股迟来的暖意。

那个被雪球砸到满身痛楚的圣诞节，惊惧交加的时候，有人及时给她送了一只苹果，把她在向寒冰谷底直线下坠的时刻，往上拉了一拉。当时她觉得这个举动，在命定的轮回前只有螳臂当车一般的意义，并不想渲染自己的感动。而如今，时过境迁，当时她认为不可打破的轮回已然结束了，而当时她没往心里去的这个举动，却在今日还有着绵长的因果。

并不是没有震撼的，但在面上，她还是没有显出来。她尽量自然地接下南易的话，笑着说："是啊，我没有那么小气。"顿了一顿，她补了一句："但收到礼物，我还是很开心。"

听到她的话，卢粲抬起头，把眉眼露出来，他又不像任何人，只像他自己了。

接下来，他们有默契地把话题岔开，像是并不知道，刚才的那一场对话，对彼此而言有着什么样的意义。

以张小莫的敏感，从暑假祁嘉栩叫她去体育馆看他们打球时，就应该察觉到不对了，但她刻意地不愿去深想。后来又三番两次地露破绽，她也装作没注意，表现得一切如常。上高中后，在揣测别人想法上，她是有些倦了。她不愿意这么聪明，别人才说了一句，她就猜到了十句。人心要是想得太透了，到一定程度，就会觉得索然无味。

或许也只是单纯的，她有点累了。

现在的她，不太想理解别人。不想像以前一样，显得善于理解别人，或者说，让别人觉得能被她理解。

虽然她知道，只要她想，这是容易做到的。

初中时她就发现了，哪怕是班上成绩最差、心性最坏的男生，只要肯去理解，也能发现与想象中不一样的一面。那时班主任派她去监督那个男生背书，书背不出来，她也不催他，问他为什么不想背。那个男生开始讲他在家庭中的困苦，如何不被父母理解，觉得读书也没什么用，反正也考不上高中，就这样一年一年地留级混日子，他觉得也挺好。那时张小莫就觉得，原来人是这么复杂的动物，就像磁场一样，站在远近不同的位置，感受到的作用力是不同的。只要站得够近，那些平时看起来被贴了单一标签的人，就能丰富和立体起来。

但她本能的，从这种理解中感到了危险。

为什么是她要去理解别人的这一面呢。那个男生背不出书，最后班主任还是要怪她，要她守到他背完才能放学。她理解了他不想背书的苦楚，但最后受牵累的还是她，明明这与她毫无干系。

一个人，因为有不为人知的一面，显得比平时丰富而立体，这并不是什么可贵的特质，也不是让人另眼相看的理由。如果肯去留意，十个人里有八个，其实都有这一面，而并不是他们有什么特别。

如果一定要说的话，更特别的其实是能留意和理解这些不可知的人。

过于理解别人，会带来不幸。

这是她因为太敏感而感到疲惫的过程中而习得的真理。

就像眼前的男孩，如果要表明态度，能有千百种方法，不用她这样七窍玲珑的聪明。要这样曲折回环，不过就是要给自己留余地。留了这么多破绽想要她发现，只不过是想要她的聪明，来替自己省心。

可是，她不想去猜，不想去承担任何一点会错意的风险，也不想去处理会对意的后续。

但就算这样，她还是在心里领了他在分校的大雪中，送过来的这份人情。

继卢粲给张小莫写梵高的那篇文章配过图之后，这篇文章引发的一些事，还有后续。

美术课的时候，叶归把《梵高自传》给了张小莫。当时美术老师正在台上吐槽高一年级的纯西红柿炒蛋的配色，话里话外地说不知道教导主任这是什么审美，大家在下面笑作一团。因为太好笑，不管是在做作业还是看闲书的，都把手里在做的事停了一停。

张小莫看见坐在前排的叶归把一本蓝色封面的书塞进抽屉里，刚好把手上的闲书看完，张小莫戳了他一下，问是什么书，叶归把书拿出来，说："答应借你的《梵高自传》。"看着他心虚的表情，张小莫想他其实是忘了，是自己带来美术教室看，她问起来才顺势假装记得是说过要带给她。

美术教室是在一进校门右手边的图书馆的负一楼。因为换了教室，所以可以自由组合随便坐，这种时候，哪怕和祁嘉栩的关系再融洽，张小莫也会享受一下换同桌的自由。但两人又经常互相让对方帮忙占座，所以通常还是前后排。祁嘉栩喜欢和他篮球队的兄弟叶归坐，张小莫喜欢和点了美术天赋又安静的郁巧坐。

通常大家都会带作业或闲书来美术教室看，因为负一楼的手机信号实在是很差。祁嘉栩之前来上美术课落过一次手机，有了张小莫被偷手机的经历在前，祁嘉栩很是紧张，找不到手机时，借她手机打电话，怎样都打不通，还以为是被小偷拿到手机就拔了卡。结果第二天才发现好端端地在课桌的抽屉里。

张小莫上课本来就很少玩手机，黑白屏手机里只有贪吃蛇这个游戏有些好玩，平日里也不会和同学发短信聊天。她自己看书又快，翻完手上带的觉得没意思，就会前后左右地看别人在玩什么。

叶归这种划水脾性，能记得帮她带书那才是稀奇事了。张小莫礼貌性地接过，翻了两页，发现就是《亲爱的提奥》，想要还给他，看着叶归那副"我没有忘求表扬"的样子，又把书收回来，打算过个一两天再还给他，免得打击他积极性。

自从发现张小莫写了梵高之后，叶归就对她保持了一种友好的状态。具体表现为，一年一度的墙报，作为宣传委员的他居然没有像高一时那样直接跑掉。但画画是绝对不会画的，至少不会承认是他画的。等到放学后人都走了，剩他和张小莫在教室里，张小莫指点着他这里来块梵高的天空，那里来块梵高的麦田，几下就把背景铺满了，然后张小莫再慢慢补上字。

上一年一起出墙报的康翩翩，作为文娱委员，这时在准备校园歌手大赛，没空再支援张小莫。而张小莫，再度因为团支书这个万金油的角色，负责了班上绝大多数的事务。

比起高一的时候，她掺和的事情反而变多了，因为高二的时候他们换了班主任。

新的班主任唐老师,是政治老师。政治作为大多人眼里的副科,投入度有限,但张小莫学得很带劲。高一时她就很疑惑为什么一瓶矿泉水定价比一斤大米要贵,这绝不是标准答案供求关系决定价格可以解释的。

高一时的政治老师,没什么时间来和她胡搅蛮缠,但唐老师很喜欢和她掰扯这些稀奇古怪的想法,虽然考试不考,也并不觉得浪费时间。一来二去,唐老师和张小莫混得有种亦师亦友的感觉。

高二之后,张小莫中午就懒得回家了,学校有蒸饭的地方,带了饭盒放到蒸饭的小房子里,在饭盒上面放上两毛钱,中午就能拿到热好的饭菜。饭是解决了,睡觉的地方却不大好找,中午时像康翩翩那样精力旺盛的选手和他的簇拥们,可以闹一整个中午。唐老师知道了,就把她带去办公室睡觉。高二政治组的老师,除了当班主任的唐老师,中午没有留在学校的,所以整间办公室就只有她们两个人,午睡十分安静。这种时候,唐老师对她就会有一种小姐妹般的亲昵,比如午睡起来时,会拿镜子给她照印在脸上的红痕,让她消下去再走;还有入秋之后,早上来不及擦润肤露时,她脸上会起皮,唐老师会找出自己的凡士林给她抹下去,凡此种种,不一而足。

被唐老师这样照顾,张小莫也礼尚往来地要替她分忧。副科老师当班主任,服众上比主课老师是要困难的。因此只要有没人管的班务,她这个作为万金油的职务就会顶上去。再加上她在校团委揽的事,有时就是那边布置这边实施,也算是支持校团委的工作。

出墙报就是这样的事,几重理由下,这差事就变成了她是主要负责人,毕竟大家都知道,叶归是不管事的。

在发现周围太多人点了美术天赋之后,张小莫就很少自曝其短了。在美术课上的作业,都能躲就躲,更何况出墙报这样的大幅画作。叶归出了力,又不想承认是他画的,怕一旦破了例以后这种事就逃不开,更重要的是怕坠了自己的名声,就想伪装成张小莫自己一个人出了整张墙报。

叶归画画的风格，是那样明显，张小莫就算想帮他撒谎，也圆不过去。但哪里想，在学校没有人见过叶归的画是什么样的，也极少有人见过张小莫画画。美术课上张小莫为了规避画画，要么交蛋壳画，要么交拼贴画，总之就是不动画笔，还真就让她糊弄了小半个学期。

作为一名划水大师，叶归也是一名撒谎大师，这种小谎张口就来。而第一个检验这个谎言的人，是卢粲。

知道张小莫放学后要出墙报，团委有任务商量，卢粲就直接来教室找她。因为叶归有意要遮掩，难免有点偷偷摸摸的感觉。卢粲进来时，两人听到声响，做贼心虚地吓了一跳。

看着刚画完的墙报，卢粲脸色有些不好，正想问什么，叶归抢着说："张小莫一个人画的。"

听了这句，张小莫只想捂脸躲到墙角。骗谁不好，好巧不巧，如果这学校里有人知道这画不是出自她手，那卢粲绝对是其中一个。

卢粲脸色不好，张小莫完全可以理解。

如果她能画，当时校报她就自己上了，何必等到他去配图。张小莫本来也不想撒谎，上前正想解释。叶归拉了她一下，提醒她之前的约定。

叶归这一拉，张小莫反应过来，这不单是她一个人的事。她这个人，恩怨分明得紧，叶归帮了她，没有让他因此受损的道理。虽然这损伤只是他自己定义的。至少此刻，她不能当面戳穿叶归的话打他的脸。

卢粲倒是没有去追究这谎话，只是喊她去团委办公室，说宁老师找他们。

眼见墙报已经出得差不多，只剩收尾工作。张小莫拜托叶归收尾锁门，自己拿着书包先跟了出去。一路上，卢粲沉默异常。但张小莫乐得不讲话，这样她就不用在良心和撒谎之间两头纠结。

到了团委办公室，南易已经先到了，宁老师和他们讲，要组织各班墙报评比的事。堪堪赶在评比前把这事了结,张小莫松了一口气,如此也不让唐老师为难。

讲完这件,宁老师又讲,要筹备一下高三文理科的优秀学生去高二做经验分享的事。一中的文理分科是在高三时才做,对于高二的他们来说,想这个问题好像有点早。但对于刚上高三的师兄师姐,在这个时候和他们分享经验好像又正合适不过。宁老师分了去各班的人选,在高二各班班会的时候去,让他们把日程表派下去,有空的话,到时现场去跟一跟。

交待完后,宁老师就先走了,让他们再顺一顺流程。本来宁老师就很少在放学后找他们,这次也是临时起意,知道他们放学都还没走,事情又急,便叫来一起布置了。

宁老师走了之后,他们坐下来排流程。墙报打分的事,交给各班宣传委员,南易去对接。经验分享的事,日程和人选都排好了,卢粲和张小莫发到各班团支书,选几场时间方便的去跟一跟,到时好写活动总结。

分工的时候,想拿支笔写一写,张小莫拉开书包,拿出文具盒。卢粲眼尖,看到了她包里那本《梵高自传》,拿出来一翻,扉页上是叶归的签名。

卢粲问:"你想看这一本?"

张小莫摇摇头,说:"这本看过了。"

卢粲像是缓了一口气,说:"我有另一本关于梵高的书,明天带给你。"

不知为何,张小莫也松了一口气,点了点头。

三人背上书包准备回家,走到主席台前的银杏树时,卢粲回头看了一眼主教学楼的尖顶,问张小莫:"你去过顶楼的自习室吗?"

张小莫摇摇头,她知道的自习室在进门右手边的图书馆的二层楼上,旁边是阅览室,因为人多,虽然不大讲话,但感觉也不太好,不如唐老师办公室安静。卢粲说的顶楼的这个自习室,她还真的没去过。

卢粲说:"那明天中午一起自习吧,我顺便把书带给你。"

张小莫迟疑了一下,还是点了头。

最近政治组有老师也开始中午不回家,对张小莫来说,稍稍有些不便。毕竟带学生在办公室睡午觉,不大符合常理。再者,知道她在办公室睡午觉后,有也嫌教室吵的女同学想一起跟过来睡,张小莫不好拒绝,但又觉得给唐老师添麻烦,不答应吧,又怕别人说她搞特权。她也在思考,中午要不要还是去自习室睡觉。

看到张小莫答应了,卢粲神情一松,和她说:"那明天中午吃完饭我去找你。"

张小莫转头问南易:"你要一起吗?"

南易摇摇头说:"不了,明天要去找宣传委员们,二十五个班,可够得跑。"顿了一下,又问:"你们班的墙报是你负责在出的吧,要是没评上奖你会不会生气。"

听到这话,张小莫又紧张了一下,说:"我无所谓啊,我们唐老师不太计较这些的,能应付过关就行。"

这时卢粲反而给她救了一下场:"是谁给我说的,张小莫不是那样小气的人。"

南易不好意思地摸摸头:"是我格局小了。"

因为逗留了好一阵,晚高峰已经过了。张小莫在校门口车站就能上车,两人陪她在同一个车站等车,等她先上了再走。张小莫上了车,嘀了公交卡,回头给两人摆手,卢粲这一天下来终于露了个笑,说:"明天见。"

第二天中午,卢粲果然到教室门口来找她。张小莫已经和唐老师打了招呼,说这两天去自习室。收了几本辅导书,带着她草莓形状的午睡枕就跟卢粲一起走了上去。主教学楼的尖顶,要走中间的楼梯才可以到,一口气爬到六楼,张小莫总算知道为什么这个自习室少有人知,两翼的主教学楼只有三层,一个年级一层刚好分完。

四楼以上，都是不常走到的地方。六楼到顶，区域只有左右两间大教室，教室门外，就是上天台的门。

天台没有锁，张小莫先站上去看了一下，方向是侧翼三楼的屋顶，没什么景色。但平视过去，满眼都是天空和云。被天台的风一吹，她顿时觉得，这六楼爬得值得了。

看完天台，才进自习室。一进门，张小莫马上被这个自习室的色彩迷住了。午时的日光下，木质的桌椅和书架呈现出了一种温润的金黄光泽。教室非常大，一侧放满了书架和书，像是废弃不用的图书室，格局和张小莫初中时的小红楼图书室有些像。把书架挤在一起，挪出来的空地全放了桌椅。比他们一个考场还大。但在这里自习的人却很少，零星的几个，一头一尾隔组坐着，恨不得中间隔了银河互不打扰。

比起常去的那个公共自习室，这个自习室实在是又安静又松弛。那种橙黄的色调，有种童年时的旧梦，温润而古早，光线笼下来，笼得人心都柔软起来。

站在自习室门口愣了一会，卢絮推推她，示意她走进去。他们挑了窗边的位置坐下，窗口开的方向，是校门口的方向，俯视下去，校门口的那两株白玉兰，进门口的两排香樟树，都尽收眼底。

坐下来后，张小莫才感受到六楼的另一层好处，因为楼层高，连广播台的声音都空远起来，不用戴耳塞，音量也可以容忍，可以安心做作业了。

张小莫回头看卢絮，谢意真诚："谢谢你带我来这个自习室。"

午觉睡得不知时日，张小莫的红色草莓睡枕中间有个凹陷，刚好把脸能埋进去。把衣服上的连帽一拉罩住头，昏天黑地的，一直睡到预备铃响。

她抬头往窗外一看，校门口的人络绎不绝，六楼的高度，竟然还能辨得清认识的人。张小莫一眼就认出了好几个同班同学，早上穿的同样的衣服，再加上依稀可辨的面容，很容易就能认出来是谁。

这个角度看下去，有种在看罐头小人的新奇感。

时间不多，他们也要从六楼赶回班上。把东西一收，起身就要走。卢粲侧身让她从座位出来，问："明天还来吗？"

张小莫点点头，"以后都来这"。讲完之后，才觉得有歧义，刚睡醒脑子还有点不清楚，正想解释，卢粲看了一眼手表，说了声来不及了，就扯着她的衣袖往外跑。一下奔了四层楼，刚好在正式铃结束前到了，各自去往各自教室。

气喘吁吁地坐下来，把书摆上，同桌的祁嘉栩低声问她："去哪儿了，跑这么急。"张小莫摆摆手，示意让她先喘会儿。就听祁嘉栩又说："钟鸣刚才来问了你好几次去哪里了。"

张小莫便喘完了也不想说了。钟鸣就是想跟她一起去唐老师办公室睡午觉的女同学，如今又来打探她中午去哪里，她心里有些不太舒服。又或许，不想和别人分享那个清净的地方。

下课的时候，钟鸣果然来找张小莫，一是问她中午的行踪，二是拽来于书棋，想拉她一起去报名上包过英语四级课外班。因为不想回答第一个问题，张小莫直接回应了第二个问题，问她们报四级的班的情况。

这一段时间他们高中很流行考四级，只要报一个托福或雅思班，就能帮忙报名。而且高中会考也认，有四级证书的话就可以免考高三时的英语会考。钟鸣说，三人一起报班有优惠，算下来一个人才两百七十块包过，她和于书棋已经说好了，再加张小莫一个就可以有优惠。

张小莫和于书棋在分校是一个宿舍的室友，关系还不错，作为全班年纪最小的女孩，于书棋很依赖别人，张小莫和她在一起时是被她依赖的那一个。虽然有时会觉得有些不耐烦，但被依赖的感觉还是很新鲜。钟鸣这个人，对她也是粘上就不放，到高二之后，因为都是中午带饭，所以会一起去蒸饭的小黑屋放饭盒，午饭也在教室一起吃。

在分校的时候，因为听说钟鸣有先天性的心脏病，张小莫对她有些同病相怜的感觉。虽然张小莫现在好了，但那段误诊的经历还是在她生命中留下了很深的烙印，不由对钟鸣生出了一些同理心。后来是其他人劝她，不要和钟鸣走得太近，说是这人在初中的时候风评不太好，有一个绰号叫"吸星大法"，只和比她成绩好的人玩，等成绩上去了就去找另外的朋友。比如她十五名的时候和第十名玩，她升到第十名了就抛弃这个朋友去找第五名的人玩，谁和她在一起，就会被她"吸"。

对于这个说法，张小莫倒是有些理解的。因为钟鸣为人处世，实在是有些自私。中午还在教室一起做作业的时候，她就发现了，钟鸣要是有问题，就会不顾不管地打断别人做题，马上就要别人回答，但如果别人有问题要问她，她就会装作听不见继续做题，被别人打断还要发脾气。

此时为了搪塞过去，张小莫还是耐着性子看完了传单，价钱并不贵，比她还在补着的英语课要便宜多了，上三个月，一周两次，不过包退。加上于书棋在一旁对她撒娇，张小莫答应放学陪她们去看一看。

放学后去到培训机构，说可以试课，让她们先留下来上一课。结果试课的内容就是模拟考，现考现改，考的是前一年的真题。张小莫晚饭都没吃，赶快打电话回家报备。折腾完一圈后到了晚上九点多，改卷结果出来，培训机构的老师激动了：在没有任何准备的情况下，张小莫的成绩就过线了。这时的四级还是百分制，机构老师拉着张小莫说，如果这一年四级正式考能考到85分，就能奖励她八千块钱的奖金。

虽然这奖励诱人，但张小莫觉得，自己不复习都能考过，还报班做什么。眼见她没兴趣，钟鸣有些失望，准备走的时候，突然又想起午休时的事来，张小莫不说，她就自己猜："中午我看到卢粲来找你，你们团委有事？"

懒得再找理由，张小莫顺着她的话点点头。钟鸣像是松了一口气说："那就好，我还以为他对你有意思，他可是有女朋友的人。"

这时她们已经走到了公交车站，夜风深沉，路上的车经过时，夹带着一股汽油烟尘味，张小莫闻着汽油味会晕车，此时刚做完两个多小时的卷子，再被这气味一刺激，不由一阵反胃。

"哦，是吗。"她面无表情地说。

钟鸣继续兴致勃勃地八卦："听说是他的青梅竹马，从小在一个大院里长大的，小学到高中都在一个学校，就是好像成绩不大好。"

于书棋听了，问了一嘴："是我们学校的吗，哪个班的啊，没有印象啊。"

钟鸣说："很不起眼的一个女生，你见过也会忘。"然后转头问张小莫："你和卢粲这么熟，有见过吗？"

张小莫没有理会她，抬头说："我要坐的车到了。"等面前的公车停下来，利利索索地就上了车，坐在了靠另一边窗的位置上。等车启动向前走，把车窗打开，她感觉好了些。

她其实是很喜欢坐夜车的，奶奶家搬去郊区之后，每次父亲开车去的路程都很长，虽然拜访的过程总不大愉快，但她很喜欢晚上回来那段长长的夜路，在流动的夜色里，她可以放纵自己的一些思绪，有时是脑内小剧场，有时是在回味一些她平日没有仔细想的事。这学期开学之后，思索卢粲的行为，占据了她在夜车思绪中的大部分时间。

她闭上眼，后背微微地靠在公车座位上，内心是一种翻腾之后的庆幸，她之前那般的警惕，并不是没有来由的。

辗转反侧了一晚上，张小莫还是气闷。要知道真相，有更简单的办法。

第二天，她起了一个大早到学校，祁嘉栩来看到一向踩着铃声到的她居然已经到了，还嬉皮笑脸和她开玩笑。张小莫沉着脸不说话，祁嘉栩逗了她几下，意识到她真的生气了。做了一学期同桌，每日打打闹闹，对于张小莫脾气的了解，在这班上祁嘉栩要自称排第二，没人敢称第一。在别人眼里张小莫是个从来不会生气的人，祁嘉栩知道可不是这么回事，张小莫轻易不生气，但要生起气来，气性可大了去。

经验告诉祁嘉栩，这生气和他有关系，于是直接问："说吧什么事，有错我一定认。"

张小莫这才理他："你知道卢粲是有女朋友的吗？"

祁嘉栩支吾了一阵，说："是有一个关系比较好的女生，但是不是女朋友我就不知道了，就是我们有时开开玩笑，他从来没有承认过。"

张小莫忍住拿书丢过去的冲动："你知道还替他约我？"

祁嘉栩自知理亏，腆着脸和她道歉，又不免替自己辩解："你不是也想去看他吗？再说了那个女生又不一定是，在我看来你们两个比较配。"

张小莫没忍住，在心里送了他三个字。吸了口气说："中午他要是来找我，你和他说我回家了。"

祁嘉栩表示为难："中午我也要回家啊。"张小莫斜了他一眼："我不管，你搞定。"

两人正吵着，叶归进了教室，过来和祁嘉栩打招呼，顺口问张小莫书有没有看完。张小莫正在气头上，把书从抽屉拿出来推过去："没看，你要就拿回去。"

被她凶这一下，叶归有点懵，他属于认为张小莫从来不会生气的那群人，突然见识到她这一面，还以为是自己的问题，不由解释："我不是催你，我是想说，要是看完了，我还有本蒙克的书，你要不要看。"

听叶归这样说，张小莫立刻反省了一下自己的迁怒行为。缓下声说："谢谢你。这一本我翻了，就是书信集，我之前看过的，没有及时还给你，不好意思。"

看到张小莫恢复了平日熟悉的样子，叶归松了口气，转而问她另一件事："听说昨天你们几个去报四级的班了？"

张小莫点点头，又摇摇头，想起来她也有事要问叶归。

叶归这人，偏科偏得厉害，准确地说只有英语一科特别好，高一就过了四级，但其他科特别拉垮，月考常常是吊车尾的水平。高一的时候，班主任是英语老师，总对他恨铁不成钢，加上进校也是男生十几名的样子，硬是把他架上了宣传委员的位置。到了高二之后，换了班主任，对他没有那么另眼相看，他反而舒适了许多。

从初中开始，在班上比张小莫英语好的人就很难找了，因此对于叶归，她一直比较尊重，并不真的把他当差生看。叶归的母亲是重点初中的英语老师，家学之下，所有事都打点到了前面，过了四级过六级，过了六级考专八，过了专八就准备托福和雅思。

张小莫问叶归，如果不报班的情况下，怎么报四级。叶归果然知道，说通过师院去报，如果需要的话，他可以帮忙。张小莫承了这个人情，才想起来问他什么事。叶归说，前一天就想和她说，以她的程度，不用去报班，又不方便当着别人说，知道她最后没报就好。

这一打岔，张小莫的气顺了不少，没有继续跟祁嘉栩置气。祁嘉栩一看以为过关，对她百般讨好，一会问她要不要打他解解气，一会问她要不要喝奶茶，张小莫对他平和一笑，说："你等着，还没完。"

接下来，在祁嘉栩忐忑不安的时间里，张小莫做了不少事。

先是一下课去了团委办公室，告诉宁老师自己要去各种通知高三优秀学生去各班答疑的事，课间操就不来了；再是取回了饭盒，中午打算回家。张小莫中午要是回家，时间有些紧，但紧赶慢赶吃完饭还是能睡半小时。而且带的饭蒸出来，所有绿色叶子的菜都变暗绿色，日复一日，也觉得有些乏味。打电话给母亲说了要回家，然后去约了云央中午要一起走，把中午日程躲过去了，她才松弛下来。

前前后后地思忖过一遍，自觉和卢㮥的相处过程中没有失仪的地方。而且要说起来，自己也没有质问此事的立场。可前后一连缀，还是十分气恼，伸手打了祁嘉栩一下。

见张小莫动手，祁嘉栩反而放心，知道她真的生气就是完全不理人。胆子大了些，在一旁劝慰她："你别生气了，要真的不是呢。我怎么会故意要害你。"

祁嘉栩就这点好，做人很是知进退，就算有理可讲，也知道这事做得不厚道，没有装傻充愣，更没有去细究张小莫以什么立场来生气。不然，真是没得朋友做。

张小莫想说无风不起浪，但又觉得疲惫，她提防警惕至此，不无宁可错杀不可放过的心。从裴述开始，那些男孩转瞬易变的心思教会她的，就是绝不让自己置身于可能受伤的处境。

祁嘉栩继续劝："你想啊，在外人眼里，说不定你和方让也是一样的情况，当时我打听到时不也一样传，并不说明你们有什么嘛。"张小莫横了祁嘉栩一眼，这能一样吗，上高中之后她和方让连面都没见过几次。听得张小莫反驳，祁嘉栩继续说："那不还有叶归吗。"

叶归怎么了？连张小莫都想听听祁嘉栩能讲出什么花样。

祁嘉栩回头指指墙报，再点点抽屉里还没拿走的书，说："我还没见他这样好心过。"顿了一下，又小声提醒张小莫："当初你喜欢看的，可是他们两个。卢粲可是知道的。"

张小莫伸手又打了祁嘉栩一下，她就知道他卖过她。

祁嘉栩没躲，凑过来看她脸色："这样讲是不是不生气了。"

比起这个，张小莫更在意另一件事，问祁嘉栩："墙报的事，叶归自己和你说的？"

祁嘉栩摇摇头："哪能呢，你也知道他多在意这个。是卢粲问我，我猜的。"

听到这里，张小莫还是不放心，一点点地问清了祁嘉栩相关的细节。

知道只是卢粲告诉他那天撞见叶归和她出墙报，其他并没有多说，祁嘉栩自己猜到了，但也没有和对方提。对于这两人的印象，她暂且又往上提了一些。但要怎么面对卢檠，她还是没有想清楚。

躲了两天，在班会的时候，卢檠跑到了他们班来。是高三年级的优秀代表来答疑，本来张小莫在，卢檠就不用跟了。突然跑过来，让她有些措手不及。

要做的事，无非是让大家写匿名小纸条提问，然后把大家的纸条收上来，让分到他们班的师兄师姐抽签来回答。并不是多有技术性的工作，只是需要调动一下大家的积极性，免得冷场。卢檠在讲台上面陪师兄师姐，张小莫叫上学委向风帮她分两组收纸条，很快就搞定了。张小莫回到讲台上，和卢檠一左一右帮着抽纸条，她抽出来先展开，然后让师兄师姐决定要不要回答。

左右无言，师兄师姐答疑的时候，张小莫就在放空。文理分科这件事，对她来说没有什么好想的。母亲从初中时就坚定地要她学理科，作为一个并不怎么偏科的人，在重理轻文的大环境下，她没有要去读文科的理由。这场答疑对她来说，感受一下高三初始氛围的意义更大些。

一边展开纸条，她一边在猜笔迹，说是匿名，但因为经常帮老师判卷统分，对她来说和半开卷差不多。一张接一张的，她展到一张时，突然愣住了。上面的问题是：如果理科不好，但还是想选理科的话，到高三会痛苦吗？

倒不是问题有什么怪异，而是那字迹她认出来，是叶归的字。

圆圆的，一个一个，像是瘦了一圈的幼圆字体，很有自己的风格。张小莫高一的时候帮英语老师统分，不用看名字就知道是叶归的，明明英语水平是可以过四六级了，但考试总有点乱来的成分，有时看到一个低得不可思议的分数，张小莫就会对着标准答案再细细帮他对一遍。到了高二之后，周考时考物理化学叶归甚至有缺考的情况，反正也答不出来，计零分就可以了，班主任也管不住他。

这样的叶归，竟然还会有担忧文理分科的一面。看着纸条上面认认真真的笔迹，像是真的很想听到一个回答。手指掠过纸条上"会痛苦吗"几个字，她的心像是被虫子轻轻蜇了一下。

把纸条展开，递给她这边答理科问题的师姐，张小莫小声说，这个问题很有代表性，师姐可以答一答。

师姐答的时候，张小莫也凝神听了，鸡汤风格的鼓励，大致说高二才开始，并不太迟。虽说相当于什么都没有说，但至少宽慰的作用还是有的，这也是为什么选在高二开始而不是高二结束的时候来做这场答疑的原因吧。

班会结束，送走师兄师姐，张小莫转身想回去，卢粲叫住她，说宁老师找他们有事。看了看时间，此时是下午第二节课，很不合常理，张小莫说："你自己去吧，我现在班上还有点事。有什么到时转达一下。"

卢粲这才讲实话："我也有事找你。"

张小莫抬头，认真地端详眼前的少年。上一次她这样肆无忌惮地观察他，还是高一篮球赛决赛的时候。她在场边，看着对方的队伍把自己班的队伍打得落花流水，在那一场比赛里，她分出了他与叶归的不同。叶归的狼狈，与卢粲的轻松，两个都很符合她审美的身影，因那一刻的强烈对比，让他们各自的形象立体了起来。

那场比赛，让她的心情低落了好几天。旁边高年级的校队成员嫌弃他们班的负隅抵抗的样子，在她脑海中挥之不去。而卢粲作为强者的震摄感就此定格下来，在之前慕强的基调上，又增加了一丝恐惧和防备。警惕着，也许在这样的人眼里，弱者的拼搏与争取，如蝼蚁无异的可能。

即使在她考入年级前十和进入团委之后，这种感觉也并没有完全消散。只是日日相处之下，觉得卢粲没那么高高在上难以接近。但在她的认知里，卢粲是一个没有裂痕的人。

张小莫是一个很容易发现别人裂痕的人，比如刚才叶归的那张小纸条，就让她看到了叶归的裂痕，这种裂痕，是她窥探别人的窗口。

能让她看到裂痕的人，不一定是关系很好的人。她也并不喜欢读出这些信息，偶尔瞥见一眼，都会赶快把目光移开。

比如，钟鸣所谓的吸星大法与自私背后，也许是长年患病后对生存资源索取的习惯，这种眼里只有自己的短视，是她有效的生存方式。于书棋对别人的依赖和毫无自理能力，是因为她是班上年纪最小的，但下一届比她年纪更小的人，并不会出现这种姿态，在她习惯从这种姿态里尝到了甜头后，只要不培养自理能力，别人和她在一起都要做照顾她的那个角色。殷其南在分校和男生学号末尾的祁嘉栩交往，转头回到本部和男生一二号的向风与夔舟周旋，比起别人说的绿茶，更重要的是缺爱，只要有人提供需求，她就会陷进去，同时不放过任何一个别人喜欢她的机会，哪怕是小偷同学的好感也要照顾周全。对于天生乐观的祁嘉栩，殷其南和他分手固然和平，但转头周旋的对象是向风与夔舟这件事，无论如何会让他受伤。而作为向风和夔舟两人，无论哪个是哪个的掩护，在这尴尬的等待时间中，都不会好过。

张小莫并不喜欢这些信息的读取。更确切地说，她有意无意地在回避这种观察，避免自己有过分的同理心，她只想在自己感到不适的时候就远离，在和她没有关系的时候与别人正常相处，不想参与别人性格形成的原因，也不因为这份理解而在相处时让步。

通常情况下，她喜欢和自己看不到裂痕的人相处。这会让她比较轻松。

她看不到裂痕的人，分两类，一类是她的至亲好友，因为太过亲厚，她不忍去剖析他们。另一类，是卢粲这样的人，因为太强大，不会有让别人观察的机会。

张小莫端详着眼前的少年，也不知是自己到底想看出些什么。沉默之间，只听他低低地说了一句："我没有女朋友。"

听他说了这句，张小莫也不知作何感想。转而问："宁老师找我们？"然后自顾自地往团委办公室那边走。卢粲跟在她后面，两人一前一后的，走廊上有人看着他们之间气氛诡异，都没敢和他们打招呼。

走到能看到后花园的小露台，四下无人，闻到郁郁葱葱的树木香气，张小莫才说："谢谢你告诉我。"不然心中的那一口郁气，不知何时才能消解。

这一声谢，在卢粲那听来奇怪，正不知如何反应。张小莫问他："听说你之前打听过我初中的事。"卢粲愣了一下，点点头。张小莫继续说："那你有没有听他们说，我是高考前绝不会谈恋爱的那种人。"

不知为何，听得这句，卢粲反而高兴起来，说："巧了，我也是。"

张小莫正为这高兴有些疑惑，就听他继续说："那明天还是一起去自习？"

一阵风吹过，后花园的树木被吹得沙沙作响，风与叶的碰撞声中，张小莫突然悟了。这次，轮到了卢粲要做那个比较聪明的人，而她什么都不用想。

这一天放学后是物理竞赛班，在一楼阶梯大教室上课。两人回教室收了东西，一起去竞赛班。

回到本部之后，二十五个班合流，竞赛班便在大教室上课了。全年级的人坐在一起，张小莫在数学竞赛班能看到方让，在物理竞赛班能看到邵襄阳，不过通常只是远远地互相点个头，招呼都来不及走近打。座位通常是一个班的坐在一起，到大教室后，有想旁听的同学也可以来听，老师大方，并不介意多几个好学的人，不过跟不上的，通常也坚持不了多久。

这学期知道有竞赛课可以蹭，钟鸣便要跟着张小莫来，这天习惯性地想粘着张小莫坐，一下看到她旁边的卢粲，只好往夔舟旁边坐。坐下来之后，时不时地打量他们一眼。课程上得密集，中间没有休息，一路精神集中到下课，一群人三三两两地走出教室，钟鸣才往张小莫跟前凑："你怎么又和他坐在一起啦，我不是和你说他……"

"说什么？"和自己班同学打完招呼的卢粲，从后面走过来，接过钟鸣的话。张小莫想要糊弄过去，卢粲较了真："你当着我面说。"

钟鸣支吾了一阵："我也只是听说的……"

"只是听说的事，就敢随便传？"卢粲似笑非笑地看着钟鸣。

眼前情势尴尬起来，张小莫让钟鸣先走。她其实并不十分想追根究底。这个时段的少年心事，千变莫测，此时不是，不意味着以前不是，反过来也是同理。再说，于她而言，终究没有特别的意义。她对目前人际关系的现状还算满意，没有特别亲近的人，也没有特别讨厌的人，大家看上去和和气气的，不要有人打破这个秩序是最好。

看着钟鸣的背影，卢粲皱皱眉，问张小莫："你和她关系很好？"

张小莫摇摇头。这学期之后，钟鸣成绩上升不少，和别人说的一样，不再和高一时的朋友玩，转而找她，课间上洗手间，中午吃饭，上竞赛班，只要有机会就要和她在一起。张小莫倒没有特定的组合，除了放学一定会和云央一起走，美术课一定会和郁巧一起坐之外，其他时间都是遇到谁算谁。钟鸣的主动凑近，让她出现在周围的频率特别高，不少人都以为她们关系好。

上学时间就这么点，用相处时间来判断倒是最直接的。只是，什么叫关系好呢。像初中时"天才帮"那样稳固，还是像高一时短暂的和殷其南她们形影不离，抑或是像小学时和林晓音一样心意相通呢。

想起"天才帮"，张小莫又不免有些唏嘘起来。

回到本部后，她在上下学时，偶遇过凌鱼几次，从家一起走到车站，或是一起从车站走回家。路程比初中时上学要长多了，两人聊天依然融洽，凌鱼与她，算是精神上相交的朋友，无论如何都找得出话来聊，只是很有默契的不会去约下一次，遇不遇得到，全是随缘。毕竟没有在一个学校，要避开和前情提要的事过多，遇的次数多了，也许就撑不起这样密集的一如往昔的聊天。

涂豆和马楠，因为家住在一起，倒保持了每天一起上下学。由于班号也近，两人关系并没有太大的变化。马楠在的班，是年级全班平均分第一的十四班,也是把老师气哭最多的一个班,那个班的集体荣誉感十分强烈,出来的人,都带着清晰可辨的特质,自信昂扬又不羁。

这种特质,在公车上遇到时,张小莫感受过一次。不管客观条件如何,明明是她们两个一起,从这段关系里抛下了张小莫。但看到张小莫,马楠上来就开玩笑地指责她:"你有了新朋友,就不和我们在一起玩了。"张小莫问她哪有,马楠说在操场上见着她,都不和她们打招呼。张小莫认真问,哪一天,什么时候,在操场的哪里。马楠说,课间操的时候。

听到这个回答,张小莫就沉默了,停了半响,还是说了:"我这学期课间操的时候都在团委办公室,没去做过操,你不可能在那个时间在操场上看到我。"马楠并不尴尬,爽朗一笑,说:"那是我们看错了吧。"

所谓朋友,至亲至疏如此。三年的时间说起来长,亲疏变换也是转眼之间的事。

高中之后,这种亲疏的流动更快了,身边的人走走停停,何时远些何时近些,都是不经意间的事,走了一段回头看,才发现已于前段时间有了变化。就像眼前的卢篆,他们团委任职不过一年,此时已过三分之一,到了高三没有交集之后,还不知关系会如何变化。

两人一边随意聊着,一边往校门口走,却看见前方钟鸣追上夔舟,交谈了几句,两人往河岸的另一个方向走了。因为与云央和夔舟一起回过几次家,张小莫知道,那不是夔舟回家的方向。

好奇心这头才起,那头又压下,她自己的事还没有头绪,哪还有空去管别人。安安稳稳地走到公交车站,与卢篆说再见。

秋意渐浓的时候,学校里的课外活动开始丰富起来。

先是校园歌手大赛到了尾声,像是要把歌唱类活动一口气办完一样,接着办了合唱比赛。合唱这种事,张小莫已经熟练地掌握了划水技巧,再也不会像小时候去少年宫那样,会因为老师没有把自己抽到主唱声部而懊恼。平心静气地接受自己不是主角的场合，也是长大的一种表现。

因为是学生会和广播台主办的活动，团委这边没什么事，张小莫终于轻松了一把，可以从头到尾跟着混。即使在上台前，也毫无紧张感。

比赛的场地是在二楼篮球馆旁的小礼堂，搭了台，就成了演出场地。因为场内面积小，候场的队要排在室外，绕着露台排一圈，排到快上场的时候，能听见前一个班唱什么，其他全看不见。

终于排到上台前，候场区的幕布遮了一半视野，张小莫在和同学说说笑笑间，突然静下来了，场内是她在小学时无比熟悉的歌声，是林晓音在做他们班的领唱。校园歌手大赛的时候，她留意过，林晓音并没有报名，还以为她从此不想再唱。没想到，是在合唱比赛时等到了。

林晓音的歌唱，并没有退步，至少在张小莫眼里，透过半遮下来的幕布，林晓音背对着她的身影和小学时在升旗台上领唱国歌的身影重合了。她忍不住和旁边的同学说："台上的领唱，是我的小学同学。"旁边的同学"哦"了一声，不知道这句话有什么特别的意义，每个班的领唱并不是特别稀奇，旁边的钢琴伴奏也一水的十级，何况之前校园歌手大赛才落幕，唱得好的个人选手，已经在那个比赛成了明星，再领唱，也只是再刷一遍声望。

但光是林晓音站在台上的这个事实，就足以让她激动了，那种旧日时光的重叠感，让她有种酥麻的感觉，虽然她也不知道，自己到底在激动些什么。一曲唱毕，退场通道和候场通道是同一条，林晓音他们班从幕布后面钻过来退场，张小莫不由抬起手，喊了林晓音一声。

刚喊完，张小莫就后悔了，上一次和林晓音打招呼时的情形她还记得，要是林晓音再装作不认识她，当着这么多人的面，她怎么下得来台。

还没等她悔意上涌，林晓音看到她，兴高采烈地走上来牵住她的手，说："你们班排我们班后面啊，我都没有看到。"寒暄了两句，张小莫他们班马上要上台，林晓音依依惜别地说："我们再约啊。"

待他们班人退场完，张小莫旁边的同学凑过来和她说："你们俩关系还真是很好啊。"

张小莫怔愣着点点头，体感上有些时差，觉得高一的时间好像折叠起来，林晓音像是此时才在高中和她第一次相见的样子。

要不是她在分校的那次尴尬经历那样深刻，她几乎都要怀疑自己的记忆有差错。

被一个人装作和自己完全不熟，对张小莫当时的刺激还是有些大。因为表现得那样自然，会让她怀疑，其实是她的问题，是她一厢情愿，而对方并没有这样定义她。如今这一遭，让她终于放下心来，林晓音不想认的也许不是她，而是她连带着的记忆。重新站回台上的林晓音，身上短暂地恢复了光彩，踏着掌声和他们班同学的赞扬声，走过来与她完成了这场相认。

虽然时间有些久，但张小莫觉得，她算是完成了这场释怀。

只是她没想到，她很快就要在别人身上，再旁观一遍这样的戏码。

前段时间她放学时瞥见的夔舟和钟鸣那异常的一幕，终于在过了一段时间后，显露了后续。大家都传夔舟和钟鸣在一起了，因为放学时在河边看过他们手牵手地一起走，传言到这地步，不否认不承认也就过去了，大家都心知肚明，不会多说什么闲话。

但钟鸣却很正式地澄清，她和夔舟之间什么关系都没有，如果有的话，就是夔舟喜欢她，她没答应。

这一下把夔舟弄得很难堪，想要解释，又百口莫辩。怎么开口去说，是钟鸣先去接近的他，怎么去解释，他以为两人确实是在一起了，又怎么澄清，并不是自己一厢情愿。

在这件事上，张小莫是信夔舟的。那天她分明看见，是钟鸣追上夔舟，才让他改了道。在此之后，夔舟放学才改成陪钟鸣从另一条走，先送她去车站，自己再回家。再者，看见两人牵手的人证是康翩翩，自上次康翩翩帮张小莫抓到偷手机的人之后，张小莫就对他的侦查能力深信不疑。

张小莫和夔舟关系本来还不错，高一时是互换手抄本的关系，何况夔舟还帮助她做完了一本《数学精编》。高二时因为夔舟卷在殷其南和向风的关系里，张小莫就不大去找他讲题了，但友谊的基本盘还在。闹得这样大，她都忍不住私下去问夔舟怎么回事。

夔舟满腹委屈，只对张小莫说了一句："是她先来牵我的手的。"

张小莫秒懂。甚至连夔舟不懂的地方，她好像都懂了。

夔舟在班上，女生人缘是很好的。这种人缘好和叶归与施稷那种因为长得帅的人缘好有些差异，在女生眼里，夔舟更接近于妇女之友这样的角色。他不会拒绝女生的任何请求，是比方让还要老好人的角色，只要你敢提需求，他就会想办法满足你。殷其南那段时间那样离奇的请求，一边和向风讲题，一边让夔舟陪她回家，要是问夔舟为什么愿意，他的回答会是："她让我等的。"张小莫知道，是因为她真的忍不住问了。做好人做到这分上，她也不知该说什么。

这样的男生，私下如果建立关系，是会给自己带来不少好处的。钟鸣那样辛苦地接近张小莫，张小莫对她都有所隔阂，离真正的亲近还有距离。她的自私要是侵犯到张小莫的舒适圈了，张小莫还是会躲她。夔舟就不同了，这种任人索取的类型，又满足比她成绩好的条件，她的吸星大法想怎么吸就怎么吸。

可是公之于众，被大家传开，这性质就不一样了，钟鸣心气那样高，又怎么会满足于和夔舟传绯闻，从此和这个老好人捆绑在一起，当然要第一时间立刻解绑。

之前对于夔舟的好人行为，张小莫就算看不过眼，也不太会去管。但此时的夔舟，面对钟鸣的否认关系，身上产生的那种自我怀疑，让张小莫不免起了些同理心。

张小莫是知道的，事情发展到这地步，澄清真相也于事无补。

不管真相如何，夔舟表现得越委屈，他的处境就越被动。在这场游戏中，在乎的人先输。

女生这边，还会比较有道德感地对这种行为进行指摘，但在男生那边，不会影响他们对钟鸣的任何看法。甚至还觉得有人追是因为她优秀，能把别人周旋在股掌之间，也是能力的一种。

就像叶归，他甚至还觉得钟鸣有些意思，把她列入了上课传纸条聊天的行列，之前在他这个上课聊天行列里的，是殷其南。后来知道这一细节的张小莫，觉得这大概是因为在叶归眼里，他们都是狩猎者，是有意思的聪明人。

而与之相对的，是叶归很讨厌夔舟，或许说看不上更准确一些。他看不上夔舟因为做好人在女生中获得的好人缘，夔舟在女生中的口碑越好，在男生中的形象就越差。人们对同性的审判，总是更严格一些。

就像女生这边，对钟鸣的敬而远之，也到了前所未有的程度。与其说是为夔舟鸣不平，倒不如说是有些害怕和钟鸣这样的人打交道，男生那样觉得这样的人有意思有魅力，但毕竟大部分时间要和这样打交道和深入交往的还是女生群体，对于这种会损害别人的道德瑕疵，她们本能地觉得这样不对，并且感到了危险。

后来张小莫才觉出这种同性审判之间的区别，男生那边厌恶夔舟，是因为他为人太好，做了他们平时不会做的有利于女生的事。而女生这边远离钟鸣，是因为她做了有损于别人的事。

某种程度上，钟鸣的行事，其实只是某些男生惯常使用的手法罢了，她共享了处于优势位置的这群人的行为模式，用了平时大多数时间只有男生会这样做的思考方式：主动出击，等对方上钩，然后不拒绝、不负责、不承认。在这群处于情感操纵的食物链顶端的人看来，这不是道德有瑕，而是手段优秀。

倒回去看，钟鸣对张小莫的提醒，也许并不是全无善意。

她是这样想的，也是这样做的，她想要提醒张小莫，除了女孩惯常思维的粉红泡泡，还存在另一种可能。转圜一圈，张小莫才能从钟鸣的行为中，感受到一些客观上的好意，不管后者本来的初衷是什么。

但在此时，张小莫没有领会太深，只是单纯地就目前这桩事，直觉上站在了受害者的这一边。

张小莫对夔舟有同理心，是很自然的事。一方面，他们两个都属于被钟鸣故意靠近的对象；另一方面，张小莫很了解，被人否认关系后的心理感受。

此时夔舟最纠结的，并不是钟鸣为什么是这样一个人，而是她为什么要这样做。

即使到这时，他也没有对钟鸣进行道德上的判断，而是在想她这样做的理由。找理由的原因，是会怀疑自己有哪里做得不对。在这件事上，解铃还需系铃人，张小莫那抹疑虑，还是在林晓音恢复对她的热情后才彻底消解的。

话说回来，在合唱比赛后，林晓音也没有如她说的"以后再约"，她对张小莫的回暖的热情，就只留在她从台上下来的那一瞬，刚刚唱完时，台下掌声热烈，面上意气风发。再之后，也没有听说她在班上有什么显眼的表现了，那种展露歌喉后马上逆袭的剧本，并没有上演。再见到张小莫，也只是点头致意的程度。

但这一页，在张小莫心里，彻底翻篇了。从此以后，她会不再因为这件事有什么困扰。

相比之下，夔舟有些倒霉，不知什么时候，才能等到他的铃被解下。同时，他甚至还对钟鸣有所留恋。

这一点让替他鸣不平的女生们，很是怒其不争。都被害成这样了，不说报复回去，至少应该不再对她心软，一点都没有复仇剧的爽感。在这件事后，吐槽钟鸣的行为和夔舟的不醒目，成了张小莫与云央和明织之间的固定节目。

有共同的吐槽对象，能让女生之间的关系迅速热络起来。本来张小莫与这两人的关系就不错，再加上面对这个问题站在了同一边，更确认了在价值观上是同一路人。和明织吐槽有个好处，因为她性格泼辣，骂人十分过瘾，不管什么事，和她说了之后，就先解气三分。后来张小莫遇到生气的事，都喜欢找明织讲一讲，那种不管什么先站在朋友这边骂两句的风格，实在让人解压。对于张小莫这样遇事要三番来回纠结的人来说，这样的处事风格与她很是互补。

明织除了是张小莫的朋友，也是夔舟的朋友，因此吐槽起来更是爽利。而云央因为和夔舟家住得近，能补充一些细节。虽然有点对不住夔舟，但正是在吐槽他所经历的狗血事的过程中，三人的友情迅速升温。至此，张小莫从高二以来的相处的朋友格局再度进行了转变，钟鸣终于不往她身边凑了。

有时以女生的视角实在无法理解的时候，张小莫也会和卢粲提一句，问他们男生到底是怎么想的。卢粲说，他又不是别人，怎么会知道。但为了满足张小莫的求知欲，卢粲会试着帮她分析。他觉得，倒不是钟鸣有什么特别的魅力，只是对于伤害过自己的人，容易耿耿于怀和不甘心。

讲这话时，他们靠在自习室的窗边在透气，午睡醒得早一些时，张小莫很喜欢在六楼自习室往下看同学们涌入校门的场景，这种俯瞰的视角，很容易让人心境超脱，从日常烦恼中转换出来，人头攒动的渺小感，与他们从高处俯瞰的旁观感交织在一起，会比较容易对经历的一些事释怀。

发呆透气的时候，张小莫还喜欢考眼力去认人，两人都认识的同学，就会指给卢粲看。有次看到叶归吊二郎当地走进来，张小莫突然好奇，问卢粲，同是篮球队的人，他对叶归是什么印象。

卢粲想了一会措辞，对她说，你不是不喜欢像钟鸣那样的人吗，叶归听说也是这样的人。

关于叶归的左右逢缘，其实张小莫并不是毫无知觉。

高一入校的军训表演，他就和跳拉丁舞的女孩打得火热。一同表演的三人，相比起来，施稷总有一种正襟危坐的正经人的感觉，而康翩翩则感觉更像姐妹。

但那种印象稍瞬即逝，后来整整一年的时间，他既没有像殷其南那样令人瞩目地从男生一号周旋到男生二十九号，也没有像钟鸣这样闹出富有争议的话题，除了感观上的万事不上心和不负责任，仔细回想起来，他连绯闻都没有一个。

卢綮说他和钟鸣像，张小莫从表象上是感知不到的。连他和殷其南与钟鸣上课传纸条，都是他自己和张小莫说的。不然张小莫无论如何不会注意到，他会和这两人有所勾连。

叶归和张小莫，是借了两本书之后开始变熟的。他会时不时的和张小莫分享一些他对画家的看法，也会谈一些对文学作品的体会。因为他的父亲在出版社工作，让他早早的就有了出书的意识，那些在杂志上画的专栏插画，说不定会让他比张小莫这个有文学梦的人更早出版自己的著作。

对于叶归的分享，张小莫一开始是有些敷衍的，但当她写蒙克的那篇作文在月考里拿到满分之后，她突然感受到了这种像准备资料一般，了解自己原先不具备的知识的甜头。于是便也当作知识储备一般，有一搭没一搭地了解起来。

再熟一些，是发现两人都喜欢 F1 方程式比赛。这算是张小莫不为人知的一个爱好，在被足球少年伤过心之后，她发现了这项没有人陪也喜欢看的比赛。每隔一周的周末，她会自己一个人坐在电视机前，听两个多小时的赛车轮胎的声音。如果要问她为什么喜欢这项运动，大概是因为解压。

作为世界上最快的体育运动，时间的概念在这里似乎都被重新定义：最高时速高达 300 多公里，零点零几秒就能分胜负，对于排位赛来说，0.1 秒就已经是不小的差距。在计时成绩的一次次刷新前，平时以分秒记数的时间概念显得缓慢无比。而 F1 车手在比赛时承受着所有体育运动中最大的"压力"：在转弯时车手的颈部要承受 4

倍重力的横向离心力。在这项高速高压的运动中,稍不注意就会有车毁甚至人亡的危险。每一次转弯,每一次超车,每一次加油和换轮胎,都是让人屏神凝息的紧张。

后来张小莫想,自己这样一个体育不好的人,却在青春期每个阶段都被运动深深吸引的原因,大概是以压力对抗压力是最直观的办法。

和足球的分段式的高潮不同,F1比赛在一两个小时的比赛时间里,需要的是不停歇的精神集中,在轮胎的摩擦声中,观赛时作为观众,心跳会不自觉地加速,手心沁出汗来,想象着车手在车里的压力:保持心跳每分钟170下的心律近两个小时,舱内温度高达50—60摄氏度,还要操作着精密复杂的仪表盘。在这种高难度的分秒必争前,平时学业上的周考月考、答题时赶时间的紧张、考前那点心理压力在这种想象的对照之下,立时被秒成渣渣。

无数个周末,她都在看F1的比赛的过程中瓦解着自己进入高中后学业重压和密集考试的压力,那种表面冷静、内在血脉贲张的感觉,是独属于一个人的精神舒压。

张小莫原本觉得,F1是一项适合孤独者的运动。在观看比赛时,不需要别人陪伴,不需要和别人讨论,只要自己坐在电视机前,发令枪响,轮胎预热,发动机轰鸣,听着轮胎摩擦地面的声音,就能带来精神紧张血脉贲张的一两小时的精神快感。因此,她也并没有和别人分享过这一体验。但在被叶归发现是同好之后,她觉得有人分享的感觉也不差。

并不是太多人,能理解她的这种乐趣。比如她的父亲就觉得她听两个多小时轮胎声的行为很是无趣。她也无法解释,在旁人看来,也许只听了两小时枯躁轮胎声的过程,自己却紧张到手心流汗,而在比赛结束神经放松下来的那一刻,是一种难以言喻的舒爽。某种程度上,这种刺激也是锻炼神经的一种方式,提醒着自己,这世界上存在着这样的精神和身体极限的挑战。

能有人懂这一点，好像就已经是难得的一件事了。虽然，张小莫和叶归的取向并不完全一致。

　　如果说张小莫是借这种刺激来进行精神舒压，那叶归向往的就是这刺激本身。张小莫喜欢舒马赫，而叶归喜欢除了舒马赫以外的所有人。不过，这并不妨碍他们在周一的升旗仪式上聊前一天的比赛，在无趣的国旗下讲话开始，一群黑鸟飞过队伍上空，投下几颗鸟屎让人中招的时段，隐秘地回味着前一天比赛带来的快感。

　　为什么张小莫会和这个看上去和她大相径庭的人相交，再往深里想一层，旁观叶归的生活方式，好像对她来说，就是解压的一种。对于认真生活的她来说，这样一个有个性的摆烂划水样例在面前，总让她有种错觉，觉得人生有时候就算划划水也没什么大不了的。

　　叶归的摆烂，又不是传统意义上差生的摆烂，他有许多跳脱出高中生学习本分的梦想，比如当水手，当探险家，相比起来，当画家的梦想只是里面最普通的一个罢了。他对未来的畅想，是超出高考这条死线的，在张小莫小心翼翼做着作家梦的时候，他就敢把出书挂在嘴边。对于张小莫来说，又是在这个学校人均名牌刺激之外，见识的另一种自己不曾知晓的世界。

　　与叶归比较起来，卢粲的优秀是张小莫可以理解的。对她来说，卢粲是一个高配版的同类。他们有着相同的价值观，无论如何都紧张着自己的学业和排名，而在卢粲对钟鸣和夔舟事件的评述上，他们也有着相同的道德观。

　　说到底，张小莫与叶归也只是相熟，而不是相知。在叶归的为人上，张小莫相信作为同类的卢粲的判断，虽然这判断对她来说，在没有实证的情况下，震撼并不太大。望着楼下乌泱泱的走在香樟道上的人群，张小莫不由得感慨物种的多样性。这个高中，真的是一个让她见足了世面的地方。

　　虽然，她也没有什么时间来感慨，才松活了一阵，她马上又要开始忙话剧比赛了。

话剧比赛并不是学校的常规活动，这一年的话剧比赛，是语文老师秋老师攒起来的，主旨是想要学生们通过表演经典著作，来加深对文学作品的理解。

秋老师向来是想一出是一出的人。高一的时候，她在班上给同学们推荐安妮宝贝的小说，被学生家长反映给俞老师，吓得俞老师在班会的时候赶快重新给他们推荐了一批书目，包括杨绛的《我们仨》，张小莫都是在那时看的。

对于安妮宝贝，张小莫也没什么意见，她早在"榕树下"网站上看过了。只是在课堂上堂而皇之的推荐，最后要靠英语老师为他们拨乱反正重新出阅读书目，这件事不管怎么看都有些不靠谱的成分在里面。

张小莫他们有自己的班主任去拨乱反正，被秋老师当班主任的那个班就只能任她想怎么搞怎么搞。秋老师在张小莫他们班，在高一时是很受欢迎的，她上课会扯一些八卦，东扯西扯地离下课只有十分钟了，然后再上课。这就让上她的课变得十分轻松，和同学之间的关系也很融洽，再加上她们班语文成绩考试也不错，所以秋老师在他们班算是人气比较高的老师。

到高二的时候，秋老师的风评就变了，这种变化是从她当班主任的六班传出来的。说六班的同学特别烦她，甚至是从高一就开始烦她。这种信息的不对称，让张小莫他们班的同学一时很是懵圈。至少在他们看来，秋老师没什么不好的地方。

此时，他们班就还处于这种信息不对称中，一边是喜欢自己的学生，一边是烦自己的学生，秋老师相对的就更喜欢在他们班上课的氛围。话剧比赛的事一讲，大家都半自愿半起哄地开始报名。

张小莫做导演，是秋老师钦定的，要不然她也想不到，在大家都要上台的角色中，去做导演这样一个幕后角色。要演的剧，没有免俗地选了《雷雨》，在同学的起哄中，最后的角色归属是，殷其南演四凤，向风演周萍，夔舟演周朴园，宛鸠自己报名了繁漪，康

456 | 数千个像我一样的女孩 |

翩翩自己争取了周冲。还有两个同学领了鲁妈和鲁大海，角色就算分配完毕。

对于导演这个角色，张小莫虽然没有经验，但好像确有一定的天赋。

她是第一次做这种团队主心骨的角色，没想到居然还担起来了。秋老师让她做导演，大概是看中了她对文本的理解力，她也确实无师自通地能够指点每个人要怎么找状态，而她提出要改进的点，每个人都很信服。渐渐的这个话剧团体，就成了排练时演员一两个不在没有关系，但作为导演的张小莫一定要在。

作为导演，在排练的过程中，她感受到了演员们对她的信任和依赖。说实话，其实演员选的很不错，每个人扮上相之后，适合得都让她有些吃惊。特别是宛鸠，在演繁漪时那种爆发力让人惊叹。接上假辫子的殷其南，也妥妥就是个四凤。本来以为阴沉寡言的向风，演周萍时却很像那么回事，不过转头一想，无论是音乐课还是体育课，作为男生一号被点名的各个场合里，向风确实没有拉垮的时候。而温温吞吞的夔舟，竟然也很贴角色。至于康翩翩，本来就是活跃分子，演个天真单纯的周冲算是手到擒来。

除了演员的合适外，因为康翩翩的母亲在省话剧团，给他们拿来了一看就很高级的戏服，和其他班租的戏服一下就拉开了档次。大概是找到了扮演的乐趣，对于排练，团队里的每个人都十分上心，投入度特别高。唐老师也为他们大开后门，班会、自习课和体育课自由活动的时间，都批准他们去后花园排练。

后花园的小凉亭，成了他们光明正大的排练场所。有好奇的同学，也常来旁观。再加上几个志愿做服化道的同学，这个事在他们班就成了一个全民投入度相当高的活动，一时热度堪比篮球赛。

祁嘉栩也来凑过热闹，笑话他们叫张小莫"张导"，因为"张倒"在小城方言里，是做事颠三倒四、脑子进水的意思。炫耀自己如果做"祁导"，听上去就很好听。几个人笑闹一圈，把每个人的名字都试验了一次，又把向风的"向导"笑了一次。

被喊"张导"的张小莫，心情其实是很不错的。作为这个团队的灵魂人物，感受到了自己举足轻重的重要，自己的想法都能得到实现，而别人依赖她给出自己看法的体验，委实还不错。在当班干时，不管她处于多么核心的角色，做了多少事，都很少有这种主导的感觉。因此，对这场话剧比赛，她可以说是倾尽全力。

对于他们班的上心，秋老师也有所耳闻，在看到他们班准备的服装的时候，明显让她出乎意料了。而且因为是康翩翩母亲借的服装，在使用时间上，他们没有限制，只要需要，他们就可以换装排练，因此感觉找得十分好。对于他们会在这次比赛中拿奖这件事，其他几个班的文娱委员跑过来看过之后，都觉得是十拿九稳的事。

相比起来，秋老师当班主任的六班，对这场比赛的不重视，和张小莫他们形成了鲜明的反差。张小莫他们连上课时间都拿来排练了，他们班也没怎么见练过，服装更是一开始连租都不想租，还是秋老师跑过来问他们是哪里租的，想借他们班的剧服用。

剧服这个资源，对他们来说是很大的优势，但秋老师开了口，康翩翩也只好再去找他母亲商量，勉强凑出了一套，没有他们这套这么合适，而且说好只能在比赛那天借半天，不能长期借。

如此对比之下，张小莫更对他们的团队信心实足，如果说这段旅途还有什么不圆满的话，那可能是她没有上台过一把戏瘾的机会。给演员讲戏的时候，她常常会试一把，一开始时，他们都觉得她演得更好。但经过了一次次的排练，在细节上一次次的调整，到上台前，连张小莫都要承认，没有人比这几个演员更适合自己的角色。

比起不能站在台前的遗憾，收获了同学们对自己的信服与尊重，可能是更重要的事。因为排练，张小莫和殷其南与宛鸠的关系已经修复得差不多了，宛鸠对她在刚入学时的那种不服气，微妙地转换成了一种惺惺相惜。而与夔舟和向风以前那种看上去关系不错，也变成了团队中的"自己人"一般的定位。就连做服化道的郁巧等人，也和张小莫的关系更进一步。

到比赛之前，张小莫俨然已经成了班上的核心人物，剧组的人，互相之间也有了一起奋斗过的亲厚。如果不是消耗的时间和精力过多，张小莫是很想在这段时间多停留一会。不过，这种非常规的状态，毕竟不能长久，只等正式比赛，给这段经历一个圆满的完结。

话剧比赛的时候，和合唱比赛一样，是在小礼堂。不过因为表演的人数少，也没有要求全班都去当观众，所以在台下放了观众席的椅子。

评委是各班的语文老师，对于这个评委阵容，张小莫并没有多想。被自己班和其他班都认证了的服化道最优，排练又到位，只要正常发挥，她觉得没有问题。

上台之前，她在后台陪着演员们换装，演员们还是觉得她是主心骨，在一旁会比较安心。她事无巨细地提醒着每个人一些细节。看着郁巧在给殷其南扎头绳，张小莫有种要送孩子上考场的错觉。宛鸠的戏服，是一身紫色旗袍，很是衬她，她把张小莫叫过去，两手伸出来，张小莫双手接住一握，凉飕飕的。张小莫知道宛鸠是紧张，他们选的这段，就数她台词最多，最需要爆发力。作为导演，张小莫把高光时刻给了宛鸠，因为她最适合。她们两个的前嫌，已经尽弃的差不多，张小莫回握住宛鸠的手，给她暖了暖，打气说："练了这么久，你不相信自己，也要相信我。"宛鸠点点头，张小莫接着把每个人都加了一遍油，然后送他们上台。

看着自己亲手调教出来的演员在台上时，隐在大红幕布后的张小莫，自豪中又有点零落，终究只剩她一个，站在这阴影里。

不过她没太沉浸在这样的情绪里太久。演员上场又退场，退场的时候，她还要给他们讲等下上去的戏。所有人最终呈现得都非常好，连他们平时排练时的小瑕疵都平稳度过。表演完之后，他们班的同学，已经到后台来提前和他们庆祝，而剧组的这几个人，那种圆满完成任务后的兴奋和成就感，还没等评分出来，就达到了顶点。

庆祝完表演成功后，他们还是回到场里，看其他班的表演。可选的剧目太少，一半的班都选了雷雨，只不过演的是不同段落。张小莫他们一边看，一边评价，一起练了这么多时日，对这段戏该怎么演大家都有了心得。不是她自夸，别的班和他们班的差距，真的不是一星半点。

六班上场时，张小莫心里还有些不自在，因为只有他们的戏服和他们班是一样档次的，但看着他们演的情况，明显就是没排练过几次，也就没有在意秋老师要过去的这个人情。

这种高昂又放松的情绪，一直持续到公布名次。

名次一个一个的公布出来，张小莫他们班的同学越发安静，待最后第一名公布是六班的时候，已经没有人敢和他们几个说话。

他们不仅没有拿第一，甚至没有拿到任何一个名次。

看着这个无谓如何不应该的结果，张小莫不知该说什么。但此刻，她还是这个团队的主心骨，她对剧组的人说："不管结果是什么，我们演成什么样，我们自己知道。我以我的标准告诉你们，我们演的就是第一。"

康翩翩首先应和："张导说得对。"然后其余人渐渐回过神来，把手叠在一起，举起，高喊，放下，引得小礼堂的人都回头看他们。然后他们昂着头，没有等颁奖礼，一行人张扬地先退了场，回教室分零食庆功。为了比赛，他们甚至都还没吃午饭。

这样离谱的结果，最后当然要有个说法。唐老师去帮他们打听，打听到结果后，私下给张小莫一个人说了。打分的时候，秋老师给他们班打了极低的分，同时和其他班的语文老师换了票给六班。打分的本来就只有语文老师，自己班的老师都打了低分，别班的老师怎会还会客气。于是最后六班得了第一，张小莫他们班什么名次都没有。

知道这个结果，张小莫不知是错愕更多，还是伤心更多。

不管别班传出来秋老师的风评再怎么不好，但因为秋老师对她的宠爱,她内心对秋老师一直有所袒护。总觉得是有什么误会,不自觉地会在心里为此辩护。如今这番操作,比起一个不亲近的老师做出这种事,更让她觉得受刺激。

卢黎知道她难过,也私下去打听,说六班的人在比赛前因为太敷衍,再加上对秋老师的不配合,本来想退赛。秋老师之后,和他们许诺,只要他们能在台上能看得过去的演完,就能拿到奖。校级话剧比赛的奖,虽然没有省市级的含金量,不能加分,对履历也没什么帮助,但在大学自主招生时,在才艺上的这一笔,可能就是与别人微小的差异。

因着这利诱,六班的同学才无功无过去比了这一遭,没想到居然拿了第一名,连他们都觉得操作得有些过分。六班的文娱委员,来找康翩翩还戏服时,都心虚得紧。一向爱憎分明的康翩翩,当时就没给他们好脸色看。

正所谓虱多不痒,再知道这一层,张小莫内心已经没什么波澜。

唐老师私下给她说,是不想让同学们知道,影响上课的情绪。毕竟语文是主科,对立情绪起来,成绩差了吃亏的还是他们自己。但世上没有不透风的墙,唐老师能打听到的事,别人也能打听到,张小莫也没有瞒剧组成员的道理。于是,秋老师的风评差,终于在她教的两个班都完成了共识。戳破了这层纸,秋老师的真实水平,就再也遮掩不住了,无论是她上课漫无目地扯闲篇,还是上课不讲重点,再也不会被认为是和他们拉近关系的方式,而是简单地指向了能力不足。两个班的语文成绩,终于在高二时暴露出来,全班平均分一次考试比一次差。

和高一教化学的小黎老师相比,秋老师的水平居然能到一年之后才被识破,这一点比她的为人如何更让张小莫吃惊。一个老师的水平,居然可以伪装这么久,在看人上,她也没有自己想象中那样敏锐通透。

回到他们剧组的几人,如此轰轰烈烈的付出,换来一个这样哑火的结局，大家心里都不好受。但知道真相之后，内心的郁气反而没那么深了。一起经历的这段排练时间，体会那样深刻，终究不是一个比赛结果可以抹平的。

比赛结束后，后花园再次成了隐秘之地，没有了排练的理由，不再是光明正大可以去的地方。但美术课时，美术老师带他们去后花园小凉亭写生，站在亭子下方，教他们画亭子的六角。祁嘉栩一边乱涂，一边和张小莫讲小话："张导，有没有故地重游的感觉。"

张小莫抬头看了看那个六角凉亭，一时有些感慨，就听见同学们一个一个地凑趣跟着叫她张导，围在一起，兴高采烈地回忆当时他们排练时的趣事。

深秋的风吹过来，张小莫在这凉感中觉得有些惬意，在她这个结果论赞同者眼中，好像也能体会到了过程比结果重要的含义。

秋老师的事，是张小莫很久没有直面过的老师的成人世界的一面。上次有这样惊心的感悟，可能还要追溯到在子弟小学时跳舞的那一次。

又一次的，这个老师对她的偏爱是真实的，但在毁掉她在意的东西时并没有犹豫。又或者，在成人世界的考量里，这个决定并没有半点考虑她的因素，之前那些所谓的偏爱，也只是因为她在语文上的好成绩能带来相关的利益罢了。一切的出发点，并没有变化。

在课堂上，秋老师还是表现得无事发生，仿佛并不知道自己所做所为会对这个班的同学的感情造成怎样的影响，只是同学们单边的有抵触情绪罢了。

说到底，也不过是一次无关痛痒的比赛，即使是当真有所关系，在与成人世界的对抗中，他们还是显得那样不堪一击。指望谋定后动的成人因为他们的抵抗而不好过，那就太天真了。

同学们对秋老师的反感保存下来了，但因为比赛而产生的难过却很快的消退。秋季的活动实在是丰富，校运会很快又接着来了。

向风和夔舟这样的全勤选手,不停歇地又要投入到校运会的准备中,而校运会对张小莫则是毫无参与感的一个活动。也许是这样,上一个活动的伤心,在她这里会停留得更绵长一些。

高中的校运会再也没有仰卧起坐这样的项目,一切都比照着田径运动会来,租了省体育馆的场地,比跳高跳远还有短跑与长跑的无数细项。对于张小莫来说,这就是给她精神上放三天假的时间。看台很高,整个田径场可以尽收眼底,带好吃喝玩乐的东西,在看台上坐定,就和春游一样。胆子再大一些,不坐在台上溜出去玩也可以。

作为没有任何项目要参加的班干,班上的水和物资都放在了她旁边,堆成了大本营。有要喝水和送水给运动员的,都会从她这边走过打招呼。张小莫守了两天,自己没有参与感的运动会,和初中时体验感大为下降,远远地在看台上看叶归跑800米,夔舟跑3000米,又觉得各人选的项目和各人的脾气巧妙地映照了起来。

全班前四名,向风、夔舟、张小莫、宛鸠,就张小莫是个体育"渣",其他三个都是全能选手。全能的意思,是体育考试其他三人可以轻松上85分——这个三好学生和优干的硬性要求之一,而张小莫每个学期都要死命地研究体育考试和分数的算法,才能把自己的体育分凑上这个评优的基本条件。

每次凑这个体育分数线时,张小莫都觉得自己是真的又吃力又辛酸,还好平均分是选两项考试来平均,而不是每一项的平均,只要有一项偏门的能拉到高分就行。这一年考试的项目里有个体前伸,就是站在台阶上打直膝盖弯腰摸地,摸到脚还只是零分,要手伸超过脚面20厘米才是满分。当时张小莫一算,因为其他项太差了,这一项非得拿满分才行。

要是小时候练体操的光景,这点柔韧性对她不在话下,但经过这么多年的退化后,一开始她弯腰连脚面都摸不着。抱着一股曾经做到过那现在也行的信念,她每天站在家里的木头大椅子上一点一点地拉筋，痛的时候一边拉一边流眼泪，因为考试的时间也没给他们留太长，所以每天按进度拉起来，就对自己特别狠。两周的时间，她从摸不到脚面练到了超出地面20厘米。考试的时候，她轻轻松松地过了线还有多，体育老师轻飘飘地给她记了个满分，并不觉得有什么奇怪，还觉得她天生柔韧性好。转过头面对体育馆外贴着的暗红色瓷砖，张小莫不知为什么觉得有点想流泪。

从这些事上，还是能看出，她对自己仍然有初中时对自己的那股狠劲。

按理说，体育这种副科，不拿优秀也没什么要紧，三好学生和优干这种对高考毫无影响的荣誉，不拿也没什么要紧。但对于她来说，说是从小到大的驯化也好，只要是具体化为分数的考验，只要有可能做到，她就没有办法轻易放弃。

话说回来，经历了体育课如此辛酸的挣扎的她，对运动会无论如何是没有什么投入度了。

特别是，他们班在校运会的成绩上，其实很弱。前几名的全面发展，也就只是能在体育考试上拿优秀，但在校运会级别的比赛里是排不上名次的。毕竟在这所学校里，操场上天上飞过的鸟随便丢点东西下来，都能砸到一两个二级运动员。他们班不要说能拿名次的项目，就连项目能报满的都不多。稍微有力一争的，就是叶归和夔舟的长跑，至于那种要拼天赋的短跑，就是出动了祁嘉栩也难得争一争。

祁嘉栩的心态倒是蛮好，把能参加的短跑项目都报了个遍，至少不让他们班的项目有太多空缺。大概是搞过体育的人，对能力差距这件事心态早就被训练得特别成熟。长跑他们能争一争，张小莫有不怀好意地揣摩过，大概不是因为他们特别优秀，而是像3000米这种苦力活别班的人不太想去做。叶归这种划水选手，在一定要他参加不可的项目里，就选了个长跑里最短的。把划水的性价比贯彻到底。

因为场地太大，跟选手的人跟不到位，叶归跑完了，自己跑回班级大本营才来找张小莫要水喝。张小莫把水递给他，他顺势在旁边坐下。叶归还在喘着，张小莫还在望着远处发呆，一时没有搭话。他们班大本营选在了台阶最高一级的位置，就算有人从这一层走过，离他们也有八九排位置的距离。张小莫一边发呆，一边看见过道上有个熟悉的身影走过，在这无比熟悉的身影旁边，还有一个她未曾见过的女生在递水。

张小莫看得愣住了，这时旁边叶归把水喝完，像是知道她在想什么，贴心地给她进行说明："这就是卢粲那个青梅竹马。"

校运会因为租借场地的关系，开的时候已经是十月底了。

十月底的小城，已经是真正的深秋，风吹过来时，已经有渗骨的寒意。张小莫坐在看台上，椅子本来就越坐越冷，不由打了个寒战。她拢了拢难得穿上一回的校服，把目光从底下的两个人身上移开，侧过头对叶归说："哦？你怎么知道。"

其实她并不是很想知道答案。只是此刻想发起一场谈话，避免眼神和另一端的交流。

那个女孩和钟鸣描述得一样，很不起眼，看过也会忘的程度。但不知为何，不用叶归在一旁解说，张小莫也知道就是她。因为递水的姿势，过于自然亲昵。

卢粲这个人，她是知道的，一向很有距离感。能够走近到这个安全范围的，自然也不是常人。对于这个传言中的女孩，她没有特别想要了解的意愿，总觉得与自己的生活关系不大。各人有各人的交际圈，她并不想因为这种了解，打破自己生活状态上的平衡。

听了张小莫的问，叶归认真做答，因为同在篮球队，多少也有耳闻，上一年的联赛，这个女孩就在卢粲他们班的队伍里加油。他和祁嘉栩关系颇好，不免就指认了一下，听了几耳朵的八卦。

既然消息来源是祁嘉栩，那与张小莫了解的也没什么不同。

已经是走过一遍的流程了，没有什么新鲜的。但最近被秋老师的背叛感弄得有点低落的张小莫，总觉得要把自己对人的认知要重新梳理一遍。

她一边低头从班级物资里找巧克力递给叶归，一边零零散散地找话题。叶归突然想起问她，下周美术课要交的素描有没有准备，张小莫苦着脸，她上一张素描，还在给花瓶打阴影。叶归说没关系，他那里多一张，可以给她。张小莫觉得不妥，再说，美术老师一看画风不就认出来了。叶归说，不要紧，只要不告诉别人，谁会知道呢。

"不告诉别人什么？"卢粲的声音从前面传来。

他们两人聊天的时候，没注意卢粲从旁边台阶绕了上来。张小莫往下一看，那个女孩在下面等着。还没等她回应，叶归在旁边对着下面的女孩斜斜一点头，说："不介绍一下？"

卢粲看了叶归一眼，没有理他，看着张小莫解释："是一起长大的朋友。"张小莫点点头，没搭话。卢粲又问："等下我1000米比赛，你要去看吗。"张小莫这才开口："不去了，我要看班级物资这堆东西。"

听了她的回答，卢粲没有动。僵持了几秒，说："我有话和你说。"张小莫往旁边挪了两步，走到隔壁那排座位，讲："就在这说吧。"

卢粲纠结了一下，说："我不是和你说过了吗，他不是好人。"

不知为何，张小莫心里起了点火，示意卢粲看了眼在下面还拿着水等他的女孩，说："我没有干涉过你交朋友，你也不要干涉我。"

话不投机，没有半句话好多说。广播已经让跑1000米的运动员去准备了。卢粲只好讲："我晚一点来找你。"张小莫示意他先去，并没有答应或是不答应。

回到班级座位，陆陆续续有更多比完赛的同学回来了，看到班长施稷回来，张小莫跑过去商量，自己想跑路。施稷看张小莫守了两天，也有些过意不去，接下看物资的任务，让张小莫跑路。满场找了一下云央，商量好跑路计划，两人就准备走，叶归跑过来说："一起啊。"

于是这三人奇怪的组合,就出现在了音像店。这家音像店是张小莫很喜欢来的一家,离省体育馆不远,张小莫不想买盗版,但原版磁带又太贵,这家有物美价廉的引进版磁带,价钱要便宜许多,又能满足她不想买盗版的洁癖。

美中不足就是离学校太远,有时要来一趟,回家就七点多了,要费心去解释自己为什么回去这么晚。所以每年运动会,张小莫都会在跑路时先来这里逛一圈。

叶归跟着来,不知是真有想买的,还是单纯的只是想跑路。等张小莫买完磁带,又耐着心陪她们去逛书店,张小莫买了本围巾的扎法的书,他也在那看得津津有味。云央说自己去教辅区看一下,留了两人在美术工艺区。

大概是脱离了学校的环境,张小莫一时有些胆大,想起自己听的一个传言,好奇心起,想和叶归核实。

叶归不是好人,这件事其实除了卢籹说过,张小莫还听别人说过。他们班的女生,有和叶归一个初中的,说那时有女生放学后给叶归表白,表白的地方,刚好放学的必经之路,叶归听了,当着身后放学的人群,对那个女生说:"你喜欢我,和我有什么关系,又不是我让你喜欢我的。"

当时听到这个八卦的人,代入了一下那个女生,全都不寒而栗了一下,大家的共识是,没事不要去惹叶归,这人实在是太冷酷,半点不顾别人会怎么伤心。

听了传闻的张小莫,当时心里也是拔凉拔凉的,心里的警戒又多了一层。但与其说是忌惮别人冷酷,不如说是自我警告,无论何时,不要把自己的心送上去给别人这样踩。说起来,别人要怎么对待你付出的这颗心,是无法控制的。当你选择这样做了,就给予了别人伤害你的权力。

但说来也奇怪,在这件事上,女生固然会共情女生,但对叶归本人,张小莫却没有什么愤怒的感觉。与钟鸣和夔舟那件事,明确的看到了受害者,知道了整件事的原貌是如何的感受并不相同。此时她只是有些好奇,抑或是恶作剧心起,想看一向松散的叶归,在听到自己的黑历史时,到底会怎样反应。

如她预计得差不多,叶归坦坦荡荡地认了,张小莫早就料到,他并不觉得自己会做得有哪里不对,叶归笑了笑,给她讲当时的情景,自己确实觉得很不耐烦。指望他这种人,能去体会照顾女孩的柔软心思,那是对他要求太高了。张小莫这样想。

但接着,叶归对着她说了一句:"你放心,我绝不会这样对你。"

这座书店,是个二层楼的建筑,热门的教辅类在一楼,冷门的美术类书在二楼,旁边还接着一家奶茶档口,消费水平比学校的奶茶铺要贵三倍,平常的时候,会有学生在那里自习。但这时正是上课时间,书店和奶茶店里都没有什么人。站在木头和书混和而出的特有气息中,有种特有的清冷意味。

听得叶归突然而来的这一句,张小莫下意识地想反驳,但又不知从哪里反驳起。这时云央从楼下叫他们,说再不回家,会赶上晚高峰。

于是结账走人,到公车站去等车。叶归的家,和她们两个的家是在反方向,在这座城市区唯二的两个区的另一边。从小张小莫就觉得另一个区很是神秘,因为远,感觉每次进入,都有探索的感觉。她去那个区,去得最多的地点,是初中时看病去省医,还有就是去过父亲战友的家,转业之后的战友,做了民航飞行员,飞行员宿舍在军区里,穿过很长的有高大行道木的道路,走过几道岗亭才能到。那时她觉得飞行员真是一个特别好的职业,因为飞机上吃不完的零食和飞机餐都可以带回家,她能在那里吃到飞机上才有的食物。

非要定义的话,她觉得另一个区是富人区。因为省医,省公安局,省出版社,省博物馆,省图书馆,省体育馆都在那个区里。但有一个坚定的存在否认着这个认知:一中,在她们家这个区。

明明是要分道扬镳的场景,不知怎的,在找车站时弄出了点宾主尽宜的意味。叶归帮她们两个找到了回家的车站，然后才往自己家的方向走。坐在车上看着那半熟不熟的背影，张小莫不知如何感想。

有些人，别人都说他不好，但他对自己没有半点不好，硬要回想的话还有些照顾。置身于这个处境的张小莫，有一些懂了，关于坏男孩的魅力。平时以好人面目示人的，做了一件坏事，就会被认为表里不一；而平时以坏人面目示人的，做了一件好事，反而会觉得待你有所不同。

自己对人非坏即好的判定，在叶归身上，有了一种微妙的模糊。

这种模糊，一直持续到下一堂美术课上。

是两个班联合一起上的写真课，张小莫不想画画，之前就和美术老师申请了想当模特。美术考试以这学期作业的最高分为准，张小莫已经在之前的拼贴画作业里刷了一个94分，后续再画也没什么意义。要去当模特的人很多，因为当模特只要坐在那里一节课，就可以直接拿到85分。

美术老师对张小莫印象蛮好，不仅是因为她是好学生，还因为她有些灵光一闪的机灵劲。

当然，在美术老师那会不会理解成艺术涵养就不太好说。上一张被打了高分的拼贴画，张小莫做得其实很是简单，剪了个当地茶厂的绿茶礼盒的包装袋当底板，再剪了一张表姐给她寄的周庄的明信片，是一个老妪走在江南古巷中的背影，两相一贴，老妪孤单的背影走在漫天的茶色中，张小莫给画取名叫《清明》，下面注一行字：清明时节雨纷纷，路上行人欲断魂。

这张拼贴画美术老师不仅打了高分，还专门找张小莫要了回去贴在作品展示墙上，半点没有怀疑她是想偷懒。如今也是，在他们班这一群想偷懒的申请当模特的人里，美术老师选了看上去最不像是要偷懒的她来当模特。

到了这节课的现场，看着放在长廊正中央的那两把椅子，张小莫还没坐上去，就有了如坐针毡的感觉。两个合在一起上课的班里，

| 孤独的星 |

另一个是卢粲他们班。原来美术老师是在两个班的报名当模特的人里一班选了一个，让大家画，画群像也可以，画单人也可以，画男生也可以，画女生也可以，给同学丰富的选择。

磨蹭了一会，等另一个人都上去了，张小莫才上去，选了一把背对卢粲他们班的椅子。方位是可以了，就是另一个模特是南易，坐下来之后一直在和她小声搭话。

南易悄声问她，为什么要和卢粲闹别扭。张小莫想否认，又还是实话实说："我不喜欢他的朋友，他也不喜欢我的朋友。"南易点点头："懂，我也不喜欢他那个朋友。"

张小莫听了，有点兴趣，说："讲来听听。"

南易把椅子挪得离她近了些，讲："我特别不喜欢那个女生，成绩又不好，一天到晚就只知道给卢粲添麻烦。"讲到这里，南易不好意思地咳了一声："呃，虽然我的成绩也没多好吧，但自己水平自己知道，不会去找成绩好的朋友提出非分的要求，更不会去让朋友做些弄虚做假的事。"

张小莫正想详细问问，美术老师过来和他们打招呼，说开始上课了，让他们老老实实坐着，不要讲话也不要动。她只好按捺住自己的好奇心，一直坐到下课。

等下课铃响，她和南易两人同时活动了一下坐得腰酸背痛的身体，还想讲点什么，两人就被下课交作业的同学围住了，各人收各班。张小莫他们班的人，大多选择画了她，她看了几张，都觉得十分辣眼，半点不想承认那是她。一张一张地收着，看到一张很漂亮的，一看是郁巧画的，比真实的自己还好看，张小莫特地给郁巧打了个招呼，让她打完分发下来之后送给自己。

这句话，被凑上来的叶归听到了，把自己的画递上前问她，这张你要不要。

张小莫一看，一张印象派的人脸，辨不出美丑，但也比丑好。她点了点头，算是答应了。

看着手中那一张张的自己，张小莫突然觉得，自己都认不出自己了，很容易有一种：我是谁，这是谁，我在别人眼里是什么样的哲学三问。

正胡思乱想着，南易在混乱中讲了她一声，还想和她说什么，尝试了半天，只好和她讲："回头聊啊。"张小莫回头，看到卢粲挤在南易旁边，脑子里突然有个念头：自己在别人笔下多多少少会变形，那别人在自己眼中，是否也会和真实的有所误差呢。

最后张小莫收到了三张画，一张郁巧的，一张叶归的，还有一张是卢粲的。

卢粲的那张，是在中午去自习室时给她的。此时对她来说，去自习室已经成了一个习惯，不管约不约别人，总是会去的。吵架的时候就前后坐，不吵架的时候就同桌坐，并不十分打紧。

这一天，是她先到。写了一会作业，有人绕到她桌前，递给她一张素描。

画的是她，不像郁巧的画那样美化，也不像叶归的画那样抽象，而是确确实实，分量不差，就是她。

看着这幅画，她没有马上抬头，她怕控制不住自己的表情。稳了一稳，才把画细细仔仔地夹在大开本的辅导书里，说了一声谢。

她开了口，卢粲才顺势坐到了旁边，像是之前的矛盾从未发生过一样。

张小莫从一摞辅导书下面，抽出一沓打印纸，是她从榕树下打印的一部小说。这是她从初中时就有的习惯，会将特别喜欢的网络小说打印出来保存，有志同道合的朋友，便会和别人分享。初中时的那本《流云尼玛》就是这种情况。只不过，她已经很久没有遇到值得打印出来的小说了。

这一篇小说，开头就吸引了她：

"没有什么是不能够被时间留下印记的，尤其是离别。那些曾经的人和曾经的事，一旦被想起，他们就如灰尘一般，轰然地溃散开来。"

虽然她经历的离别还不甚多，但这个灰尘溃散的感觉，轰然地击中了她的心，迷蒙中，能忆起许多人的脸。张小莫打印出来，本来是自己看的，这一刻，她突然觉得可以和眼前的人分享。

她把小说推过去，卢粲接过来，这算是彻底和解了。

这一边，张小莫正在刷的四级真题，卢粲凑近来看，问她准备得怎么样了。这一问确实让人心虚，这学期开学后活动一个接一个，感觉心思都没怎么在学习上，眼见十二月就要考试，这种考前突击，很有些临时抱佛脚的意思。

卢粲的四级，也是高一就考过了，作为一个有经验者，他看了看张小莫做的真题，问她做了几套了，然后说回去把上一年他用过的蓝宝书给她。为了考试的效率，卢粲是报过班的。等张小莫拿到真题，才知道十分有用，千锤百炼总结出来的干货套路，比她自己靠功底去做题还是要直接多了。如果之前盲考是飘线考过的话，现在她的目标是要考一个高一点的分。

像这样在学习上的帮助，以前张小莫是不大好意思接受的。虽然和卢粲一起自习也有段时日了，但她其实连题都很少问他，总觉得要在他面前保留一点无所谓的自尊心。可求助的人有很多，有同学也有老师，但要问到卢粲头上，总有点示弱的感觉。

这一次，她很自然地接受了，如果要问为什么，那大概是觉得，能画出那样的一个她的人，对她的了解已经足够多了。

虽然反过来，她对卢粲的了解，还不太多。就连他上课睡觉放学泡吧这个著名的传闻，她都没有找他核实过。从这个角度，她与南易之间的了解还要更多一些，她也不知道小学时为什么同学之间对彼此的家庭状况会如此了如指掌，而到高中之后，如果不是特意去打听，同学的家庭状况和父母是做什么的，在她这里都是云雾一般的不清晰。不要说别人，就连同桌祁嘉栩的父母是什么职业，她都完全不知道。

她这个人了解别人，好像切入点总是有偏差。她可以准确地讲出一个人的性格、爱好、优点、缺陷，还有她能发现的隐秘裂痕，但一些关键信息上，却不怎么答得出来，她以为关系很近的朋友，如果不是自然而然地让她知晓，她好像也并没有试图询问这些信息。她对人的了解还是直觉式的，不是信息式的。但有些信息，如果不够了解，好像又不能真的说对别人有多熟悉。

　　想到这里，她有些突兀地问了出口："哎，你上课真的都在睡觉吗，放学你去的是网吧还是酒吧呀。"

　　听了她的问，卢粲像是被气笑了，脸上阴晴不定了一阵，还是认真答她："我从分校回来就不睡了，分校那是睡眠不足太困了。现在要睡，也是不打紧的课在睡。"

　　张小莫点点头，表示可以理解。睁大眼睛，等他另一部分的回答。

　　卢粲像是很艰难才组织了语言说另一部分的真相："我们家是开会所的。有网吧，也有酒吧。"

　　意识到这是什么场景之后，张小莫笑抽了，揣测中卢粲钻进网吧实则是做作业的情况竟然是真的，也怪不得卢粲从来没有辟谣过。在张小莫压抑的笑声中，卢粲的脸越来越红，是她未曾见过的窘迫模样，那种高高在上没有裂痕的形象，好像轻微的，被敲击了一下。

　　等张小莫的笑止住，卢粲没好气地说："说吧，你还有什么想问的。"

　　歪着头欣赏了一下卢粲此时难得一见的表情，张小莫问："你学习的时候觉得辛苦吗？"

　　卢粲从下面抽出一本辅导书给张小莫看，密密麻麻地 N 次贴，比她的还密一些。张小莫不由好奇："我以前没见过啊。"卢粲气鼓鼓地说："你以前也没问过啊。"

　　张小莫差点要被唬过去。转念一想，不对啊，就算她平时不问卢粲题，这样壮观的 N 次贴，她不至于一点印象都没有。在她印象中，眼角余光里卢粲的书都是干干净净的，做题行云流水，不像她写写停停，还有看风景的时间。

她有点起了恶作剧的心，把卢粲带来的辅导书和作业都拿过来，一本一本地翻了起来。有熟悉的干干净净的只写了答案的，也有密密地做了功课的。张小莫回忆了一下，卢粲中午是不睡觉的，睡前他在做的书，和她起来时在做的书是不一样的。这家伙，该不会是等她睡了，才开始做难的题目吧。

张小莫看了一眼卢粲的脸色，自觉地没有戳穿这件事。只是感慨地说："原来你学习也挺努力的。"

卢粲硬邦邦地回了她一句："不如你努力。"

同样的词反弹回她身上，那种不舒服的感觉让张小莫突然悟了，对于他们这种人来讲，努力就和说人笨鸟差不多。谁不愿在别人眼里，做轻轻松松的天才呢。

窗只开了一条缝，但吹进自习室的风，确确实实是寒风了。她索性把窗推得更大了些，让卢粲的脸凉一凉。在她眼里，此时风中凌乱的卢粲，是走下神坛的一刻。

但，也是更接近她的一刻。

卢粲把小说还给张小莫的时候，已经离英语四级考试没有几天了。

关心她四级考试的人有许多。从他们班的英语老师，到也报了名的钟鸣和于书棋，再到这一年要考六级的叶归。关心她的人这么多，最上心的还是卢粲，毕竟张小莫拿着他的复习资料，勉强算是半师之谊。

张小莫拿到的资料里，除了应试的蓝宝书，还有拆解复杂句型的 GMAT 资料，按说在考前除了突击准备，其他超纲的东西都不应该花精力去看，但张小莫觉得句型的拆解很有意思，薄而精炼的一本拿彩色铅笔从头到尾拆完后，平时考试时做阅读理解变得如履平地。学习经验这种东西，真的是无价之宝，入道的人点拨一下，就能抄上好几条近路。

卢粲在学习上，虽然没有传言中那样神化，但确实走在了抄近路的道上。

这学期期中结束后，张小莫有暗暗算过分，理科六项，文科六项，文理九科相加，三种算法算下来，文科六项她是能考过卢粲的。几科里优势最大的，还要算语文。每次向风和夔舟提起考不过她，都只能叹一口气，怎么办呢，你语文太高了。

说起语文，张小莫至今还是心塞。如今语文课的氛围，只能用冰点来形容。上课时提问总是无人作答死水一潭的局面，秋老师只能硬点学号。张小莫被点中的几率相当高，因为秋老师知道，她不会不配合。结果在这种密集盯梢下，张小莫的语文成绩不降反升，全班平均分降下去了，她语文单科的第一还是占得稳稳的，不因她的逆反情绪而有变化。

这种逆反的对抗，在张小莫，有种互相折磨的沉重。有时，她还是很怀念他们和秋老师关系极好的那段时光。高二上学期，第一轮月考他们班语文平均分拿到年级第一的时候，秋老师按承诺请了全班喝奶茶。奶茶是在学校的奶茶店买的，三块钱一杯的珍珠奶茶，便宜大碗好喝，但全班五十几个人，也不是小数目，至少并没有其他老师这样大方过。

张小莫平时喝奶茶的时候少，担心珍珠有问题后更是不敢买，但那杯沾着喜气的奶茶，她喝了十成十，从奶茶的甜味到珍珠的嚼劲，好像都在记忆里烙印了一遍。如今半年不到，曾经那样融洽的氛围，就急转直下，再甜蜜的关系，毁于一旦也是轻而易举的事。

说回那家奶茶店，即使自己不喝奶茶，张小莫还是会经常陪明织去买奶茶，当作课间的透气，奶茶店两平米的店面，却还有贴海报的位置，贴的都是当时最红的明星，只要是看到在奶茶店都贴上了海报，就知道是真正的红了。

张小莫喜欢过一个小众的歌手，有一天发现在奶茶店贴上她的海报时，她的第一反应竟然不是高兴，而是觉得自己原本的小众收藏要被大家发现的落寞，意识到这一点后，她突然对人的这种藏私心理有了另一层的感知。

中午六楼的自习室，在她心里，大概也是这样的藏私之地吧。那个澄黄色的大教室，人少而安静的午休时间，六楼俯瞰下去的风景，还有一起做题的人，她都不想让太多的人知道。

知道她和卢粲交集这样深的人不多，叶归要算一个。为什么选择了叶归而不是祁嘉栩来作为聊这件事的对象，张小莫觉得，可能是因为祁嘉栩和卢粲太熟了，很容易就会将讨论的内容透到对方耳朵里。而叶归，如果要在卢粲和她之间选，那应该是会站在她这一边的朋友。

和叶归讨论这件事，是不用做前情提要的。不用费心去解释他们是什么关系，甚至很多时候，也不是张小莫主动想提，而是叶归主动想聊。他就像电影里那种男闺蜜，自己在外面坏事做尽，转过头又担心自己的女生朋友也吃了男生的亏。

再聊起卢粲时，是张小莫考完四级出了考场的时候。考完六级的叶归和她在师大考场里遇上，考的题目虽然不同，但两人还是互相问了问考的情况。张小莫心里觉得过的问题不大，其实只要过了，都拿的是一样的证，但想着分数要打在四级证上，就还是想着高一点的好。

他们一边走，一边经过师大的小山丘，叶归眯着眼往山上望了一下。张小莫不知道他在看什么，也跟着看了一会。半晌，叶归才说："我家就在这附近。"张小莫点点头。叶归接着说："你知道我时不时会逃月考，逃考试的时候，又不能回家，我就在山坡上面躺着晒太阳。躺在草丛里，草丛深，前面谈恋爱的大学生，不知道后面还有人，就在前面旁若无人地谈情说爱。我晒太阳的时候，总是看到同一个男生，他旁边的女生都不一样。"

讲完这段，叶归像是赋比兴一样，在前面兴完这段，横空一个转折，转而叮嘱她："你不要半点不介意，青梅竹马的关系，最是麻烦。"

张小莫笑笑,在心里吐槽,别人可还嫌你麻烦。

眼前的叶归,像是真心实意为朋友着想的模样。刚考完六级出来,脸上是一种在学校绝对见不着的好学生的样子,细细和她对题,认真地担心分数,甚至还会计划一下自己高考后的前程。在她面前的叶归,或许也是小众的一面吧。

叶归絮絮叨叨,又在讲一些男生与女生相处时的手段。讲他之前对女生时,其实心里是怎么想看的。想要躲避一些人时,会有哪些手段。想要隐瞒一些事时,又会有怎样的手段,一点一点的,教她防人之心。殊不知张小莫听得有趣,列在心里,全是他的黑历史集锦。

正听得开心,手机响了,张小莫低头一看,是卢粲的短信,问她考得怎么样。她打了个"还不错"回过去,却远远看见卢粲就在学校门口等她。

张小莫和叶归说了声先走,开开心心地迎上去,问他怎么来了,卢粲对着远处的叶归看了一眼,然后对她说,想来看看她考得怎么样。

半点不提,她为什么和叶归一起走出来。

很好。张小莫心里想,接纳对方的朋友,哪怕是并不喜欢的朋友,也许是人际关系中,成熟的开始。

从师大的考场出来,卢粲问张小莫,有没有想去的地方。

通常大考后,她会找个地方放空一会再回家。在自习室时,她讲过这个习惯,卢粲显然是听进去了,才有这样一问。

张小莫倒是确实有一个地方想去。但她先问了问卢粲:"如果我四级过了,你有没有想让我帮的忙?"卢粲摇摇头。

张小莫不放心,再问了一句:"你确定?"

卢粲说:"确实没有。"

张小莫这才放下心说:"我想去我外婆家的后山看看。"

她想去外婆家的后山,和想念亲人并没有什么太大的关系,而是真的想去那座山。上一次她和朋友提起这座山,还是初二农训的时候,躺在打靶场后面的山坡上,告诉凌鱼她们,在那座后山可以听到回声。

说是后山,其实是一个峭壁围成的操场,是附近商学院的操场。小城虽是山城,但整座城是个群山围成的坝子,所有的山,都在城边连绵成段。她外婆家的这座后山特别秃,外观上几座矮峰都是石头山,只在石头的壁中长了一些生命力特别顽强的草,连像样的树都没有一棵。

但张小莫很喜欢这个石头山围成的操场,小时候只要来外婆家,就会和表姐到后山来玩,挖出根部像微型人参一样的草,带回去放在外婆家的钢琴凳子里保存。钢琴是舅舅结婚时添置的,后来舅舅南下,就留在了外婆家。

更刺激的事,可能是玩火。因为四周都是石头,倒也不怕山火,在操场中央堆几段树枝点燃,用山上捡的大块石头围住,看着火势渐起,再一点点地燃烧殆尽,树枝燃烧的声响,灰烬每秒的变化,在这秃秃的山势之间有种沧桑热烈的微妙感。只不过,这样的乐趣,并没有几次,她和母亲说漏嘴她们玩火之后,表姐被她的父亲毒打了一顿,因为这件事,表姐大概恨了张小莫一整个童年。

张小莫那时不过五六岁,觉得很对不起表姐,因为她并不觉得玩火是件不能说的事,母亲知道后也没有责怪她。没有想到,同样的事,被不同的家长知道,会是不同的处理方式。表姐没有恨她的父亲,但是却恨透了张小莫,人的欺软怕硬,大概是种本能。到张小莫初中之后,两人的关系才又好起来。

但这不影响张小莫对这座后山的感情。就像她最美好的记忆,是在这里放风筝。

在这个地势在坡顶的石山合围操场,只留了一个出口,傍晚时分,山风在这里特别劲,风筝只用兜一兜就能放起来飞很高,父亲把风筝兜起来,把线递给她,然后她都不用怎么跑动,那只褐色老鹰形状的风筝就扶摇直上，石山上空的鸟群都被惊飞四散，天色朦胧之间，以为是只真的鹰。

就在这时，风筝断了。遥遥地落下来，挂在石山的尖顶上，张小莫想去拿，但天色已擦黑，再上石山有些危险，只见远处在石山上的几个小男孩，近水楼台地爬上去，把风筝取走了。再然后，天幕真正地沉了下来，连他们去了哪里都看不清了。

后来，张小莫再也没放过这么好飞的风筝。或许说，再少有放风筝的时候了。

明明是个理应有些失落的记忆，但留在她心里的印迹，却像山风一样明净，在这处后山，好像不管发生什么，都无法影响她站立在这里时，山风吹过心头的空阔舒朗感，只要想起站在这石山围绕的空地上，就觉得心情舒阔放松起来。

这是不因人和事而影响的，她对这块后山之地的眷恋感。

如今，大考之后的疲惫和满足中，她突然很想去那块地方看一看，不通知家人的，单纯地去看一看。

这学期走到年末，异常丰富的活动之下，其实是异常疲惫。什么事都要顾，成绩也不能丢下，再加上还要准备四级，人已经在紧绷状态下很久了。此刻短暂地松下来，她很想疗慰一下自己，去记忆中的那块地方透一口气。

没有太多前情提要，卢粲就说和她去。

两人走在去后山的大坡上时，张小莫的心噗通噗通地直跳，因为外婆家的窗子，刚好可以看得见这个大坡。直线距离非常近，近到小时候和表姐从山上玩回来的半路上，可以先在坡上对着窗子和大人讲一声要回家吃饭了，然后回到家，菜就上桌了。

走过这一段时，张小莫和做贼一样，生怕就这么巧被在外婆家的人发现。说要来时，她没有深想，走到这段，才发现最刺激的体验竟然是在这里。

看着张小莫全身戒备成一只刺猬、像特工一样行走的样子，好不容易到坡顶，卢粲终于放声笑了出来，他取笑张小莫："国旗下讲话时都没见你这么紧张。"

张小莫瞪他一眼："国旗下讲话是光明正大的事好吗。"

卢粲听了，笑得更深了："爬山怎么不光明正大了。"

讲完，知道张小莫要急，不等她回话，就大步地往坡顶走，剩下张小莫三步两步地追上去。

坡顶的构造，右边是那块操场和拔地而起的石头山壁，左边则是一个可以俯瞰小半个城的观景台。卢粲第一次来，没有先往操场那边走，而是先到了观景台这边。

冬天的阳光，强烈但没有温度，山风一吹，像是照在身上的日光都是假的一样，只有光影没有热气。张小莫在这座观景台上的时间很少，通常一来，都是先奔后山去了，玩到最后，则是要赶着回家的时间，不常有在这里发呆流连的机会。此时站在卢粲身旁，往下一望，山下的城郭道路，竟然有种陌生感。

这座城的房子，并不那么漂亮。特别是远景看过去，建得很没有规章，灰蒙蒙的挤在一起，只剩几道中心的主干道和标志性建筑能够被轻易地识别出来。卢粲望了一会，像是知道张小莫认不出来一样，从最远端一处一处指给她看，那里是一中的方向，那里的建筑后面是护城河，那里是市图书馆，再远处看不见的地方，是另一个区。

把景物和自己的认知中的地点对上，总是有种一一对应的成就感的。张小莫一处一处认完，不由夸了卢粲一句："你地理还挺好的。"

卢粲笑着应了："是啊，哪像你是个路痴。"

张小莫逆着强烈的日光看过去，突然觉得，在坡顶的大风下，卢粲做人都有些飘了。

在坡顶上认完小半座城，张小莫的脸已经被山风吹得有点木了，把外套的领子往脸上裹了裹，带着卢粲往旁边的后山操场走。经过石山的缺口，时隔多年，她又站在了这个小时候玩耍的地方。

只是如今看去，记忆中高高的石山，变得矮小了许多，围着操场的三面，是修砌过的一级一级的大石阶，一共有三级，像演唱会的座位分布一样，那些荒草，就长在石阶的连接处。到了第三级石阶高处，才接着石壁形成山。从这里再爬上去，离山顶就不远了。

她用手撑在石阶上，翻了上去，仔细去找小时候挖的那种小人参一样的草。这种辨认能力像是刻在 DNA 里一样，她迅速地找到了一株，拿小石块把土翻开，一点一点地把它的根露出来。那时她总是和表姐比赛，看谁挖到的这种草多，而现在，在她眼下这么多，却没有人和她抢了。

卢粲翻上石阶的时候，她已经把草挖出来了。她递给卢粲看："看，这可是我童年的宝物。"草根带着泥土，还有一些清香。卢粲拍拍刚撑着石阶翻上来的手，接过来看，一边看一边抱怨："没看出来啊，你动作这么灵活。"

张小莫有些得意，笑着给他指："我小时候可是能徒手爬最高的那个山壁的。"

卢粲问她："那今天想爬吗？"

张小莫点点头："走，过去看看。"

他们先是翻到第三级石阶上方，然后沿着石阶边缘走到那面石壁下，张小莫手脚并用试了一下落脚点，觉得和以前感觉不大一样。往上蹬了一蹬，觉得蹬不住。转头和卢粲说："我现在上不去了。"

放弃得这样快，一点都不像她。

卢粲笑着问："不再试试了吗？"

张小莫说："不试了。上面的风景其实没什么好看的。"转头往回走了几步，走到矮一些的山壁下方，就地坐在了第三级石阶上。她拍拍旁边的空地，让卢粲坐下来，这里地势还算高，面对的地方，刚好是山的缺口，视线再远望一些，就能看到他们刚才观景的那块地。

卢粲在她旁边坐下，张小莫才开口，正式给他居高临下地介绍这个后山操场。哪里是那种小人参模样的植物长得最多的地方，哪里是她当年玩火烧树枝的空地,哪里又是当年她的风筝断掉落下来挂住的山尖一角。

小时候,爬山圆满结束后,她觉得最惬意的时候,就是坐在这第三级石阶上休息,任缺口处的风吹过来,看着天色渐黑,呆到时间不得不回去时,才匆匆从石阶上一级一级地翻下去,跑下大坡,对着窗口说他们要回家吃饭。

她想念的,其实是这种休憩感吧。

当山风如往昔一般吹过来时,她闭上眼,宛如熟悉的昨日重现。

只不过,这一次没有人催她回外婆家吃饭了。

感到前方的风势一下小了,她睁眼一看,是卢粲横了只手在她眼前,给她遮日光。她往后仰了仰,自己用两手在眼前遮了遮光,问:"有点无聊吧。"好像自己那样深厚的记忆,讲出来时,像晒干的茶叶一样,蜷缩在一起,只有不起眼的一点点。

卢粲摇摇头:"没有啊,很有意思。"他把领子翻了下来,任大风灌进他的脖子里,然后说:"这里的风,挺舒服的。"

于是他们没有说话,静静地吹了一会儿风。直到张小莫鼻子一痒,打了个喷嚏。

卢粲从书包里,拿出一圈围巾,递给她裹上。张小莫说不用,卢粲说:"那你想好等下怎么从坡上走下去了吗?"

张小莫静止了,老老实实地把围巾往自己头上裹。裹到一半,她有点气:"那你上来时怎么不给我遮上。"

卢粲一副认真的样子:"当时已经在坡上了啊,来不及了。"

再吹一会,可能就要感冒了。张小莫把自己裹到别人认不出来的程度,又手脚并用地翻下了几级石阶。从石山的入口穿出去,回到了大坡的顶上。

卢粲问她:"还有个更保险的办法,你要不要试一下?"

张小莫问:"什么办法?"

卢粲突然拉起她的袖子,从坡顶带着她往坡下冲,一直冲到坡的拐角，楼房的视角盲区才停下来。跑得要死不活的张小莫，大口大口地喘着气，想埋怨几句都说不上话了。

好不容易等她喘平，卢粲在一旁坏笑，突然发现张小莫的眼神，盯着面前那栋居民楼的空地，呆了一呆。卢粲放下取笑张小莫的心，问她："怎么了？"

张小莫沉吟了一下，说："我在这块空地上，看过一场女生之间的群架。"

是她小学五年级的时候，说是打群架，其实是两个女生之间的单挑。只不过一边只有一人，另一边有许多人。那时他们打群架，很流行的开场白是：群殴还是单挑。但只有一人的那方，其实没得选。

这场群架和她的关系是，她是被人多那方的领头女孩，邀请来看这场群架。那个领头女孩，是她父亲战友的女儿，就是那个在她父母生了二胎弟弟的满月宴上，躲在自己家的自建房二楼后面哭泣的女孩。张小莫来外婆家时，才知道她的外婆家也在这里，被父亲推着出来找这个女孩玩。

和这个女孩碰面时，她给张小莫说，要请她看个好东西。带她走到了这块空地上，一群女孩，围着一个女孩，问后者是要群殴还是单挑。父亲战友的女儿、也就是领头女孩不耐烦地催促道："快点打，我们有客人，给这个客人开了眼，以前的事就一笔勾销，我们还和你玩。"

理清了情势的张小莫，顿时受到了惊吓，给领头女孩说："不要打了吧，我不想看这个。"领头女孩威慑地看了张小莫一眼，又对那个落单的女孩说："快点，客人要等得不耐烦了。"

这时，张小莫清清楚楚地看到，落单的女孩看过来的那一眼，充满了怨毒，仿佛她将要受到的毒打，都是张小莫带来的。而她看领头女孩时，眼神又换作了哀求。

领头女孩不为所动，继续说："快点，打完就一笔勾销。"于是，那个落单女孩，向自己的对手伸出了"爪子"。

| 孤独的星 |

女孩之间的打架，其实是用抓的，你挠一下，我挠一下，脸上和手臂上都抓出了血痕。张小莫看不下去了，大着胆子又说了一句："我看够了，可以了吧。"这时领头女孩才出声说："客人看够了，可以了。"让那个落单女孩过来，帮她整了整衣服，让她回到后面的那群女孩中去。

那个落单女孩感激地退了回去，临走之前，怨毒的眼神又在张小莫身上停了一下。

张小莫找了个理由就很快回外婆家了，但这件事让她受到了很大的冲击。她没法忘记落单女孩的眼神，有种我不杀伯仁，伯仁因我而死的愧疚。回去之后，她做了好几场噩梦，让她旁观的这场群架，和精神受虐差不多。她之后再也没有和这个领头女孩联系过。

已经是很久之前的事了，轻易也不会想起来。但不知为什么，突然在这个大坡转角停下时，记忆一下子涌了上来。

张小莫一点一点地回忆完当时的情景，心中有一种旷日持久的哀戚。她当然知道，这一切与她的关系并不太大。那天她在与不在，都不影响那个落单女孩的下场。或者说，她只是领头女孩顺势用的一个借口罢了。

只是这"借口"本人，受到了惊吓。既来自于领头女孩的强势，又来自于落单女孩的怨毒，还有看到指甲划破皮肤时的视觉冲击。

或许这种哀戚的实质，和表姐对她一整个童年的怨恨，给她带来的无力感是一样的。是一种可以解释，但无法消除的难受。遇到这种事情的时候，张小莫会启动自己的记忆橡皮擦，想象着脑中有一块橡皮擦，把这件事在脑中的画面一点一点地擦掉。这种方法，对她来说还算有用，要不是刚才那阵急奔骤停的刺激，她也不一定会想起来。

卢粲向前一步，帮她松了松围巾，方便她喘气。一边整理，一边说："我之前就发现了，你这个人，道德感太强，又太容易和别人共情。"他扯了扯被弄松的围巾说："其实，那些不敢怨恨直接责任者，只敢找代替品去怨恨的人，不需要你去共情，更不需要你承担什么责任。示弱行凶的这种人，应的是那句话：可怜的人必有可恨之处。"

张小莫垂下眼，用沉默应下这份开解。没有去提，她最是讨厌那句话。

小学她被孤立的时候，就被同学讲过这句话。半大的孩子，半懂不懂的，想用这句看上去很有逻辑的话，来证明他们实施孤立的合理性。这个不讲道理的逻辑，简直是闭环的：他们做了对你过分的事，让你显得可怜，然后又用你可怜的状况，去证明你有可恨之处。可怜这个词，几乎是被他们当成是原罪在使用。

从那时起，张小莫就很注意，任何情况下都不要显出可怜的状态，即使被孤立，即使被殴打，即使被误诊，即使没有拿第一，她都有一根神经在克制自己，要让自己与可怜这个词保持距离。

上高中之后，她的这个距离保持得还不错。很少有人会把她和被孤立的对象联系在一起。在大多数同学眼里，她是温柔的、亲和的、甜美的，甚至有人说，她是成绩好的这些人里最"正常"的。正常的意思是，她的身上，没有一点其他班第一名的另类的特质。

成绩顶尖的这群人，多多少少是有点另类的表现的。不要以为成绩好就天生受同学们喜欢，成绩顶尖的人往往是被传言有怪癖的重灾区。好一些的有像卢粲这样上课睡觉下课泡吧的，普通一些的有说性格孤僻我行我素的，再古怪一些的，她有听过说在分校的时候，有专门半夜起来照镜子涂口红把宿舍的人吓个半死的。

即使是在他们班，向风、夔舟和宛鸠的个性都是很清晰的，他们都有着自己有特色的行为轨迹，有种不容改变也不怕别人指摘的特质，哪怕是夔舟无限迁就别人的"好人"行为，在她看来也有一种说服不得的固执。

这种与另类相关的特质，在张小莫身上是没有的。她正常地学习，正常地上课，正常地与人交往，甚至正常地划水和偷懒，正常地展现"不完美"。与大多数人一样，让她感到安心。这或许也是高中的老师们喜欢她的原因之一，在所有出挑的学生里，她的这种正常让她显得容易沟通。她并不是刻意这样做的，在她身上，这更接近于一种基于过去经历的本能，让自己远离被划为少数和另类的危险。

但她的这种过于正常，反过来看，其实就是一种不正常。

就像同学们拉起的对比线一样，在被拉到卢楘他们这群人中，她的正常反而是他们中显得另类的那一个。与他们比起来，她活得太小心，太谨慎，太不恣意。他们可能也会奇怪，她为什么会这样，就像卢楘一眼就能看出来的，她活得太累了。

张小莫想，能轻轻松松说出"可怜的人必有可恨之处"的卢楘，应该是从来都没有处在过弱者的地位上，也绝想不到，她会和这句话有什么关联。

她这样的本能，往深了说，其实是想远离任何一种情况下被指摘的可能。

这种对自己过分的道德警戒和审判，是不想被任何人在任何情境之下找到攻击她的理由，因为在她的经验里，哪怕是微小的、莫须有的错处，也有可能成为被攻击的导火索。就像那个被雪球攻击的圣诞节，她第一反应，仍然是在审视自己，是否对于砸她的那撮男生而言，平日里的她有过傲慢和目中无人的时刻。

然而，轮回已经解除了啊。

张小莫想起，那一天，通过南易的手，追上来送的那个苹果。

她这一刻才意识到，枷锁的解除，是一重一重的，并不是一蹴而就的。她以为在圣诞雪球事件后就解除了的孤立的轮回，还深深地影响着她的行为、习惯和意识。

她上高中之后这些自以为的不同，仍然连绵着之前的记忆。

看着眼前眉梢上都是恣意的少年，张小莫想，这样也不错。他和现在的同学们，认识的都是与可怜毫不沾边的自己。在高中的世界，她远离孤立，远离与母亲在同一所学校所受到的关注，甚至远离了所有知晓她以前历史与病史的同学,在他们面前,她是个没有历史的人。

因为没有历史,她表面所拥有的一切和她的处事行为,形成了一种特别的反差。

在她眼里,卢粲是一个在她的经验之外特别的人,或许在卢粲眼里,她也是这样的人呢。

人们会因为共同点而相互亲近,但有时又会向往与自己不同的人。那些对与自己的不同的辨别过程,或许也是在析出自己向往的特质的过程。在自己内心深处,是不是也想像他一样,像她觉得的没有裂痕的强者一样生活呢。

在这个山风劲吹的十二月的午后,张小莫觉得,也许是她把自己身上的枷锁再卸下来一重的时刻了。

无论是时间的节点,还是记忆的节点,好像都有界线一般的意义。在这个日光倾城但感受不到太阳温度的午后,她把自己的这层枷锁,留在了这一年的末尾。

很快,又是新的一年了。

| 第七章 |

半岛与河

2004 年

一年的结束,好像到十六岁这一年的时候,就开始进入了加速度。

元旦的记忆,再也不像高一时那样清晰,这一年的元旦联欢会,是没有办的。对上一年的总结,最现实的意义可能是要看看重大事件里有没有政治考试要考到的内容。虽然这些大事件,可能对他们生活的影响微乎其微。

就像在回忆 2003 年的历史大事件时,一定逃不过"非典"带来的人心惶惶,再淡定的人至少也要买两包板蓝根。但在他们这座小城,偏远有偏远的好处,到头来一个病例都没有。最多就是吃饭时多吃两口折耳根,传说正是因为本地人爱吃这个,所以才没有病毒蔓延。所以到年末时,这个大事件对他们来说,基本已是毫无记忆。

在准备期末考试时,张小莫在草稿纸上给历史和政治要复习的内容列提纲,这个方法,夔舟是最擅长的。夔舟的草稿纸永远是漂亮得像书法作品一样,所以在列完提纲之后,草稿纸上就是一个复习大纲。

张小莫做不到在空白纸上整齐地书写,她的字虽然还行,但做不到横平竖直的整齐,总是写着写着就歪了,然后会影响她复习的心情。她比较擅长的,还是直觉式的记忆,囫囵把知识按区块记下来,到用的时候进行积木的搭建。

她知道,在这种时候,她的思维方式和学习顶尖的那群人,是拉开了差距的。

卢粲他们那样的人,即使不写提纲,好像也很容易做到知识线索的串连和纵横,这种有秩序的串连,在她这里很有难度。如果不是老师带着她复习,或是有资料做出来,她靠自己是很难完成的。她觉得自己的学习依然还是灵感式和直觉式的发挥,并不像他们那样像织布一样,纵横都织得密实。

虽然老师们好像并不这样看,老师们觉得她最大的优点就是稳。这个她在初中时觉得苏巍才有的特质,被老师们冠在了她身上,张小莫总有种想知道他们看到苏巍时会怎么评价的念头。

因为她的稳,秋老师把几次去参加作文比赛的机会都给了她。理由是其他人有特别好的时候,也有特别不好的时候,但综合起来,张小莫不管什么时候的发挥都极其稳定,她去参赛是稳定的能拿奖。

张小莫其实回来没有和秋老师讲,到作文比赛现场时,其他学校的学生,直接拿出了准备好的作文往答题纸上抄,也没有人管,大家打的都是有准备之仗,只有她是现场看到题目才写。当然最后也拿了奖,只是名次不高,没被选去的同学有私下议论,其他人去也能拿到这个名次。

不知道是任性还是侥幸,抑或是精力和时间不够,像作文背好素材再去考这件事,她是从来不做的。但这件事,让她有了一种警醒:别人的有准备之仗,到底做到了什么地步呢。

高二的考试,班上的第一名她拿得基本没有什么悬念。主要还是看年级排名,前十名那个分水岭,区分的不仅是人们的记忆点,还是能否随意挑选大学的名额。当然,现在的排名也不怎么算数,因为是九科计分。张小莫在九科计分的时候,还是很有优势的,因为这种优势,她隐隐地对文理分科之后的日子会有些担心。

高二的时候,一度传言他们要考文理大综合,举的例题是:一只熊不小心掉进一个大坑里,坠落的速度是每秒10米,请问这只熊是什么颜色?

答案是白色。因为是每秒 10 米的重力加速度，所以是在南极或北极。而南极没有熊，所以是北极熊。

这个题后来好像被当作小学奥数题，但当时讲出来时让一个班的同学嗷嗷直叫。下课的时候一群人围到张小莫桌边讨论文理大综合的可能，康翩翩很笃定地下了个判断：如果真的考文理大综合，那么张小莫是最有优势的，因为她的文科和理科都没有短板。

张小莫当时，其实也暗暗期待了一下这个可能。她有优势是一个原因，另一个原因是她不用做选择。在生活中有两个以上的选择的时候，她就会陷入一种特别纠结的状态，哪怕这个选择的结果十分明显，但放弃另一个选择的可能性，会给她带来无尽的假设的摇摆。

关于文理分科这件事，她并没有和别人讨论过，所有人都默认她是要学理科的。倒也不独是她，就像她也没有问过卢㮾，对于班上乃至年级前几名而言，要学文科的人才是需要特别声明的，而其他人都是默认要学理科的。比如宛鸠，此时就早早声明了她要去学文科，大家对此都很有心理准备。

牵制张小莫不去学文科的原因还有一个。

因为一中学文的人少，学理的人多，所以学理的人会留在原来的班级，学文的人抽出来另外组成六个班。然后原来的二十五个班里，会有运气不好的六个班会被打散，这些班读理科的人会被分散到十九个保留了原貌的理科班里，填充去读文科的人的空缺。

一般被打散的班，都是成绩倒数的六个班。照这样，无论怎么数都排不到他们班，所以只要张小莫读理科，就不会改变班级的环境。对于这个让她打破了孤立轮回的班集体，她还是相当依恋的，她觉得自己完全没有勇气在高三这样重要的时间里，再去面对一个新集体。

当然，再怎么找理由，选择都是下学期的事了，他们的九科考试在现在都是要如期进行。

备考的那几天，她和卢粲讲了北极熊和文理大综合的事。卢粲沉吟了一下说："你们班同学倒是也没说错。你是比较适合大综合。"

"但是可能性很小吧。"张小莫没在意。

卢粲突然问她："你有考虑过要读文科吗？"

张小莫想都不想摇摇头，按照流程，到下学期时，读文科的人才会需要登记，什么也不做的人默认是读理科。虽然读理科的理由有许多，但什么都不做，最接近于她不用做选择的体验。

很多时候她都是这样，希望不做选择，就是一种选择。

很快期末考的成绩出来，张小莫大致知道卢粲为什么会有那一问。

虽然她是公认的文理科都没有短板，但她在文科上分数和别人拉开差距的潜力比理科要大多了。在理科六项中她要用尽全力才能够到的水平，在文科六项轻轻松松就可以达到。尽管如此，她也只是理解了一下卢粲的问题，并不觉得这会对她的不选择造成什么影响。

比起文理分科这个高二结束时才需要考虑的事，有另一件更重要的事吸引了他们的注意：一中的新校区建好了。

新校区是他们进校时就在建的，总是分一半的高一学生去分校这件事，看来并不是长久之计。对于这所全省最好的高中，市政府大手笔地在新区拨了一块地给一中，占地堪比一所大学。据说光是标准足球场就有四个，篮球场有十二个，还有天文馆之类的一般高中想都不敢想的设施。因为校区太大了，在校内还有电瓶车可供使用。

唯一的问题是：新区太偏远了。而且一个如此大的校区，足够容纳高一到高三的人都住校。高一的分校体验再怎么样也只有半年，一中还没有高三生住校的历史，第一届住校的高三生，势必会影响成绩。

想起自己高一上学期在分校的放纵，张小莫想，要是高三也住校的话，以她的自制力，说不定高考就完了。

当然，比她更着急的大有人在。

首先闹起来的，是高三年级的家长。还有一学期就要高考了，这时让孩子去分校无异于放羊。于是，高三年级的家长们联合起来抵制要去新校区，或许是高考迫在眉睫，学校也不敢拿高三学生做试验品，于是确认了高三学生不用搬去新校区这件事。

知道高三年级不用去之后，就轮到高二年级闹腾了。说起来，还有一年半要高考的他们，刚好吊在中间。既不像高一年级那样毫无讨价还价之力，也不像高三年级一样距高考那样近，这种两可的状态，最是让人心焦。

当然，比起家长来，同学们相对来讲要淡定一些。在有些人眼里，除了过于艰苦的环境之外，分校时光是很快乐的。如果新校区可以解决环境问题，那住校也没什么不好的。像张小莫这样真情实感为要去住校的可能而焦虑的，问下来也没有那么多。

但不管担心不担心，要搬去新校区，终归是一件大事。悬而未决之际，仍然是最热门的话题。因为要关心这件事的进展，张小莫难得的在寒假里保持了和同学们的交流，每天左一条短信，右一个电话，就在等消息。

比起零散的电话和短信，论坛也许是信息更多的地方。用当时更流行一点的用语是：BBS。

这个在1999年的《第一次亲密接触》里就出现的社交工具，张小莫直到此时才成为其用户。究其原因，可能是之前她没有什么群聚获取信息的需求。看网络小说在榕树下，和陌生人聊天用聊天室，和熟人聊天用QQ，对于这种分话题的留言板她还没有发现有什么乐趣。

但是这个寒假里，为了探听关于新校区的最新消息，她摸到了一中学生群聚的一个分论坛，从板块名字上就很有一中特色：数理天地。当然在如此学术的名称下，并不是讨论奥数题的地方，除了各种学校八卦，更多的是讨论诗词赋风花雪月的话题，这个感觉堪比张小莫套着老舍全集的封皮看楚留香。

论坛是康翩翩告诉她的，在探听消息这块如果有排行榜的话，第一非康翩翩莫属。张小莫摸进去，除了探听要不要搬去新校区的消息外，还找到了不少同学的马甲，这种真人和网上的差距感，让人觉得十分有趣。

卢綮的马甲，是她最先认出来的。这个掉马实在不要太好认，卢綮在论坛上分享了之前张小莫给他的那本打印出来的网络小说，这样偏门的小说，张小莫不相信在他们学校还有其他人看过。顺着这个ID发的所有帖子再确认一圈，身份其实很好锁定。

和卢綮的马甲一起被锁定的，还有他那个所谓青梅竹马的女孩的马甲，那个年代还没有水军，但在卢綮的帖子之下一直是沙发的那个ID还是相当地令人瞩目，实在让人忽略不得，再联想起南易之前的评价和叶归的警示，又觉得某些事和要不要住校一样，吊在心里悬而未决的难受。

除夕之前，小道消息称结果出来了，说高二年级应该是不用去住校。这种事，以张小莫和班主任唐老师的关系，其实直接问更快一些。但正是年前，正式通知又未下，总觉得要是打了这个电话，会显得她逾矩，又怕唐老师为难。

正在纠结之际，康翩翩打来电话，一是给她传达小道消息，二是约她一起去叶归家补寒假作业。康翩翩的心思，张小莫一猜就破，无非是上一年暑假他一个人帮叶归赶作业太辛苦，这次找别人去当垫背的，就算不帮他做，有个人让他抄也是好的。

寒假比暑假要短上许多，但作业量并不见少。补假期作业这种事和做题不一样，与个人水平关系不大，主要在走量，上一年张小莫就吃亏在对量没有认知，最后几天熬了大夜才弄完，虽然知道假期作业交上去之后，老师大概率也不会一页页去检查他们有没有做，但要她偷懒，她也无从下手。

这一年康翩翩机智多了，年前就开始约，就算一天补不完，大家互相交换信息，也能估出工作量。张小莫合计了一下，打电话叫上了云央，在听话和完成作业这块，云央比她还要靠谱。要是没有云央陪着，张小莫觉得母亲也不会让她去。

云央虽然外表比张小莫还要乖巧，但是家里管得没有她严。假期里要逛街什么的，叫上云央都会陪她去。这次也不例外。明明是去补作业，搞出了一些团建的架势。为了避免母亲问东问西，张小莫直接说是和云央一起做作业。

作为一个不擅撒谎的人，张小莫逐渐掌握了一种自己心理上可以过得去的方式：讲部分的真话。她只要保证自己讲出来的部分是真实的，就可以了。因为透露的部分真实，也没有需要圆谎的后顾之忧。

约的时间，是大年初四，敲定了这一场团建之后，张小莫觉得自己在社交上好像又进化了一些。

到了大年初四那天，天空飘着蒙蒙细雨，张小莫先和云央在她家前面的车站汇合，再一起转车到叶归家附近的车站，在那里再与康翾翾汇合。

三人集合后，左等右等不见叶归，康翾翾给她们讲了个地狱笑话，说之前有次叶归约他出来，讲错了日期，结果等他到的时候，打电话过去，叶归还在床上睡觉。"那天下着倾盆大雨，我就在这里，离他家只有十分钟的路程，他说，不是今天，你回去吧。我就又转头坐车回家了，裤脚都淋湿了一大截，你们说缺不缺德。"

看着康翾翾绘声绘色地复述，想想他当时的惨状，张小莫觉得又好笑又好气，是叶归这人能干得出来的事。看着灰蒙蒙的雨雾，她在想，同样的事不会又来一遍吧。

她转头观察了一下环境，后面有家书店，书店二楼有家奶茶店，旁边不远处还有家肯德基，既然作业都在身上，到时找个地方坐下边喝东西边做作业也是可以的。和叶归这种吊二郎当的人打交道，就是要随时做好被抛弃的准备，有应对的备用方案。

张小莫一边观察,一边打趣康翩翩:"那你还和他做朋友。"

按他说的,叶归家就在附近,既然人都到了,就算约的不是那一天,也应该将错就错下来看看,哪有让朋友白跑一趟的道理。康翩翩说:"哎,他还在睡觉嘛,我想了想外面下雨,别人也不想出来弄湿。"听了这话,张小莫和云央笑着对着了一眼。

取笑归取笑,张小莫知道叶归也有对康翩翩好的时候。康翩翩和她讲过,叶归在他低谷时,拉了他一把的事。事情很小,小到张小莫觉得有点不值一提,可康翩翩和她说的时候,神色庄重:"那时我就觉得,这辈子认定这个朋友了。"

虽然张小莫总是笑康翩翩为什么要和叶归做朋友,但她就此知道,叶归是那种非常会雪中送炭的人,也许就送了一次,但却会送到人心里。

就在他们准备后路的时候,叶归终于出现了,还是一副没睡醒的样子,领着他们三个往家里走,一边走一边交待:"我爸妈让我们包饺子吃。"张小莫没往心里去,以为是大人们包好了饺子,他们下锅就可以了。她家春节过后就在冰箱里还剩不少饺子,这几天不想做饭就煮来吃。

结果到了叶归家,连连受到惊吓。

先是叶归的爸妈居然还没走,等他们到了,才做出要出门的样子。大人的心思有时比孩子的还要容易猜,故意留到他们来,无非是想审视一下和自家小孩玩的是什么人。看一眼,又急着要走,是不想让自家小孩难堪。

张小莫的名字,与初中时一样,是在家长中的通行证,只要有她在的活动,家长们一般都会放行。只不过与初中时不同的是,一中的家长会开得不像初中时那样频繁,高中同学的家长们,大多对她是只闻其名,没有见过本人。张小莫此时反应过来,康翩翩约她,除了是因为和她熟之外,也有把她当成通行证在用的意思。

虽然悟到了这一点,张小莫倒也不十分着恼,坦然地和叶归父母打招呼,反正也是熟门熟路的角色了,也不差这一回。

叶归的父母空了房子给他们团建,留了饺子馅和饺子皮,还需要他们DIY。张小莫一看,问其他三个人会包吗,一问都不会,她的技术估计还是里面比较能看的,虽然包得平凡,但至少不会露馅。此时已经近中午,作业看上去一时半会是做不成了,只好先坐下来包饺子。

包了几个,张小莫就发现虽然同是不会,但云央的不会,和她的会也差不多。其他两人,就纯属捣蛋了。还好四个人吃得也不多,三下两下包了四五十个,就准备下锅。下锅时,问题又出现了,这一堆人里,没有一个知道是冷水下锅还是煮开下锅,等叶归打电话去问他爸妈,这才把饺子放进锅里。

收到了父母指导的叶归,反过来又嫌他们几个没有常识,终于露出了点主人的模样,把他们赶进屋子里收桌子,自己一个人在外面煮饺子。

刚包饺子的时候,搞得桌上一片狼藉,张小莫是个整理苦手,和云央无从下手地站在一旁等康翩翩收。刚才包饺子时笨手笨脚的康翩翩,此时却熟门熟路地把桌子收得清清爽爽的。这时叶归也在外面煮好了第一锅饺子,让他们出来端。

刚才还在想,大家自理能力都这样堪忧,这一转眼,他们竟然也热腾腾地吃上饭了。

端上来的饺子有煮破的,一看就是两个男生包的,张小莫和云央看着两个男生互相推诿的样子,大家笑作一团。这一刻张小莫突然觉得,就算真的要去过集体生活,说不定也没有自己想象中的那样糟糕。

一念至此,张小莫才想起来这次团建的一个重要目的,赶紧问康翩翩关于他们不用搬去新校区的小道消息,到底有几分准。

康翩翩说,有九分,只差学校正式通知了。他的表姐是一中的老师,内部消息比他们都要准确。虽说去不去新校,对其他人来说不像张小莫这么打紧，但听到康翩翩证实是真的不用去，剩下三人都切切实实地松了一口气。新校区再豪华，又哪里比得过在家里的舒适。

放松下来的张小莫，才体察到一点不对。既然康翩翩迟早都有准确消息，又何必多此一举让她去看BBS。BBS上的消息再多，也不如他一锤定音来得让人安心。

只不过眼前气氛祥和，也不好在这里问。几人吃得半饱，终于打算要做作业，康翩翩一边收桌子一边嫌他们碍事，让叶归带着两个女生去参观一下房子，他自己一个人在这里收。

说是参观，其实也没有哪里好去，市中心地段的房子，并不太大。他父母房间不好进，客厅厨房刚去过了，只剩叶归的房间可以看，张小莫在房门口晃了一眼，叶归真是不拿他们当外人，有人要来家里，房间一点都不见收，还好床是上铺下桌，被子什么的在上面邋遢得也不太明显。

瞟到房间里的那个一人高的衣柜，张小莫突然想起，叶归之前告诉她的一件事来。

带她们参观房间，当然不是为了给她们看没有叠的被子，而是要给她们见识一下自己的画作。

叶归埋在自己书桌前的箱子里，先是抽出凡高和蒙克的画册，再抽出几张自己的版画，给她们介绍这是怎么用电焊喷枪在木板上灼烧出这个效果。另一边的画架上，是画了一半的水彩，张小莫一看，是熟悉的班级墙报上的画风。

一边把画册递给张小莫，叶归一边强调："这是原版的太贵了，不能借走，是只能在这里看的，你抓紧时间看。"既是警示，又是解释，为什么以前没提过要借给她。张小莫接过书，心里想，幸好只是不亲近的朋友，要是存了其他心思，听这一句，就要被呕到。

叶归这人，说他心大吧，有些事他明明就很懂，但有时行为就是这样不妥当，因为见过他通透的一面，张小莫又会怀疑，他有时让人不舒服的举动，有多少是不上心，有多少是出于故意。

就像房间里的衣柜，让她想起来叶归之前告诉她的一件他有意为之的事。

之前有双方家里相熟的女生打电话约他一起去图书馆，他不想见那个女生，就说他那天不在家。结果那个女生已经到他家门口了，因为认识他爸妈，所以说要来家里坐坐，情急之下，他就躲进了衣柜。

没想到，那个女生坐了半小时都不走，他躲得有些难受了，就想出门，像搞间谍战一样，让他爸妈吸引女生的注意，他往门口移动。鬼鬼祟祟地刚出门，就听到女生给父母道别，说要走了。危急关头，他又生出了急智：往楼上跑。穿着睡衣一口气跑了两层楼，最后在楼道里差点被冻感冒。但因为成功躲过了这个女生找他，圆了这个谎，后来这个窘境，被他引为自己反应机敏的得意事讲给张小莫听。

叶归当时给张小莫讲这事，是想告诉他，男生不想见一个女生时，找借口能找到什么地步。但张小莫心里想的是，明明可以大大方方说出来不想见，却宁可这样大费周章，把双方都变成笑话。

或许不同的人，有不同的看法。也许有人会觉得，不当面拒绝，是一种更得体的温柔，至少在表面上不伤人。但对于张小莫这种凡事喜欢刨根究底的人来讲，这样不明确表态的戏弄，是另一种残忍。

当时那个女生真的不知道他在家吗。张小莫觉得未必。大概就是算到他在家，才故意上门走这一遭。听叶归说，她在离开的时候，还特意往楼上台阶走了几步，问他父母楼上是不是认识的熟人一家，在上一层楼道里的他差点就要暴露了。

不是差点，是从头到尾都暴露了吧。张小莫在心里这样想，也没有去揭穿他。毕竟他不惜拿"黑历史"给自己做教材，这份良苦用心，她想想还是要领情。

这件事的解读方式有许多，这一天见过叶归的父母后，张小莫又反应过来一个新角度，能这样配合儿子完成这一场间谍战的父母，也很是难得。这样帮着儿子去欺骗别的女生，要是在她家，可能又要被自己的父亲上几场思想教育课。

所以，叶归讲不能借书这话，究竟是故意的，还是心大，真的还不好说。

不过好在，她也不用患得患失地去理解。她还没有忘记运动会时，叶归对她说的那句话："放心，我绝不会这样对你。"

到了他真的会这样对她的那一天，她想，自己应该也很淡定。

就像在公交车站时，在感受到有被放鸽子的危险时，她就开始去想备选方案。以随时可以不做朋友的心态，来维持这段关系，这在张小莫和同学相处的经历中，是从未有过的临时体验。

正在她胡思乱想的时候，康翩翩在客厅里喊他们，收拾好了可以出去了。于是几人转身出了门，张小莫把画册放回了叶归的书桌，没有带出去。

她想起之前在聊天室里认识的那个喜欢阿根廷队的叫潘帕斯之风的网友，世界杯英格兰队被淘汰的时候，因为她太伤心，那个网友说要寄自己收藏的球星签名照给她。对他来说很珍贵的照片，对她来讲其实没什么感觉，她诚恳地拒绝说君子不夺人所好之后，对方松了一口气，说刚才说送给她的时候，还真的有些心疼。

对于张小莫来讲，叶归舍不得借出的那些画册，于她也是一样的情况。君子不夺人所好，也许是别人把这所好看得太要紧了，承不了这个人情。

出去开始做作业的时候，张小莫感受到了康翩翩说血压上升的感觉。说是一起做作业，其实是叶归看着他们做作业。好在张小莫也没有承担要帮叶归赶作业的重任，象征性地把各科要做的内类归拢一番，抄抄捡捡的，心里大概有数，比起上一年熬大夜的情况，应该要好很多。

正当他们做作业的状况渐入到佳境时，叶归一看时间，突然说："哎呀我忘了等下还有事。"剩下三人愣在当场：这是要我们走的意思？就连已经习惯了叶归不靠谱的康翩翩，都有些不敢置信。

事实证明，就是这样离谱。催促着三人打包收拾好随身物品，叶归和他们一起下了楼。这次，连公交站叶归都不送他们了，反正康翩翩认识路。三人望着叶归潇洒的背影面面相觑，还是康翩翩先开口："对不起啊。"

明明不是他的错，他却替叶归在道歉。张小莫不由想，叶归当时的雪中送炭，到底送到了什么程度。

张小莫摆摆手，说："正好，再不回家，我妈就要催了。"和云央一起，研究回家的路线。一看回去的公交站，是在马路对面，康翩翩说送她们过去。过马路的时候，康翩翩很自然地换到了来车的那一边。

康翩翩的这个绅士行为，张小莫是早就观察到了的。有时放学一起走，过马路的时候，他总是会先站在她左边，到另一边时，再换到她右边。不止是她，只要是和女生一起走，康翩翩都会这样换一下。

这样小心体恤的人，行为一定是有什么用意。这样一想，她便干脆开口问了："既然迟早你都有消息，之前为什么还让我去看BBS。"

车流中，康翩翩在她的左手边，一边望着来车，一边说："你已经发现了吧。"

说这话的时候，他没有看她。但张小莫已经明白他说的是什么意思。

在车水马龙的喧嚣中，张小莫静默了一阵。近黄昏的天色中，带着尘土气的湿润空气扑面而来，是一种灰冷的湿意。过了这一半马路，站在人行道的分界线时，康翩翩想要换到云央的右边去，张小莫拉住他的袖子，问："是你想告诉我的，还是叶归让你告诉我的？"

康翩翩摸了一下鼻子说："他让我再提醒你一下。"

听得是叶归让他提醒的，张小莫心里踏实了一些。叶归的警告，来来回回就是那些。但若是康翩翩自己想起来要提醒她，那她难免会多想，这事是严重到了怎样的地步，才让身边的人一而再再而三地提醒她。

"你怎么想呢？"张小莫对康翩翩的侦探属性还是有莫名的信任。

"让人不舒服。"借着车流的白噪音，康翩翩说，"但如果有一点不舒服就划清界线的话，我和叶归早就做不成朋友了。"他轻轻拍了拍张小莫的背，提醒她往前走过马路，像是一语双关："小心一些。"

夹在他和云央的中间，张小莫走完了另一半的马路。她想，她似乎已经足够小心了。

正式的返校通知，是立春那天发的。并没有让他们等太久，赶在了元宵节前，让他们安心。最后的结论是，高二和高三两个年级不动，高一年级下学期直接搬去新校区。之后所有入学一中的学生，都会在新校区过完住校的三年。

也就是说，张小莫他们这届，将是最后一届从老校区毕业的学生。而等下个学期结束，整个老校区就只剩他们这一个年级的学生，要度过后无来者的安静的一年。

这样一想，突然就有种百年孤独的感觉：他们，将是这座百年老校区的终结者。

在他们毕业之后，这个闹中取静的半岛会怎么样呢？

这是她不愿想的事。

寒假里的时候，她路过自己的第一个小学，走过立交桥巨大的阴影时，她预感到了一些不同。果然，走过去之后，巨大的挖掘机停在校门口，围墙塌了半边，在她四年级转校时就说要拆的小学，终于在这个时候拆掉了。大概是过年时短暂地停工，一切静悄悄的，她往半塌的围墙里走，也没人拦她。

她站在操场上，有种往时今日的恍惚。觉得这个小时候的世界，显得比记忆中要小很多。

她当年练舞的那栋教学楼是一排平房,她在这里上的学前班是操场另一角的平房,课间的时候,他们围在教学楼前的花坛边空地跳皮筋,花坛旁的主席台上,她在六一时表演过电子琴。主席台上更多的记忆,是女生们下课发起孤立决议的地方,她站在过人多的那一边,也站在过人少的那一边。在某个女孩被孤立的时候,她从人多的那边站出来,跑到另一个角落和她坐在一起,但那个女孩,后来在她被孤立时,毫不犹豫地站到了另一边。

但记忆中最深刻的,还是回忆那次练舞事件时,女生们散在主席台的一角,和她一个一个地对质,接连否认她的记忆,从此以后,回忆这件事的细节,会让她生理性地头痛。那是一种在无边的白雾中的无力感。即使到这时了,她仍然会感受到这种头痛,但承载这个记忆的实体,已经在推土机的碾压中,呈现出破碎的样貌来。

她把目光转向没塌的那半边围墙,墙上留有半幅世界地图,还有几个白色的大字:十年树木,百年树人。

回忆带来的头痛还留在她身上,这所学校里的花木和建筑,居然还没有她的后遗症长久。意识到这一点时,她并没有轻松的感觉,内心反而被一种空荡荡的失落,一呼一吸间,填满了胸腔里的每一条缝隙。到头来,她发现自己居然是一个这样恋旧的人,在一切离别前,都会不可抑制地伤感,哪怕这将要消失的旧,于她而言并没有太多快乐的记忆可言。

十年和百年的时间概念,与这里度过的四年,应该是不值一提的度量衡,但小学的那四年,在记忆中真的是像银河系一样漫长,当时的感知,觉得自己是在无边的宇宙黑暗中,不知尽头在哪里。

在小学的时候,张小莫从未对离别有过清晰的伤感情绪,或许也是因为对时间的感知太漫长,觉得自己花在这段人和事的时间已经足够多,而未来总比旧日值得期待。离别这种情绪,直到初中毕业时她才有,初中的离别,让她初初意识到,有些人是真的可以干干净净地消失在自己的生命中了,而有些消失,和这眼前的断壁一般,即使是你想回顾,也找不到载体了。

对于时间的感知,随着年岁的增长,在她是越发清晰了。比如现在,她明确地知道,半年后她就要面对一些同学的离散,再过一年,他们就要四散天涯。

在初中时,她还和"天才帮"的人约定过,要一起考一中。即使是没有一起上同一所高中的凌鱼,她也约定过,要在大学时考去同一座城市。但在高中,她没有和任何人有过这样的约定。就算是明织和云央,她也未曾问过她们未来的打算。她好像早早就知道了,未来的路,大家只能各走各的,毕竟连她自己,都不知道最终会去到哪里。

她脑中的时间轴,只到高考前。这是一种很奇怪的感觉。

在复习历史时,她脑中有上下五千年的坐标,但在她自己身上,高考之后的时间,是一片灰色。大人们讲"大学后就好了"这样的话时,她脑中是完全没有图景的。关于未来的想象,全在高考结束的那一天戛然而止。

高中的老校区,在他们毕业之后的未来,在她的脑中,也属于无边黑暗中的那一块。

为什么会这样,大概是她认知的世界,不足以支撑这种想象。又或许是,她自己不愿把想象放到未来。和跑800米一样,如果让她去想还有多少圈要跑,她可能马上就跑不动了,但如果告诉她再多一步,再多一步就到了,她还能一步一步地往前走。

她有时想,也许眼前的班级,身边的同学,六楼自习室的中午,于她来说都是800米眼下的这一步又一步。她何止在用临时的心理在交朋友,她甚至是在用这种心理在过日子。这种临时的心理,可以说是自我暗示,也可以说是自我保护。保护自己,无论在怎样的场景下,都有抽身离去而不会受伤的可能。

但在目睹小学被推倒的围墙时,她觉得高估了自己对情绪的控制。对于经历过的人事物,她都无法不动情。

二月的时候,四级出了分。张小莫一查,85分,刚好是那个培训机构许诺可以给她奖金的分数线,但并不十分遗憾。没有在不必要的人和事上浪费时间并达成了目标,这已经是足够宽慰的事了。四级的证书,卢檠给她看过,在百分制的时候,还是个小小的红本,拿在手上,有种郑重的感觉。

这种类似的小红本,让她想起以前在小学和初中的时候,每个学期期末也会有一个小红册子,上面用蓝色墨水写了各科的成绩,还有优干和三好学生的奖励,最后老师还会手写评语。那些小红本都被她收在床头的抽屉里,能找到最早的一本,是1997年的,当时的班主任在评语上写:"你上课发言的声音很响亮!"后来当她变成一个讲话总被别人嫌声音小的人时,每次看到那个小红本,她都会想,在成长过程中,好像真的会变成截然不同的一个人。

卢檠知道出分了,让她到时拿到证书后要收好,不仅会考可以免考,到大学时也可以用。

大学啊。张小莫突然觉得,自己时间轴上无边的黑色中,突然被嵌入了清晰的一块拼图,不管她到时是在哪所大学,这块拼图都已经安放在她未来的时间轴中了。仿佛在她给自己设立的牢不可破的时间的屏障前,突然出现了一个BUG。

那一刻,她觉得,未来这个词,好像被牵引的又远了几分。

她其实并不是没有关于大学的想象,她缺乏的,是关于自己未来的想象。表姐上大学之后,一直有和她保持两周一次的通信。每次从学校收发室拿到信件时,信封上的大学字样和与她买到的图案不同的八毛钱的邮票,总会让她有种收到新鲜事物的欢喜。表姐会在信中说,见到了华南初春盛开的木棉花,讲她的大学食堂总是吃鱼,因为学校有一个大大的鱼塘,塘边种满了榕树和柳。大学的大,是他们在一中老校区里无法想象的,一种庞大的绿色湿润而温暖的春意。当然,也不是没有烦恼,表姐会和她吐槽那所理工学校里男生占了绝大多数，并不顾忌女生的感受，穿着大裤衩和拖鞋就在学校里肆意走动，那种不修边幅的邋遢景象，让她熄灭了关于大学男生的很多幻想。

在收发室能收到的，还有她投稿之后的样刊。那时投稿的机制还很原始，她把原稿用家里的打印机打出来，然后用信寄去编辑部，同时再在邮箱里附一份附件，但是回复的邮件，她从来没收到过。此时她的投稿，已经有两三篇上稿，但都是作文类的杂志。她最想要刊登的《儿童文学》，一直没有回音。那个年代除了收到杂志打开目录，好像没有其他知晓自己投稿有没有中的方式。当她投了一篇新的稿件时，差不多会有三个月的时间，每期在打开目录时，都会失望一次。三个月后，稿件自行处理，于是就再进入下一轮的尝试周期。

除了《儿童文学》之外，还有《萌芽》。那时人们熟知的少年作家，已经有通过这个杂志成名的成功案例，张小莫不是没有想过要去投稿参赛，但一直没有写出值得参赛的作品。每当这时，她就会意识到自己本来引以为傲的一件事，在能力上的边界。她以为自己不是应试教育的作文选手，但她的思维好像并没有突破过800字作文的框架。

她平生最大的不应对考试的创作欲，好像就是初二被孤立的时候，想要写一个十年后的自己来救赎自己。

那时的她，尚且会想象一个十年后，现在的她，反而不敢去想高考之后的未来了。这种抗拒想象未来的心理，除了高中的课程太繁重，或许还有一些，是因为害怕去面对自己能力边界无法到达的世界。

她的高中生活走到现在，没有什么给她带来特别痛苦的记忆，需要她去书写和表达，此时这种对她没有威胁的人际关系和能力范围内的舒适度，让她有点沉溺，沉溺到没有摆脱现在生活的需求。人在痛苦中，才会有向上的需求，她现在状态，有些居安不想思危的意思。

　　当然，反过来说，在这种特别安逸的环境中，一点事情都可以放大成不小的烦恼。

　　四级成绩出来之后，她就一直在等另一靴子落地。准确地说，从考完四级之后，这份隐忧就一直没有消退。她在等着卢粲开口，或者不开口。

　　和上一年一样，学校没有等到三月一号才开学，而是在二月末就把他们抓回了学校。这学期开学在国旗下讲话的，另有其人，张小莫轻轻松松地开了学，她在团委办公室的工作，也清闲了下来。宁老师和他们说，这学期的重大活动没有上学期那么多，除了例行的篮球赛，其余都是些比较轻松的常规活动。

　　于是课间操去团委办公室的时间，也没特别多的事做，有时她感觉自己就是过去躲个清净，顺便逃避一下做操。这学期开学，高一的新生已经去了新校区，看着空了三分之一的操场，张小莫觉得这校园活动也失去了大半生趣。

　　伴着人数的减少，人均占地面积的增多，让他们剩下的人在校园里的走动变得有些随意起来，以前上楼下楼时，大家还会躲着团委办公室门前走，这时觉得校园里一些场所的禁地感，突然减弱。不再是以前三个年级都在时规规整整的感觉，小路近道随意穿，后花园也不是怕别人说而不会去的场所了。

　　这一天张小莫去团委办公室时，就听到有两个人，一男一女的声音，在转角后必经的楼梯小道上传来。往常这个时间，是很少有人的，但现在逃操的人也渐渐变多了。听着是在争执，张小莫停下来，在墙角后隐住。男生的声音，她很熟悉，是卢粲的。另一个女生的声音，她很陌生，但不知为何，强烈的直觉告诉她，就是那个运动会时出现在卢粲身边的面目模糊的女生。

　　她听到女生的声音问："你到底和她说了没有？"

　　卢粲说："说了，她不答应，我也没办法。"

女生拔高声音："你们两个关系这么好,你说了她怎么会不答应？你带我去当着她的面问。"

隐在墙后的张小莫,心里想,等了几个月的靴子,原来是在这里落下了。

虽然对话没有头没尾,但张小莫明白他们在说什么。

上学期的美术课写真后,她和南易约了一次,把未尽的话讲完。本来,关于那个女孩的信息,她是一点都不想知道。但想了想,南易透露的内容,她还是放不下。她想知道,南易所说的那个女孩"成绩不好,弄虚作假,只会给朋友提非分要求"到底是什么意思。

既然开了口,南易就没有瞒她的道理。或许说,因为太看不过眼了,所以南易急于和可理解的人倾诉自己的愤懑。当时南易一脸打抱不平的怒气,和她说："你知道那女生要求有多过分,她想让卢粲去帮她找人去代考四级。自从知道高中生可以提前考四级,卢粲考过了之后,她就没有消停过。"

"代考"这两个字,在那时把张小莫砸懵了。一中考试管得严,平日里,月考时周围的同学可能还会有点小偷小摸的心思,开一些互相照顾的玩笑,到了一人一座的大考,基本没有人会动这些心思。在她自己,既没有必要,也没有念头。在小学耍小聪明默写英语课文被父亲发现之后,别说作弊,连投机取巧的心思她都没有动过。代考这个概念,已经超出了她的认知。

她的震惊,有道德层面的不应该,也有技术层面的不可能。

"四级考级那么严,代考她是想怎么代？"张小莫问南易。

讲到这里,南易就更生气了："她可没考虑这么多,就想逼卢粲找个成绩好的女生去替她考,说大不了可以给钱。会不会被发现,发现了会受什么惩罚,她可不管。"

提议虽然荒谬,但拒绝不就行了。她问南易："卢粲没有拒绝吗？"

南易说："她家和卢粲家是生意上的朋友,父母做生意的,走野路子发家,一向都觉得钱可以解决问题。她进一中,就是用钱堆进来的。听说到大学之后考四六级会更严，连她父母都是支持的。卢粲不好说这件事不对、不能做，只能说找不到人。"

想到这件事可能会和自己有的关联，当时张小莫后背发凉。在知道自己报考四级后，卢粲对自己是什么想法呢，会觉得自己是代考的候选人吗。她想起上一年十月的运动会，那女孩从楼梯下方，对她远远投来的审视的目光。

南易当时的话，像在她心里重重地落了一只靴子。自从知道这件事后，张小莫就一直提着一口气，在等另一只靴子落下。卢粲帮自己准备四级时，她也在想，这是出于对她的关心，还是出于对候选人的培养呢。即使理智上觉得卢粲不是这种人，她也不免做好了最坏的准备。

只要卢粲对她开了这个口，那他们之间，是做不得朋友了。

四级考试完的那天，卢粲没有开口；四级出分之后，卢粲也没有开口。就像是一颗哑弹一样，到最后也没有爆炸。想想也是，这学期就要会考了，再去过四级已经没有免考的福利。随着时间越久，这枚炸弹引爆的可能性就越小，在日复一日的时光中趋近于零。但她没想到，听得这没有开口之后的说辞，自己还是压不住的愤怒。

他没有指责那个女孩不该有这种想法，而是说问过自己了。

南易的愤怒，可能缘于那女孩对自己的朋友提出的非分要求，以为她弄虚作假，贪慕虚荣。但张小莫能体会到另一重含义。

在这个离谱的要求中，关键点并不是代考这件事本身，而是卢粲会不会对她开口。以张小莫在学校的名声，稍有了解的人都知道，她绝不会做出这种事。明知不可能还要提这个要求，对那个女孩的收益在于，只要卢粲开了这个口，就可以伤害到两人之间的关系。

只要他开了口，就证明在他眼里，张小莫是可以做这种事的人，罔顾她的尊严、名誉和安全。

虽然在她面前，卢粲确实没有提半个字。按她不愿卷入冲突的性格，应该就当这件事没有发生过，如果不是这天听了这个墙角，她应该全不知情。只要她不出去,这件事就算过去了。

但此时,她心中有种强烈的意愿,想要挑破这个暗疮。两个月,或者更久的时间,炎症在发酵,她总想着在不挑破的情况下,就能将它消除下去,因为在挑破之后,可用药的选择会变得很少,还会有留疤的危险。

她知道,只要自己站出去,受伤是难免的。她无法预料对方会对她有怎样的语言攻击,在当面的冲突中,她的反应是迟缓的,总是吵架过后才后悔,当时应该这样还击。以她的敏感神经,一场冲突的后遗症会在她心中盘旋很久。与其说她不喜欢冲突,不如说只要冲突产生,就会破坏她内心的宁静,光是情绪起伏造成的波动就足够她难受的了。

但此时,她还是决定站出去。即使她会受到伤害,她也要把事情的究竟看到水落石出。

就像从小到大,在选择要不要知道真相时,她都会选择站在知的那一边。

她迈了脚步,从墙角后站出来,准备上前。

这时,有人从后面,拉了她一下。她回头一看,是南易。她并不太惊讶,课间操的这个时间,会出现在这里的人本来选项就很少。

南易对她摇了摇头,她知道南易是什么意思。但她也对南易摇了摇头。

就在他们眼神交换之间,却听得楼梯上方,卢粲对那女孩开了口:"你不用去找她了,实话和你说,我没有给她,我也不会给她说。你就算找了她,也没有用。"

女孩声音尖利:"那你为什么要骗我说讲过了?"

卢粲声音沉郁:"是我想错了。"顿了一下,他继续说:"之前是我想错了,如果你继续纠缠这件事,我会去告诉你的班主任。"

"卢粲!"那女孩不甘心地喊了一声。

"你可以走了。现在是课间操时间,你应该在操场上。"卢粲给这段对话收了尾。

三人都在团委办公室的时候，课间操已经过半了。很有默契的，没有人去解释为什么来得这么晚，默默地看着三月植树节活动的方案，这是他们这学期的第一个活动。

一边在看植树节的安排，张小莫脑子里一边回想刚才南易和她讲的话。刚才听得那女孩要走，南易把她往里拉了一下，不想要她出去打照面。拉得她一个踉跄，张小莫不免抬头看他，南易帮她稳住身形，说："我是真的很喜欢我们在团委的氛围，也真的很想我们三个继续这样做朋友。"

看着南易认真的脸，张小莫发现，自己已经很久没有仔细关注南易的情绪了。自从上学期和卢粲熟悉之后，她和南易的交集就集中在了团委办公室的时段，三个人在一起的时候居多。不然，也不会直到那次美术课的时候两人才交换这个信息。

张小莫能够理解，南易为什么不想让她出去。刚才如果她去打了照面，事态也许会往不受控制的一面发展。团委办公室一共就三个人，要是他们两人的关系有什么变化，那以前的气氛就会无法保持。她并不是没有考虑到这一点，这也是直到刚才她都还在犹豫的原因。

让她有些惊讶的是，南易也是这样想的。

在她的概念里，南易于她，就和祁嘉栩于她的关系差不多。他们和她，虽然关系还不错，但在她和卢粲之间选择，那他们一定是会站在卢粲那一边的。在这样明显的亲疏关系中，张小莫并不指望他们会站队。祁嘉栩和她，至少还有同桌之谊，每天朝夕相处，是跳过卢粲也忽略不得的存在。而南易，在她不认识卢粲时，他们就是点头之交的故知，在认识卢粲之后，南易更多的是"卢粲的朋友"这样的存在。

她没有想到，在南易的认知里，她也是不可舍弃的朋友。

张小莫想起在高一分校，她和卢粲还不认识的时候，有一段时间，她对南易有过特别的关注。走在走廊上时，她会特意去寻找他的身影，如果偶遇到，她会特别开心。在与外界隔绝的分校时光中，这段雀跃所带的温暖，成为她那段时间少有的值得期待的事。那时南易的眉眼，在她眼中是特别清晰的，见到她时是什么表情，相遇时的每一个细节，好像都会在心里慢放、掂量一番。如果没有南易，在分校的那段时间，她可能会在面对新环境时，过得更低落、更无所适从一些。

但回到本部之后，随着她和班上同学关系的融洽，她对南易在心中的那一点期待，就慢慢淡了下来。一个人能关注到的周边的人群，其实是很小的。虽然同学众多，但只要把陪伴和相处的时间稳定下来，就足够给她带来秩序与平和了。同桌的祁嘉栩，放学回家路上的云央，下课吐槽时的明织，午休时间的卢粲，班主任唐老师，是她现在这个秩序中重要的元素。她相信，在别人心里，也一定有这样的划分。

但她还是在意识到自己忽略了南易的感受的时候，浮起了一些不该如此的愧意。毕竟，面前这个，是曾经给自己带来过温暖的人，在事情已经清楚的可进可退之间，她愿意去维护他的感受。

于是，她安静地和南易呆在那个角落，等到楼梯上没有声响了，才一起出去。南易想要保护的是她，还是卢粲，抑或是他们三人共同的课间操时间，好像也不用辨得这么清楚，又或者本来就是指向了同一个目的。

对在这间团委办公室里的这些时光，说不定比她意识到的还要珍稀。在进办公室前，她在露台走廊上回头看了看后花园中被风吹起的绿浪。

这座学校里，有很多比他们年纪还要大得多的树木，主席台前那棵突兀的参天银杏，就是因为几次改建之下，都把它保护了起来，没有去动它的位置。这些在百年书声琅琅中生长起来的植物，不知会在这个校区被彻底抛弃之后迎来什么样的命运，或许它们依然会被保护起来，即使在旧有建筑被推翻之后。在这些植物看来，它们旁观到的这些少男少女之间的相处和小插曲，也许只是它们生命中短暂到不留痕迹的部分吧。

但对于他们来说，是只有一次的高中生活里极为重要的一部分。这是本来就短暂的时光中，更加短暂的季节限定的那部分。到了夏天的时候，他们这届团委干部就要卸任，和这个办公室说再见了。

至少在夏天到来之前，尽量守护这段相处的时光吧，她这样想。这一天，对迟到绝口不提的缄默，也许就是他们三人共有的默契。

看回眼前的植物节方案，一个班派两个代表去新校区植树。张小莫问："你们俩那天想去吗？"

南易立刻说："去啊，我还没有去过新校区呢。"

卢粲也点点头说："去。"

张小莫说："好，那我也去。"

植树节的活动，是周五早上，势必会落下早上的课，在学习越发紧张的时候，并不是每个人都愿意去的。但就连高三也安排了要去，她本来觉得有些大可不必。南易指指下面一行字："每个班植的树，会挂上这个班的牌子。"想象了一下那个场景，张小莫突然觉得，为此牺牲一早上的课还是值得的。他们虽然没有去新校区，但在新校区里，整整齐齐的有代表他们三个年级的树。这样一想，好像就和那个即将取代自己记忆的地方，也有了一丝关联。

而学校显然考虑得比他们更加周到。课间操结束的时候，宁老师回办公室打了一趟，给他们交待注意事项，植树节那天，年级会统一调课，把班会和自习调到早上，在第四节课的时候，就把他们送回去。尽量不耽误他们上课。

除了看起来早到变态的出发时间之外，这个方案没什么毛病。

最后的时候，宁老师还特地嘱咐他们：能去尽量去啊，很有纪念意义。三人对视，浮起了狡黠的笑，齐齐应下，并没有告诉宁老师，他们已经说好了。团委办公室里，还是和以前一样融洽的氛围，却又比起以前，又多了些什么。

三月的风吹在脸上，让料峭这两个字都生动了起来。

站在新校区的操场上，张小莫的脸被吹得冷中带着点疼痛。集合的空地，地势有些高，向下望，可以看见传说中的十二个篮球场和四个足球场，前方则是新校区的图书馆。图书馆是一整幢高楼，甚至还拥有一个钟塔，一个英国式的大钟在一格一格地推进着时间。老校区二层楼的图书馆，与之相比只能叫图书室。

新校区的豪华中，还有种开荒的感觉，所有的树苗都未长成，在图书馆前方种了一排玉兰花，瘦瘦弱弱地开着花。让她想起老校区门口的那两株高大盛放的玉兰。这一年的花开得迟，此时两株玉兰都开着，越发对比的新校这几株不堪重负的样子。以后，他们的文理科状元要怎么预测呢，还是以老校区的为准吗，但老校区的花儿又怎么能算到从未见过的人呢。

只不过，这已经不是她要关心的事了。他们拥有的，新校区的后辈未必拥有，反之亦然。

校领导在冷风中显得有些漫长的发言讲完，大家急忙解散躲到了避风处。高二一个班两名代表，和她一起来的是班长施稷。如果可以选的话，她本来想让明织或是云央一起来。但施稷除了是班长之外，也是校学生会的成员，和他们团委成员被打了招呼一样，学生会也打了招呼让他们尽量去。再加上团支书和班长的代表标配，这事没有什么讨论的就定了下来。

总的来说，除了太冷之外，张小莫觉得还是不虚此行，如果不实地来看，无法感知这样大的场景造成的冲击。光是看看这大学校园一般的占地，这一届的学生们到大学时，应该是不会露怯了。没有到实地看时，只听家长们说着这里的种种不好，比如新校区连一只鸟都没有，说明这片区域有辐射，不利于身体健康。来到这里时，只剩下一种直观的震撼感受。如果从高一分校住的是这样的校区，那半年的感观，应该大为不同。

刚一解散，她和施稷就与南易和卢綮凑在一起，施稷是篮球队成员，本就和他们两人相熟，坐大巴时就前后坐在了一起。施稷是学生会的体育部长，一路上和他们一直在讨论这学期篮球联赛的安排。因为起得太早，张小莫此时还有些神魂游离的状态。

他们要植树的位置，是在图书馆旁的小土坡上。从集合地点过去，要经过许多个起伏的土坡和沟坎，经过一处比较高的坡时，卢粲先跳了上去，一个一个拉人，把南易和施稷都拉了上去，伸手给张小莫时，她犹豫了一下，自己三步两步爬了上去。毕竟是小时候连石壁都能爬的，这种坡，虽然陡，但也只是爬的时候姿态不太好看罢了。

起起伏伏地到了种树的地点，一片地让他们自己选。张小莫特意指了一处好辨认的靠路边的高处，让施稷去圈地，卢粲和南易顺手就在他们圈的地旁接着选了一块地。说是两人植一棵树，但过程中还是动作快的帮动作慢的，大家互相搭着手，从刨坑到填土一气呵成。张小莫想问这是什么树苗，一问只知道是常青树，不会落叶的品种。她略略有些遗憾，可以的话，她希望是株玉兰。辛波斯卡的诗里说："我偏爱不开花的叶子胜过不长叶子的花。"但玉兰树同时有着这两种形态，在她眼里，不用去区别和偏爱。

到领班牌的时候，施稷和南易去了，剩张小莫和卢粲在原地再把土压实些。卢粲在张小莫旁蹲下来，一边帮她压土，一边低低地说了一句："对不起。"张小莫抬头看他，山风吹得她头脑有些迟钝，但也只是慢了几秒，她大概知道他在说什么了。

卢粲继续说："那天，我看见你和南易在后面了。"不用继续补充，两人都知道说的是哪天。张小莫觉得，自己没有挤破的那颗暗疮，已经露了白头。

"我以后不会再这样了，对不起。"卢粲停下拍土的铲子，看着她又认真地说了一句。

"知道了。"张小莫觉得，那颗发炎许久的暗疮，被轻轻挑破，一点一点地把脓肿挤出来，流出了干净的血。

她果然，还是要把一切都挑得清清楚楚心里才会舒服的性子。心下的积郁慢慢消解，但脸上也做不出太多表情，她是那种内心起伏越大，表情越显得木讷的类型。当下也不知再聊什么，还好去拿牌子的两人，这时走返回来。老远就开始喊他们，把牌子递给他们看。

张小莫凑过去一看，写了班级和种植时间。听说高一的同学，是一人一棵，上面还有认养人名字。而高二的班是种班树，最后他们只能留下班级了。这时的手机还没有拍照功能，她也不知道怎么样才能留下眼前这一幕，只好把地理位置记了又记，前后左右都是新挖的土，连标记都标记不来。让他们中地理最好的卢粲前后左右用多种对照方式记了坐标，这才放心。

看着挂在树上的那块牌子，张小莫想，在她毕业之后，老校区被拆之后，她与一中，还留有这样一棵树可以相连。常青树，也挺好的。四季没有落叶的时候，没有凋零之苦，没有极致的变化，稳定和没有变化，这样的形容，在她是褒义词。

回去的路上，再次经过那个沟坎时，卢粲又先跳过去伸出了手，但一看手上全是刚植树的泥，蹭了蹭衣服，有些犹豫。张小莫自己往上跳了两步，最后一步时，拉住卢粲的手借了一把力。和她手的温度比起来，是温暖的，干燥的，有着奇异的弹性的。借完力后，她很快松开，手上那种奇异的手感停留了许久。一直到回学校，都觉得那个温热的触感还在。

回到学校时，果然赶上了第四节课。下课后，她去和唐老师讲去新校区的见闻，讲四个足球场和十二个篮球场，讲瘦弱的玉兰花，讲图书馆和天文馆，再讲他们植的树："我们特意选了一块在路边的地方，很明显，走过去就能看到。"尽管知道没有必要，她还是很详细地给唐老师讲了他们种的地点要怎样辨认，希望在他们走后一定会去新校区教书的唐老师，能一眼就找到他们栽的这棵树。

唐老师看着她笑，像是觉得她可爱，又觉得她傻。但还是配合地拿个本子记了下来。一边记，一边取笑她："你像是小学生去春游一样，什么事都觉得新鲜。"

张小莫这才反应过来，自己叽叽喳喳地讲了许多话。

但此时，她想起了辛波斯卡的诗里另外两句：

"我偏爱许多此处未提及的事物，胜过许多我也没有说到的事物。"

一中的高三，在进入下学期之后，在一个特定的时间点，会进入一个特殊的作息模式：上四天休三天，给学生充分的自主安排复习进度的自由。

休的三天，是让他们根据自己的情况复习，上的四天，是让他们回学校问老师问题。一中的牛人多，到最后复习的这段时间，自己复习的效果比老师上课还好，一个经久流传笑话是，有一位年级前十名的同学，在高考前摔断了腿，自己在医院复习了一个月，回来模拟考就考到了全校第二名，足以证明自己复习的效率比在学校复习更高。

这种对自主学习的满满信心，大概也是一中人的特色之一了。不过这种自主暂时与他们无关，比较有关的是，一旦进入这个节奏，高二和高三的作息时间便就不大相同。而在享受这种自主之前，高三要经历的是周六多加半天的补课。

无论是补课作息还是上四休三的作息，都让高三的生活和他们拉出了距离，在他们忙着进行篮球赛之类的课余活动时，高三的参照组总让他们觉出有些近在咫尺的紧张来。

当然，高一的参照组，也没能让他们更轻松。学校已经传出消息，高一的实验班要和他们这届一起参加高考。实验班这种存在，是在下一届的时候新建立的。张小莫他们这届，是最后一届平行班。一中终于放弃了数年来绝对公平公正不分重点班的平行班策略，进行了两个理科实验班的选拔，从下一届开始，班与班之间有了生物链之分。

对于自己是最后一届平行班这个事实，张小莫只能感到庆幸。她不知道自己在理科实验班中的筛选中会处在什么位置，即使进入了，可能会像初中时每年寒假去上全市的数学竞赛班的感觉，日日处在比不上别人的痛苦之中。即使她现在再也不会想着去拿年级第一，但班级第一的这个位置，仍然是她很大的心理支撑，失去了班级第一的这个心理优势，她觉得可能会是人生中对自己平凡的再次认知和让步。

虽然这种心理支撑，有可能也是自欺欺人。承认自己无论如何不可能做到像初中那样一骑绝尘的第一，对于她来说其实做了很大的心理建设。加上"全班"的这个限定，有点像自己给自己的安慰。但至少在此时，可以维持她一个虚荣的纪录：从小学到现在，没有一次期末考试她不是全班第一。

这件事在别人看来可能微不足道，但在她是一个微妙的心理底线。她还没有习惯在一个班级中不是最优秀的那几个，大概也不会习惯在一个集体中处于中游的位置。虽然此时她去各科竞赛班时，这种感受很明显，但在大考的考场上，按成绩来排座位时，这一考场的人，代表的是各班的第一，她在心理上找补，这是一种平等的关系。

此时还没有小镇做题家这个概念，她的这种不足为外人所提的心理底线，可能连"做题家"都称不上，但对于这种优越感——如果可以这样概括的话——早就有理论和传言进行了精准狙击。从以前的高分低能，到后来说班级前几名受挫能力差，有研究证明以后在社会上发展得最好的是一个班中成绩十到十五名的人之类的像模像样的研究佐证。就连她最喜欢的童话作家都会在写罐头小人的时候对应试教育下的前几名进行刻板印象的嘲讽。

关于一个班中游的人以后在社会上的发展反而会更好的言论，很像她小学时和林晓音所担忧的，大家传言小时候长得好看的孩子，长大之后反而会不好看。这种言论像是童话里女巫的诅咒一般，对着在这一时段有某种优势的人，预言着他们小时了了，大未必佳的成长路径。

此时的张小莫，堪堪算是逃过关于相貌诅咒的阴影，而对于高分低能的诅咒，她还不能完全不介怀。因为对于高分这一项，她也怕自己哪一天就担不起了。

张小莫自己心里是清楚的，真正的分高到一定境界的人，是绝不会被这些唱衰的预言所言中的。那些在学习深度上有巨大弹性的人，早就没有和他们在考分上进行攀比和纠缠。比如她的初中同学邵襄阳，在初中时所显露出来的那种在物理上超于常人的物理天赋，此时已经让他拿了几个发明专利，进入了自主招生的范畴。而年级第一的那个女生，因为生物竞赛也提前拿到了自主招生的名额。张小莫参加了这么多个竞赛班，唯一没去的就是生物竞赛班，大概就是因为看到这么多人卷完之后，也只有一个人到了终点。

只有她这种在学习深度上没有弹性的人，才会特别执着于考分和排名，加上了无数限定之后，试图把承认自己平凡的时间再往后推一些。

高二下学期开学后，在这个无限接近高三的时间点里，才不过刚开学，她就已经觉察出关于不同于上学期的紧张与恐慌了。就算是标榜会学也要会玩的一中，到了这个时间节点，大家也有了一些要为前途担忧的意识。

除了氛围感上的紧张之外，张小莫觉得这种突然而至的紧张可能还因为她和表姐通信中聊到了报志愿的事，表姐把她报志愿的那本目录让家长转交给了她，看着上面的学校和专业，她突然对高考这件事有了前所未有的实感。

这就是在她脑海中未来屏障的另一边吗。每次思考在屏障另一边的事，总会给她带来一种没来由的不安全感。父母看到她在研究报志愿的目录，问了她的意向。她闲闲地在目录上指了 TOP 3 的大学，说要去那里学医药学。

这个回答看上去足够应付，与她的兴趣爱好特长没有任何关系，但听上去又很真。经历了初三误诊之后，她对自己要具备一点医学常识，特别是要吃对药这件事格外上心。从大学排名到职业前景，好像都是一种没什么可说又有点闹着玩的感觉。在距离高考还有一年多时间的时候,这个回答已经足够交差而不交心。

自己的未来,真的能在这份目录上找到吗。那些在理科目录中一看就觉得比课外辅导书还枯燥的不知所云的专业,在这时提前给她带来了一种无所着落的迷茫。这好像是比小时了了大未必佳的诅咒更切实的烦恼。

教室里紧张的氛围感,从表面上看,并不像张小莫内心感受到的那样强烈。

一进教室,在讲台旁边的大黑板旁,他们还挂了一块小黑板,上面写着"空虚排行榜"几个字。上面写着大家评选出来的本周最空虚的前三名。

最初这块小黑板是写班级日志的值日生和语文课上课前五分钟讲诗词的同学。语文课讲诗词这件事,连学号都没有轮完就偃旗息鼓了。男生29个学号是全部轮完了,女生只有排在前面的几个上去讲过。当时出乎大家意料的是,都以为张小莫会选李清照或是李煜,最后她选的是苏轼的《定风波》,反而是平时看上去很豪放派的宛鸠选了李清照《声声慢》。有种我预判了你的预判,反刻板印象的那种劲头。

这个年纪的少年们,好像都对颠覆在别人眼中的固有印象有种挑战的热情。

比如在空虚排行榜上,竞争最激烈的人选中,有班长施稷、文娱委员康翩翩,连张小莫有时都会上榜。他们好像在用这个词来解释着一切不积极的无聊行为,包括摸鱼、躺平、颓废、神经,甚至厌世。都可以汇集在这个词中,说一句:你真空虚。

对于他们明目张胆地把小黑板另作他用,班主任唐老师只是无奈地笑笑,并没有阻止他们的这种无聊行为。大概是因为教政治的老师有哲学的底子,对于他们所说的空虚,有着深一层的理解,没有把这件事看得太负面。

此时班里由空虚衍生出来的不正经的"帮派"有好几个，有自称空虚帮的帮主，有一个学号七号的男生自称精神病院院长，就连班长施稷也成立了"一块二"党，虽然只有他一个光杆司令。这个空虚热潮的好处是，即使是不太熟的同学，只要是懂得相关的一两个梗，也能有话题可聊。一两个套路话的回合下来，大家都笑得很开心，实际没有透露任何信息，完全不用走心。

这种不走心的社交模式让张小莫在人际关系中感到了一种前所未有的轻松自如。大家在嘻嘻哈哈中就保持了看似熟悉的你好我好的关系。不用彼此了解，不用投入感情，提到一两个在班上流行的梗就能顺利通关。对于一向社交苦手的张小莫来说，觉得竟然还有这样好用的办法，也便融入了这个体系。

在这场推崇空虚的潮流中，作为班长和学生会体育部部长的施稷，他原先那种高高在上的帅哥和向上爬的精英形象被颠覆程度是最大的，每次看着他摆弄着象征"一块二"的一块两毛钱硬币时，再帅气的面容也打了折扣。

施稷虽然是班长，但在此之前，他在同学中的评价中，有被贴过高傲、虚伪、脱离群众的标签。即使他代表了本班在学生会的最高职位，也没有多少人以此为荣，反而会说他只管学生会的事，不管班里的事。而现在他一改往日的精英形象，掺了些傻气，竟然和周围的人也打成一片。

这时张小莫还没有太深刻理解这一行为背后的含义，直到后来小布什上台，她才有些举一反三地明白这种行为的意义。但这种降智式的固有印象的颠覆，到底是不是一件好事呢。此时，在这种类似薯片和可乐带来的轻松愉快氛围中，大家只是觉得好玩。同学们没有多想，她也没有多想。

有时看着讲台旁的那块小黑板，想起到她和宛鸠这里就偃旗息鼓的语文课诗词介绍，张小莫不免会有一些可惜的感觉。

相比唐诗，她更喜欢宋词。从初中起，她就有睡前背一首词的习惯。这个习惯在秋老师的课堂上,有过一次惊艳众人的表现。秋老师讲到李煜时,想讲另一句课本上没有的词,或许是思路一下有些卡,无头无脑冷不丁地问了一句:"'砌下落梅如雪乱'的下一句是什么?"

众人还没有听清问题时,张小莫就接上了:"拂了一身还满。"没想到真能听到正确答案的秋老师,夸张地对她进行了称赞,说随便抽一句不在课本上的词她能答上,说明她课外看了多少书。因为当时临场发挥的效果确实有些糊弄人,同学们至此对她才女的名声更加信服。

对于秋老师,张小莫的情感是很复杂的。就和她第一个小学的班主任章老师一样,因为跳舞事件的指鹿为马,直接导致了她的转学。但在转学之后,在她回学校寻求安慰时,章老师也给了她极大的温暖。她自小就从老师这个身份上,习得了关于人性的复杂,一个人不能单纯地称之为好人或者坏人,而是一个立体的人,并不因为这个职业理所当然地高尚。

当把老师当成一个普通人去观察时,他们有自己的爱憎,有自己的利益考量,有自己的难处和不得已,在初中的时候,因为对各位老师的家长里短背景的了解,张小莫更能体会到这种以普通人的维度来观察老师的感觉。到了高中之后,因为一中的名校荣光,又因为她远离了背景信息的来源,她对于老师的观察,又恢复平面化了。

秋老师是高中之后,第一个重新唤醒她关于人性复杂的警醒的老师。在话剧比赛事件后,张小莫在她身上重新开启了这种观察,因为过去的交集太多,她还没有完全的厌恶,但也恢复不到最初的毫无芥蒂的状态。

她没有想到,秋老师做的一件事,会继续加深她对这种人性的复杂的认知。

关于他们班的那块空虚排行榜,班主任唐老师没有管,但反而引起了秋老师的注意。看到那块另作他用的小黑板,她好奇地问他们是什么意思,因为看到张小莫和施稷的名字也会在上面,最开始有些拿捏不准是什么意思。待她确认了真的是她想的那个意思后,秋老师在自己内心有了一个判断。迅速对着他们这个班的人,拿了个主意。

秋老师之前提议建了一个学校的心理咨询室,请了个不知哪里来客串的心理咨询师坐阵,美名其曰是帮同学舒解心理压力。位置建在六楼的另一翼,张小莫中午去自习室经过时还去过,湛蓝色和红色的沙发,明黄色抱枕,色彩热烈布置得有模有样。

可惜,新校区建成后,只有他们两个年级的人了,而这两个年级的人显然都没有兴趣去。高三的同学太忙,高二的同学还没到觉得自己有心理问题的程度,因此这个心理咨询室罕有人至。

这种冷清也许证明了秋老师提议的无效。在看到他们班那块空虚排行榜时,秋老师的心思又活络了。

下课时,秋老师把张小莫叫上讲台,刚好是课间操,说要带她去心理咨询室。

"去做什么?"张小莫对这种不寻常的要求有了些警惕。

秋老师一副热情的样子:"建好之后你还没有去过吧,你去看一下布置得怎么样。"

张小莫说:"我经过时从门口看过啦。"

秋老师继续说:"那没有进去坐过嘛,你来看一下,给我提提意见,还有哪里可以改进的。"

几番推拒之后,秋老师还是没有松口。张小莫只好说:"我课间操例行是要去团委办公室的,我去打个招呼再去。"秋老师说:"没事,到时我和宁老师说,时间不多,你先和我去吧。"张小莫没办法,只好给卢棃发了个消息说明情况,然后被秋老师带走了。

到了心理咨询室,里面分内外间,秋老师和里间的那个不知哪里来的心理咨询师打了个招呼,就让她进去做心理测试,那个心理咨询师二十来岁,像是大学刚毕业的样子,给了她一张纸一盒彩笔,就让她在纸上画房树人。

张小莫没动,站起来问秋老师:"这是什么意思?"

秋老师说:"来都来了,做个心理咨询嘛,我看你们最近压力挺大的。要是觉得好,你们空虚排行榜上的那几个同学,都让他们来做一做。"

房树人这个经典心理测试,张小莫早在网上看过,自己做了是好玩,但这是在学校,要是被解读出了什么不好的信息,还不知道会有什么后续。全校没有人来这个心理咨询室,多多少少也是因为这个原因。

张小莫放下笔,正在想以什么理由走,就听得门口有人敲门问:"秋老师,张小莫在这里吗,宁老师找她有事。"

听得是卢粲的声音,张小莫放下心来,起身想走。那个心理咨询师叫住她说:"哎同学,把这个本子登记一下再走。"张小莫一看,那个蓝色登记本子上,写了她的名字,留着一个空格等着她签名。

顿时她就起了些怒意,冷冷地看回那个心理咨询师:"我刚才咨询你什么了?你凭什么把我名字写上去?你们做心理咨询还要强买强卖不成?"

那个心理咨询师被张小莫的问句堵得语塞,但还是说:"你来了就是要登记的。"张小莫正要发作,卢粲从外间探头进来问:"什么事啊,你要是一时走不了,要不我把宁老师叫过来?"

听到他们要叫团委的宁老师来,秋老师有些慌了,急忙打圆场:"也没什么事,你们先走吧。"

张小莫指着写有她名字的登记本:"那这怎么办?"

那个心理咨询师忙不迭地把只有她名字那页表扯下来给她,说:"你们快走吧。"

出去连下了两层楼,张小莫才从怒气中缓过来,对卢粲说:"她刚才是怀疑我心理有问题。"

卢粲点点头,说:"准确地说,是想制造一个心理有问题的案例。"

他停下来,站在比她低一级的台阶上,拍拍她的肩说:"你刚才做得很好。"

张小莫这才松弛了一些,在老师的要求下,学生的反抗实在是太难了。做得更好一些的话,她应该是在教室里就拒绝和秋老师走的。她不由想起初中的时候,被体育老师叫去重做一遍仰卧起坐时的场景,如果她坚持不去,老师好像也没有办法。但在面对老师这种带有权威性的身份的命令时,有勇气反抗的人大概是少数吧。

家长们在从小教育小孩要听老师话的时候,有没有想过小孩在学校里可能因为这种"听话",而受到伤害呢。

如果这次顺着秋老师的意愿来,会带来什么样的伤害呢。

不等她细想,班上另一个同学给她作了演示。

秋老师叫她去心理咨询室时,旁边有几个同学听见了,其中就包括自称"空虚帮帮主"的那位同学。张小莫回到教室时,他找过来问她感觉怎么样。张小莫惊魂未定地告诉他:"那个心理咨询师看上去不太专业,你最好不要去。"

那位同学听了,若有所思,点了点头走开了。

后来张小莫才知道,那位同学最后还是去了。当时为了以防万一,张小莫把出现在小黑板排名榜上的人都说了一遍,让他们如果被秋老师叫到,最好不要去心理咨询室。她没有想过,有人会在收到了信息之后,依然带着求助的心去了。

那位同学,平时并不是特别听话的类型。说起来,还有点特立独行的腔调。是带着怎样的心情去的呢?不敢和父母说,也不敢去医院,知道学校有了这一处地方,即使被警告了也想去看下有没有帮助。

原先张小莫想象的危险,是学校把学生判断成心理有问题的人之后,会有一系列不可控的处置措施。但这一点,并没有发生。或许是因为她和卢粲也给宁老师讲了那天发生的事,对于去过心理咨询室的人,学校方面并没有任何后续。

她完全没有想到，真正的危险，是在心理咨询过程中，对自己认知的影响。

有一天，在同学们依然嘻嘻哈哈地喊那个同学叫帮主，叫他不要空虚时，那个同学突然勃然大怒："我没有空虚，你们以后不要再这样叫我了！"

这怒气来得很是突然，之前班上同学这样叫他，他和别人一样，总是乐在其中。

察觉到这怒气的不寻常，张小莫找了个机会，悄悄去问了他一句："你这是怎么了？"

那个同学抬起头，面无表情："我去做了心理测试，那个心理咨询师说，我有抑郁倾向。空虚就是抑郁的表现。"

张小莫吓了一跳："我不是和你说了吗，他不专业的。你要是真的觉得不舒服，还是去医院看医生比较好。"

那个同学依然和上次一样点点头，说："我知道他说得不对。"然后，就垂下眼，拒绝和她再交流。

篮球赛开始的时候，学校门口那两株玉兰花已经落尽了。

中午从六楼自习室俯瞰，能清清楚楚地看见两株花开花落的场景，有种春逝的感怀。对春天离开的情绪，其实不应该有太浓重的不舍的，因为夏天的到来总是让人开心。张小莫想，自己的这种春逝的伤怀，也许只是单纯的对时间流逝的不舍。

小时候，她有过急切希望长大的愿望，这种愿望抵消了时间流逝的伤感。到了十六岁之后，她开始对被称为花季的这一年，有了一种青春易逝的紧张与伤怀。对于这段年纪，在她的认知里是青春三部曲，《花季雨季》《十七岁不哭》和《十八岁的天空》，当时看的时候，觉得书或剧里的青春离自己还很远，等真正到的时候，却觉得好像并没有那样多姿多彩。

十六岁被称为花季，而十七岁是雨季，好像预示着十七岁的日子会比十六岁艰难。但张小莫觉得，即使是在被称为花季的十六岁，自己的生活也没有多绚烂。她好像更能和《十七岁不哭》里的杨宇凌共情，她在这个强势的、不被理解的、人缘不好但优秀的女孩身上，投射了一部分的自己。看剧的时候，她记忆最深的是简宁和杨宇凌在雨后花园谈心的那一段，还没开始就结束的吐露后，杨宇凌拉了一下满是雨露的枝头，洒了白衬衫的少年一身，两人会心而笑，又动人又美好。

十六岁的绚烂应该是怎么样的呢。

张小莫叹了一口气，望向篮球场上练习的男孩和女孩们，其中有一个穿着他们军训时的白T恤和白裤子，外面套着篮球背心的女孩，是他们这一届的校花。看着她打得并不好但在众人簇拥下显得异常可人的身姿，张小莫想，十六岁的绚烂，至少应该是这样的吧。

这一年高二的篮球赛在学生会的出谋划策下进行了赛制改革，把女生也加进了男生的篮球赛中。为了照顾女生的得分，女生投的两分球算三分、三分球算五分，3V3女生打一节，三男两女5V5打一节，剩下男生再打两节，加起来四节比赛的得分来算一场比赛的得分。

即使是这个赛制只是在小组赛中使用，出线之后四分之一决赛起就恢复成男生打全场，但因为这个改变，掀起了一股全民篮球的热潮，连这学期的体育课考试内容都要考三步上篮。同时，会打篮球的女生，成了这个赛制下杀手锏一样的存在。

一个班要找出三个能上场的女生，其实并没有那么容易。真正会打篮球的女生毕竟是少数，剩下的就看身高和体型，在一堆半瓶水里找比较满的那几个。张小莫他们班很幸运，有一个真正会打篮球的女生，是可以上场和男生对打的，剩下两个，一个选了全班个子最高的女生，另一个选了比较壮实的副班长。

不管是为了得分还是为了顺应这股风潮，每个班的男生都开始教女生打球。因为篮球场不够用，除了体育课和放学时间，甚至还约了早上提前一小时到学校进行训练。张小莫知道就算候补的候补也轮不到她，但还是折腾着起来练了几天。

毕竟，谁在心里能没有一个取巧的梦呢。想象自己像三井寿一样能扔进三分球，忽略一切技巧，在没人防守的时候拿到球，一扔，只要能扔进去，就能接受大家的注目、掌声还有同队男孩们的尊重和感激。

张小莫这样的想象并不是无来由的。当和她个子差不多的钟鸣站在三分线外双手向上扔进去一个球后，祁嘉栩就把她列入了球队女生的候补。比任何人都会玩战术的祁嘉栩已经预判到了这个赛制下的走向。这种凑数的女生对女生的比赛，比赛进行中进球是很少的，通常整场会身体纠缠、抱着球直到犯规。只要能保证罚球时稳定地进球，局面就赢了大半。因此祁嘉栩开的速成班，运球、传球都不是最重要的，在罚球线上能投进球才是——不管以什么姿势。当然如果要能捡个漏能扔进三分球，那就更好了。

早起到学校的魔鬼训练张小莫并没有参与多久，在她体育课上的三步上篮一直整不明白之后，她就明白了自己不是这块料。但她对能上场的某些女生，有了一种说不上是羡慕的情绪，这种情绪，让她想远离篮球场。

将这种情绪进行"质壁分离"一般的分析之后，她知道自己为什么会不舒服。在高一的时候，因为和祁嘉栩是同桌，作为篮球队长的祁嘉栩在日日和她分享信息和战术的时候，也让她处在了篮球比赛营造的氛围的核心中。回过头来看，那时的她，很享受比赛，甚至很享受祁嘉栩让她去看比赛的感觉。而现在，在比起和她这样只会纸上谈兵的人讲比赛，这些上场的女生是祁嘉栩真正的队友，取代她成了更核心的那部分人。这让她相比去年，有了一种局外人的感觉。

这种不舒服，更极致一些的演绎，是卢絷他们班的入选了正式队员的校花。如果说他们班的女生是正正经经地在为比赛拼杀，她实在没有办法理解一个为了美出现在场上的存在：跑动时是美的，流汗时也是美的，罚球不进时也是美的。

张小莫不知道他们班为什么会选出这样一个在场上弱柳扶风的存在，但她知道，在他们班，即使会头疼战术要怎么安排，男生也很欢迎女生加入训练。而开始比了几场之后大家就发现，由于女生在场上很难进球，保证互相不进球就是胜利，有种上谁也是一样的感觉，于是漂亮的女生，反而成了女生互相撕扯中养眼的亮色。

在这个加入女生的赛制中，最大的意义可能是给出一个为之奋斗的目标，让班上的男生和女生们有一个团建的理由。团建产生的感情，比起一般的同学感情是要更深的，就像张小莫他们上学期练话剧时一样，在练习的那段时间里，他们那个团队就有比一般同学更加深厚的情谊。虽然这种情谊也许会渐渐淡去，但在当下的确是浓烈的，这种浓烈也有延续的可能，比如演周萍的向风和演四凤的殷其南，在那之后就保持了稳定的关系。

看着卢棨队里的那个举手投足都是美的校花，那种比赛时流汗的美比平时刻意打扮的美还要自然夺目几分，入眼是场上男生对她的保护，入耳是周围的人盛赞她的美貌，张小莫心里闪过的念头是：这才是十六岁的花季吧。

在张小莫退出班上的篮球集训之后，祁嘉栩仍然还是乐于和她分享训练的安排和战术。

对于这种纸上谈兵，张小莫还是保有了足够的耐心，毕竟这是祁嘉栩为数不多的正经时候。因为模式太熟悉，她前期并没有觉得有什么不对，在某一个祁嘉栩喋喋不休的课间，她迟来地意识到一件事：就像他们班的选人和战术都是祁嘉栩一手操办的一样，卢棨他们班的比赛事宜也是队长卢棨定的。

所以，那个让她不理解为什么能作为正式队员出场的校花，如无意外，是卢棨认可的。

篮球比赛开始后，卢棨变得很忙，中午的时间也常常去练习，张小莫一个人去自习室的时候变多了。她也没有再约其他朋友，因为自己一个人在窗边放空的感觉很好,不想再分心从头去和别的同学培养这种默契。

自从高一年级搬走后,会来六楼自习室的人就更少了。零零散散来的几个人,互相都眼熟,但没有互相打招呼认识的意思。平时坐的位置也是固定的,像是互相划了势力范围一样。偶尔遇到一两个生人,大家都会不着痕迹地观察一下。

张小莫这天来的时候,在上楼梯时就遇到一个生面孔。是一个挑染了蓝色头发的女孩,齐耳短发,望进她眼里时,张小莫发现她的瞳孔是湖蓝色的。张小莫上楼,这个女孩下楼,迎面到错身的这段时间,张小莫的眼神没有离开她。

楼梯间里的阳光穿过玻璃照在这个女孩的蓝色头发上,张小莫听明织说过,有一种蓝色的染发,在阳光下是蓝色的,在教室里的日光灯下是黑色的,这样就不怕在课堂上被老师发现。

那双湖蓝色的眸子,让她分外惊艳了,这时用美瞳的人还比较少,她知道那女孩不是天生的,但一时也没想出是什么情形。《第一次亲密接触》里描述轻舞飞扬,是一个一身都是咖啡色的女孩,从头发到穿着到背包都是咖啡色的。一身蓝色的女孩,好像并不是那样少见,但从头发到眼睛都是蓝色的,这是她第一次见到。

这瞬间短暂的惊艳,让张小莫迅速判断了一件事:这个女孩是她在学校中见过的最美的女孩。

比那个所谓的校花要美多了。

内心有个声音补充道。

染蓝色头发这件事,张小莫其实暗暗有憧憬过,她内心有时还是有点非主流的冲动的。她曾经试探着在家里问过,如果她染了蓝色的头发会怎么样。父亲想都没想就说:"那你就不要回这个家了。"

那时她觉得,她家一向对外人自诩开明的教育环境,其实也不过如此。父母不管她看什么书,但还是会管她染什么头发,这样一想,就索然无味得紧。

不过她那时也只是随便说说，学校虽然没有规定发型，但长发的女生披发时都会被提醒把头发扎起来。再说，她见过的染蓝色头发也并不是真的那么好看。她没有想过，会有这样一个突然出现在自己的面前，不仅实现了自己想染蓝色头发的愿望，而且漂亮得像精灵一样。

因为这短暂的邂逅，她觉得自己迈上六楼的脚步都轻盈了。甚至在窗边把书本文具布置好，例行向窗外望去的时候，都没有影响她的心情。

窗外，在篮球场练球的男生女生，混作一团在练习，不时会有着非常自然的身体接触。一起体育运动的时候，散发的魅力是比平常要大的。她想起高一分校殷其南那时约的打羽毛球的局，那时殷其南受男生欢迎，是因为她技术过关。当时张小莫感受到的，是一种自己没有专业学过羽毛球的局促和自卑，她自己打球时，也不愿意和打得不好的人打，她当时退出，是不想在一个别人营造的主角氛围里作尴尬的衬托。

而此时的场上，气氛与那时还不太一样。为了让女生多得分，男生不会嫌弃女生技术不好，而是想方设法给她们辅助。他们之间，擅长和不擅长的人，好像并没有主角配角之分，真正的配角，是围观的人。就像隔了六层楼的高度，张小莫仍然能看到手把手教校花的卢棪，她知道，预备铃响起来的时候，他们会一起从两排都是香樟树的校道上往回走，那过分养眼的画面，会隔着这样远的距离，遥遥地刺痛她。

在看江南的《此间的少年》时，她还很嫌弃书里那些嫉妒康敏会打篮球所以和男生关系好的人，当她自己作为这样一个围观者的角色时，她不知道这刺痛是因为这画面更多，还是因为觉察到自己也不能免俗地有了这种情绪。

但这一天，望着窗外，她内心好像有一些别样的感受。

她偶遇到的那个蓝色头发的女孩，向她显示了一种存在，有明明美成这样、但她之前从未听说过的人。有这样的美貌，又是这样特别的打扮，没有理由在年级上她一点名声都没有听说过的。除非是这个女孩并不想对外营销自己的美貌，别人在传播她的这个名声时受到了阻碍。

这个认知，不知为何，让她心中有一种安定的愉悦。仿佛是看到了十六岁的另一种模样。并不是所有的人的十六岁都会成为众人的关注中心，但没有被众人追捧的美，也可能独特、绚烂而热烈。这种直观的冲击，让她的内心突然澄明起来。

没有必要再去想别人为什么会站在场上，也没有必要质疑为什么这样的人可以做主角。不想让自己当配角的方法很简单，退出这个别人营造的场合就好了。加入游戏的人，才要认可游戏的规则。

此时她倒不觉得自己不想当配角是一种要反思的傲慢，在人生只有一次的十六岁，能做主角的时候，谁又愿意去当别人的配角呢。

张小莫又回味起与蓝发女孩交错的那个瞬间，这个不知名的女孩，身上有一种视角冲击感：即使是只有她一人的楼梯间，她也是自己的主角。颜控如张小莫，内心突然就被这个场景说服和治愈了。

在愉悦之外，她其实有一丝后悔，没有去问这个她之前从来没有见过的女孩是哪个班的，叫什么名字。再来一遍，其实大概率她还是问不出口。但她安慰自己，既然是在这里见到的，那以后有的是机会再碰到。

出乎张小莫的意料，那个蓝发女孩，她后来再也没有碰到过。

她那天一回到班上，就和明织打听了他们年级有没有这样一个染了蓝色头发的女孩。明织对于年级上的人物，比她消息要灵通的多，结果辗转问了半天，也没有人知道那个女孩是哪个班的。为了再次偶遇那个女孩，张小莫甚至还在赶在同样的时间去六楼自习室，后来想想也是奇怪，那天中午的那个时间点，通常大家都是上楼梯往自习室去的，下楼梯是去做什么呢。

但一中好像就是这样的一个地方，每个人只要观察，都足够独特。

这样独特的一个女孩，湮没在二十五个班里，好像也不是什么不可能的事。

等卢㮾再和她一起到自习室时，明显发现张小莫有些心不在焉。

在经过上次和蓝发女孩错身的那段阶梯时，她就有些失神。到了教室之后，她时不时的会向后看，像是在找寻什么。卢㮾问她："你在找人？"

张小莫想了想，摇了摇头。总觉得这件事说来话长，她并不太喜欢和别人重复说前情提要，这样太累。再说，之所以会需要前情提要，是由于见面的时间变少了。当天发生的事，并没有在当天分享。错过了想讲述的欲望，再提也没什么意义。

因为不想回答这个问题，张小莫转而问他："你们篮球比赛练得怎么样了？"

卢㮾说："已经赢了两场比赛了，再赢一场，小组赛就全胜了。"话说出来，一副按计划进行的模样。并没有他们班每一场都还要精心布署，面对赛果总是未知的感觉。

张小莫差点忘了，上一年时，卢㮾他们班的篮球队是怎样横扫一切的存在。大概是因为他们班男生的实力太强悍，所以女生才无论选谁上都可以吧。也许并不是她忘了，而是在记忆中，她刻意去抹掉了高一那场篮球决赛给她带来的阴影，那是作为强者的卢㮾，站在她绝对的对立面的时刻，也是离她距离最远的时刻。那种遥远，甚至比六楼望到操场的距离还要触不可及。

讲到这里，卢㮾才想起来问她："你来看我比赛吗？前两场都没看见你。"

张小莫嘴角扯出一个扁平的笑，都到第三场比赛了，才想起来她没去看比赛。这个反应也太迟钝了。

其实她并不是没去，小组赛没有用到二楼的体育场，是在操场上露天的四个篮球场同时举行的。她站在她们班的啦啦队里，可以看见其他几场同时进行的比赛。上场的女生，也拥有了和男生一样的队服，在同时比赛的时候，实在无聊还能品评一下哪个班的球服好看。张小莫他们班的球服，是去批发市场买的，二十块一件，上身效果却出奇好，当然也有像卢粲他们这样土豪的班去买了名牌的球服，会比其他班的好看一些，但好看程度和贵价不成正比。

张小莫还记得，上一年的这个时候，她还在欣赏男生们投篮时的腰线。这一年她连这一点乐趣也失去了，总觉得祁嘉栩已经把她这点喜好卖得彻底。好在这一年，祁嘉栩也并没有像以前那样道德绑架她去看球赛。或许是人变成熟了，或许是要关注的人太多了，总之张小莫拥有了不去看球赛的自由。

于是她回卢粲："别说你们班了，我们班的比赛之后我也不去了。"

卢粲这才觉得不对："怎么了？"

张小莫说："没什么，最近功课太忙了。再说，我本来就不怎么喜欢看篮球。"

卢粲还要问，张小莫抬头打断他："别说了，做作业吧。"

她其实也没撒谎，在上一年决赛之后，与其说不喜欢看篮球，不如说她是不喜欢校内的篮球比赛给她带来的低落感。

第三场小组赛时，张小莫果然就没去。

其实那一天，不去反而会显得有些刻意。既不是周考日，也没有竞赛班，大家都去看比赛了，她连找人回家都找不到，在教室做作业等云央。

此时赶作业倒也不完全是作秀。春末夏初之时，她不知是春困还是夏乏，回到家吃饱饭后总有种浓重的睡意。通常这时她会去睡一会，让母亲九点再喊醒她，但通常醒过来时，已经是十一点了，这种想着作业没做完的挣扎着的起床，比每天早上的起床还要更痛苦些。同时由于这时起床，做完作业就更晚了，每天的睡眠也不怎么足，有点恶性循环的意思。她最近做梦都想白天把作业做完，回家吃完饭倒头就可以睡到天亮。

在这个天时地利要去看比赛的日子,留在教室里的只有两个人,一个是她,一个是周际。

张小莫想了很久,她有多久没有和周际单独在一起过了。上一次和周际的密切交集,还是在高一分校周际帮她解开文曲星密码的时候。回到本部之后,她与周际更多的交集,是周际被数学老师叫上讲台演示她的思维体操,而她坐在台下拍手称奇。

明明在分校时,有过还算深刻的交集的两个人,也没有发生什么,居然就这样形同陌路。但要再仔细想想,这件事发生在她们两个身上再自然不过,周际和张小莫,都不是主动的人。相比之下,周际的不主动,要更绝对一些。

周际是那种别人不找她,她绝不会和别人搭话的类型,她一个人的世界太满,满到没有社交的需求,在周际身上,也绝不会存在像孤独这样的感觉。如果不是必要,周际连题目都不会去问老师,更不要说去问同学。在数学的世界中,她自己和自己就能玩得足够开心。周际在数学上的这种玩乐,并不是应试需求的,在考试时,张小莫的数学有时甚至会比周际考得还高些。但张小莫知道,周际在数学上,是绝对的强者,是有深度和弹性的那一种人。

这种深度和弹性,就是这样达成的吗。看着眼前奋笔疾书的周际,张小莫对眼前心无旁骛的女孩有了一种莫名的向往。

如果张小莫不在,教室里只会剩周际一个人。这样的场合张小莫很少经历,但显然周际已经很熟悉。仔细回想起来,班上的活动,周际从来都是很少参加的。联欢会、运动会、话剧比赛、篮球赛,她都不记得周际曾出现过,除了全班都要参加的合唱比赛之外,集体活动里她对周际最深的印象就是高一时每一个动作都标准用力的广播体操。

因为习惯了她就是这样的行事风格,并不会有人说周际不合群,她自己也从来不担心自己不合群,对于自己不感兴趣和不想浪费时间的事,周际从来不会纠结,也不会有人会试图强迫她去做。

相比此时忍不住思绪飘忽的张小莫，埋头写字的周际那种专注的气场，让人忍不住去思考，自己的世界里，有这样值得专注的事吗。

就在张小莫盯着周际的背影，以为后者要写到天荒地老也不会回头看她一眼的时候，周际像是做完了一套题，伸了一下腰，看了看夕阳斜进教室的余辉，转头问张小莫："你不去看比赛吗？"

张小莫惊了一下，原来周际知道她在教室里，也知道今天有比赛。

高二的教室，是在面朝后花园的二楼，窗边的那块位置，是很适合晒太阳的地方。阳光透过树影斜照进来，有一种斑驳的慵懒。班上的男生下课的时候，喜欢排成一排在窗边放风，数学老师说过他们，像是老农在晒太阳。

黄昏时的光线，在这个时间显得特别柔和。在这种光线下，就连周际不苟言笑的脸都显出一种温和。她和张小莫一前一后地坐着，隔了两排位置，她一回头，刚好是不远不近可以交谈的距离。

张小莫被问得有些诧异，一个从来不怎么参加集体活动的人，为什么会关心她没去看比赛，但想了想，还是说了实话："不想去看。"

她本以为，以周际的性格，这场对话应该到这里就结束了。没想到，今天的周际，竟然很有谈兴。

周际干脆转过身，反坐在椅子上，作出一副要聊天的姿势，问张小莫："你是不想去，还是不想浪费时间？"

张小莫不解："有什么区别吗？"

周际说："你在分校时让我给你设密码，就是想玩但是不想浪费时间。虽然成功戒掉了玩游戏，但制止你玩的人在当时还是让人烦吧。"

张小莫脸一红："没有，我那时很感谢你的。"

周际摘掉刚做题时戴的眼镜，洞若观火地看着张小莫说："感谢是真的，烦也是真的。不然你之后怎么对我敬而远之了。"

张小莫一时语塞。

看着张小莫尴尬的样子，周际露出了一抹笑容，就像在分校时张小莫每次去要密码求而不得时一样。周际说："没事啊，你要是还有想让我帮你设密码的事，尽管说啊。这事还挺有意思的。"

看着面前穿格子衬衫的女孩露出笑，张小莫松了口气，也笑道："好，我考虑考虑。"想了想又问："你不去看篮球赛是哪一种呢？"

周际说："我觉得没意思。做数学题要有意思多了。"

"做广播体操呢？"张小莫大着胆子问。

周际说："做广播体操可以锻炼身体。看他们打篮球我又锻炼不到。"

张小莫差点笑出声，未来数学家的思维就是这么直球吗。望着周际桌上收得整整齐齐的书，张小莫想起来，周际回家时的书包，总是很轻的样子。不像她的书包，沉到勒肩，各科作业都往家里带。于是她问周际："你每天的作业，都是在学校里做完再回去吗。"

周际点点头："我不想背这么多书回去。"

"怎么来得及啊？"张小莫好奇道。

周际一点一点给她数："副科课上就可以开始做了，还有课间十分钟，课间操，中午我不睡觉，放学再做一会，就可以了。"

张小莫听得咂舌："中午不睡觉不困吗？"

周际说："我晚上睡得早，一般十点前就睡了。"

听了这作息时间，张小莫想，怪不得在数学课上时周际的眼睛瞪得像铜铃一样。只有像她这样睡眠缺失的，才会不知不觉地一边记笔记一边睡。只不过，要限定回家之前把作业做完，那一天之内，确实没有什么休闲的时间了。篮球赛这种非必需品，当然不用纠结要不要去。

张小莫一边羡慕周际良性循环的作息，一边检视自己白天里浪费的时间。在她盘算自己可以挤出多少时间时，周际把书包一收，说："我走了，这个点刚好能赶上一趟车，不浪费时间。"张小莫听了，赶紧把东西一拢，干脆跟着周际走了出去。

周际走在前面，张小莫跟在后面。要让周际和谁成群结对，那画面还是太少见了。出校门的路，必定会经过篮球场。篮球场上人声鼎沸，卢粲他们班是在外面的场比，当周际经过时，场上的校花和穿格子衬衫的周际刚好重叠出了一个对比的画面。穿着格子衬衫的女孩，梳着一丝不苟的高马尾，路过旁边的喧嚣时目不斜视，只是快步走着，不时看一眼表，专注在自己的日程上。

这重叠对比的画面，瞬间让张小莫很有感触。这一刻，她并不觉得周际的青春故事要比校花逊色。她想，这样浪费时间的念头，应该从来没有出现在周际的脑海里。

看着周际的背影，张小莫不由得想起英语老师在课上讲解 alone 和 lonely 的区别。周际就是个活生生的解释：她是一个人，但她并不感到自己孤独。

目送周际走上香樟道，张小莫在篮球场边停了下来。

她看到卢粲的目光，注意到了她这边，停顿了几秒之后，他自己抢了一个球，漂亮地进了一个。等他进完球，再往场边看时，发现张小莫的目光并不在他身上。

张小莫本来是想走的，只是突然发现，卢粲他们班对战的那个班里，有一个她久违的身影：是初中时坐在她后面的栗景。她已经记不清，上一次看到栗景时是什么时候了，但明明初中时一起学习的场景还那样清晰。

栗景喜欢打篮球，是她初中时就知道的。在那时足球男孩们风光无限的时候，栗景就是坚持打篮球的代表。进入高中之后，篮球反转过来变成更热门的项目之后，作为篮球男孩的栗景应该是如鱼得水了，但张小莫在比赛中也没有看到过他。要么他们班并不是篮球很强的班，要么栗景上场的时间少，作为熟知年级篮球后备成员的祁嘉栩也并没有和她提过栗景的名字。

不管是哪种，对于一个这样热爱篮球的人，都不是太好的事。但看着对战着去年冠军队伍的栗景，还在场上奋力奔跑的样子，让张小莫的心里起了些波澜。她还记得，初中的时候，当她第一次失去第一时,面对发下来不如人意的物理试卷,栗景鼓励她:你可以的。即使他们都不如邵襄阳在物理上的天赋,但栗景也没有因为和同桌邵襄阳的比较下觉得物理没有意思。就像现在,即使实力悬殊,栗景也不会觉得打篮球没有意思。

方让和张小莫说过,栗景是个没有野心的人,他想去大学时学气象专业,既没有考虑热门专业就业,也没有要争到某个领域翘楚的心,就是简简单单的,想看天气。

张小莫看着场上奔跑的栗景,觉得短短时间里,这一方空间中,给她演示了很多丰富的十六岁样本。不是站在中心的人,才配过这个花季。

看到栗景,让张小莫回想起自己在初中断层第一的时期。那时她没有向后看的习惯,但她前面也没有人,而这时,她已经非常习惯了自己是要向前看的那个人。

目光转回卢粲身上,不知什么时候起,她好像已经很习惯了,自己要这样向前看他。

篮球赛的第二天,张小莫课间操的时候照常去团委办公室。发现只有卢粲一个人在。平日里,宁老师也不是每天都在,钥匙给了他们几个,宁老师的办公室在里面,外间是团委的办公空间。正是初夏时节,天气不冷不热,办公室门一开,后花园里的草木香就弥散进来。张小莫喜欢课间操到这里办公的时间,也是有这个原因,在这里的时光,颇有一种偷得浮生半日闲般的放松。

四下打量了一圈,张小莫问:"他们人呢?"

卢粲说:"宁老师有事,南易昨天打球脚扭了一下,走路不方便,就没让他过来了。"

张小莫表示知道了,说:"没想到你们打球还挺激烈的。"

卢粲看着她:"你昨天不是看到了吗。"

张小莫也不心虚:"我就看了一会,你们赢了吧。"

卢粲点点头:"赢了。"

想了想，张小莫又多问了一句："和你们打的那个班，进决赛了吗？"

卢粲说："没进，他们小组第二。"

张小莫听了，也不太意外。和卢粲他们班分在一起，算是死亡之组了。一个组出线一个队，决赛八个队，直接进行四分之一决赛。算起来，也不过还有三场球就要结束了。

她想问问栗景打得怎么样，又觉得问了好像也没什么意义。开口之间，就有点欲说还休的意思。卢粲没有错过她想开口的瞬间，对她说："你还想问什么就问吧。"

张小莫说："你觉得昨天和你们打的那个班，水平怎么样？"

卢粲说："有一个打得还不错，南易就是和他抢球时扭到了。但他们班整体水平一般。"

这个回答不出张小莫的意料，她其实也不知道这答案有什么意义。也许是想知道，在卢粲眼里栗景这样的水平怎么样，又或许是想知道，卢粲是怎么看弱者的。

两个人的办公室，静默下来氛围就有些尴尬，在静默中呆了两分钟，卢粲说："我觉得我们需要谈一谈。"

张小莫把笔一放，看过去："你想谈什么？"

卢粲说："你这学期好像一直在生我的气。之前是我不对，最近是又有什么事吗？"

这一问，张小莫心里起起伏伏的，觉得有很多话要说，但又觉得无话可说。

讲什么呢，讲上一年篮球赛决赛时，高年级同学视他们班的挣扎如蝼蚁，那样强者眼里对弱者的不屑一顾她不想再重温第二次。讲看到卢粲在篮球场上时，她会觉得自己和他的距离非常遥远。讲他和其他女孩在一起时，她毫无立场产生的不安全感。

这些，都是她不能诉诸于口的情绪。

千言万语，汇成了一句逻辑跳跃的话："我可能还是不习惯做仰望别人的那个人。"

沉默了两息，卢粲说："你有没有想过，在更多时候，你才是被仰望的那一个。"

张小莫呼吸一窒。这时，课间操结束的刺耳铃声响起来，打断了他们未尽的谈话。两人收拾东西准备回教室，最后卢粲说了句："中午自习室见。"

在第四节课前，南易先来找了张小莫。

张小莫看了一眼南易的脚："听说你脚扭了？"

南易不自然地扭了两下给她看："昨天那队还挺强的。"他来是找张小莫借下节课要用的数学课外书，拿到了书，南易还不走，张小莫也不急，等他的醉翁之意。

扭捏了半晌，南易说："那个……我们队的班花，是其他队员想要放进来的，和卢粲没关系。我们班也不靠女生拿分，他就没有阻止他们选人。"

张小莫盯着南易的脸看了几秒，男生的发育还真是奇怪，明明眉眼和小学时那样相像，仅仅是身材长高了，打扮清爽了，就能从一个女生嫌弃的皮猴变成一个大家路过时都要看两眼的帅哥。而在分校时当着她的面收别的女生的圣诞礼物都不知避讳的南易，此时倒成了她的知心朋友，她都没有说自己在介意什么，他就上门来赶着解释。

对着南易，她没有什么好遮掩的。毫不掩饰自己的吐槽欲："你们真的很奇怪，要是真想让女生上场打比赛，就该给女生单开一个联赛，让女生搭在男生的比赛里，决赛又不让女生打，那初赛的赛制是为了什么？不知道的人还以为你们是在搞联谊。"

南易嗫嚅道："这又不是我们定的赛制。"

张小莫一针见血："但你们乐在其中。"

南易一急："我没有。"停了一下，补充道："卢粲也没有。"

张小莫摆摆手："算了，我也不是为了这事生气。"

南易的求知欲上来了:"那是为什么,你们两个最近的气氛真的很奇怪。"

张小莫想了想,说:"也许,是在生我自己的气吧。"

气自己对别人灿烂的花季产生了嫉妒的情绪,气自己有想站在场中心的妄想,气自己在无谓的事上浪费的时间。最终的最终,是意识到了这一切的根源,是觉得自己不够好,而别人的好并没有错。

贬低别人,并不能让自己变得更优秀。觉得别人不该出现在场上,也不能让自己取而代之。

如果说,有人能在这轮不合理的赛制中大出风头,那羡慕这风头的人,其实也是暗投了自己对这风头有渴望的心。

有时张小莫真的不愿意,自己能把事情想得这么透彻。这让她做不到单纯的嫉妒和讨厌,甚至无法理直气壮地表达自己的不满和不适。在表达不满之前,她就已经把所有的自省都做过了。

在她观测自己身边的花季样本中,她能找到很多特殊的样本,也能说服自己,十六岁有很多的面貌。但在她的十六岁,她还是不能免俗地去羡慕最玛丽苏的那一种青春。她羞于去承认这一点。

最重要的是,当她把自己作为样本观测的时候,她不确定,自己对自己的这个样本,会不会满意。她不敢对自己进行对别人那样的审视。虽然这种审视,她多多少少做了,一边做,心情一边下坠。

她承认,自己是个慕强的人。但她在努力阻止自己滑下自卑的边缘。

六楼自习室旁边的天台,是张小莫自习时偶尔才会去地方。天台是个方方正正的空地,因为围墙太高,所以向下的风景是看不见的,只能抬头专注地看天空和云。平时张小莫在自习室坐窗边,要透气时往窗外一站,十分方便。只有实在憋闷要换个环境时,才会去天台站一会。

此时她站在天台上,才发现对这个地方实在不算熟悉,围墙的颜色,天空的尺寸,她都觉得要适应一会儿;会不会被人看见,别人会来的几率,她也没有概念。只有面前的卢粲是熟悉的,话说起来,她第一次来这个天台,就是初次和他一起来自习室的时候。

眼前的少年好像已经打好了腹稿,只是踌躇着不知要从哪里开头。张小莫说:"你想说什么就说吧,我听着。"

卢粲背过身去往围墙边缘走去,虽然看不到风景,但好像离天空更近了些。在午后的日光下,一点一点地忆起往昔来。

"在分校的时候,我们语文老师就把你的作文拿到班上念,当时南易就很兴奋地说,你是他小学同学,从小就优秀,讲了很多你小时候的事。后来在走廊上碰见,每次他都和你打招呼,那时刚入学,你一幅怕生又容易被惊吓的样子,但每次看到他和你打招呼,就高兴起来,眼睛里都有光。当时我在旁边,就觉得那光好像也是给我的。

"那时晚自习休息,碰到你自己一个人在操场边发呆,我当时就想,这一小片天有什么好看的呢。白天里那样怕落单的人,晚上反而不要人陪了,我觉得你很有反差。但你发呆时在想什么,又很好懂,这周的事,下周作文里就有,我虽然还不认识你,但好像已经熟悉你。

"你第一次和我打招呼,是因为我期末考考得好。这个学校里成绩好的人多,不把别人当竞争对手的人少。你对我的那种纯粹的好奇,让我觉得很新鲜,明明你也是你们班第一,看着我一点也没有不服气,也不是想要追赶,而是一种要分析我是一个怎样的人的好奇。

"回本部后,你和祁嘉栩同桌,练球的时候,他有时就会说,和他同桌女孩讲我们打篮球的事。我问有什么好说的,是她特别懂篮球吗。祁嘉栩说,不是懂篮球,而是能理解他说什么。我当时不知道是什么意思,后来你写乔丹那篇出来,我就懂了。那是一种共情和理解力,我们喜欢的事物在你笔下,写出了能让人理解的面貌。后来祁嘉栩说,你喜欢看我打球,我非常高兴,虽然你也不是只喜欢看我打。

"去年决赛,其实比赛之前我脚就受伤了,为了速战速决才用了那样压倒性的打法,别人看着轻松,其实我是绑着绷带在跑。我其实也没有你想象的那样强。到团委一起工作后,我才发现,你才是要强的那一个。从不主动寻求帮助,很怕欠别人的人情,防备心很强,面对别人对你的好甚至会不知所措。会觉得不知道别人为什么要对你好,但别人帮了你又很容易感动。

"我之前很疑惑,像你这样的人,为什么不安全感会那么重,从来不觉得你得到的好感,就是你应得的。你一直在以最高标准来要求自己,不管是学习还是其他的考察标准,只要有一件事有标准,你就一定忍不住要以那个标准来衡量自己。如果没有做到,就会觉得自己有不足。

"你不仅是以这个标准来衡量自己的,你也是以这个标准来观察别人的。你在心里拉了无数条警戒线,只要别人做了不符合你心理标准的事,就会在心里让他离你更远一些。而你离你远的人,更容易宽容一些,而对离你近的人,考查得要更严一些。所以,我并不羡慕那些你对他们很宽容的人。因为你对他们没有期待,所以你才对他们没有要求。"

讲到这里,卢粲回过头来,看着她:"你应该对你值得别人喜爱这一点,更确信一些。你也要给机会,让别人离你更近一些。"

停了一下,他露出了个有些自嘲的笑:"我从来不觉得,你有仰望过别人。"

张小莫默然,听别人分析自己,是一件很新鲜的事。以前,这种分析,都是自己对别人做的。久久的沉默之后,她对卢粲说:"我试试。"

卢粲逆着光,确认了一句:"那我们没事了?"

张小莫点点头,说:"我们回去做作业吧。"

回到自习室,她和卢粲说起周际:"我也想像她一样,白天就把作业做完。"卢粲说:"那吃完饭可要早点过来了。进决赛后我们中午就不练球了，中午抓紧一些吧。"

张小莫答应了。望着远处操场上空下来的篮球场，她不由想，这一场闹剧，开始得也荒诞，结束得也突然。她自始至终也没有和别人表达自己的不满，看破她那一点心思的人，到底是南易还是卢㯋呢。

不管怎样，卢㯋有一点是说对的，她并没有真的仰望过别人。内心深处她想变得更好，更多的是想为了自己变得更好，而不是为了谁而变得更好。她没有向后看的习惯，也没有向前看的习惯。

这种自我认知，也许在她的初中时就已经形成了，年少时的荣光也许会远离，但意识和习惯会保留下来。

回到班上，张小莫去找周际，请她写一个自己绝对背不下来的6位密码在纸上给她。周际问她要做什么，张小莫说："回去锁一个Word文档。"周际点点头，埋头就开始写。在一旁等着的张小莫想，周际这人的好处之一是，好奇心从来就点到为止。要是别人，免不得要问一两句。

拿着周际给的六位密码回家，张小莫打开自己的水蓝色电脑，调出一个文档，这是她的秘密日记。她平常的日记，是写在日记本上的，真正觉得不能示人的部分，是写在电脑的加密文档中。她看着文档上认识卢㯋以来，自己细细碎碎的心情，看着那些患得患失与忧愁辗转，深深呼出了一口气，换上了周际给的密码，然后把那张纸条，藏在了自己放日记本的抽屉深处。

抬头看着窗前的那株梧桐，初夏舒展的叶片后，露出一轮明月。张小莫想起她在分校夜色中，自己抬头看的那轮月，那时的她，是以怎样的心情在看这一轮月，落在别人眼里，又是怎样的景象呢。

不过也不重要了，她不记得的事，也许会有别人记得。

这一届篮球赛，张小莫他们班止步于二分之一决赛。到决赛时，终于可以安心地站在场边，听祁嘉栩实时品评比赛。到了这一步，张小莫才觉得，要是名次能再进一位，场上的狼狈倒也算不得什么。

场上在比拼的,都是走到了最后冠亚军的人,以他们这个第三名的眼光看去,看轻不得任何一个。

此时已经没有高年级的学长在旁边指点江山,离高考已经不过月余,已经到了冲刺的时间,正是要准备三模的时候,再会玩的一中学生,也要回到了以学为本的路上。体育场二楼的篮球馆里,全是高二的学生,说起来,这也是他们整个高中生活最后一场正式的篮球比赛了。

篮球场边熙熙攘攘的,除了两个班的同学和校篮球队的人,还有许多像她一样的围观群众。张小莫甚至在一旁看到了被挤过来的栗景。栗景还是一张黑瘦的脸,呲出一口白牙,对她露出个喜气的笑,张小莫打了个招呼:"你也来看球啊。"栗景说:"是啊,来看看。"

"你和他们打的那场,我看了。"找不到话题的张小莫,还是说了这句话。

栗景说:"我知道,那天在场边看到你了。可惜没待多久。"

"你们最近怎么样啊。"张小莫开始没话找话。

栗景说:"最近在让我们交文理科志愿了。"顿了一下,他给张小莫说了个小道消息:"听说我们班会被打散。"

听到这消息,张小莫吓了一跳。栗景他们班在年级排名并不低,打散的六个班按说是轮不到他们的。她忙问了原因,栗景解释:"我们班主任高三不想带我们班了,主动提出来打散。"

讲这话时,栗景脸上很平静,但张小莫知道,这意味着无论他们读文还是读理,到高三都会像流浪儿一般插进各个班里。光是想想这种可能性会发生在自己身上,张小莫就一阵心慌。

比赛重新开始,这场短促的对话到此为止。和她这两年以来在学校碰到的任何一个初中同学一样,对话都不怎么叙得上旧。张小莫想起,上一次马楠指责她,说有了现在的朋友就不找她们玩了。或许,也分不清是谁先冷落了谁,在这个学校里,大家都拥有了新的同学,新的班级,新的社交范围。

有时她也羡慕过殷其南和宛鸠，与初中同学仍然保持着这样亲密的关系，在殷其南的初中四人小团体里，有一个乒乓球特长生的女孩，还和她一起打过乒乓球，是一个有男生般帅气的女孩。前段时间篮球赛时，是少有的在场上也不输男生风采的女孩。

　　那时张小莫还在想，像男孩们在篮球赛中这样成为焦点的场合，对于女孩们来说还是太少了。篮球场和足球场都是男生的，从初中开始，女生就是在场边加油的角色。有没有男生站在场边看着女孩们打比赛的场景呢，至少在她的校园经历中，无法找到相关的记忆。那个闹剧一般的赛制，似乎是想改变这一点，但却在凑数的赛制和凑数的人的演绎下，把女孩在赛场上出现的场景弄得越发滑稽了。

　　就算是那个像男孩一样帅气的女孩，也并没有给张小莫留下什么好印象。

　　殷其南叫她们一起打乒乓球时，是张小莫带的球拍。打起来之后，张小莫就像是一个被叫了带球拍的工具人，一直在场边看着他们打，轮不到上场。待得无聊，张小莫就想先回家，她们还想打，就让她把球拍留下来，说第二天还给她。

　　当时张小莫的预感就不好，结果第二天一来，那个特长生女孩果然说球拍丢了，说打完之后放在台上忘了收。说着是要赔她，张小莫客气了一下说不用，别的人就再也不提这件事。张小莫并不觉得一个打过省队比赛的人会贪她的球拍，但也不认为如果要真心想赔她会是这个态度。那个女孩当然是用过很多更贵更好的球拍，觉得弄丢她的普通球拍不值一提，但对张小莫来说，那个球拍也是她央着爸妈去体育馆旁的专门店里选了又选，选出了性价比可接受范围内手感最好的一副。

　　当她说不用赔时，那个女孩脸上理所当然的神情，让张小莫十分难忘。那是一种在自以为帅气的男生脸上常常看到的神情，女孩们理应捧着他们，为他们尖叫喝彩，作为场上的明星，用自己粉丝的东西是给粉丝面子。

或许这种表现,说到底与性别无关,是站在那种位置上的人会养出的骄矜,只不过能站在这个位置上的女孩太少了,而习惯站在旁边加油的女孩又太多了。

当然,这个场合,这一番联想并不是那么合时宜。毕竟这很有可能是她高中时看的最后一场篮球赛,旁边的祁嘉栩有种比自己比赛时还要激动的感觉。面对这个他也做过主角的场合,祁嘉栩当观众也当得十分敬业,拍手、呐喊、预判、讲解,有种就差拿着话筒当解说员的架势。抛开脑子里突然窜出来的想法,在祁嘉栩卖力的解说中,这确实是她看过的比赛中,算得上精彩的一场。

比赛精彩,卢粲他们班赢得也没有悬念。比起上一年的决赛,张小莫心情上要轻松许多。等随大流地庆贺完,再往旁边一瞧,栗景已经不见踪影。

张小莫想起来,在初中的时候,她也不曾好好看过栗景他们打篮球。赵文他们在足球场上踢球时,观众背对着的篮球场上,是那群打篮球的男孩。她那时在干什么呢,很有可能是坐在场边的水泥凳上,一边做英语周报,一边抬眼看看黑色河沙的足球场,累了的时候,极偶尔的一瞥,才会去关注到身后打篮球的男孩。

但那时无论打篮球还是踢足球的男孩们,都乐此不疲,因为不管是哪一边,他们都不是观众,而是在场上的主角。

而能让他们甘于做观众的场合,一定是他们觉得自己能代入的场合。比如在旁边喊得像教练又像解说员的祁嘉栩,比如输给了场上这支队但同场竞技过的栗景。

她出现在这里的理由是什么呢,不过是完成一场集体的记忆,还有等待场上的男孩目光,在找到她时安心的一笑。

虽然完满,但内心深处,又有一丝道不出的空虚。

等高二的人热闹完这一场,这学期也已经快要落下帷幕了。

除了要收心准备期末考试之外,还有许多像是要对这一学年进行总结陈词的事,比如选优干和三好生,还有优秀团员。张小莫战战兢兢地应对了一整年的体育考试让自己不要掉下 85 分，最终就落在这些评选上。这学期的体育考试，考的是跳高、三步上篮和 800 米。当她气喘吁吁地死活跑不进四分钟时，才能直观地感受到，与初中时相比，看似已经很努力的自己那种拼搏的劲头懈怠了多少。

即使到现在，张小莫仍然很害怕这种选举的场合。虽然自高中以来，她在选举中并没有失利过。高一的时候她是市三好和校优秀团干，然后在全校选举中，成为了校学生团委副书记，开启了这一年与卢粲和南易在团委办公室的共事。但在看着黑板写上自己的名字，要等着别人表态到底支不支持她时，她还是会紧张到胃部痉挛。

这一次，不知是为了体谅他们心情还是为了公平起见，唐老师让被提名的候选人们到教室外站着，同学们关上门在教室里投票。张小莫和宛鸠一起站在走廊上，有一搭没一搭地聊天，缓解自己的紧张。

经过上学期的话剧排练，张小莫和宛鸠的关系已经不再像之前那样水火不容。依然把张小莫当成是同一层面的竞争对手的宛鸠，有时也会找张小莫倾吐一下内心的烦恼，觉得有些事情，只有张小莫懂。为什么找的不是向风或夔舟，大概是因为在宛鸠眼里，自己是更同质的竞争对手。

就像此刻，她们两个站在教室外，而向风和夔舟坐在教室里面投票。

张小莫还不是很能厘清自己对宛鸠的观感，一方面，她知道宛鸠并不适合成为亲密的朋友，另一方面，如果只做思想层面的交流，不涉及任何交往和陪伴之类的生活场景，她和宛鸠其实有很多话题可以聊。比如她们两人都是在初中的时候疯狂迷上了金庸，觉得一行一个字来水稿费换酒喝的古龙怎么能和金庸的厚重考究相比。但到高中的时候，她们又几乎是在同一阶段懂得了古龙的好，迷上了古龙的写意风流。像这种思想层面的转折和变化，能找到与自己共频的人，的确是一种想要击掌的快感。

但此时，站在教室外面时，张小莫还是有种不自在的紧张。

在她心里，并不觉得在这一学年中，宛鸠对班级的贡献能和她相比。这一年，因为班主任唐老师的关系，张小莫对班级活动的参与度十分高，不自夸地说，作为团支书，她觉得自己这一年在班上的存在感甚至超过班长施稷。至于为什么是宛鸠和她站在这里，是因为殷其南提名了宛鸠。

在张小莫心里，并没有把宛鸠当成是她的竞争对手，准确地说，高中之后的同学，没有一个在她心里能有方让一般的分量。但在像今天这样的场合下，她还是对这个从一进校就要把她当成参照物的女孩有些介意。

等待的时间，因为内心的焦急和忐忑，而变得格外漫长。站在教室门外，张小莫甚至把整个走廊都观察了一遍，这一层有几个班，卢檠他们班教室在数过去的第几个，走廊的地面是水泥质地的，外墙是普通的大白墙，教室的门是灰色的铁门。

等她观察到铁门的材质时，唐老师打开门让候选人进去。像是知道她在担心一般，给了她一个肯定的笑。张小莫稳了一半的心，踏进教室里，看到自己的票是最高的，但笑容刚起来，又凝固住，宛鸠比她只差了一票。

这一票的差距，让她有些险胜的惶然。作为一个悲观主义者，给她半瓶水，她并不是那种会觉得幸好还有半瓶水的人。她不知道，是不是所有人都会像她一样，会不自觉地把举起来的表态的手，等同于对自己的喜爱度。此时她第一反应是，与另一个候选人相比，在她这个学年为班级做了这样多事的前提下，这个班上，竟然有近一半的人不想选择她。

这个想法，其实有点像她数次被孤立后的应激反应。

小学和毕业前，她都是以近全票拿到了优干毕业，像是一定要这样，才能弥补之前被孤立的那种空洞，才能证明她与这个班得到了和解。而她现在，与现在的这个班级，其实没有任何需要填补的空洞，也不需要任何的和解，但她还是有些恍惚，觉得眼前的结果，与自己的认知有些出入。

没来由的，她又想起高一入学报道时，认识宛鸠后这个女孩对她说的第一句话："你虽然是女生一号，但我们两个中考分是一样的，你的学号是因为姓氏才在前面，并不是因为我比你差。"旁边带她过来的殷其南，神态自然，并不觉得这话有什么失礼的地方。

只不过，她的这种恍惚，并没有太持久。选举完接着就是周考，张小莫收好文具，和大家一起把书包手机放在讲台的地上，然后搬过去最后一排的固定周考位，换到和向风做同桌。鬼使神差的，她没有忍住问了一句："你刚才投了谁？"

向风摸摸鼻子，有些发窘："我本来想投你的，殷其南让我投宛鸠。"

张小莫点点头，像只是随意一问，马上投入考试中。不知为什么，这场考试她的思路特别清晰，情绪也特别冷静，冷静到心头都有些冷意。

考完试，张小莫和云央一起回家，回家路上，她做了一件特别小气的事。

她问云央，记不记得今天教室里，哪些人投了谁。云央在这种时候，显示了对她特别的纵容和宠溺，就算是这样不像话的问题，也耐着心思，一个一个地回答她。有些像初中的时候，母亲一遍一遍地响应她的要求，去重复家长会时老师表扬她的话。

张小莫把心里觉得和自己关系好的人都问了一遍，果不其然，有出乎她意料的答案。

有她认为很亲近的朋友，没有选她。

是因为什么原因呢，此时看着纵容着她给出答案的云央，张小莫觉得这答案背后的原因，倒也并不特别重要了。

她只是像卢綮说的那样，在心里拉了一道警戒线，把听到的名字在心里隔绝得远了一些。

在和云央一起回家必经的天桥上,望着远处的红尘落日,觉得自己对这个班级的眷恋,也许就像此刻的黄昏,是一种气氛渲染下的自我美化也不一定。

离期末考还有一周的时候,宁老师给他们这届团委做了工作总结。

对于这段三人相处时光的结束,张小莫从春天起就开始做了准备,这个春夏,她好好地珍惜了这段时日。无论当初那个全校选举的结果是怎样随机巧合下出现的意外,都给她带来了高中生活中的一抹亮色。团委办公室的一切,包括办公室外露台上的后花园的景致,她觉得都会在记忆里珍藏。

在期末的选举中,他们三人没有意外地都拿下了校优秀团干,宁老师对他们这一年的工作表示了满意。在满意之外还有一些格外的亲近,作为地理老师的宁老师,在卢綮的好学下,把后花园当成了教学场所,每个季节都给他们介绍不同的植物,顺带讲这所学校建校以来的变迁。作为地理老师很少有机会施展的才能,在这种日常相处中,也变得有魅力起来。对于他们来说,在这个办公室,是真的悉心领略过四时与四季。

比起上任时的风光,卸任时是安安静静的,在办公室里简单地进行了总结和感谢。南易的不舍之情,溢于言表,张小莫和卢綮还有自习室再见的机会,他们三人要复刻这段相处,也许再也寻不到这样的契机了。

看到几人的不舍,宁老师给他们留了个口子,他们校级的职务虽然卸任,但是因为之后的学生都已经搬去新校,下个学期就只剩他们一个年级在老校区了,所以有的事务还是要请他们协助。钥匙也留给他们,毕业之前,这个办公室仍是他们的自留地,不过不再需要每天都来办公室了。

张小莫他们几个,都欣然答应,并没有对这额外的事务表示推拒。交待完事情后,宁老师关心起他们几人文理科分班的事,交转去文科申请的期限是到期末考结束前,此时还没有交申请的人,基本已经定下要读理科了,还有极少数人是在举棋不定。

南易的申请已经交了,从学画开始,他就是打定主意要走艺术生的路子。张小莫的选择也没有悬念,从初中开始,母亲就和她讲了为什么要选理科的理由。更不要说一中重理轻文的现状,从最现实的角度来讲,排在前几名的大学,在他们省理科录取的名额都会比文科要多一倍。问到卢粲时,意料之中的,也没有交申请。对于这个意料之中的回答,张小莫没有在意,但宁老师却深深地看了一眼卢粲,转而问起他们期末考准备得怎么样了。

自我感受一向要比实际情况惶恐一些的张小莫,还在纠结自己还没复习完,习惯性地表达了对考试的担忧。其他几人已经知道她的脾性,取笑了她几句,又安慰了她几句,宁老师让他们好好复习,最后这段时间就不用来团委办公室了。听到了这句,张小莫才觉得,某个时间节点的结束,真切地有了实感。

期末考的复习,照常是昏天黑地的临时抱佛脚,特别是对于政史地,考前一晚上才背把书背完是正常的事。结果到期末考的时候,却是特别的容易,考完出来,张小莫却并没有因为这容易而特别高兴,对于成绩好的这一梯队来说,考卷的容易意味着分数拉不开距离。平时大家喜欢调侃,自己能考80分是因为只能考80分,而学霸能考100分是因为卷面只有100分。卷面难度的降低,对他们这个水平的人来说,意味着天花板高度的受限。

但不管怎样,大考的结束总是值得庆祝。特别是在下学期就是高三,要提前开学的情况下,仅有的假期显得特别珍贵。这个暑假是他们高中以来第一个没有假期作业的暑假,因为下学期学文和学理的同学就要分道扬镳,有些任课老师也会换掉,布置作业已经没什么意义,索性让他们好好地享受这高三前最后的假期。

到了下学期,他们就是高考生了。一想到这一点,张小莫就觉得时间像是有了炸弹爆炸前的倒计时的声音一样,突然就紧张起来。

只是她得过且过的心理,一向也很强大,不管怎样还有三百多天的高考,最多带来的是黑云压城的压迫感,离兵临城下还得有段时日。

但她没有想到的是,另一个出奇不意的炸弹,却提前爆了。

考完试后几天,他们要去领了期末考试成绩才算正式放假,在此之前,班干们还要帮老师誊写分数和成绩册。文科成绩的分差很小,而理科张小莫又有一些失误,几个班干一边调笑着她的失误,一边算成绩,没想到,最后成绩算出来时,大家都笑不出来了。

这是入校以来,张小莫第一次在期末考试时不是全班第一。在场的人是这样想的。但对于张小莫来说,这是她从小学以来的第一次。

比起这个事实,更意外的是,班级第一不是向风,不是夔州,甚至不是宛鸠,而是没有人会将之加入竞争的钟鸣。如果说其他几人还能让张小莫接受的话,对于钟鸣取代她拿了这个第一,她在心理上好像无论如何都消化不了这个结果。

想起之前钟鸣和她的刻意亲近,张小莫不由再想起了那个吸星大法的传言,"她只和比她成绩好的人玩,十五名的时候去找第十名,等她第十名了,就去找第五名玩,到最后,玩着玩着她就成了第一了。"此刻想起来,有一点像童话故事里纺纱的女巫的咒语。

勉强保持了面上的不失态,张小莫和夔舟顺路一起回家。作为地理科代表的夔州,因为字写得好,到最后誊分的时候也是被召唤的常客。算起来,他们一起经历的期末后誊分的情形已经有四次,他们要比起其他同学先知晓期末考结果,也要比其他同学先欣喜或失望。

走到必经的那座天桥时,张小莫终于开口,她问夔舟:"你怎么想?"

作为女生一号和男生二号,这点默契还是有的。夔舟想了想说:"学习这事,还是要靠潜力和耐力,高三再见分晓。"

张小莫寻味了一下潜力和耐力这两个词,望着远处的车流,和夔舟在桥上站了一会。数了几分钟车流,像是想通了什么,喊了夔舟一声：走吧。

两人也许谁都没有细想，这也许就是他们作为同班同学的分界点。

暗夜里，张小莫没有开灯，盘着腿对窗坐在书桌前的木质扶手椅上。即使已经入夏，夜晚的空气还是带着凉意，晚风吹过窗前那棵梧桐，疏阔的叶子像蒲扇一样轻轻摇摆着，像不规则的计时器，又像是安抚人心的白噪音，给她在夜色中的发呆，垫了专注思考的背景音。

有一种蠢蠢欲动，在夜色中从心中滋长出来：她想去读文科。这个想法像爬上皮肤的刺青藤蔓，最后在胸口开出一朵花。这段在黑夜中的时间，也许不到半小时，但在感知上非常漫长，她用心地去听自己内心的渴望，期望能过上一种以往从未敢想象的生活。

她并不是不知道，这种冲动，多少是出于逃避。逃避自己不是第一的现实，逃避即将到来的别人的炫耀，逃避全班同学看她笑话的眼神。

这很不光彩。但不知为何，她内心激荡着一种任性的勇气。

在黑暗中，她拿起自己银白色的摩托罗拉手机，给班主任唐老师打了一个电话。她听着自己的声音在夜色的掩饰中问出声："唐老师，不好意思，我想问一下现在还能转文科班吗？"

电话那一头，唐老师很是吃惊，问她原因。张小莫想了想说："我想我去文科的话，可能会学得更轻松一些。"

作为张小莫的政治老师，唐老师当然知道，她所说的轻松是指什么。以往并不是没有先例，往往是成绩在年级前几名的人，会在时限过了之后要换去文科班，最有名的一个，是宁老师曾经和她与卢粲说起的文科高考状元，是高三读了一半，才转去的文科班。

解释的工作，并没有太困难。唐老师说："确实想转文科班的话，我可以去帮你办。你好好想想，决定之后，再给我打电话。"

张小莫挂了电话。躲在黑暗中，又翻出一个电话号码打了过去。

只响了两声，就听到了凌鱼的声音。

久违了，张小莫在心里说。

接到她的电话，凌鱼有些吃惊，上一次两人相见，可能还是某次放学的路上。但"最好的朋友"的意思是，不管之前两人间发生了什么，总是很容易进入彼此相熟的状态。

哪怕，在这个词前面，要加上曾经两个字。

几乎没有过渡和客套，张小莫问凌鱼，她文理分科选了什么。不出意外，凌鱼选了文科——这也是张小莫下意识地想给她打电话的原因。然后，张小莫讲了自己现在面临的状况：讲她的懦弱，她的逃避，她的选择，以及她可能的后悔。

她能在凌鱼面前这样剖白自己，大概是因为，凌鱼见过自己最狼狈的时候，而在那时，凌鱼向她伸出了手。无论过去多久，无论经历再多的事，张小莫都不能忘记这一点。

而现在，就和那时一样，凌鱼安静地在电话里听完她讲话，虽然隔着电话，但她们知道，在地理位置上，她们离得很近，吹过张小莫窗前的夜风，只用几瞬就可以刮到几幢之外凌鱼她家的窗台上。感受着同一阵夜风，电话那端传来凌鱼温柔又坚定的声音：

"你只要想清楚一件事就好了，不管你做什么选择，你都要为你的决定负责，想清楚的话，就去做好了。"

可以后悔，但是要负责。

张小莫立时觉得，在分开的这段时日，凌鱼成熟了不少。但转念又觉得，也许凌鱼从来没有变过。

不是出于利弊分析，不是想着有人可以推诿，不管后果是什么，当那后果到来的时候，觉得自己能承担这个选择的责任的话，就去做好了。

初中时的凌鱼，到最后，也是准备好了为自己的选择负责的吧。

张小莫觉得，自己好像是第一次这样，推开所有期待和牵绊，独身一人站在命运的岔路口，决定为自己的人生负责。

在黑夜中将心绪和思绪都整理一番后,她决定去文科这件事,已经从躲避变成一种渴望。她渴望一个在学习上更自由的高三,她渴望能摆脱她吃力的学科,她渴望将自己的优势发挥到最大——那是一种摆脱束缚感后将要起飞的感觉。

而最重要的是,她已经做好为这个决定负责,不管结果如何。

深呼吸了一口夏夜晚风中的空气,她推开房门,告诉父母自己的这个决定。

不是商量,而是告知。她已经准备好了要去说服母亲,因为已经可以想见的会遇到阻力。但是,出乎意料的,母亲只说了一句:"你想好了的话,就这样吧。"

没有问原因,也没有劝阻。

是因为她回家之后从吃饭就开始的沉默和凝重,抑或是因为语言和神态上的坚定,张小莫都无意再去深究。

她走回房间,给班主任唐老师打了确认的电话。

放下电话,她的下学期,从已知变成了未知。她想起栗景和她说自己的班会被打散时,自己还同情他们会成为流浪儿,如今,那样怕离开原来班级的她,主动地放逐了自己。

这一天,张小莫早早就睡下了。抱着被子,她有一种从未有过的担当感。在这个分岔路口的这个选择,将会让她过上完全不同的高三生活,拥有不同的同班同学,报考不同的专业,甚而决定不同的人生道路。

她清清楚楚是明白的,这个选择,说是人生中第一个自我选择的明确的分岔口也不为过。

在之前的成长历程中,也许也遇到过选择的时刻,但影响不至于这样截然分明,这是在她还不知道未来是什么的时候,第一次明确地问她将来想走怎样的路,想成为什么样的人,基于这一切,她想做出什么选择。

对于给自己设下了未来屏障的她,这个选择其实是更加艰难的。

不是一时意气可以简单解决的事。不由得不慎重，不由得犹豫，不由得患得患失。

但即使是任性的选择，当自己准备好为自己任性负责时，也比害怕选择而不作为，让别人代为做"对你好"的选择要好得多——这是她后来过了许多年才深刻了悟的事。

而此刻，对于自己人生，她已经勇敢地准备好了，去陷入除了自己之外无人可责怪的境地。

等到了唐老师的确认，事情尘埃落定之后，张小莫才给朋友们打电话。

这样做的原因，大概是因为她不想再往这个决定里再牵涉进别人。这样在回溯的时候，就算不如意，也不会归因于其他。其实，回顾起来，在不长的人生中，较大的决定好像都是她自己做的：小学时提出转学，初中误诊时决定不住院，中考时坚持考体育，再到这次的文理分科。在这个意义上，虽然父母对她管教甚严，但在只要她坚持，她人生的轨迹，其实是由她决定的。只是平时她一般不会有这样强烈的争取的意愿。

就像福柯所说的，人比自己想象的要自由得多。在外人眼里，母亲对她的在小事上的管制近乎窒息，但在人生大事上，张小莫好像一直就知道，自己有任性选择的自由。

与平时的印象不同，在内核的层面上，她是一个很能为自己拿主意的人。她像是一座天平，容易左右摇摆，但指针平衡的中点，是她内心早就定好的。

她其实是明白的，在真正的大事上，别人不能影响她的决定。除非是她自己先放弃，想逃避去做这个决定。这时出现在她面前的人，便都可以被她拿来当理由。

她不知道别人做决定时是怎么样的，但至少这一次，她既不想拿别人来当理由，也不想自己成为别人的理由。所以在决定做完后，她才告诉其他朋友，不管是云央还是卢棻。

到这时，张小莫才能意识到，在她对旧班级的种种不舍中，云央对她的意义，是极为重要的一个部分。比起交心的朋友，女孩子之间的陪伴好像对她来说意义更为重大。当云央接了电话，温柔地包容了她的决定，约定好以后放学还是一起走之后，张小莫觉得，对于未知的新学期，她好像也没有那样不安了。高中生活的安定，好像很容易做到，拆解下来，无非就是上课时的同桌、下课时的伴，还有放学一起回家的人。

给卢綮的电话，放在了一堆同班同学之后。要认真计较，她这个决定对卢綮来讲，并没有对他的同班同学影响大。原本，不管她在哪个班，他们的相处模式并不会产生太大的变化。电话打过去时，比起她同班同学的惊讶和不舍，卢綮的反应格外不同，他告诉张小莫：在最后的时候节点，他也递了去文科的申请。

对于两人同样的先斩后奏，彼此都笑了出来。没有问对方为什么不先和自己商量。张小莫能理解自己，也就能理解卢綮。

其实，要说起来，她多多少少有点预感，早在宁老师问他们选文选理，而卢綮没有正面回答的时候，她就隐隐约约知道，他也在做挣扎和决定。高二开学前，宁老师和他们讲那个文科状元的例子，多多少少是有目的，不是讲给她，那应该就是讲给卢綮听。

其实这样一数，卢綮和南易，还有她知道的原来班级里选了文科的宛鸠、郁巧和叶归，文科那头的世界，也并不是想象中那样全然陌生。

叶归最终选了文科，这是她期末考前就知道的。知道叶归的选择后，张小莫想起高二上学期学长学姐来给他们答疑时，叶归的那张让她看到裂痕的小纸条。即使是叶归这样散漫的人，在面临这个选择也不能像平日那样洒脱，说到底，这是一个再反复犹疑也可以理解的事。

虽然，到了开学前返校的那天，很多人对她的决定表示了不理解。

返校的那天，张小莫成了关注的焦点。大概是因为她的离别太戏剧化，最大程度激发了同学们的离情。望着拥在她身边的同学，张小莫想，就算是在她导演话剧那段在班上人气最高的时间，也没有受到这样的欢迎。不知为什么，让她想起小学转校时，那个工厂子弟小学的同学挽留她的情景。

关系最近的几个同学，她是先说了的。更多的人，是这一天才知道的消息。此时云央和明织站在包围她的人群外，还没有挤进来和张小莫说上话的人，先和她们两个确认消息的真假，或者说，想先找知情人抒发自己的震惊，再旁敲侧击一下理由。

挤到张小莫身边的人，开始对她表示挽留。表演型人格的康翩翩，把挽留之情表现了十成十。先是让她再把志愿改回来，现在也不迟，再是让她好好想一想。这一天张小莫穿了件红衣，背后印了一排游鱼，康翩翩说："你现在就重选，如果你背后的鱼是单数，你就留下来，要是双数，我们就让你走。"

张小莫笑着摇了摇头，康翩翩又说："要不抛硬币也可以啊。"

这种挽留，此时并不让张小莫烦恼。她用他一直觉得温柔语调说："我从来不把对命运的决定放在我不能控制的事情上。"

康翩翩愣了一下，收起嬉皮笑脸，真诚地对她说了一句："你去学文，是理科的损失；你选择学理，也是文科的损失。不管在哪里，你都可以很好的。"

这一句说完，周围的人也停下了劝她留下来的话，好好地和她讲起了告别。

在这种温暖的离情中，张小莫想，有时戛然而止，也许是最好的一种离别，如今的这个场面，好像真的能配得上她对这个班之前那样的眷恋之情。说起来，他们在下学期要面临的离别有很多，除了去文科的同学，唐老师也不再做他们的班主任。但他们整个班，是保存下来了的。张小莫觉得，十班的这个班号，在她的心中代表了她在高中的所属，即使在去了新的班级，她内心可能都会觉得，自己是这一届十班的人。

没有要交的暑假作业,没有要交待的班务,给他们留了充分的时间话离别,班主任唐老师站在讲台上,只是和他们讲了对他们高三的祝福和新班主任的人选。

虽然高二的结束是这样的狼狈而仓皇,但高二的这一年,也许是在她学生时代最快乐的一年。这一点,不因节点而有什么变化。

唐老师站在讲台上时,张小莫最后一次,坐在祁嘉栩旁边,平日里惯常的玩笑之后,郑重地感谢他,在坐同桌的这一年给她的照顾。祁嘉栩这才收起对她没有先和她打招呼的抱怨,对她说:"作为你的同桌,我也感到很荣幸。"

这时,张小莫心中的离别之情才又汹涌起来,她下意识地回头,去看了一眼这个班的同学。试图去记住,她最后一次坐在这个集体中的场景。首先映入眼帘的,却是在最后一排她出的那墙板报,板报的标题是她取的,大大地写着"朝花夕拾"四个字。

张小莫想,对于度过了她花季的这个班级,之后回想起来,无论如何,都会是她记忆中想要拾取的花吧。

文科班的分班,是过了两天才出来的。

分到文科的人,和高一时一样,跑到各个班去看门上贴的名单。张小莫站在教室门口,和初进校时一样,上上下下地看了好几遍,确认和自己在同一班的人。同样的审视下,这次却有不同的结果,她看到了好几个熟悉的名字。

郁巧、南易,还有卢粲。

张小莫在教室门口多站了一会儿,体会了一下这种不可思议的安心感,然后才在后来的人群中,进了教室。新的班级的学号,是按成绩排的。也不知道是取了哪一次的成绩,张小莫在一号,卢粲在三号,中间隔了一个之前没听说过的男生是二号。

新的班主任,是英语老师,姓利。剪了个刘胡兰式的头,戴一副方框眼镜,能看得出来年纪。作风和行事,都很古板,但不知为什么,张小莫却觉得这份古板下的安排,好像对她很友善。

座位，是按她已经拟好的座位表安排的。坐下来之后，郁巧坐在张小莫的前面，南易和卢絷是同桌，坐在她的右手边。张小莫的同桌，是一个安安静静的扎着马尾的姑娘，皮肤很白，看着很是腼腆。再仔细一看，全班一共十八个男生，她的前后左右就安排了八个。这个思路，和初中时班主任把调皮的男生都安排在张小莫周围是一样的，但是利老师的思路，是两个女生同桌，两个男生同桌，一对男女同桌都没有安排。

或许张小莫心情好的原因是，这个班的男生颜值都很高。此时她只是体感上这样觉得，后来才知道，这个文科班的男生颜值高在年级上都是出了名的，传言说，十八个男生里，只有两个不帅。是下课的时候，都会被在教室门口围观的程度。如此量少质优，看着自己的座位安排，张小莫肤浅地感到了心旷神怡。

没有经过班级选举，利老师就指定了张小莫和二号男生作为班长和副班长。这件事让张小莫很是意外。自她上学之后，她都没有做过班长，虽然她成绩好，听话，乖巧，但她曾经的所有班主任都认为，她不适合当班长。班长应该是更有号召力、更成熟的那一种人，张小莫身上，缺乏这种领袖气质。所以她的班主任们，用她，信任她，甚至偏爱她，但是不会认为她是当班长的人选。

利老师指定张小莫做班长的思路应该很简单，成绩第一的人，就应该当班长。张小莫此时几乎有些感谢利老师这种简单粗暴的判断，算是了结了她在学生时期一个小小的夙愿。她理解班主任们为什么不让她做班长，但她也想试试，在这个位置是什么感觉。

分班的第一天，她感觉到的居然是一种踏实的感觉。不令人担心的同桌，熟悉的朋友，老师无来由的喜爱，还有换到了一楼的教室。

甚至连这个教室的安排，好像都带了几分幸运。六个文科班，只有两个班在这个方便上学的一楼，因为不用上楼，早上迟到的时间可以再缓一缓。另外一个班，是叶归所在的班，和他们班在隔壁，这意味着两个班之间成了彼此借课本和借辅导书检查的后备军。

在新环境里，张小莫有几分放松，趴下来戳戳郁巧厚重的长卷发，那是和她一样的自然卷。郁巧往后一靠，任她用指头梳顺发尾，就和以前美术课时她们一起做同桌时张小莫喜欢玩的一样。张小莫的自然卷，远没有这么漂亮，有些尴尬地卷在了头发一半的位置。所以她特别喜欢玩郁巧的头发。

她的新同桌，有些害羞地问："你们两以前是一个班的吗？"

张小莫点点头，拉着郁巧小声地彼此介绍。新同桌叫肖绒，让张小莫喊她小绒，把手机拿出来，互留联系方式。张小莫一看，和她一样，是银色的摩托罗拉，同款机型，两人笑起来，觉得真是有缘。解散的时候，大家叽叽喳喳地开始互相找认识的人，小绒在这个班也有一个原先班级的老同学，是一个短发的女孩子，下课时跑过来和她们认识。张小莫定定地看了这个短发女孩几秒，黑发，黑眸，但她很快认出来，这是高二的时候，到在去六楼自习室的楼梯上偶遇的那个蓝色短发的女孩。

不顾刚认识，她问："你以前是不是蓝头发？"

短发女孩笑起来说："你怎么知道的，准确地说，我只染过一天的蓝头发。刚染好，才上学一天，就被班主任叫染了回来。"

张小莫说："我那天遇见你，你的瞳色也是蓝色的。"

短发女孩说："那是美瞳，有好多颜色，你要喜欢我带来给你看。"

几个女孩凑在一起，在讲着头发的烫染和美瞳的颜色，张小莫突然意识到，这好像是她进入高中以来，一直都没有过的对话，他们在讨论打扮，这一点，让她觉得不像在高三的教室。

短发女孩叫尹松，一直呆在她们身边，等到班主任再进教室，交待他们一些注意事项才回座位。张小莫在轻松之余，突然在想，这个开头，好像过分顺利了。

因为张小莫身边一直都有人，卢粲和南易都没来得及到她身边，只是隔空用眼神在打招呼，表示了对分到一个班的喜悦。不得不说，新班主任是挺好的，两个同桌，多是同一个班的同学，至少也是前后，并没有一定要打散他们,让他们经受什么人性的考验的感觉。

对于文科分来散装的班级,凝聚力本就和高一升上来的理科班不能比,大家带着对前班级的怀念,对新班级多多少少有些抵触的时候,不管利老师是什么想法,此时班上的氛围,既轻松,又融洽。

除了上课的座位外,利老师还让他们换了考试的座位。张小莫和二号男生坐在一起,卢粲和四号女生坐在另一组,同在最后一排。张小莫此时才有空想,这个排序到底是以什么为依据。是入校时的中考成绩,还是上学期的期末考试。因为旁边的二号男生,实在是太寂寂无闻,张小莫在脑海里半点搜不到印象,居然能排在卢粲前面。

二号男生坐下来,拿出一条薄荷糖,问周围的人要不要吃。张小莫一看,是曼妥斯,她按顺序接过来,剥了一颗放进嘴里,是一种醒脑的甜。这时,她才对着远处的黑板打了一个激灵:她的高三,就要正式开始了。

高三正式上课之后,张小莫发现,在分班时感到的轻松,并不是假象。

她不知道别人的高三是什么样的,但是对她来说,高三的生活,反而比高二还要轻松。首先是课程的变化,完全去掉物理化学生物之后,每天的上课好像都是兴趣课一般有趣。他们高中只有六个文科班的另一层含义是,这六个文科班集齐了文科所有的精锐老师。张小莫他们班一下子分到了三个特级教师,其中地理老师还是全国高考卷的出题人。

光是看看张小莫在文科里最弱的地理的上课情况,就知道她的文科生活过得有多开心。

地理老师姓邱,第一堂课给他们的见面礼是一句话:"我坚信一个哲理,骄傲使人落后,谦虚使人——更落后。"

说完,他转身面朝黑板,以手肘为圆心,小臂长为半径,手拿粉笔一转,徒手画了一个比圆规画出来还要标准的正圆。然后对讲台下被震慑住的同学说:"我教你们的不是地理,是理地——主要讲这地球上的道理。"

多年后,一部公路电影中的名台词是:"你连世界都没有见过,哪来的世界观。"事实证明,地理老师最不缺的就是世界观。从上地理课开始,他们班的同学就在被刷新世界观的路上一去不复返。

比如,老邱——他们已经不会尊敬地喊地理老师叫邱老师,转而用了一个更适合他人设的称呼——会神秘兮兮地在讲台上弯下腰,像讲什么机密一样告诉他们:"去野外走单行小路的时候,千万不要走第三个。"

大家都以为,他要讲鬼故事。

结果老邱说:"如果路过树上有蛇的地方。蛇被第一个人弄醒,会想:咦,好像有人呢。第二个人过去,又把人家整醒了,它又想:咦?好像真的有人呢!然后又睡。结果你走第三个,又把人家搞醒了,蛇想:狗日的真的有人!咬!然后你就被咬了。"

……

大家一阵沉默。多年后,这段引子被拿来讲的是什么知识点,大家已经全忘了,但这个被蛇咬的故事,还记忆犹新。

像这种无用又记忆深刻的出格笑话还有很多,比如:"中国的南北划分是很有根据的——你看连犯罪都不一样,南方一天到晚就搞诈骗,北方动不动就拿刀子杀人。"再比如:"每年秋天都在扫落叶,但其实落叶是不能扫的,因为——会破坏生态平衡。"……

结果,他们上地理课的时候,有大半时间都是在闲扯,只有到离下课还有十分钟的时候,老邱才会露出杀手锏,要教他们一个口诀,故作神秘地说:"这个口诀,很难被忘记。"

为了表示这个杀手锏的重要,老邱会渲染一番,作为他带的高三班学生,他们有多么幸运。平时去他那里补课的人,人数是多么众多,补课费是多么昂贵,拿着小板凳加座都挤不下,有更多的人想上他的课而求助无门。而他们,作为他在学校的正式学生,可以免费听他这样完整的授课,是多么的荣光。

不管这渲染有没有吹嘘的成分，老邱作为全国高考出题人的身份是实打实的。于是大家集体竖起耳朵听完这精华十分钟，然后就算为了省了这笔补课钱的心态，也要回去背得滚瓜烂熟。

对于地理老师如此不着调，其他同学在上课的傻笑后，其实是有些担忧的。再怎么开心，这也是高三。这种半信半疑，除了因为上课闲聊的内容不着调，还因为老邱的形象实在算不上好。

第一，他个子不高，头发总是像开摩托车被风吹出来一样那么高，经仔细观察，厚度有十厘米。讨论老邱的真实身高，一直是同学之间的热门话题。第二，老邱喜欢在黑色皮夹克外套里穿一件红色的打底衫，因为上面会在特定的地方有破洞，所以有好事的同学计算了他没换这件衣服的时间，到最后统计，他一连28天都没有换过里面的打底衫。第三，老邱有条咖啡色的裤子，上课时拉链总是打滑。每当他穿这条裤子，班上的男生总会猥琐地窃窃私语。

之所以观察得这样仔细，也完全是因为老邱上课闲扯的时间太多了。正当同学们犹豫要不要把老邱从自我感觉良好的神坛上拉下来时，月考成绩出来了。在每节课只上十分钟正课的情况下，老邱教的三个班位列年级一二三名。

在这个嚣张的成绩前，大家都沉默了。成绩出来的第一节课，在最后十分钟，老邱惯例放大招，讲长江支流水系。当他在黑板上徒手几条线行云流水一气呵成长江支流时，台下的同学不禁鼓掌以示敬服。老邱很得意，但又故意绷住不笑，教训他们说："如果你们连我画几条长江支流都要鼓掌的话，那只能说明你们的基本功——太差。"

在台下的张小莫深吸了一口气：太嚣张了，但是也太牛了。

在既开心又轻松的情况下，居然还能取得好成绩。这种学习状态，在她高中的前两年，是敢都不敢想的。

在第一次月考后，又加深了她的这个印象。

张小莫知道自己在文科上的优势很大，但不知道真的摘出来单独比文科时，她能进步到哪个位置。结果，第一次月考成绩出来，她在年级第二，距年级第一只差两分。在红榜上进入前三，已经是文科班里所有老师不能忽略的人物。对于之前拼了命才能勉强挤进前十的她来讲，这个名次的上涨是超出了她想象的。

班主任利老师，在月考成绩出来后，毫不掩饰将她当成宝一样的心情，各种掏心挖肺地对她表示着好感。利老师这种古板的直给，在张小莫的历任老师里是很少见的。她不是没有遇到过对她表示宠爱的老师：在言语上花式表扬她的有秋老师，关系处得像朋友一样好的有唐老师，公正但对她欣赏的有初中班主任林老师。但像利老师这样，明白无误地表示对张小莫的喜爱，半点不让她猜测老师的意图，只是因为成绩好就无论如何都站在她这一边的老师，张小莫是第一次遇到。

利老师可能不是一个所有人都喜欢的老师，但是她的这种直给的方式，给了张小莫极大的安全感。无论是作为班长，还是作为班上的第一名，利老师都给她足够的信任，不管是关于班级情况还是老师之间交流的情况，只要是和考试相关的，都毫无保留地和她分享。

后来张小莫才意识到，利老师和她的这种相处方式，某种程度上，有些像母亲和她的相处方式。

说起来，张小莫与父母的关系，在高中之后，有了一段很松弛的时间。

一方面是因为高中离家还算远，某种程度上脱离了母亲的控制圈，再也不会出现班上所有同学母亲都认识，所有老师都可以去给母亲打小报告的情况。在学校里的时候，她得到了一定程度的自由。另一方面，高中之后，家庭给她带来的烦恼，因为一件事，突然消弭到可以忽略不计的程度。

奶奶一家，背着张小莫他们家分割了爷爷留下的财产，原先的那套房子分给了她的小堂弟。手续办完了，才通知张小莫他们一家。因为这件事，父亲终于意识到，自己在那一家人心里的地位如何。

短暂地断了联系。

断了联系的那段时日，周末可以不用再去奶奶家，不用再打起精神来应对一帮亲戚的冷嘲热讽和挖坑，让她可以真正地享受周末的闲适，盯着 F1 的比赛听两小时轮胎声，比花一下午的时间去小心应酬，对她来讲要快乐多了。

父亲与那一家人不站在一起的时候，他们这个小家还是很和谐的，除开他原生家庭带来的那些羁绊枷锁，父亲这个人，其实在生活里没有什么大的欲望。住的房子是母亲学校分的，后来买断，写了母亲一个人的名字，父亲也没什么意见。工资卡上交，省下来的钱如果不是为了给奶奶补贴，他也没有什么用，老老实实地奉献给小家庭。上学和放学来得及的时候，他也会接送张小莫。总之，远离了那一家人带来的挑拨和比较，在高中的这段时间，张小莫过了相当平静的一段家庭生活。

后来，张小莫才学会一个词叫"断亲"，被原生家庭捆绑的人，就应该早日做出这种了断，人生才能见到新的起色。

只是，这起色并没有一劳永逸。

在他们家做出断了联系的姿态后，奶奶那一家人好像有些慌，此时才想起来要给他们家一个弥补的方案，象征性地给了几万块钱，想把背着他们分遗产这件事了结了。按张小莫的想法，巴不得不要这个钱，至此两清。但母亲还是要了，说就算不要，他们来道歉时，父亲其实就已经想和好了。在那家人身上找了一辈子的认同感，又怎么会这么轻易地能割断。只是之前太生气了，做做样子，早就在等着他们递台阶下。

俗话说，由简入奢易，由奢入简难。享受了断亲时的轻松，再回到奶奶家时，那一套等级制度比以前还要让人不可忍受。她突发奇想，在和父亲单独相处时问："他们这样对你，你就一点感觉都没有吗？你这样讨好他们，有什么好处呢。到你老了还不是只有我妈和你过，你又靠不上他们。"

父亲当时气得直哆嗦,用手指着她:"你妈怎么把你教育成这样的,你以为你自己有多能干,你这一辈子就没有要亲戚帮忙的时候吗?"

张小莫的内心活动是:她还真的没有指望过他们帮什么忙,她真心地希望,他们永远地消失在她的人生中。

她虽然没有说出口,但她的神色出卖了她的想法。父亲指着她说:"你这人,怎么这么独!"

独,在方言里,并不是很好的意思。当然,更多的时候,父亲喜欢说她自私。

说起来,从小到大,她从外人那里听到的负面评价是极少的。她收到的有限的贬义词,大多是父亲和他身后的那一家给她的。挑食、自私、不懂事、"财"、"馋",还有现在的"独"。这样尽心尽力地在成长过程中贬损她,如果不是她从外界收到的评价足以让她不把这些话当回事,她还不知道会在和他们的相处中形成怎样的自我认知。

这在外人看来,可能难以想象。张小莫从小到大,除了优秀之外,她还具备让其他家长羡慕不已的特质:作为小孩来讲,让大人省心的听话和乖巧。长到十六岁,张小莫从来没有体现出青春期的叛逆。当她周围的同龄人不服管教的时候,大人们会无奈地说:"没办法,青春期叛逆。"让别人不要和小孩见识。她的表姐,表妹,还有堂弟们,都有过这样的叛逆时期,但是她没有过。

别的家长总会觉得,她的父母拥有她这样的小孩,再没有什么不满足。但父亲那一家人对她的不满却很多,觉得她不够孝顺,不够顺从,还有对她的未来有种无法掌控的失落。

这种失落,会不经意的在一些场合体现。比如,在奶奶家吃炖鸡汤的时候,张小莫从不与堂弟们争鸡腿吃,她喜欢吃鸡翅。大人们会笑嘻嘻地把鸡翅挑给她,同时揶揄道:"喜欢吃鸡翅,是要远走高飞哦。"然后假装数落大堂弟和小堂弟,说:"反正我们家的这个成绩不好,只能考本地的学校,走不远的,只能一直陪着我们。"

从此以后,每次家里吃鸡时,父亲也习得了看她吃鸡翅时的这种感慨。这种矫情,很快会被母亲反矫:"飞得远有什么不好的,飞不远的人那是没本事。"

相比起来,母亲一家,都是希望后辈飞得越远越好的。从舅舅到小姨,再到她们这一辈。或许是外婆自己身体里,有这样的基因。

听说每年他们回去给外公上坟的地方,其实是外婆小时居住的小镇。外婆小时候,是地主家的小姐,经过时代的大事件,家道中落。外婆自己一个人离家出走,徒步一天一夜,从小镇一步一步地走到了他们这个小城里谋生存,最后成了百货公司的职工。当地的百货公司,是特指,当时只有一家叫"百货大楼"的商场,张小莫小时候,还去外婆的办公室玩过,外婆是会计,办公室设在百货公司的仓库旁,经过的时候会有一个很大的蓄水池,会叫小孩们注意不要掉下去。

每年上坟的时候,回程时看着窗外的高速路,计算着两三个小时的车程,张小莫会对一同坐在车里那个瘦小的外婆有一种特别的崇敬,十几岁的外婆,也不过就是她的年纪,是怎么样在不知前途黑夜里,下定决心从家里出走,又是怎样一步一步走完她在车上都觉得漫长的这么一段路呢。

外婆生了三个女孩,一个男孩;张小莫他们的孙辈,也是三个女孩,一个男孩。不知这种性别构成比例有没有关系,对于女孩来说,肯鼓励她们远走,也许就是最大的开明和祝福。

在母亲和张小莫的统一战线中,父亲没有任何参与她人生决定的可能。大概是明白了这一点,在之后去奶奶家时,他放弃了对张小莫的说教,不再试图培养她对那一家人的尊重和亲近。于是,他们之间形成了一种相安无事的局面。至此,张小莫将要远走这件事,成了举家的共识。母亲竭尽所能地培养她,是为了让她高飞。这一点,与她的目标是一致的。

这是她看似松弛的高中生活里,始终没有放松过的一根神经。

比起女孩来说，男孩的退路还是太多了。

张小莫体悟到这一点，是在自己的小堂弟身上。小堂弟其实有找张小莫单独进行一次交浅言深的谈话，时间是在知道小叔叔二婚的小婶婶怀孕之后。

新的小婶婶的怀孕，让整个奶奶一家的气氛都凝滞了起来。他们并不希望新小婶婶生一个自己的孩子。小叔叔那时已经四十多岁，从头开始带一个小孩，人生的负担太重了。何况已经有了小堂弟，在繁殖欲上已经可以得到满足。

不让新小婶婶生孩子，可以说是奶奶一家的共识，在这种共识中，小婶婶耍了心机怀上孕，让整个家族对她都没有好脸色看。最有危机感的，是小堂弟。

事实证明，小堂弟的危机感并没有错。在新小婶婶怀孕之后，就想把小堂弟送去寄读的学校，忌惮他对自己身体做出什么不利的事。小堂弟自己不想，就说自己单独住回原先奶奶家的老房子，然后就此一个人生活。

奶奶家的老房子那边，楼上还是小堂弟的外公外婆家，再怎么样也能有人管口饭吃。小堂弟的生母也二婚二胎了，作为全家原先最调皮受宠的小孩，突然成了一个父母都推拒的人，最疼他的爷爷也走了，比张小莫小三岁的小堂弟，人生就已经历一轮大起大落。

张小莫还去奶奶家的时候，小堂弟找她，讲了自己的艰难处境，问张小莫怎么办。

这样的小堂弟，让张小莫很陌生，会问她意见，又让她很震惊。在她的认知中，小堂弟的印象只有几个扁平的形象：一是大堂弟的跟屁虫，会跟着大堂弟欺负她；二是调皮捣蛋，总是被小叔叔打。小堂弟被打的名场面有很多，最经典的一个，是一起出去郊游时，在高速公路中段休息，他去一旁小解，正解到一半，不知为何小叔叔想打他，助跑过去飞踢了他一下。这个场面既可怜，又相当滑稽可笑，大人们后来总是津津乐道，不管当时张小莫有没有看见，都在她脑中形成了一个稳固的画面。

三个小孩中，最幸福的应该是大堂弟。他有一个情绪非常稳定的父亲，大伯父从来没有打过他。即使在飞黄腾达之后，也对大伯母不离不弃。父亲的性情对一个小孩的成长环境来说，至为重要，至少在奶奶家如此，母亲通常都是站在小孩一边的，因此父亲就会成为一个最大的变量。

原本扁平印象的小堂弟，突然对她说出这一番成熟的话，张小莫也动了恻隐之心。为什么会找上她，大概是觉得她当时考上了一中，是这个家里最会学习的人。

张小莫问了小堂弟的打算，小堂弟是想好好学习，考出去，再不在他的父母眼前添堵，也免得新小婶婶胡乱安排他的人生。于是张小莫细细地听了他学习的情况，鼓励他说此时努力还不迟，和他分享了自己的学习方法，虽然觉得麻烦，也许诺如果他学习上有问题可以找她。

小堂弟当时，就像是回头的浪子，一副受教的模样，向张小莫忏悔，之前和她交流得太少，不应该没脑子地跟着大堂弟玩。张小莫当时，还有种点化顽劣小孩的欣慰。

后来，小堂弟在奶奶的旧房子里住久了，小叔叔就动了心思，和奶奶说小堂弟可怜，自己家庭情况的无奈，让奶奶把房子留给小堂弟。在争遗产这件事上，小堂弟迅速和自己的父亲甚至新小婶婶站到了同一战线，把自己和张小莫讲的要努力上进和家里脱离关系的话忘得一干二净。

一套房子，已经是很多人奋斗一生的终点了。所以还有什么好努力的。比起好好学习，还是这个捷径更好走。

在为下一代争取的野心上，的的确确存在男女有别。即使是把小堂弟当弃子的小叔叔，也不忘为小堂弟争取。有本事的如大伯父，位高权重，还想着要做倒卖皮革的生意，愁得一晚上白了头发，房子一套一套的置换，越换越大，越换越多，挖空心思地给大堂弟置办资产。没本事的如小叔叔,一辈子都在啃老和吸血兄弟,但这啃老和吸血的用途,有一部分也是为了小堂弟着想。

而张小莫的父亲,一辈子过得平平和和,没有什么暴富的梦想。父亲总觉得,以自己的能力,已经让张小莫过上了很好的生活,问她的同学里,有多少是从小学时就一直有专车坐;问她在班上的同学里,买衣服的数量不能排进前五,至少也是前十。他这辈子唯一挖空心思要做的事,就是如何瞒着母亲,从工资卡里省出钱去交给奶奶,如何在他们一家人面前挣面子。对于张小莫前途最大的关心,就是怕她考得太远了,不能让奶奶一家满意,另外还有和其他两个男孩相比,不能守在父母身边,这个孩子就当白养了。

当然,这种思想,只是在去奶奶家的时候发作,在大多数时间,父亲还是尽到了本分。他不想张小莫考得远,但张小莫考第一他也挺高兴,更不会做阻碍她学习和对未来做选择的事。在能做到的生活保障上,并没有亏待她。

新小婶婶怀的那胎,是个女孩。至此终结了张小莫是奶奶家"唯一的小公主"的身份。知道这个结果时,她居然还莫名有些失落,但很快,又觉得这失落很无聊。新小婶婶是一个很厉害的人,拼尽心计生了这个女孩,也会拼尽心计维护这个女孩应得的财产和利益。张小莫其实还有些期待,想知道这样一个在和小堂弟的争宠中获胜的女孩,将来会成长出什么模样。

不过,这个念头也只是在心头滑了一下。那家人未来如何,都不是她关注的重点了。他们有他们的人生,有他们的退路,也有他们的纠缠与纠葛。

而张小莫不想要这些纠缠,也不想要这她看不上的退路。

干脆一些说,她知道要摆脱这一切的自己,没有退路。

晚饭的时候,母亲在饭桌上和张小莫聊天。

进入高三之后,她再也没有做不完的作业。连在数学老师那,都是灵泛的宠儿。文科的数学,是要比理科简单的。第一个月的数学月考卷,她甚至还把最后一道大题写出了一个标准答案之外的解法,被数学老师叫上黑板去演示,当时张小莫有种自己是文科班的周际的感觉。不管从哪个角度来看,转文科之后的日子,都太好过了。

于是,饭桌上再也没有以前那种要急着去赶作业时,又急又困的氛围。母亲会找机会和她聊聊闲篇。

同学的事,她不大会聊,让母亲掌控她的同学信息,并不是件有益的事。换了高三的老师之后,她也没有对各科老师进行介绍,她突然飞升的名次已经证明了不用为老师的事而担忧。但有一个聊天的切入点,她倒是很有兴趣。

他们班很有个性的地理老师,原来以前也是她初中的老师,并且还与同校的老师结了婚,生了小孩,离婚之后才飞升去的一中。

那位离婚的女老师,张小莫很有印象,包括他们的小孩,在她脑中也能大致勾勒出形象。一个本来是她幼时生活圈里的老师,成为了她现在高三的老师,而且是名头这样大的名师,这种感觉很奇妙。张小莫不知道地理老师是否认出了她,但很快她就知道,母亲还是去拜托了地理老师,对她多加照顾。

所谓的照顾,就是每次小测完,地理老师会绕到她桌边,来问她错的题为什么会错。

说实话,这个操作让她心理压力很大,因为地理老师问话的方式,是递进式的:这个为什么会错,我在课堂上讲过没有,讲了怎么还会错,总让张小莫觉得,自己错得很不应该。当然,这个好意,她还是领了,在这样的紧张刺激下,她的记忆还是很深刻。

主科六科,她没有不喜欢的老师,只有特别喜欢的老师。

她最喜欢的老师,是历史老师,也许是他们学校最年轻的特级教师。是个精瘦的戴眼镜的小年轻,特级教师的职称,是在县份上的学校取得的,应该是特别优秀,才调入的一中。在前两年一直在历史课上看小说的张小莫,终于在高三感受到了学历史的快乐。

她对老师的好感,来得总是很简单,上课上得好,或者是对她好。

而同学们对老师的好感,表达得也很简单,就是上这个老师的课前,给他擦黑板。高三之后,值日生们的分派没有以前班级那样清晰,上节课拖堂的时候,或者是下课玩疯了的时候,就会忘记擦黑板,这种时候,来上课的老师就会很尴尬。有些脾气好的,自己来擦;脾气不好的,就要发火了。

他们在的这个文科班,有种悠闲之下的散漫气质,大家迅速在不多的相处时间里,分享了很多共同的梗。比如,没擦黑板的时候,大家不会哄值日生上去擦黑板,而是会哄一个长得像李亚鹏的男生上去,不过并不是因为他长得像李亚鹏,而是因为他皮肤特别黑。

这个男生的绰号叫"黑子",哄他上去的乐趣在于,他们要玩梗。当他上去擦黑板的时候,他的同桌男生和其他同学就会假装惊讶地喊:"哎?好神奇哦,怎么黑板擦在动。"然后全班都笑得前仰后合。为了给他们玩梗的机会,张小莫通常也抢不到几次给历史老师擦黑板,但是历史老师知道,张小莫上他课时会特别精神,张小莫的考试成绩,也印证了她上课的神采奕奕。

另一门让她上课特别精神的课,是语文课。在告别了秋老师之后,张小莫终于感受到了学富五车的语文老师上课是什么水平。高三的语文老师,是特级教师,已经到了快退休的年纪,瘦弱而文雅,总让张小莫想起初中时教她英语的叶老师,有一种旧时的大家闺秀的气质。语文老师的衣服,从质感上都能看出华贵,没有繁复的装饰,也没有名牌的 Logo,主要靠合身的剪裁和布料的质地。张小莫喜欢上语文课,也喜欢欣赏语文老师的穿着。这似乎对青春期的她而言,有一种美学上的教谕。

语文老师对张小莫,在言语和态度上,并没有特别的偏爱,她对张小莫的好感,全部表现在了作文分上。她没有对张小莫有什么溢美之词,上课连眼神交流都很少,但是从每周的作文到考试的作文,一个一个的满分打给张小莫,然后把作文进行传阅。

这种理智又冷静的风格,不知为何,让张小莫觉得很有专业性。

这种专业，让她有种盲目的信任，觉得就算问语文老师《红楼梦》后四十回写了什么，也一定能给她一个完美的答案。当然，这个冲动被她压抑下来，下课问题目的时间，很是宝贵，浪费在这样一个与考试无关的问题上，很不划算。而且，她与语文老师之间，远还没有到这么亲近的地步。

高三的时候，张小莫迷上了红学，有种探案的快感，从周汝昌看到俞平伯，从冯其庸看到吴世昌。各家之言，她有赞同的，也有看了直摇头的，但这种文本考据的方式，让她有了一种新的认知，原来一本书是可以解读成这个地步，这样丰富而厚重，迷人又曲折。

她记得小时候和表姐讨论过四大名著，觉得《西游记》最好看，《红楼梦》最无聊。但其实，他们讨论的不是书，而是对剧版的印象罢了。真正一字一句去看书，四部里张小莫先看的还是红楼梦。也是在奶奶家，砖头大的一本，窝在沙发里看。有时她想，会不会是因为和那个环境相比，进入书中的世界要舒适得多，所以才会在那个场合下看了这么多的书。

这些事，她不常与人说，莫名就觉得可以被语文老师理解。作为一个讷于表达的人，她许多丰富的情感，都是通过作文表达的。被广泛在各班传阅的作文，成了她被了解的一个途径。她此时还没有感受到，在她不知情的时空中，她被多少人了解，又让多少人以为可以被她了解。

就像下课时，隔壁班的叶归来找她借书时，顺口提了一句："我借你蒙克那本书，原来你真的有好好看啊。"

张小莫愣了一下，叶归补充解释："你那篇作文，老师拿到我们班念了。"

她这才明白说的是什么。对她来讲，不过是素材的一次重复利用，在别人那里，也许是旧场景的一次串联。

叶归到张小莫他们班借书，是常有的事。两个相邻的文科班，互为后备军。叶归找张小莫的次数多，张小莫找叶归的次数少。但少，也并不意味没用,忘带课本和作业的时候,能找人借到书,就和得救了一般。高三了,老师也并不批改作业,只是检查作业,让同学们翻到那一页,前前后后地走一遍,就算检查完了。

叶归过来找张小莫的次数一多,门口帮忙叫她的同学,不时会说些打趣的话。张小莫座位在前排时,有时会听不见,坐门口的好事的同学,会大吼一声:"张小莫有人找!"震得整个教室都听见,等她出去时,会揶揄地问她:"这是你的谁啊。"

文科班的同学,正如之前所预料的那样,大部分是学不好理科才来文科的,有好些厉害角色在。张小莫也不和他们多掰扯,淡淡一笑:"是同学。"

他们班现在的气氛,是友好中又带着些冷淡。大家笑闹在一起,但情谊却是分崩离析地清楚。每个人都把之前的班级,当成是自己的故乡一样的精神居所,时不时地要回去恋下旧。

刚开学的那个月,因为过去的班级挽留她的情谊太绵长,张小莫午饭时还专门回去和以前班的同学一起吃,吃了饭再和卢粲一起去自习室。对此,卢粲很不以为然。恋旧这件事,只有完全脱离之前的环境才显得美好,再回去频繁叙旧,就有了些狗尾续貂的意思。

果然,温情的场面没过多久,就变得有些不对味。

高三这一年,十班换了班主任,是个数学老师,上来就要整顿他们班的风气。而整顿风气,又首先是从讲台旁的那块"空虚排行榜"开始。觉得这个榜让他们班的风气格外吊儿郎当的不正经。张小莫虽然到了文科班,前几周还一直是这块榜上的常客,一开始,她把这当成是旧时情谊的证据,人虽不在班上,但他们还把她当成自己人。

但显然,十班的新班主任并不喜欢这个班的学生过去留恋旧时光,无论是旧时的风气,还是构成旧有集体的人。在一次中午放学张小莫去找云央吃饭的时候,刚好遇到他们数学课拖堂,是课堂小测,他们的新班主任在监考,看到门口有人,走到门口,看见是她,说:"你就是张小莫吧。"张小莫吓了一跳,点点头。新班主任睥睨地看了她一眼,说:"你已经不是这个班的人了,以后没事不要过来晃。"

在学校里当惯了老师宠儿的张小莫,到高中之后,好像是第一次遭遇这样来自老师的嫌弃。因为毫无防备,被打击得有些灰头土脸。

后来她问云央,为什么他们新班主任这么讨厌她?好歹因为她去了文科班,按成绩给他们班置换了一个理科前三名的男生到他们班,使得以前默默无闻的班级在年级上的排名中有了姓名。云央想了想,说可能是因为那块写了空虚排行榜的小黑板,新班主任一到这个班,就看到了这块小黑板,让排行榜上的三个人站起来,解释空虚是什么意思。空有名字在而真人不在的张小莫,在那天让新班主任吃了好大一个难堪。

张小莫觉得,自己这番被嫌弃得有点冤枉。但至此之后,也再不方便到十班去,要和云央一起放学时,就让云央过来找她。

事实上,即使是忽略新班主任的嫌弃,张小莫在每次去十班教室时,也越来越感到有压力。

高三之后,理科班与文科班的氛围,区别简直是泾渭分明。理科班气氛的沉重氛围,是一种空气都凝滞的感觉。张小莫下课时去的时候,从门口望进去,连教室里的光线都是暗沉的。不知是在一楼的这侧光线不好,还是她的心理作用。理科学习的那种繁重,体现在同学们连下课时都不停的笔,还有做题时沉重的表情。

每当感受到这种截然不同的氛围,张小莫总觉得有些不安。这种时候,她觉得自己是逃兵。逃去了更安逸的不用受苦之境。看着自己应该有的苦学模样,她总在想,自己此刻的轻松和偷闲,要在未来付出什么样的代价。一个不沉重的高三,对未来的自己又意味着什么。

或许,除了还未谋面时张小莫就给十班新班主任带来的尴尬之外,还有一层,她是怕张小莫把这个班的人心带散了,她身上文科班的那种轻快,凑在理科生的人堆中,有种涣散军心的格格不入。新班主任更中意的好学生,是她替换来的年级前三的那个男生。

那个男生一来就成为了十班新的第一。这个外来者,很不受到同学们的欢迎,觉得他古怪,自私,脾气差。同学们不敢去问他题,因为他会不耐烦。多遭遇几次,就不免对他敬而远之,让他一个人处在高处不胜寒的地位上。这种时候,他们会怀念张小莫,作为以前的第一,那样亲和、温柔和正常。

是的,在过去这个班的同学眼里,拿来和新的第一的人比较的人,还是张小莫。她离开前那次考试的失利仿佛已经消失在同学们的记忆中,在他们长久的认知里,第一这个印象,属于张小莫。而间接促成了她离开的钟鸣,正如夔舟所说的那样,高三就见了分晓。不要说第一,甚至没能加入前几名的争夺中。这样一个人,竟然成了她那时决定的导火索,张小莫也会觉得荒谬。大概和小学时的李薇,初中时的胡小优一样,给她造成了巨大困扰的,都是这样连对手都谈不上的人。

又或许和村上春树的小说一样,她的人生也在证明和演示着,某种偶然性、不确定性以至荒谬性如何导致人生流程的改变。

回家的公车上,张小莫偶尔会遇到这个新来的第一的男孩,身材干瘦,小小的脸上有很多锐角,一副大大的银边眼镜框在他的小脸上。他会很和善地和张小莫打招呼,讲一些竞赛班的事,还有表达对统一的英语和语文试卷中,他听闻张小莫的成绩的感叹。张小莫倒不觉得他难打交道,也不觉得他孤僻,但想想他在现在的班级里的名声,又觉得,他可能是另一种形式的流浪者。

如果她没有走,会是怎样的情况呢。每次看到这个男孩,张小莫都会忍不住想。

只可惜,人生没有如果。

第一轮月考后,学校照样组织了一次高三同学代表去给高二同学做的文理分科答疑。

张小莫他们班,抽中了她、副班长和卢綮,专门抽了小半天去给新校区的同学做答疑。一车代表浩浩荡荡的,到到对应的班级中,给台下要做选择的人做心理按摩。

讲经验时,张小莫有些心虚。此刻的她,还不足以成为一个成功案例,为什么选文科的理由,带着点不光彩的前因。副班长和卢粲倒是很适合,副班长讲的时候,连张小莫都在旁边听得津津有味。

副班长讲,他的成绩到高三会突飞猛进的原因,给下面的高二学生讲自己逆袭的经验和每天的学习方法。说每天做题的时候,要从易到难,这样会让自己更乐意地去做题,不会因为畏难情绪有拖延症。张小莫当时有种很新鲜的感觉,她一向是反着来的,她是从最难的开始,因为越到后面精神越差,把前面难关攻克了,后面的就轻松了。

他们小时候,有一种硬糖,叫"先酸后甜",入口时酸啾啾的,很不好受,但把表面那层化掉之后,后半段就是甜的。那时,张小莫很不理解这种糖存在的意义,就不能做全是甜的糖果吗。又或许,把甜味放在前面呢。不过想也知道,如果有那种"先甜后酸"的糖,那肯定会在酸味出现的时候就被吐掉。

尽管小小的张小莫就有这种吐槽,但至今她的思维,还是先酸后甜似的。从小她受的教导都在告诉她,吃得苦中苦,方为人上人。背的课文里,讲得也是"天将降大任于是人也,必先苦其心志,劳其筋骨,饿其体肤,空乏其身,行拂乱其所为,所以动心忍性,曾益其所不能"。要先吃苦才能尝到甜的假定,在她脑中根深蒂固。又或许,她自觉有记忆以来的人生就算称不上苦,也在酸的范围里。认定这个假设,也是一种暗示自己长大就会好了的心理安慰。

未来的那口甜,真的会尝到吗。张小莫在此时,突然懂得了小时候的那种糖存在的意义。它给孩童一个反复的心理认知,在酸之后的甜,是一定会到来的,它就包裹在里面,等你耐心地化掉外面的酸楚。这个确定性,就是它的意义。

张小莫的文科选择,有些像小时候对这种糖的叛逆:有些苦也许是可以不吃的。她就想看看,直接去尝那口甜是什么滋味。

要更大一些，才有人明明白白地告诉她："不要相信什么吃得苦中苦，方为人上人，一个人在痛苦、煎熬、一切都要忍的状态中，是很难取得成就的。即使一时忍成功了，后续也是不可能享受这种生活的。"到那时，她才完完全全弃绝了此时的愧疚感。一个人要顺应自己的天性和爱好，才能完全地发挥潜能的极致，至少她在此时的选择，并没有错。

说起来，副班长在考试的时候，总喜欢给周围的人发曼妥斯薄荷糖。张小莫是从和他考试做同桌之后，才养成了吃薄荷糖的习惯。这个习惯，有些不健康。因为她的胃不好，到考试的时候，已经几乎是空腹的状态，吃下薄荷糖之后，胃会有一阵反酸。但她又贪薄荷糖提神时的那点清凉，所以每次副班长给糖，她都会接。后来索性就自己去买了些备着，她也成了给大家发糖的人。

张小莫觉得，副班长是个聪明人。他虽然不是传统意义上的那种好学生，在其他同学眼里，总有种后来居上的暴发户的感觉，但她觉得副班长的学习方法，可能更适用于大部分的同学。

相比起来，卢燊的方法，就不是每个人都能学的。张小莫才不想再听一遍他上课睡觉下课泡吧的故事，在这种耍帅的场合，要听卢燊讲他习惯上贴得密密麻麻的 N 次贴，那是不可能的。

但卢燊讲的内容里，也有让她在意的内容。果然如她猜测的一样，早在高二最开始的时候，宁老师就在和卢燊讨论是否要学文科的事。他们那次在后花园里的闲聊，是卢燊和宁老师上次讨论的内容的延续。

作为一个理科比她要强太多的人，卢燊自己是怎么想的呢？她其实并没有和他认真讨论过这个问题。

其他人的打算，张小莫好像多多少少有聊过一些。张小莫现在的同桌小绒，和南易一样，都是打算作为艺考生考试，去搏那个降低的分数线。相比起来，叶归对于要考哪所大学这件事，就很暴躁，会冲张小莫使性子，问她："你告诉我梵高是从哪所美院毕业的。"

张小莫自己，懵懵懂懂的，目标很清晰又很模糊，清晰的是她一定要考去一个离家远的学校。模糊的是，她对自己的专业，其实还没有一个特别明确的想法。

此时她还在受一种说法荼毒，说中文系是教不出真正的作家的。对她来讲，读哪个专业就变成了一件体验生活的事。她的人生设想是，找一份有时间写作的工作，相比起工作，有时间写作这件事是更为重要的。大学老师就是一份很理想的职业，她对自己有一种盲目的自信，觉得不管选哪一科，自己都能留校当老师。此时她的这种推论，依然没有逃脱她家庭给她带来的眼界。到后来她才知道，从选专业开始，就是一种家世和眼界的比拼了。

不管怎样，此时的她还是只要完成眼前的考试就好。至少在目前的考查机制中，她游刃有余，可以让她到时有随意选择的自由。

站在一旁，看着在讲台上的少年侃侃而谈，张小莫有种恍惚，自己好像很久没有在观众的视角去观察他了。在这个视角，他和最初的印象一样，是俊美而遥远的。而高三的聚散，把她与本以为会共度高三的旧同学分开，又给她分配了一些从未想到的同班同学，这些之前并不在一个班的人们，不管之前熟悉或陌生，他们要作为一个集体，日日相对，共度至今为止的人生中，也许是最重要的一年。

落在高三的十七岁，会是一个雨季吗，张小莫突然对这年纪在意起来。

已知的是，刚过去的十六岁，是一个无事发生的花季。

十月的时候，例行要出每个班的墙报。尽管到了新的班级，张小莫仍然是要负责出墙报。

她对自己要做这项工作，并没有什么不满。或者说，把这看成了自己的使命。每一年墙报的标题，都是她取的。到最后，可能同学们不记得具体内容，也许连上面的画也记忆模糊，但对于她取的那个标题，依然是记得的。

张小莫并不想推托这个责任，但她也确实知道，自己无法一个人完成。高一的时候,是康翩翩带着一群人在帮忙;高二的时候,是叶归帮她画了画。到了高三,她以为这个任务会比前两次轻松一些,因为班主任点名让过来帮忙的,是团支书卢粲和宣传委员南易。他们三个老搭档,张小莫不觉得有什么问题,甚至还有些期待这隔了些时日的分工合作。比起高一时大家在教室里一边吵闹一边吐槽叶归的不负责;高二时叶归帮了忙但让她撒谎;她觉得高三这次的出墙报,应该是最波澜不惊的一次。

她没想到的是,竟然在这本该毫无波折的一件事里,让她再次体会到了人性的复杂。

约好出墙报那天,是截止日期的最后一天,一直拖到了死线,是因为高三放学后大家的日程都太忙,南易要准备艺考,放学要去加练画技,卢粲有补课,就连张小莫也被老师叫去单独辅导。就这样一直推到了最后,第二天就要检查的境况。

以张小莫的性格,肯把时日迁就到了这最后一天,一是对其他两人太有信心,二是基础工作她已经做完了。排版,内容,文字,标题,她全做好了,只需要两人画画边角的插画就好。可是没想到等到这天放学后,南易先跑来和她说了抱歉,说他母亲给他约了个艺考名师,要和他单独谈话,日程一直在敲,最后突然定到了这一天。

本来想着要画的图也不复杂,有卢粲在就够了,张小莫就放南易走了。结果两人才开始把颜色调上,卢粲那个青梅竹马就跑过来找他,说她爸妈也约了高考的名师和他们面谈,让卢粲和她一起回去。

这借口找的,与南易那个都不带换一下。张小莫站在椅子上,心里冷笑了一声。

张小莫与这个女孩的交集,平日是极少的,就算在路上见到了,也会当看不见。这样的正面交锋,还是第一次。为什么要选这一天呢,是因为从南易那里知道了,今天是出墙报的死线,想着要给她这个难堪,还是这借口是真,南易那个突然有空的名师和他们约的是同一个呢。

尽管眼前这情形，荒诞又离谱，但张小莫还是等着卢粲的反应。

只见卢粲沉吟了片刻，转过头对张小莫说："你把要画的地方空着，我明早六点过来画，不会耽误检查的。"

张小莫没有点头，也没有摇头，只是站在椅子上没有动，说了一句："你走吧。"

像是觉得已经安排好，看了看时间，卢粲放心走了。那女孩跟在他后面，临出教室前，对着张小莫露出了得意的一笑。

等他们走远了，教室里空无一人，张小莫才跳下椅子，对着还空了大半的墙报，陷入一种巨大的无助感之中。他们的教室，在一楼的拐角，面对黑板左边的一整面墙都是窗子，搬到这间教室后，她很少有觉得光线暗的情况。相比十班的环境，他们班要亮堂许多。此时，不知是时间确实晚了，还是她只开了最后一排的灯，整个教室在落日的光影里，一半暗沉，一半朦胧。

张小莫一边觉得自己脑子很清醒，还在迅速地盘算接下来的版面怎么办；一边又觉得自己的胃部空落落的，有种不停下坠的感觉。

就在这时，教室门口出现一个人影，探头往里看了一下，不确定地叫了一声她的名字。

张小莫回头一看，迎着光，她辨认出来，是叶归。

叶归像是被她小小地吓了一跳，走进教室里，问她："你怎么一个人在教室？"

张小莫扯出一抹笑，用手上的画笔指指半墙白纸，说："留下来出墙报，其他人先走了。"

叶归问："那你会画吗？"

张小莫说："试试吧。"

叶归上前一步，拿走了她手上的笔，说："你的水平我还不知道，我来吧。"

他把张小莫挤得后退了一步，才转头问她："画什么？"

张小莫把手上排好版的图纸和参考图给他看，指着左下角和右上角说:"画梵高的《星月夜》。"她其实也没有太花心思,大致参考了高二时的版面。

叶归点点头,跳上椅子,抬手就开始画。他站的位置,刚好笼在一束夕阳的光里,从张小莫的视角看过去,空气里的灰尘在那束光里跳跃扑闪着,把少年的轮廓勾出了一道柔光。恰好一阵暖风吹过,带着他镀了金光的发丝轻轻摇曳起来。

大概是感受到了她的注视,叶归偏过头,看了张小莫一眼,催她:"你别愣着,赶快写字啊。"

张小莫这才缓过神来,和叶归一左一右地站着,一人写字,一人画画,就像高二时出那张墙报一样,在只有他们两个人的教室里,出完了一面墙报。只是,此时的叶归,和她并不是同班同学了。

他本来是没有义务来帮她这个忙的。

想到这里,张小莫心里有些过意不去。她不是不知道,叶归有多讨厌参与这些班级活动。高二那次还算是他的职责,这一次,他连这个班的人都不是,没有义务,没有职责,却来解了她的围。

在她思绪乱飞的时候,叶归拍拍手跳下椅子,让她看看效果。张小莫站远几步,漩涡状的星云被用得恰到好处,就像是高二时那版墙报的翻版。深邃的蓝色天空中群星与月,卷出壮阔的光影,她不由得想到那句诗:星垂平野阔,月涌大江流。

一直没有等到回复的叶归,有些不耐烦,问她在想什么。张小莫把刚才瞬间的联想说了,叶归愣了一下,拾起笔,又去补左下角的缺。而张小莫爬上椅子,起笔写了几个大字,是她给高中最后一期墙报的标题:此间的少年。

这个她借用的标题,是有些私心,想着是要这个班陪他们一年的。只不过,她原来意指的群像,此时用作特指也没有什么不对。

等出完墙报,天色已经到了晦暗不明的时分。张小莫把画具收拢好,将桌椅还原。除了已完成的墙报之外,教室没有什么变化。叶归去隔壁拿上书包,在门口等她锁门一起走,末了还不忘叮嘱她:

"你不要和别人说是我画的啊,我们班主任找了我几次我都没有画,说出去我就惨了。"

还是和高二时一样的说辞,张小莫笑着应承他。两人并排往校门口走,此时天幕上已经出现了一颗浮星,不知怎地,让她想起了初中农训时,和方让一起走的那段看见黄昏晓的路。对于帮助过她的人以及这些时刻,她总是念念不忘。

后来,才有女生朋友劝诫她,不要太轻易地感动,一时一刻的感动,并不代表什么。但这样的时刻,在十七岁傍晚的风中,好像是在刻盘一样,纤毫毕现地保存了这个放学后的心绪起伏。

一边往校门口走,叶归一边问她,上几周一个英语比赛的情况。张小莫说没有收到复赛通知,叶归说,他也没有收到,然后释怀地说:"没关系,反正那个比赛看上去也不太正规。"叶归这种和她正经谈论学习的时候,总是显得特别正常,但事实上她是知道的,在叶归的内心权重中,并没有把学习和高考放在和她与大多数人心中那样重的位置。

两人一路走到校门口,就是分岔路。这个结束也刚刚好。再久一些,她可能就找不到话聊,抑或是要说些他不爱听的劝谏他学习的话。很多时候,和电影一般,在哪里结束,对观感来说很重要。

等张小莫到家,天已经黑透了。吃完饭,人疲惫得不得了。这时她的银白色手机上,跳出一条短信,是叶归。虽然已经困到眼都睁不开,她还是强撑起来。这时她还坚持着一些不知哪里看到的礼仪,接电话的时候,要等对方先挂。发短信时,自己要做最后一条回复的人。遇到同样坚持这种礼仪的人,比如郁巧,她们的对话就会连绵很久,直到最后有一方先放弃。所以,通常她不会开启一场闲聊,特别是在晚上学习的时间。但因为白天的那场相助,让她又不得不坚持到说晚安。

这样疲惫的夜聊,冲淡了白日里的无助感。只是后来无数次回想起来这一日,她原本可以不用把自己放在需要帮助的这个位置上的。

第二天,张小莫去得有些晚。她能想象,以卢棨的性格,大概率是按约定早早就到了,准备补救前一天的早退,但迎接他的,是已经画好的墙报。预想这一幕,甚至让她有些快感。如果前一日的选择里,她被定义成了被放弃的那一边,那她的定义则是,她本就不需要他。

非要理解的话,也不是不能理解。事关自己的前途和两家的家长,与班上这个关系不大的墙报相比,选择哪边是显而易见的。何况,在他看来,已经想到了两全其美的补救措施,即使张小莫真的昨天是一个人出了一半,今天也一定可以完成。

但那个场景,冲击力和对比都太强,理智可以理解,但感受很难被抹平。

要复盘的话,张小莫不免还是会在自己身上找原因。终究是她太过依赖别人,如果把这件事,从头开始留有余地,那她就算是临摹,一天画一点也能交差。更何况,无论是她的同桌小绒还是郁巧,都是会画画的女孩,虽然她们不是班干,但早点找她们求助,也一定会相帮。不管怎样,再差还差得过高一时一帮没有美术基础的人画的火烧城楼吗。

在埋怨别人前,先挑剔自己。这是她一向的思维方式。但,她这样思考的时候,也就意味着对那个人没有期待可言。

她原本对叶归,也是毫无期待可言的。但那样的雪中送炭,很难不让人动容。她此时有些理解了康翩翩,为什么会因为叶归一次相帮,后来不管他有多离谱,都始终要和他做朋友。

锦上添花易,雪中送炭难。不管是出于恰好还是投机,张小莫都承了这个人情。这个人情,让她以漂亮的方式,还击了个痛快。她本就来得迟,等到她来,卢棨马上起身过来解释:"对不起,昨天我不应该先走。"张小莫看着他,带了笑说:"没关系啊,反正不影响。"

不管卢粲什么反应，反正她舒服了。

下课的时候，张小莫去找尹松，问她知不知道学校附近哪里有定制贴在墙上的标语的店。这是班主任交给她的另一个任务，为了让高三更有学习气氛，让她拿班费在两个房梁上做两条励志的标语。本来她是想着出完墙报，和卢粲一块儿去。昨天之后，她就打定主意自己去把这事做了。

之所以问尹松，是因为她几乎中午都不回家，而且对周围的店很熟悉。虽然小绒和张小莫是同桌，但尹松和张小莫却更熟一些，这要得益于尹松的热情，只要一下课，就跑过来和她们粘在一起。尹松和郁巧的无理由的陪伴，很大程度上地弥补了张小莫从旧班级过来之的缺失感。特别是郁巧，严格意义上，她是张小莫唯一的三年同窗。

果然，尹松很快答应，抽一天中午和张小莫去找复印店。行动完全由自己掌控的感觉，真的是很好。连标语的内容，张小莫都任性地自己定了，一条是有祝福意义的校训：自强不息，厚德载物。另一条是表姐在信中给她一句话，是从泰戈尔《飞鸟集》中的诗句化用的：神从创造中发现自己。不知为什么，张小莫觉得能从这句话中获得力量。她拿去给班主任利老师看时，其实有些担心，觉得第二句可能过不了。但利老师对她无理由的相信再次体现，说很好，就这样办。

于是，和后面的墙报一样，这两条要陪他们整个高三的标语，也是由张小莫定了。某种意义上，是她随自己心意布置了自己高三的教室，表面上看也许是她帮班主任跑了次腿，但她却觉得这比职责之外，多了些纵容她的意味。

仔细想想，她就是这样一个喜欢给自己的行为赋予更多意义的人，并且她很享受这种意义。反过来，对别人的行为也一样。说是见微知著也好，睹始知终也罢，在她的经验里，她敏感带来的直觉，很少有出错的时候。

等鲜红的标语贴在教室两条横梁上后，张小莫在上课的时候会盯着它们发呆。

她并没有和任何一个人解释，为什么要选这两句话，也没有任何一个人问过她。像是为全班选的激励的话语，最后只激励了她一个人。其他人是怎么理解的呢，他们想创造和发现的又是什么呢。能和张小莫交流这些话题的人，并不太多。

说起来，目前她最关心前程的人，好像是她的同桌小绒。因为艺考在高考前，十二月的时候，小绒就要去首都备考。张小莫喜欢和小绒一遍遍地梳理她的计划表，画学得怎么样了，什么时候休课去集中培训，什么时候正式考试，什么时候再回来准备高考文化课。

张小莫这样的关注，除了小绒是她的同桌之外，或多或少还因为，这是她身边的人要面对的先于高考的一次考验。在这种询问中，她在提前体会着最后期限要到来的这个感觉。

小绒学画，是高二才开始学的，真正的从零开始。是她有远见的母亲，知道小绒只比文化课的话无论如何上不了一个好的大学，所以才另辟蹊径、铤而走险。高二时小绒画画的水平，可能比一般人都不如。但这破釜沉舟的决定下，小绒进步惊人。她有时会给张小莫带她的画，一步一步的进步，总让张小莫感叹。

高二的时候，看过卢槃、南易、郁巧和叶归的画，张小莫就对画画这件事不再抱什么希望了，把自己曾经也学过画画这件事藏了起来，对人只说自己不会画，画得不好。再看看小绒，总是特别唏嘘，一个人的时间花在了哪里，是这样明显。真的想学一门技艺，也许从什么时候开始，其实都并不晚。

因为知道自己文化课不用那么高分，小绒在上课时，总是在玩游戏或发短信。小绒和张小莫的手机，是同款同型号的。在遇到小绒之前，张小莫不知道自己这款手机还有这么多功能，看着小绒的手指上下翻飞，张小莫旁观的时候，觉得自己手机的性能发挥出来不到十分之一。

叶归晚上的短信，可能增加了一些她手机使用的频次。在墙报事件后，叶归很喜欢晚上找她夜聊，很浪费时间，也很影响睡眠。好在频次不高，只是找她的那天晚上，基本就什么事都做不了了。张小莫遵循着自己给自己定的原则，只要叶归不找她，她绝不主动给他发短信。她时刻警戒着，不要变成传闻中被叶归弄哭的女孩们中的一个。

即使是这样，她手机卡的短信也很快就满了。在和叶归发短信之前，她不知道手机卡只能存200条短信。在满了之后，就要开始从前删掉一些短信。最不用纠结的，是和父母的短信。再删，就是高一高二时同学的短信。张小莫手机里的短信，留得最多的是祁嘉栩的。她手机里第一条短信，也是祁嘉栩的。在高一下学期经历了被偷手机后，换了新手机的第一天，祁嘉栩就在课间给她发了一条短信。祁嘉栩的短信她留得多，倒不是因为别的，而是因为祁嘉栩给她发的全是一条一条的笑话。只要祁嘉栩收到好笑的笑话，就会转给张小莫，并不在意浪费的那一毛钱短信费。集起来，像是《读者》杂志第25页的笑话专栏，时不时复习一下很是有趣。

为了给叶归的短信腾位置，张小莫不得已一条一条地删着她觉得经典的笑话，一直删到第一条，她本来觉得在她用这个手机号时都不会删的留作纪念的短信。决定删掉时，她莫名觉得有些对不起祁嘉栩，他们长达一年半的同桌情谊，居然连一条短信的空间都舍不得留下来。

按删除键的那个瞬间，对张小莫来说，有种归零的错觉。祁嘉栩对于她来说，是一个起点的符号，无论是叶归的相熟还是卢縈的相识，都是从祁嘉栩开始的。而她在十班开始感到归属感，也是从和祁嘉栩做同桌开始的。

而她归零的，除了短信之外，也许还有祁嘉栩这个符号代表的一切。

她好像又恢复成在高一上学期，在分校时的那个她，觉得周遭的一切，像那个冬天的阳光一样，看着温暖，但其实感受不到温度。在表面的亲近中，对一切人和事保持了警惕，也对一切人和事给予了最大的容忍度，并把自己调到了一个不在意的状态：如果能这样维持到最后当然最好，但也随时做好了接受他们疏离的准备。

她甚至想起在分校被宛鸠逐出跳绳队的那天，她硬气地回击，因为宛鸠先哭了，所以她不方便哭。强装潇洒地往宿舍走，在操场边上看到在那里偷懒晒太阳的叶归。叶归和她搭话，问她怎么了。她反问他，为什么不参加班级活动，这一次不参加，出墙报时也不参加。

她其实不是质问，只是在那个境况下，很好奇，是不是这样不负责任的人生会更好过一些。

那一次，没有等到叶归的回答，说完她就走了，因为怕眼泪忍不住。

此时想起来，是因为在后来发短信的时候，她没有忍住问了叶归，出墙报那天为什么会帮她。叶归说："因为当时你看起来马上就要哭了。"

张小莫默然。她试图回想起那天，只开了最后一排灯的教室里，只剩自己一个人的时候，自己脸上是什么表情。叶归看见的，也许就是那时完全不加掩饰的瞬间。

但更可能是，从来她的表情管理，都并不像自己想象中的那样好。这样一想，高二时那次的相帮，也许也有了答案。

她并不想让别人可怜的。

发呆的时候，张小莫又抬头看了一下教室房梁上的标语。到最后，标语并不是她贴上去的。她只是把内容写给了尹松，尹松说她先去问一问，但两天之后，她进教室时，标语就已经贴好了。

小绒说，是和她一起备考的南易知道了这件事，从尹松那里拿了纸条，去找了印刷店，和卢粲一起把标语贴好了。没有让张小莫再费一点心。就在张小莫准备好了自己一个人处理这所有时，反而又让她轻松了。

这前后一平衡，大概也算是另一种归零。她觉得自己像一个天平，指针极为敏感，但好在，波动之后永远能停回那个平衡点。

日子好像平滑的水面一样，很快归于平和。

连续的全市模拟加第二轮月考，张小莫都在文科班的年级前三，连宛鸠都会主动跑过来找她说，他们班主任在班上总是提到她。在六个文科班里，张小莫又成了人人皆知的名字。这种状况有些像初中的时候，在文科宇宙里，她找回了一点少年巅峰时期的感觉。

这种巅峰的感觉，和前两年只是成绩好的感觉，还是有明显的不同的。高二时的张小莫，还会为名牌、发型、容貌这些关乎青春期虚荣心的指标而焦虑。但高三的张小莫，很少再在这些方面产生焦灼的情绪。

她自己，好像突破了一层境界，不太在意学习之外的这些事了。如果要解释这种突然而至的释然，那大概是在精神上的虚荣得到极大满足的时候，物质上的欲望便不那么强烈了。而进入别人眼中顶尖学霸的行列后，其他人对她的评价，好像也脱离了这些尺度。

作为一个自然卷，她在高二的时候在自己的头发上花费了极大的心思。郁巧向她展示了离子烫的解决方案，从此之后，张小莫有一笔零花钱，雷打不动是留着来拉直她不驯服的头发的。她还记得，第一次拉离子烫的时候，因为三天不能洗也不能扎，于是便披着头发来上学。唐老师都没说什么，结果被叶归嘲讽了，问她是不是忘了带橡皮筋，他可以借她一个。

叶归的评价，她还是很往心里去。跑过去和郁巧吐槽，讲叶归怎样说她。一向安安静静的郁巧，和她一起生气，说："他懂什么？挺好看的！他是没话找话说。"

如今到了高三，她也还是定期去拉头发，也还是有披头上课的那几天，却不见叶归嘲讽她了。他与她还有更重要的话题要聊。每隔几日，叶归会在晚上找她聊他的未来和梦想。

此时张小莫还不知道提供情绪价值的说法，但她知道，自己是一个很好的倾听者。只要叶归需要，她就会听着，前提是不影响到她的功课。可是叶归那边，好像没有这样的界线，有时甚至会在考试的前一晚找她。前面大概有两次，张小莫都靠自己平时的基础和考场上的临场发挥躲过去了，可常在河边走，总会碰到要湿鞋的时候。

她没有想到，自己那一点报恩的心思，会让自己付出这样大的代价。

是一次普通的月考，考的是目前六科中她最擅长的历史，因为对历史老师特别的喜爱，张小莫在这一科上的优势已经超过了她在语文上能拿到的优势。大概是因为这样，有一些掉以轻心。

前一天晚上，叶归找她聊天，一直聊到凌晨一点，她带了点侥幸的心，没有打断聊天。第二天面对卷子，题目不难，但因为缺少睡眠，她反应有一些慢。她考试的习惯，是先答题，后填答题卡。结果就因为这一点点的迟缓，还剩十几道选择题没填上去的时候，考试铃声就响了。

因为是普通月考，连统考都不算，这放在平常，其实也不是很打紧，遇到这种情况，监考的老师会先收别人的，到最后再转回来收没填完的。而张小莫当时只差一点，都不用等太久，只要老师从另一头收卷就可以了。

这一场的监考老师，是她高三的语文老师，那个优雅的老太太。张小莫没想到，正是这样一个平日时好像对自己无比优容的老师，对她发了难。她坐在第一排，收卷明明可以从另一头开始收起的，她的语文老师直接走上来，抢了她的卷。

她当时挣扎了一下，按住了卷子，那个平日里优雅的语文老师，脸上露出冷峻的光，对她说了一句重话："这是考试，你是要违反考场纪律吗？"张小莫愣了一下，把手一松，答题卡被抢走了。

因为是月考，是特地换过教室的，按文科年级成绩六个班打散来分的考场，年级前三十名都在他们这个考场。这一场风波，看起来很大。既因为主角是张小莫,也因为这种事情在这个第一考场是极少见的事。张小莫心里的难过,不知是因为丢脸更多,还是因为少了那几十分而更多。

就在不久之前,她原本以为卢粲抛下她走掉的那个傍晚,她所体会到的伤心已经是她人生中难得的极值了。直到这时她才知道,和自己学业上的受创相比,那些小情愫与小情绪实在是算不得什么。这种受创的程度,根本不是一个数量级可以比的。

精神恍惚的她中午回到家,和母亲讲了考场上发生的事,母亲一听就急了,责怪她,怎么会犯这样低级的错误。本来就难过到要崩溃的张小莫,放下筷子,看着母亲说:"那我去死好了。"

然后走进房间,锁上了门。

母亲在外面拼命敲门,说的却不是安慰的话,一边敲门一边说的是:"遇上这样一点事你就要去死,我看不起你。"

讲出那句的瞬间,张小莫其实是真心,年少的时候,谈生谈死都很轻易。只是经过了初三那次误诊,她对于生死,便多了些慎重。不过此时太气太恼太难过,总觉得只有这句,才能有报复和发泄的快感。进了房间,再一抬头,便看到初三时的那支听诊器,还放在她的床头。她此时,还是有日常听自己心跳的习惯。

有时候,张小莫觉得,自己真的是在极端游走的人。情绪化的一端,能让她冷不丁地放狠话,但理智的一端,她其实还在牵挂着,月考还没完,下午还要考英语。要崩溃也要等下午考完英语再说。

母亲在外面敲门的时候,她做了几件事。先是找出自己的日记本,从叶归帮她出墙报那天开撕,一直撕到了今天这一日。然后把下午考试的东西整理了一下,收进书包里。

收好之后,她开了门,母亲还在外面骂骂咧咧的说她。她背上书包,去洗了把脸,脑子里换上下午要考的英语的复习内容。唯一还能展现她一点情绪化的部分,大概就是她出门的时候,关门的声音重了一些。

从家里到考场的这段路,张小莫体会到了一种行走在云上的感觉。

是那种轻飘飘的,不知道自己魂在哪里,脚踩在绵絮状的云朵上的感觉。怎样上的公车,怎样走到学校,又怎样走进考场,都没有什么印象。

考场的位置,和早上是一样的。这个考场的人,就是早上目睹了她被抢卷的人。看到她坐到位置上了,目光马上就聚焦过来,像是在观察她的状态。后来宛鸠告诉她,她没到之前,考场里好多人在讨论,说经过早上的事,她也许下午不会来考试了。

张小莫坐下来,拿出文具袋,等待考试铃声响,然后发卷。她坐在第一排,考卷是从她这里向后传的,接触到卷子的那一刻,她镇定下来。她很庆幸,最后一科是英语。如果说历史是她目前最有优势的一科,语文是她最有天赋的一科,那英语就是她最自信的一科。

这种自信,是她在小学三年级时,骑着单车跑回家告诉母亲她想学英语时就开始攒下来的。她比同龄人早学了这么几年,教材学了两遍,就算是初中班主任说的笨鸟,飞得也足够靠前。哪怕是她心绪起伏至此,状态恍惚至此,她也有信心,她可以完成这场考试。

不然,她就对不起之前那样漫长的岁月,对不起她从那时起没有停过的周末补课,对不起十岁时骑着单车自愿奔赴学习的张小莫。

她拿着笔的手,还有些颤抖,每涂一个空格,心头还有一种坐电梯时失重的感觉。此时她还不知道,这个答题时的后遗症还要留在她身上很久。她改变了自己答题的顺序,一边做题,一边就往答题卡上誊写答案。因为这个习惯的改变,她完成卷子的时间比以往要久一些,但在考试铃响之前,她完成了答题。

监考老师是另一个别班的老师,并不知道早上发生了什么。从另一头开始收卷,到张小莫这里的时候,是最后一个被收卷的。

但凡换一个老师监考,换一个科目,她也许都不会遭遇早上的事。

可一切就是这么巧,就像她人生里早就习惯的,在她身上总会有小概率的事件发生。

而这个小概率事件,影响并没有到此结束。有时候,一点失误就像滚雪球一样,最后会发酵成一场雪崩。又或许是,站得太高的时候,有太多人在等着她犯错。

张小莫最后一场英语考了 135 分,很稳,考虑到她当时的精神状态,这已经算是令人赞叹的心理素质。前面几科,也是正常发挥,历史丢的那几十分,只不过把她从年级前三,退到了年级十一。

班主任利老师找她去办公室时,面沉如水。张小莫当时就有预感,自己的这一场失误,也许不止于一轮月考排在了年级前十开外。利老师显然被什么事气得不轻,自己喘了几口气,才对张小莫开口。说是 P 大到一中自主招生,其他五个文科班的班主任联合起来,定了一个标准,说是从高三起每一次统考和月考前十名的人才有资格去参加 P 大的自主招生。

这个标准,显然是针对张小莫的这次失误。从高三开始,那么多轮考试,她都在前三名。统考的权威性,比月考重多了,哪怕是按历次考试的平均分,也卡不到她头上。张小莫瞬间就明白了,这是属于成人世界的残酷:趁你病,要你命。

自主招生的资料,是提前就交上去了的。张小莫的材料在文科中独一份,因为只有她在报刊上发表过那么多篇文章。利老师一边指责其他文科班的班主任,一边为张小莫可惜,翻着她交上去的材料,胸口大幅度地喘着气,说:"你看看,你的这些材料,他们谁能有。"

利老师在为张小莫鸣不平,这让她有一丝安慰,但她同时也知道,这也证明着事态至此无可挽回。如果还有转圜的空间,利老师不至于在她面前如此表现。

就像她高三一开学就有的感觉一样,利老师的感觉,很像她的母亲。这种相似,是在很多方面的。比如,利老师在学校中,并不是很有权力的人。

在年级上,她说不上话;在学生中,她也并不受爱戴。他们班的同学,一直觉得利老师教课的水平不好,当班主任的作派也有些烦人,不知道她为什么能当高三的班主任。但吊诡的事实是,利老师教的班英语成绩总是年级一二名,同学们总结说,是因为她教得不好,所以班上同学都在外面补课,结果补课反而把成绩补上去了,她就拿来当成是自己的成绩。

对于利老师教课水平如何,张小莫不置可否,毕竟以她的水平,英语老师教得如何对她考试的影响已经微乎其微。可如果高三年级的平均分第一是这样好拿的话,一中的第一可能也便不那么值钱了。

但维护利老师的话,她不便说。本来高三文科班就是个散装班级,她当了班长之后,立场微妙。如果她像男生副班长一样,表现得太过听老师的话,很快就会站到同学的对立面。她开展工作,也会遇到阻碍。高三的张小莫,已经有了些自保的城府。

此时看着真心为她惋惜懊恼的利老师,张小莫其实心里还有几分感动。利老师对她的这种直白的交流,并没有掩饰其他班主任在后面做了什么,连这种并不忌讳向她展示成人世界的阴暗的交流方式,也很像她的母亲。

其他几个文科班的班主任。这个信息量其实已经有些多。张小莫在脑子里,把人选过了一遍。

她高三的数学老师,是另一个班的班主任,是看上去脾气最厉害的,在上课的时候,会精准地抓到张小莫在睁开眼睛睡觉。自从她有了这项技能开始,这个数学老师是第一个能抓到她在睡觉的人。对于上课睡觉的人,数学老师会扔粉笔头去砸他们,砸到额头的准头,和地理老师画圆一样,是一门绝技。张小莫只被扔过一次,数学老师可能觉得,扔她还是不大好,后来每次都是走下去把她弄醒,又好气又好笑的样子。因为知道她的母亲也是教数学的,所以总会对她有更多的期待,比起语文老师,反而是数学老师要和张小莫更亲近一些。

宛鸠他们班的班主任,那个据说在班上时不时就表扬她的男老师，在她去老师办公室，总会客套地说上她几句好话。叶归他们班的班主任，是个面相很严肃的老师，张小莫其实有些怕她，因为叶归嘱咐了不要把他画墙报的事说出去，张小莫就老是怕在她眼前露馅，生怕她那双利眼，能看透她在想什么。还有另外两个班的班主任，是年轻的女老师，一个和蔼，一个冷面，张小莫每次去办公室时也都打过照面。

这样几个她还算熟悉的人，是以怎样的面目，定下推荐自主招生名额的规则，以确保能把她排除在外，给自己班的学生多争取一个名额，或者说少一个竞争对手呢。

靠自己脑中的印象，她觉得很难想象。

在只有利老师的办公室里，张小莫反过来去开解她。说，既然是这样，是自己失误在先，对这个结果，她也认了。听到张小莫这样说，利老师才反应过来，让她下次考试不要受这个影响。

如果说，利老师有不像母亲的一点，那大概是，对于这次失误，从头到尾，利老师没有觉得她有错。

走出办公室时，张小莫长长地呼出一口气。她此时才真切地意识到，她正在经历的，是传说中的，残酷的高三。

第二天，语文老师把张小莫叫去办公室谈话。

进去之前，她不知为什么，有种无端的害怕。被抢卷之后，她还没有单独见过语文老师。平日里，语文老师是很少待在办公室的，因为利老师的办公室离他们班教室最近，所以语文老师借了利老师的半张桌来放包，其余时间，基本上课来，下课走，并不是像历史老师那样随时在办公室候着学生去问他题目的那种老师。

张小莫进办公室后，首先看到的是语文老师的一头银黑相间的花白头发。这位老师，大概是她进一中之后，遇到的年纪最大的老师。瘦削、体弱、有才华，平时雍容的姿态中，透露着她养尊处优的生活。

即使在张小莫知道了抢卷的后果，事关自主招生名额之后，她其实也没有怀疑语文老师是刻意这样做的，因为语文老师只教了他们一个班，不存在利益关联。更重要的是，她相信语文老师的品性。她甚至知道语文老师当时一定要收她卷的原因：因为要避嫌。恰恰是因为她是语文老师的学生，在那个集齐了全年级优秀学生的第一考场中，语文老师不想让别人说自己徇私。

在对张小莫睁一只眼闭一只眼就可以保下的成绩与她自己的名声之间，语文老师选择了后者，骄傲孤高如她，绝不允许自己在快退休的时候，名声有失。

后来的发展，也许也超出了语文老师的预料。所以此时，她把张小莫叫过来，觉得还是需要解释，合伙起来打压学生窃取自主招生名额的名声，比一次普通月考晚收半分钟卷的名声要污糟多了。

办公室里其他老师都避开了，语文老师坐着，张小莫站着，但语文老师微微地低了低头，露出了细弱的脖颈，对张小莫说："对不起，我没想到后果那么严重。"

张小莫摇了摇头，想说些什么。但泪水不受控制地流了出来，在她被抢卷之后，这是她第一次哭出来。不知道为什么，得了这句道歉，她委屈的情绪反而像决堤一般倾泻了出来。她没说话，因为知道，这时开口的效果，看上去就像泣不成声。

看着张小莫哭了，语文老师反而镇定了下来，一边给她递纸巾，一边慢慢和她解释，当时自己是怎么想的，为什么要收她的卷子，希望她不要误会，高三还很长，后面还有很多比这次更重要的考试。最后的结语是："我当时是想让你培养一个好的习惯，怕你在高考时也犯这样的错误，想给你留一个深刻的教训。"

张小莫捏着双手，放在身后，她的左手，轻轻地安抚着自考试后一直在颤抖的右手。

她心里想：那这目的达到了，这次教训可太深刻了。

有一句话，她忍着没说。以她平日的乖巧，根本不用这样深的教训，只要说她一句，她其实就会改的。

看着自己的爱徒像是听了劝，没有误会自己在夺取名额中有什么干系，语文老师松了口气，让张小莫回教室。

出了办公室，张小莫的泪还没收住，她在门口略略站了一息，抬起袖子擦了擦脸，等视线从泪水朦胧中清晰起来。走廊上，人来人往的，她也顾不得了，只等看清楚再往教室走。

她完全没有想到的是，在此刻这样悲惨的情境下，竟然还能有让她显得更悲惨的画面出现。

在她视线清晰后，出现在她眼前的第一个画面，是叶归亲亲热热地和一个女孩从她面前走过，那个女孩，就是这次递补进P大自主招生面试名额的人选，是数学老师他们班的第一。

电光火石间，她有一个自己都不敢置信的猜测。如果是这样的话，那她实在是既悲惨，又可笑。

唯一的问题是，他们是怎么做到的。

先是在考试前一晚上让她睡眠不足，再让监考老师抢卷，最后根据考试结果制定自主招生的规则，这连环套连环，中间还有这么多老师要参与，难度太高了。

所有的前提是，她要先失误。不然，这一切根本不可能进行。不管是出于理智还是自尊心，都觉得不太可能。

但她马上想起来，叶归在考试前找她夜聊，也并不是一次两次了。或许这次事态的发展，是出乎所有人的意料：出乎他们意料的顺利，而张小莫出乎意料的倒霉。

张小莫在办公室门口站定，没有动，冷冷地看向了叶归。

叶归摸了摸鼻子，显得有些尴尬，但还是向她走过来问："你没事吧。"

张小莫刚要开口，觉得眼泪又要涌出来，舍弃了所有想说的台词，快步走回了教室。

教室门口熙熙攘攘的，挤着来看他们班帅哥的女生们，张小莫费了点劲才挤进去。她眼睛红肿着，不敢抬头，但听得耳边飘来一句话："哎呀，我叫朋友去看过她的卷子了，就算加上没填上去的历史分,她这次也没有我们班第一的总分高。"

张小莫的脚步没停,但那声音她认得,是卢絷的那个青梅竹马。

发历史考卷时,历史老师贴心地找回她的卷面,给她算了一个本该得的分数。她做出来的选择题里,也有不对的,历史老师没有和她讨论这次没填答题卡的事,而是细细地和她讲,错的那几题为什么会错;然后表扬了她,有几道难的题她反而做对了。张小莫当时觉得,自己真的没有喜欢错历史老师,在她最无法面对的一科结果前,给了她一个最能稳定她情绪、最不留心理阴影的体面应对。

她当时感动之下,觉得这卷面也没有什么见不得人,下课的时候,一些同学便围上来安慰她,顺便看她本来能拿多少分。算完之后,总分大概应该在年级第五,比起她之前几次的成绩,是稍稍退后了一些的。

当时围上来的那一堆安慰中,没有想到也会暗藏毒箭。

好像只是踏错了一步,周遭的世界就黑白颠倒了一番,那些针对她的恶意,像是突破了屏障一般,妖魔鬼怪都显了形。

回到座位,郁巧拿了一张湿手帕给她,张小莫接过来,冰润冰润的。小绒递了小镜子给她,脸上差不多打理好了,张小莫才回头看了门口一眼。

极度的气愤之下,好像给她带来了极度的冷静。她抬了抬拿着湿手帕的右手,已经不抖了。

从小到大,那些希望她不好的人,她还从来没有让他们如愿过。

她并不觉得,这次会有例外。

月考之后,没有停歇的是一周两次的周考。高三,就是无数考试的连续。

周考是在班上进行的,不会像月考那样进行全年级的打散和换考场。张小莫周考的位置,原本是在最后一排,和副班长是同桌。在吃了副班长无数颗曼妥思薄荷糖之后,她遇到了吃了薄荷糖也无法平静下来的情况。

自从改变了答题的顺序，强迫自己一边答题一边填答题卡后，张小莫的答题速度有些慢。一开始她以为慢的是流程，但实际上，是有些心理障碍。每一道题涂答题卡时，内心那种悬空的感觉一直挥之不去，可以压抑，但不得解脱。

这让她每次考试时，本来就紧张的神经更加衰弱了一些。第二轮周考完，她在年级上的排名退到了第六名。或许在其他人眼里，算不得退步，利老师还觉得她很快恢复了状态。但张小莫自己更清楚自己的状况，不是很明显，但有种喝了温吞水的不得劲。与高三之始的冲劲相比，她有种且进且退的感觉。

这和她以往的经验是有些出入的，在她以往的人生中，她笃信的是努力了就有收获。即使在政治书里学习到了曲线螺旋向上，但她觉得自己现阶段的人生是用不上的。理想状态下，她觉得应该是匀加速前进，并没有预想过遇到阻力的状态。

或许在她的初三也经历过，但事隔久远，而她无阻力的日子，好像已经过得太久。

在家吃饭的时候，父亲依然试图安慰她："不要太辛苦了，考前十名就可以了。"依然是还不等张小莫反应，母亲就两眼一瞪，甩了父亲一记眼刀："至少要前五。"

久违的熟悉场景，隐隐地拉起了张小莫警戒的神经。她这个人，对太远的未来目标一直是模糊的，野心不大，在过于顺利的时候，甚至很容易颓废和懒惰。这大概是为什么别人总觉得她温柔的原因。平日里，她有种得过且过的温和。但在这种模糊和懒惰中，有两件事会让她提醒自己没有退步的处境，一是父亲和他背后的一家，二是一时被激起的意气。

这种意气，在以前在和方让做竞争对手时，是长久存在的，后来在和宛鸠的龃龉中偶尔也有。与之前的意气相比，这次的意气，有些上不了台面，但有种任性的爽快。

又一次周考结束，铃声响起，坐在最后一排的张小莫停下笔，往椅子靠背上一倚，闭上眼回味这次又不那么顺手的考试，然后就听到教室门口有人在喊卢粲，这个声音上次挤在人群中嘲讽她的话，她还没有忘记。

突然，她就起了些恶趣味，对旁边的副班长说："下次考试的时候，我可以换个座位吗？"

副班长平时和张小莫关系不错，问她："怎么了？"

张小莫往门口歪了歪头说："看不顺眼。"

副班长马上露出一副懂了的表情，说："可以，我去和他换。"

张小莫点点头："利老师那边我去说。"

副班长马上一副看热闹不嫌事大的样子，跑去和卢粲说："卢粲，我周考位置想和你换一下，如果利老师同意的话，你愿意吗？"

张小莫好暇以整地侧过身子，慢悠悠地等卢粲回复。

卢粲先是愣了一下，然后马上提起书包走过来，问张小莫："要不要我去和利老师说？"

张小莫把手上的笔转了两圈，说："好啊。"

不管门口的人是什么表情，反正她是爽了。

对利老师，张小莫是有些别人没有的恃宠而骄，她甚至都没有怎么用心去找理由，只是打了个招呼说副班长和她想周考换一下位置，利老师就答应了。现在的利老师，看张小莫总觉得有点像看保护动物的感觉，小心翼翼地怕她在上次考试之后有什么阴影。一提到考试相关，也不知是猜测副班长考试时什么习惯她不喜欢，不多问就答应了。

事情这样容易，副班长很得意，觉得自己和张小莫之间有了些别人不知道的默契。之前一直觉得张小莫高冷，后来商量起事来，慢慢像个话痨。

和人拉近关系的方式，其实很简单，不是有共同的敌人，就是有共同的秘密。张小莫不介意让副班长误会一下，就算作为班长和副班长的战友之谊。

幼稚了这一下，张小莫心下舒坦了。隔天再周考的时候，卢粲就坐过来了。不管他怎么理解张小莫给他的这个台阶，总之在此刻她觉得情绪很稳定。再怎么说，卢粲的皮相是没得挑的，坐在旁边养眼也是好的。

卢粲答题的节奏，让张小莫觉得有些像向风，不知怎的，就有点回到了高二时考试和向风一起做题的感觉。高二也许不是她成绩最好的时段，但一定是她情绪最稳定的时段。再加上中午去自习室时，习惯了旁边是卢粲写作业，利老师觉得她换座位是为了考试状态，说不定还真的歪打正着了。

答题时，张小莫心里悬空的感觉，居然真的就靠这种熟悉感缓解了下来。语文老师和她说了这么多，有一句没有说错：高三还很长。

或许，她的这种悬空感的消失，还和自主招生的结果出来有关。作为提前批的自主招生，来他们学校的文理科面试都已经结束。最终文科这边一个人都没有录取。利老师一边给张小莫通报这结果，一边有些幸灾乐祸，说："让他们抢，抢了还不是争不到。"但讲完，又觉得可惜，说："如果是你去的话，应该是有希望的。"

这话本不该给学生讲，这也能看出，为什么别人会觉得，利老师平日里讲话不妥当。但张小莫连这不妥当，都觉得有些感动，利老师的这种直白，很大程度上缓解了她的委屈。比起语文老师的优容体面，张小莫反而觉得利老师的这种促狭让她亲近。体面有什么用呢，既不能安慰她，也不能疏解她的情绪。

就算不得体，也先让自己开心了再说。

这大概是在利老师小心翼翼地呵护下，她开始有的一些任性。

十二月的时候，到了班里的艺考生要上京准备艺考的时间。张小莫最初很是紧张，因为这意味着她的同桌就空了。如果到小绒回来之前，她都要过一个人坐没有同桌的日子，这样的高三好像突然就有些萧索起来。

和她面临同样情况的，还有卢粲。南易和小绒同样是艺考生，南易一走，卢縶的座位和张小莫的座位就隔空连了起来。只不过，还不等他们去思考空下来的位置怎么办，副班长就带着讨好的笑脸搬到了卢縶旁边，说他想和卢縶做同桌，好向他学习。

有之前他帮忙换位在先，卢縶便顺势答应了。副班长还贴心地和卢縶换了左右位置，让他离张小莫更近一些。张小莫想，以副班长的活络，不知是不是在当初答应她换座位时，就盘算好南易要走的空当给卢縶示好。在高三的种种行为，比起人情，好像更容易让人想到利益。

很快，张小莫就知道自己对没有同桌的担忧多余了。像她和卢縶这样的学生，怎么会浪费他们旁边的位置。尹松有样学样，也搬过来和张小莫一起坐。本来她和张小莫的关系就好，如今搬过来，前有郁巧，左边有尹松，右边是卢縶，张小莫的座位又进入了一种安稳的状态。

虽然有些对不起小绒，但张小莫不得不承认，尹松坐过来之后，她的高三生活是更舒适了。尹松的成绩，比小绒要好上许多。上课时也不会一直玩手机，她搬过来，是打心眼里想要和张小莫一起好好学习。另外，她和张小莫也有些意趣相投，两人会一起分享看的闲书、听的音乐，还有一些郁巧也会加入的做手工之类的话题。

尹松对张小莫，有一种照顾和细心。有时张小莫下课的时候补觉，周围男生在吵闹，尹松就会拿出 CD 机给她戴上耳机，让她好好地睡上十分钟。CD 机里的专辑，张小莫印象特别深刻的是《玉蝴蝶》，她才知道，这个年轻帅气的歌手，竟然是个创作歌手，会自己写曲子。唱起慢歌来，竟然会有让人安稳睡眠的功用。因为尹松的推荐，张小莫觉得之前是自己以貌取人了。

说起来，她虽然一直是颜控，但对于好看的男孩，她从心底会有一种警惕，总觉得这种帅气有种危险的因素。她此时喜欢的歌手和演员，全是女性，只有在体育圈的偶像是男性。如果要问为什么，大概是男演员她很难在喜欢上一个角色之后，再去接受他和另一个女主角搭戏,除非是下部戏里的那个角色,再次让她以另一个契机喜欢上。而对于男歌手,她也很难接受有绯闻。但女演员不同,她可以长久地喜欢一个女演员,为了这个演员看完她所有的戏。

对于男性角色的忠贞程度,她好像在这时起,就有一种执着的要求。玩《仙剑一》时,她喜欢赵灵儿,她还以为是自己喜欢文静的角色。玩《仙剑三》时,她喜欢的雪见,却是个活泼角色。郁巧是仙剑迷,聊天的时候讲起来,一语道破原因,因为《仙剑一》时,李逍遥先遇见的是赵灵儿;《仙剑三》时,景天先遇见的是雪见。

当然,在往深思索一层,为什么剧情设置非要在两个女主角中选一个呢。也许是男性视角下理所当然的傲慢之一。

谁都希望自己代入的是有选择权角色,而不是被选择的角色。只是在某种潜移默化下,对于红玫瑰与白玫瑰的选择,好像觉得是固有命题一般的理所应当。甚至都谈不上选择,玛丽苏的故事里,还会让人为男一男二纠结一番。杰克苏的故事里,他们理所当然地坐拥天下。说起来,张爱玲的所有小说里,她最喜欢的是《倾城之恋》。倒不是觉得浪漫,而是喜欢那种情势逼迫下单一选择的情境。一些人力不可为的非卿不可,让她觉得有种不可描述的痛快和省心。

此时的张小莫,思考虽然没有这么深,但她有种质朴的直觉:她既不想被选择,也谈不上要做选择。

把自己置于选择之外,张小莫目前的位置就更赏心悦目了。

比起小绒,尹松要活泼许多,很快和班主任安排在张小莫座位四面八方的男孩都熟悉起来。带得张小莫,也开始注意四周的美色。

虽然少了一个南易,但可供欣赏的目标还很多。

比如,坐在张小莫后面的男孩,长得像元彬,在《蓝色生死恋》之后,在张小莫这里这个长相可以列入颜巅的天花板。除了长相之外,张小莫觉得这个代号元彬的男孩还很有品位,因为他主动做了她最喜欢的历史老师的课代表。举手要做课代表的时候,这位元彬同学的脸都涨红了,并不是直接说他想做课代表,而是说,他很喜欢学历史，但他的历史成绩不够好，不知能不能做课代表。历史老师答应他的那个场面极其感人，可以算得上他们高三记忆中的名场面之一。

熟了之后，张小莫才发现，元彬同学的红脸是个常态，不知是性格腼腆，还是生理构造所致，他连给张小莫他们讲笑话，自己笑起来，都能从脸一直红到脖子。他的这个特征，让尹松很喜欢逗他，总是给他讲笑话，或是让他讲笑话，这种其乐融融的场景，甚至一度让张小莫想起初中的时候，后排坐着邵襄阳和栗景的情形，那两位也是有着奇怪的笑点，一不小心踩到，就会笑得像筛糠一样。

元彬同学的同桌，本来是个冷美人，是一个长得异常秀美的男孩。因为长相过于精致，以至于全班女生都自愧不如，把班花的名号让给了他。之前坐在张小莫后面的几个月，他都一直十分正常，尹松过来之后，他也加入了筛糠的行列。每当目睹身后的花枝乱颤，张小莫都会有种博美人一笑的既视感。

张小莫的左边，也是一对活宝。一个就是黑皮版的李亚鹏，如今已经认命地被称为"黑子"，在每一个无人上去擦黑板的课前，自觉地上去表演只有黑板擦在移动的特技。他擦黑板的时候，下面哄笑得最厉害的是他的同桌。于是有一天他憋了个大招，带了一张莫文蔚的海报贴在他同桌身后的墙上，大声地问大家，他同桌像不像莫文蔚。那种性转版的相似，实在是既直观又好笑，连他的同桌都忘记反驳，自己笑到说不出话来。有了这两人，张小莫左边的区域下课就很少有安静的时候，两人常常对骂，一人喊黑子，一人喊文蔚，吵得不可开交，幼稚得要命。

在这种前后左右的热闹中，张小莫觉得好像一定程度上，冲淡了她被抢卷之后，因为感受到高三的残酷而产生的孤绝情绪。尹松这个同桌，好像在告诉她，即使碰触到了高三的真相，高中的最后一年，仍然会有些吵闹又温暖的日常，像调料一般，也许不能改变饭菜的本质，但会让它更容易入口。

圣诞节的前一天，叶归到教室门口来找张小莫。

正是下课的时候，张小莫和尹松正在和后排的两个男孩讨论刚才地理课上听到的笑话。地理老师上课的一项保留节目是吐槽他们校长，刚上课又在吐槽校长不会看比例尺，但尹松听来的小道消息，是地理老师和校长有过节。至于是什么过节，四个人正讨论到紧要处，突然有人拍她，张小莫回头一看，是后排的同学，指指门口说："有人找你。"

张小莫这才望向门口，看到叶归的半个身影。

她起身往教室门口走过去，觉得有些疑惑，叶归和她已经有段时间不联系了，不知这时跑来找她，是什么事。

上次在办公室门口，撞见叶归和那个女孩在一起后，张小莫就不怎么想理叶归了。很巧，叶归也是这样想的。虽然没有明说，但张小莫上次被抢卷之后的悲剧故事在全年级已经流传出了多个经典版本，甚至连理科班那边都听闻一二。离得远一些的班的同学，看到她时打招呼还是一副慰问的模样。只有离得近的同班同学，知道她已经没什么事了。

无论是有心还是无心，叶归在考试前晚不合时宜的夜聊，与此都脱不了干系。学历史时，他们要思考事件的直接原因、根本原因、导火索，关于叶归在其中扮演的角色，张小莫后来觉得顶多是个导火索，根本原因还是要往她自己身上找。只不过那天场景的冲击力太强，而她刚好需要一个发泄口。

那天之后，叶归就像是一个开启创伤记忆的引子，张小莫原本就是想回避的。但叶归的直接失联，让她的心更冷了一些。在撞见了那样的场景之后，他对她没有一句解释，也没有一句问候。

这种态度激得张小莫有些逆反起来，她觉得，还是想讨个说法，至少想听个解释，于是时不时地去他们班借书。看到她来，叶归总是躲闪，有和他相熟的兄弟，甚至在她过去时还会帮叶归打掩护，露出一副嫌她痴缠的样子。不得不说，这招很有用，她的自尊心哪里容得下这样的揣度，于是之后连走路都避着叶归他们班走。

也不是没有见到的时候。

清早上学的时候，人挤人的一中桥上，实在避不开，便直接装作不认识。明明看见了，便像陌生人一样偏过头去。如果不是手机里的短信证据确凿，连张小莫都要怀疑，是否之前那些夜聊真实存在，而眼前这人的的确确是个不相干的陌生人。

只是她很快意识到，这种行为，她并不陌生。高一刚入学时的林晓音，高二时的钟鸣，都这样做过。她曾作为亲历者，也曾做过旁观者。然后她从记忆的边角料里取出一点关联：那时对于钟鸣的行为，叶归是赞赏的。

不知道的，还以为是她亏欠叶归，而不是叶归亏欠她。

就连康翩翩，都忍不住要打趣她，在她回十班去找云央的时候，故作神秘地让她凑近，说："我知道你一个秘密。"张小莫冷了脸，看回去，说："哦？是什么，我都不知道，你却知道了？"看她不像是想玩笑的脸色，康翩翩才悻悻缩了回去。

叶归对他的兄弟们，是如何说她的呢。是为了解释和说服自己，张小莫的遭遇和他并没有关系；还是怕张小莫讲出什么，先下手为强。不管是哪种情况，如果考试前夜的事还可以说是巧合的话，后续叶归的反应，实在是让张小莫失望透顶。

如今，这个装作不认识她的人，就这样出现在教室门口，又不害怕别人知道他们认识了。

张小莫走过去，看着叶归有些不安的站姿，等着他先开口。

眼前的男孩扭捏了一下，讲出口的第一句话是："你刚才在做什么呀，喊了你好几声都听不见。"

张小莫抬了抬眼皮，说："和同学讲事情。"

得了这一句，叶归仿佛有了台阶下，把抱在怀里的一个大信封递给她，说："这是给你的。"

接过那个寻常的牛皮纸信封，张小莫一时以为是哪个老师让他转交的资料。问他:"哪个老师给的?"

叶归语塞了几秒,说:"这是我给你的圣诞礼物。"

手上的信封,突然就有点烫手。正不知道怎么回复,上课铃响了,突然听得康翩翩的声音从门后的视角盲区传来说:"上课了,快走吧。"原来是带了兄弟一起来的,不知道送这个信封需要多大勇气,还要带着人一起来壮胆。

两人撒腿就跑,信封留在张小莫手里。她捏着回到了教室,下一节,是政治课。政治老师的眼神有些不好,讲课时习惯半仰着头,自顾自地讲,从来不管他们下面做什么。六门主课,只有在上政治课的时候,张小莫才会有这里是被放逐的文科班的感觉。

此时,她倒有些感谢政治老师的这种上课风格了,让她不至于被好奇心折磨一节课。张小莫打开信封,里面是几张插画,还有一叠道歉信。

看着上面道歉的字眼,张小莫就气笑了。怎么会有人这么自负,把道歉当成是给别人的礼物。她把信封塞回课桌的抽屉,没有再浪费上课的时间。

到了下课,她才把这封信拿出来,仔细看上面写了什么。第一句是,终于等到了圣诞节。然后才是那句:我应该要和你说句对不起。要对不起什么,他没提。语焉不详地,以为两人心照不宣。

之后洋洋洒洒四五页,一贯的是叶归那种以自我为中心的风格,讲自己的心路历程,解释自己的行为轨迹,说前段时间没有联系她,是因为手机丢了,并不是故意躲她。然后若无其事,继续讲自己的梦想,然后提到那个女孩,说除了她之外,还有那个女孩也是他的倾诉对象。

云里雾里地看了一遍,张小莫以自己拿满分的语文阅读理解能力,大概读懂了,为什么他会频频在考试前找自己聊天的原因。

叶归的那封信,回家后张小莫又反反复复看了几遍,提炼出了他行为的一点逻辑线。

之所以他总在考试之前总在找她,是因为在他想聊天时,会优先去找那个女孩,但考试前夜的这种时候,分得清轻重缓急的女孩会拒绝和他聊天,所以在这种时候,他才会来找张小莫,因为她从不会拒绝。于是叶归便养成了平日里去找女孩聊天,而在考前去找张小莫的习惯。

而张小莫的失手,阴差阳错的,造成了那个女孩递补。高三的排位,像拨算盘一样,进一退一,分明得很。张小莫想起小学时学珠算课,她从一到一百的加法打得极快,拿着家里圆润的木质大算盘,推上一颗珠子,拨下一颗珠子,一退一进间自有定数。

不能说那个女孩存了什么不好的心思,只能说别人比自己拎得清。

至于叶归的行为,跳出某种视角之后,她大概也理解。都说艺术家都是自私鬼,叶归不知未来会不会成为艺术家,但这一点艺术家的特质他算是拿捏住了。一切都是兴之所至,随意行事。心情好的时候,可以日行一善;聊兴上来时,就一定要找人讲话;觉得负担时,只管眼不见心不烦;回头觉得可以面对时,又来进行一场仪式感十足的道歉。

张小莫抖出信封里的几张插画,命名是,白日梦。把画作礼物,并不算失礼。这样郑重其事,像一场行为艺术。兴之所至,随兴而为,尽兴而归,并不管对方因为自己的行为受到了怎样的困扰,心绪起伏了几个来回。

他这样的脾性,早在高一时看着他躲在操场边晒太阳的时候,她就应该知道了。那样的眼中没有规矩,没有集体,没有旁人,又怎么会单单只看得到她一个。

后来不断地找证据说服自己,他对自己有所不同,那是她自作天真。

或许,她其实一直是警惕的,直到卢棻抛下自己的那天傍晚,叶归的那次行善,来得太巧,刚刚好托起了她被伤害的自尊心。但人生中，哪有什么一定要二选一的游戏呢，一个人的让人失望，并不代表另一个人就值得信任。把自己置于这种二选一的非黑即白中，也是一种心理的弱点。

投降于这种弱点之后，便会迷惑，他为什么这样。把他偶发式的善意和兴趣，延续成了他某种持续的品质，而在他做出相反的迷惑行为时，便会怀疑自己的判断、感受乃至记忆。

对于一切想要寻求"知道"的她来说，过去的这段时间，叶归的这些行为，像是把她困在走不出的迷宫一样，让她急躁，无助，还有难过。

如同她之前的经验一样，通常让她有着极大困惑的事，最后的谜底都很无趣。那些她被老师冤枉的理由，那些她被集体孤立的理由，那些她被朋友疏远的理由，现在，要加上一个男孩忽远忽近的理由，都很无趣。

她本不用在自己身上找原因的。

这样的迷宫，她不想再困在里面第二次。因为设置谜题的人，永远立于不败之地。

想到这里，她的手机震动了一下，屏幕发出黄绿色的光。她按了一下解锁键，没有打开的小信封图标前，显示的是一个陌生的号码。

点开小信封，里面是一个网址，用若无其事的口气说："去看梵高吧。"

像是之前的疏远和逃避从未发生过，以这一条没头没尾的短信，就想继续聊天。

张小莫想了想，打下四个字："你是哪位"。

然后把手机锁进抽屉里，直到睡前都没有拿出来。

第二天，叶归又跑到他们班门口，探头探脑地要借书。张小莫被叫到门口，听清是要借数学的《全能》，歪了歪头说："我们下节也是数学课。"

拒绝其实也没那么难说出口，在数学老师的严厉和拒绝人的难堪之间,她并没有犹豫。

叶归"哦"了一声,又问她:"昨天你为什么不回短信?"

张小莫说:"什么短信?"

叶归比手划脚地形容了一通,说是自己的新号码,张小莫说:"哦那可能被归进垃圾箱了。"

被噎了这一下,叶归也没有放弃,念念叨叨地,让她一定要去看,是个英文的梵高网站,可以看到很多高清原画,还有生平事迹。张小莫点点头,算是听过了。叶归要说的话,却还没完,一本正经地又问,给她的画她有没有看。他想让她提提意见,因为是投给杂志的新专栏,觉得她作文写得好,想让她看看故事设定。

张小莫笑了笑,这才合理。不管是道歉礼物还是圣诞礼物,专门为她画的画,这太隆重了。上一次她收到叶归的画,也不过是个顺手的课堂作业。一切都从自己出发,这才是叶归。

她心里的那点恶作剧的劲头,又起来了。问他:"为什么要我帮你看,我对你来说是什么人?"

叶归语塞,纠结了半晌,说:"你对我来说,是特别的人。"

这句话,之前发短信时他说过。当时她盯着那段话,想了半天。此时听来,却有不同意味。

不过是文字游戏罢了,特别平凡,特别普通,特别不重要,都是特别。

张小莫点点头,看向面前的男孩眼里,诚恳地说:"可是我最近真的没有时间。"

上课铃声响起,周围的人群四散,耳旁全是跌跌撞撞奔向教室的脚步声,铃声带着共振,不仅是听觉上的,还是连着身心的振动。他们本来站在了教室门旁的空地,正是一楼上楼的楼梯角,本来没有什么人经过的路径,人群在他们立定的中心点分流,一边上楼,一边涌进教室。她也没有怕别人看,他好像也忘了前段时间怎样在躲她。

或者说，她起的那一点恶作剧的心，也包括给别人看，到底之前，是谁痴缠谁。

等到了铃声的最后一秒，看到了老师从五步之遥的办公室出来，张小莫才摆摆手进了教室，既没有借书，也没有应承。

这次换作是她，全身而退了。

回到教室，张小莫的手机又震了一震。下课拿出来一看，是一条短信：我是叶归，这是我的新号码，记得存哦。

她想了想，还是把号码存了。心里想，这若即若离，仿佛比从不拒绝还要招人待见。放下手机，郁巧从前面转过来，问她要不要包圣诞礼物，张小莫说有，拿出几本书和包装纸，请郁巧帮她包。圣诞节对于他们来说，算是个热闹的节日。高一时有那场大雪助兴，高二时他们班也布置了教室，到了高三没有什么集体行为，但私下会送送礼物。

张小莫挑礼物也很简单，都是送书。她的零花钱虽然不紧张，但也没有松快到让她可以送昂贵礼物的地步。除了书之外，她也想不出什么体面又合适的礼物。买的书，并不是去书店买，书店几乎不打折。此时的网购图书还只有贝塔斯曼这样的俱乐部，每月给会员寄小册子，在上面选有限的特价图书。张小莫之前买过一张极划算的《叶惠美》的CD，结果被钟鸣借走后一直都不还，催了几个月，才承认她是弄丢了。这让张小莫很无奈，她总觉得，自己是一个贪不到便宜的人，但凡以为自己占了什么便宜，最后都是一场空。

书是上周末的时候，去书市买的。书市在一中河的另一边，在市图书馆后面的一排搭建的像批发市场一样的建筑里。说是书市，叫图书批发市场更合适，除了货品是书之外，和农贸批发市场的感觉也没太大不同。在这里淘书，不是那种干净斯文的体验，但一本书可以打到五至六折，比书店便宜了不少。

逛书市的时候，张小莫偶遇了夔舟。想想也是，除了夔舟之外，认识的同学里，也没有人和她一样有这个爱好。遇见了，两人便一起逛。数了数要送的人，夔舟要送的人里有钟鸣，张小莫列的书单里有梵高的画册，两人互相揶揄地笑了笑，并没有多话。那本梵高的画册，找得很不容易，所有书都买齐了，把每一家都逛了又逛，才在一家高处被压实的书堆里看见。

他们这样的学生，并不是书市老板欢迎的顾客，因为掏钱不爽快，买的也不多。书市老板们更喜欢招待来给孩子买辅导书的家长，一买就是一摞，不怕花钱也好忽悠。眼下就是这样的情形，老板忙着招呼一位家长，让张小莫自己爬上去拿。

张小莫利落地踩上小梯子，费力地把那本画册从上下压实的书里抽出来，大概是因为放的时间有些久，抽出来的瞬间，一手一脸的灰。跳下梯子时，她尴尬地擦擦脸，浮尘呛得她肺都有些难受。这是她难得狼狈的样子，但又好像是她狼狈内心的具象化写实。

付了钱，她和夔舟往书市的门外走，夔舟拿着她买的书，她腾出手来拿纸巾再仔细擦擦脸。好不容易打理妥当，张小莫看到一边表情有些玩味的夔舟，突然问了一句："你觉得我是不是有点可笑。"明知送不出去的书，无论从自尊心还是面子来讲都不应该买的一本书，还这样费心费力去找。也不知为什么，好像就是有一个执念想圆。

夔舟看着她，笑了笑，扬扬自己手里买给钟鸣的书，说："我哪有资格笑你。"

书市出来的路，是一条小巷，抬起头，天空被割裂成碧蓝的一条带子，望着她之前那样与云央和明织吐槽过的夔舟，张小莫觉得自己也没有聪明到哪里去。

突然，就有些意兴阑珊。

然后就是平安夜，收了叶归的那份礼物之后，她反而没有回礼的打算了。从这个意义上，她是要谢一谢叶归的。回答了她的疑问之后，她的执念也便消解了。有时候，人的执着，无非是争一口气的放不下。她想，从此以后，她喜欢梵高便与别人无关了，而事实上也是如此。

郁巧在前排，心灵手巧地帮她包着礼物，包的几本，是给原来十班的同学的。他们几人之间直接互换了礼物，没有再麻烦这一道手续。等郁巧包礼物的时候，张小莫问了问尹松，是不是中午要去给她的男朋友送礼物。

尹松的男朋友，是在其他学校，对于一中的人来说，异校恋的意义是，另一方成绩没有她好，将来很有可能也考不到和她一样的大学。从高中就落下的步伐，怎样看都不是会一起走到底的配置。但尹松对她男朋友却极好，她男朋友生日刚好落在圣诞节，尹松存了两个月的钱，要送他一块九百块左右的表。

九百块，即使是家中富裕，也不是随便就能拿出来买礼物的。尹松存钱的方式，是靠不吃午饭。张小莫他们中午如果是买饭，就会分给尹松一些，但带饭时便不好分她。到最后一周，还差一点钱，尹松中午就差绝食了，郁巧给她带了面包之类的零食，尹松还发现买炒饭量大便宜，剩下的饭第二天还可以热一热吃。一个二十一世纪的少女，硬是过出了上世纪六十年代的饥饿感。

最后还是郁巧发现家里有一家百货的会员卡，拿会员卡买那只表可以打九折，钱一下便够了。最后几天尹松才好好吃了午饭。尹松这挨饿存钱的架势，莫名让张小莫想起初中时也是挨饿存钱的胡帆，那时她便觉得维持这样的人际关系负担，此时换成是更亲近的尹松，心中更觉得不值，但也不好劝什么。

女孩们开开心心包完礼物，卢粲凑过来，给张小莫一个信封。经过了昨天，张小莫看到信封都有点怵，问他是什么，他也不肯说，说她一看就知道了。

张小莫叫住他，卢粲的礼物，她是有准备的。并不是书，而是后来她又去买的一张《叶惠美》。此时专辑上的周杰伦，与《范特西》时期的青涩已经大不相同。戴着礼帽，穿着复古西装，已经是一副成熟腔调。这张专辑里的神曲极多，《以父之名》《三年二班》《东风破》《晴天》《爱情悬崖》都在里面，被钟鸣弄丢之后，张小莫又补了一张。不知为什么，看着气质不同但低头时眉眼有些熟悉的封面，她又不想把这张专辑留在手上了。

拿到专辑，卢粲的脸上活泛了一些，再一看封面，又有些无奈，问张小莫："为什么送周杰伦啊。"

张小莫笑了笑，说："这张好听啊。而且我觉得封面挺像你高一时的感觉的。"

听得这句，卢粲不知想到了什么，又有些开心起来。对她说了谢谢。

准备好的东西顺利送出去，这种仪式感还真是有些让人有种未名的满足感。只是为什么送这一张，她心里还有未尽之言。专辑封面提醒着她，两三年的岁月里，一个人可能会有的大变化。成人尚且如此，何况是还未成年的他们呢。

中午的时候，张小莫去了六楼自习室。

他们高三的这个班，中午留下来的人不多，有时躲懒，她便不想去爬这六楼。尹松中午留下来的时候，张小莫会倾向于在教室里陪她。至于卢粲，高三之后，他中午也开始时不时地回家。毕竟对于他们来说，文科班的作业量与理科班相比要少很多，并不用像以前那样要紧赶慢赶地抓紧每一个中午。于是以前几乎每天必去的自习室，现在反而有些像偶遇。

圣诞节的这一天，她和卢粲很有默契地都出现在了自习室。抱着的一沓资料里，除了辅导书之外，张小莫还夹了卢粲给她的那个信封。

到了自习室，原本就人不多的自习室，在只剩高三年级后，人便更少了。十二月的自习室，她还有些陌生感，天气已经冷了下来，手上的冻疮已经蠢蠢欲动，比起教室里，自习室像是还要冷上一两度。

张小莫快步走到原来常坐的窗前座位，放下抱着的资料，搓了搓有点发冷的手。卢粲跟着在她旁边坐了下来，大概是因为如今他们已经是周考时的同桌，再坐回这原先的位置，竟然也并不觉得陌生。

抽出那个信封，张小莫问他："那我现在打开看了？"卢粲点点头，示意她看。

张小莫从信封里，抽出两个本子，打开第一页，是手抄的熟悉的小说的开头：

"没有什么是不能够被时间留下印记的，尤其是离别。那些曾经的人和曾经的事，一旦被想起，他们就如灰尘一般，轰然地溃散开来。"

是她之前从榕树下打印下来，给卢粲看过的那篇小说。小说不长，不过七八万字。她把两个本子迅速地翻阅了一遍，满满的手写字，力透纸背。

她把本子翻回第一页，正文的第一段末尾写着：这个十月，我在上海。

冬天的日光，从窗子的玻璃透进来，她没有敢开窗，但也能感受到那种冬天特有的灿烂而没有温度的阳光。在这个洋溢着节日气息的岁末，看着眼前抄得满满当当的本子，她突然就有一种想要放下的感觉。

她很少送别人自己亲手做的东西，哪怕零花钱有限，她给别人的礼物也喜欢用钱解决问题。因为亲手做的东西难以衡量价值，怕自己觉得珍贵的东西，在别人看来不值一提，又怕自己花费的真心，会遭遇哪怕一点点的折损。

对于连在集体活动中都不敢轻易和别人留下合影的她，送出去的东西，都是希望不给别人带来负担的东西。此时，她觉得最优解是送书，到了年岁更大的时候，她会想得更明白一些，到了那时，她最喜欢送的礼物会是吃食。希望接受礼物的人，只在当下念一念她的好就可以了，吃进肚里，不留一点痕迹。她并不希望送的东西会在别人那里长长久久的，以至于到哪天关系变化时，让别人觉得碍眼和为难。

而现在给别人的送书，在扉页上的赠语，她都是用铅笔轻轻地写下去的，很贴心地为别人考虑，如果有一天觉得负担的话，可以把她写的字擦去，送人或卖废纸，都行事便宜。

如今，拿着这两个本子，她觉得有千钧重。高三这样密集的学习里，是拿什么时间抄下来的呢。她觉得拿在手上的，是实体化的高三时间。

这一刻，她甚至连叶归都原谅了。叶归给她的插画，是原件。和卢粲手抄的字一样，翻到纸的背面，可以看到原件才有的透过纸的笔迹。比起送起礼物来毫无灵魂不敢花一点真心的她来说，回想起来，不能说没有诚意。

她再扫了一眼开篇的那段话，到明年十月时，他们还不知道身在何处，志在何方。

满打满算，他们相处的时日，也只有半年了。

这样短的时日里，也谈不上计较不计较，原谅不原谅，但她确实可以讲一句，对于此前种种，她可以放下和释怀了。

她把本子好好地收进信封里，抬起头看着旁边的男孩，认真地说了一句："谢谢你，我会好好保存的。"

卢粲看着她，如释重负地笑了出来。两人静静地开始做作业，在冬天的冷意中，同样的地点，同样的人，好像都带有了些别样的质地。张小莫想，他们之间，其实谈不上和解，如果要说的话，更接近于一种归零。

她像是想起什么，问他："高一在分校时，我第一次和你讲话时，是不是没有自我介绍。"

卢粲点点头，说："你那时就只顾偷看我，然后被我抓个正着。"

听了这句，她在座位上略略转身，伸出戴了半截手套的右手，说："你好，我是张小莫。"

卢粲笑起来，握了握她灰色的小熊手套，说："你好，我不是周杰伦。"

两人为彼此的幼稚都抿了抿唇，张小莫想，圣诞节对于她来讲，好像确实是一个记忆深刻的节日。他们这样重视，大概是因为这是属于同学之间的节日，与大人们的应酬无关，与走亲访友无关，与规矩无关，没有人用什么大人的规则来要求他们，所以留下来的，便是属于他们之间的记忆，不管是温暖还是冰冷，美好还是伤痛，都以节日的名义，让记忆更鲜明了起来。

两年前的圣诞节，分校的那个雪天，她还记得，卢粲借着南易的手，给她的那一个苹果。

人的记忆，真的是会美化过去的。向风他们寝室的男生砸在她身上的雪球，疼痛的记忆逐年在消减，而那只苹果的颜色，却逐年鲜艳起来。

"谢谢你。"她又讲了一遍，去年在团队办公室时就该给他的这声谢。

看卢粲听得有些莫名，她又问了一句："你给我的那只苹果，是洗过了的吗？"

卢粲听了这问，像是反应了过来，有些高兴，但又有些发窘，说："嗯……当时没有来得及洗。你不会直接吃了吧。"

张小莫瞪了他一眼："你觉得呢。"

卢粲这才半带揶揄半轻松地笑起来，洁癖如张小莫，怎么会随便就把不知有没有洗过的东西送入口。她一向是宁可错杀，不可放过的。

感受到对方透露的这一点对自己的习惯的熟悉，张小莫想，就算是归零，时间在长久相处过的人们身上，也还是留下了痕迹。

这一年的最后一场雪，是圣诞节后两日落下的。雪是晚上开始下的，在夜色中，被路灯的光亮一照，抬头向上一看，簌簌的厚雪花，大片大片地扑面而来，打在脸上的那一刻，蓬松，干燥，温柔，是一种让人晕眩的纷纷扬扬。

这座小城的雪，并不是每年如期而至的，一年有一年无的，下雪算是惊喜。看到下雪的时候，她就申请去楼下走一趟，母亲让她套上羽绒服，在客厅窗子能看到的小院里去走了一小趟。对于这种下雪的浪漫，母亲好像从小到大都格外纵容她。

　　下了一晚上的雪，快乐是晚上的，麻烦是第二天的。父亲要送她去上学，提前下去发动车子，怕太冷了发动机启动不了。母亲一边说着下雪不冷化雪冷，一边检查她衣服有没有穿够，保暖内衣，毛衣，羽绒服，一层层地检查好，还想让她把毛裤也穿上，张小莫坚决不从，抱了个电热水袋，背上书包赶快跑下楼。

　　天气是越发冷了，而他们上学的时长比高二时则是增加了。周六也要补课，张小莫提前感受到了单休相当于没休的疲惫。但他们早上到学校的时间，却比高二时还要从容一些。高三的老师不怎么管他们迟到，迟到的人也不会受到打扫卫生之类的惩罚。张小莫一开始以为是只有他们班是这样，结果发现好像是全年级都这样，在公交车站看到等车的学生，看到车来了跑都不跑一下的，十有八九穿着高三的校服。

　　一中的高三，在紧张之余，有一种诡异的松弛。充满着一种你的人生你做主的放任，老师们好像有种默契，到了这一年，抓大放小，反正早自习也不讲课，迟到这种小细节再也不和他们追究。

　　他们的课，此时已经上完了。要不是文理科他们分班分得晚，按其他高一就分科的学校，整个高三一年都应该是拿来复习的。理科生还好，高一高二的理科都是当主科在学的。文科生们就惨一点，高一高二认真上政历地的人就没有几个，到了高三还得再重新复习一次。

　　在这方面，张小莫稍微占点便宜。只要和分数排名相关的事，她就无法放松，前两年她文科基础打得还算扎实。连最负责的历史老师也会讲，时间有限，高一高二的知识只能带一下，学得不好也只能自己去下功夫了。

　　总之，高三才分科，是学校的传统。是出于对他们学生素质的信任也好，还是防着要考大综合的后招也好，到了这时，他们才算是完备地准备好了高考知识的人。

年末的这几天,又是圣诞节又是下雪,营造出一种与平日不同的宽松氛围,让人精神上都松懈了些。但就在这几日里,东南亚又发生了海啸,新闻反反复复地放着海啸吞噬岸边建筑和人的画面,灾难的冲击感,让人有了一种日常生活之外的幻灭感。

在这个望不见海的小山城,要去担忧如何面对一场海啸,说出来好像是杞人忧天。她也不知为什么,自顾自就紧张起来。

不过,留给他们情绪化的空间有限,最直接的影响,除了要捐款之外,还有地理课和政治课时,老师们开始针对事件开始出题。地理老师在课上明确地告诉了她最想要知道的答案:无法预测,就算下一次来,也很难预警。说如果海啸发生时他们刚好在海边,让他们也不用跑了。然后冷冷静静地,给他们讲环太平洋火山地震带的知识。

不知为何,听得这句不用跑了,她反而平静下来。在有能力做到的改变前,光是去幻想逃生的过程,都让她十分焦虑。但真的告诉她人力不可为,没有什么要去记住的逃生知识,逃也逃不掉,她的脑子反而就轻松下来。

不过这种焦虑,对于现实来讲,还是太宏大遥远了,实际上带来的恐惧,可能还不如意识到,第二天就要周考但还没有复习。

最后一次周考,安排在十二月三十日,这一年,已经再翻不出什么浪花。再翻年,他们就要准备期末考试了。

但跨年之所以是跨年,好像就一定有些什么东西,带不到下一年去。有些事是觉察不到的,但有些事又很明显。这一年的最后一天,尹松和她的男朋友分了手。中午去见完面,回来结结实实地哭了一个下午。张小莫一边给她递纸巾,一边在想,幸好周考是在昨天,今天哭一个下午,影响也不太大。再休个元旦假,精神也差不多恢复了。

不知觉的,她此时的思维模式,已经是万事以考试为中心,留给他们试错的时间,已经不多了。

当然也会有些俗气的牵挂。等尹松哭完,张小莫没忘记问:"你送他的那块表要回来了吗?"

尹松说:"送都送了,不好要回来。"

张小莫觉得可惜,尹松可是结结实实地饿了一个月才买的那块表。尹松听了,也气:"就是,他要是上个月和我分手,我就不用挨饿了。"

这句话讲完,两人又觉得十分好笑,分手哪里还要挑时间。只是想一想,可惜的又哪里只是一块表,还有这经年累月的付出与经营。但也不是全无好处,至少尹松不用将就她男朋友报大学的志愿了。这样一想,反而还是件好事。

张小莫想起,最近几日她还见过了胡帆与白果,是父亲没来接她的一天,她去坐了公交车。上车的时候,要刷卡,她翻了一下,发现没有带,大概是最近来接她的次数有些多,没在包里也没发现。

这个小城的卡,有学生卡和成人卡,学生卡一毛五一次,成人卡大概八毛一次,投币则是一块钱。最划算的方式,是找个同学帮她打卡,之后遇到时再还一次给他。不过通常这一毛五,也不会有太多人计较。她往车厢里寻了一下,看到了胡帆和白果,因为她在上车处停留了几瞬,车里的人都知道她处在没带公交卡的窘境里。

胡帆目光和她接触了一下,正要上前,被白果拉住了书包背带,凑到他耳边说了句什么话,两人窃笑了起来,胡帆转过头对张小莫说:"不好意思,我是成人卡。"张小莫也不好再说什么,她身上刚好没有零钱,要么就把五块钱投进去,要么等四个投币的人上车收集他们的一块钱才不会吃亏。钱虽然不多,但花冤枉钱的感觉,会让她埋怨自己。

也不知白果和胡帆说了什么,但张小莫觉得,他们就是想气定神闲地看她笑话。初中时那样不食人间烟火不会犯错的榜样,偶尔落在尴尬境地里，看着大概也是有趣。

等待的那几秒中，因为看破了对方的心思，就显得更加难熬。张小莫想，这就是情侣式的残忍吗，一人想看她笑话，另一人就替她做到，两个人无论如何都是一体的，是天然的同盟。那样的得意洋洋，像是在嘲笑她，没有这样一个建立了某种关系的人，坚定地站在她这一边。

她脑中闪回了初中时的那个放学傍晚，胡帆不吃早餐省下的钱买的礼物不合白果心意，在小区门口前吵架时的那个场景。那时的尴尬心酸，换回的就是此时的志得意满的话，也算是有舍有得。

就在司机忍不住快要催她的时候，后面上来的人，滴了两次学生卡，司机把门一关，把车启动了。张小莫回头，是现在十班排第一的那个男生，十班人人都说他冷漠自私，却是他上来解了这个围。

张小莫道了谢，礼貌地说："下次我帮你打卡。"那个男生意料之中地说不用。也没有想承她的情，就往里走了。其实，也不用什么天然同盟，一个几面之交的人的一点善念，就可以解掉这个困境。

看着后面两个因为没看上好戏而略显失望的旧同窗，张小莫长长地吁了一口气。关于人性的复杂与多面，从过去到现在，都仍然是她要修行的课题。

| 第八章 |

雨季末

2005 年

放完元旦假，翻年回来就要准备期末考了。

在一个学期以来周考叠月考的高能练习中，期末考好像也不是什么太需要紧张的事。它更重要的意义是，定义一个时间节点。这是他们与高考之前最后一个时间上的分水岭。跨过去之后，高考这件事就真的是杵到眼前一般近了。

期末考是全市统考，难度通常来说是比他们的月考要低的。因为下学期一回来，就要进行全省第一次模拟考，期末考的意义反而没那么突出。张小莫考完，拿了年级第五，不上不下的名次，谈不上满意，也谈不上不满意。自上次抢卷之后，她好像一直都是这种看似恢复却又不上不下的状态。但若要找坐标的话，除了被抢卷那次，她名次都在宛鸠前面，这个参照让她大概知道，现在的状态还算正常，并不要过分地把所有后续都与这个前因相勾连。

也许六科是分开考的，和高考分并不是那样契合，还没有与分数线挂钩的实感。对差距的最大实感大概来自于去奶奶家时，和大堂弟比较时的悬殊分差。

每当这时,张小莫就觉得大伯父一家有些自虐，又要问她的分数，问出结果来又不高兴。面子上挂不住，过一会儿又要找事来刺她。

以大堂弟的分数，省外的大学是想都不要想了。此时，也再不提要去新加坡或是其他国家读书的话，话里话外的，是要安安心心地在省内挑一个面子上过得去的大学上。对于大堂弟的前程，张小莫并无半点关心。她所接触的同学里，就连艺考的同学瞄上的都是能叫得出名字的大学，大堂弟乃至小堂弟可能的前程里，是连选项都不在她讨论视野范围内的。

她心里的真实想法是，半年之后，眼前的这一堆人，与她就都是陌生人了。

然而这些人并不满足于她在一旁不参与话题，无话找话地问她，外婆家那边的表姐读大学的情况，因为表姐是他们小孩这一辈第一个上大学的人。她搜肠刮肚，找了一个以为最不会冒犯的素材出来，说表姐说他们食堂老是吃鱼。

大伯父听了，满意地抓住了这个话头，说："那你要是也过去了，以后每餐也都会吃海鲜了，怪不得看不上我们内河的鱼了。"一边说，用筷子点了点桌上那盘红烧鱼。

张小莫从小就不吃鱼，尤其是鲫鱼鲤鱼草鱼这些河鱼。像带鱼那样的海鱼，她勉强还能吃两口。但小叔叔的拿手菜是红烧鱼，逢年过节只要他想在奶奶家表现一下，就会做鱼。因为一整桌菜只有这一盘是小叔做的，就要隆重地向大家推荐，送到每人面前夹一筷子，然后问别人好不好吃。

每当这时，张小莫就会特别尴尬，但又因为她能吃没那么腥的海鱼，所以总会被调侃一下。大伯父这句话一出来，张小莫就知道自己又大意了，明明问的是表姐，怎么又扯到了自己身上。

看着眼前那条被众人戳得有些残破的鱼，她一时有些意兴阑珊，觉得连去思考怎么反击都有些浪费精力和时间。她把筷子一放，说了声"我吃好了"，便坐到一边去看书了。

饭桌上的人，并不因为她的离场而结束话题，在那里继续追着张小莫的母亲问，是不是她的小姨还在表姐大学所在的那座南方城市，外婆一家的子女是不是迟早都要过去。

看着被他们问得口拙的母亲，不管回答什么都要落入他们言语编织好的陷阱里，那种左右不是的状态，仿佛是自己残留在饭桌上的具象化的灵魂。张小莫的视线透过书，冷眼看着饭桌上的这一幕，突然明了，光是她自己走，还是不够的。她要自己先远远地走了，再把母亲也带走，才能彻底斩断与他们的关系。

通过戏弄她的母亲，也可以达到令她难堪的目的。这好像并不是他们第一次这样做。但之前，她总觉得是母亲笨拙，又或是他们看不惯的本是母亲更多。但其实反过来看，这一点也成立。

这一刻，她的宏愿好像发得又更大了一些，她在地图上想逃离那个圆，迟早有一天，她也要带母亲走，母亲有没有想过，有一天可以去过完全不和这些亲戚牵扯的生活呢。

其实每次从奶奶家回去，想起她在这一天里经历的这些恶意低级又充满了小市民心机的陷阱，她不是没有复盘过自己应该要怎么做。她半认真地和母亲讨论过这些她想出来的反击方式，以她的语文功底，讲几句骂人不带脏字的话并不是什么难事。母亲听到后，总会很惶恐地说："不可以这样，你要这样做了，你爸回家会整你的。"然后还有更深一层的恐惧："他就算当面不讲你，背后也会讲我，说是我把你教成这样的。"

张小莫此时就知道，她在奶奶家时，面对陷阱的不能反击，并不完全是因为她口拙，而是因为某人的牵制，让她不敢和不能。

反观大堂弟，从爷爷去世起，他就没有再叫过她的父母。大伯父也并不说他，一句"孩子不懂事"糊弄过去，默许大堂弟对她父母的轻视。表姐还没考出去时，张小莫有和表姐说过："要是我也不叫他父母可以吗？"表姐当时回复是："他不懂事，你不能跟着不懂事啊。"让她表面上把礼数做足，不要给别人留把柄。她当时想了想，觉得表姐说得有道理，毕竟大伯虽然有时阴阳怪气了些，但见面打招呼时还是笑脸迎人，要真像大堂弟那样装看不见，她好像也做不到。

此时，她却有些不这样想了，什么懂事不懂事，她们就是对自己规训太多。因为平日里太懂事，才会连想冲撞别人都找不到理由。别人这样做了，就是他脾气一贯如此。她要是这样做了，就是她故意为之。

她早就知道的，在这个家族社会里，有一套精密的等级制度和规则，掌握得越精通的人，便可以应对得更从容一些。上位者如大伯父，下位者如姑妈家的表姐，都是对这个规则读得透彻的人。上位者自然可以随心所欲地实现目的，但下位者如果研究透了也未必不能获得好处。

但她的聪明和心力，半点都不想花在这上面。所谓一力降十会，破坏也许比学习要来得更方便一些。她觉得很荒谬的一点是，在这样的场景下，她好像前所未有地理解了鲁迅，她心里有一种破坏的冲动，"地火在地下运行，奔突；熔岩一旦喷出，将烧尽一切野草，以及乔木，于是并且无可朽腐"。

就算破坏不了这制度本身，能斩断她与这制度之间的联系，也是好的。

这种时候，她会收起所有对高考的恐惧，衷心地感念：所幸，这世上还有高考。

如果知道她是靠这样调节好了高考前的心态，那一家人的内心戏可能会出奇好看。把高考当成是机遇而不是负担的话，视野其实会大大不同。

老师们总是在和他们说，高考是他们这辈子遇到的最后一次公平的改变命运的机会，让他们一定要珍惜。之后到了社会上，再也没有这样的公平可言。有同学想要反驳，比如为什么北京卷比他们简单这么多，老师就会正色和他们讲，这世上没有绝对的公平，而高考已经是相对公平了。

他们其实没有什么好抱怨的。

开学的时候，张小莫在她的初中门口，见过一个年轻的"背兜"，"背兜"和隔壁省份的"棒棒""担担"指的都是同一类靠体力搬运东西赚钱的人，只不过在他们这里，运送的工具是一个竹编的背兜，开学的时候，学校会运进来一卡车一卡车的教材，需要有人搬到图书室去，这时就会请两三个"背兜"，来做这份苦力。

那个年轻的"背兜"，就在她初中门口等活。因为长得太年轻清秀，不太像干苦力的样子，母亲就上前去问了几句他的情况，一问，是上一年高考的落榜生，考了五百六十多分，差几分没有考上大学，所以只好跑到他们这里来打工。

那一年，他们省份的一本重点线是五百四十多分，如果这个小孩是在他们省，人生就会有不同的道路。

看着这个因为接到了十块钱的辛苦活而万分高兴的男孩，张小莫内心五味杂陈，上一年的他，和现在的自己一样，是坐在教室里的高考生。

自己所在的省份，录取分数线算低的。张小莫早就知道这一点。他们高三的这个班，也有所谓的高考移民，是从隔壁省份来的。虽然是隔壁省份的小县城来的，穿着土气，但一脸的优越感和不可一世，看着他们这群省会城市的小孩，像是他们才是没见过世面的乡巴佬。这个高考移民不仅嫌弃他们班同学，也嫌弃他们班的老师，因为地理老师上课用方言跑到校长那里去投诉他，把作为高考卷出题人的地理老师搞得哭笑不得，在课堂上勉强讲了一段普通话，然后请他们体谅，他只有用方言才能把课上好。

因此，对于这些高考移民，张小莫并没有什么好感。

直到这个年轻的"背兜"出现在她眼前，她才体会到不同省份分数差的残酷。更深刻地感知到，什么叫一考定终身。比起她自己意念上的没有退路，这世上还有真正的像这样没有退路的人，退了，就是完全不同的人生。

这个场景教育，好像比任何老师的苦口婆心都要有用。

虽然她自己，本就是一个不需要老师这样说服的人。

自己没有退路这件事，张小莫盘得比大人们要清楚。就连复读的念头,她脑子里都是没有过的。她的小区里,有两个关系还不错的姐姐,比她大一岁,是上一年的高考生,两个都是一中的学姐,最后都落榜复读,和她成为了同一年的考生。

聊天的时候,张小莫知道了她们复读的环境。是以前一中的特级教师开的复读学校,上课的教室,连正经桌椅都没有,是那种家庭作坊般的小板凳,更谈不上什么学校的氛围。每次在小院子里碰见,两个姐姐都会拉着她,讲复读学校的种种不如意,羡慕她还是正正经经的高三生,像是她在明处,她们在暗处,虽然她们要面对的是同一场考试。

如果在一中这样的环境里,她都没有办法发挥好,那在逼仄的复读环境里,她无法想象自己的心态会失衡到什么地步。更何况,退了之后呢?接受父亲说的考不好也没关系的宽容,接受那一家对她的冷嘲热讽,接受旁人看着她彗星陨落一般的可惜与同情吗?这些假设,每一个,都比高考本身要让人畏怖得多。

有时候,认清没有退路的境地,好像会让她这种有困难选择症的人更放松一些。就像地理老师告诉她,海啸来的时候,你不用逃,因为你逃不掉一样。

说起来,上了地理老师一个学期的课,张小莫对地理老师有了一种信服。这种信服里,包括了他的应试水平,还有他对应试心理的另类舒压。

除了一些人生道理和舒缓压力的笑话之外,地理老师还解了她一个长久的心结:关于高分低能。地理老师斩钉截铁地站在讲台上告诉他们:"这世界上不存在什么高分低能,只要高分,就一定是高能。因为高分的背后,反映了一个人的智力水平,心理素质,统筹规划能力,临场反应能力,以及最重要的处理危机的判断力和勇气。所谓高分低能,都是考不到高分的人自我安慰罢了。低分不一定低能,但高分一定高能。"

不管地理老师是出于经验还是科学研究讲了这段话,他都把张小莫的心结开解得彻底。

从初中她被这样说以来,她就隐隐有一种学习好反而说明她有一种缺陷的错觉。同学们讲她高分低能,班主任说她笨鸟先飞,亲戚说她读书读呆了,什么都不会做。这些所有的下坠力,好像都在期盼她有一天能跌下去,来盖上一句他们早就预料到的定论:看吧,成绩好有什么用,心理素质差。

而地理老师以他的权威,论证了一点:她考试能考得好,就说明她具有这些素质。他把她常年以来关于考试的自信,筑得更加稳固。她不是颤巍巍地吊在高处,提心吊胆地怕下面的一群人等着看她坠落的笑话;她是踏实地一步一步走到了高处,脚下是坚实的山,胸怀是登高望远的辽阔。

总之,不知是巧合还是注定,在高三下学期开始的时候,因为各种偶然事件,她的心态都调节到了最好的位置。短暂的寒假之后,她像是渡过了一条暗河,上岸的时候,把上学期的一些脆弱和不稳定的因子洗刷掉了。

看着教室里离高考还有多少天的倒计时牌,张小莫心里,对于高三最后这一段冲刺,甚至有种期待的蓬勃感,在酝酿和积累着。

三月初的时候,学校门口的两株玉兰还开着。这一年的花期很长,从二月一直蔓延到三月。开花的时候,刚好是在放春节假,所以也分不清哪株先开,只一上学就看到两株都有花骨朵立起来了,大家便言之凿凿地讲,今年是两株一起开的。于是不管是文科还是理科的人,都开心起来。

张小莫倒没有去想这开花的树最后会与她有什么关联,但有了这个好兆头,不管花落谁家,都觉得可以沾沾喜气。

高三的第一次模拟考,是全省统考,也就是说,这次考试之后可以得到自己在全省的排名,进而可以估算以现在的水平,自己可以报什么学校。按照往年的经验,一模的难度是和高考最接近的,二模会比高考难一些,三模是最简单的,因为那时已经到了高考前,要给大家一些信心。

所以，按老师们的说法，一模的参考意义是最大的。老师告诉他们，不要觉得这是第一次模拟考就掉以轻心，已经到了这时候，每一轮统考都有它自己的使命。

一模考试之前，张小莫的状态就已经调整得很好。不像刚上高三时那样轻松到有愧疚感，也不像被抢卷之后充满沉重感，而是积极又重视地面对了即将要来的考试。

一模的结果，因为是市里统改，所以是要晚一些出的。分数出来的时候，他们的卷子已经讲完了。他们从这时起，就开始练习估分。他们这一届是考后估分填志愿，估分准不准，也是填志愿过程中的一项关键技能。

张小莫对自己的估分很是准确，上下误差没有超过5分。这令她自己都有些惊讶。以她的性格，一向自谦又悲观，她以为自己估的分会低一些。从好的角度来看，准确的估分，说明她对自己的表现，有着正确的认知。

估分出来，她就知道自己这次成绩差不了，利老师早就拿着她的估分去和其他班主任换了情报，年级前三没跑。但全省排名出来的时候，利老师还是又激动了一遭。张小莫这次考试，是年级第三，全省第五。

一中作为全省最好的高中是什么意思，到这时他们才有切身的体会。一中的前几名，等同于全省的前几名，也等同于在报高考志愿时，他们以全校的估分，就可以大概知道自己处在什么位置。对于越靠前的人，估算越容易。

锚定自己在全省的排名后，张小莫大大地松了一口气。这意味着在全国前十的大学里，她可以游刃有余地进行选择。失去了P大的自主招生名额后，她基本已经明白，自己与这所学校无缘了。因为她没有高考加分。

在他们这个少数民族格外多的省份里，拥有少数民族加分的同学比例不小，在年级前十里就有好几个。以往考试排名，都排的是纯分，文科的前十差距并没有那么大，特别是前五名，大家心知肚明，拥有加分的人才能去争一争状元。而 P 大每年在他们省文科的招生名额，是两名。这种容错率，没有加分的人，是不敢去搏的。

明白这一点的时候，她不免会去比较一下理科那边的情形，理科 P 大会有七个左右的名额，不在他们省招文科生的 T 大也有七个，加起来十四个的名额，看上去似乎会宽松一些。如果留在理科，她的情况会好一些吗。她并不确定，因为到高三之后，理科班的排名也起了很大的变化。而每次回之前班级时，看到那一片埋头苦学的阴沉架势，她也不确定自己真的想过这样的生活。

特别是，这种辛苦不只是高三的，还将延续到大学。表姐已经和她讲了，大学时理科生和文科生的不同，光从报考名录上，她看着理科的一些专业都觉得头疼。如果迟早都要顺着自己心意去选择学科，那好像在高三的选择，并没有错。

一模的成绩，张小莫最后上了六百分，文科这边，这次考试有三个人上六百。

六百分是高考的一道分水岭，区分优秀与极其优秀。教导主任在升旗仪式上，一一念出了上六百分的人的名字，站在操场上的理科生和文科生，对彼此的这些名字第一次有了如此清晰的认识。和高二时的前几名相比，有熟悉的名字，也有陌生的名字，高三文理分班之后打乱的格局，就此好像稍稍定格了一下。

升旗仪式上通报的，还有下一届实验班同学的分数。他们和高三一起参加了模拟考，也会和他们一起参加高考，相当于预演。如果考得好，就直接走了，考得不如人意，就下一年正常再考一次。这是他们之前所有届学生都没有过的新体验。这一次模拟考，实验班最好成绩是五百八十多分，超出去年一本线四十分，也就是说，才高二的他们，已经可以去上一本里很好的大学了。

听着这样的结果，张小莫对下一届的这些学生，有着一丝难掩的羡慕。如果是她有可以预演的机会，而这个预演结果足够好，她会选择提前结束自己的高中生活吗？对于他们可以省下来的这一年，她突然有了很多遐想。

但其实，这份遐想并不成立，因为实验班是理科生。因此他们的成绩，无法对标到他们文科这边来。

能够被对标的理科生，也许感受会更强烈一些。理科本来出分就比文科高，对于六百分以上的人，下一届实验班的成绩也许并不能说明什么。但没有到五百八的人，还是多数。这个刺激非常直观，比他们少学了一年的人，考得比他们高。

才是第一次模拟考，压力就这样上来了。放学的时候，张小莫去找云央，云央看到她过来，迎面就上来抱住了她，张小莫还没问为什么，就感受到了颈窝里泪水的温度。是烫的，一滴一滴的。忍不住的泪，又不想让别人看到，所以看到亲近的朋友过来时，借她的肩膀作一下遮掩。

张小莫站定，好好地做着这个掩护，熟悉的同学们从她身边走过，她拍着云央的背，一下接一下，也并不和别人解释。

直到此时，张小莫才意识到，平日里都是云央听她讲得多，她听云央讲得少。关于云央的烦恼和忧愁，她其实并不是特别明了。

云央对她来说，是高三稳定剂一般的存在。和高二时一样，只要能约在一起的时候，她们都会一起放学。云央既是连接她与旧班级的纽带，又是她最好的倾听者。有些事，分了班，反而更好说了。上一次被抢卷之后，云央的肩膀，她也是借过几回的。因为不在同一班，因为学的不是同一科，因为不在同一个比较的赛道，所以有些软弱和疲惫，就要表现得更彻底一些，有些秘密，谈得也会更尽兴一些。

她对云央的意义又是什么呢？听她讲这些事的时候，听她讲失去第一的烦恼时，云央又在想什么呢。张小莫觉得自己脑中一片茫然。但此刻，靠在她肩膀上的重量，又是实实在在的，这让她在迷茫的同时，又觉得有一些踏实。

去年十一月之后，她的内省是深刻的。叶归踩了她那一下之后，她惊觉了不把注意力集中在自己身上的苦头。高三的意思是，在这特殊的一年，再如何把关注度放在自己身上都不为过。在家里，父母凡事以她优先，吵架是尽量不吵了，上学尽量送她，放学尽量接她，特别是她在经历了抢卷之后的那段恍惚之后，连重话都不敢说她一下。

她的恢复，看起来很快，但实际上很艰难。她不得不在自己身上投以全部的关注和内省，一步一步地去感知，自己心理上的恢复程度。

在外表的快速愈合下，她颇有些惊弓之鸟的警觉。除了坐在她周围的人，她每日被动地接受一些目之所及的信息，和进行一些过眼云烟阅后即焚式的笑闹，对周遭的一切，她像是闭合了五感。就如武侠小说里在自行运功修复的人一样，周遭的一切都无暇顾及，只能全力感受自己的气息的流转和经脉的愈合，一步一步地去打通那些不畅的结点。

即使是现在，她也并不确定自己全然恢复了。她的创伤后遗症，总是悠远又绵长。在她敏感、细腻、五感全开时接受到的打击，冲击感是加倍的。也因如此，她必须要过度地麻木自己，闭合感官，才能给自己创造一个不那么敏感的恢复环境。

但即便如此，云央伏在她肩头哭泣时，她还是有种忽略了朋友的愧疚。

云央之前，是他们班的女生三号，在她和宛鸠转去文科之后，递补成了女生一号。因此在上课的时候，成为了被老师点名最多的女生，但到高三之后，学号和成绩不匹配，成了很正常的现象。高三之后的格局，是转到他们班的男生一枝独秀，然后是向风和夔舟，再下面一层是新冒头的数学物理化学课代表，面对这样的格局，有强悍如周际这样不为所动的人，也有像云央这样在风云搅动中不知所措的人。

高三的时候，云央被换去和钟鸣同桌，时不时的，会给张小莫抱怨一下钟鸣的吸血行为。到了高三，钟鸣的吸星大法有变本加厉的趋势。短暂地尝过第一的滋味后，再也无法达到这样的高度，让钟鸣更加焦躁。打断同桌时，更加无所顾忌；而在别人向她求助时，越发的不耐烦。每次云央和张小莫抱怨时，总是带着笑意在吐槽，因为掺了笑，好像情形就没有看上去那样严重。

但张小莫又怎能不知道，同桌的为人如何，直接影响了上学时百分之八十的心情。在这样的日日忍受中，在别人的进步和自己的无力中，脾气再好的人也有崩溃的一天。一模的成绩，也许就是压倒心理防线的最后一根稻草。

等着云央在自己肩头渐渐平静下来，张小莫在心里已经把原因揣摩了个遍。她倒不怕是自己猜中的原因，更怕是有什么自己猜不到的原因。云央抬起头，把脸擦干净，张小莫这才细细问，一问，果然是一模成绩没考好，张小莫这才把心放回去。

这一路上，张小莫自觉地做了倾听者，她是知道的，有些烦恼，用言语表述出来，压力就小了一半。一边听，她一边在描摹，自己在这段时间里，忽略了什么，错过了什么，钝于感知什么。

她暗暗下决心，之后放学的路上，要少说多听，以补偿刚才的那种迷茫感带来的愧疚。

真正的朋友，大概就是这样，可以放心将自己的软弱展示给对方的存在，云央遮掩过她的，她也想遮护回去。

等和云央到了分别的路口，她上了公车，云央往家里的小巷走，张小莫才沉下心来想，这段时间里，除了云央之外，她还有没有忽略的事。

其实是有的。

三月的时候，艺考生考完试回学校重新加入文化课的学习。面对归来的小绒，张小莫和尹松面临了如何选择同桌的困境。在这个选择中,张小莫是比较轻松的,因为不管和谁坐,她都能接受。但从情感上,她能感知到其他两人的为难。

艺考回来之后,自己的座位就被占了,这个滋味并不是那么好受。而且和张小莫坐,不言而喻地会对学习有加成效果。这也是尹松当初搬过来的理由之一。但如果尹松此时回去,再和自己抛弃了几个月的同桌相处,尴尬也是难免的。这样一想,她们当时的换座,有种顾前不顾后的冲动。

尹松显然比张小莫在为人处世上要成熟很多,也许在当初换座位时,她就想好了,等小绒回来,这座位是要还给小绒的。所以没有什么挣扎,只是表达了对张小莫的留恋,每天数着要搬走的倒计时,到最后一日时,干脆地就搬走了。并没有让小绒为难。

离别的时候虽然不舍,但在紧张备考的时日里,只是有些不习惯,并没有太多的影响。回来的小绒和以前一样安静,毕竟是一起坐了大半学期的人,再恢复原态也不需要太多时间。小绒只是好奇,在她走的这段时间里,张小莫怎么和后排的两个男孩变得如此熟悉了。

同时归来的,还有南易。副班长也是个老道的人情世故处理者,和尹松一样,把卢粲同桌的位置还给了南易。因为两人同时归位,倒也解了尹松的尴尬,两人的座位恰好离得近,回去之后的尹松,迅速和旧识打成一片,好像高三刚开始那样,大家很有默契地忽略了中间换位的理由。

看起来不算皆大欢喜,但也其乐融融的结果,张小莫此时回顾起来,却觉得缺了些什么。

第二日上学的时候,张小莫专程去了个大早。尹松到得早,她的同桌到的晚。看到尹松来了,张小莫坐到尹松旁边去,这一坐下来,仿佛她们还是之前的同桌一般。尹松搬回去后,下课时,张小莫过去找尹松的时候少,尹松回来找她们的时候多,她这一坐下来,尹松反而有点疑惑。

张小莫抬起头,望进尹松的眼睛里,尹松总是戴着各色美瞳,今天是寻常的浅褐色。想一想，这几个月下来，尹松教会张小莫的，又何止辨别美瞳颜色。那每一个尹松让她休憩的课间十分钟，每一张往她耳朵里塞的唱片，每一场与前后左右混熟之后的欢笑，都是这几个月她在恢复期时，必不可少的安抚甜点一般的存在。如果不是尹松，她这几个月，必定过得要更加苦楚一些。

张小莫止住思绪，对尹松说："和你同桌的这几个月，我真的很开心。"尹松听了，愣了一下，然后笑着推了她一把："搞什么，我又不是不在了。"然后弯着眼睛对张小莫说："我也是。"

两人笑笑闹闹的，好像和之前并无二致。

但张小莫觉得，欠缺的某种仪式感，好像得到了补足。越是到最后的时候，看上去越平常的相遇和相离，好像就更要慎重一些。

坐回座位，等小绒到了，张小莫寻常地问了早，然后问了她回来这段时间学习的感受。小绒艺考考得不错，文化课只要再努努力，就可以上个不错的大学。只是脱离了文化课学习几个月，再回来上课时难免跟不上。此时新课已经授完，大家都是在全面备考，全国各地的往年高考卷轮着在做，一眼看过去不懂，又不知从哪里开始问。

张小莫和小绒讲，不要怕问她，她虽然不能每题都讲，但可以给她讲重点，告诉她在哪一章，让她回去复习。帮别人讲的时候，也是在巩固自己的基础知识，说不定还能帮自己查缺补漏。

讲这话时，南易刚好到了，听得张小莫这样讲，凑过来说，他也要补，保管把张小莫的缺补得密不透风。这一讲，前后左右都笑起来，后面的长得像元彬的同学抬着一张一激动就红的脸笑着怼南易："你那是查缺补漏吗，你那搞不好是重学。"

南易委屈地倒回卢粲怀里告状："你看他说我。"卢粲佯装安慰拍拍他，说："哪有这么夸张，最多是网眼大了点罢了。"

大家反应了一下，想清楚是在损南易，连同后排的冷美人和前排的郁巧，一起笑作一团。

在这样的气氛中，张小莫的内心有种出奇的平和。不是冬眠时的那种沉静，而是春分的早上，早起推开窗，看到比往日亮得更早的天色时，知道昼长夜短的轮回即将开始的那种没来由的安心。这些不走心的日常，好像就是她逐渐苏醒的感知中，俗气但并不让人害怕的那部分感受。

除了讲题之外，断断续续的，张小莫还给小绒补齐了她不在时的一些笑点。

比如地理老师上课时新的笑话；左手边那对黑板擦男孩和莫文蔚男孩称呼的由来；还有一些不太道德的关于老师们新的外号。比如政治老师由于上课的时候老是抬头讲课不看下面的同学，让大家总是看到她的鼻孔，看久了就觉得两个圆孔有些大，后排的元彬同学感叹了一声："好像插座啊。"从此，政治老师就被他们叫做插座了。

等这些黑色或灰色的笑点讲得差不多的时候，第二次模拟考也快到了。

二模之前，他们还保有了一些放松和娱乐的活动。过春节的时候，张小莫在大年初一看完了《灌篮高手》的最后一集，这个高一她就开始补的动画，到这时她才找到闲适的时间把它看完，他们会是湘北吗，有着最高的梦想，拼搏的努力，但不管怎样渲染这努力的过程，作者会给一个现实的结尾。她一方面觉得作者有些心硬，一方面又觉得有之于现实的合情合理。

开学之后，《仙剑奇侠传》开始在各地卫视轮流播放。开播之前，郁巧就买了扮演李逍遥的演员出的CD，CD上是他的剧里的扮相，两人一阵激动，觉得这也太像了，就是她们心里的李逍遥。剧开播之后，张小莫断断续续地看了一点片段，但听说因为他们在追这部剧，还有家长在犯愁。夔舟的家长，就把夔舟追剧的事告到了他们班主任那里，请老师帮忙想办法教育。

听得这个消息，张小莫觉得，各家大概都有不同的窒息，以夔舟的成绩和心性，看不看每天的这一集剧，大概影响都不大。也许是十班现在第一的男生给原生班级的人压迫感太重,又或许是在高考前,每一分,每一次排名的上下,都牵动人心。

大热的《仙剑奇侠传》张小莫没怎么看,但每天泡脚的时候,她会故意多磨蹭十分钟,看父亲在追的《情迷彼得堡》。俄罗斯宫廷高眉深目的俊男美女们,上演了一个高级华丽的玛丽苏狗血故事,每天看的这些片段,足够她替女主纠结剧里哪位男性比较好。但纠结到最后,张小莫发现她最关心的还是女主的歌唱事业和农奴身份什么时候解除,在事业和自由面前,添乱的男主们再英俊帅气也让人糟心。

这样一想,她的高三生活好像还没有紧张到密不透风的程度。二模之前,她甚至还在清明节的时候抽空给外公上了坟。

读大学的表姐没有回来,他们家也没有参加外婆家的集体行动。只抽了一个周末,驱车两小时到小镇上,快速地完成了祭拜的过程。天气有些阴雨,湿得上山的小路都泥泞起来,上山时浅一脚深一脚的,沾了一裤腿的泥点子。到了坟墓前,看着之前来过的人祭拜的痕迹,母亲清理了一下,把他们准备的鸡蛋糕和水果放上去。山下的油菜花在雨打之下,连片的金黄都隐在了偏暗灰色的墨绿中。

但雨像是要停了,因为山上看过去,浓云之后透出了一束束的光,张小莫知道,那是丁达尔现象。光线透过云层,穿出一条条光亮的通路,因为山势高,而远处无遮挡,一条一条的光路显得尤为壮观。

丁达尔现象,寓意着光可以被看见。

这样的实景,实在是让人振奋。她第一次被光穿透云层的画面所打动,还是在叶归躲闪她的那段时日里,在找梵高那幅海牙的画时意外找到的。有黑色礁石的海边,大海翻着深蓝色的浪,远处的天空中,一片浓云被黎明的光射穿,无数条光路通向大海。在看到这个场景的那一刻,她突然从扑朔迷离的苦恼与疑惑中,陡然解脱。

看见光,原来是这样的感受啊。

她转身过去,到了坟前,虔诚地拜了三拜。求的是先人的保佑,拜的是她一直以来逢凶化吉的信念。

她想起，小绒回来时，一模考试成绩出来，和她说的一句话："我喜欢第一是你的感觉。"

小绒走之前，她被抢卷之后的那次成绩出来时，小绒也是这样说的。

如此首尾呼应，她的这场考验，大概也算有始有终。

第二次模拟考，果然如传言中一样，是三次模拟考中最难的。

分数出来，大家普遍都比一模时的分少了一大截。这一次全校没有一个人上六百分。张小莫自己，却有点卷子越难，考试状态越勇的感觉。这次考试她拿了五百九十分，分数虽然比一模低了，但与其他人的分差拉得更大了，稳稳地还在年级第三，全省排名也在前五。

模拟考的意义，除了锚定全省排名和摸底之外，对张小莫来说，还有一个久违的兴奋点：从一模开始，学校会把全省模拟考的前十名写在红榜上，贴在学校的大门口和教学楼的主宣传栏上。熟悉的红榜，让她恍惚有回到初中巅峰期时的感觉。虽然此时她不在第一的位置上，但她知道这个全省排名的意义，比初中时的第一要重很多。

她中考时以全校第一的身份进入一中，不过是在考上一中的人里排二十名开外，从全校乃至全省的绝对排名来说，她其实是比初中时要进步了许多的。而红榜的意义，就在于宣告和招摇，是对于在这场游戏中优秀者的荣誉和嘉奖。虽然俗气，但在感官上直接又刺激。

张小莫明显地感受到，自己在全年级的知名度随着这两次红榜而提升了。大家议论起来时，她成为文科这边绕不过去的人物。连以前和她同一班的同学，都有些与有荣焉的感觉。宛鸠有时晚上会和她打长长的电话，来排解高三时的压力，分了班之后，她们的关系反而更融洽了。在宛鸠那里，像是把张小莫定义成了处于同一水平并能理解互相之间压力的人。

每当这时，张小莫的心里，就会跑过去一个影子。在初中时，她和方让有这样互相排解压力的聊天吗。好像并没有过。他们之前从未坦诚过压力与烦恼，只是暗暗地较劲或鼓劲，但明明他们之间，是比如今宛鸠更加匹配这一定义的人。张小莫与宛鸠，比起战友或对手，更像是有共同话题的闺蜜。而如今已经几乎消失在她生活圈中的方让，永远地错过了这样彼此倾吐的时机。

又或许，无论在那时和现在，张小莫其实对内力的探求，都远比对外力的借助要多。

在电话里，宛鸠感叹，张小莫学文科真是学对了。因为以前的张小莫，绝没有出挑到这种程度，文科班所有老师，在举例时都把她名字挂在嘴边，以至于她的名字被念叨到让人耳熟能详。

说是所有老师，但其实宛鸠指的多半是她的班主任。提起她，说的也不一定都是好话。经过了自主招生事件后，张小莫对其他班的班主任对她的评价，已经有了现实的认知。

果然，宛鸠有一次聊到兴头上，迟疑了一下，说告诉她一件事，让她不要往心里去。张小莫心里浅浅地预警了一下，用不在乎的口吻说："你说吧。"

只听得宛鸠说："我班主任知道我们两个老是打电话的事，她很担心，她说觉得你太忧郁了，怕你影响到我。"

纵然是有心理准备，听到这句时，张小莫的心里还是微微沉了一下。

她知道，"忧郁"这个词，估计已经是美化之后的说法，真正的形容词，可能要更不堪一些。从小到大，张小莫都是家长和老师让别人学习的对象，巴不得别人和她多接触，好跟着她"学好"。这种嫌弃，她还是第一次感受。

怕她影响什么呢，这时"负能量"这个词还没那么流行，但张小莫知道，大概是这个意思。

和普通同学之间的相处不同，在宛鸠的班主任看来，他们处在最靠前的这些人，相互之间是要再多一些警戒意味的吧。即使高三以来，除了张小莫被抢卷那一次特殊情况，宛鸠考试的排名从来没有在张小莫之前过。

何至于此呢。

虽然说了不在意，但至此之后，张小莫就很少再和宛鸠通电话，说到底，她并不特别需要这种压力的排遣。

这种警戒，其实她的班主任利老师，也有过。不过并不是这样害怕别人影响她，而是想方设法地帮她打听情报。利老师教两个班的英语，在发卷之前，会给她找来其他人的英语卷子，翻到满分的英语作文给她分析，虽然拿的都是满分，但别人的英语作文好在哪里，词汇量高级在何处，她还欠缺在哪里。然后告诉她，这是私下里，才这样给她说，对外，只有表扬她的分。只有明白自己的差距在哪里，才能在高考时不管在多严格的老师那里都不失分。

虽然在被比较时，她也会有些微微的失落，但张小莫觉得，相比起来，这种正向的警戒，她是可以接受的。

说起来，她在年级上之所以出名，除了总分排名高，更重要的是她每次语文考试的作文分都是接近满分，即使到了模拟考也仍然保持了作文的高分。别班的老师，大概也是像利老师这样，把她的卷子拿过去，一点一点地给别人分析差距和优势在哪里。

卷面的观感，是很直接的。比起答案和对错，张小莫觉得那是凝固了的征战记录，类似武侠小说里，看到石壁上留下的剑痕，观者能够心有所悟。每一题的笔迹，答题的思路，到最终的卷面呈现，能看到的东西远比最终的分数排名要多。张小莫的卷面，已经算很有优势，政治老师每次考试后，都让别人传阅她的问答题，整齐的字迹，第一句提纲挈领的句子，段落如何分布，每一句如何踩到得分点。她已经习惯了让别人传阅她的试卷，但在利老师给她看别人的试卷时，她还是有种窥私的感觉。

这种比较，在二模之后出现得越来越频繁。针对年级前十名，学校安排各班老师对他们一对一地补课。一对一的时候，需要解决他们的薄弱环节，即使是她最喜欢的历史老师，在这时也不免拿其他班的前几名和她比较。

历史老师拿别人和她比较的点，倒有些出乎意料。

他并不觉得张小莫在能力上有什么欠缺，他担忧的是其他老师都没有看出的一个问题：他觉得张小莫有些懒，不如别人勤奋，还不够努力。她现在这样的成绩，完全是靠天赋和聪明撑着，但如果她能和别人一样勤奋，应该会更上一个层次。

被历史老师这样说的时候，张小莫第一感觉是有些冤枉；但第二个感受是，好像真的被他说中了。

她的高三，没有其他人努力。

听历史老师这样讲的时候，张小莫是想反驳的。但长久以来的自省习惯让她很快意识到，她可以挤出来的时间，还有很多。别的同学的复习节奏是怎么样的，高三之后她其实很少关注了。以前她还会好奇像卢粲这样在顶端的人物的作息和学习方法到底是什么样的，到了文科她也接近顶端的时候，便很少再去思考这样的问题。

一中的同学之间，从来是不宣扬刻苦主义的。高一高二时会学也要会玩的价值观还留在他们的记忆里，就算是刻苦，那也是私下里的，在明面上流传的都是各种潇洒的故事，此时张小莫脑子里全是轻松传奇的例子。

与这些例子相比，张小莫还觉得自己的姿态太笨重了，如果翻开她的日记本，"努力"这个词应该是出现词频最高的一个，她时时警惕和反省着自己的不努力。从小到大，几乎没有人指责过她在学习上有不努力。但正是因为这种警惕和反省，几乎是历史老师一说，她就知道自己松懈下来的地方在何处。那些她还有时间看闲书，还有心思去关注电视剧和动画，还有给别人写信和打电话的时间，还有自己每晚会写日记的时间，统统都是这种散漫时刻。

历史老师为什么会这样讲，她大概也是知道的。

和其他原生的一中老师不同，历史老师是从县份上调过来的，他见识过在那些连高速路都不通的地方，学生们是如何准备高考的。相比起来，一中八点十分才上第一节课，中午一个半小时休息时间，傍晚照常放学回家没有晚自习，到高三也不过是周六加了一天补课而已。三年六个寒暑假，他们一个都没有缺过。而和她同一级的小县城的学生们，在过年的时候，外面放着烟花，镜头一移，教室里还在上着晚自习。

所以只有历史老师，能从这一点看破她，觉得她还有些懒，没有拿出半条命来拼的劲头。

张小莫知道，历史老师是为了她好。比起别班因为觉得她"忧郁"而不让自家学生和她走太近的老师来，这是一种想让她更上一层楼的善意。虽然明白，但若要让她更紧绷一些，她好像也很难做到。

三月的时候，学校安排了体检。她已经很久没去过医院了，母亲想起来还问了她一下，上次复查是什么时候。她的心脏，如果用听诊器来听音的话，还是会有心律不齐的声音。但果然是如初中时的那个老医生所讲，停药之后她没有任何大的不适。体检的时候，她很紧张测心律的项目，但好在是测血压的时候一起用机器测的，机器只能计数，听不出不规律。而内科只听几下的话，她现在的稳定程度是听不出来的。所以无惊无险过了体检这一关。虽然高考不考体育，没有说如果体检不过会有什么大的影响。

她在体力上，是有上限的。也许是因为这种自我认识，在自知要努力的时候，她又忍不住要纵容自己。

历史老师这样讲，还是让她微微地有些失落。但听到他讲自己聪明和有天赋，她又忍不住回味，原来被说聪明，是这样的滋味。

她不免想起在初中时，班主任林老师说她笨鸟先飞的日子。努力和天赋在她身上，好像是此消彼长的评价。有没有又有天赋又努力的人呢，当然是有的。她仔细回味过来，她的失落感里，更多的是读懂了历史老师的暗示，包括利老师给她看的卷面：那些比她有天赋的人，还比她更努力。

此时距离高考已不足百日，但老师们总是提醒他们，哪怕是最后一次模拟考之后开始认真学，都会在高考时收获奇迹。相应的，如果在最后一个阶段放松，三模到高考一落千丈的例子也不是没有。她本来就是容易居安思危的人，如此一来，即使觉得做不到，也不由要正视这个问题。

但在这被敲打之后的紧张中，她还是抽空去做了一件占用学习时间的事：去看望初中班主任林老师。

林老师带的他们这一届，本是退休前的最后一届。高中之后，因为林老师长住在异地带孙子，他们也没有约起来去看望过老师。如今想起来去看老师，是因为她听母亲说林老师颈椎病严重了，回来治病。在他们读初中的时候，林老师的颈椎就不大好，因为精神头撑着，常听她说犯病，但也不见有什么不好。如今听闻严重到要住院，张小莫心头一动，觉得还是应该去看望一下。在她内心深处，其实是她想见林老师了。

在这离高考越来越近的时候，她还是忍不住想要寻求一些心理慰藉。以往她只介意说她笨鸟，如今却想看看在别人眼里，她到底有没有先飞。

林老师并不是一个矫情的人，她自己说要去看望，大概多少会被拒绝。思前想后，她翻出初中时的同学录，打了几个她许久没有打过的电话。打电话时，她才意识到，她连"天才帮"几人的手机号都是没有的，更不要说是其他人的。虽然同在一个学校，她也不知道自己为什么和他们能走散得这样彻底。

相比起来，她和凌鱼的联系，还要紧密一些。她先是给凌鱼打了电话，再给涂豆和马楠打了电话，涂豆又去约了方让和赵文，方让又去约了栗景。前前后后地攒了一堆人，都没有讲因为高三要复习不想去的话。在这种时候，张小莫觉得，为了林老师而聚起来的这些人，还是当年的那个二班。

等人攒好了，张小莫才给林老师打电话，果然，听得她要来，林老师先是拒绝，但听得是这么多人都想来，林老师只好答应了。她也并没有让他们去医院，约在了她和张小莫同小区的家里，到头来，她也只用下一趟楼，往旁边单元里去坐一坐，花费不了多少时间。

林老师大概也是这样打算的，毕竟按学区分的学校，让他们来这里，离他们各自的家都近。果然，他们还是置身于处处为他们考虑的高三。

到了约定的周日，他们选在了以前的初中门口集合。凌鱼从外面赶回来，所以张小莫一个人从小区往外走，沿着围墙走到校门口去接其他人。

她到得比约定时间早，所以在学校拉上的铁门外，不由往里望了望。门卫认得她，知道她是学校老师的女儿，看到她在这里盘桓，问她要不要进去。张小莫犹豫了一下，摇头拒绝了。毕业之后，她并不是没有回来过，有时是去找母亲，有时是散步。此时她这样盘桓，是因为有些紧张，那些熟悉又陌生的同学，高中三年见面的次数并不多，再见面时，不知是什么光景。

她往旁站了几步，春天的风吹在她身上，只要不是盛暑，小城的天气总是带着凉意，她透过铁门的空隙往里望了一下，宣传栏还在以前的位置，红榜也还在，遥遥望过去，看不清上面的字。但正因为这看不见，反而有些朦胧的熟悉感。

她正在分辨自己心头的滋味，就听得有人叫她，回头一看，是方让和栗景先到了。

看到她正往里张望，栗景问她在看什么，方让接过话："在看红榜吧。"张小莫挑了挑眉，果然是曾经知己知彼的对手。

她笑了笑，方让接着说："我在学校看到你们文科的红榜了。你还是那么优秀。"没等张小莫反应，栗景就岔进来说："那是，也不看看是谁。"嬉皮笑脸地把眼前的生疏糊弄了过去。

张小莫有些庆幸，对于方让现在的名次，她并不是很了解。不过看他的神色，夸奖起她来真诚流畅，没有自怨自艾的感觉，以她前两年的了解，应该是不差的。理科那边人数多，录取名额也多，所以在名次上的包容空间也大。不在红榜前十里，也不代表没有好前程。

他们有一搭没一搭地聊天时，等的人依次来了，赵文是和涂豆与马楠一起到的，几人像刚才的张小莫一样，往里面张望了一下，看了看熟悉的校园。不过，真正的变化在门口是看不见的，新教学楼横在门口，挡住了后面被拆掉的小红楼和旧主席台，知道小红楼被拆时，张小莫觉得心里某个地方又空落了一块，但她也是个擅长麻痹自己的高手，只要自己不往回看，就总觉得二楼那个木质图书室，还一直在那里。

此时，碰了面的几个人已经就着眼前熟悉的景致，讲起以前还在学校的事，气氛一下变热络起来。张小莫觉得，选在校门口集合真是明智极了。没有她担心的尴尬，就像是他们此时只是像以前周末，在校门口集合要去看男生们踢球一样。中间省去的三年时光，一下子在这里被折叠起来。她融在这份热闹的氛围里，看着远处奔跑过来的凌鱼，颇有些时光倒流的感觉。

集合的几人里，她真正三年没见过的，是赵文。

其实也不是完全没见过，有一次和云央去音像店的时候，她远远地在街上瞧见过一次。赵文和其他两个同学在街上走着，一男一女，那种扑面而来的陌生感，让张小莫有些害怕打招呼，远远地避过了。有些情谊的还原，需要在正确的时间和场合。

到了林老师家，张小莫就觉得，把赵文叫上是叫对了。他成了全场最能活跃气氛的那一个。一进门，看到林老师养的吊兰，就回忆当年的二班，林老师也在课台旁的窗边种了好几盆吊兰，说这花不易养，夸林老师果然是种吊兰的好手，把林老师夸得乐滋滋的。然后再真心实意地给林老师送上感谢，说如果不是林老师，他肯定考不上高中。还在颈椎病病痛中的林老师，脸上出现了他们在初中三年都没见过的和蔼笑容。

以前张小莫就听母亲说过，毕业的学生中，老师记忆最深的是两种人，一种是成绩最好的，一种是最调皮的。此时他们几人算是占全，而赵文于林老师，反而有一种他们没有的别样的亲近。

张小莫乖巧地坐在旁边，听最活泼的马楠关心着林老师的颈椎，林老师和他们讲，可能还是得上课，上课的时候反而会好很多，待在家里时越发严重，人还是需要一股精神气，有了专注的事转移注意力，反而能把自己克服病痛的精神头调动起来。初中的时候，林老师常说他们气得她颈椎病都犯了，如今看来，林老师反而想念起每天要为他们操心的日子。

在旁边听着的张小莫似有所悟，人与病痛原来是存在这种关系，林老师不愧是放学后每天都要教他们一点人生道理的高手，如今哪怕是在给他们解释自己的病痛，都能让她感悟到几分。她初三的病痛，是否也是用一定要考入一中的精神头撑过去的呢。

寒暄一番后，林老师开始一一问他们高考的打算。方让想报提前批的学校，马楠应家里人要求想要学医，赵文想要报体校，涂豆想要学金融，听得别人答得这样快，张小莫才反应过来，自己对于未来的想法如此模糊。这时，凌鱼讲，自己的目标是考一本，然后再想要去哪个城市，这才让她从模糊的答案里扯出一个线头。

她第一次向别人表露出这个答案，她心中的保底学校，是排在前十的一所学校，以她的成绩，如果以此为目标，毫无压力。她对未来的屏障，好像既模糊又跳跃，她不太清楚自己在大学想学什么，但她又知道，自己憧憬着在哪一片的城市圈生活。

听了她的答案，林老师没有觉得她目标不清，反而赞赏她思路正确，先想好了自己要在哪里发展，也是一种思路。听得林老师的肯定，张小莫不由有种上学时在课堂上答对了问题的感觉。

讲出这个答案，她心里突然松了一松，不知是保底学校的确认带来的安心感，还是被尊敬的师长肯定的踏实。其他几人笑着起哄说她连保底学校都定得这么高,方让则在一旁告诉了林老师,张小莫在前两次模拟考的排名和成绩。

林老师一听,好像马上就知道她在担忧的是什么,对着"天才帮"几个人说道:"你们几个里,我最不担心的是涂豆,她是心理素质最好的。马楠你有自信,这很好,但是要更踏实一点。凌鱼你在高中很努力,中考差一点,高考可以再争取回来。至于张小莫,你的成绩我一点不担心,最重要的是要调整好心态,不管选择去哪里,你都不会差。内向的人喜欢什么都放在心里,但我知道,你不是内向,你是内秀。"

听到这里,张小莫眼眶一热,往旁一看其他几人,也在静静地听着上考场之前的最后教导。像是她们之前准备第一次决定人生方向的大考一样。

正在气氛感人又严肃的时候,赵文缠过去问林老师:"那我呢,那我呢?"林老师点了赵文的额头一下,说:"你聪明有余,努力不足。快要考试了,少去网吧,少打点游戏。"赵文脸一红,也没有反驳自己没有打游戏,大家一看他的窘态,又一下都笑起来。

林老师再交待了栗景几句,就算是心态再随遇而安,高考前也要紧张起来。最后把方让叫去一边,声音低下来,细细交待他。

张小莫离得近,因为敏感,耳力又好,在赵文和涂豆的逗趣中,还是听到了几分。林老师在和方让讲,他父母离异,又都重组,两个家都回不去,去提前批确实是最好的选择。但反过来,他妈妈家条件好,不管他想读什么都会支持的,不要放不下面子。之所以这样判断,是因为初中的时候,方让妈妈背着他来找过几次林老师,表达了这个意愿,他妈妈并不是他想象中那样不关心他。

下意识的,张小莫往笑闹的人群里又挪了一挪,装作自己并没有听到。马楠一把揽过她,把她带进包围圈,说:"我们几个里,你还是这么厉害。"张小莫摇摇头说:"大家都很厉害。"又问了几人二模的情况,毕竟是一个学校,和凌鱼又都是文科,节奏都是一样的，很快凑在一起讲起备考来。

等到日光渐斜的时候，林老师要赶他们走了，从约的时候就特地错开了两个饭点，并没有留饭的意思。平日里林老师不住这边，只是去医院时会过来，这次是因为他们要来，便在这里等了他们。但这一下午，他们收获不小。

时间倒早不晚，离晚饭时间还有一会，几人便提出来，想回学校看一看。于是张小莫陪他们走回去，给门卫大叔打了招呼，保证只在操场上转一转就出来，不上教学楼，才把他们都放了进去。

这一进去，变化委实不小，赵文跳上黑色河沙跑道跑了几步，这粗粝的脚感，与高中的塑胶跑道相比有种质朴的原始感觉。想起他们初中时就是在这样的黑色尘土里跑了三年，大家不由一阵唏嘘。赵文和栗景先到处跑了起来，赵文跑去足球场，栗景跑去篮球场，大家便四散去各自看看。张小莫站在教学楼前等他们，背过身，又走回玻璃橱窗前。上面一边是特级教师和一级教师的照片，另一边的红榜上，陌生的毛笔字，写满了陌生的名字。

她正看着，感觉到身边有人过来，一转头，是方让。对这张红榜这样有感情的，除了她，可能也只有方让了。方让在她身边站定，说："本来我还以为，还有和你在同一张榜上的机会。"张小莫盯着橱窗，半认真半开玩笑地说："如果还和你在一个班，我现在的成绩可能会更好一些。后来我再也没有遇到像你一样的竞争对手了。"

站在她身边的人，比起同学和对手，她其实内心更想定义为战友。因为经历过太多场相同的战役，因为知道彼此的不甘与不服，因为知道对方在这张红榜上到过什么位置，所以知道在少年时，他们对未来本有着更多的野心。

上一次他们这样并排站在这里时，他说的是，他只服她这一个第一。

但她现在，已经不是第一了。

并且，她知道自己就算再努力也很难做到。

这是她刚在林老师家，当着众人都不敢表露的遗憾和躲闪。

夕阳打在玻璃橱窗上，折射出这个时间点熟悉的光线，可以将人在玻璃上印出清晰的影子。所以不用转头，也能看清旁边人的样子。

旁边的男孩说："林老师说得对，后来，我也再也没有遇到过像你一样内秀的女生。你要知道，你的优秀比起分数要更有内涵一些。"

三年又三年，加上小学，算起来，这是她认识方让的第八个年头。因为这年岁，这话语的分量，好像更重了一些，有种感人的信服。

此时，吹过来一阵傍晚的暖风，好像和上一次他们在这里立定时，并没有什么不同。

不知是不是第二次模拟考太难的原因，回去上课后，周遭很多人的压力在这个时间节点爆发。

有些人的爆发是外放的。比如坐在张小莫后排的元彬同学，在发历史卷子的时候突然崩溃。领到卷子后，回来趴在桌上哭得起伏不定，一抬头，通红的脸上糊着泪痕。张小莫赶快抽纸巾递过去，待他平静下来问他怎么了，元彬同学这才说，刚才发卷的时候，历史老师讲了他一句："你好歹是历史课代表。" 张小莫并不觉得这句话重，但她也能理解元彬同学的崩溃，他自请当历史课代表的那一幕还历历在目，那时历史老师，对他们好像都有无限的包容、期待和鼓励。但随着高考越来越近，也许不宽容的并不是老师，而是所剩不多的时间。

看着哭红了脸的男孩，一张长在她审美点上的脸，因为从脖子起来的潮红而损失了一些美貌度，再看一眼坐在旁边不知所措的冷美人同学，张小莫不由在想，要是冷美人同学哭起来，说不定会更好看一些。

只是并不是每个人的崩溃都这样外放，更多的人在自己默默忍受和排解。只有很亲近的人，才能慢慢看出一点端倪。

春夏之交，正是过敏发作的时候。前排的郁巧戴着口罩来上学，已经有几天的时间了。中午吃饭的时候，张小莫往前坐，这才发现她脸上有一块红斑，仔细分辨下，像一只红色的蝴蝶。

蝴蝶型的红斑。她脑子里某部小说的记忆一下子苏醒过来，看着郁巧的脸，她小心翼翼地问："这是什么。"

郁巧看着她，没有遮掩，毕竟后来的《槲寄生》和《夜玫瑰》都是她们俩一起看的，郁巧很清楚张小莫在想什么，点点头说："就是那个红斑狼疮。"

赶在张小莫有所反应之前，郁巧说："但没有书里讲的那样严重，好好治疗和吃药，是可以正常生活的。"张小莫问她，是什么时候的事，郁巧说，是三月体检的时候有些异常，做了些检查，最近才确诊的。并没有太多的麻烦，只是不能晒太阳，不能见光，还有吃的药里有激素，最近胖了不少。

张小莫这才观察到，郁巧最近是胖了不少。因为每日相见，所以觉察得不明显。但若特意这样一说，还是很容易发现。

这个学校相传的校花虽多，但在张小莫心里，排在前两位的，一是尹松，一是郁巧。尹松是初遇时一头蓝发的惊艳，郁巧则是像洋娃娃一样的精致，两个人的身材都修长挺拔，尹松要更纤瘦一些，郁巧要更匀称一些。如今恰到好处的比例，因为浮肿，微微地变了形。

作为颜控的张小莫，不仅能欣赏男孩的英俊，更能欣赏女孩的美丽。

郁巧的美，是一种既温和又夸张的甜美。夸张的部分，是因为郁巧很像漫画里走出来的人物。张小莫和她都是自然卷，但郁巧的卷发是漫画中黑色公主的大波浪，就算扎起来，也像是披发一样，很是洋气。小巧的脸上，长长的睫毛，还有她觉得不够白的皮肤和烦恼的雀斑，都有一种超脱现实的漫画感。

有这样一副惹眼长相的郁巧，在气质上却因为超乎常人的安静和收敛显得相当温和。张小莫自己就已经是一个格外安静的人了，郁巧的安静比她还要收敛，几乎是隐匿气息一般的存在。这大概是张小莫从高一起就喜欢和郁巧在一起的原因，待在郁巧的旁边，她能感受到一种自如的宁静。

但张小莫知道，其实郁巧身上随便外露一些特质，就能让她引人注目。郁巧唱歌，其实不输拿了校园歌手大赛名次的康翩翩，她在初中时是校合唱团的成员。郁巧画画，在那么多会画画的人里，她的画是张小莫想要收藏的存在。但她平时不展现这些自己的特质，展现得最多的，是做手工，帮她们包装礼物，打出一个个张小莫怎么也学不会的蝴蝶结。

蝴蝶结的打法，郁巧教过张小莫很多次。从腰带的打法，到丝巾打法，再到头绳的打法，张小莫总是学了就忘。但郁巧随随便便就能打出一个端正的蝴蝶结，这是张小莫非常羡慕的一个技能，因为她和郁巧都是蝴蝶结的狂热爱好者。特别是郁巧绑在头上的丝带，不同颜色的绸缎，在她头上开出不同的蝴蝶结，让张小莫在上课发呆的时候，眼神总有瑰丽的落点。

郁巧的手，应了她名字中的那个巧字，除了做手工，也很擅长维修数码产品。平时张小莫她们的电脑、手机、CD机有什么问题，都是问郁巧解决。但这样的一双手，却不怎么好看。和张小莫一样，郁巧也年年长冻疮，每年冬天都要经过一次浮肿溃烂，因为手比张小莫要大，所以看上去伤痕更恐怖一些。

因为同为自然卷和易长冻疮，张小莫和郁巧有种同病相怜的感觉。郁巧给她分享离子烫怎么把头发拉直，虽然张小莫觉得她的大卷很漂亮，但自然卷的人都有黑长直的执念，郁巧带着她去探店，告诉她怎么拉刘海比较划算，变直了的自然卷，解决了张小莫在外貌上很大的烦恼。同样分享的，还有无数种冻疮特效药。和郁巧的交往中，张小莫总觉得自己是受照顾的一方。郁巧的身上，有一种反差感的豪气，像是她天生担负了要照顾人的天职，把所有事都照顾得妥妥帖帖的，喜欢照顾别人，但半点不接受别人照顾她。有时张小莫会觉得，郁巧比她周围的所有男孩，都更加可靠，但凡换个性别，没有人会比她更像是理想男友的最佳人选。

就像此时，明明是她在关心郁巧的病情，这病到底是什么原因引起的，但郁巧的落脚点在于：医生说冬天反反复复长冻疮的人容易得这个病，因为血液循环不好。反过来让她一定要注意，最好大学选一个冬天比较温暖的城市。

对安慰的话，张小莫总是讷言的。

她关心的思路，总是寻找原因，是什么，为什么，如何做。了解完之后，才把与小说里的病情对应上的悲伤与震惊稍稍缓解，但脑子里还是在想，为什么会这样，为什么是在高三。

在毕业考这一年得病的感受，没有人比张小莫更加感同身受。

这是她走过一遭的试炼。但不是所有人都能像她一样，得到一个虚惊一场的结果。

在这种时候，人的坚韧的一面，好像就会徐徐地在眼前铺展开来。郁巧爱美，从扎头发的缎带到衣服上的蕾丝每天都打理得精致，更不要说身材的保持。如今，连张小莫都能观察到她的发胖，即使从表象来看，治疗过程也不是像她说的那么轻松。

郁巧开解她，自己算是好的了，治疗得也及时。说同时去看病的，还有一个体育生，是打女篮的，因为打篮球被大学自主招生降了分，所以必须要上场打球。这个病不能激烈运动，不能晒太阳，但对于她来讲既不能停止训练，也很难躲避光线。人生，就是有这么多迫不得已，即使在病痛之前，也有放不下的前程。

相比起来自己可以安心休养，郁巧觉得已经很幸运。看着郁巧脸上生动的雀斑，张小莫觉得自己初三时误诊时的自怜，好像又消弭了几分。

郁巧讲的体育生的事，让张小莫又联想到了其他一些事。自主招生这件事，虽然过去了不短的时间，但还是在她心中的一根刺。特别是后来，她知道自主招生的学校，并不只来他们学校主动招生的那一些，还有自己报名去考的。不用特别出众的成绩，比如会网球、大提琴，这样一些相对冷门的才艺，而大学里的社团刚好需要人，也可以降些分。她想去的保底的大学，就给一个去展示了大提琴才艺的同学降了五十分。而这些信息，都是需要家长通过特殊渠道才能关注到的，比如卢粲那天抛下她时去听的那个老师讲课，补的并不是课，而是如何选学校的知识。

某种程度上，这是一种特权和阶级的体现。高考虽然是他们人生中最公平的选拔，但在这最公平之中，还是有无数可上可下的操作空间。有些人甚至都不需要具备一些技能，只要有这个信息渠道，一些不太热门的大学，去考几份比较刁钻但难度不大的试卷就可以。

知道这些消息时，张小莫无比清晰地认识到，自己是"平民"的这件事。站在和千军万马一起去挤的独木桥上，这些信息很容易让人心理不平衡。

离高考越近，一些之前无关紧要的砝码，好像分量就越重起来。比如她不得不面对的，别人有少数民族加分这件事。高考中的十分，拉开的差距也许决定的就是一个人的命运。之前模模糊糊的时候，她还觉得这件事强求不来。后来有一天，她听母亲说，本来母亲的户口本上是苗族，但因为当时来城里，觉得少数民族会受歧视，比如"苗里苗气"，就是不大好的形容词。后来有机会，母亲就随她父母中的另一方改成了汉族，谁知道后来少数民族有政策可以加分。

原来不知道的时候，她只是有些羡慕，知道这件事后，难免更加失落。他们同学中，有的是高瞻远瞩的家长，想尽方法给孩子改为少数民族。而她本来可以有的东西，却因为这样的原因错失掉了。这种时候，她在失落之后，又会更加警醒一些，她除了自己的考分之外，不能肖想任何其他的助力。

但同样是高三生，有人会有特权或分数的加成，也有人会遇到家庭或病情的困扰。处在他们中间，不偏不倚的这个位置，或许已经算是幸运的一种。因为他们面对的，是同一场比拼。在考场上，没有人会去关注你的场外因素是什么。

放学时，经过学校的游泳池时，张小莫有些静默，拉着云央，绕过去走近了些，隔着栅栏望里看了看那池水。学校的游泳池很脏，里面的水像是很少更换。秋天的时候里面有落叶，春天的时候有飞絮。池水比起蓝色，更接近碧绿色。

高二的时候，考800米，体育老师给他们提供了一个替换选项，可以游200米。他们班有同学选了，正是秋天的时候，一个瘦高个的女同学，真的带来了泳衣，在瑟瑟秋风中扎进了这一池看上去不怎么干净的冰冷池水。但200米好像比800米无论如何距离短了许多，全班人围着泳池，看那个女同学考试。她修长的四肢一下一下地划着蛙泳的样子，不知怎的，在张小莫的脑子里又闪现了出来。当时800米跑到要死的时候，她是觉得这200米比较轻松，但又不是人人都会游泳，会游泳的人也不是个个都愿意扎进这滩碧绿的池水里。

她盯着这池春水，感受了一下上面的漂浮物，让自己再度感知，这200米的距离，也未必比800米要轻松。

云央也不问她，为什么跑过来看这泳池。说起来，他们校园里的这一块，高三之后他们就很少过来了。负一楼是音乐教室，一楼是体操馆，二楼是室内篮球场兼小礼堂，这一切活动，与高三的他们的联系都很遥远了。

更加遥远的，是张小莫学过的琴，练过的书法，学过的画画，练过的体操，那些所有母亲给她的通识教育，最后留在她身上的，只是一些记忆和印迹。

此时，她对那个因为大提琴拿了她或许会去的那所学校的五十分降分的同学，再也没有一丝妒忌心。因为她知道，别人在更漫长的时间里，在看不见的地方，付出了比她更多的努力，那些走了捷径的人，有些也是在秋风中，游过这池碧水的人。

而人们总是在比较中，才能意识到自己的处境。每个人，都有自己要面对的课题。

他人的烦恼是什么质地的呢？

睡不着的夜里，张小莫会去听深夜电台。手机有收听电台广播的功能，还是小绒回来之后告诉她的。她通常的作息，是睡前背好书，然后把书放在枕头旁边，闭上眼睛再默背一阵。状态好的时候，就会直接睡着。但也有实在睡不着的时候，翻来覆去的，辗转难眠到一定程度，她就知道要起来消磨一下时间了。

她喜欢听的深夜电台，通常是个男主播，风格走的是毒舌路线。因为风格太强烈，所以听到的人只有两种反应，一种很喜欢，一种很讨厌，中立是很难做到的。她一开始，也觉得这主播傲慢。她并不喜欢傲慢的男生，何况还是成年了的。但听他在自己的世界里，有人追捧，有人谩骂，有时碰壁也不觉得灰心，有时清醒到让人又很佩服。这样的人，既可爱又可恨，好像是一个展示人性复杂的多面体，权看你看到他哪种面目更多一些。有人一叶障目地护短，也有人抓着讨厌的点不放。

她在小区里认识的复读的姐姐，以往暑假的时候，去上过这个男主播开的吉他课，说本人长得还挺不错。凭借着优质的声线，再加上认识的人对相貌的认证，听得多了，深夜里那些毒舌好像就变得有趣起来。

当然也会有觉得主播缺乏同理情的时候，深夜发短信过去求助的人，通常都是情绪脆弱的人，他总是会当头棒喝地震碎女孩们那些矫情的情绪，让人羞愧之余，他又会送上些软声的安慰。颇有些历史书中说的大棒加胡萝卜的感觉。

听着晚上这些陌生人们的烦恼，不知为何，她会有一种奇异的被安抚的感觉。歌词里说，烦恼能解决烦恼，讲得一点也没错。不管是自己的，还是他人的。而这些素未谋面的他人的烦恼，因为隔得遥远，即使同情，也只是有同样参考的作用，不会给自己造成过多的负担。

在这些或细碎或重大的深夜烦恼前，她会搁置自己的焦虑，模模糊糊睡去之前，会记得长按关机键。于是深夜电台，便成了她备考前夜里，二次助眠的一个要素。

　　日子久了，她很容易就发现这个主播的一些习惯，在遇到他不擅长的问题时，声音有些做作和呆滞；但在真情流露时，声音又变得自然和谐。这个男主播回复的烦恼里，她印象最深的是一次他对师生恋看法的回复。

　　听到一个女孩告诉他自己纠结要不要跨入师生恋的烦恼时，男主播一改平日玩世不恭的语调，一下变得严肃起来。他说，无论在任何场景下，他都不赞成师生恋。因为在讲台上的人，他准备了一桶水，舀出来给你看了一勺。因为这样的人展示的博学，是一种有准备的展现。这种准备，如果延展到个人魅力，其实是一种经过伪装的信息差。这种信息差下的好感，并不是真的好感。对坐在台下的人，并不公平。

　　为了说服那个女孩，他不惜以自己举例，他在做节目时那些举重若轻的回答，那些听众以为他的风趣幽默，都是在上节目前做了怎样的功课，并不是他智慧超群。在那个深夜，为了劝谏一个要踏入师生恋陷阱的女孩，他以男性视角和作为人师的经验，可谓苦口婆心。没有嘲讽，没有耍机灵，只是诚挚地让人看看这份真相。不止老师这个身份是这样，凡是站在准备了一桶水的位置上的人，都是这样。女孩要慎重地去鉴别，不止这一次，以后都有用。

　　张小莫觉得，这一晚的电台，应该是她至今为止，上过的最好的情感教育课。

　　她突然起兴，发了一条赞美他的短信过去，然后问他，怎么看黄蓉和郭靖的爱情。大概是赞美写得到位，对面心情很好，很爽朗地笑出了声，说：喜欢武侠是吧，我也喜欢。然后问她：黄蓉和郭靖哪个放在前面呢？

　　后来的一番议论，让她马上就明白，他其实根本不懂武侠，也不懂这个故事。这是一个他硬答的问题。大概想表达的意思是说，这毕竟只是表面上的爱情，至于深入的、家常的、平凡的，诸如洗衣做饭吵架之类的事，我们是不得而知的。想一想，如果他们之间没有那么多惊心动魄的故事，那么我们会不会向往，而后会不会喜爱。

虽然是硬答，但她知道他想表达的是什么。生活中哪有这么多惊心动魄，多的只是平凡琐事。就像她在听电台的时候，光是别人不同质的烦恼，都可以让她从现实生活中短暂地抽离一下，在二次助眠中，获得一晚的安眠。

深夜电台让她意识到的另一件事，是她即将要离开这座城市。

在男主播的节目之前，还有一个女主播的节目。是亲切的，温暖的，治愈的。有时她听得早了，会把前面节目也听两句，有一天，刚好听到这个女主播念一封听众给她的告别信，刚好也是高三生，说自己考去外省之后，不知还能不能听她的节目。女主播又抱歉又不舍地说，不可以了，因为调频，外省收不到这个电台。

不知为何，这种电波上地域的阻隔，突然让人深切地领悟到了，离开一座城市，在具体细节上的意义。顺利的话，将要远走这件事，于她好像没有太多的惆怅情绪，在这一地，她并没有值得这样留恋的人和事。甚至没有一个电台，值得她考虑，要不要写一封告别信。

离三模越近，她听电台的时候越少了。并不是失眠减缓了，而是觉得不敢浪费这个时间，如果睡不着，还不如起来背一背政治书，助眠效果也是不错的。最后一次听电台的时候，那位男主播讲了他播音语速慢的理由：他说他语速慢，是因为他不想出错，也不能出错。

这一句，引得张小莫自己也心酸起来。这世上，不只是她，过着不能出错的日子。

从这个意义上，他人的烦恼，不管是异质还是同质，都有着安抚人心的效果。这世上的那么多人里，一个人的那么多面里，总能在某一瞬间，达成理解。

这种时候，她就觉得自己的烦恼好像很渺小，但她的烦恼并不孤单。

再说，这种不能出错的日子，剩下的也许已经不多了。

再坚持一下，也许就能到一个休憩的尽头。

第三次模拟考的时候，已经进入五月初夏，是张小莫一年中最喜欢的时节。

每到这个时候，她的感官总会特别敏锐，像是所有感知都随着初夏的朝气而萌动起来。早上有时候，甚至会比闹钟先醒来，拉开窗帘推开窗时，那种酝酿在晨风中的凉意，带着窗外混杂了各种植物的香气。

这个季节，路上会有挑着担子卖栀子花的妇人，两毛钱一捧，七八朵，拿回家放在水里，能散发一两周的香气。这是母亲唯一会买回家的鲜花，因为便宜、好看，而且香气浓郁。平日，母亲会觉得假花比鲜花要划算得多。于是，栀子花便是张小莫在家里能闻到的最新鲜的花香。

她挺喜欢栀子花，花瓣大朵，能够清楚地知道香味的来源。不像八月时楼下的桂花，香气隐在树丛里，有种让人找不到来源的迷失感。他们小区中的花树，还有槐花，米白色的花粒混在叶片里，只有在掉落在地上密密麻麻一片时，能让在树下玩耍的小孩意识到它们的存在。

也许从对栀子花的偏爱上，可以展示她内心并不低调的一面，花朵要大，香气要浓，展示花开时要醒目招摇。这和她喜欢红榜，也许原因如出一辙。

第三次模拟考，从心理战上讲，是让他们感受一下触底反弹。二模之后，大部分的同学的情绪多多少少有些受打击，老师们讲这是正常的，在这个时候崩溃，总比之后要好。到了三模，已经是帮他们重塑信心的时候了。

尽管知道三模是三次模拟考里最简单的一次考试，但分数出来之后，张小莫的成绩还是让班主任和同学激动了，她这次的总分是全省第二，超过了上一年P大的分数线。虽然只是模拟考，但作为离高考最近的一次参考成绩，还是有着举足轻重的分量。

三次模拟考，学校都贴了红榜，但这一次，连张小莫都感觉到了不一样。她明白，这是她上学以来可衡量的名次中，考得最好的一次。全省第二，如果这个成绩能保持，意味着在千军万马的那个独木桥上，她不用去看这一年的录取率，也拥有了绝对的选择权。各个大学来招生的老师，也会以这次考试的成绩作参考，挨个来争取要去他们学校的学生。

　　对于高考前最后一次在本校的大考，张小莫的各科老师对她都不能再满意了，在一对一辅导的时候，比起教导，期冀的成分要更多一些。她不能说有些飘飘然，但确实觉得自己在考前的心态已经调整到了最佳。

　　在她最喜欢的五月，天气不冷不热，在考场上不用和气温做任何斗争。在改卷时，老师们的判分也松。这一切都是她最佳发挥的原因，但这也意味着，到了高考的六月，无论是天气还是判卷，都会更为难人一些。她心里是清楚的，到了正式高考的时候，她还是不敢凭自己裸分去和别人的加分拼的，但这一次的考试，好像也确实是一个证明，证明她凭自己的实力，走到了这个可以肖想最高峰的位置。

　　她还是没有到红榜的榜首，但好像已经可以安抚一个月前，和方让一起站在初中学校红榜前的那个自己。在高中快要完结时，她可以和初中时的自己讲，三年后的她，没有辜负那时的自己对未来的期待。没有下坠，没有放松，没有泯然于众人。

　　至少时间线走到这里，她没有遗憾。

　　从他们学校的安排来看，三模之后，也是到了靠他们自己比靠老师要多的时段。

　　三模之后，他们开始上三休三的上课节奏。他们被给予更多的在家学习查缺补漏的时间，然后在到学校来的时间，集中提问和找老师解决问题。这个一中的传统，经历了数届学生的实战证明行之有效，而学校也相信他们的学生有这样的自主能力。

在打破了一周正常的上课作息后，日子以三天为一个循环，日历上的工作日和休息日对他们来讲已经没有参考意义，上学上得有些不知年月的意味。就在这不知年月中，跳出来一个约定的日期，是他们拍毕业照的时间。

毕业照分两个场景，一个在主席台左边的阶梯上，一个在学校大门口的牌匾下。也就是说，他们会拥有两张毕业照。两张毕业照之间有什么区别，她不知道学校是什么打算，但作为文科分班生，对她而言最大的意义是，在第一个场景时，她被前一个班的同学邀回去一起照了毕业照。

所有分班离开的同学，都回到各自的班去照了第一张毕业照。是他们高二时的班级构成。学校没有明说，靠着老师的授意和同学们的邀约，默契地完成了这个沿袭下来的传统。

站回十班的毕业照队伍里时，张小莫百感交集。从仪式上，她是和两个班的人，都一起毕了业。在她认知里，她还是觉得自己进校时分的这个班，是她的班级。

她厌倦过集体，也代表过集体；话剧比赛的时候，短暂地成为过这个班的核心；篮球比赛的时候，短暂地靠近过男孩们的核心；在空虚排行榜上，即使在分班后，她也在小黑板上长久地留下过名字。她在这个班的存在感，比她想象的可能还要强，因为即使是分班后进来的同学，也都认识她，知道她是原住民中的一个。她身上打下了这个班级的烙印，虽然她还不能总结出，这个班的烙印是什么。可能是中庸，可能是温和，也可能是凝聚力强。

不过不管是哪一种，她站在队伍里，和云央牵着手，对着镜头跟着摄影师说茄子的时候，她觉得自己在这个班的日子，都不算虚度。

照完高二时的集体照，大家赶场似的又跑到学校大门口去照正式的高三毕业照。这个时候，郁巧和她的行动是一致的，也是在这个时候，她才会更深切地认识到，她们是真正互相陪伴了三年的人，不因任何场合而分离。

时间的长短，与情谊的深浅，有时没有关系，但有时，它确实是一种证明。

跑在路上时，她看到卢粲和南易从隔壁班跑出来，再跑几步，尹松和小绒也从自己高二的班级那边赶了过来。于是他们从分散到集中，汇合起来，好像是实体演示，他们的高三是如何聚合在一起，有运气的成分，更重要的是，他们有相同的选择。

把校服整理好，按次序踩上木板，校长和教导主任在前面不动作为背景板，同样不变的背景的还有身后金光闪闪的牌匾，这金光中既有日光，也有一中桥下波光粼粼的河水的反光，混在一起，斑斓又迷离。

这是一场形式上的提前告别，但好像又没有什么比它更清晰地告知，不管每个人考的结果如何，这一群人聚在一起的日子，都定格在这里，不会再重来。

这座小城的人，其实是没有雨季的概念的。但六月的雨，确实让人印象深刻。

因为小城三天两头下雨，所以张小莫熟悉雨的各种形态：毛毛雨、小雨、中雨、大雨、暴雨、太阳雨……但只有真正影响到人生活的轨迹时，对那一场雨的记忆才会深刻。

就像后来有人说的，放进记忆里的东西，一定要有什么内在的关联。

六月时的雨，给人印象之所以深，大概是因为和考试的时节连在了一起，无论是中考还是高考，都在这个时节。

再往前，印象最深刻的雨，要追溯到她小学时一场突如其来的暴雨。当时他们家还没搬新家，在老房子里，除了家里的红色电话机外，没有可以联系外界的途径。张小莫打电话去母亲办公室，没有人接，但凭着时间推算，母亲是被雨困在了学校。

到底要不要去接母亲呢，年幼的她，看着窗外的暴雨其实有些害怕。或许母亲已经借到伞回来了，或许可以等到雨停，但她想了想，还是拿了伞出了门。因为觉得，在明知自己已经推演出母亲处境的时候，自己不能安心在家。

那一次的暴雨，也许并不算小城能排得上号的大雨中的前几位，但她孤身走在路上时，感受到了风雨飘摇的意味。大风把大段的雨丝扫进伞下，避无可避，总逃不脱一身湿的命运，打不打伞其实区别并不是很大。她一边走在路上，一边有点了悟，她之所以出门，并不全然是出于对母亲的担心，还有一些因素，是要给母亲做面子。

那个场景，在她脑子里已经有画面了，她认识的老师们站在学校门廊处，等着自家的孩子拿伞来接。就像她在幼儿园时，等着家长来接的小孩一样，先被接走的小孩总会比较有面子，而等到最后的小孩会感到失落和焦急。

学校离家只有五分钟的路，就算难走，也很快就到了，和她想的一样，老师们聚在遮雨的门廊处，一边聊天一边向外张望，不知是在等人，还是在等雨停。总之黑压压的一群人，都聚在一起，站在判断雨势大小的第一现场。

她出现的时候，母亲明显露出了惊喜的神情，一边问她怎么来了，一边左右给老师们解释："这孩子，我都没有给她打电话，就自己来接我了。"然后老师们一人一句地夸她懂事，不仅学习好，而且知道关心人，母亲一边应着，一边谦虚，但转过头来，第一句对她说的话是："呀，下雨天来接人，怎么不知道多带几把伞呢。"

听了这一句，张小莫惶恐起来。她马上想到了，这么大的雨，一人一把才够。还有，既然她推算到母亲被雨困住了，那被困住的老师还有很多，要是多带几把，可以借给别人。旁边的老师们纷纷帮她开脱，其中一个说："小孩子嘛，能想到来接人已经很不错了，我家孩子打电话喊他来都不愿意来，只顾着在家里玩。"然后让母亲赶快先回去，不用管他们。

母亲一边抱歉，一边搂着张小莫，打开伞进了雨里。两人在一把伞里，挨得紧紧的，母亲兴高采烈地问她："你怎么想到来接我啦？"

张小莫说："我看下雨了，你老不回来。你怎么不打电话叫我来接你。"母亲说："我看天边是亮的，想着一会就停了，也不急这一会，这么大的雨你出来也是湿的。"

张小莫还沉浸在刚才自己的失误里，说："那我下次来多带几把伞？"母亲笑了笑说："也不用，你多带了也不知道借给谁。到时还得罪人。"然后搂着她，开开心心地往家走，把她懂事的话说了又说。

记得这样清楚，是因为她下雨天去接母亲的行为，只有这一次，但从此就是她自小就懂事的证明，被学校里的老师们传了又传。在她长大后，母亲讲起来，就是用作反例，说她越大越不懂事，小时候明明还知道关心人，下雨天都知道去接人。

这座小城的雨这样密，为什么她只去了那一次呢？

去看高考的考场时，她看完后坐在父亲的车上回家，在路上看着外面瓢泼的雨，不知为何想起了这一段。大概是因为她的懂事，比起自发的意愿，满足他人期待的成分要更多一些。

母亲后来，再也没有遇到要她去接的情况，在办公室放了伞。而她读初中之后，繁重的学业下，母亲并没有再要求她做这些看上去懂事的做秀——不仅没有要求，甚至没有期待。在她想起来是不是要做些家务时，总是会被说不要添乱，被说只要她好好学习，就是最大的懂事。

如今想来，母亲对她，除了学习之外，并没有其他的任何要求。而在学业的判断标尺下，母亲对她寄予了和同年纪的男孩同样的，甚至更高的期望。从某种意义上，因为成绩可以改变人生的平等的可能，她作为独生子女，拥有了几乎感知不到被差别对待的一段时光。

这时的她，还不知道自己这一段时光是多么幸运，这是在高考的公平和时代的洪流下，共同造就的一段提纯的幸运。到此为止，她的努力，对应着她能力范围内的相对公平。

因为有高考的存在，母亲的期望，与她要奔赴的未来，趋同一致。不管后续如何，至少在这里，满足母亲的期待，与她自发的意愿是一致的。到此为止，她的努力、她的逃离、她的奔赴，都得到了最大的成全。没有其他的家务事来分她半点心。不管后来她细细咂摸出在成长中有多少毛刺，但她必须要承认，这是她人生中最大的幸运之一。

在看完考场的雨势中，她突然觉得，之前在这座小城度过的十八岁，也许就是她人生的一条分界线。高考前，母亲陪她去这座小城最出名的一座寺庙拜了拜，抽了一根红签，上书：鹏程万里。

不仅是飞得高，而且是飞得远。

六月的雨，虽然下的次数多，但并不连绵。两天的高考，只下了一天的雨。

和中考一样，张小莫在的考场与同学们大多分散。因为分散，她的考场甚至没有见到太熟的老师。不管是班主任还是她最喜欢的历史老师，都没有出现在她最后的考场里。她也没有让父母在外面等她考试，觉得没有必要，而且压力太大，算好时间来接她就行。

两天的考试，她分到了两个学校的考场，第一天的雨中，她还见到些熟悉的同学。考到第二天时，分到一起的同学已经寥寥无几。以至于最后一科英语考完的时候，等到了最后一分钟交卷的她，出来之后没有一个认识的同学。

这一年的卷子，非常简单，提前交卷的人很多，但她刻意坐到了最后一秒打铃才交卷。一是习惯，二是想把这高中最后的时刻，再感受和记忆得更分明一些。

但铃声响起的那一刻，她蓦地有一种强烈的感觉：随着这震耳的铃声，高考之前的日子，她一刻都不愿意再多想；高考之前的日子，她一天也不愿意再过了。

宣告结束的这一刻，排山倒海的疲惫和松弛感，潮水一般地包围了她。

她跟着稀稀疏疏的人群走出教室，走到操场时，下午五点钟的暖阳轻轻地裹住了她。她在操场上站定，静静地晒了一会太阳。像一只奔忙骤停的猫，安谧地让日光一根根地梳理她的毛发，梳理陡然涌上她心头难以言喻的种种感受。她的感受非常复杂，但她的想法又非常简单，她不想撕课本，也不想狂欢，只想回到家，倒头睡上三天三夜。

她也觉得惊讶，到了这传说中的高考结束后的一刻，她的愿望竟然这样朴素。

考场的这个学校，与她的母校一样，都在河边，处于一条河不远的上下游。她深吸了一口气，感受到日光中河流的味道，日光偏斜，把教学楼和围墙在操场上照出了明暗分明的影子。于是操场上被分出两半，一半阴凉，一半光亮。她抖了抖被日光晒出的睡意，抖擞了一下精神，迈出步子。

不知为何，她给自己鼓了鼓劲。

再一步，她就要踏入不同的世界。

爱弥儿(代后记)

对我们每一个人来说，重要的是一切现有的和将有的时间、地方、人和东西；我们的个体只不过是我们自己的最小的部分。我们可以说，我们每一个人都扩展到了整个的世界，在整个的大地上都感觉到了自己。

——卢梭《爱弥儿》

高考之后的很多年里，张小莫都还会做关于考试的梦。

按理说，对她来讲，是不应该有这样的梦魇的。她总是梦见，自己在考场上答题时间不够，考试结束的铃声响起。然后她从噩梦中惊醒，在幽深的夜晚，慢慢辨别现实和梦境。等神志慢慢清明，知道虚惊一场，然后如释重负。

后来她看弗洛伊德，讲人如果梦见过去顺利的事在梦境中失败了，是因为现实中又将面临重要的考验，以此来说服自己给予信心。

如果这种说法成立，那说明，在她的大脑里，还没有比考试更强烈的证据，能够让自己确信眼前困难的事将会顺利。

高三的那一年，有一本书她买了很多次给朋友当礼物，叫《我爱阳光》，里面的主人公是保送生。保送的意思是，可以避过这场对于绝大多数人来讲一生中最重要的考试。张小莫在那时，非常羡慕。不用高考的高三，会是什么感受呢。那样的高三，势必与她的高三，有着完全不同的质地。

人生的节点被淡化，打通一条坦途，绝不会像她一样，有着那样厚重的未来屏障。

她给自己下的隔绝太深，以至于当她走到屏障另一端后，这种隔绝感都异常深刻。在高三的那一端，她分不出心思看未来。而在未来的那一端，望回高三之前，也莫名困难。

二十一岁的时候，她终于有机会，也懂一懂小说主人公的感受。她作为留校的第一名，保送了研究生。在金融海啸的那一年，看着身边的同学为考研、出国、找工作奔忙，她好像也知道了那种于一个节点之前，对未来毫无屏障的感觉。

在这一年生日的时候，母亲给她的生日礼物，是一封信。

这并不寻常。十八岁以后，她每年的生日礼物是那个月的生活费会多200块钱，让她在遥远的城市，自己买齐生日三件套：一个蛋糕，一份鱼香肉丝，和一条新裙子。

信的前半部分，张小莫其实已经看过。给家里打电话的时候，母亲说她想记录一下她的成长，从她出生开始写起。虽然只是短短的几百字，但被别人书写的感觉，很是奇异。记录得那样细、那样慢，以至于她以为，母亲是要每天写一点，写成关于她的一部长长的传记。

用文字书写的母亲，是她所陌生的。比如，在人生的前十八年中，她从来没有从母亲口中听到卢梭的名字，也不曾听过母亲读过什么文史哲的书。父亲总是嘲笑母亲，不读书、不看报，母亲也对书籍并不重视，本来家里的书柜，一半是父亲年轻时买下的世界名著，一半是母亲的数学书，不教数学后，母亲嫌占地方，把自己那一半书都卖了。在张小莫上大学后，母亲甚至还想卖掉她从小一期不落收藏的杂志，她闹了几次，也不过把这些杂志被丢的命运推后了一点。

张小莫和父亲，都是敝帚自珍的人。张小莫会殷殷切切地回忆，那些杂志在她成长中的重要地位，即使不会再看了也要留着。父亲会慷慨激昂地回忆，那些定价几毛钱到几块钱的书，是他在当兵时如何省吃俭用买回来的，宁可吃不饱饭，也要买书。只有母亲，丢起她那半柜子的高深的数学书，像是一点都不心疼。比起这些再也买不到的七八十年代的书，母亲像是觉得，这位置空下来塞杂物更划算。

在这种时候，张小莫会短暂地和父亲站在一边，认定母亲是个不爱惜书，更不懂文学的人。从小到大，母亲从来不赞成她在"闲书"上花钱——所有不是教辅的书，都被归为闲书。所以，她看的书，除了给同学送礼的那几本，几乎都是从图书馆借的，或是在书店站着看完的。这也旁证了父亲嘲笑母亲不读书的论点。

只有一次，她去本地的出版社实习，带了要校对的诗集回家。并不是多好的诗，看上去像是自费书，但母亲看到了，问她能不能拿过来看，说自己喜欢诗。那时张小莫愣住了，一个喜欢诗的母亲，是她从未了解过的母亲。

就像这一次，她从来没有想过，会在母亲笔下看到卢梭和爱弥儿。她更不知道，母亲是以这样的理念，将她养大。

她看得百感交集，但又兴致勃勃。因为隔着电脑屏幕，感动和尴尬远方都看不到。她觉得母亲这样写写也好，总比父亲坐在电视机前抄几句台词，母亲就凑上去问他写什么，父亲就说她疑神疑鬼要好得多。

她已经做好准备，从这些传来的文字中，更多地了解母亲的另一面；也可以细细地从另一个视角，看看自己的成长。好像是从这个时候，她开始想，自己的人生，是否有值得书写的可能。

想要有一本自己的传记，这样的想法太自大了；但如果从一位母亲的角度来写自己的孩子，好像又合情合理。

但这样的文字，母亲只发了两次就停笔了。第二次发过来的文档里，合并了第一次的文字，作为给她的生日礼物，一共两千字，就讲尽了她的前半生。

这里面，有一些不准确的细节，大概是经年久远。但说起来，好像是越远的事，母亲写得越清楚，越近的事，记得越简略。以至于到最后,突然就煞了尾。

为什么会这样,张小莫其实是清楚的。

随着她的长大,她有了自己的意志后,越往后,母亲可描述可掌握的内容便越少了。而自她十八岁高考后离家,再也没有长久地和母亲一起生活过。某种程度上,母亲对她的认知和相处模式,都停留在了她的十八岁。

她在高三时的那道未来屏障,也许隔绝的并不只是她自己对未来的想象和认识。

被放在屏障那一边的,还有很多。

这封信,她很少拿出来看。因为每一次看,她都会忍不住要哭。并不是感动,而是更复杂一些的情感:那些她陌生的,那些她好奇的,那些她恍然大悟的,那些她想辩驳的,那些她难以言说的内容,混杂在一起,塞满了泪腺。

她曾被那样期待过,她曾被那样失望过,她曾被这样书写过。

那个煞尾,像是什么都没有写,又像是已经写尽了一切。

我和我的丈夫是高中的同班同学。从相识到相爱,再从相爱到结婚整整经过十年之久。我们确立恋爱关系时,他是一名军人,那时我有很多时间在省图书馆度过。一天,我有幸在那里看到了卢梭的《爱弥儿》一书,我才知道早期教育可以从零岁开始,让我牢牢记住:婴儿来到世界是一张白纸,不是他要做什么,你就围着他转;而是你要他做什么,你将他培养成一个什么样的人。

从那一刻起,我决心把我的后代培养成得比别的小孩更出众。遗传也只是生物学意义上的潜力,要想取得社会学意义上的成功,任何人都只能靠后天的教育和自身努力。

只要我生出一个智力正常的孩子,就要努力把她培养成为一个优秀的人。

当我的女儿出生时,我的第一个念头就是要尽我所能把她培养成为这个家里最有出息的人。这个信念从她出生的那一刻起,至今一直支撑着我,化作一股巨大的力量战胜一切困难,我要尽我所能给她最好的环境,最大的爱护,最好的教育。我要伴随着她一起成长。

1986年6月25日,我们的家庭终于诞生了。半年后,在我们的盼望中,我欣喜地得知一个新生命在我的身体里孕育着。我除了注意营养,适当地运动外,还听胎教音乐磁带,进行胎教。1987年10月21日下午5时15分,随着"哇"的一声婴儿的啼哭声,一个我孕育了9个多月的新生命诞生了,她就是我的女儿——张小莫。当我躺在产床上听到她的第一声哭啼的时候,我的心激动了:啊,终于渡过了这神秘艰难的一关。

我急于知道的是,这是一个男孩还是一个女孩?

当我知道她是一个女儿时,有几分遗憾,我认为男性有着一些自身的好处。男性比女性幸运,我希望我的孩子幸运,同时升起一种强烈的怜爱之感,我在心里暗暗想:我要用全心去爱她,毫无保留的把母爱奉献给她。

我在医生将她抱给我看的那一刻,我没有看清她,只看见一个光溜溜的小女孩。两天后我有了奶水,医生把她抱来给我喂奶,我第一次看见了她。她不像有人给我形容的新生儿,通常是皱纹满面、红巴巴的一点不逗人喜欢的小老头样。她却长着一头黑黑短发,大大的眼睛,小小的嘴巴,轮廓分明。我第一次喂奶笨拙得很,她老是吃不到。她吃不到也不哭,只是瞪着眼睛好奇地到处看,她虽然小,却以她那特有的漂亮的模样、乖巧的表情让我第一次见到她就喜欢上她了。第一次见到她,就唤起了我心里强烈的母爱。

她好像显得比同龄人聪明,性格也显得十分逗人喜欢。她爱清洁,不管什么时候,尿布一湿就哼哼,不肯多待一会,因此,我总是给她勤洗勤换。她从生下来就坚持每天洗一次澡。不到两个月她就开始有意识地笑了,并且爱和人"呀呀对话",能抬头趴起。不到三个月就开始翻半身,她每天睡眠的时间较多,很少无理哭闹。她45

天我就带她坐火车行程两千公里到陕西部队去了,在火车上她很乖,车一走她就睡,车一停就醒来吃或拉。

到了她爸爸部队,我一人带她,还要洗衣做饭,我很少抱她玩。她睡觉时我赶快做事,她醒来时,先把她拉,然后给她喂奶,再放回到床上,打开录音机让她听磁带,一面听完她才会哭,再换上一面她又继续听。这当中我又继续干活,一盘磁带听完又进食睡觉,她很好带,等到她爸爸下班回来就抱着她满军营去玩,她的成长按着我的计划满意地进行着,她使我兴奋、自豪。

我对她的早期教育实际上是从胎教开始的。

怀孕期间我就有意识地听一些胎教磁带,打算对她的每一种潜能都要不失时机地提供发展的机会。父母要以强烈的责任心,坚持不懈地做下去。五个月差三天,她会叫爸爸;又过半个月会叫妈妈。说来奇特,我每天带她,她居然先会叫爸爸,这也是她与众不同的地方。

半岁的她就第一次坐上了飞机,她很高兴,在天空中还兴奋看云彩。她两岁时我带她去参加了儿童智力测验,她得了93.3分,这个分数不错,我为此自豪,为她的聪明而骄傲。她的手很灵巧,两岁的她能细心地用胶线穿十粒扣子,能平稳地重叠放上十块积木,能分出多少的概念,能很快地模仿医生开车,搭小桥等,两岁的她在测验中像一个久经考场的老手,沉着细心,听指挥。

她三岁时我开始正式对她进行早期教育。首先让她学习电子琴,给她讲故事,并要求她看图复述故事情节。她最早看的杂志是《婴儿画报》,然后是《幼儿画报》,再后来就是《童话大王》《儿童时代》《青年文摘》……各种杂志的订阅从未间断过。后来就在我们学校的图书室借各国童话看,再后来就在市图书馆办两个借书证每个星期日带她去借阅,书伴随着她成长。

我除了上班外就是对她进行科学营养地喂养,再就是陪她玩,电视上演稻草人,我就给她剪贴稻草人,经常带她去公园玩,让她在少年宫学习书法、绘画、唱歌等。她还没有用铅笔写字之前就学毛笔书法，养成了一丝不苟的学习习惯，做数学作业画分数线都要用尺子画。上幼儿园时体校选她去学体操，小学一年级就开始学英语，读初二时自己要求学过扬琴。她上学后一直显示出她优秀的学习成绩，几乎都是年级第一，中考以605分考入一中，高中阶段的学习也相当优秀，最好排名是全省第三次高考模拟考第二名，高考以625的高分考入Z大。

愿你勤奋努力，能在一所自己满意的学校读研究生。愿你健康愉快地生活。

妈妈为你二十一岁生日而作。

祝生日快乐！

祝你一生平安，幸福！

看到这封信不会再情绪剧烈波动时，她去重读了一遍《爱弥儿》，其中，她最喜欢这一段。

> 对我们每一个人来说，重要的是一切现有的和将有的时间、地方、人和东西；我们的个体只不过是我们自己的最小的部分。我们可以说，我们每一个人都扩展到了整个的世界，在整个的大地上都感觉到了自己。

她是某段时间中的爱弥儿，她是现有的自己，她是数千个女孩都能感受到的，微小而扩展的那一部分。

图书在版编目（CIP）数据

数千个像我一样的女孩：上下册 / 简洁著. -- 上海：上海文艺出版社，2023
ISBN 978-7-5321-8649-5

Ⅰ.①数… Ⅱ.①简… Ⅲ.①长篇小说－中国－当代

Ⅳ.①I247.5

中国国家版本馆CIP数据核字(2023)第138793号

发 行 人：毕　胜
策　　划：李伟长
责任编辑：江　晔　余　凯
特约编辑：钱　斌
封面插画：赵绮莉（@绮莉莉莉丝）
装帧设计：日　尧

书　　名：数千个像我一样的女孩：上下册
作　　者：简　洁
出　　版：上海世纪出版集团　上海文艺出版社
地　　址：上海市闵行区号景路159弄A座2楼　201101
发　　行：上海文艺出版社发行中心
　　　　　上海市闵行区号景路159弄A座2楼206室　201101 www.ewen.co
印　　刷：崇明裕安印刷厂
开　　本：1240×890　1/32
印　　张：21.625
插　　页：6
字　　数：562,000
印　　次：2023年8月第1版　2023年8月第1次印刷
ＩＳＢＮ：978-7-5321-8649-5/I · 6809
定　　价：96.00元（上下二册）

告 读 者：如发现本书有质量问题请与印刷厂质量科联系　T: 021-59404766